MW01624813

N. ELLION

HÉRITAGE

LA SAGA DU CARNET POURPRE

Tome 1

L'AUTRICE

N. Ellion, une canadienne française, est originaire de Paris. Née dans une famille modeste, elle grandit dans le sud de la France. Très jeune, elle est férue de lecture. Durant ses études universitaires, elle s'intéresse à des auteurs classiques des 18ème et 19ème siècle. Sa passion pour l'histoire des États-Unis est née à l'âge de 20 ans, lors de son premier voyage à Washington. De là surgiront les thèmes qui alimentent le fond d'une série de romans où la fiction se mêle aux faits historiques et à la politique avec sa part d'intrigues policières. Voilà comment est née la Saga du carnet pourpre avec le premier tome : Héritage. Depuis, elle se consacre à la rédaction du deuxième volume.

« La grande révolution dans l'histoire de l'homme, passée, présente et future, est la révolution de ceux qui sont résolus à être libres ».

JFK. 1961

« Trop souvent nous nous contentons du confort de l'opinion sans faire l'effort de penser »

DISCOURS DE JOHN FITZGERALD KENNEDY À YALE, JUIN 1962.

Titre original : Héritage
©2022 : La Saga du Carnet Pourpre
ISBN original 978-2-9811399-1-7
Dépôt légal, Bibliothèque et Archives nationales du Québec, 2022.
Dépôt légal, Bibliothèque et Archives Canada.

www.ellionauteur.com

Mise en page intérieure et réalisation de la couverture :
www.studio-eclipse.fr

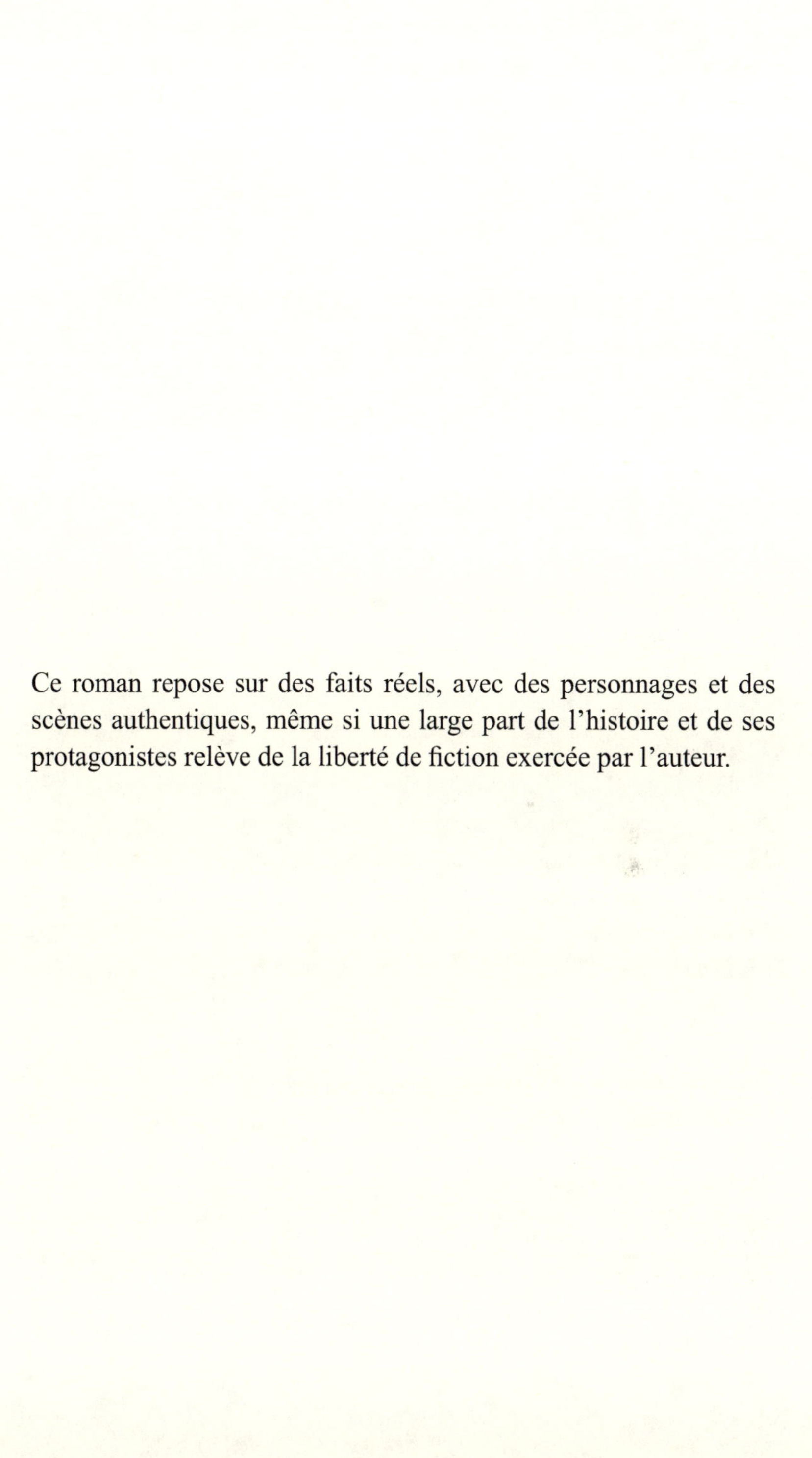

Ce roman repose sur des faits réels, avec des personnages et des scènes authentiques, même si une large part de l'histoire et de ses protagonistes relève de la liberté de fiction exercée par l'auteur.

SOMMAIRE

INTRODUCTION

Londres, 12 janvier 1919

Londres : la capitale la plus gigantesque d'Europe, avec près de neuf millions d'habitants, le plus grand centre mondial de la finance, qui rayonne dans le monde entier.

C'est à cet endroit que voulait être Miller Harris, à l'hôtel Claridge, dans le centre-ville de Londres. Mince, œil ardent, visage anguleux, cheveux châtain-roux gominés, il était debout devant la fenêtre. Il avait attendu si longtemps, des semaines, des mois, des années. Le torrent d'eau qui s'abattait sur les pavés de la rue balayait tout sur son passage et ressemblait à son existence.

Il soupira.

Il lui fallait oublier la raison cachée de son voyage dans la capitale britannique. Son destin était pieds et poings liés à celui d'un homme qui ne s'était pas présenté à leur rendez-vous fixé la veille, au pub le Blind Beggar dans le quartier de Tower Hamlets. Ce lieu d'une extrême pauvreté, réputé pour sa fréquentation par les gangsters de l'East End, où il avait, en vain, attendu toute la soirée assis au fond de la salle. Personne n'était venu.

— Je dois me ressaisir, il doit exister une solution, il reste un espoir...

À la mort de son père, alors qu'il était un jeune homme, Miller trouva un journal qui avait appartenu à son ancêtre juif issu de la Jugendgasse de Francfort, un dénommé Moses Harriman. Le meilleur ami de ce dernier, Mayer Rothschild, l'avait envoyé en 1773, sous le sceau du secret, dans le Nouveau Monde, pour infiltrer la sphère politique et jeter les bases d'une société secrète. Dans son journal, Moses Harriman prétendait qu'un codex pourpre détenu par le président George Washington mettait en danger les plans du groupuscule.

Un codex ! s'était étonné Miller. Passionné d'histoire, il savait que le manuscrit était l'ancêtre du livre moderne, constitué de pages en vélin, reliées en cahier, qui fut utilisé jusqu'à l'avènement de l'imprimerie au XVe siècle. Comme les papilles gustatives qui frémissent, ses sens s'éveillèrent, captivés par le mystère de cette société secrète.

En dépit que presque deux siècles se fussent écoulés, il était convaincu que les manipulations dans le milieu politique étaient actives. La question centrale pour lui fut : est-ce que cette société secrète existait toujours, et avait-elle réussi à s'enraciner ?

Une âme de détective s'empara de lui. Il s'improvisa bibliophile et écuma l'ensemble des librairies du quartier et de la ville, étendant ses recherches jusqu'aux bibliothèques, en terminant à la Bibliothèque du Congrès à Washington. Dix mois d'une quête insatiable, qui s'étiola au fil du temps. Rien, absolument aucune piste ne confirma les écrits de son ancêtre.

Après cette déception, alors qu'il refoulait son instinct de curiosité, une petite voix nocturne le harcelait et menait un combat contre sa raison. Une question le tourmentait :

Quel être humain sensé, sur les bases d'un simple journal, pouvait envisager une seule seconde que ces écrits restaient fondés en ce début du 20e siècle ?

Au fond de lui, il restait une lueur d'espoir aussi mince que le chas d'une aiguille. Il examina la situation, ferma la porte sur le passé et s'attacha au présent. Déjà fortuné, et bien qu'il s'en défendait, il appartenait à la bourgeoisie new-yorkaise du quartier juif de Brooklyn. La carrière professorale qu'il souhaitait lui semblait loin, très loin du monde qui pourrait lui apporter des réponses. Alors il s'intéressa à l'économie et la finance et étudia le droit. La quête du codex pourpre venait d'influencer sa destinée.

Mettant à profit les contacts transmis par son père, il s'immisça dans le Comité des Juifs américains et fit son entrée à Wall Street, en s'intégrant parallèlement au Parti démocrate. Graduellement il gagna la confiance de certains politiciens et, en 1912, participa à la campagne présidentielle de Woodrow Wilson. Dans le cercle de la Maison- Blanche, tous les marqueurs de manipulations et de corruption étaient présents. Secrètement il poussa ses investigations. Dans l'intervalle, il se maria et eut un fils. Il ne compta plus les hivers, saison qu'il détestait, et l'espoir s'enfuit, lui laissant un goût amer. Au cours de ces années, il constitua des dossiers secrets sur les magouilles en coulisse auxquelles il assistait. Bien qu'il laissait filtrer anonymement des informations à des journaux, rien n'était public. Comme espoir, il ne lui restait plus que ses mémoires qu'il rédigerait lorsqu'il aurait quitté le milieu.

Très actif au sein du Comité des juifs américains, c'est au cours d'un dîner qu'il fit la connaissance d'un nouveau membre. Un homme aux cheveux grisonnants avec une allure posée d'intellectuel, son voisin de table. Un négociant en métaux précieux qui était passionné d'histoire. Un vrai coup de foudre amical, nourri par leurs centres d'intérêt communs : tous deux étaient bibliovores. Miller l'invita à consulter des spécimens rares à sa librairie. Une section spéciale qu'il conservait dans la bibliothèque de son bureau. Son invité fut agréablement surpris d'y trouver des manuscrits variés comme La Bible de Gutenberg, le premier livre imprimé en Europe à caractères mobiles ou bien encore le Manuel du libraire et de l'amateur de Livres, un dictionnaire bibliographique édité en 1810.

— Vous savez, lui avait-il dit, le plus beau livre que j'aie vu c'était à l'hôtel particulier de la famille Rothschild à Londres, avec laquelle je collabore.

— Et quel était-il ? demanda Miller.

Une étincelle dans sa pupille s'illumina comme s'il l'avait sous les yeux.

— Un codex de couleur pourpre...

Miller eut le souffle coupé.

— Couleur pourpre, vous êtes certain ? reprit-il sans paraître décontenancé.

— Absolument. Nathan Rothschild l'avait acheté dans les années 1870.

Bien des questions fourmillaient dans sa tête, une effervescence qu'il avait du mal à dissimuler.

— L'avez-vous examiné ?

— Non, je l'ai aperçu, exposé dans une vitrine, protégé par un système d'alarme dernier cri. Du premier coup d'œil j'ai su qu'il s'agissait d'un document exceptionnel en raison de sa couleur si particulière.

La preuve que son ancêtre avait écrit la vérité s'offrait à lui, un vrai miracle qui le mit dans tous ses états. Après le bonheur, la réflexion. De quelle manière le subtiliser ? Une question qu'il n'avait pas encore résolue lorsqu'il fut invité en 1919, avec la délégation sioniste américaine, à participer à la conférence de Versailles qui se déroulait à Paris. Londres se rapprochait. Coup de pouce du destin ?

Depuis la découverte du journal, il s'était écoulé dix-huit longues années. Il me faut un plan infaillible. Pendant des jours et des jours, il envisagea toutes sortes de possibilités pour en venir à la conclusion que lui-même serait dans l'incapacité de s'improviser « cambrioleur ». Trouver un complice était sa seule alternative. Alors qu'il échafaudait son plan, des questions le taraudaient : par quel moyen Nathan Rothschild l'avait-il obtenu ? Et surtout que renfermait-il de si compromettant ? Une fois arrivé en Europe, en marge de la conférence, Miller s'éclipsa quelques jours et rejoignit la capitale britannique.

La sonnerie du téléphone l'interrompit brusquement dans ses pensées. Miller se dirigea vers le bureau et décrocha le combiné.

— Allô...Très bien, j'arrive.

Hâtivement, il enfila son veston, ajusta sa cravate et déposa sur son front son chapeau, dissimulant les plis de son air soucieux, et rejoignit le hall d'entrée.

Le réceptionniste désigna le fauteuil à oreillettes en cuir. L'inconnu se leva à son approche.

— Monsieur Harris, je suppose ?

— Oui. À qui ai-je l'honneur ?

— Walter. M.Levy n'a fait que des éloges àvotre sujet.

— Il est trop bavard ! rétorqua Miller avec un sourire.

— Je vous ai fait faux bond hier soir et je m'en excuse. Je devais être certain que vous n'étiez pas suivi. En ces temps difficiles, je dois être vigilant.

Miller répliqua d'un sourire. Une série de vols avaient eu lieu dans le quartier du West End. C'était son homme. Il lui avait été recommandé par l'intermédiaire d'un ami marchand d'objets d'art qui les avaient mis en contact. L'espoir était revenu. Son apparence était délicate, guère plus âgée que Miller qui venait de fêter son 34e anniversaire. Il était vêtu d'un costume classique, portant des boutons de manchettes et un chapeau.

— Venez, suivez-moi. Allons faire un tour, ma voiture nous attend.

Ils s'engouffrèrent à l'avant d'une rutilante Lancia Theta de couleur rouge. Walter fit rugir le moteur et il démarra.

— Ah, le progrès ! je vais m'ennuyer des attelages chaque jour un peu moins nombreux.

— L'évolution, mon cher. Alors, qu'attendez-vous de moi ?

— J'ai besoin que vous récupériez un document.

Dans la pénombre de l'habitacle, Miller l'aperçut froncer les sourcils.

— Mon terrain de jeu, ce sont plutôt les tableaux et les bijoux.

— J'espérais que vous feriez une exception. C'est un manuscrit de grande valeur. Il est exposé dans une vitrine dans le bureau de l'hôtel particulier de la famille Rothschild, ici même à Londres.

Walter inclina la tête. Sa bouche esquissa une moue.

— La famille Rothschild fait figure de véritable institution.

Miller observa le silence pendant que le véhicule bifurquait sur la gauche.

— Cela représenterait un beau défi... Walter sembla reconsidérer la question.

— Avez-vous les plans de la bâtisse ?

— Non. Le bureau est situé au deuxième étage. La vitrine est protégée par un système d'alarme électromagnétique.

— C'est très vague comme information.

Miller se racla la gorge.

— Il y a une contrainte de temps : je quitte Londres dans cinq jours. Walter grimaça.

— Cinq jours ? Je n'aurais aucune marge de manœuvre. Je dois étudier les lieux, me renseigner sur le type d'alarme et bâtir un plan astucieux. Minimum deux semaines.

— Je suis conscient que je vous demande l'impossible, mais

vous êtes le meilleur.

Walter stationna la voiture sur le bas-côté devant le 148 Piccadilly, glissa la main dans la poche de sa veste, sortit un paquet de cigarettes et une boîte d'allumettes. Une cigarette entre ses lèvres, il mit ses mains en coupe après avoir craqué une allumette et tira une longue bouffée.

— C'est ici l'hôtel des Rothschild, dit-il en désignant la bâtisse du doigt.

— Rien n'est impossible, glissa Miller.

— Combien m'offrez-vous ? Miller se tourna vers lui.

— 25000 livres sterling.

— Vous êtes sérieux ? Eh bien, c'est cher payé pour de la paperasse. Il se tourna.

— Marché conclu.

Miller baissa les épaules et le scruta d'un regard intense.

— Vous devez me promettre de ne pas lire le document.

— Vous avez ma parole.

Walter était un spécialiste dans le vol d'œuvres d'art, qui avait opéré sur le continent américain et qui désormais travaillait en Europe entre Londres et Paris, là où étaient établies les plus grandes fortunes. Pendant le trajet du retour, les deux hommes restèrent silencieux, comme s'ils prenaient conscience de l'engagement qu'ils avaient pris.

La voiture était de retour devant l'hôtel Claridge.

— Attendez-moi un instant, dit Miller.

Il retourna à sa suite. Dans le fond de son sac, il récupéra 5 000 livres sterling en petites coupures qu'il glissa dans une enveloppe. Il lui remit l'argent et ils se donnèrent rendez-vous dans cinq jours au pub à 22 heures.

***

CHAPITRE 1

MAUVAIS DESTIN

Le soleil brillait malgré le froid plutôt mordant de cette fin de matinée de janvier. Walter surveillait depuis plusieurs heures la sortie de la cuisine de l'hôtel particulier, de l'autre côté de la rue. La porte s'ouvrit. Une jeune femme maigrichonne qui portait un tablier à bavette et à bretelles sur une robe de seconde main — symbole de son asservissement à une famille riche— apparut. Elle ne s'en doutait pas, mais elle était son laissez-passer.

Elle le guida jusqu'au marché et il attendit qu'elle achète ses provisions. Sur le chemin du retour, il se porta à la hauteur de sa silhouette frêle. Ses cheveux étaient soigneusement cachés sous un bonnet et sa peau claire l'incitait à penser qu'ils étaient roux.

— Permettez-moi de vous aider, Mademoiselle : ce panier est bien trop lourd pour vous...

Elle hésita. Ses grands yeux gris sans fond s'éclaircirent. Flattée de l'intérêt que lui portait ce gentilhomme, elle accepta. Sa langue se délia.

Aide-cuisinière depuis un an auprès de la famille Rothschild, elle était assignée à des tâches ingrates : se lever à 5 heures du matin pour récurer les fourneaux et les batteries de casseroles en cuivre et préparer le petit déjeuner des autres domestiques. Même dans cette classe sociale, il existait une hiérarchie, et la jeune femme en souffrait. Entre séduction et compassion, cet inconnu à l'allure raffinée lui inspirait confiance.

Le lendemain, sur le chemin pour se rendre au marché, elle

roulait ses yeux de gauche à droite à l'affût du gentilhomme. Elle espérait qu'il surgisse devant elle. Walter patienta et l'approcha à nouveau. Ses taches de rousseur lui donnaient un côté piquant. Elle n'avait pas plus de vingt ans. Il profitait de leurs conversations pour se renseigner subtilement sur le document précieusement gardé.

À son contact vibrait en elle une corde différente, tout en ignorant les symptômes de ce nouvel émoi. Un sentiment violent qui secouait entièrement son être. Elle était restée extrêmement sage et n'avait jamais connu l'amour. D'ailleurs, elle n'avait jamais eu de soupirant, que des demi-tentations. Avec humour, il lui souffla qu'il pourrait être son fiancé secret, elle éclata de rire. Il voulait qu'elle se souvienne de lui le soir, lorsqu'elle serait dans son lit.

Le compte à rebours s'égrenait : le quatrième jour était crucial. Il se fit plus pressant, elle s'ouvrit davantage, vivant cette amourette comme un conte de fées. À la manière d'un aventurier, il promit de lui rendre visite dans sa chambre une fois la nuit tombée.

Bien qu'elle ne croyait pas à sa promesse, elle l'espérait. Plus tard dans la soirée, elle descendit en catimini déverrouiller la porte arrière de la cuisine une fois que la maisonnée fut endormie. Aussi furtif qu'une ombre, il s'approcha de l'édifice dans la nuit froide. Il traversa la cuisine. À pas feutrés, il longea le couloir et emprunta l'escalier en colimaçon qui menait sous les combles. Il cogna doucement à la porte. Erin l'attendait.

La pièce était minuscule, meublée par une chaise mal empaillée et fanée, un matelas de laine à peine rehaussé du sol par des traverses de bois, et une commode. Une fois la porte close, les regards laissèrent place aux baisers fougueux, puis aux caresses et à l'étreinte, avant qu'elle finisse par se donner à lui. Ce fut une révélation. Assouvie, elle s'endormit contre lui. Avec une infinie précaution, Walter dégagea ses bras enlacés autour de sa poitrine et déposa sa tête sur l'oreiller. Il se rhabilla, se saisit de son sac et à tâtons, rejoignit le palier. Il tendit l'oreille pour écouter les respirations de la maison, mais n'entendit que le silence. Il attendit quelques instants pour que ses yeux s'habituent à la pénombre. Bien sûr, il éprouvait de la peur, mais cette appréhension naturelle le grisait et donnait au moment présent une intensité que rien n'égalait. Furtivement, il descendit l'escalier, traversa l'aile ouest et se dirigea à l'opposé.

Une fois dépassés le salon et la salle à manger, il monta une volée de marches qui menaient au deuxième étage. Sans bruit, il s'approcha de la porte du bureau et tourna la poignée. L'instant de vérité !

De bon gré, Erin lui avait appris que l'alarme électromagnétique protégeait uniquement la vitrine de verre. La pièce était libre de tout mouvement. Une information capitale qui simplifiait les choses. Il espérait qu'elle était bien renseignée. Et c'est avec une certaine appréhension qu'il tourna la poignée pour pénétrer dans le bureau. Il arriva à proximité des fenêtres, qui étaient obstruées par des tentures qui tamisaient la lumière. Il entrebâilla brièvement le rideau et scruta la pièce Il n'y a pas une seconde à perdre.

Il alluma la lampe posée sur le bureau. La première chose qu'il distingua fut une cave à liqueurs Napoléon III en marqueterie et cristal de Baccarat. Fantastique ! L'idée de se l'approprier lui traversa l'esprit, mais il y renonça.

Puis, il se rapprocha vers le mur du fond où il avait repéré la petite armoire vitrée.

Ce n'était pas prévu, songea-t-il, lorsqu'il constata qu'une grille protégeait l'habitacle. Son œil exercé enregistra les points faibles du système. Si le boîtier s'ouvrait sans que le fil électrique soit coupé, cela entraînerait la fermeture du circuit électrique, provoquant le passage de courant qui ferait alors vibrer l'aimant installé dans le système. Les vibrations électromagnétiques ainsi produites seraient transmises à un marteau qui frapperait une cloche en laiton.

Parmi le matériel qu'il avait apporté, dans son sac à bandoulière, il saisit une scie à métaux. Cette complication allait le retarder sur l'horaire qu'il avait prévu. Sans compter le bruit strident des coups de lame sur l'acier qui pourrait attirer l'attention. L'espace d'un instant, il envisagea de rebrousser chemin. Chaque mission qu'il choisissait comportait sa part de risque. Non, je continue, murmura-t-il.

La douleur dans son avant-bras était terrible. Des gouttelettes de sueur suintaient sur son front, mais il poursuivait le va-et-vient de la lame sur le métal. Une fois qu'il eut terminé, il repéra le fil passé sous le tapis et le sectionna à l'aide d'une pince. De son sac, il sortit une ventouse et une tournette. Il opéra un tour complet pour graver un premier tracé circulaire en exerçant une pression constante sur la molette. Le crissement de la rayure semblable à une lame de patin à glace lui envoya une douleur dans les oreilles. Une fois le cercle de verre découpé, il se saisit d'un document enveloppé dans un tissu de velours et le glissa dans sa besace.

À ce moment-là, la porte s'ouvrit. D'abord, il ne vit que la chandelle tenue par un domestique habillé en tenue de nuit. Il n'eut pas le temps de se jeter sur lui. Il se mit à hurler : Au voleur !

D'un bond il se hissa jusqu'à sa hauteur, le bouscula sans ménagement et disparut dans le couloir sombre au bout duquel il passa devant la salle des domestiques, puis l'office du majordome, et rejoignit Erin qui dormait à poings fermés.

La maison se mit à gronder sous les pas pressés des occupants alertés par les cris du valet. Walter glissa le document sous le matelas de laine. Ahurie et encore figée par le sommeil, elle écarquilla les yeux. Lorsqu'elle aperçut le regard sombre de son amant, la tête penchée au-dessus de son visage, elle eut un soubresaut. Puis, des bruits de pas résonnèrent dans l'escalier : que se passait-il ? Walter empoigna ses deux bras et la secoua comme une poupée de chiffon.

— Écoute-moi attentivement. Sous ton matelas, j'ai caché un paquet. Demain à 22 heures, tu te rendras au pub Blind Beggar. À l'extérieur, tu attendras un Américain avec un chapeau noir et une moustache guidon. En échange du colis, il te remettra la somme de 20 000 livres sterling.

— Mais qu'est-ce qui se passe ?

— Tu m'écoutes ? Si tu veux échapper à la misère, fais-moi confiance. Je te rejoindrai à la taverne du Héron à l'autre bout de la ville. Prends une chambre, attends-moi et surtout, ne remets jamais les pieds ici. Promets-le-moi...

Maintenant bien réveillée, elle hocha la tête.

— Avec cet argent, dit-il en lui tendant une liasse de billets, achète-toi de nouveaux vêtements. J'ai passé une nuit merveilleuse à tes côtés. On va se revoir bientôt.

Puis, en coup de vent, il disparut.

Après l'alerte donnée, la dizaine de domestiques couraient dans la demeure. La jeune femme paniquée tira l'enveloppe de velours de dessous son matelas et la glissa dans un trou sous le plancher où elle conservait ses maigres économies et glissa l'argent dans le creux de sa poitrine. Dans l'escalier, elle reconnut les pas lourds de la gouvernante qui ouvrit sa porte.

— Debout, vite ! ils viennent d'attraper un voleur ! Le patron ne va pas tarder.

Pendant ce temps, un messager était parti dans le comté du Hertfordshire, au nord de Londres, là où résidait le maître de la maison. Il fut tiré de son sommeil en plein milieu de la nuit. C'était un homme d'ordinaire plutôt jovial, mais lorsque la nouvelle de l'effraction dans le bureau de l'hôtel privé de Londres lui fut livrée, son visage rond s'enflamma d'un rouge vif et ses yeux devinrent exorbités. L'idée que le codex pourpre, exposé dans la vitrine par son grand-père depuis 1870, ait été volé le renversa. Le considérant comme un symbole inestimable, la famille avait toujours pensé qu'il était en lieu sûr. Ce manuscrit était l'étendard que son grand-père s'était approprié, en mettant la famille à l'abri des poursuites qu'elle aurait pu subir si son contenu avait été jeté sur la place publique.

Hâtivement il s'habilla et demanda à son chauffeur de le conduire au plus vite sur les lieux. Même si depuis une dizaine d'années il avait délaissé la banque familiale de Londres, il était lié par un serment et prêt à défendre coûte que coûte l'honneur de la famille.

Lorsqu'il arriva à l'hôtel, il se précipita dans le bureau et constata avec effroi que la vitrine était vide. Son sang ne fit qu'un tour. Averti de l'arrestation du voleur par les gardes de sécurité, il rejoignit le sous- sol, une pièce grise et froide qui servait à l'entreposage des denrées. Sur ses ordres, un interrogatoire musclé débuta. Convaincu que le codex était resté dans la demeure, avec la complicité d'un membre du personnel. Il convoqua tous les employés dans la cuisine. Le maître des lieux, comme un général passa en revue ses employés, cherchant à débusquer celui qui l'aurait trahi, tout en invitant le coupable à se dénoncer et ainsi, éviter une punition collective.

L'hésitation s'empara d'Erin, qui n'était plus que l'ombre d'elle-même. Elle trembla se souvenant de la déception qu'elle éprouvait en ayant renoncé à l'espoir d'exercer le métier de cuisinière, tel qu'on lui avait promis lors de son engagement. Au lieu de ça, elle était assignée la plupart du temps aux corvées désagréables, et se retrouvait la domestique des domestiques. Est-ce que la prison serait pire que l'esclavage qu'elle vivait ? À cette idée, elle faillit perdre l'équilibre. Sa décision était prise. Devant le mutisme de l'assemblée, le maître de la maison leur ordonna de fouiller les pièces par groupe de deux personnes.

Puis, il retourna au sous-sol. Il va avouer ! dit-il, les dents serrées.

Dans l'humidité dévorante de la cave, le claquement du fouet résonna pour la seconde fois. Walter, attaché à une croix en forme de X, ne poussa aucun cri de douleur. Il se redressa, une grimace déforma ses lèvres sèches. En signe de rébellion, il tira sur les chaînes qui retenaient ses poignets. Son visage était tuméfié des coups qu'il avait reçus et son torse était gratifié de deux griffes desquelles le sang ruisselait.

Le maître des lieux fouilla son sac, le reposa, et murmura :

— Vous pensiez que j'alerterais la police ? Ici, les règles sont différentes, la police ne viendra pas sur mon territoire. Je vous le demande une dernière fois : qui est votre complice ? Et où est le document ?

Il avait prononcé la phrase sans aucune inflexion dans la voix.

En riposte, il reçut un crachat au visage. Sa mâchoire se crispa, il bloqua sa respiration et son regard devint si froid qu'il resta prostré avant de prendre un mouchoir de son veston qu'il passa lentement sur sa joue. Des gouttes de sang avaient maculé le jabot de sa chemise blanche.

— Sortez le matériel ! ordonna-t-il aux gardes.

Dans le placard, Walter aperçut, de l'œil qui lui restait à demi ouvert, une scie et des marteaux.

— Je vous garantis que vous allez parler ! hurla-t-il.

Pour Walter, l'argent, à cet instant, ne représentait plus rien. Oui, il aimait la vie, et jusqu'à présent n'avait jamais songé à la mort. Le funambule qu'il était avait traversé sa vie sur un fil. Imaginant le sort réservé à Erin s'il la dénonçait, Walter resta muet. Il prenait le pari que ses agresseurs renonceraient à le tuer. L'ordre qu'il entendit le fit tressaillir.

— Cassez-lui les deux jambes, et ensuite, écrasez-lui les doigts. Nous verrons qui va céder le premier, ordonna le maître.

Il monta à l'étage. Les employés s'étaient rassemblés dans la cuisine et rendirent compte de leur fouille stérile.

Érin était de plus en plus inquiète. Lorsque des cris en provenance du sous-sol se propagèrent, elle eut la chair de poule. Des cris perçants, horribles, légèrement amortis par l'épaisseur des murs. Sa mâchoire se mit à claquer, et ses mains devinrent moites. Cet inconnu à qui elle s'était donnée tenait son destin entre ses mains. Il ne me trahira pas.

Les domestiques reçurent l'ordre de rejoindre leurs quartiers, et y furent consignés jusqu'au petit matin. Erin, de sa petite chambre trop éloignée, n'entendait plus rien.

Dès l'aube, avant de s'activer aux tâches habituelles, Erin descendit l'escalier en longeant le vieux mur de salpêtre, et s'approcha à pas de loup de la pièce où Walter était retenu prisonnier. Elle glissa un œil dans l'entrebâillement de la porte et vit trois hommes penchés sur un corps.

— Il est mort, Monsieur, dit le plus costaud des deux, un colosse au visage balafré.

Elle plaqua sa main sur sa bouche pour réprimer ses sanglots.

— Emballez-le, lestez-le avec du poids, et jetez-le dans la Tamise.

Erin remonta les marches à la volée et se précipita dans sa chambre. Dans un sac de toile, elle rassembla le peu d'affaires qu'elle possédait, et emporta ses économies avec le paquet laissé par Walter. En catimini, elle quitta la demeure.

***

CHAPITRE 2

LE MIRACLE

C'était la dernière soirée de Miller Harris dans la capitale britannique. Demain, il repartirait pour Paris. Les prochaines heures seraient cruciales. Avec minutie, il compta les liasses de billets, qu'il glissa dans un sac en cuir. Il descendit à la réception. La pluie redoublait. Le portier muni d'un parapluie l'accompagna jusqu'au taxi. À l'énoncé de l'adresse de destination, le chauffeur se montra réticent à s'aventurer dans ce quartier malfaisant de la ville. Miller doubla le prix de la course. Son estomac était noué. Il espérait que ce soir, l'histoire du codex pourpre verrait son dénouement. Il envisageait l'ensemble des possibilités, aussi bien la pire, comme l'échec de Walter, que la meilleure, s'approprier le manuscrit.

Le taxi le déposa. La nuit était noire et Miller ne distinguait pas la brique rouge luisante de la façade du pub battue par la pluie. Il régla le chauffeur. Au sortir de la voiture, il lui sembla apercevoir une ombre furtive. Compte tenu de la somme d'argent qu'il transportait, il eut un instant de panique. Coiffée d'un chapeau qui dissimulait son visage, la petite silhouette d'Erin apparut devant lui.

— Vous êtes Américain ? demanda-t-elle.

— Pardon ?

— C'est Walter qui m'envoie.

La jeune femme s'était approchée assez près pour qu'il distingue ses traits. Son visage était blême et des cernes noirs soulignaient son regard. Sa robe était salie par la boue de la ruelle et son regard apeuré.

— Où est-il ?

— Il...il est mort, dit-elle en sanglotant.

— Quand et comment ?

— Hier soir. Ils l'ont torturé...

— Qui ?

— Le...le maître.

Miller secoua la tête, se pinça les lèvres et souffla. Combien de vies avaient été sacrifiées pour le codex ? Plusieurs dizaines, songea-t-il.

— Walter... voulait que je vous remette ceci, dit-elle en lui tendant un paquet qu'elle avait glissé sous sa cape.

Miller s'empara du paquet qu'elle avait entortillé dans un bout de tissu. Du bout des doigts, il tira le codex de son enveloppe de velours. C'est lui ! Son cœur battait à tout rompre comme s'il se sentait à l'étroit dans sa poitrine. Ses mains brûlaient d'impatience d'en tourner les pages. En échange, il lui céda le sac en cuir.

— C'était un homme courageux. Est-ce que vous avez lu le document ?

— Je ne sais pas lire, Monsieur.

— C'est imprudent de traîner dans le coin. Je vous souhait bonne chance, mademoiselle, dit-il en la saluant de son chapeau.

Aucun taxi en vue. Il traversa le quartier en marchant dans l'ombre des bâtisses pour ne pas attirer les regards. Quelques rues plus loin, il arrêta un taxi.

Pendant le trajet, Miller dévisagea le chauffeur. Un petit homme chauve qui plissait des yeux pour distinguer la chaussée délavée par les trombes d'eau qui s'intensifiaient. Il avait bien essayé d'engager la conversation, mais Miller n'était pas d'humeur à bavarder. Il pressait le paquet contre sa poitrine. Lorsqu'il aperçut l'hôtel, il se sentit soulagé. Il régla sa course et rejoignit l'entrée.

Un dernier regard sur l'avenue, qui était tranquille. Au fond du hall, il emprunta l'escalier, longea le couloir, et entra dans sa chambre. Il jeta négligemment son chapeau et sa veste sur le lit, et s'assit au petit bureau le paquet entre les mains. Une onde de fatigue le submergea. Il se massa le visage. On se calme, Miller. J'oubliais ! songea-t-il. Dans sa valise, il se saisit d'une paire de gants en coton qu'il enfila avant de retourner sur sa chaise.

Il respirait les narines évasées mais sans faire de bruit, pendant qu'il dénouait le tissu autour du paquet qui glissa lentement. Il éprouva une sensation similaire à celle qu'il avait ressentie la première fois qu'il s'était glissé dans un lit avec une femme. Une grande excitation, un feu qu'il tentait de calmer. L'objet de ses désirs. La suite de la nuit allait être passionnante...

La cloche Big Ben avait sonné plusieurs fois avant que Miller ne lève le nez de la lecture du codex. Les nuages noirs de la veille et la pluie avaient été chassés par un soleil qui brillait au zénith. La gorge asséchée, Miller se frotta les yeux et releva la tête vers la fenêtre. Ses vertèbres craquèrent comme du bois sec. Pour chauffer sa peau, il s'exposa aux rayons qui frappaient le centre de la pièce et ferma les yeux lorsqu'une chaleur l'enveloppa et lui rappela Central Park au mois de juillet. Il n'en revenait pas. Non, ce n'étaient pas l'effet des rayons, mais bien celui du feu qui bouillait en lui. Il rouvrit les yeux et remarqua dans le miroir son regard pétrifié, sa peau sanguine et ses yeux, devant lesquels il distingua un voile opaque, si anesthésié fût-il, par les mystères dévoilés dans le codex.

L'horloge indiquait 13 heures, son lit était resté intact. Il réalisa qu'il n'avait pas bougé de sa chaise depuis douze heures. Il n'avait ni faim ni soif. L'histoire de la politique américaine qui se déroula les deux derniers siècles était étrangère à celle qu'on lui avait enseignée lors de son cursus scolaire. Ses croyances et ses acquis avaient volé en éclats. Miller se dirigea vers la table sur laquelle était posé un broc de porcelaine. Il s'aspergea le visage et s'infligea des claques pour se ressaisir. Confronté à un problème auquel il n'avait aucune solution pour le moment, il se sentait investi d'une mission avec pour seule arme la patience.

Il retourna à Paris puis, le mois suivant, rejoignit New York. Il ne raconta rien de son aventure à son épouse ni à personne. Vivre avec un secret était en soi un vrai défi. Le manuscrit fut placé dans un écrin, lui-même déposé dans un coffre à l'abri de la lumière, muselé dans les abysses du silence.

À chaque élection présidentielle, il espérait transmettre l'artefact au chef de la nation nouvellement élu, puis l'espoir se dissipait dans les fumées évanescentes du pouvoir. Aucun président depuis Woodrow Wilson n'avait été libre ni de ses idées ni de ses actions.

L'argent s'immisçait inévitablement entre mensonges et vérités.

Prisonnier de son secret, Miller patienta jusqu'en 1946 pour que l'espoir renaisse, et s'incarne en la personne de John F. Kennedy, qui venait d'être élu à la Chambre des représentants. Son père, avec lequel il était ami, lui confia sa conviction : son fils serait un jour élu président des États-Unis. Mieux encore, il souhaitait que Miller devienne son conseiller. Il accepta. En lui, il avait discerné un talent d'orateur et une intelligence peu commune. Après qu'il fut élu sénateur, Miller sut qu'il avait l'étoffe et la stature pour devenir président. Il possédait en lui une perle rare qui avait grandi : la conscience guidée par des valeurs. John F. Kennedy était l'homme de la situation.

***

CHAPITRE 3
L'HÉRITAGE

Quartier de Brooklyn, New York, 8 novembre 1960

Miller Harris glissa son bulletin de vote dans l'urne avec une détermination sans faille. Cette journée était sans conteste la plus significative qu'il avait vécue jusqu'à présent. Dans peu de temps, les dés seraient jetés et décideraient du sort de la nation américaine. C'est la tête haute, fier d'avoir accompli un acte patriotique, qu'il sortit du bâtiment, où une file d'électeurs interminable s'était formée. Choisiraient-ils la continuité avec Richard Nixon, qui avait pour lui l'expérience acquise par huit années de mandat à la vice-présidence ? Ou bien adopter face à lui la jeunesse et l'inexpérience de John F. Kennedy, un homme plein de ressources, animé d'une étonnante vitalité d'esprit, d'une franchise qui plaît, et une conception réaliste de sa tâche à venir.

Dans l'entrouverture des nuages qui fuyaient vers l'ouest, il apercevait un rayon de clarté qu'il interpréta comme un signe positif. De retour à son domicile, Miller consacra la matinée à la lecture, histoire d'égrener le temps. Alors que les journées étaient trop courtes à son goût, ce jour-là les secondes lui paraissaient des minutes et les minutes des heures. À midi, il alluma le poste de radio. Les sondages, selon les stations, favorisaient tour à tour l'un et l'autre des candidats, ce qui rendait impossible de prédire l'issue du scrutin. Agacé de cette joute partisane, Miller retourna à son livre.

La nuit était tombée lorsqu'il s'installa dans le salon pour suivre la soirée électorale diffusée à la télévision. La tension était au maximum, les deux candidats alternant en tête des résultats. Et ce n'est qu'au petit matin que l'issue du scrutin fut révélée : John F. Kennedy devenait le 35e président des États-Unis d'Amérique avec seulement 118 574 voix de plus que son adversaire. Miller avait du mal à contenir sa joie. Tout s'était passé comme il l'avait espéré. Il s'agissait d'une grande victoire. Il éteignit les lampes et se dirigea vers sa chambre. Quelques heures de sommeil ne lui feraient pas de mal : la journée du lendemain serait cruciale. Il allait contacter le nouveau président des États-Unis d'Amérique, qui ignorait que Miller avait patienté quarante et un ans. Son élection représentait le Graal auquel il ne croyait plus. Cette nouvelle porte ouverte sur le futur fit renaître en lui l'espoir.

Boston, 29 novembre 1960, 20h

Appuyé au garde-corps du toit-terrasse de l'hôtel Fairmont Copley Plaza à Boston, Miller Harris attendait de partir en admirant la Back Bay.

C'est l'heure, songea-t-il. D'un pas pressé, il gagna sa suite et récupéra sa mallette sécurisée ainsi qu'une valisette et frappa à la porte voisine où l'attendait son garde du corps qui officiait aussi comme chauffeur. Bien qu'il n'aimait pas le hasard, cette soirée serait un coup de dés.

Le véhicule fila dans le tunnel Callahan pour atteindre la marina, déserte à cette heure. La voiture ralentit.

— C'est ici, indiqua-t-il au chauffeur.

Les deux hommes marchèrent sur le quai et rejoignirent le yacht.

— Bienvenue à bord, Messieurs. Je suis le capitaine.

Le maître d'équipage les guida vers la luxueuse cabine : le capitaine disparut sur le pont avant. Alors que les moteurs ronronnaient, Miller ôta sa veste, déposa son chapeau, un feutre noir, ses gants ainsi que sa mallette sur le canapé de cuir blanc. Son garde du corps resta debout à côté de la porte. Miller commanda un café noir sans sucre. Il remarqua à travers la fenêtre le ciel sombre obstrué par une couche de nuages qui le privaient du magnifique panorama de l'océan. Mais les contours des baies vitrées, le bar et la table en bois clair patiné nourrissaient amplement son regard, et lui rappelaient la magnifique bibliothèque de sa résidence de New York. Le maître d'équipage lui apporta son café, qu'il déposa sur la table basse.

Boston, pensa-t-il... Haut lieu de la révolte des colonies britanniques d'Amérique et théâtre du Boston Tea Party, qui incarne depuis lors la révolte des Treize Colonies britanniques ayant su abolir la suprématie de l'Angleterre sur leurs destinées et donner naissance aux États-Unis d'Amérique. Jusqu'à la découverte du journal intime tenu par Moses Harriman, son ancêtre, Miller avait toujours cru à cette version de l'histoire de la Révolution américaine, mais, sous la fine plume de ce témoin crédible, l'enchaînement des faits troublait le récit officiel en reléguant au second plan les velléités idéalistes des rebelles.

Miller n'avait pas vu le temps passer lorsque les moteurs ralentirent et qu'il aperçut le quai. Le bateau entama sa manœuvre d'accostage et se stabilisa. Ils gagnèrent le pont et s'avancèrent sur le débarcadère. Des lampadaires éclairaient l'allée qui ressemblait à un serpent ondulant, menant à l'imposante bâtisse blanche, à peine esquissée et happée par la brume. D'un pas décidé, il s'engagea sur le chemin de lattes de bois, toujours chaperonné par son homme de confiance. Un léger courant d'air marin lui caressa le visage et dilua le brouillard. Une silhouette apparut. L'homme le plus puissant de la planète se tenait devant lui.

— J'espère que le voyage a été agréable...

— Parfait, John, parfait...

John F. Kennedy posa une main amicale sur l'épaule de son invité et ils échangèrent une poignée de main chaleureuse.

— Votre appel a éveillé ma curiosité.

— Je vais bientôt la satisfaire, répondit-il en souriant.

Alors qu'ils marchaient côte à côte, Miller questionna le Président.

— Vous souvenez-vous de notre première rencontre ?

— J'avais seize ans, et cette journée d'été était chaude. Mes douleurs dorsales étaient insupportables. Seule la berceuse confortable dans le bureau de mon père m'apportait un peu de répit, et vous êtes apparu...

— Le jeune homme frêle que j'ai connu a bien changé ! Regardez ce que vous êtes devenu ! Je suis très fier de vous.

— Merci, Miller, vos compliments me vont droit au cœur.

Ils éprouvaient une admiration partagée l'un pour l'autre. Le Président souligna à nouveau qu'il aurait fait un excellent politicien. Leur dernier rendez-vous remontait au mois de février précédent, lorsque John F. Kennedy, furieux, avait découvert les manipulations de son père auprès de la mafia qu'il avait sollicitée pour le financement de sa campagne présidentielle. Furieux était un faible mot, et John se tourna vers Miller pour apaiser la crainte qu'une fuite dans les médias puisse ruiner sa candidature. Et que dire de Bobby, son frère, s'il l'apprenait ? Lui qui était habité par une soif insatiable de combattre la pègre. Un orage s'apprêtait à éclater au sein de la famille Kennedy. Comme Joe Kennedy, le patriarche, et Miller entretenaient une grande relation de confiance, Miller accepta d'endosser le rôle de médiateur au sein du clan familial afin d'apaiser les tensions. Il pointa du doigt les extravagances sexuelles de John, qui fréquentait Judith Campbell, également la maîtresse de Sam Giancana, un mafioso, et les actions maladroites du père qui n'avaient qu'un seul but : mener son fils à la Maison-Blanche.

La caste à nouveau soudée, et la campagne remise sur les rails, vMiller retourna à New York et n'avait pas eu l'occasion de revoir la famille Kennedy.

Dès le lendemain de l'élection, Miller avait appelé le Président pour les félicitations d'usage et en avait profité pour lui réclamer un rendez-vous en tête-à-tête.

— C'est la démocratie qui est en jeu, et vous êtes seul à pouvoir combattre un ennemi invisible, avait-il lancé. Nous sommes en guerre.

Saisi par la gravité de son ton inhabituel et de ses propos, John F. Kennedy n'avait pas hésité une seule seconde à lui prêter une oreille attentive et lui accorda un rendez-vous secret.

Miller suivit le Président, en reportant ses pensées sur la tâche qui lui restait à accomplir.

Une fois dans le vestibule, il retira son manteau. Sous la lumière, le Président remarqua qu'avec les années, le regard perçant de son invité s'était paré d'une lueur sereine et sa peau était désormais tannée comme celle d'un vieux loup de mer. Malgré ses soixante-quinze ans, il avait fière allure : son buste était droit et sa silhouette élancée. Il fit un signe de tête à son garde du corps, qui lui restitua la mallette ainsi que la valisette. Une fois la porte à double battant refermée, ils s'installèrent dans le salon. Le décor n'avait pas changé : des meubles en acajou, des tableaux évoquant la mer, ainsi que des portraits de famille disséminés dans les alcôves de la bibliothèque.

Le Président s'approcha du bar, d'où il retira une bouteille de fine de champagne de 1946, un très grand cru.

— C'est l'occasion d'ouvrir cet excellent millésime. Lors de mon élection en tant que représentant du Massachusetts, j'avais acheté douze bouteilles, c'est la dernière du lot.

Miller accepta l'offre et s'assit sur le canapé. Rejoints par le Président, ils tenaient dans le creux de leurs mains les verres ballons pour réchauffer l'alcool et mieux en dégager les arômes. Ensemble, ils revinrent sur un « deuxième nez » pour confirmer leur première impression et avalèrent une petite gorgée pour constater la continuité entre le nez et la bouche.

— Fantastique ! s'exclama le Président. Il croisa les jambes en fixant le fond de son verre. Lors de votre appel, vous avez mentionné que nous étions « En guerre », dit-il d'un ton sérieux.

— Effectivement, rétorqua Miller en glissant la main dans la poche intérieure de son veston.

Il en extrait un livret.

— Connaissez-vous Sun Tzu ?

— Non.

Miller le lui tendit pour qu'il le consulte.

— C'est un général chinois du VIe siècle av. J.-C., auteur d'un traité de stratégie militaire : L'Art de la guerre, que je résumerai en trois points.

1. L'art suprême de la guerre est de briser les résistances de l'ennemi et de le soumettre sans combattre.

2. La plus grande des victoires est celle qui ne requiert aucune bataille.

3. Avoir l'air faible quand on est fort.

Cita-t-il en comptant sur ses doigts.

Il est possible que le personnage soit une légende, mais les écrits n'en sont pas moins vrais. Ce traité a influencé entre autres George Washington et Napoléon. En suivant ses méthodes, la victoire est acquise.

— Où vous voulez en venir ?

— Je vous laisse le bouquin, vous aurez le plaisir de le découvrir... Et à la fin de notre conversation, vous saisirez son utilité. Il sera notre outil.

Il posa le livret et le verre vide sur la table ainsi que la valisette.

— Ce qui va être dit ce soir sera enregistré. Ce sera l'héritage que nous laisserons à l'histoire.

Les prunelles du Président s'agrandirent.

— C'est sérieux alors ?

— Tout à fait.

— Vous avez mon accord.

Il ouvrit le couvercle de la valisette et appuya sur la touche Record du magnétophone. La bobine s'enclencha. Avec une voix claire et sérieuse, il annonça :

— Le 29 novembre 1960, rencontre entre le président John F. Kennedy et Miller Harris.

Puis, il enfila des gants de coton et tira de sa mallette un petit emballage de velours.

— C'est l'un des plus précieux manuscrits existant sur la planète. Seuls quelques individus appartenant à un cercle très fermé en sont informés. Ils sont prêts à tout pour s'en emparer.

— Que contient-il ?

— Un secret d'État.

— Puis-je... ?

À son tour, le Président enfila une paire de gants que lui tendit Miller.

— C'est un codex en vélin de couleur pourpre, enrichi de lettres d'or. Les premiers manuscrits de cette qualité remontent à l'époque de Constantin 1er, empereur romain. L'expertise a révélé qu'il aurait été conçu par des moines aux alentours du VIIIe siècle pour contenir des textes bibliques destinés à d'un roi ou un pape. C'est un document exceptionnel par sa nature et les textes qu'il contient.

Miller chaussa ses lunettes.

— La couleur est splendide et le titre très éloquent : Le Secret des Présidents.

— Je l'ai surnommé : le carnet des Présidents.

L'étonnement apparut sur son visage cédant très vite au questionnement.

— Mais...qui l'a rédigé ?

— Quatre présidents américains, qui ont lutté pour une cause secrète.

Avec délicatesse, le Président saisit le manuscrit et huma l'odeur singulière du document. Il adorait cet arôme de poussière exhalé par le vieux papier, qui évoquait en lui son voyage dans une librairie à Paris renfermant de vieux manuscrits.

Son visage devint sérieux. Il posa le manuscrit sur ses genoux.

— Une cause secrète ? Miller hocha la tête en jetant un coup d'œil circulaire en s'assurant que personne n'écoutait.

— Leur volonté était d'éradiquer un mal qui ronge notre démocratie.

— De quel mal s'agit-il ?

— Attendez. Avant, je dois vous fournir des explications.

Le Président braqua un regard interrogateur sur son interlocuteur. Miller retira ses lunettes, se demandant par où il pouvait commencer : il y avait tant de choses à dire...

***

CHAPITRE 4

LE POINT DE BASCULE

Quartier de Brooklyn, journée du 22 novembre 1963, 11h

Miller Harris portait un costume brun taillé sur mesure. Une rose blanche piquée dans la pochette. Sa tenue était impeccable. Un chapeau en feutre beige assombrissait son visage. Il emprunta l'ascenseur jusqu'au rez-de-chaussée et longea le couloir qui le mena dans la librairie que son père avait fondée. Sur l'enseigne était gravé le nom Harriman en l'honneur de son ancêtre. C'était une manière de lui rendre hommage. De ses voyages, Miller avait rapporté de nombreux livres, parfois des spécimens étranges et peu communs qui touchaient des sujets très variés. Une revanche pour lui, car pendant son enfance, son père lui interdisait l'accès à la bibliothèque, redoutant qu'il se distraie de ses études, comme l'apprentissage des langues et la théologie. Profitant de ses fréquentes absences, Miller utilisait l'échelle à roulette pour parcourir les rayonnages en hauteur. Là où étaient rangés les fascicules consacrés à l'histoire de l'Europe, un sujet qui le passionnait. Il lisait en cachette le soir, à la lueur de la bougie.

À cet instant, l'ambiance était électrique. Dans une heure, l'écrivaine Mary McCarthy dédicacerait ses livres, pour son roman Le Groupe. Le sujet abordait entre autres le sexisme au travail et les relations sexuelles. Miller savait que cet évènement ne plaisait pas aux Juifs du quartier. De son point de vue, la religion ne devait jamais prévaloir sur la culture. Les allées de la librairie étaient bondées de lectrices. Miller prit le temps de saluer quelques-unes d'entre elles, avant d'atteindre la porte.

Un soleil éclatant l'accueillit alors qu'il sortait de l'immeuble. Il jeta un coup d'œil au baromètre installé sur le mur de l'entrée qui indiquait 17 degrés, une température clémente qu'il appréciait. Un taxi l'attendait pour le conduire au restaurant Oscar Delmonico's sur la 5e avenue, un rendez-vous hebdomadaire qu'il ne manquait jamais.

Il avait hérité de la bâtisse familiale dans le quartier de Brooklyn, lieu où la communauté juive prospéra le plus dans les années 1850. Son grand-père avait acheté trois cloaques en rangée pour les transformer en une belle demeure. Une façade de briques sur trois étages, mitoyenne de maisons plus modestes dans lesquelles il n'était pas rare de compter trois chambres : le père, la mère, onze enfants et sept pensionnaires qui dormaient sur une pile de vêtements en guise de lits. Le père de Miller tenait à vivre au milieu des gens de sa communauté et avait créé une fondation pour leur fournir de la nourriture ou bien des vêtements.

Le magnat avait consolidé la fortune familiale en manipulant l'argent de la famille en le faisant fructifier habilement grâce aux prêts qu'il octroyait à des entreprises en pleine expansion.

New York, 11h50

Le taxi s'immobilisa devant l'établissement gastronomique. Miller régla la course et se dirigea vers la porte principale. Il se réjouit de respirer l'air frais malgré les gaz d'échappement. Le portier l'invita à entrer. Une odeur d'épices et de café chaud flottait dans l'air. Il saisit un journal sur le comptoir et le maître d'hôtel le précéda jusqu'à la table numéro 26 qui offrait un point de vue circulaire sur l'ensemble de la salle.

Comme à l'accoutumée, le maître d'hôtel écarta la chaise de la table et il s'assit. Il y avait foule dans le restaurant, les serveurs étaient souriants, la clientèle distinguée. Comme cette femme en robe dorée, ses boucles d'oreilles et ses bracelets en or contrastant avec sa chevelure noire et sa peau bronzée. Elle était très en beauté, excessivement féminine. Un serveur lui apporta un martini.

Après avoir chaussé ses lunettes, il parcourut le journal, qui commentait largement le déplacement du président John F. Kennedy à Dallas. Miller n'était pas enthousiaste à l'idée de ce voyage. Il savait que le Président n'était pas le bienvenu dans cette enclave du Sud, souvent réfractaire aux politiques démocrates. Le Président était d'un avis similaire, mais il avait cédé à la pression de ses conseillers en vue de préparer la prochaine campagne présidentielle.

Le serveur déposa le verre sur la table et prit la commande. Il hésita avec un tartare de boeuf, mais finalement choisit des œufs bénédictins au caviar, une spécialité de la maison.

Puis, il reprit le cours de sa réflexion. Depuis sa rencontre secrète avec le Président, l'échéancier du plan qu'ils avaient établi ensemble progressait : certaines étapes critiques avaient été franchies, mais d'autres, plus titanesques, pointaient à l'horizon. Pour la première fois, le contenu du codex pourpre avait servi les intérêts de la nation. Pas plus tard que la veille, le Président l'avait appelé pour lui soumettre quelques idées à ce sujet. Personne dans son entourage à la Maison- Blanche ne se doutait de quoi que ce soit.

Dallas, 12h

Un soleil de plomb chauffait le bitume de la piste de l'aéroport de Dallas. Evelyn Lincoln, la secrétaire personnelle du Président, ainsi que son médecin personnel, le docteur George Burkley, arrivèrent au bas de l'escalier de l'avion présidentiel pour participer au cortège. Un protocole rigoureux encadrait cet évènement. Evelyn Lincoln fronça les sourcils.

— Où est notre voiture ? demanda-t-elle.

— Je l'ignore, répondit-il, également stupéfait.

Lorsqu'elle aperçut le ballet des véhicules, Evelyn Lincoln resta bouche bée.

Elle interpella un des agents des services secrets.

— Que se passe-t-il? Nous devrions être soit dans la voiture suivie, soit dans celle de tête, c'est un ordre du Président, dit- elle avec autorité.

— Désolé, Madame, le cortège est déjà en route. Votre voiture arrive.

— Qui a ordonné que l'on modifie l'ordre de spositions ?

— Je ne sais pas, Madame. Je suis les instructions.

Elle se tourna vers le docteur Burkley.

— Je déteste les changements de dernière minute. Vous êtes son médecin, votre rôle est de veiller sur lui, rajouta-t-elle en se dirigeant vers la voiture VIP, une berline Chevrolet, qui venait de stationner devant eux.

Ils se retrouvèrent en queue de peloton. Evelyn Lincoln était contrariée et comptait bien en référer au chef des services secrets dès son retour à la Maison-Blanche. Une boule s'installa au creux de son estomac.

New York, 12h15

L'assiette sensationnelle apportée par le serveur lui ouvrit l'appétit. Ce plat l'avait fait renouer définitivement avec les œufs, qu'il n'appréciait guère auparavant. Enjoué, il souriait en mangeant, attardant son regard sur un jeune homme au bar qui lui fit un signe de tête pour le saluer avant de disparaître. Il connaissait tellement de monde. Tout allait pour le mieux.

Dallas, 12h30

Sur le parcours, la foule était nombreuse et criait au passage du cortège, mais cela n'apaisait pas la colère de madame Lincoln, à tel point que le docteur Burkley lui demanda de changer de sujet. Puis, soudain, ils crurent entendre des détonations. Les véhicules devant stoppèrent dans le bruit de crissement de leurs pneus, les gens se mirent à crier puis à courir dans tous les sens, la panique s'était installée.

— Non ! hurla madame Lincoln.

New York, restaurant Oscar Delmonico's, 12h32

Le serveur s'approcha de la table et tendit un plateau d'argent à Miller.

— Une note pour vous, Monsieur.

Il le fixa, étonné, en s'emparant du pli :

« Dès aujourd'hui, vous ne serez plus l'éminence grise du Président. »

Il releva brutalement la tête, scruta la salle et héla le serveur.

— Qui vous a remis ce mot ?

— Un coursier.

— Quand ?

— Vers 10 heures. Il a bien spécifié de vous le transmettre à 12 heures 32.

— 12 heures 32 ? reprit-il. Je vous remercie.

Il eut l'intuition qu'un drame se préparait. La dernière fois qu'il avait éprouvé un pressentiment de cette importance remontait avant que la mort de son père ne survienne. Il s'était réveillé brutalement en plein milieu de la nuit avec la conviction qu'il était arrivé une catastrophe. Dans la chambre voisine, son père décédait d'une rupture d'anévrisme.

Il n'avait plus faim. Son assiette presque terminée, il déposa ses couverts, s'interrogeant sur le sens de ce mémo.

Dallas, 12h38

La Chevrolet déboula à l'hôpital Parkland de Dallas. Evelyn Lincoln était sous le choc, avec une seule obsession en tête : est-ce que le Président est vivant ? Interrogation partagée par le docteur Burkley, qui accourut jusqu'aux urgences. Accablée par le chagrin, il n'en restait pas moins que cette femme de devoir avait une dernière mission à accomplir. Le pire scénario avait été envisagé par le Président, anticipant le drame. Il lui avait confié : si je venais à mourir, vous suivrez mes instructions...

Arrivée dans le hall de réception de l'hôpital, elle se précipita dans la cabine téléphonique en fouillant dans son sac à main pour récupérer des pièces. Elle les glissa dans la fente de l'appareil et composa un numéro. Au bout de trois sonneries, son interlocutrice décrocha :

Secrétariat du président Kennedy, répondit la voix pleine de sanglots.

— Allô, Nancy ?

— Madame, c'est épouvantable, est-ce que le Président en vie ?

— Calmez-vous. J'ai besoin de vous, Nancy, c'est très important. Nerveusement elle inspecta la poche intérieure de son sac à main. Bon sang ! s'exclama-t-elle. Elle avait laissé le numéro à contacter que lui avait remis le Président dans le tiroir de son bureau.

New York, restaurant Oscar Delmonico's, 12h40

Outre le brouhaha habituel, l'ambiance était devenue étrange, lourde. Le serveur débarrassa la table.

— Vous avez terminé, Monsieur ?

— Oui, c'était exquis. Dites-moi, que se passe-t-il ?

— Il paraît que le président Kennedy a été blessé...

Miller ouvrit la bouche, stupéfait.

— Qu'est-ce que vous dites ?

Le serveur répéta l'information.

— Mais... mais... c'est impossible, balbutia-t-il.

— Je suis désolé, Monsieur, mais je n'ai pas plus de détails.

Miller tira sa chaise.

— Apportez-moi l'addition, et appelez-moi un taxi !

— Mais bien sûr, Monsieur.

Il s'essuya la bouche avec la paume de la main. À en juger par les fourmillements dans son cuir chevelu qui descendaient le long de son échine, telle une tour qui s'effondre, il lui semblait tomber en morceaux. Il était paniqué. Il déposa un billet de dix dollars sur la table et s'éloigna vers la sortie.

New York, 12h47

Miller s'enfonça dans le siège arrière du taxi. La sensation d'un brouillard d'irréalité s'épaississait autour de lui.

Je dois rentrer au plus vite, indiqua-t-il au chauffeur, une petite femme maigrelette, la petite quarantaine, avec une casquette des Yankees vissée sur la tête.

— Vous avez entendu la nouvelle ? Il est si jeune et si beau.

Tous les Américains parlaient de cette tragédie, retenant leur souffle avec l'espoir que le Président survivrait. Elle tourna le bouton du poste de radio. Le présentateur répétait les informations qu'il recevait en provenance du correspondant basé à Dallas. Après la stupéfaction, une certitude envahit Miller. Ils l'ont eu ! Puis vint la réflexion à propos du codex. Bon sang ! J'espère qu'il a respecté le plan de sécurité. Plusieurs fois, le Président l'avait amené avec lui lors de ses déplacements, contre l'avis contraire de son conseiller.

Les feux rouges se succédaient, une frénésie semblait s'être emparée de la ville. Le rugissement incessant des voitures, le martèlement lourd des pas des passants, de retour de leurs courses dans les magasins, lui était insupportable. Et tandis que la conductrice appuyait sur l'accélérateur, zigzaguant parfois entre les autres véhicules pour gagner du temps, l'impatience le taraudait. Animé par la montée d'adrénaline que la nouvelle avait provoquée, il se dirigea d'un pas rapide vers la librairie, qu'il traversa sans saluer l'auteur qui dédicaçait son livre. Miller avait sombré dans la stupeur. Comme un automate, il poussa le bouton de l'ascenseur, pénétra dans son appartement, jeta sa veste et son chapeau négligemment dans l'entrée, et alluma le poste de télévision. Il tira les rideaux et plongea la pièce dans la semi-pénombre.

Prostré sur le canapé, il fixait le récepteur en écoutant la voix du commentateur qui relayait en boucles le peu d'informations qui filtraient : le Président avait été transporté au Parkland Memorial Hospital... L'issue semblait inévitable : le Président ne s'en sortirait pas. Walter Cronkite conclut par cette phrase : plusieurs rumeurs prétendent que le président Kennedy est mort.

14h38

Walter Cronkite retira ses lunettes, le visage grave, fixa la caméra et fit l'annonce suivante :

— De Dallas, au Texas, la nouvelle apparemment officielle : le président Kennedy est mort à 13 heures, heure du centre, et 14 heures, heure de l'est, il y a approximativement 38 minutes.

Miller était glacé de stupeur, d'effroi et d'épouvante.

Les liens de son destin uni à celui du Président venaient d'être brutalement rompus. La souffrance ne l'avait pas encore envahi.

L'esprit stimulé par la note reçue au restaurant en signe de mauvais présage, il posa ses lunettes sur le bout de son nez et relut le message. « Dès aujourd'hui vous ne serez plus l'éminence grise du Président. » Pas de signature, une machine à écrire de type commun. Pourquoi l'avait-on prévenu? Qui l'épiait? Qui était au courant de sa relation avec le Président? Miller avait pourtant été vigilant et ne s'était jamais montré aux côtés du Président dans des rassemblements publics.

L'un des plus grands présidents, et un ami très cher, venait de disparaître, tué avant d'avoir pu finaliser leur plan secret. Le monde ne saurait jamais ce que John F. Kennedy voulait réellement accomplir. L'administration Johnson changerait totalement la politique, c'était une certitude. Une bouffée de colère l'envahit. Je trouverai le moyen de révéler la vérité! Une petite voix diabolique au fond de lui répétait : tu connaissais l'issue fatale! Réfrénant les vapeurs du sentiment de culpabilité qui sévissait en lui.

L'émotion qui le dominait n'était pas la tristesse, mais plutôt la sensation d'être le dernier détenteur sur la planète d'un puissant secret, capable de déclencher une tempête sur la capitale américaine. Le passé ne pouvait être changé, et le futur dépendait des actions portées dans le présent. Miller ne croyait pas au destin tracé d'avance. L'enjeu du codex était à nouveau au centre de l'échiquier.

J'espère qu'elle va appeler, songea-t-il.

Maison-Blanche, Washington, 17h40

Entre la mort déclarée du président John F. Kennedy et la prestation de serment du vice-président Lyndon Johnson qui avait eu lieu dans l'avion présidentiel, il s'était écoulé deux heures.

Une atmosphère étrange planait à la Maison-Blanche lorsqu'Evelyn Lincoln, au crépuscule de cette journée, franchit les portes. Les chiens de garde de Johnson avaient déjà investi les lieux, c'était le chaos. Consciente que sa mission n'était pas terminée, elle fut rejointe dans le couloir par le chef des services secrets. Elle se pencha vers son oreille et lui chuchota :

— Avez-vous fait le nécessaire?

— Oui, Madame, dès que la nouvelle est tombée. Les enregistrements ont été cachés dans la voiture de mademoiselle Clark.

— Qui était chargé d'organiser le cortège? Avec le docteur Burkley, notre véhicule a été relégué en queue de peloton. L'agent m'a indiqué qu'il avait reçu un appel à ce sujet.

— Il n'émane pas d'ici, Madame. Dois-je vous rappeler que je fais preuve d'une grande loyauté à l'égard du feu président ?

Elle balaya l'air de sa main.

— J'ai confiance en vous. Qui ? Qui a pris cette décision ? C'est un complot !

— Je ferai mon enquête. Madame. Nous avons peu de temps, vous devez quitter les lieux.

Sans perdre de temps, elle se dirigea vers son bureau et aperçut son assistante, Nancy Clark, qui déchiquetait nerveusement des papiers mouchoirs, avec à côté d'elle, un type assis à califourchon sur sa chaise pour la réconforter. Comme une fusée, elle fit irruption et l'interpella :

— Du balai ! lui cria-t-elle comme un serpent crache son venin.

Sans broncher, il disparut. Puis, elle se pencha plus près, jusqu'au creux de son oreille.

— Avez-vous suivi mes instructions ?

Nancy la fixa de ses yeux bleus délavés, gonflés et larmoyants. Son nez était rouge et elle avait l'air hagarde.

— Est-ce que quelqu'un vous a vue ?

— Non, Madame.

— Écoutez-moi bien. Prenez votre voiture et rejoignez-moi à mon domicile dans une heure. Et pas un mot, à personne, ordonna-t-elle d'un ton autoritaire.

Nancy Clark était passionnée par la politique et était devenue volontaire lors des primaires de 1960, présente à la convention démocrate de Los Angeles ainsi qu'à Hyannis Port le soir des présidentielles. Elle posa sa candidature pour un stage en tant que secrétaire à la Maison-Blanche et fut recrutée par Evelyn Lincoln. Cette dernière lui avait fait promettre de ne jamais accepter l'invitation à la piscine que le Président ne manquerait pas de lui proposer. Une jolie brune qui avait su résister au titre de maîtresse. Elle était follement amoureuse d'un homme dont elle taisait le nom.

Evelyn Lincoln ne reconnaissait plus l'ambiance du lieu, qui avait radicalement changé. L'endroit bourdonnait comme une ruche : les uns pleurant sincèrement la mort du Président, en s'interrogeant sur leur carrière : les autres (le personnel du Vice-Président) se réjouissant à mots couverts de ce coup de pouce du destin.

D'un pas énergique, elle se dirigea à son bureau et referma la porte, sur laquelle elle s'appuya pour reprendre son souffle. Elle fouilla le tiroir et dénicha l'enveloppe que lui avait laissée Nancy ainsi que le numéro qu'elle devait contacter.

Un dernier regard vers la pièce voisine, le bureau du Président, qui demeurerait vide dorénavant. Elle dut se surpasser pour récupérer les papiers qui traînaient ainsi que les agendas.

Elle quitta les lieux et se précipita à sa voiture. La peur serrait son ventre.

La main sur la clé de contact, elle souffla pour chasser l'anxiété et démarra. Une fois la barrière de sécurité passée, elle ne parvint plus à se contenir et lâcha un flot de larmes. Elle conduisait comme une automate, ne sachant pas vraiment quelle direction emprunter. Sa vue était embrouillée, et elle tremblait. Finalement, elle se ressaisit et se mit à la recherche d'une cabine téléphonique. Arrivée dans la banlieue de la ville, elle stationna sur le parking d'un motel. Fébrilement, elle examina dans son portefeuille la note que lui avait remise le Président. Elle se précipita dans la guérite, décrocha le combiné, et glissa la monnaie dans l'appareil. Au bout du fil, le vide... Il devrait répondre, songea-t-elle. La ligne resta muette.

En entendant la sonnerie du téléphone, Miller aurait dû se ruer sur le combiné. Non, il ne commit pas cette erreur. Peu importe l'auteur qui se cachait derrière la note reçue au restaurant, le FBI était mouillé dans cette affaire. Et qui dit FBI, suggère Hoover, ce qui mène à l'écoute téléphonique. Maintenant qu'il savait qu'Evelyn Lincoln tentait de le joindre, il devait être rusé pour mener à terme sa mission.

***

CHAPITRE 5

SUEURS FROIDES

Washington, DC, 23 novembre 1963

Bien au-delà du Dealey Plaza à Dallas, la nation était sous le choc du drame de la veille. Dans un article du Washington Post, on lisait : « La démocratie meurt dans les ténèbres ».

La veille au soir, Evelyn Lincoln avait récupéré des bobines d'écoutes et les documents apportés par Nancy Clark. L'angoisse était devenue une créature vivante qui lui broyait la poitrine et qui venait s'ajouter à l'abîme de tristesse qui l'avait submergée. Assise devant le miroir de sa coiffeuse, elle brossait ses cheveux, l'air absent. Son époux posa une main rassurante sur l'épaule pour la réconforter. Sans bruit, il s'éloigna et la laissa seule.

Elle se remémora la conversation qu'elle avait eue avec le Président. Une fois que les membres du personnel furent partis, il l'avait invitée dans le bureau ovale. Son air était grave et sa voix basse.

— Evelyn, j'ai besoin de votre collaboration et de votre grande discrétion.

Cette confiance absolue qu'il avait en elle la flattait au plus haut point. Mais ce soir-là, son intuition féminine ne prédisait rien de positif.

— Comme président, je dois envisager le pire. Ce qui amènerait-des jours sombres pour notre pays.

Puis, il ouvrit un tiroir latéral du Resolute desk.

— S'il m'arrivait malheur, je vous demande de vous occuper de ce document, dit-il en brandissant une enveloppe dans les airs. Vous récupérez les bobines du système d'écoute ainsi que les agendas. Pas un mot à personne, même pas à mon frère Bobby.

Il avait ensuite griffonné un numéro de téléphone ainsi qu'un mot de passe à utiliser pour identifier son interlocuteur. Déstabilisée, elle s'était dirigée vers la sortie et avait senti son bras retenu par la main du Président qui s'était approché d'elle et lui avait murmuré à l'oreille :

— Plus un secret est partagé, plus il est en danger. Promettez-moi de ne jamais consulter ce document, dit-il en désignant le tiroir latéral du bureau.

Et maintenant, l'enveloppe était posée sur la coiffeuse de sa chambre. Elle palpa le paquet. C'est un manuscrit, présuma-t-elle. Elle décacheta l'enveloppe et en tira un étui de velours fermé par une cordelette. Ses doigts brûlaient d'impatience de dénouer le cordon, qu'elle saisit entre son pouce et son index. La sonnerie du téléphone retentit et coupa son geste. Elle hésita et finit par décrocher le combiné :

— Allô...

— Est-ce que vous avez le document ? demanda Miller Harris. Miller Harris avait roulé d'une traite jusqu'à l'aéroport de Dulles à Washington, le cœur qui cognait sous l'effet de l'adrénaline. C'est d'une cabine téléphonique située dans le hall de l'aéroport qu'il l'avait appelée.

Prétextant l'envie de prendre l'air auprès de son époux, elle grimpa dans la voiture, et fila en direction de l'aéroport. Dans son rétroviseur, à une certaine distance, elle aperçut une berline qui semblait la suivre. Pour en avoir le cœur net, elle changea de file vers la gauche, et appuya sur la pédale de l'accélérateur en rivant le regard sur le miroir. Elle haleta puis inspira pour se calmer lorsqu'elle fut certaine que c'était l'œuvre de son imagination. Enfin, elle arriva dans le parc de stationnement et se rangea à l'emplacement que Miller Harris lui avait indiqué. Elle coupa le moteur. L'attente la rendit nerveuse. Elle tapota le volant pour occuper ses mains. Alertée par les phares d'un véhicule apparus dans son rétroviseur, elle retint son souffle, ne quittant pas des yeux la Cadillac qui passait dans l'allée. À bord, un couple souriant. Des pensées distinctes et contradictoires se bousculaient dans sa tête : d'une seconde à l'autre elle verrait surgir des véhicules de police, du FBI ou bien de la NSA, sirènes hurlantes, et elle se ferait appréhender.

Elle prit une grande respiration pour contrôler son anxiété. Puis, une ombre furtive apparut côté passager. La portière s'ouvrit et un inconnu se glissa sur le siège. Elle tourna la tête. Saisie d'une peur viscérale, son cœur cessa de battre.

— Le mot de passe ? demanda-t-elle.

— St Patrick, répondit-il d'un ton calme en promenant son regard autour de lui.

Sous l'ombrage gris des néons du parking, dans un éclair vif, elle le dévisagea. Elle l'avait imaginé plus jeune en raison du timbre de sa voix.

— La totalité des documents est dans le coffre, je vais vous aider.

— Dépêchons-nous.

Le véhicule de Miller était stationné juste à côté du sien. Une fois le transfert des documents achevé, il s'approcha d'elle.

— Le Président avait une totale confiance en vous. Ne changez rien à vos habitudes.

— Attendez... Elle sortit l'enveloppe de son sac à main.

— Est-ce que vous l'avez lue ?

— Non.

Miller saisit le paquet et la fixa, cherchant à déceler dans son regard l'ombre d'un mensonge.

— Je vous remercie, dit-il, certain qu'elle n'avait pas succombé à la curiosité.

— Nous ne nous reverrons plus ? demanda-t-elle naïvement.

— En effet, je prends la situation en main. Adieu, Madame Lincoln, et merci. Le Président serait fier de vous.

Un torrent de larmes roula sur ses joues. Miller posa une main sur son épaule, les mots lui manquaient. Il glissa le paquet sur le siège passager, ôta son imperméable et le déposa sur les boîtes placées dans le coffre afin de les dissimuler. Il s'assit au volant et démarra.

Avec lui s'envolait le mobile du crime du Président.

Après trente minutes, il avait contourné la ville et roulait sur l'autoroute. Au loin il aperçut des gyrophares et se crispa. Il jeta un coup d'œil dans son rétroviseur pour être certain qu'il n'était pas suivi. Sa cargaison n'avait pas de prix. Il arriva à la hauteur d'un accident grouillant de policiers et d'ambulances. Un doute s'immisça en lui. Est-ce une mise en scène pour m'intercepter?

Il stationna la voiture sur le côté. Ce soir, il ne doit rien m'arriver. Pendant plus d'une heure, il patienta et finit par somnoler derrière le volant. Un faisceau lumineux braqué en plein visage le réveilla. La route était dégagée, tous les véhicules disparus, à l'exception d'une voiture de police garée à sa hauteur. Le policier cogna à la vitre et Miller tourna la manivelle.

— Monsieur, un problème?

— Non, je me reposais avant de poursuivre la route.

— Je voudrais voir les papiers du véhicule et votre permis de conduire.

Miller ouvrit la boîte à gants pour mettre la main sur l'attestation d'assurance et l'identification de la plaque d'immatriculation. Il tâtonna le siège passager à la recherche de son portefeuille, pendant que l'agent de police s'impatientait. Soudain, il se souvint l'avoir glissé dans la poche de son imperméable, qu'il avait plié dans le coffre et déposé sur les boîtes. Une averse intense se mit à tomber. Instantanément, de l'eau dégoulinait des cheveux, du visage et de la veste de cuir du patrouilleur.

— Ce n'est pas prudent de rester ici. À deux milles, vous trouverez une aire de repos.

Merci, mon Dieu! songea-t-il. Il exhala un soupir et avala une gorgée de café froid avant de reprendre la route.

Il avait roulé non-stop pour rejoindre New York, agité par une colère aussi puissante que l'éruption d'un volcan qu'il n'arrivait pas à apaiser. Ils ont osé assassiner le Président en pleine rue!

À 7 heures du matin, les embouteillages encombraient déjà le pont de Brooklyn. Il sentit une douleur dans sa jambe droite, sans doute à cause des trop nombreuses heures passées dans la voiture. Qu'importe! Au-delà de sa peine, ce qui l'enrageait le plus était le sentiment de revenir au point de départ. Tous ses espoirs s'étaient envolés : John F. Kennedy était la clé de voûte de son plan. Dans l'immédiat, c'était le noir complet.

CHAPITRE 6

L'ESPOIR

Le 14 décembre 1965, le temps était froid et couvert à New York. Dans le quartier de Brooklyn, rien ne perturbait l'activité grouillante de la librairie Harriman. Des clients s'affairaient à dégoter des manuscrits originaux comme cadeaux de Noël. Au premier étage, c'était le contraire. Miller Harris était plongé dans le mutisme. Depuis qu'il avait récupéré les documents de la Maison-Blanche, c'était le statu quo. Il détenait un trésor dont il ne pouvait jouir. Après la note anonyme reçue au restaurant le jour de l'assassinat, il s'était attendu à des représailles. Ce ne fut pas le cas. Sa ligne téléphonique avait été mise sous écoute et il le savait. Régulièrement il se promenait et en profitait pour passer ses coups de fil importants d'une cabine téléphonique.

Debout près de la fenêtre, il contemplait l'extérieur, ne pouvant se réjouir des lumières décoratives qui émaillaient le quartier. Songeant qu'à cette période festive, il était parti avec son épouse à bord d'un bateau de croisière, dans les îles du sud. Il entendait le bruit du cargo sortant du bassin de la 79e rue, et revoyait l'image de leur étreinte sur le pont, son visage à elle couvert d'un foulard fleuri pour se protéger du vent. Le temps s'était compressé. Trente ans déjà. La fraîcheur des images restait aussi vive, bien plus claire qu'une réminiscence. Ah, les souvenirs...

Il adorait la période des Fêtes même si, cette année, il allait les passer seul. Sa vie était devenue étriquée, enfermée par le cercle d'un quotidien de plus en plus étroit qui l'entraînait dans une spirale de solitude.

La veille, son petit-fils lui avait confirmé son absence. Quel plaisir aurait-il en compagnie d'un vieillard? songeait-il. Actionnaire de l'entreprise familiale, il était son unique héritier. Obsédé par l'apparence. Il portait des boutons de manchettes en or gravés à ses initiales et arborait fièrement sa montre Rolex. Sans compter les voitures sport et les conquêtes qu'il collectionnait. Constamment en voyage, il avait très peu de temps à consacrer à son grand-père. Dans ces conditions, Miller s'était abstenu d'évoquer avec lui les sujets qui le préoccupaient.

Que deviendrait son héritage secret? Il avait constitué des albums photos comme un jeu de piste. À chaque occasion il avait posé aux côtés des personnalités politiques et des gens influents du pays. Ainsi, il avait assemblé depuis des décennies des dossiers incluant des notes, des photos, parfois des doubles de documents concernant des manipulations et des jeux de pouvoir. Sa plus grande inquiétude résidait dans le transfert des preuves qu'il avait accumulées. De nature optimiste, il avait confiance en sa destinée, mais à cet instant, il ne voyait que le néant. Il alluma la bouilloire et patienta. Ce matin, il n'avait pas faim. Le sifflement le fit sursauter.

La sonnerie du téléphone retentit. Il se dirigea vers le guéridon et décrocha le combiné en buvant sa première gorgée.

— Allô...

— Bonjour... Il n'avait pas oublié le timbre de cette voix, aussi stressée que la première fois qu'il lui avait parlé.

— Nous avons un problème... balbutia son interlocutrice.

— Chère amie, je suis très occupé. Je vous rappellerai dans le courant de la journée. Il coupa la ligne et laissa le combiné posé sur le guéridon.

Il enfila un manteau et un chapeau pour se protéger du grésil qui s'abattait sur le quartier et marcha à deux coins de rue pour rejoindre la cabine téléphonique. À la troisième sonnerie, elle décrocha.

— Madame Lincoln? Nous avions convenu de ne plus jamais être en contact, dit-il en serrant les mâchoires.

— Un journaliste a découvert le vol de documents à la Maison-Blanche...

Il eut l'air stupéfié.

— Mais... c'est impossible ! Personne, à part vous et moi, n'était au courant.

L'hésitation de son interlocutrice créa un doute dans l'esprit de Miller.

— Vous me cachez quelque chose ? C'est bien ça ?

— Le jour de l'assassinat du Président, j'étais à Dallas, avoua-t-elle d'une voix tremblante. Craignant que le document ne soit trouvé par les agents de Johnson, j'ai demandé à mon assistante de le subtiliser.

— Et vous m'avez caché ce détail ! Vous vous rendez compte dans quel guêpier vous nous avez fourrés ! Qu'est-ce qu'il vous a dit ? Quel est son nom ?

— Ted Bradford, le chroniqueur politique.

D'un ton haletant, elle lui expliqua que Bradford détenait le témoignage de Nancy Clark indiquant que sur son ordre elle avait volé une enveloppe dans le Bureau ovale et qu'elle la lui avait remise, en plus d'avoir transporté des enregistrements secrets.

— Il m'a remis une copie écrite du témoignage. Si cette affaire sort sur la place publique, ma carrière est terminée...

— Que lui avez-vous répondu ?

— Rien, je suis restée muette. Sans commentaire de ma part sous vingt-quatre heures, il publiera un article sur le sujet. Nancy Clark est morte dans l'incendie de son appartement le mois dernier. D'après le reporter, elle aurait craint pour sa vie et aurait été assassinée en raison de son implication dans le vol du document. J'ai peur...

Evelyn Lincoln patienta au bout de la ligne en écoutant la respiration profonde de son interlocuteur.

— Rassurez-vous. Bien que nous affrontions une situation délicate, je vais trouver une solution. Vous ne serez jamais inquiétée.

— Ted Bradford était son amant, rajouta-t-elle.

— Quoi ?

— Vous avez bien entendu.

— Donnez-moi son numéro. Je dois réfléchir. Je vous rappelle.

Miller resta songeur, la main figée sur le combiné téléphonique. Un rebon–dissement inattendu qui paradoxalement fit revivre son côté stratégique.

John F. Kennedy avait évoqué son nom à plusieurs reprises, se délectant d'avoir un allié de la presse qu'il connaissait personnellement. Appuyé contre la paroi de la cabine, il songeait à la décision qu'il devait prendre. L'erreur n'était pas permise. Un seul coup gagnant. Il glissa les pièces dans la fente.

— Allô.

— Bonjour, Monsieur Bradford, j'ai eu vent de votre futur article au sujet de madame Lincoln... Un silence.

— Qui êtes-vous ?

— Un ami qui peut vous aider.

— Je vous écoute.

— Ce serait préférable de nous rencontrer. J'ai beaucoup de choses à vous apprendre. Après une hésitation.

— Parfait.

Il glissa à nouveau quelques pièces et rejoignit la téléphoniste.

— Bonjour, Mademoiselle, je voudrais le numéro de Paul Glassà New York... Je vous remercie. Dans la foulée, il l'appela.

— Paul ! Miller... oui et toi... j'ai besoin d'un grand service et tu n'as que quelques heures.

16 décembre 1965

Il ne devait être guère plus de 5 heures lorsque Miller se réveilla. Le froid de la nuit avait été plus mordant que prévu : il s'enfonça plus profondément sous les couvertures avant de se lever. Après avoir revêtu une robe de chambre, il jeta un coup d'œil au thermomètre qui indiquait 17 degrés. Bon sang, j'ai oublié de monter le chauffage.

Le jour pointait, dans le quartier juif de New York. On entendait des pas résonner sur le trottoir, la sonnette d'une bicyclette qui passait dans la rue et, au loin, le grondement de la circulation : voitures, camionnettes de livraison et sirène d'ambulance. Vapeur et fumée émergeaient des entrailles du métro, desquelles les travailleurs s'apprêtaient à bondir de tous les côtés, comme une colonie de fourmis désorganisée. Un nouveau jour commençait. En fait, ce jour pourrait bien être le plus important de toute sa vie. L'ultime solution pour perpétuer la mémoire du codex.

Il monta le bouton du thermostat et se dirigea vers la cuisine.

Il buvait un thé au réveil et enchaînait avec une tasse de café. De mauvaises habitudes qu'il n'arrivait pas à éradiquer. Ce matin, il se contenterait d'une tasse de café. Il alluma la cafetière et récupéra le journal qui avait été glissé sous la porte du vestibule. Il jeta un œil sur les articles du New York Times. Il évitait les pages titres qu'il trouvait tapageuses et sans véritable contenu. La vraie information se trouvait dans les paragraphes plus modestes. La politique et la finance, voilà ce qu'il affectionnait. Le café prêt, il s'assit à la table de la cuisine et enveloppa la tasse de ses mains. Le journal consacrait une analyse aux élections présidentielles françaises. Le Général de Gaulle était mis en ballottage par son challenger, François Mitterrand. Il secoua la tête et se leva de table. Les élections présidentielles ! Un mécanisme démocratique qu'il savait brimé depuis de longues décennies. Europe, États-Unis, le modèle était similaire : les gens qui intègrent un parti politique sont cooptés en interne et proposés au vote populaire. La population ne fait que valider un choix qui lui échappe et n'a proposé aucun candidat. Comme ces gens-là doivent leur évolution à un parti politique, ils ne rendent des comptes qu'au parti et non pas à la population qui valide, en fin de parcours, leur élection. De plus, les partis politiques sont dépendants de ceux qui les financent et dont l'empreinte pèse sur le système économique. Le contrôle politique devient effectif sur le système de l'organisation de l'État. Une fois qu'ils tiennent le système politique, il est facile de dicter les lois. C'est une vaste organisation de corruption et d'escroquerie.

Il se rendit dans la salle de bain, se déshabilla et resta plusieurs minutes assis sous la cascade chaude de la douche. Impossible pendant un moment de se débarrasser de la sensation de dégoût qu'il éprouvait lorsqu'il analysait le sujet de la politique. Tandis qu'il se séchait puis s'habillait, cette impression finit par s'estomper.

Le matin, il n'avait pas pour habitude de se rendre si tôt à la boutique. Ce jour-là c'était différent. Il descendit au rez-de-chaussée et juste au momentoùilentraitdanslalibrairie,laclocheretentit.Ilregardasamontre : 7 heures 30. Pile à l'heure ! Lorsqu'il ouvrit la porte, il remarqua un ciel sans nuage et l'interpréta comme un signe positif.

— Monsieur Harris, j'ai un courrier pour vous.

— Merci, jeune homme.

J'aime les hommes de parole : il déposa la lettre sur la tablette du comptoir et enfila son manteau. Pour la deuxième fois depuis la veille, il parcourut le quartier pour se rendre à une cabine téléphonique. Au bout de la ligne, la voix d'Evelyn Lincoln était fébrile et angoissée.

— Personne ne va ruiner votre carrière. Je contrôle la situation, dit-il d'une voix assurée.

— Et s'il me rappelle...

— Faites-moi confiance, oubliez cette mésaventure...

Il n'en avait rien laissé paraître, mais la tournure des événements était incertaine.

D'ordinaire, il consacrait sa matinée à la lecture des journaux et à une visite dans la librairie. Il adorait bavarder avec les clients. Mais aujourd'hui l'urgence le poussa à bousculer ses habitudes. Il s'assit à son bureau et décacheta l'enveloppe. Voyons ce que cache Monsieur Bradford...

14h

Le taxi déposa Ted Bradford devant une bâtisse de trois étages. Il poussa la porte de la librairie avec hésitation. Une boutique en longueur, près de trois cent mètres carrés, située au rez-de-chaussée d'une bâtisse plus que centenaire. Les murs étaient dominés par des rayonnages de livres qui occupaient l'espace disponible du sol au plafond.

Une vingtaine de personnes déambulaient dans les allées, feuilletant des manuels sur des tables disposées au centre de la pièce. L'odeur des vieux manuscrits, dominée par celles du bois et de la brique, planait dans l'air. Miller l'avait repéré et le détailla avant de le rejoindre : quarante ans, quarante-cinq peut-être : environ un mètre quatre-vingt-dix, bien bâti, yeux bleus, cheveux blond roux. Il était habillé sobrement : un costume complet gris, une chemise blanche et une cravate grise. Des vêtements coûteux, taillés sur mesure. Il avait avec lui un sac.

Miller louvoya entre les piles de livres et se porta à sa hauteur.

— Monsieur Bradford, bonjour, je suis Miller Harris.

Sa poignée de main était ferme aussi sûre que sa voix.

— Suivez-moi.

Ils passèrent devant l'arrière-boutique et empruntèrent un couloir étroit menant à un escalier. À droite, ils bifurquèrent et montèrent dans un ascenseur en fer forgé.

La petite cabine entama son ascension le long de la cage. Les portes coulissantes s'ouvrirent, révélant un vestibule aux murs beiges, décorés de tableaux floraux. Ils sortirent de l'ascenseur et longèrent un couloir qui menait au bureau délimité par des portes françaises. À l'intérieur, des rayonnages montaient jusqu'au plafond sur lesquels on accédait aux livres grâce à une échelle à roulettes. La grande pièce était richement aménagée. Miller se tourna vers son invité et dit :

— Je suis habité par la soif de la connaissance. J'ai lu chacun de ces ouvrages. Je vous en prie, asseyez-vous, proposa-t-il en désignant la chaise.

— Impressionnant, quel style de littérature préférez-vous ?

— J'aime l'Histoire, les biographies, et surtout les spécimens rares. La collection est très variée. Que puis-je vous offrir à boire ?

— Un verre d'eau.

Miller versa l'eau de la carafe dans un verre et prit place dans le fauteuil en face de lui derrière le bureau.

Ted Bradford remarqua une citation affichée sur le mur du fond. « Un homme qui fait de l'or et qui néglige le temps, passe à côté de son existence. » Une phrase écrite avec une plume à l'encre noire en de longues lettres calligraphiques élégantes sur un papier beige haut de gamme.

— J'en suis l'auteur, dit Miller. Nous pourrions converser pendant longtemps sur le sujet. Mais nous sommes réunis pour une autre raison.

Le bureau standard vitré était rangé hormis quelques papiers empilés. Un miroir à taille humaine était sans conteste l'élément polarisateur. À côté, sur une petite table de campagne antique, il y avait la photographie encadrée d'un couple de jeunes mariés. La jeune femme était brune à l'air espiègle et tenait par le bras son époux.

— J'ai bien changé, n'est-ce pas ?

Il saisit le portrait et l'observa avec nostalgie.

— C'est Beth, mon épouse, le jour de notre mariage, dit-il avec une voix nostalgique. Êtes-vous marié, Monsieur Bradford ?

— Oui.

— Avez-vous des enfants ?

— Pas encore.

— Le président m'a parlé de votre amitié à quelques reprises.

Le journaliste sourit et lui répondit :

— John était un grand ami avant qu'il ne soit élu. Nous habitions dans Georgetown, c'était la belle époque. Et vous ?

— Eh bien... j'étais une sorte d'éminence grise. J'ai débuté ma carrière à la Maison-Blanche en 1906......

Le journaliste fronça les sourcils.

— 1906 ? reprit-il, incrédule.

Miller ouvrit un tiroir et saisit un dossier comme s'il s'attendait à la question.

Il en retira plusieurs clichés, qu'il étala sur le plateau. Ted détaillait les photos et constata qu'il n'avait pas menti sur ses fréquentations.

Il releva la tête d'un air interrogateur. Miller eut un sourire en coin.

— Être un personnage connu sur la place publique et qui gravite dans la sphère politique ne sert qu'à flatter l'ego et vous expose aux médias. Le vrai pouvoir réside dans la discrétion.

Le journaliste sortit un calepin et prit des notes pendant que Miller exposait les grandes lignes de son parcours, qu'il conclut par cette phrase :

— John F. Kennedy —et le mystère de son assassinat— est le lien qui nous unit aujourd'hui, dit-il en examinant ses mains un bref instant. Il prenait une petite pause avant d'en venir au fait. Avez-vous apporté l'enregistrement du témoignage de Nancy Clark ? C'est donnant-donnant. Vous me remettez la bobine et je vous livre la vérité. C'est notre accord.

Ted ouvrit sa sacoche. Elle était vide !

— Disparue ! dit-il d'une voix assumée. Nancy possédait l'original, détruit lors de l'incendie de son appartement où elle a perdu la vie. Quant à la copie détenue par le journal, elle s'est volatilisée.

— Vous voulez dire quequelqu'un l'a subtilisée au journal ?

— C'est exact.

— Quelles étaient les personnes informées de ce témoignage ?

— Nancy, moi, Dorothy Kilgallen, le rédacteur et le directeur.

— Dorothy Kilgallen ? Mais quel était son rôle ?

— Le jour de l'enregistrement, je lui ai demandé de m'accompagner. Sa popularité auprès du public aurait donné du poids à l'article. Elle avait interviewé Jack Ruby, et prétendait détenir un scoop. Elle avait publié un article suggérant que la CIA et la mafia avaient collaboré. Une manière de crédibiliser la thèse de plusieurs tireurs. Sans oublier son scepticisme face aux conclusions du rapport Warren. Et qu'est-ce qui lui est arrivé le mois dernier ? Officiellement, elle est morte après avoir ingéré une combinaison d'alcool et de barbituriques. Elle n'était ni dépressive ni suicidaire, et encore moins alcoolique. Je crains qu'elle n'ait été ajoutée sur une longue liste de meurtres qui n'a pas fini de s'allonger.

— Vous êtes en quête de justice, c'est bien ça ?

— C'est exact. Evelyn Lincoln restait mon seul espoir et j'espérais qu'elle craque sous la pression. John n'est pas mort par le seul acte d'un tueur isolé, il a été abattu selon un plan bien établi et à ce moment-là, j'ai cru qu'elle était impliquée dans un complot.

— Vous voulez connaître la vérité ? demanda-t-il d'une voix dure comme du roc.

— Évidemment !

— Madame Lincoln a agi sur ordre du Président et m'a confié l'intégralité des pièces à conviction : les bobines du système d'écoute, les agendas, le plan Kennedy. Sans elle, ils seraient tombés entre les mains de Johnson.

— Justement à ce propos, j'aurais plusieurs questions.

— Chaque chose en son temps...

Ils se regardèrent. Miller ne détectait aucune malice chez son invité.

— Pourquoi vous ? Pourquoi John F. Kennedy vous a-t-il choisi ?

— Je connais la famille depuis les années 1930. John a grandi sous mes yeux. Depuis 1946 et jusqu'à sa mort, j'étais son conseiller secret. Celui auquel il confiait ses doutes, ses craintes et ses rêves. Je lui avais remis le document qui était à la base d'un plan gigantesque, que nous allions mettre en œuvre pour réformer le pays et qui s'intitulait : le plan Kennedy.

— Que voulez-vous dire ? Miller croisa les mains.

— C'est un jeu dangereux que de mener seul une enquête parallèle. Nous pourrions nous entraider, suggéra-t-il.

— Que proposez-vous ?

— Ce que je veux, c'est que vous résolviez une énigme, voilà votre mission.

Le journaliste se redressa.

— Une énigme ?

— Vous rédigerez un manuscrit sur le mobile de l'assassinat du président Kennedy que je suis le seul à connaître, en mettant en lumière les actions de l'État profond, preuves à l'appui.

— L'État profond ?

— Exactement. Ce sont des forces obscures, inconnues du grand public, qui contrôlent les structures étatiques, la Chambre des représentants et le Sénat, liées au monde de la haute finance, de l'économie et à celui du renseignement.

— Rien que ça ! Cette fois, il se leva de sa chaise et fit quelques pas.

— Vous ne me prenez pas au sérieux ? Vous pensez que je suis un vieux fou ? Depuis le jour où le président Kennedy a été balayé de la carte, je vous annonce que l'État profond a pris le contrôle de Washington, par la suite des États-Unis et dans le futur de la planète entière. Je n'assisterai pas au déroulement de cette mascarade, mais le fils du président défunt, oui. Ils chercheront à l'éliminer et vos enfants aussi seront victimes de ce qui se construit maintenant et ici. Si je me suis trompé à votre sujet, quittez cette pièce immédiatement.

Pendant un instant, le journaliste fut décontenancé et balaya l'air dans un geste théâtral.

— Je suis chroniqueur, pas écrivain !

Miller restait calme, toujours assis derrière le bureau.

— Dois-je vous rappeler que votre nom figure sur la liste ? Croyez-vous qu'ils vous épargneront si vous fourrez votre nez partout ? Vous êtes marié, Monsieur Bradford, l'avez-vous oublié ? Vous ne voudriez pas que votre épouse soit menacée ou qu'elle devienne veuve, n'est-ce pas ? Vous n'avez pas le choix. Si vous voulez obtenir la vérité et la justice, je vous offre un avenir.

L'émotion lui contracta la poitrine et un nœud serré lui obstrua la gorge. Il saisit le verre d'eau, qu'il but d'un trait. Quand il regarda Miller, son visage avait pâli. Pour finir de le convaincre, Miller ajouta un argument de poids.

— Sur mes conseils, le Président avait installé un système d'écoute et enregistrait l'ensemble des réunions, des rencontres privées ainsi que des conversations téléphoniques. Les bobines ont une importance capitale.

Il marqua une pause.

— Est-ce que ma proposition vous intéresse? Le journaliste reprit sa place sur la chaise et se pencha vers lui.

— À quoi pensez-vous?

— Vous démissionnerez de votre poste à la Maison-Blanche et quitterez le monde journalistique. Personne, je dis bien personne, ne devra être au courant.

— Renoncer à ma carrière? Vous plaisantez, j'espère!

— Parfois les sacrifices sont nécessaires.

— En vous retirant, vous éloignerez le danger. J'ai élaboré un stratagème.

Miller lui exposa son plan : il se rendrait trois jours par semaine à la bibliothèque du Congrès. Deux fois par mois, ils se rencontreraient dans le plus grand secret. Le directeur, un ami de Miller, mettrait à leur disposition une pièce à l'écart des regards.

— Vous répandrez la rumeur que vous écrivez un guide pour les voyages en Europe. Tenez-vous loin de la Maison-Blanche. Officiellement, le monde politique ne vous intéresse plus. Nous enregistrerons nos conversations et vous ferez votre travail de journaliste. Vous pourrez me poser les questions que vous jugerez utiles. Elles serviront de base pour rédiger un livre. Le temps est compté, alors...

— Que proposez-vous?

— Je vous verserai un salaire de 100000 dollars par année, qu'en dites-vous?

— C'est une somme colossale!

— Votre épouse sera à l'abri ainsi que votre fille, Barbara, qui a perdu sa mère, c'est bien ça?

Le visage du journaliste devint blême.

— Vous possédez deux hypothèques et votre épouse de treize ans votre cadette... il l'interrompit.

— Comment osez-vous ? Vous décriez les méthodes de vos ennemis et vous procédez de manière semblable. Serait-ce du chantage ?

— Monsieur Bradford, je me renseigne systématiquement sur mes futurs collaborateurs. Ce que vous prenez pour du chantage n'est qu'un exposé de la réalité. Je dois savoir à qui j'ai affaire. Tout ceci restera confidentiel. Je pense à votre avenir...

Ted s'était levé et faisait les cent pas.

— Pourquoi ce livre contiendrait-il la vérité ?

— Je possède des enregistrements, des notes de service, des photos, et les documents issus de la Maison-Blanche. Ultimement, vous saurez ce qui a conduit au meurtre du président Kennedy. Ted s'étira le cou et haussa un peu les épaules, hésitant, semblant peser le pour et le contre.

— Qui paierait un prix aussi élevé pour une collaboration ? Vous avez plus à gagner et moi plus à perdre dans cette histoire. Serrons-nous la main et scellons notre accord.

***

CHAPITRE 7

NUIT SOMBRE

Janvier 1968

Le taxi venait d'enjamber le Potomac et déposa Miller devant l'entrée du cimetière d'Arlington. La nuit était noire et froide. Il releva le col de son manteau. Cette promenade nocturne entre les stèles blanches était inusitée. Ce n'est pas lui qui en avait eu l'idée, mais plutôt Bobby qui rendait des visites crépusculaires à son frère. Il lui avait semblé que ce lieu de rendez-vous était un symbole.

La nuit l'atmosphère est différente, songea Miller. Il détourna les yeux tandis qu'il approchait. Au loin, une silhouette agenouillée devant la flamme éternelle, portant un long manteau de laine pour se protéger du froid humide de l'hiver. Il reporta son regard sur la multitude de croix dressées ressemblant à des bâtons de craie, représentant ces milliers d'âmes envolées.

Robert Kennedy, au teint pâle et la silhouette amincie, releva la tête lorsqu'il entendit un craquement de pas sur le sol gelé. Miller posa un regard interrogateur sur lui qui ne dura que quelques secondes. Cela faisait presque cinq ans qu'ils ne s'étaient pas revus. Depuis trois ans, il travaillait d'arrache-pied avec Ted Bradford et avait réussi à bâtir une nouvelle approche dans laquelle Bobby représentait leur seul espoir. Lui seul pourrait mener à bien le projet qui avait été initié par son frère. Était-il prêt à entendre la vérité? C'est ce que Miller voulait découvrir. C'était quitte ou double.

— Je suis heureux de te voir.

— Bonsoir Miller. Je voulais que mon frère soit proche de nous, je sais à quel point il vous estimait. Après sa disparition, mon ascension politique a été fulgurante et ma descente dramatique. Le goût du pouvoir a pénétré en moi insidieusement et le perdre m'a propulsé dans les profondeurs de mon âme. Je voulais en faire bon usage, j'étais trop honnête. Allons droit au but. J'hésite à poser ma candidature aux primaires démocrates. Si je suis ma raison, je reste en retrait. Si je suis mon instinct, je me lance.

En parcimonie, des mèches de ses cheveux avaient blanchi et ses joues étaient un peu plus creuses.

— Je suis au courant, je lis les journaux. J'ai les réponses aux questions qui te tourmentent depuis cinq ans.

Bobby se redressa et fronça les sourcils. Son visage se raidit et ses traits se figèrent.

— Je connais les auteurs et le mobile de ceux qui ont ourdi un complot à l'encontre de John.

— Qu'est-ce que vous dites? répondit-il en serrant les dents. Miller venait d'évoquer le sujet qui l'obsédait. Un démon si grand qu'il l'avait presque anéanti et qu'il tentait de repousser.

— Laissez-moi deviner. La CIA, Johnson, la mafia ou encore le complexe militaro-industriel...

— C'est plus complexe. Nous sommes devant un géant qu'une armée n'arriverait pas à vaincre.

Il eut un mouvement de recul.

— Plusieurs forces coordonnées?

— En quelque sorte.

— Diable Miller, vais-je devoir vous tirer les vers du nez?

Miller connaissait sa rudesse qui, à cet instant, dominait sa sensibilité, et qui lui avait valu la réputation d'« impitoyable », car il avait une aversion pour les combines en politique et l'avait fait savoir haut et fort.

— Voilà ce que je voulais éviter, ta fougue vengeresse. Ce n'est pas une manière de prendre ta revanche. Un temps de recul était nécessaire.

— Vous auriez pu m'appeler.

— Tu n'étais pas prêt. Et en plus, Hoover avait mis ta ligne sur écoute.

Bobby secoua la tête.

— Je suis au courant, dit-il l'air dépité.

— Ne t'inquiète pas, j'ai ce qu'il faut pour le faire tomber. Mais pas tout de suite.

— Depuis cinq ans j'attends que justice soit rendue. Rien ne va plus dans ce pays.

— Tu as raison. La solution passe par la stratégie et la patience. Avec ton frère nous avions entamé une lutte secrète. Notre plan était basé sur la stratégie tirée du livre de Sun Tzu qui dit entre autres : « Dans l'art militaire, chaque opération particulière a des parties qui demandent le grand jour, et des parties qui veulent les ténèbres du secret. C'est par son élan que l'eau des torrents se heurte contre les rochers : c'est sur la mesure de la distance que se règle le faucon pour briser le corps de sa proie ».

— Encore faudrait-il une armée pour se battre.

— Nous l'aurons.

Il eut soudain l'air dépité.

— Il ne m'avait rien dit à ce sujet, dit-il en baissant la tête.

— Ton père aussi l'ignorait. Regardons vers l'avenir. Je vais te donner une bonne raison de te présenter aux prochaines élections présidentielles et de botter ce cul-terreux de Johnson, et tous ses acolytes texans.

Après cette rencontre, Bobby tergiversa encore. Jusqu'à laisser passer les primaires du New Hampshire. Miller espérait de tout cœur qu'il se lance pour reprendre le flambeau. Mais il restait en retrait pour ne pas l'influencer. Ce serait sa décision. Puis, il se lança corps et âme dans la bataille dressant devant lui espoir et justice pour le peuple qui marcha dans son sillage. Le 16 mars 1968, lorsqu'il se présenta dans la Senate Caucus Room, celle-là même où son frère avait fait l'annonce de sa candidature aux élections présidentielles, il officialisa sa décision. Miller crut voir le fantôme de John vêtu dans son costume bleu marine avec sa traditionnelle pochette blanche. Bien qu'il se sentait vieux et usé, persuadé qu'il avait déjà livré toutes les larmes de son cœur, il pleura à nouveau.

Le 6 juin 1968, Robert Kennedy est assassiné.

En juillet 1968, Ted Bradford se suicida dans la chambre d'un motel dans la banlieue de Washington. Miller Harris lui avait remis le codex, les bobines du système d'écoute et des documents confidentiels pour les besoins du livre. Lorsqu'il apprit la triste nouvelle, le sol se déroba sous ses pieds : il était envahi par la sensation de tomber dans le vide. Il ignorait où le journaliste avait caché les documents. Tant d'efforts vains eurent l'effet d'un coup de poignard. Les espoirs de justice et de vérité s'envolaient. Son essoufflement était profond. Pour la première fois, il n'avait plus de solution. Cette quête du carnet pour ensuite le posséder et finalement le protéger l'avait fait puiser dans ses réserves vitales. Le coup de grâce venait de lui être donné, aussi tranchant que la lame d'un couperet : l'assassinat de Ted Bradford. Le déclin contre lequel il avait sans cesse lutté venait le frapper. Éreinté, fatigué et usé par cette lutte incessante, Miller décéda peu de temps après, dans son sommeil. Son plan ne verrait pas le jour. Les langues de ses ennemis n'étaient pas prêtes à se délier.

***

CHAPITRE 8

REBONDISSEMENT

New York, de nos jours.

Le taxi déposa Barbara dans le quartier de Manhattan Nord. L'ancienne jungle urbaine qu'avait été ce quartier laissait place progressivement à la construction de nouveaux édifices et d'un centre commercial. Mais des parcelles de jungle résistaient à leur disparition promise. La bâtisse en briques rouges était exactement à mi-chemin entre l'enfer et le paradis, enclavée dans une rangée de maisons.

Sa dernière visite remontait à plusieurs mois avant que sa tante ne tombe gravement malade. À sa mort, sans testament, c'est elle qui avait hérité de la maison. Elle n'était vide que depuis quelques semaines, mais en franchissant la porte, elle fut littéralement assaillie par une odeur de renfermé. Elle ouvrit immédiatement les fenêtres du rez-de-chaussée. Elle prêta attention au décor. De mémoire, elle n'avait jamais vu ça.

— Quel foutoir !

Sa tante avait vécu dans cet endroit depuis plus de cinquante ans. Lorsque son mari décéda, elle commença à montrer des signes d'accumulation compulsive, collectionnant à outrance les revues et les magazines de mode. C'était sa dernière lubie. Antérieurement, elle avait accumulé les tasses, les lutins et bien d'autres babioles. Pour contenir toutes ces folies, elle avait installé des étagères sur tous les murs dans la salle à manger. Les meubles débordaient, même la télévision avait été encastrée dans un cadre de bois, avec posé dessus, des hiboux de toutes les sortes. Les derniers mois, son état avait empiré. Un cadeau empoisonné dont Barbara devait s'occuper. Finir sa vie de cette manière, quelle tristesse. Pourtant, elle avait été assez lucide pour écrire une lettre lui léguant une collection de vaisselle de porcelaine anglaise qui avait appartenu à sa mère, et qu'elle avait rangée au grenier. Barbara n'en n'avait jamais entendu parler.

Elle saisit son téléphone et composa le numéro d'une association caritative. Pendant qu'elle attendait que quelqu'un réponde, elle traversa le couloir jusqu'au salon, dépassa les cartons empilés au milieu de la pièce jusqu'à la cuisine. Au travers de la fenêtre, elle contempla le ciel bleu pendant que le téléphone continuait de sonner.

— Allez ! nom d'un chien, répondez !

Finalement quelqu'un décrocha et elle reconnut la voix.

— Bonjour, c'est madame Clark, on s'est parlé hier. Je vous attends dans l'après-midi comme convenu ?... Merci.

Barbara, une violoncelliste de renommée internationale qui résidait à New York, avait interrompu ses répétitions et comptait régler la situation dans la journée.

Avant de monter, elle dressa l'inventaire des effets personnels et choisit de garder uniquement la chaise à bascule qui l'avait bercée jusqu'à son adolescence. Le surplus serait légué à une œuvre caritative et ferait le bonheur de plusieurs familles démunies. Quant à la maison, plusieurs acheteurs s'étaient déjà manifestés.

Barbara prit l'escalier et monta à l'étage. Elle passa devant la chambre qui avait été la sienne pendant son enfance : elle hésita, et finalement poussa la porte. Elle s'assit sur le lit et laissa son regard vagabonder dans la pièce, qui lui était maintenant étrangère. Des boîtes jonchaient le sol et d'innombrables revues étaient déposées au bout du lit et sur le bord de la fenêtre. Une seule chose l'interpella : une photo de famille dans son cadre doré sur la table de chevet.

C'était celle de sa mère la tenant par la main devant la gare Centrale de New York. Elle eut des frissons. C'était la dernière fois qu'elle l'avait vu. Dans la nuit qui avait suivi, sa mère avait perdu la vie dans l'incendie de son appartement à Washington. Devenue sa tutrice légale, sa tante l'avait élevée, et lui avait offert les meilleures écoles.

Pour la dernière fois, elle ferma la porte de la chambre et emprunta le couloir jusqu'à l'escalier de bois qui menait sous les combles.

Le grenier, côté sud, laissait filtrer un rayon de lumière au travers de la minuscule fenêtre. Elle actionna l'interrupteur. Une faible lumière se répandit. Elle aurait pu passer deux jours à fouiller chaque recoin encombré de stock, mais un carton posé en évidence au centre de la vieille table en formica capta son regard. Elle se précipita et ouvrit la boîte. Il s'agissait du service en porcelaine. Splendide, aux motifs fleuris, mais elle avait un faible pour les arabesques. Elle souffla, réalisant à quel point sa tante ignorait ses goûts. Elle hésita à déballer l'ensemble des pièces, mais se ravisa en songeant à une de ses amies qui possédait une boutique d'antiquités. Elle composa son numéro.

— Allô, Rachel, c'est Barbara. Un service en porcelaine, ça t'intéresse ?... Elle coinça son téléphone entre son épaule et son oreille, attends, je regarde... six assiettes creuses, six autres plates... des tasses ? Je t'envoie une photo. Salut ! Rappelle- moi rapidement.

Elle plongea les deux mains dans le fond de la boîte. Il y a quelque chose... Deux paquets. Elle sortit le premier. Le papier d'emballage se déplia, craquant comme du papier froissé, et à l'intérieur, elle trouva un carnet. Elle le déposa sur la table, s'intéressant au deuxième colis. Grossièrement elle déchira l'emballage brun, qui révéla une boîte à chaussures. Elle ouvrit le couvercle. Qu'est-ce que c'est que ce truc ? se demanda-t-elle. Un modèle de magnétophone qu'elle n'avait vu que dans les films policiers des années 1960. Soudain, au milieu de ce capharnaüm poussiéreux, elle se sentait mal. Étouffée. Elle le rangea dans la boîte ainsi que le journal et descendit au rez-de-chaussée. Elle débarrassa la table de séjour, s'assit et ouvrit le journal. Elle attrapa une cigarette dans son sac à main et son briquet, et l'alluma en exhalant un petit panache de fumée. Le carnet était petit et fragile. Sa couverture bleue marbrée de gris était déchirée et délavée par le temps. Sa reliure était cassée et certaines pages menaçaient de se détacher. Elle l'ouvrit. Il s'agissait du journal intime de sa mère. La première page était datée du 2 février 1961. Son cœur battait dans sa poitrine. Elle éprouvait une sale angoisse. Elle qui avait questionné sa tante sur l'identité de son père, la réponse se trouvait dans ce journal, elle en était convaincue. Sa tante avait évoqué une aventure passagère avec un homme marié. Qu'est-ce que je sais sur ma mère ? songea-t-elle. Elle avait travaillé comme assistante de la secrétaire de John F. Kennedy. Rien de plus. Elle plongea au début de la lecture du journal. Plus elle tournait les pages, plus son teint pâlissait, habitée qu'elle était par le sentiment de violer la vie intime d'une étrangère. Son histoire d'amour avec un journaliste était pure et puissante, une histoire impossible et bien vivante « Peut- être que nous nous aimons autant, car nous sommes dans l'interdit, et l'interdit exalte les fantasmes... » avait-elle écrit. À la recherche d'un indice sur l'identité de son père, Barbara feuilleta rapidement le journal. Au détour d'une page, elle tomba sur une photo en noir et blanc. Elle l'examina. Grand, très grand, les cheveux clairs, un beau visage. Il tenait une enfant dans ses bras, sa mère penchait la tête sur son épaule. L'enfant, c'était elle. Elle eut quelques secondes d'égarement avant d'avoir le réflexe de retourner le cliché. Au verso était inscrit « Moi, Ted et Barbara, juin 1965. » Elle n'avait aucun souvenir de lui et pourtant, elle l'avait bel et bien connu. Elle écrasa sa cigarette et poussa un soupir. Ted qui ? se demanda-t-elle. Ce n'est qu'un peu plus loin que le mystère se dissipa.

La sonnette de l'entrée retentit. Elle sécha ses larmes, déposa le journal dans le carton et ouvrit la porte. Les déménageurs étaient arrivés plus tôt que prévu. Barbara leur donna les instructions et quitta les lieux en emportant la boîte.

***

CHAPITRE 9

L'INVITATION

Six mois plus tard

Quand Barbara sortit de l'aéroport, le ciel était bleu pastel et l'air glacial était entraîné par un vent violent. Elle ne portait qu'un jean, une chemise de lin et une veste de cuir. Elle releva son col et se dirigea vers la station de taxis de l'autre côté de l'aérogare. Deux hommes la suivaient de près.

Elle monta à bord du véhicule. Selon sa plaque d'identification sur le pare-brise, le conducteur s'appelait Isaac. Il lui demanda, avec un accent prononcé qu'elle n'arriva pas à identifier, si le vent n'avait pas causé trop de turbulences lors de son vol. Barbara se contenta de hocher la tête, puis lui communiqua l'adresse. Elle n'était pas disposée à engager la conversation. Elle était tracassée. Depuis qu'elle avait lu le journal de sa mère et écouté la bobine magnétique. Troublée par la découverte de l'identité de son père, elle le fut davantage lorsqu'après des investigations, elle découvrit qu'elle avait un demi-frère qui s'appelait James Bradford. Malheureusement, ce dernier était plongé dans le coma. Une longue attente pendant laquelle elle se rendit à de nombreuses reprises à l'Église Trinity de New York afin de prier pour lui. Redoutant que sa mort probable ne la prive de ce cadeau de la vie. Elle s'accrochait à l'espoir et parfois cédait à la peur. Et s'il se réveillait, serait-il amnésique ou handicapé? Tant de questions. Plusieurs semaines s'écoulèrent. Interminables. Elle se tenait informée quotidiennement. Un beau matin, le miracle se produisit. James avait repris partiellement connaissance.

En route vers l'hôtel, elle se remémorait cette période.

Leur premier rendez-vous eut lieu au centre de réadaptation dans la région de Boston par une belle après-midi ensoleillée. Ils furent frappés par leur ressemblance physique : la couleur et la forme des yeux et le blond cendré de leurs cheveux. Il représentait tout ce qu'elle avait toujours voulu savoir sur son père. Pendant la période de convalescence, elle l'accompagna. De la lecture à la musique en passant par de longues conversations qui s'étiraient jusqu'à la tombée de la nuit, ils firent plus ample connaissance et une belle complicité s'installa. Barbara attendait qu'il soit complètement rétabli pour lui confier ses découvertes à propos de sa mère et de leur père. Aujourd'hui, il était hors de danger. Le moment était venu.

Le taxi la déposa devant l'édifice. Elle était toujours suivie. À chacune de ses visites dans la Capitale, elle séjournait à l'hôtel Willard. Fondé en 1850 par Henri Willard, il avait accueilli de nombreuses festivités ainsi que des hôtes célèbres comme certains présidents américains qui avaient marqué le lieu de leur présence. Ce qui lui avait valu le surnom de « l'hôtel des présidents ». Le plus célèbre d'entre eux était Abraham Lincoln, qui s'y était réfugié en secret pour ensuite se rendre à Baltimore, afin d'éviter un complot.

Elle foula le tapis bleu dominé par des colonnes dorées aux allures grecques et récupéra sa carte d'accès à la réception. Assistée du groom pour cueillir ses bagages, ils empruntèrent l'ascenseur, suivi de deux hommes qui se glissèrent dans la cabine. Elle pressa le bouton et s'appuya contre le mur garni d'un miroir alors que la cabine entamait sa rapide ascension. L'ascenseur ralentit et stoppa à l'étage inférieur. Deux autres personnes entrèrent. Un picotement d'impatience lui chatouilla les doigts. Deuxième arrêt. Les portes coulissèrent et s'ouvrirent sur le couloir. D'un pas pressé, elle gagna sa suite, suivie du groom qui déposa ses bagages dans l'entrée. Elle se tourna vers les deux armoires à glace, ses gardes du corps.

— Je vous retrouve demain à 9 heures.

Ils occupaient une chambre sur le même étage. Elle s'installa dans la suite ovale, inspirée par l'architecture baroque du bureau ovale de la Maison-Blanche. Elle s'assit dans le sofa du salon et examina la pièce, rêveuse. La pièce était décorée avec grand soin. Chaque couleur longuement pesée, chaque meuble choisi avec le souci de l'harmonie de l'ensemble. Le bouquet de fleurs était une explosion de couleurs qui mettait de la vie. Bien qu'elle était venue à quelques reprises dans l'établissement, c'était la première fois qu'elle louait une suite. Elle était ravie.

Elle s'approcha de la fenêtre qui offrait une vue pittoresque sur le Washington Monument. Magnifique ! songea-t-elle. Le couloir en marbre menait à une chambre spacieuse, comprenant un lit king size, une douche italienne, ainsi qu'une baignoire séparée. Tout était d'une élégance stupéfiante.

Au-dessus de la vasque, elle croisa son regard dans le miroir, et s'observa. Ses traits étaient tirés, ses longs cheveux blonds en bataille, et son teint était pâle. Elle ramena sa valise dans la chambre et rangea ses vêtements dans la penderie. Elle fit couler un bain, se déshabilla et plongea la tête dans l'eau savonneuse pour dissiper l'angoisse qui l'habitait. Depuis qu'elle possédait l'enregistrement trouvé dans le carton, elle était prise en filature. C'est la raison pour laquelle elle avait engagé des gardes du corps. Deux jours auparavant, ses doutes s'étaient confirmés. Elle avait reçu des menaces téléphoniques. Sa vie en échange de la bobine. Méprisant le danger, elle avait déposé l'originale de la bobine en lieu sûr et elle avait conservé une copie de l'enregistrement sur une clé USB. Ensuite, elle avait imaginé une supercherie en se procurant une bobine magnétique identique à l'original sur laquelle elle avait enregistré un message afin de duper son maître-chanteur au cas où il aurait eu l'idée de passer à l'action. Elle l'avait substitué à l'original et l'avait glissé dans son sac à main. Jamais elle ne céderait à un chantage, au mépris du danger.

Le temps s'étira : l'eau chaude devint tiède, puis froide. Elle sortit de la baignoire, enroula grossièrement une serviette autour de sa taille avant de saisir le combiné posé sur la table du salon et composa un numéro.

— James ?

— Oui.

— C'est Barbara. Je suis tellement contente d'entendre ta voix. Comment vas-tu ?

— De mieux en mieux. Tu es arrivée en ville ?

— Oui. Il faut que l'on se voie.

— Quand, maintenant ?

— Pourquoi pas ?

— Je ne suis pas en forme, plutôt demain soir, après ton concert ? Barbara se mordilla la lèvre et adopta un ton ferme.

— Non, c'est urgent.

— Très bien, le temps de me préparer et je te rejoins.

Il nota le numéro de la suite.

Dans une chambre de l'hôtel Willard, non loin de la suite où résidait Barbara, un espion la surveillait au travers de la minuscule caméra qu'il avait insérée dans le luminaire du salon. Elle venait d'appeler son demi-frère. Dans moins d'une heure, il serait là. Cette visite imprévue risquait de bouleverser ses plans.

***

CHAPITRE 10

L'AVEU

Je me nomme James Bradford. J'habite une jolie maison en briques rouges dans le cœur du vieux quartier de Georgetown à Washington, célèbre pour ses pavés datant du XVIIIe et XIXe siècle. De ma fenêtre, j'aperçois le canal devenu un lieu de promenade où passent quelques coureurs à pied, ou des couples d'amoureux en fin de soirée. John F. Kennedy habitait à un pâté de maisons quand il était sénateur du Massachusetts avant son intronisation à la Maison-Blanche.

L'appel de Barbara m'avait troublé. Sa voix était moins enjouée, et son ton inhabituel.

J'étais assis dans le canapé devant l'écran de télévision que je n'écoutais qu'à moitié en buvotant un café. Ma vie avait basculé l'hiver dernier. Une mauvaise chute. J'avais vécu une hibernation d'un mois pour me réveiller au printemps. Un coup de hache qui stoppa ma vie. Le trou noir, l'ombre de la mort m'avait rejeté. Trois mois de réadaptation dans un centre de la région de Boston et j'étais rentré chez moi. Je me sentais perdu. J'avais démissionné de mon travail et je ne n'avais pas consulté mes comptes bancaires depuis un bon moment, mais je ne m'en faisais pas. Une profonde remise en question était en marche et rien ne pouvait l'arrêter. Comme une roue qui tourne. Des questions émergèrent dans mon esprit, effaçant le disque dur programmé pour laisser vivre ma mémoire vive. Ce que je tenais pour acquis et qui constituait la base de notre société volait en éclats. Cette expérience avait eu le mérite de mettre en perspective les priorités existentielles. La notion de plaisir s'était graduellement envolée, comme admirer la nature ou prendre le temps de vivre. C'était le moment de renouer avec la joie de vivre simplement. Qui avait décidé que nous devions travailler 70 % de notre temps ? Par exemple. Et tant d'autres interrogations. Aujourd'hui, comme souvenir de cette traversée du désert, il me restait des bulles vides, qui à l'improviste traversaient mon esprit. Ma mémoire à long terme s'améliorait de jour en jour, ce qui était encourageant. J'étais sur le chemin de la guérison. Dans les profondeurs de mon âme, une lutte plus difficile entre ma raison et mes pulsions concernait mon goût pour l'alcool, à l'origine de ma chute—qui entraîna mon coma, mais qui fut salutaire, car, dans le cas contraire, mon foie devenu semblable à une éponge ne m'aurait pas permis de survivre bien longtemps. Je devais troquer mes mauvaises habitudes contre une discipline personnelle.

Barbara avait été une surprise. Fils unique, je renouai avec l'idée d'une famille élargie. Une demi-sœur providentielle qui se présentait à un moment crucial. Elle était venue me rencontrer au centre de réadaptation, avec en main la preuve de notre lien familial, cristallisée sur une photo montrant ses parents, sur laquelle je reconnus mon père. Ce qui me laissa pantois.

Étendu, et en réflexion, je jetai un coup d'œil à ma tenue qui était peu adéquate pour me rendre à l'hôtel. Pantalon de survêtement en nylon kaki, polo blanc rayé, et de surcroît, une barbe de trois jours. Je montai à l'étage et j'ouvris la porte de ma garde-robe. Et la chemise, quelle couleur ? Une cravate, pas de cravate ? Dans l'indécision la plus totale, je me dirigeai vers la salle de bain attenante pour me raser. Après une douche rapide, j'enfilai une chemise blanche et un jean. Je descendis au rez-de-chaussée, prêt à partir.

Mon regard se posa sur les piles de livres, de journaux et de revues qui jonchaient le plancher, sans compter celles qui étaient dans les autres pièces de la maison, représentant la somme des documents reliés à mon travail de journaliste d'enquête. Que restait-il de cette partie de ma vie ? J'allais quelque part et je ne me souvenais plus pourquoi, il m'arrivait de m'égarer, et parfois je manquais mes rendez- vous de suivis médicaux. Je mettais des alarmes sur mon téléphone pour me rappeler les tâches que j'avais à remplir et je ne me déplaçais plus sans mon magnétophone enregistreur de poche, car ma mémoire me faisait défaut. Perfectionniste et ordonné, je ne l'étais plus. Dès que je me sentirais mieux, je balancerais tout à la poubelle et je mettrais de l'ordre.

À bord du taxi, comme pour calmer ma nervosité, je lus la page titre du journal. « Un tueur en série sévit sur la côte est : pour la seconde fois, la dépouille d'une femme a été retrouvée mutilée... » Cette terreur du tueur en série reléguait les sondages de la course à l'élection présidentielle à la seconde page. Hillary Clinton devançait largement Donald Trump. Compte tenu de ce qui était écrit de négatif à son sujet, je me demandais vraiment pourquoi les grands électeurs républicains l'avaient désigné comme candidat? Je n'aimais pas particulièrement la politique. Je délaissai le journal.

À travers la vitre, j'aperçus sur le trottoir une jeune femme brune aux cheveux longs qui me rappela Helen, ma compagne, ce qui me replongea au début de ma descente aux enfers, qui avait débuté trois ans auparavant. Une cascade de circonstances dramatiques dont le point de départ fut son décès dans un accident de la route. Bien que l'on attribue au destin ce qui est imprévisible, je portais en moi une lourde culpabilité quant à cet épisode tragique. Ce soir-là, de retour à la maison, alors que je m'approchais d'elle pour l'embrasser, elle me donna un baiser froid et distant. La journée avait passé et n'avait pas suffi à dissiper le malentendu de notre altercation matinale. Le mariage et les enfants, que je n'étais pas prêt à assumer, étaient l'objet de notre désaccord. Je redoutais les ravages du quotidien et le sexe sans passion. Sujets sensibles qui menaient inévitablement à une dispute se terminant dans les cris.

Finalement, la suite de notre discussion n'eut pas lieu. Silencieuse, presque indifférente, elle sortit prendre l'air. J'étais convaincu qu'elle reviendrait plus tard et qu'elle se glisserait dans le lit où nous retrouverions un souffle plein de promesses. Malheureusement, ce ne fut pas le cas.

J'observai à travers la fenêtre du taxi l'effervescence de la ville avec ses lumières, les terrasses des cafés encore bondées de clients, et dans les parcs, les accros du jogging, les adeptes du tai-chi ainsi qu'une majorité de promeneurs.

Le taxi s'immobilisa devant le bâtiment historique de douze

étages, situé à deux coins de rue à l'est de la Maison-Blanche.

J'avais déjà eu l'occasion de fréquenter le restaurant et le bar de l'hôtel. Je pénétrai dans le hall majestueux, je m'adressai au réceptionniste, puis pris l'ascenseur. Habité par une certaine appréhension. J'appuyai sur le bouton du quatrième étage. Les portes coulissèrent et laissèrent entrer un air plus frais ainsi qu'une agréable odeur florale. Je cognai à la porte.

Barbara l'entrebâilla et sortit la tête du cadre en jetant un œil à droite puis à gauche.

— Tu n'as pas été suivi ? me demanda-t-elle avec inquiétude.

Je sourcillai et jetai un regard circulaire dans le couloir.

— Non, je n'ai rien remarqué. Quelle question bizarre ! songeai-je.

Elle m'invita à entrer et crocheta le verrou avant que nous nous étreignions quelques secondes. C'était toujours bon de la serrer dans mes bras.

La suite offrait un salon séparé, avec un canapé, deux fauteuils et une table basse, sur laquelle était déposé un service à thé. Mon regard se porta vers les rideaux qui étaient tirés et coupaient la lumière. J'étouffais. Je m'approchai de la baie vitrée avec l'intention de laisser pénétrer la lumière.

— Non ! laisse-les fermés, lança-t-elle d'une voix angoissée.

— Mais qu'est-ce qui t'arrive ? Elle se ressaisit.

— J'aimerais que tu enregistres notre conversation.

Je tombai des nues.

— Mais...

— Ne pose pas de question et écoute-moi.

Je m'assis sur le divan et déposai sur la table basse mon magnétophone et je l'enclenchai.

— Grâce au journal de ma mère, j'ai su que tu existais. Je ne t'ai pas tout dit à propos de son contenu.

Ses yeux d'un bleu océan étaient troublants, elle marqua une pause.

— En plus du journal, j'ai trouvé un magnétophone qui contenait une bobine. Un modèle des années 1960. Mon regard s'agrandit.

— Depuis que j'en ai pris connaissance, ma vie a été chamboulée. Je crains que les révélations ne te perturbent aussi.

Je remarquai son beau visage aux traits soudain torturés. Je me redressai, attentif.

— Quelles révélations ?

— Nous avons déjà évoqué la relation de notre père avec ma mère.

— Effectivement. Où veux-tu en venir ?

— J'ai attendu pour t'en faire part, mais maintenant, je suis habitée par un sentiment d'urgence.

— Lequel ? répondis-je l'air ahuri.

— Notre père et ma mère ont peut-être été assassinés, dit-elle d'un ton monocorde.

Sous l'effet de sa déclaration, j'eus un mouvement de recul.

— C'est grave comme accusation.

Ma curiosité était piquée. Je lui faisais face en attendant ses explications.

Dans son sac, elle prit son ordinateur portable et le posa sur la table et y glissa une clé USB.

— Le mieux c'est que tu écoutes.

Elle tapota le clavier et j'entendis une voix s'élever :

— Le 23 août 1965, Hôtel Willard, Washington. Ted Bradford, journaliste au Washington Post, en présence de Dorothy Kilgallen[1], recueille le témoignage de Nancy Clark, assistante d'Evelyn Lincoln, secrétaire personnelle du président Kennedy.

Je reconnus la voix de mon père. J'avais vu en boucle pendant mon adolescence un bon nombre de ses reportages. Une période pendant laquelle j'avais cherché à le découvrir, en quête d'identification.

— Madame Clark, racontez-nous le déroulement de la journée du 22 novembre 1963 à la Maison-Blanche.

— C'était un jour de travail comme les autres. Evelyn Lincoln était partie en compagnie du président Kennedy à Dallas. Vers midi, je me suis absentée pour le déjeuner et à mon retour, c'était la stupéfaction. La nouvelle de l'attentat nous avait tous saisis. C'est à ce moment-là que je reçus un appel d'Evelyn Lincoln en provenance de l'hôpital de Dallas. Elle m'ordonna de récupérer secrètement un

1. Dorothy Kilgallen (née le 3 juillet 1913 à Chicago et morte le 8 novembre 1965) est une journaliste américaine.

document dans le Resolute desk et de le déposer dans le tiroir de son bureau.

Son débit verbal s'était accéléré et traduisait sa nervosité.

— Un verre d'eau? lui proposa mon père avant de l'inciter à poursuivre. Elle prit une longue gorgée, et après une pause, elle poursuivit :

— Lorsque le décès du Président fut annoncé, j'étais pétrifiée. Puis, ce fut la tourmente. Pires qu'un cyclone, les acolytes de Johnson vinrent flairer le bon coup. La nuit était tombée lorsque madame Lincoln fut de retour.

Sur l'enregistrement, Nancy Clark marqua un temps d'arrêt comme si elle rassemblait ses forces.

— Elle me demanda de lui faire confiance et ordonna au chef des services secrets de déposer des documents dans mon véhicule. Je la rejoignis à son domicile en fin de soirée afin que nous procédions au transfert.

J'imaginais l'expression effarée sur le visage de mon père.

— Que contenaient les boîtes?

— Des dossiers et des enregistrements.

— Plusieurs boîtes? Combien de bobines?

— Je... je ne m'en souviens plus.

— Quel était le contenu des enregistrements?

— Il s'agissait du système d'écoute installé à la Maison-Blanche par le président Kennedy.

— Un système d'écoute?

— Le Président enregistrait tous ses rendez-vous ainsi que ses conversations téléphoniques.

— Vous en êtes certaine?

— Absolument.

— Autre chose en ce qui concerne cette journée?

— J'ai aperçu Evelyn Lincoln ramasser furtivement tous les agendas ainsi qu'un porte-documents confidentiel dans le bureau du Président avec le titre : Le Plan Kennedy.

J'imaginais à quel point l'esprit de mon père fourmillait de questions, au même titre que le désordre qui se créait dans le mien. Barbara, quant à elle, avait écouté l'enregistrement à de multiples reprises et n'était plus dans l'état de stupeur qui m'habitait à ce moment-là.

Même si j'enregistrais, j'écrivis à la volée des notes sur un calepin : non-diffusion du témoignage, système écoute Maison-Blanche, document subtilisé, Plan Kennedy, les points essentiels.

— Que s'est-il passé ensuite ?

— Le lendemain, elle m'assura que j'avais agi dans les intérêts de la nation et que je devais garder le secret si je voulais conserver mon emploi.

— Êtes-vous d'accord pour que nous publiions votre témoignage ?

— Oui.

— J'ai une question si vous permettez...

Une deuxième voix féminine, celle de Dorothy Kilgallen s'interposa :

— Pourquoi avez-vous attendu aussi longtemps pour témoigner ?

— J'ai été transférée à un autre poste administratif : madame Lincoln n'a plus d'emprise sur moi.

— Et vous croyez que c'est une bonne chose de rendre publique votre participation à ce vol ? Vous risquez d'être accusée de complicité. Avez-vous reçu un ordre écrit ?

— Dorothy, à quoi tu joues ? dit mon père d'un ton autoritaire.

Je notai le prénom de Dorothy.

Le ton agressif employé par la journaliste eut un effet de surprise.

— Est-ce que vous vous sentez coupable ? Avez-vous fait le bon choix en suivant les instructions ? Croyez-vous que madame Lincoln eût une responsabilité dans une conspiration ourdie contre le président John F. Kennedy ?

— Je... je l'ignore...

— Ça suffit ! hurla mon père.

— Ted, je ne suis pas avocate et il m'a fallu deux minutes pour vous ébranler,

Madame Clark, je m'en excuse. Lorsqu'on porte des accusations, il faut être prête à les assumer et à affronter l'ennemi. Visiblement vous ne l'êtes pas. Êtes-vous moralement irréprochable ? Pas de dépendance ?

J'étais dans l'expectative. Barbara me fixait, à l'affût de ma réaction.

— Tu m'as demandé mon avis, tu l'as, ajouta Dorothy.

— C'est le rédacteur en chef qui tranchera, rajouta mon père. Coupe l'enregistrement ! hurla-t-il.

— Par la suite, notre père remit l'enregistrement du témoignage de Nancy Clark au Washington Post. Malheureusement, la bobine fut subtilisée, et l'article ne fut jamais publié.

Je tressaillis légèrement. Une infime partie de moi-même soupçonnait que le suicide de mon père avait été orchestré. Je fis quelques pas en direction de la fenêtre, je croisai les bras sur ma poitrine et perplexe, je contemplai le rideau. J'attendis.

Je l'entendis soupirer.

— Ma mère, dans son journal intime, atteste qu'elle était suivie, reprit-elle, écoute ce qu'elle a écrit. Je me retournai.

Elle saisit le journal qui était posé sur le comptoir et lut.

— NewYork, le 18 octobre 1965

Avec Barbara nous sommes arrivées en train dans la matinée à la gare Centrale. Des petites vacances bien méritées ! Quel bonheur cette enfant, le portrait de son père. Avec moi, j'ai amené l'enregistrement original de mon témoignage pour le garder en sécurité. Ted et moi sommes en danger. Je suis constamment surveillée depuis que mon appartement a été mis sens dessus dessous. J'ai pris la décision de laisser Barbara chez ma sœur...

Je levai les yeux.

— Peu de temps après, ma mère est décédée dans l'incendie de son appartement. Ce n'était pas une coïncidence.

Elle regardait ailleurs à présent, je vis une larme rouler le long de sa joue.

— Merde, murmurai-je.

— Je suis surveillée.

— Surveillée ? repris-je, étonné.

— J'ai reçu des menaces téléphoniques en plein milieu de la nuit.

L'enregistrement contre ma vie. C'était une voix glaciale, métallique.

— Des menaces ?

Elle baissa la tête.

— Depuis toujours je pense que la peur s'adresse aux faibles, qu'elle ne m'atteindra pas. Puis, elle m'a trouvée... quelle chose horrible que d'avoir peur, d'appréhender chaque recoin familier, une ombre menaçante, d'être paralysée lorsque j'arpente les rues de mon quartier. Tu es ma seule ressource.

Elle s'était tue.

À en juger par son regard, elle semblait perdue dans un désert, arrivée à une croisée des chemins qui décideraient de son destin. Elle se lança comme on se jetterait à corps perdu dans le vide. J'étais surpris.

— Que savons-nous sur les circonstances du suicide de notre père ? Questionna-t-elle.

Je fouillai dans mes souvenirs.

— Peu de chose.

Elle me fixa plus profondément.

— Rien ! nous ne savons rien ! cria-t-elle. Pourquoi je l'affirme ? Quelqu'un a su que je possédais l'enregistrement. C'est le point de départ qui a entraîné ma mise sous surveillance.

Je la regardai, pleurant maintenant sans retenue. Il était temps de l'apaiser.

— À qui en as-tu parlé ? dis-je d'un ton radouci.

Elle s'assit sur le canapé et prit la tête entre les mains.

— La docteure Berenson, ma psychiatre. Un soir, en panique, je lui ai adressé un courriel. Je fronçai les sourcils.

— Est-ce que tu l'as avec toi ?

Elle sortit une feuille de son sac à main.

«Chère Docteure Berenson,

Je viens de trouver le journal intime de ma mère. Au travers de ses confidences, j'ai appris l'identité de mon père : Ted Bradford, un chroniqueur politique à la Maison-Blanche. Elle était l'assistante de la secrétaire du président John F. Kennedy. Le jour de son assassinat, elle fut chargée par la secrétaire du Président de voler un document dans le Resolute Desk. Par la suite, elle fut surveillée et redoutait d'être assassinée. Elle décéda dans l'incendie de son appartement et mon père peu de temps après se suicida. Certains extraits dans son journal laissent supposer qu'ils auraient pu être assassinés.

Vous imaginez le désordre que cela crée dans mon esprit ? Et si elle avait été mêlée à un complot ? Pourrions-nous devancer notre prochaine rencontre ?

Appelez-moi.

Barbara Clark.»

— Est-ce qu'elle t'a contactée ?

— Dès le lendemain soir. Nous avons eu une consultation téléphonique qui a duré une trentaine de minutes.

— Que t'a-t-elle conseillé ?

— De ne pas extrapoler les confidences de ma mère qui pouvaient être sans fondement. Selon elle, sa perception ne reflétait peut- être pas la réalité.

Je demeurai silencieux. Était-il possible que la docteure Berenson ait transgressé l'éthique de sa profession ? Pourquoi et pour qui ?

— Elle est tenue au secret professionnel... et honnêtement, quel aurait été son intérêt ?

— Je ne crois pas aux coïncidences. Dans la foulée, j'ai remarqué un homme dans la ruelle où était stationnée ma voiture. Trois jours plus tard, alors que je flânais dans les boutiques sur la cinquième avenue, je l'ai aperçu de nouveau. Affolée, j'ai contacté un détective privé.

— Et puis ?

— Il m'a confirmé que j'étais espionnée.

— Quel est le nom du détective ?

— Richard Marlow, il est établi à Boston. Sur son conseil, j'ai recruté deux gardes du corps.

— Où sont-ils ?

— Une chambre voisine. Ici, je suis en sécurité, grâce aux caméras. Personne n'osera s'approcher.

Telle une onde, une vague de chaleur électrique m'envahit. Je connaissais cette sensation, qui m'indiquait que cette affaire nous dépassait.

— Tu dois m'aider.

Devant mon hésitation, elle saisit son sac à main déposé au pied du canapé et fouilla à l'intérieur. Puis elle agita une note devant moi. Du coin de l'œil, je vis une bobine.

— Le type m'a demandé de déposer l'enregistrement à cette adresse à New York, dit-elle. L'ultimatum s'achève dans quarante-huit heures. Si je ne lui obéis pas, je serai la prochaine sur la liste.

Je me redressai et arpentai la pièce. Qui pouvait bien s'intéresser à ce témoignage, cinquante ans après les faits ? songeai-je.

Des larmes roulaient sur ses joues. Je connaissais ce sentiment de désarroi qui n'offre plus aucune alternative. J'appelle ça un « angle fermé ». Comme un boxeur tassé dans le coin du ring qui n'est plus en mesure de se défendre sous les coups de son adversaire. Elle braqua sur moi un regard intense, comme si j'avais une grande décision à assumer et que la suite des choses ne dépendait que de moi. Je sentis une pression sur mes épaules et quelques questions s'imposèrent à moi dans l'éventualité où j'accepterais de l'aider. Par où commencer ? Qui pourrait me donner un coup de main ? Et ma mère, ne serait-elle pas une clé du passé ?

D'un geste je balayai l'air comme pour classer mes idées.

— Où est la bobine magnétique originale ? Tu l'as avec toi ? Ce n'est pas prudent.

— Fais-moi confiance.

Une réflexion s'imposait, mes idées étaient embrouillées. Prendre du recul m'apparaissait comme la meilleure solution.

— Que veux-tu que je fasse ? Contacter la police ?

— Non, surtout pas. J'ai un plan. Si je déposais la bobine à l'adresse, nous pourrions attendre qu'il la récupère et envisager de le suivre. Pourquoi pas ?

— T'as perdu la tête ou quoi ? Si ce type est aussi dangereux qu'il le prétend, ce n'est pas le genre à se pointer la fleur au fusil. Il est plus malin que ça. Et puis, demain soir tu as ton premier concert.

— On pourrait partir après ? Le détective que j'avais engagé s'est retiré lorsqu'il a compris qu'il s'agissait de l'affaire Kennedy. Toi aussi tu me laisses tomber.

— Pas du tout, mais c'est confus dans mon esprit.

Je haussai les épaules.

— OK, je te promets de réfléchir. Je te rappelle demain dans la matinée.

— Nous avons peu de temps.

— Je sais.

— Note mon nouveau numéro de téléphone à carte. Nous devons être prudents. Tu viendras demain soir au concert? J'ai réservé ta place au premier rang.

— Est-ce que tu te sens bien? lui demandais-je inquiet.

— J'ai un dîner ce soir avec un ami, ça me changera les idées.

— Un nouvel amoureux, depuis quand?

Un sourire fendit son beau visage et je perçus une lueur dans ses yeux.

— Environ trois mois, c'est un secret... il est un peu plus jeune que moi, dit-elle en m'adressant un clin d'œil, je veux absolument que tu le rencontres. Demain soir, il sera là.

Je la serrai dans mes bras et quittai l'hôtel.

Ma montre indiquait 19 heures. Dehors, il faisait gris, il y avait un sale petit vent, ça sentait la pluie. Je m'installai sur la banquette arrière du taxi, en croisant le regard du chauffeur dans le rétroviseur. Un homme de plus de soixante ans à la mine joviale avec un fort accent italien.

Je regardais à travers la fenêtre, l'esprit ailleurs, obsédé par Kennedy qui me rappela le film JFK d'Oliver Stone. D'après ce que j'avais lu à ce sujet, le tournage s'était déroulé sous haute tension, car Stone était convaincu que l'Establishment voulait l'empêcher de réaliser le film. Son scénario avait atterri au journal le Times, qui avait diffusé le contenu à d'anciens membres de la Commission Warren pour dénigrer la véracité de l'histoire. Furieux, dans une nouvelle version, Oliver Stone avait numéroté chaque page et l'avait fait imprimer en bleu turquoise pour qu'il soit impossible de la photocopier. Était-ce la vérité?

Moi qui avais participé à des enquêtes touchant les sphères du pouvoir, je connaissais la puissance des ramifications invisibles qui, lorsqu'elles s'unissaient, pouvaient dissimuler des informations, en subtiliser et en évincer, si cela s'avérait nécessaire : comme des témoins indésirables. J'étais inquiet.

Pendant plus de dix ans, j'avais été correspondant pour le journal le Washington Post. Mon affectation aux faits divers m'avait permis de voyager à travers le pays. Au premier plan de l'actualité, je jouais des coudes avec mes confrères pour obtenir des scoops. Lorsque j'ai rencontré Helen, l'excitation des déplacements professionnels avait laissé place à la lassitude. Elle m'inspira dans la quête de ma réalisation personnelle, et je trouvai en moi une profondeur que j'avais occultée. Je voulais façonner l'avenir, et ne plus réagir au présent. Creuser davantage les sujets et me rapprocher du journalisme d'enquête. Mon intérêt se porta sur les scandales financiers qui, régulièrement, apparaissaient dans les nouvelles pour être rapidement avalés par le rythme effréné de l'actualité.

À la suite de la publication d'un article que j'avais rédigé sur les lobbyistes des paradis fiscaux et leur influence à Washington DC, je fus approché par un confrère qui appréciait ma pugnacité. Il me recommanda auprès du Consortium international des journalistes d'investigation basé à Washington : je devins l'un d'entre eux. Ce fut un changement. Je passais d'une immense salle avec des dizaines de chroniqueurs tapant sur leurs claviers, harassés par les centaines d'appels reçus dans une journée, faisant la file à la machine à café où mes confrères racontaient des plaisanteries d'un goût douteux platoniques, à une pièce sans fenêtre où je travaillais seul.

Cet organisme d'un nouveau genre, créé en 1997 par Charles Lewis, un ancien reporter de CBS, était financé par les dons des citoyens et soutenu par l'argent de fondations. Il présentait l'intérêt d'être indépendant, exonéré de la tutelle de l'État, ce qui écartait définitivement les sphères d'influence. Nous étions plus de deux cents travaillant au sein de cette institution, répartis dans soixante-dix pays. Une véritable opportunité qui correspondait à l'ambition que j'avais de secouer la torpeur du monde, de traquer la corruption et les abus de pouvoir, et d'exiger la transparence de l'argent public.

J'intégrai l'équipe à Washington avec une nouvelle ferveur. Je mis à profit mon sens du détail et celui de l'observation pour analyser des bases de données. Je développai une passion pour le data journalisme.

Peu après 19 heures 20, le taxi me déposa devant chez moi.

***

CHAPITRE 11

UNE SOIRÉE TROMPEUSE !

James Bradford avait quitté l'hôtel. L'espion resta surpris de ce qu'il avait entendu. Dans la salle de bain, il se rasa et prit une longue douche brûlante, puis glacée, puis il se promena nu dans la chambre, laissant à l'air le soin de le sécher. L'œil rivé sur son écran, il épiait toujours Barbara qui s'était servi un verre de whisky. Elle est vraiment belle ! songea-t-il. Il consulta sa montre. Plus que vingt minutes... Il s'adressa un grand sourire dans le miroir et inspecta ses gencives avant de constater qu'il n'aimait pas ses cheveux blonds. Avec précaution, il saisit ses lentilles colorées dans l'étui et les déposa sur ses pupilles.

Pour cette soirée spéciale, il choisit un costume Armani et une chemise blanche. Il ajusta son noeud de cravate et fixa ses boutons de manchettes avant de revêtir sa veste. Il avait l'air très respectable. Devant le miroir, il se contempla à nouveau et sourit à l'image du personnage qu'il avait inventé. Plus que cinq minutes !

Il rassembla des affaires dans un sac et tapota rapidement sur le clavier de son ordinateur. Il retint son souffle avant d'appuyer sur « Enter ». Il venait de s'introduire dans le serveur et de prendre le contrôle des caméras de l'ascenseur du quatrième étage. Maintenant, une séquence de trois minutes filmées antérieurement était diffusée en boucle. Les types qui surveillent les écrans n'y verraient que du feu et pendant ce temps, il se déplacerait sans risque.

Dans le vase, il prit le bouquet de fleurs fraîches et quitta sa chambre.

Le débordement d'émotions de Barbara s'était calmé. Se confier à James l'avait libérée de sa peur.

Elle étala une couche supplémentaire de fond de teint, et ajouta un soupçon de mascara. Elle était juste assez maquillée pour se redonner une bonne mine. Elle ordonna ses cheveux blonds, puis mit en avant ses lèvres pulpeuses en les maquillant d'un rouge profond. Elle s'apprêtait à s'habiller lorsqu'elle entendit cogner. Il est ponctuel, songea-t-elle. Elle colla un œil au judas. Pas mal ! Avec enthousiasme, elle ouvrit la porte. Son invité était devant elle avec des fleurs à la main.

— Elles sont magnifiques, dit-elle en s'emparant du bouquet qu'elle déposa dans un vase. McCaan, tu es tellement romantique. Entre.

Elle se hissa sur la pointe des pieds : il approcha ses lèvres de son oreille. À leur contact, elle sentit son corps se raidir. Elle gardait les yeux clos alors que son visage s'approchait du sien. Il effleura sa joue pendant que ses doigts se perdaient dans ses cheveux. Puis il l'attira doucement à lui. Son odeur était là, chaude et musquée. Sa bouche effleura la sienne. Il l'embrassa avec une telle douceur, qu'elle faillit perdre l'équilibre. Il relâcha l'étreinte. Elle était subjuguée.

Ce fut elle qui finit par parler.

— Je vais changer de tenue...

Il la suivit et s'arrêta dans le salon où l'attendait une bouteille de champagne et deux coupes déposées sur le bar. Barbara gagna la chambre et continua la conversation à travers la cloison.

— J'ai envie de voir du monde, cria-t-elle.

— Vraiment ?

— Allons dans un endroit branché, et après nous nous étourdirons dans les clubs les plus in de la ville.

— Quel restaurant ? Il s'était approché de son sac à main et jeta un coup d'œil à l'intérieur. Elle possédait ce qu'il convoitait depuis plusieurs semaines : la bande magnétique.

— J'arrive... lui dit-elle.

Avant qu'elle ait eu le temps de le rejoindre, il déboucha la bouteille et servit deux coupes qu'il apporta dans la chambre. Elle avait enfilé une robe satinée bleu poudre qui moulait à merveille sa silhouette. Alors qu'elle fixait ses boucles d'oreilles, il déposa les coupes sur la coiffeuse et se rapprocha d'elle pour l'enlacer.

Le sourire aux lèvres, il la serra plus fort.

***

La cuisine était allumée.

Il fut un temps où Helen m'attendait le soir, son sourire radieux me faisait oublier la pire des journées.

La pièce vide me ramena à la réalité. Des bribes désordonnées de ma conversation avec Barbara tournaient dans ma tête. Depuis mon réveil du coma, ma mémoire était défaillante. Grâce à des exercices, comme écouter en boucle la discographie des Beatles en me remémorant les paroles, ou bien répéter à l'infini le nom des joueurs de l'équipe de baseball gagnante de la saison, m'aidait à progresser, il y avait une légère amélioration. J'étais heureux d'avoir enregistré ma conversation avec Barbara, car des détails m'échappaient.

Je pénétrai dans la cuisine pour me préparer un café, une drogue substituée à une autre. Comme sonné par l'idée que mon père aurait été assassiné, la tasse à la main, j'ouvris les portes françaises qui délimitaient le couloir de la pièce qui lui avait servi de bureau. L'endroit avait conservé le cachet le plus authentique de la bâtisse qui datait des années 1930. Avec deux colonnes à l'entrée, des boiseries et le plancher en merisier. Deux grandes portes-fenêtres situées derrière la table d'un grand bureau en acajou de Cuba et sur un mur, une cheminée avec un manteau en marbre. Une maquette réalisée par mon père, une réplique de la ville de Washington, était exposée au centre de la pièce. Je m'attardai sur son travail minutieux : de petits drapeaux rouges signalaient le quartier de Georgetown, le Potomac, et les principaux monuments historiques. L'attrait principal à mes yeux était la bibliothèque garnie d'une multitude d'ouvrages, l'histoire, l'économie, la politique et la finance, des sujets qui le stimulaient. Sur la dernière étagère de la bibliothèque, des souvenirs étaient exposés : une pipe, un cendrier à l'effigie de la Maison-Blanche, ainsi qu'une affiche de tous les présidents élus jusqu'à John Fitzgerald Kennedy.

Je m'approchai en scrutant son visage et lâchai à haute voix : qu'est-il arrivé ?

Quel rôle le document avait-il joué dans sa courte carrière présidentielle ? Me demandai-je. Puis, je ramenai mes pensées à la pièce. Comme disait Helen, « c'était un espace mort » auquel nous souhaitions redonner vie. Je voulais le transformer en un solarium, et changer le mobilier. Surtout le canapé en velours brun, qui était désuet. Sans oublier l'installation d'un foyer au gaz moderne à la place de la cheminée qui avait très peu servi. Un véritable sanctuaire à la mémoire de mon père, qui était resté tel qu'il l'avait créé.

J'étais maintenant assis à son bureau. L'ambiance était étrange. Habité par la sensation qu'il m'enlaçait de ses bras sortis de sa tombe pour m'aiguiller sur une piste. J'inspectai les tiroirs du bureau, je retournai vers les étagères de la bibliothèque et parcourus les alignements de livres en faisant glisser mon index sur chacun d'entre eux en quête d'un indice. Presque découragé, je m'allongeai sur le canapé, le regard fermement concentré sur le néant, tandis que je démêlais intérieurement les derniers événements. Sans m'en rendre compte, je plongeai dans un demi-sommeil.

***

CHAPITRE 12

SANG GLACÉ

L'agent spécial du FBI, Cotter Finch se stationna en double file devant l'hôtel InterContinental Willard sur l'avenue Pennsylvania, suivi de deux de ses collègues qui portaient le fameux blouson marine frappé du sigle du FBI. Il se fraya un chemin au travers de la horde de reporters. Les vautours sont déjà là ! Il est impossible de garder un secret dans cette ville, pensa-t-il. Quelqu'un lâchait systématiquement le morceau, parfois un voisin qui appelait ou un flic en patrouille. Les nouvelles se propageaient à vive allure. Et dans cet établissement luxueux et respectable, c'était un vrai problème.

Au même moment, McCaan était positionné sur le trottoir en face de l'hôtel parmi les badauds. Il aperçut l'agent spécial Cotter Finch s'engouffrer d'un pas rapide à l'intérieur de l'édifice dans le sillage de deux policiers. Enchanté, Monsieur Finch. Vous l'ignorez, mais vous faites partie de mon plan... songea-t-il en souriant. Quelques minutes auparavant, il était sorti de la suite de Barbara et s'était dirigé vers l'escalier de service. Il avait récupéré ses effets qu'il avait dissimulés sous les tuyaux de l'air conditionné. Puis, par téléphone, il avait contacté le journaliste Jerry Camble pour l'informer de son crime. En tout point il imitait la méthode du tueur en série Charles Atkins. Ensuite, il avait rejoint le hall et avait emprunté la sortie en se mêlant à un groupe de quidams. Dépassé le cordon de sécurité, Cotter Finch se dirigea vers l'entrée de l'hôtel Willard et prit l'allée centrale qui menait à la réception. À en juger par l'atmosphère distinguée régnant dans le hall, il était difficile d'imaginer qu'un drame aussi atroce et sidérant venait de s'y produire. Un hôtel très chic où des clients étaient assis dans les fauteuils couleur lavande, d'autres circulaient comme si de rien n'était. À l'évidence, on cultivait les apparences, aussi ancrées que les majestueuses colonnes en marbre qui soutenaient les plafonds en caissons. Cotter devint impatient. Ce n'est pas vrai ! songea-t-il. Le secteur aurait dû être bouclé et des agents positionnés autour de l'édifice. Il aperçut un policier en faction près de l'ascenseur, se porta à sa hauteur et présenta son badge.

— Où sont les autres ?

— En haut.

— Et ici, personne ne surveille les allées et venues ?

— Nous attendons les renforts.

Cotter posa les mains sur ses hanches, tentant de calmer son élan de fureur.

— Quel étage ?

— Suite ovale, 4e étage.

Il se tourna vers ses coéquipiers.

— Toi, dit-il à l'un d'entre eux, assure-toi que toutes les issues de secours sont gardées, et toi, rajouta-t-il en désignant le plus grand d'entre eux, suis-moi, tu filmeras les badauds regroupés sur le trottoir d'en face. On ne sait jamais, un tordu dans son genre prend peut-être son pied en observant la police.

Il prit l'ascenseur. Il n'avait jamais remis les pieds sur le terrain depuis plus de neuf ans, et se demandait s'il n'était pas un peu rouillé. Depuis quelques années, il vaquait aux occupations de sa vie étriquée, tournant en rond, en des cercles concentriques de plus en plus réduits. Il avait le sentiment de s'être programmé comme une machine, répétant à l'infini les automatismes sans but ni vision du futur.

La veille, alors qu'il donnait un cours sur l'analyse criminelle des comportements des tueurs en série au sein du FBI à Quantico, il s'était senti observé au travers de la vitre de sa salle de classe. Mais cela n'avait rien d'inhabituel. Il était l'enseignant le plus réputé de l'institution au sein de l'unité des Sciences comportementales et de l'Unité d'Instructions.

Trois personnes sortaient de l'épicerie quand le tueur s'est approché d'elles et a tiré à bout portant. Il a tué deux d'entre elles et en a blessé 11 autres. Pourquoi ? Parce que c'est son perroquet qui le lui a ordonné. On pourrait se dire que le gars est timbré ou bien qu'il a fait semblant d'être cinglé. On se met alors à chercher un mobile, mais on s'aperçoit qu'il n'y en a pas. Ce n'est pas un terroriste non plus. Aujourd'hui, on ne sait plus ce qui pousse les gens à commettre des crimes...

Cotter détestait être épié. Il tourna la tête vers la porte, ce qui obligea l'homme à se décaler d'un pas sur le côté, comme pris en flagrant délit d'écouter sans qu'il n'y soit invité. Dès la fin du cours, et tous les élèves sortis, l'inconnu se présenta comme un émissaire du Directeur du FBI. Plutôt petit, mince, aux cheveux noirs ondulés. Il lui rappelait une musaraigne, avec son nez long et effilé.

— Nous avons besoin de vous.

— Je sais pourquoi vous êtes ici. Et c'est non !

— Trois victimes et combien d'autres encore ? Vous n'avez aucune conscience !

— Ah oui ? Je vous l'ai déjà mentionné : je ne suis pas intéressé, tout ça, c'est derrière moi. Je suis certain que vous trouverez un agent talentueux pour ce boulot.

— Personne n'a autant d'expérience que vous.

Sa voix était désagréable, criarde, et Cotter sentait chez lui des arômes de poire de l'acétate d'isoamyle utilisé dans les stands de tir. Il savait à quoi, il faisait allusion : la réapparition du tueur en série Charles Atkins, qui avait sévi sur la côte est des États-Unis dans les années 2000, et qui défrayait à nouveau la chronique.

— Je crains que vous n'ayez pas le choix. Regardez.

Il ouvrit une chemise et lui glissa une lettre sous le nez : je suis de retour, Agent Finch. Nous reprenons la partie ? Si vous refusez, j'augmenterai la cadence !

— Vous savez, à l'époque, l'enquête interne à propos de son évasion n'était pas concluante et était parsemée de zones d'ombre. Le nouveau boss est plus pointilleux. Le dossier est à nouveau sur la table. Il va tout éplucher.

Et c'est à cet instant précis qu'il comprit que le destin lui offrait l'occasion de sortir du cercle vicieux dans lequel il était aspiré. Le temps était venu d'affronter ses démons. Il laissa croire qu'il était contrarié que ce chantage à demi voilé le contraigne à accepter, mais tout au fond de lui, il s'imaginait remercier chaleureusement cet émissaire pour cette opportunité. Depuis longtemps, il savait que tout changement n'était pas l'œuvre d'une intervention divine, mais plutôt l'aptitude à saisir le moment où l'on doit faire un choix en fonction des alternatives qui s'offrent à vous.

Dans la cabine, il passa le peigne dans ses cheveux grisonnants, qu'il plaqua en arrière. Par automatisme, il caressa son arme rangée dans l'étui accroché à sa ceinture, un Smith & Wesson M&P 40. En débarquant de l'ascenseur, le couloir était enrubanné de cordons jaunes, la fête d'Halloween avant l'heure ! Il tourna le coin et trouva la suite. Il signa la feuille de présence à l'agent de police, passa des gants en caoutchouc et prit une paire de bottines en papier, qu'il enfila par- dessus ses chaussures. Il passa le salon et se dirigea vers la chambre. Un type costaud avec un visage dur et des cheveux gris très courts s'avança vers lui les épaules basses, la mine renfrognée. Il le dévisagea. Le feu ne brillait pas dans son regard et il réprima un soupir de soulagement.

— Le célèbre Cotter Finch, dit-il en lui serrant la main.

— Alors ?

— Mon pronostic d'élucider ce crime est d'une chance sur un million. La victime s'appelle Barbara Clark.

— Barbara Clark ! reprit-il, une star dans le monde de la musique classique.

Elle avait été invitée à plusieurs reprises dans des talk-show. Douée pour l'humour et la spontanéité, elle s'attira un large capital de sympathie auprès du grand public. Elle était pressentie pour un rôle au cinéma, et régulièrement des articles étaient publiés dans la presse à son sujet.

Cette affaire était pour l'inspecteur un cadeau empoisonné, et il craignait que sa tête soit mise sur le bûcher à deux mois de sa retraite.

— Le FBI reprend le dossier, précisa Cotter.

— Mon chef ne m'a rien dit...

— Il vient de l'apprendre.

L'inspecteur laissa tomber ses épaules en signe de soulagement.

Le nom de Charles Atkins, le célèbre tueur en série était sur toutes les lèvres. Le premier meurtre qu'il avait commis avait eu lieu en décembre 1998 dans l'État du Montana. Le tueur avait frappé dans onze États selon un schéma qui consistait à exécuter une victime dans chaque état. Il assassinait exclusivement des femmes aux cheveux blonds, âgées de trente à quarante ans. Des meurtres commis avec sang-froid. La disposition des scènes de crime était artistique. Un jeu du chat et de la souris engagé avec le FBI, qui s'était achevé en 2005. Comme il avait été impossible de trouver un seul indice sur l'identité des parents et le passé du serial killer, maintes hypothèses de ses motivations étaient envisageables. Cotter n'arrivait pas à cerner la logique psychologique du tueur. Ce qui était à ses yeux un échec. Ce point-là l'agaçait.

Deux ans plus tard, après une bataille juridique opposant plusieurs États, le Colorado obtint le droit de le juger. Au cours de son transfèrement à la prison à haute sécurité de Florence—selon la version officielle déposée par Cotter, qui était le seul témoin resté vivant—Charles Atkins s'évada. Le conducteur, les deux gardes, et Greg, le coéquipier de Cotter, furent tués. La réalité différait de la version officielle qu'il avait livrée. Charles Atkins était mort ce jour-là, et il était le seul à le savoir.

Les services de police, du FBI et les agences de renseignement restèrent mobilisés, menant une traque nationale. Les femmes qui avaient le stéréotype du tueur continuèrent à le redouter. Évidemment, Charles Atkins ne s'était plus manifesté et les meurtres restèrent non résolus. Ce fut la dernière enquête de terrain de l'agent du FBI, qui demanda sa mutation en tant qu'instructeur à Quantico. Depuis la deuxième vague d'assassinats, il suivait avec assiduité le parcours du tueur. Qui pouvait l'imiter avec une si grande précision ? C'était la question qu'il devait à présent résoudre.

Il secoua la tête. Un agent de police sortait de la salle de bain privée fermée par une porte et qui faisait suite à la chambre, en serrant la ceinture de son pantalon. Cotter se tourna vers lui et débita d'un ton sec :

— C'est une scène de crime ! Personne ne va aux toilettes ! C'est compris ? cria-t-il à l'attention des autres personnes présentes dans la pièce.

Puis l'inspecteur lui remit un dossier qui était aussi mince que l'annuaire de la ville de Buford dans le Wyoming, une ville qui n'occupe que quatre hectares et ne compte qu'une maison, un garage, une station essence, une échoppe et une école datant de 1905. Un endroit qu'il connaissait pour avoir passé à l'âge de quatorze ans un été chez son cousin qui vivait à proximité. Il s'attendait à un dossier plus volumineux compte tenu de l'importance de l'affaire.

À l'intérieur, sur le dessus, se trouvaient les rapports d'autopsie des deux victimes précédentes. Il sauta les premières pages, remplies de notes sur l'état général du cadavre et de la description interminable des organes. Il arriva directement aux dernières feuilles, attachées par un trombone, où figuraient les conclusions. La mort avait été provoquée par strangulation. Il était aussi mentionné que chacune des deux victimes précédentes était inconsciente lorsque le tueur procéda à l'énucléation. Aucune contusion due à un coup qui aurait été donné à la tête n'était signalée. La phrase était entourée en rouge, sans doute pour souligner l'intérêt qu'elle présentait selon le médecin légiste. Puis, il compara les rapports. Les examens sanguins destinés à identifier les drogues courantes étaient positifs quant au GHB et au Crystal. Un taux d'alcool dépassant légèrement la limite autorisée, qui laissait supposer que les victimes avaient consommé quelques verres avant de faire le grand saut. Les feuillets entre les mains, concentré, il arpentait la pièce. Les premiers indices semblaient concorder et pointer du doigt Charles Atkins : l'appel du tueur à un journaliste, revendiquant le meurtre pour l'effet sensationnel, et le lieu parfaitement propre où la police scientifique ne trouverait aucune preuve. Il n'avait commis aucune erreur par le passé et celui qui avait usurpé son identité non plus.

Il y a des scènes de crime que l'agent spécial Finch n'oublierait jamais. Cependant, aucune n'était aussi profondément gravée dans sa mémoire que celles des meurtres des onze victimes de Charles Atkins : des photos cachées dans des fenêtres de son esprit qu'il avait fermées à double tour. C'est avec appréhension qu'il rejoignit l'inspecteur dans la chambre. D'un coup d'œil rapide, il balaya l'espace. Une coupe de champagne était déposée sur la coiffeuse. Il s'était passé tellement de choses dans cette pièce : et pourtant tout portait à croire le contraire : l'ordre régnait. L'endroit était immaculé, et la dépouille de la victime avait été préparée comme pour une mise en bière : nue, les deux bras repliés sur la poitrine, les paupières closes, un foulard rose autour du cou, on aurait dit qu'elle dormait. Elle ressemblait à une poupée de cire. Il résista à l'impulsion de la couvrir et éprouva l'envie de la secouer pour la réveiller. Sa tête était rasée, pour ne laisser aucune trace de sang dans les cheveux. Le psychopathe avait dressé un tableau si parfait, que l'aura de la mort n'était pas invitée.

Il sortit un calepin et un stylo. Le dictaphone de son cellulaire lui coupait l'inspiration. Il prit une grande respiration et s'enferma dans une bulle mentale afin de dérouler mentalement la scène qu'il imaginait : elle était assise sur le bord du lit, une coupe à la main. À l'insu de la victime, il avait introduit du GHB dans son verre, la drogue du viol, coupée avec du Crystal. Elle s'était alors transformée en chatte sauvage, arrachant ses vêtements, et lui avait gardé les siens. Son cerveau euphorique lui avait envoyé des pulsations sexuelles, aussi rapides qu'un missile.

Il fut interrompu dans ses visions par l'arrivée du médecin légiste, Doug. La soixantaine bien tassée, un bout de cigare aux lèvres, il était coiffé de sa casquette dissimulant une calvitie en forme de couronne en laissant paraître une longueur de cheveux gris qui lui tombaient sur les épaules. Doug avait travaillé pendant plus de 20 ans au LAPD (Los Angeles Police Department) en qualité de technicien puis de superviseur de scènes de crime avant de se retirer de la vie professionnelle, pour finalement accepter un poste au bureau du coroner de la ville de Washington. Ils s'étaient déjà croisés.

— Tu n'as pas l'air de bonne humeur, lâcha Doug en toussotant, s'excusant pour un prétendu rhume d'été dont il se remettait.

Sa voix était érodée par la cigarette et le scotch.

— Deux choses, rétorqua vivement Cotter : premièrement, jette ce putain de cigare, deuxièmement, tu ne me repasses pas ta saloperie. Un rhume ! Je rêve ! C'est plutôt une bronchite.

Il saisit de son index ganté le mégot et l'agita sous le nez de l'agent spécial en lui jetant un regard qui brillait d'une lueur narquoise.

— Il est éteint, c'est ma seule thérapie pour arrêter de fumer.

Il rangea le cigare dans la poche de sa veste. L'incident était clos.

Comme il l'avait lu dans les rapports précédents, on pouvait présumer que le seul acte sexuel que le tueur acceptait était la fellation. Les victimes, dont le réflexe des haut-le-cœur avait été effacé par l'effet secondaire du GHB, pouvaient engloutir un sexe gargantuesque.

— C'est un joueur, constata Doug, un fin tacticien. Elle a dû le supplier pour qu'il sorte sa lance !

Cotter secoua la tête, il détestait son humour et avait envie de lui rentrer dans le lard. S'il se retenait, c'est uniquement qu'il respectait le gars chevronné et qualifié qui était en face de lui.

Doug enfila une nouvelle paire de gants et s'inclina au-dessus du corps pendant que Cotter jetait un œil par-dessus son épaule en retenant son souffle. Il releva délicatement la paupière gauche. Cotter recula de deux pas.

— Bon sang ! Je ne m'habituerai jamais...

Une révulsion provoqua en lui des nausées qu'il réussit à contenir. Contrairement à Doug, qui resta de marbre.

— Regarde...

Le globe oculaire avait été retiré : à la place, il trouva une bille de verre qu'il ôta à l'aide d'une pince.

— Du travail d'artiste, chapeau ! Un vrai collectionneur. La phrase s'évanouit dans une nouvelle quinte de toux.

— Mets ta main devant ta bouche.

— Tu veux que je contamine les gants de latex ?

— Tu pourrais les enlever.

— Ah oui ? Et répandre mon ADN sur la scène ? Tu vas me lâcher, bordel !

Puis, il s'abaissa au-dessus du cou de la victime.

— Elle est morte depuis deux heures environ. Délicatement, il dégagea le foulard, sentit le parfum d'odeur musquée et constata les marques sur son cou.

— Étranglement. Il a enlevé les globes oculaires post mortem.

— Schéma identique aux précédents meurtres, constata Cotter qui se retourna et tressaillit.

En dépit de l'absence de sang sur les murs, sur les draps, cette scène était dérangeante. Le tueur savait que l'imagination supplantait la réalité. Derrière les yeux clos de Cotter, le film de la scène de crime se poursuivit. Après avoir goulûment avalé son sexe, à quatre pattes, comme un animal, elle s'était offerte à lui, cambrant son dos aussi agile qu'une acrobate et écartant ses jambes en forme d'équerre : il l'avait laissée languir. Puis, il l'empoigna et la plaqua sur le sol. Complètement défoncée, elle l'avait vu se mettre à califourchon sur sa poitrine. Ses bras étaient pris en étau à la hauteur des biceps. Les muscles de sa gorge s'étaient tendus. Un cri jaillit, étouffé par le foulard qu'il lui avait glissé autour du cou et qu'il avait serré graduellement. Les jambes et les bras s'étaient agités de soubresauts spasmodiques. Elle était sans défense. C'est à cet instant précis que l'excitation du tueur devait être à son apogée, sans jamais succomber à la vague d'effroi que la scène suscitait. Une minute plus tard, la victime rendait son dernier souffle. Calmement, il nettoya la scène. Il a le temps, il n'est pas pressé, chaque geste est réfléchi. Elle avait prévu de passer la soirée avec lui. Ce monstre raisonnait en termes de prudence, pour ne rien laisser au hasard. Nettoyer était devenu son obsession : le Luminol ne révélerait aucune trace de sang. Comment avait-il emporté ses déchets ? Il a dû utiliser une bâche et la déposer dessus avant de la mutiler.

Cotter réintégra le présent et entendit la voix de Doug.

— Vingt-quatre millimètres : taille du globe oculaire, aucune trace d'humeur aqueuse, petits muscles découpés à la perfection... Cotter se tourna vers lui à nouveau.

— Ce type est un magicien. Aucune éclaboussure, ni aucun corps vitré, et aucune trace de sang.

Il constata que ses biceps portaient des marques. Ce qui confortait l'hypothèse avancée par Cotter. Les deux billes de verre retirées, les paupières tenues par deux allumettes, Barbara Clark ressemblait à un zombie. Les deux cavités aspirèrent le regard de Cotter comme une grotte sombre où on ne veut pas pénétrer.

Il se dirigea vers le salon, à cet instant, un flic en tenue apparut à l'entrée de la pièce.

— Excusez-moi, la victime avait passé un appel de sa chambre, nous n'avons pas le numéro.

— Avez-vous interrogé les clients de l'hôtel et le personnel ?

— C'est en cours.

— Fouillez les poubelles sur deux kilomètres à la ronde. Et les images de la vidéosurveillance ?

— Le fichier a été transféré sur votre messagerie.

— Parfait.

Cotter se connecta à sa messagerie via son téléphone cellulaire. Dans la brume bleutée de l'image, il distingua au premier plan deux hommes qui accompagnaient Barbara jusqu'à la porte de sa suite et qui pénétrèrent dans une autre chambre un peu plus loin sur l'étage. À 17 heures, un grand type aux cheveux clairs se présenta et fut introduit dans la suite par la victime. Il en était sorti à 18 heures 54.

Il contacta un technicien informatique du FBI.

— Hé, Jack, je t'envoie un fichier, il faudrait isoler le portrait du gars pour identification ?

— Quand ?

— Maintenant, c'est urgent, envoie-moi le résultat dès que possible. J'oubliais, jette un œil à la séquence à partir de 18 heures 54, merci.

Il se retourna et s'adressa à l'agent.

— Trouvez-moi les deux types de la chambre voisine.

— Ils sont absents, Monsieur. Personne n'a répondu.

— Utilisez un passe-partout, grouillez-vous.

L'équipe médico-légale venait d'arriver. Deux femmes et un homme, équipés de lampes UV et de boîtes de Bluestar (le révélateur utilisé pour détecter les taches de sperme sur le matelas.) L'inspecteur lui chuchota à l'oreille :

— Ils ne trouveront rien, à moins que le tueur ait oublié un indice sur une partie du lit. On suppose qu'il se rase entièrement, alors c'est peu probable...

— Il l'a tuée sur le sol, lâcha-t-il d'un ton affirmatif. Doug apparut dans l'encadrement de la porte.

— Elle n'a pas hurlé, elle n'a pas tenté de se dégager, elle ne s'est pas rendu compte de ce qui arrivait. Elle était droguée, je le confirme.

La suite était facile à deviner. Le tueur avait nettoyé le corps avec minutie, sans oublier de lui raser les cheveux, et d'effacer les traces avec un antiseptique industriel très puissant.

Puis, Cotter aperçut le sac à main en cuir de la victime déposé dans le salon. Il fouilla à l'intérieur et en sortit une trousse de maquillage, des crayons, un paquet de papiers mouchoirs et un téléphone cellulaire. Il sentit un minuscule objet : il s'agissait d'une carte SIM. Pourquoi possédait-elle deux cartes SIM ? s'interrogea-t-il. Maintenant, il remarqua deux vases l'un à côté de l'autre, qui contenaient des fleurs similaires. L'inspecteur venait de raccrocher la ligne avec son supérieur. Son teint était blême.

— Le Boss veut que je briefe les médias, dit-il. J'annoncerai que le FBI reprend l'enquête.

— Parfait, je ne les supporte pas. Assurez-vous que l'équipe scientifique relève les empreintes sur les deux vases.

En apparence, la signature de Charles Atkins ne laissait planer aucun doute. Tout semblait identique, la méthode et l'exécution. C'est alors qu'un policier amena deux gars à l'apparence pas commode. Un plus petit et carré, qui avait sans doute pratiqué l'haltérophilie, l'autre un grand blond au regard tueur, le moins bavard. Il s'agissait des deux gardes du corps de Barbara. Leurs papiers de port d'arme étaient en règle. Ils n'avaient rien vu ni entendu.

— Est-ce que vous la protégiez vingt-quatre heures sur vingt-quatre ?

— Affirmatif, rétorqua celui au regard froid.

— Et depuis quand ?

— Environ quatre mois.

Cotter posa les mains sur ses hanches. Avait-elle reçu des menaces ? Des détraqués qui harcèlent une star étaient rarement des assassins. McCaan était toujours dans la foule, avec les preuves de son meurtre rangées dans son sac à dos. Officiellement, Charles Atkins avait repris du service. Les médias avaient fait le lien avec les deux derniers assassinats qui avaient eu lieu les semaines précédentes sur la côte est des États-Unis. Le subterfuge était parfait.

Le Gentleman, alias McCaan, qui suivait les pas de Charles Atkins, était devenu un tueur en série pas comme les autres. Contrairement à son modèle, il se moquait de la gloire. Ce sentiment puissant d'avoir les projecteurs braqués sur lui et de ressentir la peur s'installer sur une ville lui importait peu. Non. Même les plus fins limiers du FBI n'auraient pu deviner les raisons qui l'avaient poussé à basculer dans la violence. Ce secret portait un nom : l'analgésie congénitale. Dès son plus jeune âge, il avait souffert de problèmes plus ou moins graves, coupures, brûlures, hématomes, sans aucune souffrance. Dans son cas, il s'agissait d'une mutation génétique interférant avec le système du déclenchement de la douleur, couplée à une forme d'inhibition émotionnelle. Il n'avait jamais connu la sensation d'une boule à l'estomac, ou celle de la gorge nouée. Une force obscure grandissait en lui. L'élément déclencheur se produisit à l'âge de neuf ans, lors d'un cours sur la dissection des grenouilles. Alors que la plupart des élèves éprouvèrent des haut-le- cœur, lui resta concentré et méthodique. La prise de conscience de son sang-froid l'amena graduellement à s'interroger sur cette différence. Les autres écoliers pleuraient ou bien riaient : lui restait de marbre. À l'âge de quinze ans, ses réflexions se complexifièrent. Une seule chose l'obsédait : ressentir des émotions. Des bonnes comme des mauvaises, les terrifiantes comme des exaltantes, avec la volonté de ne plus laisser de place à la neutralité. Pour cette quête, sa première cible fut le chat du voisin. Il ne voulait pas le tuer bêtement. Il le crucifia sur un panneau de bois, jusqu'à contempler les rigoles de sang qui s'échappaient des pattes de l'animal, qu'il finit par couper avec une pince. Il était hypnotisé par les soubresauts de sa proie agonisante. L'affolement des cellules, qui créèrent le désordre avant la fin. Et cette souffrance physique qui tortura les traits de cette pauvre bête, dont le sens lui échappait encore et qui le fascinait.

Ses parents, inquiets, l'obligèrent à suivre une thérapie. Il parlait peu, et jamais pour ne rien dire. Son quotient intellectuel était plus élevé que la moyenne, sa mémoire phénoménale, et il était doué aux échecs. Vivre avec cette différence l'éloignait des préoccupations du commun des mortels. Il n'avait pas peur de la mort, il la défiait.

Au cours des années suivantes, ses tourments à propos de son inhibition émotionnelle générèrent des batailles mentales qui le tenaillaient jusqu'au petit matin. Des pulsions insaisissables qui créaient des conflits intérieurs. La frontière entre le bien et le mal était floue. Un démon grondait en lui.

C'était au cours de sa dernière année à l'université de New York qu'il fut approché par une jeune femme distinguée, qui se présenta comme la directrice de la Cooper Corporation. Comme il avait reçu une « très haute distinction » (insigni cum laude) pour un doctorat en tant qu'ingénieur mécanique, la Cooper Corporation lui offrit un salaire trois fois plus important que celui proposé par leurs concurrents. La part de ténèbres qui vivait en lui se fit plus sourde, comme un écho lointain. Après plusieurs mois passés dans un bureau à vérifier des plans, à rédiger des rapports et à subir des évaluations, il fut envoyé au quartier général de la CIA à Langley et passa haut la main les examens, les entretiens, et aussi le détecteur de mensonges. Ces tests définiraient son aptitude au recrutement et à l'entraînement. En réalité, ils servaient à évaluer ses forces et ses faiblesses, lesquelles dessineraient sa future carrière au sein de l'agence. Il était brillant, quelle que soit la voie sur laquelle il aurait choisi de s'engager.

Il se fit remarquer pour ses performances et son intelligence et fut affecté à une mission confidentielle qui enquêtait sur la corruption, la trahison, les crimes violents. Des criminels de haut vol, pourchassés par des agents talentueux bénéficiant d'une accréditation de haute sécurité qui se rapportaient au président des États-Unis sans passer par le Congrès. Il devint un des agents les plus performants. Des années de formation lui avaient appris à mentir, à esquiver, à disparaître, et à avoir un coup d'avance. Lorsqu'il fut mis sous la houlette d'un supérieur arrogant et imbu de son pouvoir, ce fut le point de bascule. Il échafauda un plan parfait. Deux mois plus tard, son directeur fut retrouvé mutilé de 29 coups de couteau dans le quartier du Bronx, un meurtre attribué à un gang de rue. Il avait basculé du côté sombre.

Appelé à s'exiler, il offrit ses services comme assassin financier en Afrique. Son rôle consistait à escroquer des milliards de dollars et à détourner l'argent provenant de la Banque Mondiale et d'organisations humanitaires vers les coffres de grandes compagnies. Pour le compte des familles les plus riches, qui contrôlent les ressources de la planète. C'était possible grâce à la publication de rapports frauduleux, au chantage, au sexe et aux élections truquées. Durant cette période, la violence qu'il repoussait était son seul exutoire. Pour calmer son feu, il assassina des prostituées recrutées dans des capitales comme Kinshasa, ou Nairobi... des filles choisies au hasard, dont la mort ne mériterait aucun article dans aucun journal et aucune enquête. Les autorités avaient d'autres préoccupations.

Après trois années, il était lassé de cette vie. Ayant le mal du pays, un plan se profila dans son esprit. Avant de revenir sur le continent américain, il se rendit en Suisse, pour faire effacer ses empreintes, modifier son nez et ses pommettes auprès d'un chirurgien esthétique de haute volée. Son identification était devenue impossible. Hanté par le mystère de la mort, il se mit au service de celle-ci. En utilisant un répertoire de contacts collectés au sein des compagnies internationales pour lesquelles il avait travaillé, il entra dans le circuit comme tueur professionnel. Les cibles étaient anonymes. Il choisissait la manière, le lieu et le moment les plus opportuns. Dans l'ombre du pouvoir élitiste, il se bâtit une carrière exemplaire, mettant à son actif plus d'une vingtaine d'assassinats. À force de changer d'apparence pour chaque opération, il se rappelait de moins en moins sa véritable identité.

Dans le milieu fermé du dark net, pour ses bonnes manières et ses contrats sans bavure, on le surnommait le Gentleman. Un appel sourd grondait en lui : de quelle manière éprouver des émotions ? Il n'avait pas encore la clé.

***

À peine avait-il passé les portes de l'hôtel qu'une nuée de micros s'abattirent sur l'inspecteur de police, formant comme un parapluie au-dessus de sa tête. Il agita les bras comme s'il chassait un essaim d'abeilles. Il s'approcha et déclara :

— L'arrestation du tueur n'est qu'une question de temps, c'est le FBI qui reprend l'enquête.

— Et où est l'agent du FBI ? questionna la journaliste de la NBC.

— Il fera un point de presse sous peu.

— Est-ce que le crâne rasé de la victime est un détail qui permet d'affirmer qu'il s'agit d'un meurtre commis par le tueur en série Charles Atkins ? hurla Jerry Camble, recouvrant les piaillements de ses confrères.

Et l'inspecteur comprit que le tueur avait laissé filtrer cette information. Cet élément de l'enquête n'avait jamais été divulgué au public. Après une hésitation, il esquiva la question et abrégea le point de presse :

— Le rapport d'autopsie nous révélera plus d'éléments. Je vous remercie.

Jerry Camble, un être vindicatif, qui avait ses entrées dans la police. Ses yeux étaient petits et enfoncés au creux des orbites. Il était craint, mais pas respecté.

De loin, Cotter avait assisté à la brève conférence de presse et entendit le clic de la réception d'un courriel sur son téléphone. La photo extraite par le spécialiste permettait d'identifier avec certitude l'identité du visiteur. Il s'agissait de James Bradford.

Cotter retourna sur les lieux du crime. Dans le milieu, il avait la réputation de passer un temps fou sur place. Il lui était arrivé de s'éterniser plusieurs heures à étudier tous les détails. Pas cette fois-ci. L'équipe scientifique terminait son boulot. Après quelques minutes, il préféra s'échapper par la porte arrière de l'hôtel, évitant l'attroupement de journalistes, en attente des images choc de l'évacuation de la victime. Debout dans le couloir, il pianota sur son clavier et chercha sur Facebook le compte de James Bradford. Sa photo ne laissa aucun doute, c'était bien l'homme qui avait vu Barbara Clark en vie pour la dernière fois, à l'exception du tueur.

***

CHAPITRE 13

VISITE INATTENDUE

Confortablement installé sur le canapé, je dînais en piochant dans différentes boîtes du traiteur indien. Helen, qui avait terminé, se tenait au chaud, emmitouflée dans une couverture de laine et plongée dans son livre. J'effleurai son pied. D'abord insensible, elle ne tarda pas à se laisser faire. Le livre tomba sur le sol...

Je me réveillai d'un seul coup. Il n'y eut pas de stade intermédiaire. Ce fut aussi soudain que le déclenchement d'une alarme. Couché sur le canapé, je posai mon regard sur l'écran de mon téléphone cellulaire qui vibrait. Quelle heure est-il ? J'étirai le bras et saisis l'appareil. 23 heures 52. J'avais la langue en carton et la bouche pâteuse. L'image du livre d'Helen flottait encore dans le sillage de mon rêve qui s'estompait. Je repris totalement conscience de mon environnement.

— Allô ?

— Monsieur Bradford, agent spécial Cotter Finch, FBI. Je me pétrifiai.

— Est-ce que vous êtes à votre domicile ?

— Euh... oui.

— Je suis devant la porte.

— Très bien... j'arrive.

Je me malaxai la nuque, assailli par un mal de tête qui était parti pour durer. Je m'étirai. Je passai ma main dans mes cheveux pour les placer et m'avançai vers l'entrée. Je glissai un œil derrière le judas et distinguai un homme mince qui portait un costume gris avec une chemise blanche et une cravate noire. J'ouvris la porte.

— Bonsoir, je voudrais discuter avec vous, dit-il en brandissant sa plaque.

— Vous avez vu l'heure ?

— Vous connaissez Barbara Clark ?

— Il y a un problème ?

Je m'effaçai pour le laisser entrer et je refermai la porte et l'invitai à passer au salon qui jouxtait l'entrée.

— Madame Clark a été assassinée, dit-il d'un ton neutre.

Muet. Estomaqué. Bouche bée. Je me figeai sur place, tétanisé.

Quelques mots finirent par sortir de ma bouche.

— J'étais en sa compagnie... dis-je d'une voix blanche, alors que l'ombre du regret de ne pas avoir su la protéger traversa furtivement mon visage.

Dans sa main, il tenait une fiche cartonnée. Un éclair de panique saisit mon cerveau. Je fus frappé par une éventualité. Et si j'étais soupçonné de meurtre ? Je fus assailli de tremblements de la tête aux pieds. Allait-il me lire mes droits constitutionnels ? J'imaginais sortir menotté devant un parterre de journalistes sous les crépitements incessants des flashs de leurs appareils photo. Je les entendais dans ma tête. Pour les prochaines vingt-quatre heures, je serais confiné dans une petite pièce au poste de police, privé de contact, sauf avec les gens chargés de m'interroger. J'avais laissé mes empreintes, et peut-être aussi mes cheveux sur les vêtements de Barbara puisque je l'avais serrée dans mes bras. Au travers des stores, je vis deux voitures de police stationnées devant ma maison...

— C'est bien vous ? me demanda-t-il en exhibant une photo.

Je m'éloignai à reculons jusqu'au canapé, et je m'effondrai dans un état proche de la catatonie. L'agent s'assit à côté de moi.

— Vous êtes entré à 17 heures à l'hôtel Willard et en êtes ressorti à 18 heures 54, c'est exact ?

La question fusa comme un éclair dans un ciel sombre. Je cherchais soudain mes mots.

— Co... comment est-elle morte ?

— Étranglée, dit-il d'une voix froide. Une autre victime du tueur en série.

— Impossible !

Il haussa les sourcils, comme s'il était étonné.

— Je sais que c'est un choc pour vous, mais malheureusement, elle est la dernière victime de Charles Atkins. Entreteniez-vous une relation amoureuse ?

— Barbara était ma demi-sœur... murmurai-je à voix basse, avec une tristesse si lourde qu'elle me comprimait le thorax.

Étonné, il recula la tête.

— Je vous présente mes condoléances, rajouta-t-il avec sincérité.

— Cette information doit rester confidentielle.

— Comptez sur moi.

Ce fut à mon tour de le considérer. Son visage ne laissait rien paraître, même pas l'ombre d'un rictus. Et sans que je m'y attende, il me demanda un verre d'eau. Déstabilisé, je me rendis à la cuisine. J'ouvris le robinet et j'appuyai mes deux bras tendus sur le bord du comptoir. L'eau qui coulait était à l'image des larmes que je refoulais. Une sœur à peine trouvée et déjà perdue. Habité par la phrase prémonitoire qu'elle avait prononcée : je serai la prochaine victime sur la liste.

À mon retour, un calepin en main, il prenait des notes et avait déposé un enregistreur numérique sur la table basse. Je déposai le verre d'eau.

— Vous ne voyez pas d'inconvénient à ce que j'enregistre notre conversation ? J'acquiesçai d'un signe de la tête. À votre connaissance, est-ce qu'elle fréquentait quelqu'un ?

— Effectivement, elle avait un rendez-vous.

— Qui ? Un amant ?

— Elle le fréquentait depuis quelques mois. Étiez-vous au courant qu'elle avait engagé deux gardes du corps ?

— Oui, je m'interroge à ce sujet.

— Elle était sous filature.

— Pourquoi ?

— Elle se sentait menacée.

Pendant qu'il écrivait, je songeai au journal intime et à la clé USB. Je m'approchais de la fenêtre les mains croisées derrière mon dos tel un professeur.

— Vous êtes journaliste d'investigation, c'est bien ça ?

— J'ai démissionné pour des problèmes de santé.

— Rien de grave, j'espère.

— Les séquelles d'un coma suite à un accident. Je m'en remets progressivement.

Puis, il avala d'un trait le verre d'eau. L'ambivalence m'avait envahi. Pouvais-je lui accorder ma confiance? Je suivis mon intuition et pris conscience de ce que j'allais dire.

— Quelle opinion avez-vous d'Edgar Hoover? Il fronça les sourcils.

— Eh bien... c'était un innovateur qui a appliqué les techniques les plus avancées en matière de police scientifique, comme les analyses biologiques et physico-chimiques. Il est à l'origine de la mise en fiche de renseignements.

— Mais encore...

— Où vous voulez en venir?

— Il n'était pas animé que par de bonnes intentions. Comme pratiquer l'écoute illégale, exercer du chantage, entre autres.

— C'est exact.

— Est-ce que les méthodes ont changé?

— Évidemment. Le pouvoir de l'institution ne repose plus que sur un seul homme. Mais pourquoi ces questions?

— Avez-vous trouvé un journal intime, une clé USB, son ordinateur et une bobine magnétique dans son sac à main?

La stupéfaction se lut sur son visage.

— Non.

Je restai silencieux une poignée de secondes avant de me jeter à l'eau.

— Le journal intime de sa mère renfermait un secret de famille. La clé USB contenait une copie d'un témoignage et la bobine était à coup sûr l'original. À cet instant, j'avais le sentiment d'en savoir bien plus que lui sur le mobile du meurtre.

Il me fixait de son regard étrange en raison de la couleur différente de l'œil droit qui était bleu et le gauche couleur noisette. Il leva une main devant son visage.

— Une minute. Je ne comprends rien.

— Sa mère était employée comme assistante de la secrétaire de John F. Kennedy. Le mieux c'est que vous écoutiez la conversation que nous avons eue. Je sortis mon enregistreur et le posai sur la table. Il s'assit dans le canapé, concentré.

Lorsqu'il entendit les menaces qu'elle avait reçues, la filature à son encontre, et le chantage anonyme, son visage se décomposa, il fut décontenancé et se frotta le menton.

Je lui laissai quelques instants pour digérer.

— Si j'ai bien saisi, elle aurait été assassinée en raison du témoignage de sa mère, qui aurait volé un document dans le bureau ovale de la Maison-Blanche en 1963, le jour de l'assassinat du président John F. Kennedy ? Et en plus, elle aurait été assassinée comme votre père ? reprit-il incrédule. Enfin, ça ne tient pas debout !

— Le témoignage de sa mère était sur la clé USB. L'enregistrement original qui était dans son sac à main a disparu. Tirez vos propres conclusions...

— Vous divaguez. Officiellement, Charles Atkins est le suspect, répliqua-t-il.

La stupéfaction me saisit.

— Non ! m'exclamai-je, ne pouvant réfréner une salve de colère, cette histoire de tueur en série est incohérente à la lueur de ce que vous venez d'entendre.

— Onze autres meurtres similaires ont été commis par le passé et deux de plus récemment, selon un modus operandi propre à Charles Atkins et identique à celui de Madame Clark.

— Et s'il s'agissait de l'acte d'un imitateur qui profite de cette série d'assassinats pour brouiller les pistes ? Un scénario où la seule véritable cible aurait été Barbara ? Il se leva à son tour et me fixa.

— Vous savez, imiter un crime dans les moindres détails, dit-il en faisant la moue, c'est possible, mais je n'y crois pas. Persuadé du contraire, l'agent du FBI employait un ton convaincant.

— Nous parlons de l'affaire Kennedy ! Il s'agit de la réputation du Gouvernement, qui a protégé l'absurde Commission Warren. Et que dire des manipulations de la CIA dans les années 1960 et du FBI ? Nous savons très bien tous les deux que les raisons du meurtre du président Kennedy doivent demeurer dans l'ombre. Les enjeux sont immenses.

Je repris mon souffle.

— Admettons qu'il s'agisse de Charles Atkins. Quel était son intérêt de dérober un journal intime ainsi que son ordinateur ?

demandai-je. La balle était dans son camp.

Il haussa les épaules.

— Le fétichisme. Les tueurs aiment les trophées. Quant à son ordinateur, il va en tirer un bon prix. J'étais dérouté.

Son téléphone cellulaire vibra. Il lut le message pendant que j'arpentais la pièce. Il se dirigea vers la table du salon et stoppa l'enregistrement.

— Je suis désolé, on m'appelle pour une intervention. Je voudrais une copie de l'enregistrement de votre conversation avec votre sœur.

— Pourquoi ? Cette conversation est privée.

Il haussa les épaules.

— Comme vous voudrez.

— Sur la bande, il s'agissait de la voix de mon père, insistai-je, peut-être assassiné, tout comme Nancy Clark.

Il marqua une pause et me regarda bien en face. Je soutins son regard.

— Voulez-vous publier un article anonyme sur le net ? Refiler le tuyau à un de vos confrères ? Les théories de complots sont devenues des mythes. Qui croirait à cette histoire, hormis les tabloïds ?

— Ce n'est pas mon intention. Je suis bien placé pour discerner les lignes de propagande que suivent les médias traditionnels. Ces divulgations seraient ridiculisées.

— Nous sommes d'accord. Nous allons passer un marché : si vous trouvez l'enregistrement original, je prendrai votre histoire au sérieux.

— Je vous ai dit que le tueur l'avait récupéré ! Mon cerveau s'ordonnait soudain comme s'il résolvait une équation scientifique en tentant de lui apporter une solution. Vérifiez si elle possédait un autre ordinateur, récupérez ses courriels et vous trouverez celui qu'elle avait adressé à la Docteure Berenson.

Il marqua un silence et sembla troublé.

— Connaissez-vous la nature du document subtilisé dans le Bureau ovale ? demanda-t-il en ignorant mes suggestions.

— Non.

— Que comptez-vous faire ? dit-il, suspicieux à l'égard de mes intentions.

Je fouillai dans la poche de mon pantalon et je trouvai le bout de papier.

– Et ça, est-ce que c'est le fruit de mon imagination ? dis-je en lui tendant la note.

— Quartier de Brownsville, reprit-il, bizarre, c'est une zone sensible de New York, la criminalité y est très présente. Je vous conseille de rester en dehors de tout ça. Je prends les choses en main.

— Que voulez-dire exactement ?

— Je dois réfléchir à tout ça et je m'occupe de vérifier cette adresse.

Mon regard d'abord sceptique devint fixe.

— Sans preuve de ce que vous avancez, je suis coincé. Pour l'instant, cette conversation restera confidentielle. Dernière chose. Nous avons besoin de vos empreintes pour les isoler de celles relevées sur la scène de crime. Demain, rendez-vous au poste de police, tenez, voici l'adresse, dit-il en l'inscrivant sur une note. Si un détail vous revient, n'hésitez pas à me contacter. Je vous tiendrai informé.

Sur ce, il se dirigea vers la sortie.

Il me remit sa carte et tourna les talons. Debout sur le trottoir, il releva le col de sa veste pour s'abriter du vent et alluma une cigarette. Ce type n'a rien d'un criminel, songea Cotter. Il lui avait semblé intelligent ce qui rendait crédibles ses déclarations. Et c'était bien là le problème. Non seulement un imitateur mettait ses crimes sur le dos d'Atkins, mais en plus, il aurait ourdi un complot relié à l'affaire Kennedy. Cette pensée le turlupinait.

Il tira une longue bouffée sur sa cigarette dont le bout devint incandescent. Ce n'était sûrement pas le seul truc qui clochait dans cette histoire. Alors qu'il s'apprêtait à monter dans la voiture, il se sentit observé. Aucun appel d'urgence ne s'était affiché sur son téléphone. Ce qu'il avait entendu l'avait étourdi et le poussa à quitter les lieux plus rapidement. Des questions, il en avait des tonnes, mais il les réservait pour plus tard. Il enclencha la première vitesse et du coin de l'œil aperçut l'ombre de James derrière les rideaux. Je me suis fait griller !

L'agent du FBI était resté sur le trottoir, songeur. M'avait-il cru ? Je sentis grandir un sentiment de découragement. De toute évidence, il m'avait pris pour un fou. Un frisson parcourut mon épine dorsale et un vent froid souffla autour de moi. J'imaginai Barbara le visage mutilé, gisant dans un frigo de l'hôpital. Les larmes finirent par s'évacuer et de surcroît, je lâchai un cri horrible pour exhaler la douleur qui me comprimait le plexus.

Ce cri barbare eut pour effet de dissiper mon mal de tête. J'allumai le poste de télévision sur la chaîne CNN, qui diffusait les nouvelles en continu. On alternait les directs entre l'hôtel et New York. Des équipes journalistiques s'étaient dépêchées à sa résidence privée. La révélation du crâne rasé de la victime par le tueur me scandalisa. Un responsable de la police avait d'ores et déjà indiqué que si cette information devait être confirmée, cela désignerait Charles Atkins comme principal suspect.

Flash spécial

Barbara Clark, la célèbre violoncelliste, a été trouvée morte dans sa chambre d'hôtel à l'hôtel Willard. Une troisième victime dans la série des meurtres qui sévissent sur la côte est depuis quelques semaines.

Selon nos sources, c'est dans cet hôtel prestigieux de la Capitale qu'un drame est survenu dans la soirée entre 19 heures et 22 heures... Charles Atkins est-il l'auteur de ce meurtre ? C'est ce que laissent présager les premiers éléments de l'enquête. Nous vous rappelons que le FBI n'a jamais rendu publics les mobiles du tueur en série. Nous retrouvons sur place notre correspondant, qui a préparé un reportage.

Outre le sang qui pulsait dans mes tempes, je frissonnais.

C'est ici que le corps de Barbara Clark a été découvert inanimé dans sa chambre d'hôtel par une employée.

De source sûre, nous avons appris que le tueur a rasé le crâne de ses victimes. Un nouvel élément porté à la connaissance du public que la police avait choisi de ne pas divulguer.

Barbara Clark était arrivée dans la journée et s'était installée dans une suite du célèbre édifice. Elle devait participer à une série de concerts.

Je me levai, puis me rassis. Je marchai jusqu'à la fenêtre. Je n'entendais plus rien. Ni le carillon chantant au vent ni la sonnerie de mon cellulaire qui venait de se déclencher. Je ne répondis pas, saisis la télécommande, et éteignis le poste de télévision. La mort de Barbara harponnait mon cœur et m'obligeait à regarder vers le passé.

À nouveau étendu sur le canapé, avec une petite couverte de laine que je tenais serrée entre mes poings, la maison me sembla sinistre. À 1 heure 15, mon téléphone vibra et je jetai un œil à l'écran. J'attrapai l'appareil.

— Salut Gary...

— J'ai appris la triste nouvelle, ce n'est pas possible ?

— Il faut que l'on se voie.

— Que s'est-il passé ? Tu tiens le coup ?

— Pas au téléphone. Retrouvons-nous demain à 10 heures au West Wing Café.

L'amitié était une valeur sûre entre nous. Suite à mon accident, il fut très présent. Il avait été le premier informé de mon lien fraternel avec Barbara et avait fait sa connaissance. J'avais choisi de cacher la vérité à ma mère pour le moment. Nous avions fait nos études à Harvard et nous avions choisi deux parcours différents. Grand gaillard et capitaine de l'équipe universitaire de football, il entama une carrière professionnelle sportive. Malheureusement, une blessure l'obligea à changer de voie et il s'orienta vers l'informatique. Il débuta sa carrière à la NSA et fut chargé de tester les systèmes de sécurité afin de mieux les protéger.

À cette époque, nous étions deux amis célibataires. Au cours d'une de nos soirées bien arrosées, nous avons partagé la même fille dans le même lit. L'idée avait été suggérée par une séduisante barmaid. L'expérience fut répétée à maintes reprises, avec pour seule règle de changer de partenaire à chaque occasion. Après ma rencontre avec Helen, je me retirai du jeu, ce qui nous éloigna. Puis survinrent le décès de Helen, et ma dépendance à l'alcool naissante. En pensant à cette folle période, je glissai dans le sommeil sans m'en rendre compte.

Maintenant que la lumière matinale du jour filtrait à travers les rideaux, je me redressai. La fureur des émotions de la veille s'était apaisée. Après une douche rapide, je me changeai et je me préparai un café. Je le savourai assis face à la fenêtre tout en analysant la situation. Ce matin, je portai un regard plus froid sur les événements. Je renouais avec le journalisme d'enquête, obsédé par l'idée de déterrer la vérité. La forme la plus pure du journalisme, qui me passionnait. Je ne m'étais pas senti aussi en vie depuis longtemps.

Compte tenu des décennies qui s'étaient écoulées et des acteurs probablement tous disparus, la question à laquelle je devais répondre était la suivante : est-ce que le meurtre de Kennedy est encore d'intérêt public ? C'était celle que nous nous posions au sein du Consortium international des journalistes avant de déclencher une enquête sur un sujet.

Je branchai mon magnétophone sur mon ordinateur et déposai un double de ma conversation enregistrée avec Barbara dans ma boîte courriel sécurisée.

***

CHAPITRE 14

PREMIÈRES INVESTIGATIONS

À la suite de sa visite chez James Bradford, l'agent spécial était perturbé, habité par une sensation insaisissable, avec le sentiment que cette enquête allait être plus compliquée qu'il ne l'aurait pas supposé. Pour se changer les idées, il erra un long moment dans les bars en quête d'une femme inconnue pour passer la nuit. Il se retrouva dans un hôtel avec une panthère rousse aux ongles aiguisés. Champagne, rires et jeux lui coûtèrent 500 dollars pour deux heures de compagnie. Éméché, il était retourné à l'hôtel tard dans la nuit.

Il avait peu dormi, encore sous l'effet de l'ivresse de la veille, même s'il avait eu l'impression de parfaitement tenir la route. Des flashs d'une fille lui revenaient en mémoire. Où ? Impossible de s'en souvenir. La seule certitude qu'il avait : son portefeuille était vide. Ce n'est plus de mon âge, ces conneries, songea-t-il. Je pue ! Un saut sous la douche, il se rasa et mit des vêtements propres.

Au rez-de-chaussée, il commanda un café au bar et choisit une table au bord de la baie vitrée qui offrait une vue sur la rue. Le matin, il n'avalait rien jusqu'à son premier repas, qu'il prenait plutôt en milieu d'après-midi. Des mauvaises habitudes acquises après plusieurs années de terrain. Filatures interminables, le jour, la nuit, et parfois pendant plusieurs journées consécutives.

Sur le trottoir, un véhicule utilitaire était garé. À côté, deux employés municipaux fumaient une cigarette. Des journées de travail linéaires, sans surprise. Cotter les enviait. À cette idée, il éprouva un soupçon de jalousie. Mais au fond de lui, il aurait été incapable de construire une vie stable.

La veille, avant sa tournée des bars, il avait pris contact avec l'équipe du FBI dépêchée au domicile de Barbara Clark à New York, dans l'espoir qu'elle aurait mis la main sur un autre ordinateur. Malheureusement, quelqu'un avait déjà fait le ménage. Ce qui était étrange, car après vérification, aucune plainte pour vol n'avait été déposée. Et pourtant, sa maison était sens dessus dessous. En attendant son café, il rédigea sur son cellulaire un mandat électronique à l'attention du juge pour obliger le serveur qui héberge l'adresse courriel de Barbara à lui fournir une copie de ses courriels.

Sur son calepin, il relisait des notes et fut interrompu par l'arrivée de la serveuse. Blonde, la trentaine, des cheveux courts qui mettaient en valeur des traits fins. Un visage d'ange durci par un regard sombre. L'image de Sarah erra devant ses yeux. Pendant qu'elle déposait sa tasse, il ne parvint pas à chasser de sa mémoire le fantôme de son ex- coéquipière. Cette fille avait la même expression de fraîcheur qu'elle. Le passé remontait en lui et lui serra la gorge. Treize ans avaient passé depuis leur première rencontre. Au fil des mois, sa joie de vivre s'était assombrie, minée par la traque qu'ils menèrent, aux trousses de Charles Atkins, et qui les débilita profondément. Un soir, ils passèrent plusieurs heures à évoquer des choses légères, puis rirent de la facilité avec laquelle Cotter imitait les personnalités. Au bout de la nuit, après une bouteille de Scotch, ce fut elle qui fit le premier pas, faisant fi de la politique au sein du FBI qui proscrit les relations intimes entre agents. De douze ans sa cadette, elle était passionnée et excessive. Sarah se transformait en femme fatale dans la fenêtre étroite et libertine de l'amour. Cette idylle ne fut que de courte durée. Au cours d'un échange de coups de feu lors d'une prise d'otage, elle fut tuée.

Il but sa première gorgée de café et balaya son souvenir.

Charles Atkins, songea-t-il. Il connaissait sur le bout des doigtsle dossier de celui qui avait construit sa réputation de fin limier au sein du FBI. Il avait consacré l'essentiel de sa carrière à assimiler les comportements criminels, sur les traces de John E. Douglas. Dans les années 1970, dès l'âge de dix ans, il avait lu tous ses manuels utilisés dans le domaine juridique et policier sur le profilage criminel. Son parcours avait été similaire : doctorat en psychologie, puis négociateur dans les prises d'otage pour le FBI, avant d'être transféré à la section des crimes violents dans les années 1990.

La serveuse lui apporta son deuxième café. Il déposa dans la tasse deux pilules de dicodin, un puissant antalgique dont il était dépendant par suite des blessures subies lors d'un accident de la route. Trois vertèbres déplacées et deux hernies discales lui infligeaient par moments de violentes douleurs. Je me sens vieux, constata-t-il en faisant tourner le café dans sa tasse. Une main se posa sur son épaule.

— Tu lis l'avenir ?

Cotter se leva pour saluer la jeune femme.

— Agente Deborah Barnes, dit-elle avec un large sourire.

— Enchanté. Je vous en prie,dit-il en désignant le siège.

Une superbe jeune femme métisse à l'allure athlétique prit place en face de lui.

Elle portait un pantalon noir, une chemise blanche sans bijoux. Ses cheveux noirs, lissés, étaient attachés. Pas de fard à paupières ni de fard à joues, juste un soupçon de rouge coquelicot sur ses lèvres épaisses. À la petite quarantaine, malgré l'absence de coquetterie, elle était séduisante. Deux heures auparavant, il avait reçu l'annonce par texto de son patron l'informant qu'il lui envoyait du renfort. Il avait imaginé plutôt un homme d'expérience avec une mine patibulaire, gonflé par l'ego.

Agréablement surpris !

— Je viens d'arriver en ville. Il paraît que tu as besoin d'un coup de main ?

Deborah Barnes était « profiler » au sein du très pointu programme d'analyse comportementale de la division de la sécurité nationale du FBI.

— J'ai lu le rapport d'enquête. J'ai passé au peigne fin les vidéos de l'hôtel. Alors, où en est-on ?

Une fille franche et directe. Cotter aimait cette attitude.

— Le type qu'on voit sur la bande, James Bradford, n'est pas suspect. C'est le demi-frère de la victime.

— Tu l'as rencontré ?

— Hier soir.

— J'ai visionné les images de surveillance. À partir de 18 heures 54, l'enregistrement a été trafiqué. Consterné, il faillit renverser sa tasse.

— Explique...

— Le tueur a bloqué l'image et a substitué trois minutes de diffusion d'une séquence répétitive qu'il avait tournée antérieurement. C'est à peine perceptible. À en juger par le débit images, on constate qu'elles reviennent en boucle.

— Cela signifie qu'il était venu à l'hôtel avant cette soirée.

— Bingo !

Cotter était songeur pendant que Deborah captait son regard qui se reflétait dans la lumière. Originale la différence de couleur de ses yeux, pensa-t-elle. Ses cheveux grisonnants lui procuraient un charme fou. Cependant, il ne comptait pas un gramme de gras sur sa carcasse. Son visage au teint blanc, anguleux et émacié était sillonné de rides profondes sur le front.

— Il suffit de consulter les enregistrements des jours précédents... rajouta-t-il. Il porta la tasse à ses lèvres et la reposa.

— Autre chose me tracasse : Barbara Clark avait engagé des gardes du corps, pourquoi ?

— De nos jours les stars aiment se sentir protégées.

— Exact. Mais lors d'événements publics. Une protection permanente présage davantage une menace.

Elle fit la moue. Elle s'avança vers le comptoir et ramena deux quotidiens, qu'elle déposa sur la table.

Charles Atkins rasait le crâne de ses victimes. Pourquoi le FBI passait-il sous silence cette information ? titrait l'un des journaux.

— C'est bizarre, poursuivit-elle, pour tous les meurtres précédents, Atkins n'a jamais livré ce détail aux journalistes, pourquoi maintenant ?

— Hum... se contenta-t-il de répondre. J'ai une question, après son évasion, qu'aurais-tu fait à sa place ?

— Tu me testes ?

— Non, je voulais ton avis.

Elle se mordilla la lèvre et leva les yeux au ciel avant de répondre.

— J'aurais modifié mon apparence physique, comme changer la couleur des cheveux ou bien laisser pousser la barbe. Tout en réfléchissant, elle saisit la tasse de Cotter et avala une gorgée avant qu'il ait pu retenir son bras. S'ensuivit une grimace qui déforma son charmant visage.

— Mais qu'est-ce que tu as foutu là-dedans? dit-elle en recrachant sa gorgée.

— J'avais un mal de tête. Continue.

— Ensuite, je me serais installé dans une ville côtière, histoire de fuir facilement par voie navale, car si deux agents talentueux comme nous le sommes arrivions à le localiser, je ne donnerais pas cher de sa peau.

Cotter aima son humour et sourit.

— Bien vu.

— Son point faible, c'est sa taille. Difficile de passer inaperçu...

— Chasse le naturel, il revient au galop. Il n'a pas résisté à l'envie de redevenir l'ennemi public numéro 1. Il a ça dans le sang.

— Pourquoi après tant d'années? Étrange, non?

— Qu'est-ce que tu insinues?

— Tous ces efforts pour se fondre dans la population, peut-être qu'il était peinard à l'étranger dans un pays où il n'existe aucun accord d'extradition. Auquel cas, il aurait pu continuer son sale boulot incognito en changeant de méthode. Mais reprendre au point où il avait laissé les choses, j'ai du mal à le croire...

Cotter l'écoutait en tournant la cuillère dans son café, l'air évasif.

— Au fait, j'ai lu dans ton rapport que Barbara Clark possédait un téléphone et deux cartes SIM, c'est étrange, non? Cotter haussa les épaules.

— Nous aurons bientôt la liste complète de tous ses appels, nous y verrons plus clair.

— Bon il est temps de nous rendre à notre nouveau bureau.

Ils quittèrent le bar.

— Et la photo d'Atkins diffusée dans les médias, est-ce que ça donne des résultats?

— Beaucoup d'appels non significatifs. En plus, nous ne sommes pas certains qu'il ressemble à la photo que nous avions prise lors de son arrestation. Même si nous l'avons vieillie grâce à un logiciel. Ces types ont une passion pour le déguisement.

Elle lui emboîta le pas.

— Et pour les courriels ?

— J'attends des nouvelles, c'est l'heure, allons-y.

— Il paraît que c'est la première fois que tu reviens sur le terrain depuis que tu travailles à Quantico ? Quel effet cela te fait-il ?

— Ça me rappelle de bons souvenirs !

Le ping de son téléphone résonna. Il jeta un regard furtif sur le message : le juge avait signé son mandat. Dans la foulée, il expédia une copie à l'hébergeur de Barbara. Ils quittèrent le restaurant de l'hôtel.

***

CHAPITRE 15

LE COURRIEL

En passant devant la bibliothèque du salon, je réalisai que bon nombre de livres rangés sur la deuxième étagère appartenaient à Helen. J'en saisis un au hasard et je lus l'endos : le point d'équilibre est atteint lorsque la sérénité nous habite et nous rend spectateur de notre existence. De cette façon, nous affrontons la mort comme l'étape d'un parcours. Un parcours oublié au cours de nos différentes incarnations. De vie en vie, nous muons comme le serpent qui se défait de son ancienne peau. Discours d'un moine taoïste.

La première réflexion qui me vint à l'esprit : étais-je frappé par un karma? J'avais été en la présence d'Helen et de Barbara juste avant leurs décès. Leurs vies envolées, soufflées comme une bulle de savon éclatée. Et moi, restant dans ce monde, à m'interroger sur le sens de la vie. Était-ce suffisant d'imaginer qu'Helen et maintenant Barbara étaient des êtres désincarnés? D'ailleurs quelles étaient mes croyances? Je mis un terme à ma réflexion sur le sujet de la vie après la mort.

Pour me changer les idées, je consultai les nouvelles sur le web :

« Ce soir, pas de concert pour Barbara », titrait le New York Times.

Encore des larmes, un mauvais café, et je me préparai.

J'appelai un taxi qui me déposa devant le West Wing Café à l'instant où Gary s'apprêtait à pousser la porte d'entrée. Je le rattrapai et lui tapai sur l'épaule. Il se retourna.

— Merci d'être venu, dis-je en élevant la voix pour dominer le brouhaha ambiant.

— C'est horrible, je n'ai pas dormi de la nuit. Assassinée par un tueur en série, qui l'aurait cru ?

— Pas moi, répondis-je froidement, ce qui le laissa pantois.

Le comptoir était plein à craquer de clients qui prenaient leur petit- déjeuner. D'autres avaient les yeux rivés sur les écrans de télévision, qui diffusaient en boucle le match de football de la veille, et la plupart discutaient de façon animée. Il régnait une atmosphère survoltée. Après avoir commandé deux cafés au comptoir, je l'entraînai au beau milieu de la salle à une table qui se libérait. Un exemplaire du Washington Post traînait sur la table. On y voyait la photo radieuse de Barbara qui me souleva le cœur. Je saisis le journal et le posai sur la table voisine. Gary tira sa chaise et s'assit en face de moi. Ses cheveux coupés en brosse lui donnaient un air sévère.

— Hier soir, juste avant le drame, j'étais avec Barbara... le tueur n'a pas frappé au hasard.

— C'est quoi, cette histoire de dingue, lâcha-t-il, tu plaisantes ?

Je lui exposai l'objet de notre rencontre, sans rien omettre. Ses craintes, ses angoisses et la menace qui planait sur elle. Puis je restai silencieux, lui laissant le temps de digérer ces informations.

— Pour récapituler : on ignore quel document a été dérobé à la Maison-Blanche, et à qui il a été remis. Et le tueur a dérobé son ordinateur, la bobine et le journal intime de sa mère ? C'est bien ça ? Est-ce que tu as l'enregistrement de votre conversation qui contient le témoignage ? Est-ce que tu as cru à son histoire ?

— Sans l'ombre d'un doute. Un autre point me vient à l'esprit. Le tueur aurait facilement pu me faire passer pour le suspect. Mes empreintes sont partout. Coupe les caméras et que reste- t-il ? Pourquoi ne l'a-t-il pas fait ?

— J'entrevois deux options. La première, il voulait vraiment que ce meurtre lui soit attribué. Ou bien, il ne savait pas que vous alliez vous croiser.

Il avala une gorgée de café en plissant le front.

— Autre chose me tracasse. Est-ce que tu connais la docteure Berenson ? Moi, je l'ai déjà aperçue dans une librairie, lors de la dédicace de son dernier best-seller. Ce n'est pas le genre à transgresser les règles. Une femme soignée jusqu'au bout des ongles. Je parierais qu'elle est du signe de la Vierge. Une perfectionniste. Toi, version féminine !

— Tu n'y connais rien en astrologie.

La serveuse nous proposa du café supplémentaire. Petite, aux formes sensuelles avec une crinière blonde ondulée. Elle portait une robe noire et une ceinture blanche qui accentuait l'harmonie de ses courbes. Je ne lui donnais pas plus de vingt-cinq ans. Elle me rappelait une de nos conquêtes. Je remarquai le regard insistant de Gary pendant qu'elle s'éloignait. Il me fit un clin d'œil. Il n'aimait pas les femmes élancées moulées sur les magazines de mode.

— Tu te souviens du bon vieux temps ?

— Oui, c'était mémorable... Je suis passé à autre chose. Il secoua la tête avec un petit air de regret.

— Moi aussi. Mais cette fille...

— Gary, c'est sérieux. Ce n'est pas le moment ! dis-je en serrant les dents.

— Depuis quand tu n'as pas baisé ? Je ne te parle pas de sentiments, mais de sexe pur et dur.

J'étais si stupéfait que je restai muet quelques instants.

— Ferme ta gueule ! lui rétorquai-je vexé, c'est sérieux.

Il avait raison, le plaisir des sens m'avait abandonné. Le sexe, si capital à une époque, n'était plus une priorité. Je m'en étais détourné.

Il se frotta le front et m'accorda à nouveau son attention.

— J'ai une autre hypothèse.

— Ah oui ? Laquelle ?

— Si le point de départ c'est l'affaire Kennedy, Barbara a réveillé un monstre qui dormait depuis cinquante ans, et malgré toutes les suppositions émises sur les raisons du meurtre de John F. Kennedy, aucune n'a été prouvée. Le plus grand crime du siècle dernier non résolu. Cinquante ans plus tard la suite de la saga : par hasard, Barbara tombe sur une bande magnétique et à partir de là, tout part en vrille. Lorsqu'elle écrit le courriel à la docteure Berenson, des mots-clés sont repérés dans la base de données : le monstre revient à la vie. Des superordinateurs enregistrent des milliards d'octets chaque nanoseconde où des logiciels ultra-secrets repèrent les mots-clés et des phrases types. Système inventé sous le couvert de la sécurité nationale, au nom de la loi antiterroriste Patriot Act, adoptée après les attentats du 11 septembre 2001. Je sais de source sûre que les complots non résolus, les dossiers classés top secret sont codés dans la base par des mots-clés depuis l'expansion d'Internet et l'émergence des lanceurs d'alerte qui concurrencent les médias de masse.

— Tu devrais vérifier ton hypothèse, dis-je en le fixant du regard.

Il se recula de sa chaise.

— Non, c'est hors de question. J'ai de la peine, je compatis, mais pas au point de mettre ma carrière en danger.

Gary était surnommé le « serrurier » en raison de sa spécialité : les cadenas numériques. Brillant en ingénierie inversée, qui consistait, à partir d'une application, à déjouer la sécurité, il était ce qu'on appelle, dans le monde du piratage informatique, un chapeau blanc. L'opposé d'un chapeau noir dont le but est d'endommager les systèmes et de voler des données. Trouver les mises à jour de profils, passer le cyberespace au peigne fin, les archives financières et autres traces informatiques que chaque internaute laisse derrière lui était pour lui un jeu d'enfant. Depuis deux ans, il avait changé d'emploi et travaillait maintenant pour une société d'informatique privée qui appartenait au Conseiller général pour la Sécurité nationale.

— Si elle était « harponnée par les services secrets », cela signifierait que tu es inscrit sur la liste de ses contacts. D'autre part, le tueur l'espionnait, il sait que tu es son demi-frère. Tu risques de l'avoir le sur le dos. Il devait être aux aguets lors de ta visite à l'hôtel. Tu t'es fourré dans un sacré guêpier !

— Qu'est-ce que j'ai à voir là-dedans ! le tueur a la bobine et le meurtre passe sur le dos d'Atkins. Il doit être aux anges ! Sauf moi bien entendu. Ton aide est indispensable pour accéder à des dossiers confidentiels.

— Ce n'est pas aussi simple, une réflexion s'impose. J'eus une seconde de désarroi avant de réagir.

Je me penchai en serrant la mâchoire.

— Je viens d'apprendre de la bouche de Barbara que mon père a été assassiné. Ma demi-sœur vient d'être tuée. Est-ce que je suis le prochain sur la liste ?

— Est-ce que la police t'a interrogé ?

— Un agent du FBI est venu chez moi, je lui ai tout raconté.

— Est-ce qu'il t'a cru ?

— Peut-être bien...

— Donne-moi la copie du courriel que Barbara a adressé à la docteure Berenson, je ne te promets rien.

La serveuse nous proposa d'autres cafés, mais nous déclinâmes l'offre et je lui réclamai l'addition.

— Je te contacterai sur ton adresse sécurisée.

— Tu as toujours le numéro de téléphone de ma mère ? Je fais un saut à Truro.

— Parfait. En attendant, à ta place, je cesserais l'activité sur les réseaux sociaux, et j'achèterais un téléphone à carte. Dès que tu connais la date des funérailles, fais-moi signe.

— Merci Gary.

Le taxi me déposa devant un bâtiment en pierres grises et en briques. Le vent soufflait et apportait l'odeur de la pluie. L'angoisse surgit à nouveau lorsque je franchis les portes du poste de Police, me fondant dans le flot incessant de citoyens qui allaient et venaient. Un type en uniforme à la mine patibulaire, derrière le comptoir, me fit signe de la main.

— C'est pour quoi ? Si c'est une plainte, la première à gauche.

Je jetai un coup d'œil. Une rangée de chaises occupées.

— Non. Je viens pour une prise d'empreintes.

— Et vous êtes ?

— James Bradford.

— Vous avez rendez-vous ?

— Oui.

Le flic me dévisagea, le téléphone collé contre l'oreille. Il me demanda d'ouvrir mon sac. Je m'exécutai.

— J'ai ici un monsieur qui voudrait voir un inspecteur pour une prise d'empreinte. Deuxième étage, en haut de l'escalier, vous tournez à droite, vous allez au fond du couloir, la troisième porte.

— Merci.

Après la prise d'empreintes, je me dirigeai vers la sortie d'un pas rapide. À l'extérieur du poste se tenait un cirque médiatique. Un grand nombre de journalistes et de caméras étaient présents. Dans la bâtisse, quelqu'un avait révélé à la presse que Barbara était ma demi-sœur. J'étais foutu, ils ne me lâcheraient pas !

Dès que j'eus franchi la sortie, ils se jetèrent sur moi comme une nuée d'abeilles. En tête Jerry Camble qui jouait des coudes pour s'élever au-dessus de la mêlée et me poser la première question en me tendant son micro.

La liberté de la presse était la pierre angulaire de la démocratie et je l'avais constamment défendue. Pris sous les feux de la rampe, j'étais mal à l'aise. Tête baissée, je me frayai un chemin.

— Vous êtes le dernier témoin, hormis le tueur, à avoir vu Barbara Clark à l'hôtel Willard, vous semblait-elle inquiète ?

— Je ne répondrai à aucune question. Merci.

— Est-ce exact que Barbara Clark est votre demi-sœur paternelle ?

Je secouai la tête en réprimant une forte envie de lui sauter à la gorge. Qui l'avait tuyauté ? La planète était informée de ma vie personnelle.

— Est-ce que son état mental était stable ?

Anciens collègues au Washington Post, des différends sur les questions éthiques de notre profession s'érigèrent entre nous. Habité par une ambition dévorante, il n'avait aucun scrupule : écoute téléphonique illégale, corruption de témoignages et autres manœuvres visant à recueillir ou établir des informations qui lui permettraient de publier des scoops. Il était passé maître dans l'art de déformer l'information. À lui seul, il représentait le symptôme du cancer dont les médias étaient atteints : l'information coûte que coûte. Je supposais qu'il était frustré par sa petite taille et son manque de charisme qui l'obligeait à aboyer plus fort comme un petit chien fatigant. Il était toléré grâce à son oncle sénateur qui le protégeait. Avant de partir pour mon emploi au Consortium des journalistes d'investigation, je lui avais lancé : tu es comme eux, à force de leur obéir, tu perdras ton âme. J'avais été frappé bien avant lui par le contrôle hiérarchique sur mes articles qui parfois allait à l'encontre de mes valeurs. Malgré son côté tordu, il n'échappa pas à la machine de la narration dirigée par le pouvoir. Au fil du temps, ses articles furent tronqués, puis les sujets suggérés : la forme la plus pure du journalisme disparaissait. Il devint un rapporteur de nouvelles qui étaient dictées tous les matins et tous les soirs par le rédacteur du journal qui lui-même les recevait d'en haut. Même son oncle ne pouvait rien y faire. Très vite, il devint un danger, plus personne ne voulait de lui dans les journaux nationaux et le sénateur se dissocia de lui. Il fut renvoyé du journal. Ensuite, il devint journaliste indépendant, un paria qui travaillait à la pige pour des petites nouvelles sans importance. Cependant, tout le monde enviait le réseau d'informateurs qu'il possédait. Il était renseigné sur tout et presque avant tout le monde. Mais il avait appris à fermer sa gueule. Les autres journalistes le détestaient. Il prit un virage à 180 degrés refusant de faire le jeu des politiciens et du Gouvernement en lâchant quelques bombes sur les réseaux sociaux qui étaient vite balayées par les géants de l'information. J'ai même cru qu'il avait changé. Jusqu'à aujourd'hui. Pour une raison qui m'échappe, le tueur l'avait choisi comme interlocuteur et d'un coup, il s'imposait dans le circuit journalistique au grand dam de ses confrères. Jouissif pour lui.

Depuis environ une décennie, le journalisme avait perdu de son éclat. L'arrivée d'Internet avait bousculé le monde de la diffusion des nouvelles. Pour Jerry, l'important était d'envoyer des missiles, cherchant l'effet percutant de la nouvelle, qui visait à influencer l'opinion publique. La présomption d'innocence n'existait plus. Si votre portrait se retrouvait en première page, vous étiez jugé coupable sur la place publique et rien ne pouvait endiguer la machine des réseaux sociaux. Comme un chien ronge son os, il ne lâchait jamais. Cette fois-ci, j'étais dans son viseur.

L'intervention d'un agent de police à ma rescousse me permit de m'engouffrer dans un taxi. Je profitai d'un rayon de soleil entre deux nuages qui filtraient à travers la fenêtre pour appuyer ma tête, et souffler. La radio diffusait de la musique orientale. Mon téléphone se mit à sonner. Les premières demandes d'interview, songeais-je. Jamais je n'évoquerais officiellement mes liens familiaux avec Barbara. En filigrane, je pensai à la réaction de ma mère en apprenant la nouvelle... Je refusai tous les appels entrants et composai son numéro. Je m'étais mis dans une position délicate.

— Allô, maman ?

— Je suis contente d'entendre ta voix.

À son timbre de voix, je devinais qu'elle n'avait pas vu l'info.

— Attends, j'ai un double appel... dit-elle.

— Ne réponds pas, ça doit être des journalistes.

— Qu'est-ce qui se passe ?

Dans un élan émanant du fond de mes entrailles, je lui avouai :

— Barbara Clark était ma demi-sœur.

Elle observa une pause. Je frissonnais.

— Viens à la maison, je t'attends.

— Je pars pour New York et je te rejoins dès que possible.

Ma mère, Margaret, était une femme de tête. Je l'agaçais souvent en la comparant à la Dame de fer, en référence à Margaret Thatcher, première ministre britannique dans les années 1980-1990. Elles avaient en commun leur prénom et quelques traits de caractère. Bourrée d'énergie et dotée d'une détermination sans borne, j'éprouvais une grande admiration pour elle. Après la mort de mon père et après avoir été très présente à mes côtés tout au long de mon enfance, elle prit son destin en main et concrétisa son rêve en achetant une galerie d'art à Boston. Pendant la saison estivale, elle possédait un deuxième atelier dans la ville de Wellfleet, située à une dizaine de kilomètres de sa résidence à Truro. Elle voyageait énormément pour dénicher de nouveaux talents et des œuvres originales. Un emploi du temps de ministre. Soixante-dix-huit printemps et elle paraissaient dix de moins. Petite, mais athlétique, bénéficiant de la pratique de la natation et du tai-chi.

Une heure et demie plus tard, le taxi me déposait à l'aéroport de Dulles. Au comptoir, j'achetai mon billet pour New York. Quarante-cinq minutes d'attente à flâner dans les boutiques pour me changer les idées. Pendant le vol, je lus des revues. Mon crochet par la ville de New York revêtait un but précis. Je voulais lever le voile sur le point de départ qui mena à la mort de Barbara.

***

CHAPITRE 16

PERSPICACITÉ

Cotter baissa les yeux sur son téléphone alors qu'il s'apprêtait à démarrer.

— Je viens de recevoir le rapport d'autopsie.

— L'autopsie ? Mais le meurtre date d'hier soir.

— Le médecin légiste est un type bizarre : il souffre d'insomnie et travaille la nuit. Tant mieux. Je te transfère le document.

— Tiens, rajouta-t-il, l'hébergeur me signale que tous les courriels de Barbara ont été supprimés, volatilisés !

— Regardons ses publications sur Facebook, simple curiosité... Une adepte de la théorie des Reptiliens ! Il manquait plus que ça...

— Fais voir. Qu'est-ce que c'est que cette embrouille ? Bon, cette fois, on y va...

Alors qu'il venait de presser le bouton du démarreur, il y eut un autre appel.

— Agent Finch, Jerry Camble.

Cotter bascula l'appel sur Bluetooth.

— J'ai quelque chose pour vous. Nous devons nous rencontrer maintenant.

— Ah oui ? Je suis très occupé, Monsieur Camble.

— Ce n'est pas une blague, ce malade de psychopathe m'a envoyé une vidéo.

La tension monta d'un cran.

— À quelle adresse ?

— Sous le pont Woodrow Wilson dans vingt minutes. Il raccrocha.

— C’est la première fois qu’Atkins procède de cette manière. Incompréhensible ! rajouta-t-il.

Cotter passa une vitesse et fonça en direction d’Alexandria. Les feux de circulation semblaient se liguer pour ralentir leur arrivée. Il enclencha la sirène et la voiture accéléra au milieu du trafic. Deborah avait le cœur qui palpitait, mais elle restait impassible.

— Pile à l’heure ! lâcha-t-il en s’arrêtant sur les chapeaux de roues.

Jerry Camble patientait assis sur le capot de sa Porsche noire.

— Ce type me fait penser au genre de petit roquet qui aboie sans cesse, je déteste sa voix.

— Tu n’as pas tort...

Ils marchèrent vers lui, s’exposant au vent humide qui s’engouffrait sous le pont et fouettait le terre-plein. Les deux agents se plantèrent devant lui. Il avait l’air tendu et mal à l’aise.

— Alors ? cria Cotter d’un ton sec, voulant dominer le bruit incessant de la circulation.

Il saisit son téléphone cellulaire dans sa poche et pianota. Une vidéo se téléchargea. Ils fixèrent l’écran. Quand les premières images surgirent, ils furent consternés.

— Quel monstre... lâcha Deborah d’une voix étranglée.

Le tueur avait filmé les dernières minutes de la mise en scène du meurtre de Barbara. Nonobstant l’horreur des images et des sons, Cotter était en mode détective, persuadé qu’au travers des images, il dégoterait un indice qui le mènerait sur une piste pendant que Deborah était traumatisée par le regard de Barbara qui rendait son dernier souffle. Juste après, le tueur avait enregistré un message audio énigmatique en réalisant un gros plan sur sa victime.

Aucun mortel ne peut garder un secret. Si les lèvres restent silencieuses...

Connaissez-vous la suite de cette citation agent Finch ?

Deborah se tourna vers son coéquipier.

— Tu connais la suite ?

— C’est une citation de Freud.

Deborah tapa immédiatement sur le clavier de son téléphone.

— Si les lèvres restent silencieuses, ce sont les doigts qui parlent. La trahison suinte par tous les pores de sa peau, reprit-elle à voix haute, une citation de Freud[2].

— Freud ! Atkins avait envoyé quelques citations lors de première vague de crimes. Comme un chat joue avec sa proie, un psychopathe aime manipuler nos cerveaux et nous faire perdre du temps.

Cotter était devenu blanc comme un linge. Maintenant, il était intégré à l'équation de l'affaire : le tueur connaissait son secret.

— Monsieur Camble, repassez le message s'il vous plaît, demanda- t-elle. Elle ferma les yeux pour mieux se concentrer sur la voix.

— Tu reconnais sa voix ?

— C'est bien lui.

— Tu as porté attention à la façon dont il a filmé la scène ?

— Les images étaient si terribles, qu'est-ce que tu veux dire...

— Il ne pouvait utiliser qu'une caméra frontale, un vrai barjo ! Ensuite, il a alterné les images en noir et blanc et en couleur pour donner plus d'effet et s'est enfin appliqué à insérer de la musique !

Cotter était dans tous ses états. Il savait que ce type était un criminel créatif qui n'avait rien à voir avec la personnalité de Charles Atkins et il était fou de rage. De colère, il donna un coup de pied dans un monticule de terre. Le journaliste sentit l'onde ravageuse de Cotter et d'une voix posée rajouta :

— J'ai reçu cette vidéo il y a une heure. Il m'a demandé de me la fermer. Je suis courageux, mais pas stupide. Pour l'instant, je ne diffuserai rien.

— C'est raisonnable de votre part, connaissant votre appétit pour nous foutre régulièrement dans la merde. Mettez ces images en ligne. Mais si Atkins s'est abstenu, c'est qu'il avait une bonne raison. À votre place, je serais prudent. Être populaire, c'est bien, mais mort cela ne sert à rien.

— Cotter ! s'exclama-t-elle, pour souligner qu'il avait dépassé les bornes.

— En attendant, envoyez-moi une copie, voici ma carte.

Il tourna les talons et remonta dans le véhicule suivi de près par

2. Sigmund Freud 6 mai 1856 - 23 septembre 1939. Neurologue autrichien, fondateur de la psychanalyse.

Deborah.

— Quel connard ce type !

— C'était quoi ce numéro ? Tu as perdu les pédales ? Je te signale qu'il nous aide.

— J'peux pas le blairer !

— Je n'ai pas saisi l'essence de son message, et toi ?

— Un taré, ce gars-là aime jouer.

Pendant le trajet qui menait à l'hôtel Willard, Cotter avait saisi le message du tueur en filigrane qui avait pris l'identité de Charles Atkins : ce dernier devait être le suspect désigné dans cette enquête. Il était clair qu'il tramait quelque chose. Et ça l'inquiétait.

À ses côtés, Deborah étudiait les conclusions du médecin légiste, tandis qu'il conduisait. Le feu passa au vert. Toujours concentrée, elle était sûre qu'un détail lui avait échappé. Et pourtant, à chaque fois qu'il lui semblait avoir saisi un concept, son esprit glissait ailleurs. Du moins, c'est ce qu'elle supposait.

— Champagne ! C'est parfait pour un dernier verre ! Il fit la moue. Il n'appréciait pas ce genre d'humour.

— À part ça, rien d'autre ? dit-il d'un ton sérieux.

— Quand j'aurai étudié plus profondément le dossier, je te ferai part de mon hypothèse. Je te rappelle que je viens d'arriver, rétorqua-t-elle sèchement.

La tension devint palpable à l'intérieur de l'habitacle. Il saisit un paquet de cigarettes qui traînait dans la boîte à gants, en alluma une et la garda coincée entre ses lèvres. La fumée qui s'élevait en volutes enfuma l'habitacle. Agacée, elle ouvrit intégralement la fenêtre pour exprimer son mécontentement.

— À quoi il joue ? Il aurait pu nous l'adresser directement...

— Je ne sais pas... Elle secoua la tête.

— L'équipe du labo l'étudiera, ils trouveront peut-être des détails intéressants.

— Non, mais, t'as perdu la tête ? Pour le moment, on se la ferme. Le risque d'une fuite est trop important. Et en passant, je suis ton boss, alors les décisions sont de mon ressort. C'est clair ?

Ils arrivèrent à l'hôtel. D'un brusque coup de volant, il rabattit le véhicule sur le stationnement réservé aux clients et s'immobilisa devant une superbe Mustang rouge décapotable. En coup de vent,

Deborah claqua la portière, et dès qu'il fut à sa hauteur se tourna vers lui.

— Qu'est-ce qui ne tourne pas rond dans ta tête? hurla-t-elle alors que le voiturier patientait pour récupérer la clé.

— FBI, ce véhicule ne bougera pas de là, lança-t-il au jeune homme qui resta figé. Il conserva le trousseau dans sa main. D'un pas vif, il s'engagea dans l'entrée. Arrivée à sa hauteur, elle lui saisit le bras. Il se retourna.

— Cotter Finch! si tu veux que nous collaborions, il va falloir mettre de l'eau dans ton vin.

— Ton humour n'est pas drôle et inapproprié.

Elle le fixa droit dans les yeux et sa lèvre inférieure se mit à trembler

— Tu perds les pédales ou quoi? On ne peut plus blaguer? Avec les horreurs qu'on voit, on peut se défouler non?

Le visage de Cotter se dérida, considérant qu'elle avait parfaitement raison. Sa frustration était ailleurs, car il le savait, Charles Atkins n'avait commis aucun nouveau crime. Mais pour l'instant, il ne pouvait en évoquer les raisons. Cotter, l'air penaud baissa la tête.

— J'aipeudormietj'ailesnerfsàfleurdepeau.

— Fais-moi plaisir : fume si tu veux, mais ne prends plus les saloperies que tu avais foutues dans ton café.

Elle tourna les talons et pénétra dans le hall, suivie de Cotter, qui affichait une mine basse. Elle dépassa la file de clients et présenta sa plaque au réceptionniste.

— Bonjour, nous voudrions rencontrer le directeur, c'est urgent. Après une brève attente, un homme aux cheveux poivre et sel bien coupés, des lunettes à monture d'écaille, et un costume trois pièces impeccables vint vers eux. Ensemble, ils se dirigèrent vers la salle de surveillance vidéo afin de s'entretenir avec l'employé qui était de service la veille. Ils étaient en possession de sa déposition qu'ils parcoururent rapidement. Munis de l'expertise du labo, ils voulaient comprendre comment le piratage du circuit vidéo interne s'était produit. La seule hypothèse avait consisté pour le tueur à subtiliser les codes informatiques, ce qui nécessitait une bonne connaissance du système. Ce qui signifiait que le tueur avait planifié son coup et qu'il était arrivé au moins la veille avant son crime.

— Nous voudrions consulter les vidéos de la réception, des couloirs et des ascenseurs des trois derniers jours.

Le technicien se gratta le menton, des rides se formèrent sur son front au-dessus de chaque œil, comme si cette tâche s'avérerait compliquée.

— Je suppose que vous les avez sauvegardées ? rajouta-t-elle d'un ton impatient.

— Nous les conservons sept jours.

Il fit défiler les images pendant que les deux agents scrutaient attentivement le moniteur. La vidéo s'écoula minute après minute, jusqu'à l'apparition d'un type coiffé d'un chapeau texan qui émergea sur l'image. Au premier coup d'œil, la morphologie correspondait à celle de Charles Atkins.

— Stop ! cria-t-elle.

L'arrêt sur image ne montrait que très peu de détails, mais l'un d'entre eux attira leur curiosité.

— Faites un gros plan sur le poignet gauche, dit-elle en pointant du doigt l'écran.

— Là... le tatouage du sigle de l'infini. Aucun doute n'était possible.

— C'est peut-être lui, s'exclama Cotter d'une fine voix, incrédule et inquiet comme s'il avait vu un revenant. Les deux agents se regardèrent interloquer.

— Il a commis une erreur, dit Cotter.

— Je ne pense pas, se hasarda sa coéquipière en laissant sa remarque en suspens.

Le tatouage était une autre information qui n'avait jamais été divulguée. Elle alla plus loin. Après avoir noté la date et l'heure, elle demanda l'identité du client, son numéro de chambre et s'intéressa à la carte de crédit qui avait servi pour le paiement. Cotter, lui, était comme sonné. Pendant qu'elle arpentait la pièce et donnait ses instructions, il était resté assis sur la chaise sans lâcher l'image. Elle se tourna vers le directeur de l'hôtel.

— Allons voir le réceptionniste qui était de service.

— Bien sûr, Bryan est à son poste en ce moment.

— Cotter, quelle est ton opinion ? demanda-t-elle dans l'ascenseur.

Après une brève hésitation, il releva la tête.

— Cette affaire me file le tournis !

Cotter n'avait jamais pratiqué la boxe, mais cet élément eut l'effet d'un knock-out. L'imitateur avait volontairement exposé le tatouage afin que Charles Atkins soit désigné comme coupable. Ce qui concordait parfaitement avec la vidéo reçue par le journaliste. Le tueur leur montrait la voie à suivre dans l'enquête.

Le jeune réceptionniste avait une bonne tête. Un sourire charmant. Il se souvenait du client au chapeau texan en raison de sa grande taille et de ses lunettes fumées. Les traits de son visage lui étaient restés en mémoire.

— Après votre travail, passez au bureau pour que nous dressions un portrait-robot. Je vous en serais très reconnaissante, dit-elle en lui remettant sa carte.

Pendant ce temps, le directeur avait identifié la chambre louée par le tueur. À présent, il devait trouver sa trace de paiement.

— Allons-y ! rajouta-t-elle. Comme un robot, Cotter lui emboîta le pas. Ils montèrent à la chambre et l'examinèrent. Elle se tourna vers Cotter comme si elle avait lu dans sa pensée.

— Ne me rappelle pas le principe d'échange de Locard ! s'exclama-t-il.

Il s'agissait de la première loi en médecine légale en vertu de laquelle « Tout contact entre un criminel et une scène de crime laisse une trace ». Même si le meurtre avait eu lieu dans la suite, elle espérait débusquer un indice. Ils explorèrent la chambre. Comme elle en avait l'habitude, elle se déplaçait par petits secteurs et inspectait chacun d'eux avec minutie : les murs, les sols, les rideaux, et les lampes. Compte tenu des équipes de nettoyage, les possibilités d'une piste étaient quasi inexistantes.

— Inutile d'appeler les techniciens, il a fait le ménage. Lorsqu'ils sortirent de l'hôtel, un déluge s'abattait sur la ville, auquel s'ajoutaient maintenant le tonnerre et des éclairs. Au pas de course, ils embarquèrent dans le véhicule. Pendant le trajet, elle resta silencieuse, les yeux rivés sur son téléphone cellulaire. Cotter ne s'en fit pas : lorsqu'elle s'exprimerait de nouveau, elle exposerait une analyse constructive et éclairée.

Après s'être garés sur l'aire de stationnement réservé aux

employés du FBI, ils pénétrèrent dans l'édifice. Il eut la chair de poule. Jamais il n'aurait imaginé qu'il refoulerait l'emblème de l'institution gravé dans le marbre.

La déco n'avait pas changé hormis la peinture des murs, plus claire. Le bureau se situait au troisième étage. Cotter composa le code de la serrure numérique et poussa la porte. Deux baies vitrées donnaient sur l'avenue Pennsylvania. Une pièce équipée avec une batterie d'ordinateurs, un grand tableau d'affichage en liège et un autre blanc, des armoires de rangement et une télé accrochée au mur. L'agencement était confortable, avec un espace détente dans le fond de la pièce, un canapé, une machine à café et une autre télé.

Son regard se posa sur la pile de porte-documents gris pleins de scènes d'horreur : les archives de la première vague des meurtres. Même s'il était l'auteur de la plupart des rapports, une remise en mémoire s'imposait.

— On divise la pile en deux ? suggéra-t-il.

— Parfait. Mais avant, parle-moi de la méthode du tueur. Cotter soupira.

— Toute la vie de cet homme est alimentée par le meurtre. Il analyse et ça le fascine. Il connaît toutes les méthodes policières et la médecine légiste. C'est un perfectionniste qui étudie le moindre détail. Une fois qu'il a choisi sa victime, il l'observe pendant des semaines et étudie ses moindres habitudes. Il les suit et je le soupçonne de s'approcher à quelques mètres d'elles pendant leur sommeil. Puis il fixe la journée fatidique.

— Son arrestation était un vrai coup de chance.

— Nous avions reçu l'appel d'une femme en pleine nuit signalant un individu qui rôdait autour de la maison de sa voisine. Comme elle n'avait pas allumé pour se rendre à la cuisine, il ne l'a pas vue. Une voiture de patrouille passait par là et il s'est fait arrêter, bêtement, alors qu'il s'apprêtait à commettre son crime.

La sonnerie de son téléphone retentit. Il décrocha.

— Celui qui a loué la chambre se nomme Douglas McCaan, dit-il. Tandis qu'assise sur une chaise à roulettes, elle se rapprocha de son bureau et appuya sur le clavier pour activer son ordinateur. Elle tapa son code pour accéder à la base de données.

— Voyons, dit-elle... aucune trace dans la base Codis.

— Ça aurait été trop beau ! rajouta-t-il.

Elle se dirigea vers le tableau blanc sur lequel elle nota ses premières réflexions, tandis que lui s'installa à son plan de travail. Sur le haut de la pile, il saisit le premier rapport de police. Il releva la tête lorsqu'elle l'interpella.

— Les victimes n'ont pas été violées, mais elles ont été mutilées après leur mort. La question n'est pas uniquement de savoir pourquoi il les a tuées, mais pourquoi il les a tuées de cette manière. Ce qui nous amène à aborder le thème de la psychologie. Pourquoi s'est-il comporté de cette manière et pas d'une autre ?

Cotter, exaspéré, souffla.

— Nous n'allons pas recommencer ce cirque ! lâcha-t-il d'une voix assurée. Ce serait une insulte à mon intelligence. Désolée si je ne suis pas une spécialiste des serial killers : je sondais ton opinion, répondit-elle, offusquée.

Cotter eut un petit sourire en coin.

— Tu as raison, je dois être plus indulgent avec toi. Ces questions ont maintes fois fait réfléchir les théologiens, c'était le terrain de jeu de Freud.

— Le mobile est une énigme, certes complexe, mais elle est humaine. Freud s'est interrogé sur les pulsions humaines au- delà du sexe, comme la pulsion de la mort, dit-elle.

— Motivé par un mécanisme inconscient, reprit-il. Je sais, je sais... Mais revenons à notre affaire, rétorqua-t-il avec un ton exaspéré.

Elle se leva et contourna son bureau, sans tenir compte des notes qu'elle avait prises, et se plaça dos au tableau, un marqueur à la main, qu'elle pointa en haut :

— Jeu de rôle ! annonça-t-elle. Cotter se fit l'avocat du diable, à contrecœur.

— Charles Atkins, est-il notre suspect ? D'après la vidéo, notre inconnu semblait d'une taille similaire et portait un tatouage identique au poignet gauche. Après l'expertise du logiciel, notre tueur est plus grand d'un centimètre et demi. Première contradiction. Cotter secoua la tête.

— Tu sais déjà ça ? Insuffisant pour en tirer des conclusions.

— J'ai reçu l'info du technicien, les logiciels font des miracles de nos jours. Elle poursuivit son analyse. Le tueur est rentré dans le système informatique. Charles Atkins n'avait pas d'aptitude dans ce domaine... Deuxième contradiction. Cotter sourcilla du regard.

— Il a eu le temps de suivre une formation...

— La cadence accélérée des assassinats n'est pas conforme au schéma d'origine. En sept ans, Charles Atkins a fait onze victimes. En trois mois, trois assassinats ont eu lieu. Elle saisit un document qu'elle lut à haute voix : « Est considéré comme tueur en série l'individu qui assassine quatre personnes ou plus dans des circonstances et lieux différents, mais selon un modus operandi similaire, caractérisé, entre autres, par l'existence d'une période d'accalmie entre les meurtres. » Troisième contradiction.

Cotter resta songeur, le pouce sous le menton, l'index sur l'aile du nez.

— Peut-être est-il atteint d'une maladie ? Il joue le tout pour le tout.

Elle fronça les sourcils et ferma les yeux pour mieux se concentrer.

— Admettons. Dans la première vague d'assassinats ses victimes étaient toutes âgées de moins de quarante ans. Aujourd'hui ce n'est pas le cas. Les deux femmes étaient de fausses blondes, détail important, puisqu'antérieurement, ses victimes n'utilisaient aucune teinture à cheveux. Quatrième contradiction.

— Pourtant, objecta-t-il, elles ont le même profil. Charles Atkins a vieilli lui aussi, peut-être que l'âge avait moins d'importance... L'occasion était trop belle pour lui rappeler une règle qu'elle avait apprise lors de ses études sur les psychopathes.

— Un psychopathe ne se voit pas vieillir et ne change que très rarement son modèle de chasse. Le tueur n'a pas fait de surenchère, les meurtres n'ont pas gagné en sadisme, il se contente de reproduire un scénario identique à ceux du passé. C'est ce que tu enseignes dans ta formation. Une de tes citations ! Ton contre-argumentaire est plutôt faible. Pour conclure mon raisonnement, il est passé à l'acte pour la première fois dans un hôtel. Là encore, il dévie de son schéma habituel, cinquième contradiction, dit-elle en mettant ses doigts en éventail.

— L'exception à la règle.

— Tu as connu Atkins. Décris-moi son regard ?

Alors qu'il se déplaçait vers le tableau, en examinant la photo du tueur, d'une voix douce, il lui répondit :

— Il était tout sauf vide. Il révélait une grande intelligence et traduisait un contrôle absolu. Je l'ai interrogé pendant de longues heures. Un type cultivé, charmant à certains égards. Une espèce de docteur Jekyll et mister Hyde.

— Lorsqu'il s'est évadé, tu devais être dans tous tes états.

— C'était une journée horrible. Rien ne s'est passé comme prévu.

— Ensuite tu as quitté le terrain pour Quantico.

— J'étais éreinté. Pourchasser des psychopathes nous confronte à une violence extrême. Dans vingt ans, tu te souviendras de mes paroles. Changeons de sujet.

Elle sourit.

— Dernier point. Barbara possédait deux cartes SIM. Elle était méfiante. J'ai épluché ses relevés téléphoniques et ...

— Quand ?

— Je les ai reçus par texto du laboratoire, c'est ce que j'étudiais pendant le trajet. L'utilisation de son cellulaire avait baissé de 80%. Elle alternait les cartes comme si elle se savait espionnée sur sa ligne, ce qui nous ramène à la présence des gardes du corps.

Cotter resta scotché. L'opportunité de lui révéler ce qu'il avait appris de la bouche de James Bradford se présentait. Comme une porte qui s'ouvre avant qu'elle ne claque d'un coup de vent. Ambivalent, il choisit la deuxième option.

— Un amant jaloux, un fan qui aurait obtenu son numéro et qui l'aurait harcelée, je trouve ta théorie douteuse.

— Et moi je constate que ton cerveau se ramollit. Tu ne vois plus clair, Atkins t'a usé.

Cotter tordit la bouche, perplexe, du moins c'est ce qu'il voulait paraître.

— J'ai l'intuition qu'il s'agit d'un imitateur, déclara-t-elle. Il se leva en se passant une main dans les cheveux.

— Et le tatouage ?

Habitée par une révélation, son regard s'illumina.

— Ce client voulait qu'on reconnaisse un détail sans que l'on puisse voir son visage, car ce n'était pas Charles Atkins, dit- elle d'une voix assurée en pointant la photo du tueur épinglée sur le tableau.

Il se mordilla la lèvre supérieure, envahi par la certitude qu'il s'enfonçait chaque minute dans le mensonge.

— Tu vas trop loin. N'oublie pas l'enregistrement reçu par Camble, c'était bien lui.

Elle fronça le regard.

— Attendons le retour du labo pour confirmation. Ce qui m'intéresse, c'est de regarder en oblique, tu vois ce que je veux dire ?

— Que proposes-tu ?

— Si un individu reproduit le schéma des meurtres précédents...

— Manifestement, tu ne veux pas lâcher...

— Il a forcément été en contact avec Atkins. Divisons les tâches. De ton côté, vérifie si quelqu'un s'est introduit dans les fichiers de la police ou du FBI pour accéder aux détails non divulgués. Parallèlement, je vais me renseigner sur ses compagnons de cellule.

— Où vas-tu ?

— Je file...

Il la regarda s'éloigner d'un air dubitatif. Puis il décrocha le téléphone.

— Bonjour Tom, ici l'agent spécial Cotter Finch.

— Un revenant, ça fait longtemps !

— En effet.

— T'as besoin d'un coup de main ?

— Durant les six derniers mois, avez-vous subi des pannes informatiques ?

— Hum... à deux reprises, si ma mémoire est bonne.

— Est-ce que le problème s'est réglé à l'interne ?

— Non. Nous avons appelé notre sous-traitant qui nous a envoyé un crack de l'informatique.

— Quel est le nom de cette boîte ?

— AX.CYB.

— Et le type, tu es resté avec lui ?

— Je ne l'ai pas lâché d'une semelle.

— Tu es certain ?

— Absolument, excepté cinq minutes, le temps de me rendre

aux toilettes.

Il pinça les lèvres en marmonnant : merde!

— À quoi il ressemblait?

— Il avait les cheveux roux, il portait une boucle d'oreille, et il était très grand.

— La vidéo était-elle activée?

— Non, c'était une partie du problème.

— Parfait,merci.

Il écartait maintenant la piste de l'imitateur voulant suivre les traces de son gourou Charles Atkins. Le meurtre de Barbara avait été prémédité et l'idée du complot se précisait. Ce n'est pas vrai!

Il alluma une cigarette, le temps de peser le pour et le contre. Puis, il décrocha le combiné.

— Buddy! Non, ne raccroche pas.

— J'ai été clair! hurla son interlocuteur, un type grassouillet avec des cheveux noirs coupés court, qui arborait la petite quarantaine.

— Je ne l'ai jamais revue.

— Elle s'est barrée le mois dernier.

— Je n'y suis pour rien, Buddy, le ton de sa voix baissa.

— Elle n'est pas avec toi?

— Non, je te jure...

— Qu'est-ce que tu veux?

— La liste des « fantômes » engagés par la CIA depuis une vingtaine d'années.

— Pardon? Ce n'est pas une épicerie ici. Non mais tu rigoles?

— Pas du tout.

— Impossible. Je ne suis qu'un simple agent de la boîte, tu dois taper plus haut.

— Tu es le seul à pouvoir m'aider. Accepte, malgré notre petit différend.

— Notre petit différend? hurla-t-il au bout de la ligne. Tu couches avec ma femme, tu fous en l'air vingt ans d'amitié, et pour toi ce n'est qu'un détail? J'ai deux enfants, mais tu étais au courant non?

— Je suis désolé, Buddy. Souviens-toi, ton couple battait de l'aile, tu voulais te barrer.

Il entendit grommeler et enchaîna.

— C'est à propos du meurtre de Barbara Clark, une sale affaire.

— Tu as déjà ton coupable, Charles Atkins.

— Je crains que ce ne soit plus compliqué.

— Un tueur professionnel ?

— Peut-être.

— Je vais regarder ça. Si tu as des nouvelles de ma femme, appelle-moi.

Il raccrocha.

Des affaires de psychopathes, Cotter en avait passé en revue des tonnes depuis le premier meurtre. Dans les années 1990, le FBI possédait un fichier recensant deux mille psychopathes. Leurs caractéristiques se répétaient : besoin de reconnaissance, pathologie de violence, problèmes affectifs, etc. Dans le cas présent, son intuition lui chuchotait qu'il s'agissait de l'œuvre d'un tueur professionnel qui n'était pas en quête d'une reconnaissance personnelle. Ni d'un imitateur voulant dépasser son maître. Mais plutôt d'un contrat qu'il avait passé, ce qui prouvait que Barbara Clark n'avait pas été choisie au hasard. Ceci, en tenant compte des déclarations de James Bradford reliant la mort de Barbara à celle de l'assassinat du président John F. Kennedy.

Il était difficile d'appréhender des tueurs dont les meurtres étaient perpétrés par hasard. Mais ce type laissait volontairement des indices contradictoires, persuadé que Cotter ne dirait rien, car il avait trop à perdre. Il subissait un jeu dont il méconnaissait les règles. Derrière son bureau, il ruminait. Comme l'avait soulevé Deborah, les indices qui distinguaient ce tueur de Charles Atkins étaient trop flagrants pour qu'ils les ignorent bien longtemps. Pourquoi ? se questionna- t- il. Compte tenu du secret qu'il gardait. Le tueur voulait contrôler l'enquête qui ne devait pas dévier de la culpabilité d'Atkins, avec la complicité de l'agent du FBI. Une sorte de chantage subtil. De fil en aiguille, il se remémora les mots de Freud que le tueur avait choisi de s'approprier et qui faisaient référence à la trahison. Comme ce dernier était au courant de son secret, Cotter avait un gros problème : Deborah. Il ne pourrait pas diriger l'enquête à sa guise, sans lui fournir des explications. Le temps de confronter la vérité était-il venu ? C'est la question qu'il se posait.

Dans sa boîte de réception, il ouvrit le courriel du journaliste et accéda à la vidéo morbide qu'il visionna à plusieurs reprises. Comme Charles Atkins était hors-jeu, il était intrigué par la similitude de la voix. Il décrocha le téléphone et appela les archives du FBI.

— Bonjour, je voudrais une copie des vidéos des interrogatoires dans l'affaire Atkins.

Un autre message était arrivé avec pièce jointe. Il cliqua et reconnut les images tournées par la police à l'extérieur de l'hôtel. Un balayage de l'attroupement des passants sur le trottoir. Je laisse ça à Deborah, songea-t-il. Il lui transféra le courriel.

Il alluma une cigarette, bravant l'interdiction, et la grilla au bord de la fenêtre comme un gamin qui fume en cachette. Un complot ! songea-t-il, comment parvenir au cœur de l'énigme ? Il jeta le mégot dans le vide et erra dans la pièce en attendant les vidéos des archives.

***

CHAPITRE 17

DÉLIVRANCE

En dépit de la nuit tombée, une chaleur moite, inhabituelle en automne, persistait sur la ville de Londres. Au dernier étage d'un hôtel particulier, un homme était assis face à son grand bureau en acajou ciré et fixait l'horloge murale. Bien que des tâches urgentes étaient en souffrance, la liasse de papiers amoncelée attendrait. Le temps ne passait pas assez vite à son goût. Il fit craquer les doigts de sa main droite et souffla lentement pour se calmer.

C'était un bel homme fringant, portant une chemise au col amidonné. Doté d'épais cheveux grisonnants et d'une froideur de maintien qui rappelait le buste droit d'un danseur de ballet. Il se faisait appeler « le président ». Comme la face cachée de la lune, il portait en lui un mystère que peu de personnes devinaient. Ses amis le disaient secret, et parfois narquois. Ses ennemis le jugeaient cruel et rusé. Il parlait peu et savait observer. Mais plus que sa discrétion, et son sarcasme, les traits qui le caractérisaient étaient son sens des affaires, ainsi que son arrogance, qu'il mettait au service de son autorité naturelle. Son visage aux traits émaciés ne laissait rien paraître. Ses qualités intellectuelles l'avaient toujours propulsé premier de classe. À l'université d'Oxford, il excella.

L'argent n'était pas son maître. Lui, ses enfants, ses petits-enfants et plus loin ses arrière-petits-enfants n'auraient pas assez de dix vies pour dépenser la fortune familiale. Austère, il appartenait à la catégorie du 1 % de la classe mondiale qui détient 44 % de l'ensemble des richesses privées au monde. Il gardait de secrètes motivations profondes. Entre autres, celle de dominer la planète en asservissant les nations, qu'il s'employait à dénaturer en créant un chaos calculé dans la société. Mais également, celle de l'enjeu du pouvoir, et de la vie éternelle. Tel l'alchimiste en quête de l'élixir de longue vie.

Ces sphères de croyance ne pouvaient atteindre ni la compréhension ni l'esprit des gens. Le commun des mortels était trop tracassé par sa propre réussite sociale et son effort pour subvenir aux besoins de sa famille. Ce qui le conduirait à devenir propriétaire, pour s'interroger ensuite à propos de sa capacité à assumer ses vieux jours. Telle une roue immuable, voilà ce à quoi était occupé 99 % de la population.

Pour se dégourdir les jambes, un verre de scotch à la main, il se dirigea vers la fenêtre en foulant la peau d'ours blanc déposée sur le sol qu'il avait tué dans le Grand Nord canadien, et contempla la ville. Les lumières avaient quelque chose de magique qui l'apaisa. Il vida son verre qu'il garda au creux de sa main. De grandes mains lisses et délicates qui trahissaient son inaptitude à réaliser des travaux manuels. La pièce était meublée dans le style opulent du siècle précédent, tel le bureau d'un manoir victorien. Collectionneur d'art, il accumulait les tableaux de maîtres, dont un Rembrandt accroché à côté d'une toile de Braque réalisée en 1910. Sur le mur du fond, un tableau biblique gigantesque, pièce maîtresse du décor, témoin silencieux du vol qui avait eu lieu dans la vitrine, recouverte depuis d'un tissu en velours noir qui serait retiré le jour où le codex pourpre retournerait dans son écrin de verre. Juste à côté, le joyau le plus précieux à ses yeux : un œuf de Fabergé en émail bleu à nervures datant de 1887 renfermant une horloge Constantin. Une pièce d'art d'une valeur excédant deux millions d'euros qu'il avait acquise anonymement deux ans auparavant. Son téléphone portable se mit à vibrer. Il jeta un coup d'œil à l'écran et décrocha.

— L'avion aura du retard, dit son chauffeur qui patientait à l'aéroport.

Il raccrocha sans dire un mot, je dois être patient... puis, s'éloignant de la fenêtre, il rejoignit le bureau et se rencogna dans son fauteuil style direction, le visage dur.

Dans le tiroir, il saisit un coffret à cigares El Behike de la célèbre marque Cohiba fabriqués à Cuba. Un objet rare, vendu en édition limitée. À l'unité, il coûtait 360 livres. Il aimait le luxe et la perfection. Entre ses doigts, il saisit l'un d'entre eux et l'examina au travers du halo de la lampe de bureau. Puis, il se ravisa, et déposa le cylindre. Une fois que le dossier sera clos...

Il se dirigea vers une porte qui s'ouvrait sur un boudoir exigu à l'atmosphère intime, meublée d'une méridienne baroque en acajou massif et velours rouge, d'une table basse en bois doré patinée à la feuille d'or, agrémentée de quatre pieds entièrement sculptés main, représentant une tête de lion. Dessus était posée une lampe avec effet or. Une atmosphère d'autrefois, lorsque le raffinement était prisé et qu'il était important de le montrer. Au mur, était accroché un portrait de son ancêtre, fixé par un peintre allemand en 1882. Le décor sombre du tableau reflétait l'ombre, celle qui fut nécessaire aux tactiques secrètes qui avaient mené la famille à la richesse et au pouvoir. Personne autre que lui n'était autorisé à pénétrer dans cet endroit. Jadis, son arrière-grand-père et son père y tenaient de longues conversations, une tradition familiale qu'il avait perpétuée à son tour. Mais les temps avaient changé. La technologie permettait des conciliabules secrets sans qu'il soit nécessaire de se déplacer. La pièce avait perdu de sa superbe et était devenue un refuge où ses pensées n'étaient pas court- circuitées par les écrans. Des documents précieux y étaient entreposés.

Dans le nid d'étagères, il saisit un dossier contenant des notes et un cahier défraîchi. Le retard de son émissaire lui faisait craindre le pire. L'enjeu était immense. Sa vie avait été consacrée à poursuivre ce qu'il appelait « l'œuvre de ses ancêtres », lesquels avaient fondé une société secrète restée inconnue.

Il secoua la tête. J'ai tenu ma promesse, dit-il à voix basse en fixant le portrait.

À nouveau, le téléphone sonna.

— Nous partons de l'aéroport, Monsieur.

— Parfait.

Une heure plus tard, un véhicule blindé se présenta devant la porte de garage de l'hôtel. Après l'identification vidéo, la porte se leva, le laissant entrer dans le parking souterrain. Un homme sortit de l'habitacle et se dirigea vers l'ascenseur où un garde l'attendait.

Après s'être assuré qu'il ne portait ni micro ni caméra, il pénétra dans la cabine qui entama sa descente dans les entrailles de l'édifice, jusqu'à une vaste pièce au sol de marbre, sans fenêtre ni lumière naturelle. L'ambiance était tamisée. Seuls des spots mettaient l'emphase sur les toiles abstraites qui décoraient les murs. La pièce s'apparentait à une salle d'exposition d'art.

Tout en haut de l'hôtel, la sonnerie du téléphone retentit.

— Monsieur le président, il vous attend.

— Merci, dit-il, soulagé.

Les portes s'ouvrirent. Le président s'avança vers son invité. D'une façon assez inquiétante, il était séduisant, avec des mâchoires carrées et des cheveux courts grisonnants. C'était un des lieutenants de l'organisation en charge des États-Unis. D'ordinaire, il aurait envoyé un délégué, mais compte tenu de l'importance du colis, il préféra s'en occuper lui-même. Il lui avait été remis par un sénateur républicain de l'État du Wyoming. Une personnalité connue autant dans sa région qu'entre les murs du Capitole. Son contact depuis plusieurs années, qui était membre de l'organisation et tirait de gros profits de cet engagement. Le mandat du sénateur consistait à servir les intérêts du groupe en l'informant des bruits de couloirs qui se répandaient dans le milieu politique ainsi qu'à exécuter les ordres qu'il recevait de son lieutenant. Cette fois-ci, le sénateur avait servi d'intermédiaire auprès du Gentleman, qui lui avait remis une mallette fermée par un code numérique.

Le lieutenant offrit un sourire chaleureux au président, qui pour sa part ne dérida pas ses traits de glace. Il préféra s'emparer de la mallette et la déposa sur la table basse. Hâtivement, il tapa le code et retint son souffle avant de l'ouvrir. Un petit rictus s'afficha à la commissure de ses lèvres lorsqu'il vit le contenu.

— Votre versement sera fait comme convenu. Merci d'être venu, dit-il froidement comme pour clore la conversation.

— J'ai des informations de la plus haute importance.

Le président poussa le couvercle sans détourner les yeux de la boîte, comme hypnotisé.

— De quoi s'agit-il ?

— Nous avons un grave problème sur les bras : l'émergence d'un groupe secret appelé l'Alliance.

Le président le fixa du regard en fronçant les sourcils.

— Quoi ? fit le président, une secte ?

— Le nom n'est pas répertorié sur notre liste, c'est bien là le problème.

— Que savez-vous d'autre ?

— Il s'agit d'une structure secrète mise en place depuis un certain temps.

— Qu'est-ce que vous me racontez ? dit-il en hochant la tête.

— L'Alliance a conçu un plan national et peut-être international. Leurs connexions toucheraient la CIA, la Maison-Blanche et l'Armée. Sans compter l'adhésion de certains membres de la Chambre des représentants et du Sénat. Des taupes se seraient même infiltrées au Conseil des Relations étrangères.

Le président balaya l'air de la main.

— Un groupe inconnu s'est infiltré dans les rouages du pouvoir sous notre nez, sans que nous le sachions ? C'est impossible ! hurla-t-il.

Le lieutenant hocha la tête.

— C'est bien ça monsieur.

— Quel est leur but ?

Avant de répondre, il se racla la gorge, appréhendant sa réaction.

— Ces gens sont habités par la foi patriote et sont opposés au mondialisme.

Le sang du président ne fit qu'un tour.

— Ce sont donc nos ennemis, rajouta-t-il d'une voix blanche.

Pendant un instant, il sembla avoir oublié le contenu de la mallette.

— Quelles sont vos sources ?

— L'interception tout à fait par hasard, d'un message codé entre le général Green et un agent de la NSA. Bien que leurs adresses IP aient été relayées dans plusieurs pays pour brouiller les pistes, nous avons identifié leurs ordinateurs. Le texte était le suivant. De sa poche, il extirpa une feuille et lui glissa sous les yeux :

« NP * XIz& f2# oq M19 5s4 WP) L3 /CN + == Gù j8 ».

— Il s'agit d'un code par substitution homophonique qui consiste à remplacer certaines lettres par plusieurs caractères différents afin d'empêcher la mise en correspondance des lettres le plus utilisées dans une phrase. Aucun symbole n'apparaît plus souvent que les autres. Le message résiste davantage à la cryptanalyse.

— Qu'est-ce que cela signifie ?

— Nous l'ignorons encore.

— Très bien, je demande à nos spécialistes en Écosse de s'occuper de cette tâche.

— D'autres messages ont été trouvés dans leurs boîtes respectives.

J'ai pris l'initiative de me rapprocher de l'agent de la NSA. Comme nos arguments pour le convaincre étaient solides, il a accepté de cracher le morceau. Pas sur la signification du message codé, mais il nous a appris que l'objectif de l'Alliance est de combattre l'État profond. Nous avons affaire à un fonctionnement pyramidal compartimenté, très similaire au nôtre.

Le lieutenant poussa un soupir gorgé d'appréhension avant de poursuivre.

— Ce n'est pas tout. L'Alliance est à l'origine de la défaillance de certains grands électeurs pour la désignation du candidat républicain à l'élection présidentielle.

— Quoi ? hurla-t-il.

— C'est la dernière chose que m'a avouée l'agent de la NSA avant de rendre l'âme. Même aux portes de la mort, son regard brillait intensément, comme s'il était indifférent à ce qui lui arrivait puisque leur action avait été couronnée de succès. Une drôle de sensation... Dès que j'aurai plus de renseignements, nous réussirons à infiltrer leur organisation.

Le président porta sa main sur son estomac et s'étira le cou. L'impatience de prendre connaissance du contenu de la mallette s'était estompée. Ce qu'il venait d'entendre était sans précédent. Qui aurait pu créer une organisation de cette ampleur ? Telle était la question qui lui vint à l'esprit.

— Je veux être informé d'absolument tout à ce propos. Ne prenez aucune initiative avant de m'en avoir parlé, c'est bien compris ?

— Oui Monsieur. Alors que le président lui tourna le dos pour le raccompagner jusqu'à la porte, le lieutenant l'interpella.

— Je n'ai pas tout à fait terminé... son interlocuteur se retourna.

— Oui.

— Nous avons une ombre au tableau au sujet du meurtre de Barbara Clark, dit-il d'un ton grave en plongeant la main dans la poche intérieure de sa veste et en sortit une feuille de papier qu'il déplia et lui tendit. Le président chaussa ses lunettes et baissa le regard. Plus il parcourait les lignes plus son teint palissait.

— Qu'est-ce que c'est que cette histoire !

— Les Guerriers numériques, des lanceurs d'alerte, apparus sur le web il y a quelques mois à peine, j'ai entrepris des recherches et mon équipe n'a trouvé aucune piste quant à leur empreinte numérique. Leur adresse IP est habilement masquée.

Le président releva la tête, l'air préoccupé.

— Je suis inquiet : l'homme mystère, le Gentleman, le passé s'invite dans le présent, etc. Dit-il en évoquant deux citations des publications. Autant d'indices révélés qui sont préoccupants. Mais ma première question porte sur la source de leurs informations.

— Qui était au courant de notre stratégie pour Barbara Clark ?

— Vous, moi et le sénateur.

— Donc, le nom du Gentleman ne peut émaner que par l'un d'entre nous, dit-il en jetant un regard inquisiteur vers le lieutenant.

— Nous pouvons nous exclure de cette hypothèse. Il ne reste qu'une possibilité. Mais à sa décharge, le sénateur pourrait être espionné.

— Vérifiez s'il a été mis sous écoute ou bien s'il est suivi, et tenez-moi informé.

— Avec ces énigmes, les Guerriers numériques créent un engouement pour cette affaire.

Le président fit quelques pas et fit craquer les articulations de sa main droite.

— Je vais mettre nos meilleurs techniciens informatiques sur le coup, nous devons les arrêter.

Le président s'approcha de lui et posa sa main sur son épaule en exerçant de ses doigts une pression qui devint insoutenable.

— Il est temps de partir, dit-il en relâchant sa prise.

Il se saisit de la mallette et se retourna.

— Venez, je vous raccompagne.

Ils se dirigèrent vers l'ascenseur. L'habitacle de la cabine était aussi silencieux qu'une église vide. Le temps comme suspendu. Les portes coulissèrent, le lieutenant disparut à l'intérieur du parking. Stoïque, le président activa la fermeture des portes et regagna l'étage supérieur.

Il avait réussi là où ses prédécesseurs avaient échoué, cinquante ans auparavant : il possédait l'enregistrement original de Nancy Clark, il ne restait plus à récupérer que le codex. Le danger qui pesait sur l'organisation s'était dissipé. J'ai besoin d'un autre scotch, se dit-il de retour dans son bureau. Il se dirigea vers le minibar et se servit une généreuse dose, qu'il but d'un trait. Il attendit que les frissons soient passés et retourna dans le boudoir. Il s'empara d'un magnétophone posé sur une tablette, un modèle des années 1960. Il brancha l'appareil, attrapa la bobine, la glissa à l'intérieur et appuya sur le bouton Play. Les cordes d'un violoncelle vibraient d'un son aussi lugubre que la transformation de son faciès. Il se redressa et fit défiler la bande avant de l'engager à nouveau. Puis la musique stoppa. À la place, un message vocal avait été enregistré.

J'ignore qui vous êtes, dit une voix féminine. Grosse erreur de votre part d'avoir imaginé que j'étais une cible facile. L'enregistrement original est en sécurité et vous n'avez aucune copie. Le président John F. Kennedy, mon père et ma mère n'auront pas été assassinés en vain. La lumière sera faite et vous irez en enfer !

Bref et concis.

Le sourire sur son visage avait duré quelques secondes. Avant d'être immédiatement effacé par une expression d'effroi.

L'enregistrement du témoignage de Nancy Clark était perdu dans la nature.

Outre que le sang lui battait dans les tempes, il sentit monter en lui une vague de colère. Son dos se raidit. D'un geste de la main, il envoya valser le magnétophone sur le sol et jeta son verre qui vola en éclats contre le mur. Debout, son corps se durcit comme du béton. Il était dans l'expectative. Il s'éloigna du boudoir à reculons avant de rejoindre son bureau. Il se saisit de son téléphone cellulaire, ses deux doigts coururent sur le clavier.

Le Gentleman était assis dans le hall d'embarquement, il quittait New York, en attendant l'appel de l'hôtesse pour monter à bord de l'avion à destination de San Francisco. Sa mission était terminée.

Il consulta sa messagerie cryptée sur le dark net, celle qui offrait ses services comme tueur professionnel. Plusieurs demandes étaient rentrées.

L'icône de la réception d'un courriel apparut sur son écran. Il cliqua dessus et fut instantanément redirigé sur sa messagerie. Le solde du paiement arrive... Pensa-t-il. « Demande urgente de connexion sécurisée. Veuillez contacter le numéro suivant... »

Il s'éloigna des oreilles indiscrètes. Sa carte SIM changée, il composa le numéro.

— Allô.

— Vous vous êtes planté ! La salope ! Elle avait des doutes... Un silence.

— Qui êtes-vous ?

— Celui qui vous paie.

Dans ce milieu, il existait une ligne jaune qu'il ne fallait pas franchir : un commanditaire ne contactait directement, sous aucun prétexte, un exécutant.

— Vous transgressez les règles éthiques.

— Ça m'est égal. Fermez-la et écoutez. Il fit défiler le message de Barbara.

— Alors qu'est-ce qu'on fait ?

— Je veux le solde du pognon d'abord, rétorqua son interlocuteur d'une voix autoritaire.

— C'est hors de question.

Il se frotta le menton pendant que l'hôtesse annonçait l'embarquement dans les haut-parleurs de l'aérogare.

— Si nous évoquions le cœur du sujet ? Le complot de l'assassinat du président John F. Kennedy ?

Il y eut un moment de silence, seul troublé par le bruit environnant des chariots et les pleurs d'un nourrisson. Il passa sa langue sur ses dents, savourant l'ascendant qu'il venait de prendre.

— Cette histoire ne vous regarde pas, espèce d'imbécile.

— Vous vous trompez. Si vous m'aviez demandé de vérifier le contenu de la bobine, nous n'en serions pas là. Je vous conseille de changer de ton, ou bien le nom du sénateur du Wyoming fera les manchettes.

Le poing serré, son interlocuteur fut envahi d'une sensation si forte, qu'il s'étrangla presque. Dans sa bouche, le goût infect de l'échec se répandit et il resta muet une poignée de secondes.

— Enfoiré ! cracha le président.

— J'admets votre frustration. Le sénateur est un amateur. Il tapa sur son clavier et envoya un fichier.

— Jetezunœilàcettevidéo.

L'impatience gagnait le président. Son interlocuteur ouvrit le fichier et écouta l'extrait.

— Bordel !

— Je suis prévoyant. Le sénateur est un imbécile facilement manipulable. C'était une belle soirée. Les rituels ne sont pas ma tasse de thé. Imaginez la une du New York Times : « Un sénateur membre d'une société initiatique luciférienne » !

— Vous êtes un homme mort.

Cette déclaration tomba comme un couperet.

— J'ai enregistré la rencontre entre Barbara et James Bradford qui est son demi-frère. Ce nom, évoque-t-il un souvenir ? Ted Bradford et Nancy Clark, ceux que vous avez fait assassiner ?

La respiration de son contact se fit plus forte, le doute s'était emparé de lui.

— Co... comment ? balbutia son interlocuteur déconcerté.

— Je connais vos secrets et James Bradford aussi, renchérit-il. Le président ferma les yeux, il était paralysé.

— Juste par curiosité, quelle était la nature du document volé dans le Resolute Desk ?

Son cerveau se mit à bouillonner. Bradford, un nom qui appartenait au passé. Le visage fermé, ses yeux étaient figés en une expression d'épouvante. Il hésita avant de parler à nouveau.

— Nous sommes partis sur de mauvaises bases, se ravisa-t-il d'une voix calme, je propose que nous trouvions un terrain d'entente.

— Vos excuses pour avoir insulté mon intelligence et cinq millions de dollars, car je viens de rater mon vol.

— Mais...

— Vous avez quinze minutes pour m'envoyer les fonds sur le numéro de compte suivant.

La main tremblante, le président en prit note. Dépité, mais pas vaincu, il saisit la balle au bond.

— Je vous verse un million supplémentaire à condition que vous récupériez un codex couleur pourpre ainsi que l'original de la bande magnétique, proposa le président.

— Vous me proposez un nouveau contrat ?

Le Gentleman se frotta le bout du nez avec son index. Il hésita.

— J'en conclus que le codex est le document volé dans le bureau ovale... Quelle piste dois-je suivre ? Qui le détient ? demanda- t-il.

— Je n'ai pas encore l'information. Je vous contacterai sous peu.

— Vous n'avez rien oublié ?

— Je vous présente mes excuses, rajouta le président avec un soupçon de colère dans la voix.

Ils avaient épuisé le sujet et simultanément raccrochèrent la ligne. Comme au poker, le tueur avait la main. Le sourire aux lèvres, il poussa un petit cri de satisfaction. Loin de craindre le pire, possédant de multiples jeux d'identités ainsi que plusieurs planques dans le pays, il était serein. Toujours dans l'aéroport, il songeait à la tournure des événements et secoua la tête en se dirigeant vers la sortie.

Le calme après la tempête. Toujours assis à son bureau, le président dans sa tour d'ivoire londonienne se prit la tête entre les deux mains. « Comment vont réagir mes associés au sein de l'organisation ? » se demanda-t- il. Refoulant l'idée de s'exposer au jugement post mortem du regard terrifiant gravé dans la toile suspendue de son ancêtre.

Ted Bradford était le père de Barbara Clark ! Sa double paternité était restée un secret bien gardé. Il ouvrit son ordinateur et se concentra sur les réseaux sociaux. « Un journaliste d'investigation ! » Bordel ! hurla-t-il. Il scruta son portrait et se mit en quête de celui de son père qu'il dénicha sur le web. Il compara les deux et remarqua des traits communs. Si le fils est aussi entêté que le père...

Il ne ressentait aucune empathie pour ce type, devenu maintenant son ennemi. L'enregistrement et le codex représentaient des armes redoutables, pour celui ou ceux qui les détenaient.

Il releva la tête. L'horloge affichait 4 heures du matin. Je ne trouverai pas le sommeil, songea-t-il. Ses idées se bousculaient, l'affaire prenait une autre dimension. Il décrocha le téléphone.

— Harry, désolé de te réveiller. Je dois me rendre en Écosse. Maintenant.

***

CHAPITRE 18

LA CONFRONTATION

Le soleil brillait haut dans le ciel de New York lorsque je pénétrai dans le hall de l'hôtel et récupérai la clé de la chambre. Après avoir déposé mon sac, tiraillé par la faim, je me rendis au restaurant japonais situé au rez-de-chaussée de l'établissement. Je m'installai à la table qui m'offrait une vue d'ensemble de la salle et je commandai une douzaine de sushis au serveur. De nature bavarde, il proféra les banalités d'usage. Pour y couper court, je lui spécifiai que j'étais pressé. Lors de cette pause, j'appelai le détective Richard Marlow. J'avais trouvé ses coordonnées dans l'annuaire de la ville de Boston. Pas le genre à être sur Facebook. Encore une fois, je tombai sur sa boîte vocale et lui laissai un message. Comme un pêcheur jette sa ligne à l'eau et patiente avant que le poisson morde. Je ne me faisais que peu d'illusion quant à son retour d'appel. Il ne s'était pas écoulé plus de dix minutes lorsque j'aperçus le serveur zigzaguer entre les tables et arriver jusqu'à la mienne. Les mots de Gary flottaient dans mon esprit. J'avais relu à plusieurs reprises le courriel de Barbara. L'hypothèse suggérée par Gary à propos du repérage des mots-clés me turlupinait. Je craignais qu'il n'ait vu juste.

J'achevai mon repas et payai l'addition. Devant l'hôtel, j'embarquai à bord d'un taxi. L'avenue était encombrée et je me fis la réflexion que j'aurais pu marcher. La hauteur des gratte-ciels me donnait le vertige. J'avais déjà eu l'occasion de contempler Manhattan vu du ciel, au cours d'une excursion en hélicoptère, donnant à voir ses buildings comme des formes géométriques, ne laissant paraître que ce qui était beau. Depuis là-haut, on ne voyait ni les poubelles ni la violence : et on ne sentait pas l'odeur de l'asphalte surchauffée pendant les insupportables mois d'été.

L'immeuble se trouvait près de la 5e Avenue. Grand et de couleur beige avec de larges marches de pierre qui menait à une imposante porte en bois. La bâtisse était huppée, de classe dominante. Je demandai au chauffeur de me déposer devant l'entrée, et lui tendis un billet de 20 dollars avant de sortir du véhicule. Au moment où je posais ma main sur la poignée de la porte d'entrée, celle-ci s'ouvrit et un homme d'une trentaine d'années sortit. Nous faillîmes entrer en collision.

— Faites gaffe ! dit-il en levant les bras au ciel.

La tension monta d'un cran. Les poings serrés, je lui jetai un regard tueur. Le hall avait dû être rénové, car il sentait la peinture fraîche. Je consultai le répertoire, puis je gravis les marches deux à deux avant de franchir la double porte vitrée. Derrière l'imposant comptoir se trouvait une femme tout aussi imposante. Elle leva les yeux à mon approche.

— Je viens rencontrer la Dre Berenson.

— Votre nom ?

— James Bradford.

Elle se tourna vers son ordinateur et tapa le nom dans la machine. Je m'impatientais pendant qu'elle scrutait l'écran.

— Aviez-vous rendez-vous ? Je ne vois pas votre nom.

— Pas vraiment, mais c'est urgent, répondis-je avec un air bête.

— Pouvez-vous m'indiquer où est son bureau ?

— Au bout du corridor. Son regard s'illumina.

— Une place s'est libérée pour 17 heures, est-ce que...

Sans attendre sa réponse, je m'engouffrai immédiatement dans le corridor de marbre blanc agrémenté de tableaux. Je ne vis ni l'élégance classique des lieux, ni la rosace, et encore moins les deux colonnes qui rendaient l'endroit somptueux. Je repérai son nom gravé sur une plaque en laiton. D'un geste vif, j'ouvris la porte. Debout, devant le bureau, elle parlait au téléphone : du coup, elle écourta sa conversation téléphonique. La secrétaire pénétra à son tour dans la pièce et se confondit en mille excuses pour mon intrusion.

— Bonjour, dis-je d'un ton sec.

— Enchanté, Monsieur... répondit-elle, je peux vous aider ?

— James Bradford, le demi-frère de Barbara Clark.

— Je sais qui vous êtes. Elle m'avait parlé de vos rencontres qui la rendaient tellement heureuse.

Ses traits se radoucirent. À environ quarante-cinq ans, sa peau hâlée était lisse et ferme. Je discernais une perfection artificielle à laquelle peu de femmes new-yorkaises résistaient : l'injection de Botox. Sa robe blanche, à petits pois noirs, était rehaussée par une ceinture qui lui serrait la taille et accentuait l'harmonie de ses courbes. La docteure marcha dans ma direction. Je l'avais imaginée plus grande malgré ses hauts talons.

— Laissez-nous, ordonna-t-elle à son assistante.

— Je suis désolée pour Barbara. Que puis-je faire pour vous ? Elle contourna son bureau. J'ai un rendez-vous dans une demi-heure.

De sa main, elle désigna le divan en cuir blanc et tourna son fauteuil vers moi. Comme l'eau éteint le feu, j'étais soudain désarmé. Pour me donner une contenance, je restai debout et pointai un doigt accusateur dans sa direction.

— Vous avez rompu votre serment professionnel en révélant des informations confidentielles sur votre patiente ! criai-je. Et c'est pour cette raison qu'elle a été assassinée.

— Je crains que nos renseignements diffèrent, répliqua-t-elle avec aplomb. D'après la police, sa mort résulterait de l'action d'un tueur en série.

Tout était parfait chez elle : son langage et son attitude.

— Dès l'instant où elle vous a confié ce qu'elle avait découvert, elle s'est sentie épiée et surveillée. Elle a engagé un détective, qui a confirmé ses impressions. Et vous êtes à l'origine de cette fuite, dis-je fermement toujours en la pointant du doigt. Elle releva la tête pour m'affronter du regard.

— Vos accusations sont graves et non fondées. Si vous êtes persuadé de ma culpabilité, vous devez alerter les autorités.

— C'est bien ce que je compte faire !

Elle se dirigea vers une armoire en teck, ouvrit le battant et fit courir son doigt sur les dossiers suspendus. Elle en choisit un et retourna dans son fauteuil. Calmement, elle parcourut du regard la feuille.

— Équilibre émotionnel instable, prise d'antidépresseurs, tentative de suicide » énonça-t-elle à voix haute. Barbara était perturbée par son histoire familiale. Cela mettait en danger son équilibre mental. Deux tentatives de suicide. Saviez-vous qu'elle était sujette à des psychoses et que certains aspects de sa personnalité s'apparentaient à la mythomanie ?

L'information que je venais d'entendre me coupa le souffle. Visiblement agacée, elle se leva subitement et à son tour pointa un doigt dans ma direction en fronçant les sourcils.

— Vous ne la connaissiez pas. Vous osez vous introduire dans mon cabinet pour m'accuser ? Je n'ai enfreint aucun code déontologique, je suis une professionnelle.

J'étais déstabilisé. Mille idées me traversèrent l'esprit en y semant la confusion. Barbara, avait-elle rédigé le journal ? L'enregistrement, était-il réel ? Je me ressaisis. Le doute laissa place à la haine qu'aucune thérapie au monde n'aurait pu dompter. La colère et la soif de vengeance palpitaient à mes tempes. Je sentis une chaleur insupportable envahir mon visage, que je soupçonnais d'être rouge écarlate.

— Elle vous avait dévoilé le contenu du journal !

Elle recula de deux pas, submergée par l'onde invisible de ma fureur, semblable à une vague déferlante. Je voyais trembler ses joues.

— C'est insensé ! rétorqua-t-elle. Je vous le répète pour la dernière fois : je respectais Barbara, mais il est possible que son esprit lui ait joué des tours. Je peux vous assurer que je n'ai jamais cité ce journal à quiconque.

D'un geste vif, je balayai son bureau du revers de la main, foutant par terre tout ce qui s'y trouvait. Elle sursauta comme si elle avait reçu une décharge électrique. Je m'approchai du buste qui trônait sur l'étagère centrale de la bibliothèque.

— Stop ! Ou j'appelle la police ! cria-t-elle en décrochant le combiné téléphonique. Je me précipitai vers elle et posai fermement ma main sur la sienne, pour l'en empêcher. Je me penchai vers elle, la dominant de toute ma hauteur.

— Donnez-moi une autre explication. Vous êtes la clé de ce

mystère !

Elle garda le silence. J'étais vidé, comme après un marathon. Mon rythme cardiaque redescendu, je réalisai que j'avais dépassé les bornes. Doucement, je relâchai la pression de ma main sur la sienne.

— Je vais mettre cette attitude sur le compte de votre fébrilité. Regardez-moi, dit-elle d'une voix ferme. Au-delà de la couleur, l'intensité de son regard était si profonde qu'elle en fut attirante. Loin de jouer la carte de la séduction ou de la manipulation, je sentis qu'elle était sincère. Le guerrier se tut en moi. Mes épaules tombèrent et je m'assis dans le fauteuil.

— Est-ce que vous conservez une copie informatique des dossiers de vos patients ?

— Effectivement. Je retranscris les notes manuelles prises lors des séances dans un fichier Word.

— Quelqu'un d'autre a accès à ces rapports ?

— Non. Ma clé de sauvegarde est conservée dans un coffre. Notre entretien est fini, dit-elle d'un ton sec en désignant la sortie. Vous connaissez le chemin.

Debout sur le trottoir en avant de l'édifice, j'étais bouleversé. À cet instant, mon intuition contredisait ma raison. Mais que valait mon intuition ? Deux hypothèses : ou bien, c'était une très bonne actrice, ou alors elle était honnête. J'étais ébranlé.

Je cogitais en me baladant au hasard d'un boulevard. Après un long moment, saisi par la fatigue, je hélai un taxi et me fis conduire à mon hôtel. Arrivé dans la chambre, troublé, je tirai les rideaux et me blottis dans mon lit tout habillé. Puis soudain j'aperçus une bouteille de Scotch sur le comptoir du mini bar. L'espace d'une seconde, je paniquais. Quand avais-je acheté de l'alcool ? Cette question se dissipa vite, éclipsée par la tentation. Je sautai dessus, la dévissai et portai le goulot à mes lèvres. L'élixir m'anesthésiait le cerveau au fur et à mesure que le liquide descendait dans mon estomac. Comme je n'avais pas bu depuis un certain temps, l'effet se fit vite ressentir. Bien entendu, il était accompagné de son lot de démons. Pêle-mêle, des images, des pensées désordonnées.

L'alcool commençait sérieusement à me réchauffer. Je déposai la bouteille presque vide sur la table en titubant. L'envie de m'assoupir se fit sentir, mais je choisis d'errer à pied à travers le quartier, j'avais envie de prendre l'air. Une sorte de fuite en avant. Je m'appuyais au mur du couloir pour rejoindre l'ascenseur. Je me concentrai sur chaque pas et rejoignis la sortie. La nuit était tombée. Tandis que j'arpentais l'avenue, aveuglé par les lumières de la ville, j'imaginais la silhouette des sombres buildings s'articuler, du moins je le croyais. Je m'enfonçais un peu plus dans mes délires. Il faisait lourd, un orage imaginaire s'apprêtait à éclater. C'était plutôt ma pression qui me donnait des sueurs ? Un peu groggy, je m'immobilisai sur le trottoir, aveuglé par les phares des véhicules circulant sur l'avenue.

Je me retournai, persuadé d'être épié. Je m'éloignai de l'artère principale et j'empruntai une ruelle. Je clignai des yeux pour m'habituer à la pénombre. Puis deux phares s'allumèrent et j'entendis brusquement vrombir le moteur d'une voiture qui démarrait sur les chapeaux de roues et me fonçait dessus. Je me jetai sur le côté, heurtai un poteau de signalisation, et roulai sur le bitume en percutant le bac en métal des poubelles. Mon épaule et ma jambe accusèrent le coup violemment. Dans un effort surhumain, je me mis debout. J'avais la vue trouble, ne distinguant plus le décor autour de moi. La rue était déserte, le véhicule avait disparu sans que j'aie la lucidité de lire la plaque d'immatriculation.

Sous le choc, soudain réveillé, je retournai à l'hôtel. Après deux essais ratés, je glissai la carte dans la fente du boîtier. Je n'allumai pas, et me jetai sur le lit, en proie à une forte nausée. Soudain, ne sachant pas si j'étais dans un rêve ou dans la réalité, mon esprit se divisa comme des fractales au rythme de flashs stroboscopiques. Je relevai lentement la tête et je tressautai en distinguant une silhouette dans le fauteuil. Immédiatement, je vis un faisceau lumineux braqué en direction de ma poitrine. J'étais tenu en joue. Le point rouge fut avalé par la lumière éblouissante d'une lampe de poche. Je ne distinguais rien. Ni sa taille ni son visage.

— Barbara, cette chère Barbara, je garderai d'elle un excellent souvenir, dit-il avec un soupçon de causticité dans la voix. Son meurtrier, songeai-je. Je restai muet de colère, croyant que mon heure était venue.

Il m'ordonna de me lever. Sa voix était lourde et profonde, sans équivoque. Aucune porte de sortie, le genre d'individu avec qui on ne badine pas. Il me paraissait grand et fort. Son énergie, puissante.

— Je veux la bande magnétique que possédait Barbara. Tu as une semaine.

Je réalisai que Barbara l'avait caché ailleurs.

— Je croyais que vous l'aviez en votre possession ?

— Elle s'est bien foutue de moi ! En cas d'échec, je t'exécuterai d'une mort lente en commençant par t'arracher les ongles. Et pour finir, je lacérerai ton corps avec la lame de mon couteau.

C'était clair et net, aucune ambiguïté. Ma gorge était nouée et aucun mot ne sortait.

— Pense à ta mère.

Je serrai les poings, habité par un mélange de colère et de frustration. Non, il ne nous tuera pas ma mère et moi. Contre toute attente, une violence jaillit en moi. Je me jetai aveuglément sur lui et le percutai de plein fouet. Massif comme un bloc de béton, je réussis à peine à l'ébranler alors que je perdis l'équilibre. Mon dos heurta le mur et je m'écroulai par terre en renversant la table de nuit. La lampe se fracassa en mille morceaux. Étalé sur le dos, je sentis le poids et l'agilité de mon assaillant, qui m'enserra pour m'immobiliser. Je tentai de me dégager de sa prise, mais il était d'une souplesse surprenante et parvint à bloquer mes mouvements. Non, je ne vais pas mourir... ses bras étaient comme un étau, je suffoquais. J'étirai les doigts de ma main et, à tâtons, saisis un fragment de verre. Je donnai alors un violent coup de reins qui le fit basculer. Comme un chat, je lui griffai le visage avec le morceau de verre. J'entendis le bruit sourd du revolver qui tombait sur le tapis. Un coup de poing sournois m'atteignit en plein dans le foie, suivi d'un coup de genou qui me coupa le souffle et me jeta face à terre. Un liquide chaud gouttait dans mon dos. Le visage plaqué sur le tapis, je sentais la chaleur de son souffle caresser ma nuque.

— Si j'avais voulu te tuer, tu serais déjà mort, chuchota-t-il dans le creux de mon oreille, debout !

À peine relevé, il me frappa au plexus solaire, un coup puissant, en plein dans le mille. Puis il décocha un dernier coup, j'étais plié en deux, une douleur lancinante m'irradiait. Je reçus un nouveau coup dans le ventre. En position fœtale, j'étais étourdi. Il ramassa le revolver et je l'aperçus comme dans un brouillard se diriger vers la porte d'entrée. Il glissa la carte dans l'interrupteur. La lumière éclaira la pièce. Devant moi se dressa un colosse. Je remarquai dans son regard une lueur étrange. Et cette lueur me glaça. Sa joue était coupée sur environ trois centimètres, sa posture était droite et ses yeux perçants révélaient l'assurance d'un gars qui était en contrôle. Si la bagarre ne s'était pas déroulée dans la pénombre, jamais je n'aurais cru en mes chances de le vaincre.

— Tu as lu les journaux, tu sais que je n'ai aucun scrupule, pas le moindre. On va trouver un terrain d'entente : la bobine contre la vie de ta mère.

Il me tenait en joue en s'avançant vers moi. Puis plus rien. J'avais un mal de tête carabiné. Où étais-je ? J'essayai de me souvenir. Mais rien n'émergeait. Mon cerveau était vide comme si on avait effacé le disque dur. Le noir était complet, j'avais perdu la notion du temps. Était-ce le matin, ou bien le soir ? Petit à petit, les pièces du puzzle commencèrent à s'agencer. L'inconnu dans ma chambre, la lumière dans mon visage, et le coup asséné sur la tête, qui m'avait laissé une douleur lancinante accentuée sur le haut du crâne. Moi qui auparavant possédais des nerfs d'acier, j'accusai le coup par le biais d'une tachycardie infernale. Debout, devant la porte, je posai ma main sur ma poitrine, pour me calmer. Je me rendis dans la salle de bain avec un goût âpre dans la bouche dont je souhaitais me débarrasser. Mon visage était tuméfié : je passai un gant de toilette dessus, me lavai les dents et retournai dans ma chambre. Le cadran indiquait 4 heures 30.

Devrais-je contacter l'agent du FBI ? Je m'endormis sur cette éventualité. Le matin venu, une révolte sourde grondait au fond de mes tripes. Une fois debout, je fis des flexions pour dérouiller mes muscles ankylosés. Je passai à la salle de bain et m'aspergeai le visage d'eau froide. Puis, je sautai dans la douche, et m'habillai. Après avoir secoué ma tête pour chasser la brume de mon cerveau, je décrochai le téléphone, et je composai le numéro de ma mère pour l'informer que j'arriverais dans la soirée. Une façon de m'assurer qu'elle était en sécurité.

Pendant ce temps, une photo de Barbara s'était affichée sur l'écran de télévision. Le présentateur annonçait que ses funérailles se dérouleraient à l'église Trinity de New York.

CHAPITRE 19

LES GRANDS HOMMES

Londres

« Les grands hommes perdent leurs lettres de noblesse et obéissent à ceux qui détiennent l'argent en sacrifiant des parcelles de pouvoir. » Le président s'était rassis dans son fauteuil. Il alluma une cigarette qu'il garda coincée entre ses lèvres, et tira une bouffée en lisant la phrase écrite par son arrière-arrière-grand-père à l'encre rouge sur la couverture d'une chemise cartonnée grise qui datait de 1870. Sans ces écrits, témoins de l'histoire, le destin du groupuscule aurait été bien différent. Délicatement, il s'en empara. Sur la couverture intérieure, la photo du président Abraham Lincoln. Il tourna les pages se remémorant l'histoire secrète transmise par son père.

Londres, 1870

Son aïeul était un personnage public de grande renommée, fondateur d'une grande banque londonienne. Il était aussi membre d'une organisation secrète qui avait joué un rôle majeur dans la guerre d'indépendance américaine. Leur réseau d'agents, bien implanté au sein de la jeune nation, leur avait permis de manipuler le Gouvernement américain depuis plus d'un siècle. Les armes de leur ambition avaient été sans limites. À leur insu, le destin leur réservait des jours plus sombres. Allan Pinkerton à la tête de la plus importante agence de détectives des États-Unis d'Amérique vint en aide au groupuscule. Dans les années 1850, l'agence Pinkerton résolut une série de vols de train, la mettant en contact avec Abraham Lincoln, avocat de la société Central Railroad. Leur rencontre fut un coup de foudre amical. Des agents de sécurité de l'agence furent affectés à sa sécurité lorsqu'il fut élu président.

Fin février 1861, estimant qu'une menace d'assassinat planait à l'encontre du président Lincoln lors de son voyage d'investiture présidentiel, et pour assurer son passage en sécurité jusqu'à Baltimore, Allan Pinkerton, chargé de sa protection rapprochée, le conduisit secrètement à l'hôtel Willard de Washington où ils séjournèrent jusqu'au 4 mars précédant la prise de fonction du Président. Conscient qu'il était une cible, Abraham Lincoln lui confia la tâche de récupérer un document conservé dans le coffre-fort de l'hôtel Willard, et de le remettre au bibliothécaire du Congrès, s'il lui arrivait malheur. Quatre ans plus tard, le 16 avril 1865, le lendemain de l'assassinat du président Lincoln, Pinkerton tint sa promesse et récupéra le document, mais rompit son serment de ne jamais en prendre connaissance. Des révélations explosives et accablantes de la plume de plusieurs présidents américains qui désignaient à l'unanimité la famille Rothschild, accusée d'agir pour le compte d'une société secrète. Le chantage et le meurtre étaient utilisés pour parvenir à leurs fins. Conscient de sa valeur, il le garda sous le coude.

Après la guerre, l'agence Pinkerton travaillait pour les entreprises de transports ferroviaires express afin de capturer le hors-la-loi Jesse James. Mais ce fut un échec : le chemin de fer lui retira son soutien financier. Pour sauver l'agence de la faillite, Pinkerton négocia la vente du manuscrit. S'il avait fallu qu'il tombe entre les mains de la presse, les Rothschild n'auraient pas perdu la confiance que des gouvernements. Le plus grand scandale du siècle aurait mis un terme à leur mainmise sur le monde de la finance. Le codex fut gardé dans un coffre à l'hôtel familial de Londres. En 1919, lors de la conférence de Versailles, il fut volé. Cette société secrète était dès lors menacée d'être exposée au grand jour.

Le président tira une bouffée de sa cigarette comme si c'était le plus grand des plaisirs qu'il pouvait s'offrir à cet instant. Les circonstances sans doute...

Dans la niche du boudoir, il tourna son attention vers une pile de dossiers. Il fouilla et mit la main sur la copie d'un discours livré par John F. Kennedy le 27 avril 1961 devant le parterre de la presse américaine. Officiellement, cette allocution appelait les médias à la retenue dans un contexte de tension lié à la guerre froide. Officieusement, le président lançait une mise en garde au groupuscule.

Il relut certains paragraphes qui avaient été surlignés :

« Le simple mot de secret est inacceptable dans une société libre et ouverte. Et nous sommes en tant que peuple intrinsèquement et historiquement opposés aux sociétés secrètes, aux serments secrets, aux réunions secrètes. Nous avons décidé il y a longtemps que les dangers de la dissimulation excessive et injustifiée de faits pertinents dépassent de loin les dangers que l'on cite pour les justifier. »

« Cela requiert un changement de perspective, un changement de tactique, un changement de missions, par le gouvernement, par le peuple, par tout homme d'affaires ou chef d'entreprise et par tout journaliste. Car nous sommes confrontés dans le monde à une conspiration monolithique et implacable qui repose essentiellement sur des moyens secrets pour étendre sa sphère d'influence—de l'infiltration plutôt que de l'invasion, de la subversion plutôt que des élections, de l'intimidation plutôt que du choix libre, des guérillas de nuit plutôt que des armées en plein jour », dit-il encore.

Il ne faisait aucun doute : le codex était entre les mains du président américain.

Le téléphone sonna et interrompit sa lecture. Son chauffeur l'attendait pour le conduire à l'aéroport. Il glissa des documents dans sa mallette avant de rejoindre le chauffeur.

— À l'aéroport.

Une fois confortablement installé dans l'avion privé qui venait de décoller pour l'Écosse, il contempla par le hublot les lumières de la ville, songeant à ce qui venait de se produire. Habité par la terreur devant les dangers qui menaçaient son empire.

Mais, le coup le plus dur lui avait été porté quelques mois auparavant par le biais de la réception d'un mémo émanant d'un de leurs agents, infiltré à la CIA. Des mots-clés repérés dans la base de données de surveillance informatique avaient provoqué un code rouge : la fille de Nancy Clark détenait un enregistrement compromettant, qui risquait de relancer une enquête sur l'assassinat du président John F. Kennedy.

Dès lors, le président avait mis sur pied une opération sans précédent orchestrée de main de maître, et il s'en délectait. Il aimait le risque et le défi. Le recrutement du tueur avait été fait avec minutie. Quatre candidats, triés sur le volet et qui avaient tous l'air de citoyens moyens, mais qui étaient en réalité des tueurs professionnels, les plus dangereux. C'est derrière la rampe d'un projecteur, dans une maison de campagne isolée située à cent kilomètres de Washington, que son émissaire, le Lieutenant, avait convoqué les quatre individus. Celui qui avait été choisi s'appelait le Gentleman. Il projetait une image froide et avait un regard d'acier. Lors de son interrogatoire de recrutement, il avait été filmé à son insu. Il se saisit du dossier et fixa la photo du type, un géant au visage angélique. En dépit des recherches à son sujet, il ne connaissait pas sa véritable identité. Ce type était un caméléon qualifié dans le milieu du crime. Il se souvenait d'avoir eu une réticence à son égard. Le genre d'intuition qui frappe comme un éclair et s'évapore aussitôt. Un instant d'hésitation insaisissable que l'échec de sa mission confirmait. Rien n'était résolu et la conversation avec le meurtrier l'avait laissé perplexe.

Les lumières de la ville avaient disparu. Le président détourna la tête du hublot et se fit servir un Scotch. D'une main, il fit tournoyer les glaçons en se questionnant sur l'identité de celui qui avait commandité le vol du codex en 1919, mais aussi sur la personne qui l'avait transmis au président Kennedy. Deux questions qu'il espérait élucider sous peu.

Dans les années soixante, le groupuscule avait amorcé une traque visant l'entourage du Président. Filatures, mises sous écoute. Des actions qui restèrent stériles jusqu'en octobre 1965. De source sûre, le journal le Washington Post détenait l'enregistrement de Nancy Clark et s'apprêtait à publier un article intitulé « Un nouvel éclairage sur l'affaire Kennedy ». Si cette nouvelle avait été diffusée —évoquant le vol d'un document au sein de la Maison-Blanche le jour de l'assassinat du président Kennedy—elle aurait discrédité la thèse du tireur unique. Des dizaines de reporters se seraient mis à creuser. Courir ce risque était impensable. Leur agent subtilisa la bobine au siège du quotidien.

Plus d'enregistrement, plus de preuve, si bien que le témoignage de Nancy Clark fût caduc.

Cette question apparemment réglée, il restait à retrouver le codex. Un grand nettoyage fut entrepris et emporta dans ce tourbillon macabre les individus qui avaient été en contact avec Nancy Clark. Aucune piste ne permit de retracer le précieux manuscrit. Bien que cette question centrale restait en suspens, au fil des ans, puis des décennies, elle garda son mystère. Un inconnu avait réalisé le casse du siècle et il était dans l'impossibilité d'écouler la marchandise.

Il fit tourner une gorgée de Scotch dans sa bouche.

Cinquante années s'étaient écoulées, toujours le silence à ce sujet. Pendant cette période, ils étendirent leurs sphères d'influence en contrôlant l'agence de renseignement américaine, la CIA, à la tête de la chaîne de commandement des autres agences. Une stratégie bien étudiée depuis de nombreuses décennies, puisque la CIA prenait ses ordres du Conseil aux Relations étrangères (Council on Foreign Relations ou CFR). Un club privé qui réunissait des conglomérats médiatiques, des militaires, des banquiers, des chefs de multinationales et d'anciens présidents. Un cercle de réflexion pour tous ses membres dont le siège social était à New York, et leurs bureaux à Washington. Le CFR finançait la CIA et l'avait rendue complètement indépendante du Gouvernement. Son influence était notoire, utilisant son réseau de fonctionnaires corrompus, il s'immisçait au cœur des institutions. Le financement privé était ainsi à la base de la constitution du Gouvernement et à l'abri des regards du public.

Aussi, lorsque le courriel de Barbara Clark fut transmis à l'organisation, ce fut comme un tremblement de terre qui les mettait face à une évidence : l'enregistrement de Nancy Clark que possédait le groupuscule n'était pas l'unique exemplaire qui existait. Le danger de voir l'identité de cette organisation exposée au grand jour était une réelle menace. Un nom resté secret, caché derrière des sociétés-écrans comme bouclier protecteur à l'exposition du public. L'arrivée d'Internet avait braqué les projecteurs sur des groupes secrets indépendants comme les Illuminatis, les francs-maçons, le Prieuré de Sion pour les plus populaires, et bien d'autres encore. Le groupuscule les avait tous infiltrés pour mieux les surveiller. Cependant, il restait une ombre au tableau : un site très actif, se nommant les Guerriers numériques, et qui diffusait de l'information à l'effet qu'une super société secrète qui était présentée comme le vaisseau mère opérait aux États-Unis. Ce site lanceur d'alerte prétendait qu'elle était la tête d'une flotte invisible qui œuvrait pour le mondialisme. Une matrice planétaire à laquelle peu de pays s'étaient soustraits.

Aujourd'hui, le Gentleman n'avait pas hésité à exercer un chantage auprès du président en évoquant les images compromettantes qu'il avait filmées révélant les comportements sordides des membres du groupuscule qu'il avait obtenu en espionnant le sénateur. La corruption des personnalités leur permettait d'ourdir des chantages pour convaincre des individus d'agir selon la volonté de l'organisation. Ce mécanisme était utilisé depuis la nuit des temps. Guidées par la soif de réussite, et celle de s'enrichir, certaines personnes étaient capables de refouler leur conscience et de la bannir de leur mental pour justifier leurs actes. Ce à quoi il suffisait d'ajouter la pensée de groupe et une pincée d'idéologie religieuse pour générer un cocktail effroyable puisé dans l'histoire de la Bible hébraïque pour rendre les actes légitimes. Un système pyramidal qui n'avait jamais été ébranlé.

L'avion atterrit à l'aéroport d'Inverness en Écosse. Il s'engouffra dans le véhicule qui les attendait. Dans une heure, il arriverait à destination.

***

CHAPITRE 20

RETOUR AUX SOURCES

Le taxi me conduisait à l'aéroport. Déjà dense, la circulation ralentit aux abords de l'autoroute, jusqu'à se figer. Je songeais à mon père. Les seuls échos que j'avais eus à son sujet venaient de ma mère. Il avait choisi d'emménager dans le quartier de Georgetown pour être au cœur de l'action : membres du Congrès, diplomates, collaborateurs de la Maison-Blanche, patrons du service de renseignement, et futurs présidents. Il disait que tous les pouvoirs étaient concentrés dans cette zone de la ville. De cette façon, il côtoyait, en termes de bon voisinage, cette catégorie d'individus, devenue une précieuse source d'informations. Au cours des dîners de quartier, il fréquentait John F. Kennedy. Au fil du temps, ils développèrent une belle complicité. Quand mon père fut accrédité à la Maison-Blanche, et sachant son intérêt pour se présenter aux futures élections présidentielles, il le tenait informé de ce qui se déroulait à l'intérieur des murs. Lorsque le Président fut assassiné, mon père fut dévasté.

Alors que le véhicule était bloqué, je remarquai une affiche publicitaire d'une société financière qui affichait la phrase : Anticipez votre retraite ! Faites fructifier votre avenir... Je m'étais réveillé avec le mot « anticipation » à l'esprit et soudain, ce fut l'étincelle. Il me parut évident que je devais moi aussi anticiper les actions de mes adversaires.

Immédiatement, j'appelai Gary. Au bout de deux sonneries, il décrocha :

— Je t'ai dit que je te contacterais, dit-il d'un ton agacé.

— Je t'appelle pour autre chose. Tu dois absolument m'aider si tu ne veux pas que ton pote crève au fond d'une rue sombre d'un quartier mal famé.

— Quoi encore ?

— Tu dois trafiquer mon dossier médical.

— Tu as perdu la tête !

— Non. On doit prouver que mon coma a laissé de graves séquelles. Je dois passer pour un type fini.

— Je ne connais aucun terme médical, c'est impossible.

—Tu m'as accompagné à quelques reprises chez mon neurologue, tu dois avoir retenu quelques notions. Démerde-toi, Gary. C'est une question de vie ou de mort.

Je raccrochai sèchement. Puisque j'étais dans le collimateur des commanditaires du meurtre de Barbara, je trouvais judicieux de les induire en erreur sur mon état de santé pour paraître faible à leurs yeux. Car je le savais, ils allaient passer ma vie au crible, si ce n'était pas déjà fait. Une dernière chose à régler : je composai le numéro de l'agent du FBI. Je tombai sur sa boîte vocale. De façon concise, je lui racontai l'agression que j'avais subi la veille, et je lui signalai que la bobine d'enregistrement était dans la nature.

Après une quinzaine de minutes, le trafic se fluidifia. Le taxi accéléra avec en point de mire les tours clignotantes de l'aéroport. Un vrai soulagement.

Une fois arrivé, je traversai le hall au pas de course en me dirigeant vers le guichet. Je m'avançai vers une fille charmante qui m'indiqua la porte d'embarquement. En patientant, de mon téléphone cellulaire, j'en profitais pour réserver une voiture de location. Je raccrochai à l'approche du point de contrôle. Enfin assis, j'inspirai lentement pour chasser l'inquiétude.

Quelle importance avait ce document ? Que contenait-il ? De quoi étais-je absolument certain ? De pas-grand-chose. Sur ces questions, je m'assoupis pour me détendre. Soudain, l'air était devenu irrespirable et chatouilla mes narines. Un mélange d'odeurs de parfums bon marché flottait dans l'air, comme un after-shave mélangé à celle de la transpiration. Je m'ébouriffai les cheveux pour chasser la fatigue. Je relevai la tête en fixant le plafond éclairé d'une lumière vive. Mon esprit vagabonda et me rappela la rumeur selon laquelle, l'attentat des tours jumelles à New York avait été orchestré par l'administration Bush pour le compte d'intérêts pétroliers. Une rumeur que j'avais toujours réfutée. Aujourd'hui, je m'interrogeai sur son fondement et je me méfiais des apparences et des discours politiques officiels. Le pouvoir pouvait-il privilégier ses intérêts jusqu'à sacrifier des citoyens ? Rien ne prouvait que c'était vrai, mais rien ne démontrait le contraire.

Je songeai à ma rencontre avec l'agent du FBI : m'avait-il cru ? Avais-je eu raison de lui laisser un message ? Je profitai du temps de vol qui restait, et j'enfilai mon casque pour réécouter ma conversation avec Barbara. Je ressentis au travers de sa voix une sincérité touchante. Chacun de ses mots, chacune de ses hésitations et de ses larmes résonnaient dans ma tête.

Pour contrecarrer l'angoisse soudaine qui m'habitait, j'enclenchai mon MP3 : la chanson Sunshiny Days passa dans mes écouteurs et m'emporta dans un demi-sommeil durant les vingt dernières minutes du vol.

Un écho de pas et je tendis l'oreille. Je me réveillai. L'hôtesse me demanda de boucler ma ceinture, juste avant que le pilote n'amorce la descente. Une fois l'avion stabilisé, je fus dans les premiers à descendre de l'appareil. En me dirigeant vers la sortie de l'aéroport, je laissai mon téléphone éteint et je fis un tour dans une boutique pour acheter un téléphone à carte.

Je craignais qu'un troupeau de journalistes m'attende de pied ferme. J'avançais prudemment dans l'aérogare. Ouf! la voie était libre. Je poussai les portes tournantes, l'air frais me fouetta le visage. Le vent soufflait fort. La tête dans les épaules, je me dirigeai vers le bureau de la compagnie de location. Je pris livraison de la voiture, réglai le compteur journalier et me dirigeai vers Cap Cod, à 1 heure 30 de trajet. Je roulai sous la pluie, revigoré, l'esprit bouillonnant. Ma bouche devint pâteuse. Les effluves du souvenir du goût de l'alcool de la veille envahissaient mon palais.

À l'idée que le scotch tuerait le stress, une dualité prenait naissance en moi. Un combat que j'appréhendais de perdre. L'envie de boire avait envahi tout mon être. L'amélioration de mon état physique ouvrait grand la porte aux sirènes du vice, qui ressurgissaient comme un jeu de bascule au cours duquel j'avais perdu mon point d'équilibre. L'heure tardive m'empêcherait de me précipiter dans la première supérette. Ange et démon se confrontaient en moi.

La nuit était noire lorsque j'empruntai l'allée qui menait à la propriété. C'était une maison en cèdre, dominant la mer, cachée dans un nid d'arbres précédant la forêt qui s'étendait jusqu'à la route principale. Sans voisin à proximité, un havre de paix. De la terrasse, un escalier menait directement à la plage. Le voisin le plus proche se situait à un kilomètre.

À perte de vue, la forêt se cassait sur la bande de sable qui s'étirait comme un bras de mer entre l'océan et la baie. Cet endroit m'avait laissé les plus beaux souvenirs d'enfance : les amours de vacances, les sorties en bateau, l'initiation à la pêche en mer. Cependant, aucun d'entre eux ne fut accompagné par mon père, décédé deux mois avant ma naissance. Mon père était un fantôme immuable et mystérieux. Selon ma mère, je lui ressemblais : perspicacité, et passion pour le journalisme. Un homme ardent, fait d'air et de feu. Dès l'âge de dix- huit ans, il avait parcouru l'Europe. Rien n'était suffisant à ses yeux. Il était aveuglé par l'envie de briller dans le monde médiatique de la politique.

Lorsqu'il rencontra ma mère, elle portait son dix-huitième printemps, et lui venait de fêter ses trente et un ans. De lui, j'avais hérité certains traits physiques : sa taille et la couleur des yeux.

Je stationnai dans la cour. Après avoir récupéré mon bagage sur le siège, je descendis du véhicule. Une légère brise murmurait dans les arbres. De plus loin, j'entendais le vrombissement des vagues s'échouer sur la plage. La grande baie vitrée encadrée de rideaux était ouverte. J'écartai les pans de tissu et pénétrai dans le salon. Comme à chaque visite, je constatai que le système d'alarme n'était pas connecté. Je fermai la porte patio et jetai un œil par la fenêtre. Je rejoignis l'entrée et ôtai ma veste, que je déposai dans la garde-robe. C'est en relevant la tête, après avoir posé mon sac au pied de l'escalier, que j'aperçus une bouteille de bourbon posée sur le bar. Ma mère avait oublié de la ranger. Ma bouche redevint pâteuse, mon rythme cardiaque s'accéléra. Empreint d'une hésitation malsaine, je finis par m'emparer de la bouteille et gagnai la cuisine. Je l'ouvris et m'en versai une bonne dose dans un verre. Je m'assis et j'entourai le verre de mes doigts sans le soulever de la table. Je me remémorai les mots de mon psychologue.

On choisit si on est alcoolique ou pas. Je lui avais répondu : je ne suis pas foncièrement alcoolique. Il m'avait alors répondu :

Vous vous dites que vous ne boirez qu'un seul verre et vous videz la bouteille. J'avais refusé d'assister aux réunions des Alcooliques anonymes.

Ma cuite de la veille me rappela à quel point j'étais minable lorsque j'avais bu.

Alors que j'étais dans cette lutte intérieure, ma mère vint vers moi. Une petite femme aux cheveux blonds qui s'était forgée dans l'ombre de l'absence de mon père. Je la serrai dans mes bras. Elle relâcha lentement son étreinte.

— Enfin tu es là.

— L'alarme n'était pas connectée et la fenêtre était ouverte, combien de fois il... Elle me coupa la parole.

— L'électronique et moi...

— Ferme au moins la baie vitrée et la porte à clé.

Puis, elle s'assit à mes côtés et saisit mes mains entre les siennes.

— Ne bois pas ce verre, dit-elle doucement.

Je me levai et vidai le bourbon dans l'évier et je retournai sur la chaise.

— Quand? lança-t-elle avec un regard sévère, quand l'as-tu rencontrée pour la première fois? dit-elle sans prononcer son nom.

— Après mon réveil du coma.

Brusquement, elle se leva, et marcha autour de la table.

— Je savais que Nancy Clark avait eu une fille, mais j'ignorai que Ted était le père.

Une question me brûlait les lèvres, si intime que j'osais à peine la poser.

— Est-ce que votre relation était harmonieuse? Elle se mordilla la lèvre avant de me répondre.

— Au début, jusqu'à ce que nous emménagions dans le quartier de Georgetown, nous filions le parfait amour. J'ai réalisé qu'il avait choisi cet endroit, car il servait ses intérêts journalistiques. Nos voisins portaient les noms de Jésus Angleton, chef du contre-espionnage de la CIA, Cord Meyer, un agent de la CIA, travaillant avec Angleton, et Allen Dulles, le directeur de la CIA. Et bien entendu

John F. Kennedy et son épouse Jackie. Un jeune politicien prometteur qui allait devenir un de nos amis. En raison de ma jeunesse et de ma naïveté, j'étais impressionnée. Avec sa nomination comme chroniqueur politique à la Maison-Blanche, et le temps consacré à entretenir ses relations amicales, ton père était absent la plupart du temps. Je vais te confier un secret, mais ne me juge pas.

— Je te le promets...

— Délaissée par ton père, l'herbe et le LSD m'aidèrent à m'évader de ma solitude.

Je me redressai d'un bond.

— Quoi ? Tu prenais de la drogue ?

— Rapidement, la dépendance s'est installée. Autour de moi, personne n'a réalisé ma détresse. Ton père et moi étions dans un cercle vicieux. C'est au cours cette période qu'il se rapprocha de Nancy Clark.

Stupéfait de cette confidence, je la vis sous un autre jour. Ma mère une junkie ? Je clignai des yeux pour effacer l'image.

— Notre couple était à la dérive. Et puis, il se passa un évènement qui nous rapprocha.

L'atmosphère après cet aveu semblait transformée. Son regard se durcit.

— Le 12 octobre 1964. C'était une journée ensoleillée... Mary Pinchot Meyer habitait dans le quartier de Georgetown. Nous nous étions liées d'amitié au sein du cercle d'amies formé avec le voisinage. C'était une femme magnifique, radieuse, les cheveux blonds lâchés, déambulant sans complexe. Une femme libérée qui avait conquis sa liberté en divorçant de Cord Meyer.

— L'agent de la CIA ?

— Oui, mais son cœur était enchaîné en secret à John F. Kennedy. Une idylle qui dura jusqu'à son assassinat.

Ma mère prit une pause et enchaîna. Ses mains tremblaient légèrement.

— Ce jour-là, retenue par un agent de police à propos d'une enquête de voisinage, j'étais en retard pour notre promenade quotidienne. Mary ne m'avait pas attendue. Une demi-heure plus tard, je tentais de la rejoindre, lorsqu'en arrivant aux abords de la Fletcher Boat House, j'aperçus des policiers agenouillés autour d'un cadavre. Avec effroi, je reconnus la paire de tennis tachés de peinture que Mary portait. Elle venait d'être assassinée.

Son visage était blême. J'avais les nerfs en pelote, excité par son récit. Cette agitation se transformerait en épuisement si je ne me dopais pas à la caféine. Je pris le Bodum dans le placard, attentif à l'histoire qu'elle me confiait.

— Assassinée par qui et pourquoi ?

— Les autorités n'ont jamais identifié le mobile. Ce n'était pas l'œuvre d'un fou. Elle prétendait détenir des informations capitales sur l'assassinat de John et clamait haut et fort, dans les cercles bourgeois que la thèse du tireur unique soutenue par le rapport de la commission Warren était fausse. Elle était devenue embarrassante.

— Bon sang !

— À ce sujet, elle devait rencontrer Bobby Kennedy. Entre-temps, elle a été tuée. Un rendez-vous manqué. Plusieurs situations étranges avaient eu lieu antérieurement. Elle soupçonnait que son appartement avait été fouillé. Un autre matin, alors qu'elle dormait, ainsi que ses enfants, elle avait trouvé le matin la porte du jardin ouverte. Elle avait la sensation d'être épiée. John l'avait prévenue : si elle se sentait menacée, elle devait fuir en Europe. Compte tenu de ses confidences, j'en parlai à Ted. La première vérification qu'il fit, c'est de se rendre au poste de police. Aucune plainte n'avait été déposée. Ce ne fut qu'un prétexte pour me tenir éloignée de Mary. Son meurtre avait été planifié. La mort de Mary eut l'effet d'une gifle qui me ramena à la réalité et me permit de surmonter définitivement mes démons. Avec ton père, nous nous rapprochâmes à nouveau. Ted était convaincu que sa mort avait été orchestrée par ceux qui avaient tué le Président. Lorsque nous allions déjeuner à l'extérieur, il refusait d'être dos à la salle et choisissait invariablement une place qui lui permettait d'observer tous les clients. Il était devenu méfiant, à la limite de la paranoïa. Pour ses appels, il utilisait une cabine téléphonique extérieure et me recommandait d'en dire le moins possible sur la ligne. Lorsque nous étions en automobile, il surveillait si nous étions suivis. J'avoue que moi aussi, j'étais anxieuse. Au cours de l'année suivante, il mena sa propre enquête. Au fil du temps, son moral déclinait. En août 1965, ton père prétendait détenir un scoop et semblait avoir retrouvé sa combativité. Mais au mois de novembre, il fut très affecté par le décès de Dorothy Kilgallen. Peu de temps après, un nouveau projet l'animait : il démissionna de son poste de chroniqueur pour se consacrer à l'écriture d'un livre. Il passait la majorité de son temps à la Bibliothèque du Congrès, et de longues nuits blanches dans son bureau... Il est tard, dit-elle, je suis fatiguée, nous reprendrons cette conversation.

Elle m'embrassa et disparut dans l'embrasure de la porte.

Elle s'était sentie seule... ma réflexion se porta sur notre relation. Combien de fois avais-je reporté notre voyage ? Je passais en coup de vent au bout d'un mois, parfois deux, pour étouffer la culpabilité qui m'habitait. Que connaissait-elle de mon quotidien : mes amis, mes relations passagères. Que partagions-nous ?

De quelles attentions l'avais-je entourée ces dernières années ? me demandai- je. La tête constamment dans le guidon, trop absorbé par mon travail. Mon sommeil s'était envolé. Dans le salon, je piochai un magazine sur l'étagère de la bibliothèque sans lire le titre. Assis sur le canapé, je feuilletai la revue. Un article consacré à un discours donné par un évêque m'interpella : « La qualité d'une civilisation se juge à la façon dont les personnes âgées sont traitées et à la place qui leur est réservée dans le vivre-ensemble. Un peuple qui ne prend pas soin des vieux n'a pas d'avenir parce qu'il n'aura pas de mémoire ».

C'est exactement ce que j'étais venu chercher chez ma mère : l'évocation de ses souvenirs. « Pourquoi la société ne voit-elle que la décrépitude dans la vieillesse ? En raison de l'évolution de la collectivité régie par la logique de l'efficacité et du profit et qui ne voyait chez les personnes âgées que la non- productivité. Les enfants n'ont plus de temps pour les parents qu'ils parquent dans des maisons de retraite, antichambre de la mort. »

Sur cette réflexion que je voulais chasser de mon esprit, j'ouvris l'ordinateur de ma mère. J'installai l'application de Facebook sous un pseudonyme et consultai le fil des nouvelles. Je m'intéressai à une publication des « Guerriers numériques ». J'avais parcouru par le passé quelques-unes d'entre elles, avec, je l'avoue, un petit sourire en coin. Ils publiaient des articles sur les objets non identifiés. Par exemple, le gouvernement couvre depuis 1947 un crash d'OVNI survenu à Roswell. Mais à cet instant, en prenant connaissance de leur dernière parution sur Facebook, je restai scotché.

Publication#1
GUERRIERS NUMERIQUES
Dossier 557

Opération sous faux pavillon.
Qui était le père de Barbara Clark ?
Aqui profite le crime ?
Le Gentleman,l'homme mystère.

L'effet choc pressenti était là. À ce stade, tous les médias avaient publié mon lien avec Barbara. Je lus les commentaires des internautes. Le nom le plus souvent cité était celui de mon père Ted Bradford, cible de spéculations farfelues, certains allant jusqu'à prétendre qu'il était encore en vie et qu'il avait été impliqué dans l'assassinat de John F. Kennedy. Facebook surchauffait. Je laissai de côté les spéculations, plus intrigué par la question : à qui profite le crime ?

Je fis un détour sur le Net concernant l'ensemble des hypothèses publiées sur les raisons de l'assassinat du président John F. Kennedy. Histoire de me rafraîchir la mémoire. Rien de nouveau. Je m'enfonçai dans le dossier de mon fauteuil. Soudain, une sensation surgit au creux de mon plexus et fit naître en moi une évidence : John F. Kennedy n'avait pas été tué pour ce qu'il avait fait, mais plutôt pour ce qu'il s'apprêtait à réaliser. Une sacrée différence. Personne n'avait regardé dans la bonne direction. Une réflexion à creuser, que je mettais de côté pour l'instant.

Je m'intéressai à la citation de « L'homme mystère » associé au mot gentleman, dont la définition précisait : homme distingué, d'une parfaite éducation. Que voulaient-ils sous-entendre ? Là encore, j'étais bredouille. Je n'étais pas plus apaisé, bien au contraire.

Je m'interrogeai sur la symbolique de l'image. Qui était cette femme serpent représentant l'emblème des Guerriers numériques ?

Je pianotai sur le clavier. Il s'agissait de Lilith. Une démone de la tradition juive, qui était à l'origine une divinité mésopotamienne. Dans les légendes juives qui se répandent au Moyen âge, Lilith est présentée comme la première femme d'Adam avant Ève.

Un autre clic : une étymologie populaire relie le nom de Lilith à la racine hébraïque laylâ « nuit ». Cette mauvaise étymologie en fait un démon de la nuit. Lilith est en fait la forme hébraïque de l'akkadien lilītu, féminin de lilû. Il dérive du sumérien líl qui signifie vent. C'est à l'origine un démon mésopotamien lié au vent et à la tempête.

Très intéressant, songeai-je. Je relevai le côté obscur de cette image, la légende soulignant l'origine lointaine ainsi que son lien avec la racine hébraïque. Que voulaient-ils nous dire en filigrane ?

Le jeu de piste qu'ils avaient lancé provoquait notre instinct et nous poussait à fouiller sur la toile pour développer notre propre raisonnement. Je me dirigeai sur le site des Guerriers numériques.

Semblables à des notes que nous apposons sur les murs, leurs publications étaient placardées sur chacune des pages. Leur intérêt pour Barbara Clark était nouveau. Un article récent décriait le mondialisme, prétendant qu'une super société secrète était le vaisseau mère d'une flotte invisible qui gangrenait le système.

Par curiosité, je parcourus les publications antérieures. La création de leur site datait du 17 avril 2016.

Publication #1
GUERRIERS NUMERIQUES
Dossier 665

Surprise!Le capitaine arrive...
Ange ou démon?
Que la joute commence!

La deuxième, du 20 juillet 2016.

Publication #2
GUERRIERS NUMERIQUES
Dossier 665

Boom!Le capitaine est là!
Vigilance!Ennemi du peuple.

Ces deux publications portaient le numéro 665. Je retournai consulter celle à propos de Barbara, elle portait le numéro 557. Intrigant. La dernière publication datait du mois de juillet. Depuis, plus rien concernant le dossier 665. Maintenant, ils avaient en point de mire l'affaire Barbara Clark. Qui étaient ces types ? D'où provenaient leurs sources ? Mon cerveau surchauffait. Je me frottai les yeux. S'il n'avait pas été si tard, j'aurais poussé mes recherches pour comprendre à quel sujet ils faisaient référence dans le dossier 665.

Mort d'épuisement, je montai me coucher.

***

CHAPITRE 21

RETOUR VERS LE PASSÉ

Highlands, Écosse

Dans les Highlands d'Écosse se dresse un château, le siège social du groupuscule. Un « no man's land » qui avait été livré à de nombreuses guerres depuis la nuit des temps. Un véhicule stoppa devant le poste de garde. L'agent de sécurité sortit de sa guérite et cogna à la fenêtre. Le chauffeur de la Jaguar baissa la vitre. Une fois le point de contrôle passé, les portes de l'immense grille en métal s'ouvrirent. Le véhicule s'engagea sur un chemin sinueux, et glissa lentement sur le dernier tournant, là où la route principale se divisait en deux et donnait sur un sentier latéral impraticable en automobile. Le président demanda au chauffeur d'immobiliser le véhicule et descendit. Sa dernière visite remontait à l'hiver précédent, il se souvenait de ce silence feutré propre aux matins enneigés. Ce matin, c'était différent. Le ciel sans nuage annonçait la venue du soleil, une fois que le vent violent se serait tu. Il contempla la bâtisse en pierres qui s'élevait au bout d'un sentier abrupt. L'édifice ne lui apparaissait pas tel qu'il l'avait vu sous la tempête. Sous un ciel clair, il lui semblait moins austère. Vu d'en bas, il semblait que les tours de la bâtisse se prolongeaient vers le ciel. À cet emplacement, une abbaye avait été construite par les moines cisterciens. En 1385, elle fut endommagée par les troupes de Richard II d'Angleterre. Bien que partiellement reconstruite tout au long du siècle suivant, elle ne résista pas à l'invasion des armées anglaises et fut incendié en

1544. Les derniers moines s'exilèrent. Plus tard, les terres furent achetées par un riche négociant britannique qui vivait à Londres. Sur les ruines, il bâtit une maison-tour en recréant certaines parties de l'abbaye, et en conservant pour la chapelle le style gothique, évoqué par une gargouille représentant un dragon qui veillait au-dessus de la porte d'entrée.

Le président réintégra l'habitacle, songeur. Au vu de la gravité de la situation, et compte tenu des révélations du Gentleman à propos de James Bradford, il s'était déplacé pour consulter les registres, car il était certain qu'un détail avait échappé à l'organisation dans les années 1960, et que les réponses se trouvaient dans ces registres. Conscient qu'il aurait dû venir ici dès que le nom de Barbara Clark était sorti dans la liste de témoins dangereux, suite à son message adressé à la docteure Berenson, il devait réparer son erreur. J'ai pris cette affaire trop à la légère, songea-t-il, je suis certain que les réponses émaneront du passé.

Le véhicule s'engagea dans le chemin, ceinturé par un mur de pierre. Il aperçut des gardes qui pratiquaient des rondes régulières autour du site hautement protégé. Au sommet, une immense cour dominait l'entrée. Le véhicule stationna, et le président se dirigea vers le perron, où un rabbin l'attendait.

Il lui sourit alors qu'une bourrasque soulevait son grand manteau sombre. D'une main, il retint son chapeau noir genre borsalino.

Un rabbin philosophe, qui avait beaucoup écrit sur la cosmologie de la Kabbale, et qui était au service du groupuscule depuis plus de trente ans.

Au siège du groupuscule, les cas d'urgence étaient plutôt rares, et le rabbin n'en avait pas connu depuis qu'il occupait la fonction de « gardien ». Comme la famille Nuseibeh, chargée de conserver la clé de l'église du Saint-Sépulcre à Jérusalem depuis l'an 636. Il avait sous sa garde une collection de registres qui consignaient l'histoire de l'organisation, l'ensemble de ses actions, ainsi que l'identité de tous ses agents. Il était celui qui connaissait tous les secrets de l'arbre généalogique des membres fondateurs depuis sa création : neuf individus, issus des riches familles juives. Une structure pyramidale divisée en paliers à l'image de la pyramide inachevée surplombée de l'œil omniscient, symbole repris par plusieurs religions et sociétés philosophiques. Adopté comme verso du sceau des États-Unis d'Amérique en 1782 par le Congrès américain. La preuve irréfutable de l'omniprésence de la franc-maçonnerie au sein des Colonies. Deux phrases entouraient la pyramide :

Annuit Coeptis : il a favorisé notre entreprise.
Novus Ordo Seclorum : un nouvel ordre des siècles.

Un signe de l'omniprésence de l'institution au sein du pouvoir, affirmée aux yeux du monde entier depuis les années 1780. Et lorsque les mêmes symboles furent imprimés en 1935 sur les billets de 1 dollar, ils confirmèrent la puissance durable de la franc-maçonnerie dans le système politique.

Le rabbin dirigeait la fondation internationale créée par l'organisation qui avait établi son siège social en ces lieux et opérait dans divers secteurs. Comme la recherche scientifique dans le domaine médical, concernant des échanges scientifiques et économiques avec des organismes médicaux, la physique, ou le secteur de la technologie avancée. La fondation œuvrait également pour soutenir des centres d'études juifs reconnus, et évoluait dans des cercles philosophiques sur la réflexion des dimensions et le devenir de l'existence juive.

À ce titre, il n'était pas curieux pour les habitants de la région d'assister à des va-et-vient. Des juifs pratiquants, des étudiants diplômés de tous les horizons, venaient occuper des postes sur le site.

En contrepartie d'un excellent salaire, chacun des individus sélectionnés était lié par un serment de loyauté et motivé par l'idéologie qui leur était enseignée. Ils s'engageaient pour un emploi à vie et intégraient provisoirement une cité administrative secrète qui avait été construite sous le château, le temps de suivre une formation. Avant de rejoindre des postes clés dans des gouvernements ou des grandes entreprises grâce à la diaspora juive qui servait de point d'ancrage dans le monde entier. Une sorte d'école d'espions. Un système autarcique qui permettait au groupuscule de contrôler l'ensemble des individus. Voilà comment ils opéraient pour infiltrer les hautes sphères du pouvoir.

Les familles juives de la région étaient régulièrement invitées à célébrer certaines fêtes judaïques. Personne ne pouvait soupçonner que derrière cette façade philanthropique se cachait la plus importante organisation secrète de la planète.

Quant au rabbin, il était le maître d'orchestre de cette microsociété et était le seul à vivre avec sa famille dans une maison indépendante sur le site de la propriété. Sans luxe ni redondance, dans un cottage en pierre charmant.

Il tourna la poignée de la porte de la chapelle, qu'il poussa devant lui. Le président s'immobilisa sur le seuil et déposa sa kippa sur son crâne, avant de contempler la lumière du matin qui passait à travers les vitraux, qui avaient été entièrement restaurés, et éclairaient l'allée centrale. À L'intérieur était aménagée la réplique d'un temple miniature. Il suivit le rabbin jusqu'au sanctuaire où un parvis avait été construit, un endroit surélevé où se tenait le culte, et tout au fond, une armoire où étaient gardées derrière un rideau les Tables que Dieu avait données à Moïse. Un magnifique candélabre haut de plus d'un mètre était allumé. Les livres de la Mishna, le premier recueil de la loi juive orale, s'étaient substitués à ceux de la Bible. Aucun reliquat des origines monastiques ne trônait en ce lieu.

Debout dans le sanctuaire, les deux hommes prièrent. Après un moment de recueillement, ils passèrent dans la « galerie » jouxtant la chapelle, et qui communiquait par une porte intérieure. Située dans la partie rectangulaire, la salle tout en longueur débouchait sur un trompe-l'œil représentant le temple du roi Salomon sur le mont Moria. La perspective dans ce dessin aspirait inévitablement le regard. De chaque côté, des œuvres originales étaient exposées sur les murs.

Sans compter les sculptures, bustes et statues. Cette traversée lui procurait un sentiment d'ivresse que seul l'art pouvait lui apporter. Cette pièce était bruyante et pleine de vie à l'occasion des portes ouvertes où les donateurs de la fondation se réunissaient autour d'un banquet annuel.

Le rabbin poussa un panneau et ils s'éclipsèrent derrière le trompe- l'œil. La descente pour remonter le temps débutait en allumant deux torches de résine. Ils descendirent un escalier de pierre aux marches inégales et pénétrèrent dans un couloir où s'ouvraient de chaque côté des niches horizontales dans lesquelles étaient entreposés des mystérieux ossements et des crânes. C'était un spectacle terrifiant avec le jeu d'ombre et de lumière que les torches projetaient sur les murs.

Pour chasser son angoisse, le président se remémorait le panorama qu'il avait précédemment admiré : un ciel éclairé, où au loin, il apercevait des épicéas de Norvège et devinait les jeux de couleurs d'un ciel changeant et les vallées étroites et dénudées, sans oublier les lacs ondulés formant des chapelets. Une bouffée d'oxygène dans l'atmosphère humide des profondeurs.

Le rabbin qui lui servait de guide, comptait soixante-dix-huit printemps et se déplaçait avec une agilité étonnante. Par sa grande taille, il paraissait plus gigantesque en raison de sa maigreur. Au bout, le couloir prenait fin et une nouvelle série de marches commençaient, les entraînant au plus profond des catacombes. Au bout, une porte en bois carrée munie d'une serrure de Fust. Le rabbin sortit de son manteau une clé en acier et l'ouvrit.

— Nous y sommes, dit-il en se tournant vers le président, nous pouvons éteindre nos torches.

Il poussa l'interrupteur et une lumière tamisée éclaira les lieux. L'électricité avait été acheminée jusque dans les profondeurs depuis quelques décennies, indispensable pour limiter les processus de dégradation des manuscrits, grâce à l'air qui était conditionné à la température de 18 degrés Celsius, et au taux d'humidité contrôlé. Les murs avaient été recouverts de feuilles métalliques qui dissimulaient la pierre et donnait à la pièce un aspect moderne. Ici, aucune référence architecturale historique. La pièce représentait un grand rectangle avec un plafond haut de cinq mètres procurant une sensation de hauteur nécessaire pour combattre le sentiment de claustrophobie que les lieux inspiraient. Sur les murs étaient fixées de grandes étagères en métal pleine hauteur, solidement fixée aux parois métalliques. À gauche, on trouvait la partie historique, avec un ensemble de parchemins et de fragments de papyrus rédigés en hébreu et copiés en 45 apr. J.-C. qui étaient alignés comme des soldats. Sur les autres murs, tous les ouvrages étaient recouverts de reliures de cuir noir identiques marquées d'un « V » inscrit en rouge au centre de l'épine et procurait un sentiment d'unité qui rendait impossible leur distinction. Seules des étiquettes posées sur la bordure de l'étagère identifiaient la date. Leur nombre était impressionnant. Chaque exemplaire tenait lieu de rapports, renfermant toutes actions de chaque lieutenant ou membre, répertoriés par années, semestres ou même de façon hebdomadaire aux périodes les plus occupées. Ils appelaient ces manuscrits des registres. Pour les fondateurs, l'héritage écrit permettait de perpétuer leur mémoire. Des milliers de noms couchés sur papier, constituant l'âme de l'organisation, étaient enfouis dans les entrailles du château. Comme un cœur qui bat. Aucun registre ne pouvait être consulté en dehors de cet endroit. Et à cet effet, au centre, un « cabinet de réflexion » avait été aménagé, d'une surface n'excédant pas quinze mètres carrés.

Toujours aussi impressionné par l'endroit, il s'approcha de la table, tira la chaise et s'assit, l'air songeur.

— Savez-vous à quoi ressemblait le codex? demanda le président. Le rabbin leva l'index en l'air.

— Je reviens...

Il réapparut en tenant un cahier entre ses mains.

— Selon les notes de mon aïeul, le codex aurait été conçu par des moines dans les années 700 à 800 après J.-C.

Il l'ouvrit baissa les yeux et lut :

— Teinté par une encre pourpre, il était considéré comme sacré.

La pourpre royale fut vénérée par les Grecs et les Romains jusqu'à la fin du moyen âge. Les Phéniciens furent les premiers à découvrir qu'un coquillage appelé « escargot de mer » sécrétait un mucus à l'odeur d'algue qu'il était possible d'extraire pour l'utiliser ensuite en teinture. Une fois extrait, le pigment change progressivement de couleur, passant du transparent au jaune, puis du jaune au vert... au bleu... pour enfin conserver une teinte pourpre d'une profondeur inégalée. C'était une pièce exceptionnelle : la couleur des voiles de la galère de Cléopâtre n'était autre que la pourpre royale en l'an 30 avant J.-C.

— Très intéressant...

— Rarement le pourpré est appliqué entièrement dans un manuscrit. Mais pour celui que nous recherchons, c'est le cas. Exceptionnel ! avait-il écrit.

— Plus loin, il apporte quelques précisions. Le rabbin releva la tête avant de replonger dans la lecture. Au VIIe siècle, saint Wilfrid, archevêque d'York, fit présent d'un livre des évangiles en vélin pourpre écrit en lettres d'or et couvert en pierreries à son église. Le pourpré était utilisé comme une note de prestige à partir du 1er siècle.

— Nous savons que c'est Benjamin Franklin qui l'a transmis au président George Washington. Mais où diable Franklin l'avait- il déniché ?

— Le mystère reste entier. Cependant, j'ai ma petite idée sur le sujet.

— Ah oui ? Et quelle est votre opinion ? C'est l'homme qui est à l'origine de nos problèmes, bon sang !

— L'histoire ne retient de Franklin que son esprit scientifique. Si vous demandez au commun des mortels quelle invention il a réalisé personne ne le sait vraiment...

Le président fronça le regard.

— Je l'ignore... répliqua-t-il.

— Le paratonnerre. L'hypothèse la plus probable, c'est qu'il ait reçu le codex en cadeau. Selon l'expertise faite par mon père, ce n'était pas un palimpseste.

— Que voulez-vous dire ?

— Un palimpseste est un parchemin dont on a effacé la première écriture pour pouvoir écrire un nouveau texte. Le codex était vierge de toute écriture.

Il fit la moue et se concentra sur le présent.

— Il me faudrait les registres d'octobre 1963, et ceux d'août à décembre 1965 pour les États-Unis.

Quelques minutes après, le rabbin revint les bras surchargés et déposa le tout sur le bureau, avant de s'éclipser. Le président débuta ses recherches par les documents relatifs à la journée du 22 novembre 1963. Il connaissait les grandes lignes de cette journée-là, mais il lui fallait creuser davantage.

Suivre la piste du codex, c'était comme chercher une aiguille dans une botte de foin. Une série de questions s'imposait à lui :

John F. Kennedy possédait le carnet. Qui le lui a remis et quand ? Le 22 novembre 1963 : le codex est subtilisé par Nancy Clark qui le remet à Evelyn Lincoln. À qui l'avait-elle transmis à son tour ?

Il lut attentivement le rapport en frottant son pouce contre son index. Il remontait le temps. Qui savait pour le codex ? Sur son nez, il ajusta ses demi-lunes et sur une feuille, il gribouilla des noms : John F. Kennedy, Evelyn Lincoln, Nancy Clark, Ted Bradford, Dorothy Kilgallen + inconnu (le détenteur du codex ? ? ?)

Sa mémoire participait à l'effort d'assemblage. La bouche en cul- de-poule, il tapota sa feuille du bout du stylo. Une hypothèse émergeait lentement. Il se retourna, et s'adressa au rabbin, debout sur l'échelle devant les rayonnages.

— J'ai besoin de votre avis.

— J'arrive. Comme un fantôme, il jaillit de l'ombre.

— Si madame Lincoln vous avait remis le codex, qu'auriez-vous fait ?

— Compte tenu de la disparition du président John F. Kennedy, j'aurais contacté son frère Bobby.

— Nous sommes certains que ça n'a pas été le cas.

Il fit la moue.

— Alors, j'aurais cherché un autre allié.

— Serait-il possible que celui qui a volé le codex en 1919 l'ait remis au président Kennedy et l'aurait récupéré après sa mort ?

Il hésita un instant.

— C'est envisageable. Mais cet homme était alors âgé en 1961.

— Bonne remarque.

— J'ai une autre question : à la place du président Kennedy, qu'auriez-vous fait avec le codex ? Le rabbin fit une grimace.

— Je l'aurais gardé en lieu sûr, à portée de main. En tant que président et compte tenu de l'exposition à un possible attentat, j'aurais eu un plan de secours.

— Voilà ! C'est exactement là où je voulais en venir. Evelyn Lincoln savait exactement à qui elle devait transmettre le codex. À l'inverse, Nancy Clark n'était pas prévue dans le scénario original. Elle lui a demandé de façon improvisée de voler le document pour le lui remettre à son retour.

Le rabbin fronça les sourcils.

— Qu'est-ce que cela change ?

— Trouvez-moi la liste des conseillers du président John F. Kennedy. Celui qui détenait le codex était forcément dans son entourage, dans le cas contraire, comment aurait-il pu l'approcher ?

Pendant ce temps, il parcourut les notes sur Nancy Clark. En 1965, suite à son témoignage audio que l'organisation avait dérobé au journal, elle fut mise sous surveillance, au même titre que Ted Bradford, chroniqueur politique à la Maison-Blanche et Dorothy Kilgallen qui avait participé à l'enregistrement. Éliminer ces trois personnes avait fait débat au sein de l'organisation. Aux yeux de certains fondateurs, elles ne représentaient pas de danger, mais la majorité était d'avis qu'il était plus prudent de ne laisser aucun témoin. La décision fut prise d'éliminer Nancy Clark et Dorothy Kilgallen peu de temps après.

Ensuite, il parcourut les notes concernant Ted Bradford. Il possédait une propriété dans la région de Cap Cod, proche de la résidence des Kennedy. Tiens, tiens, je l'ignorais. D'autres questions surgirent dans son esprit. Pourquoi avait-il démissionné en 1965 ? Il scruta chaque ligne du rapport. La rédaction d'un guide de voyages ? C'est étrange...

Un peu plus loin, il lut : il se rendait trois fois par semaine à la Bibliothèque du Congrès...

Pourquoi ? Songea-t-il. Selon les rapports, il semblait avoir totalement décroché de la politique. Des gouttelettes perlèrent sur son front. Une sueur froide, qu'il épongea avec un mouchoir brodé à ses initiales. Il fit quelques pas autour de la table. L'assassinat de Nancy Clark, la maîtresse de Ted Bradford avec laquelle il avait eu une fille, l'avait certainement touché au plus profond de son être. Menait-il une enquête secrète ? L'organisation avait attendu qu'il disparaisse totalement de la sphère médiatique avant de l'éliminer pour ne pas faire trop de vagues.

Puis, une note de rapport de filature l'interpella :

Le 16 décembre 1965

14 heures 02 : Ted Bradford entre dans la librairie Harriman, Brooklyn New York.
17 heures 22 : Ted Bradford quitte la librairie Harriman.

Le rabbin interrompit sa réflexion et déposa d'autres documents sur la table.

— Tenez la liste.

Il se rassit sous le faible éclairage et consulta le relevé des noms des conseillers. Ils avaient tous été menacés par l'organisation pour valider la thèse du tireur unique et ne pas soulever de questions à propos de l'assassinat du président John F. Kennedy.

— Hum hum, rien de concluant, constata-t-il.

— Avons-nous quelque chose sur la librairie Harriman ?

— Quelle année ? cria le rabbin qui était à l'autre bout de la pièce.

— 1965.

Le rabbin promena sa torche le long des étagères et rapporta un document.

Son regard courait à nouveau sur la feuille. Il se redressa d'un coup.

— Librairie Harriman : propriétaire Miller Harris. Il lut la copie de la note rédigée par l'agent de l'organisation. Éminence grise du président. Mis sous surveillance. Pourquoi n'est-il pas sur la liste des conseillers du président John F. Kennedy ?

— Année 1966 : se rend deux fois par mois à la Bibliothèque du Congrès.

— Nom de dieu ! s'exclama-t-il.

— Mort en 1968 ! clama-t-il.

Son décès, survenu de façon naturelle, avait mis un point final à la liste des victimes collatérales liées aux meurtres de John F. Kennedy et de son frère Robert.

Il tourna les pages de papier ivoire d'un blanc cassé tirant sur un brun jaune très léger et explora la biographie de Miller Harris. Il appartenait à la délégation sioniste qui avait accompagné le président Woodrow Wilson à la Conférence de Paris en 1919. Plus tard, il fut le conseiller invisible de plusieurs présidents, dont John F. Kennedy. Aucune photo, pas d'article à son sujet.

Il appuya la paume de la main sous son menton pendant qu'il établissait les liens : c'est Miller Harris qui a orchestré le vol du codex, murmura-t-il comme une évidence.

Le président releva le nez du document, frappé par un flash.

Bradford connaissait Miller Harris ! Les deux hommes se

rencontraient à la Bibliothèque du Congrès.

Il se remémora le rôle des bibliothécaires du Congrès qui avaient été les dépositaires du codex au long du XVIIIe siècle, selon les déclarations d'Allan Pinkerton qui leur avait vendu le carnet dans les années 1870. Le puzzle commençait à prendre forme. Le vieux salaud ! Miller avait remis le codex à Ted Bradford. C'était une évidence.

Il se redressa.

— Comment avons-nous pu passer à côté de ce que je viens de découvrir ? demanda-t-il au rabbin.

— Je l'ignore...

— Venez. Ne perdons pas de temps. Convoquez le cercle.

D'un pas pressé, il remonta à la surface et se hâta d'envoyer un message au Gentleman : Bradford vous mènera au codex.

***

CHAPITRE 22

DÉCOUVERTE

Je m'étais éveillé avec la sensation que ma santé mentale chancelait. Obsédé par les deux orbites sans fond du visage de Barbara, qui ressemblait à un zombie. Un démon qui me parlait :

On m'a fait des choses que tu n'imagineras jamais, avoua-t-elle dans un murmure qui se transforma en un rire démoniaque.

J'ouvris complètement les yeux en éprouvant un dégoût qui me condamnait à traquer la vérité. Un bruit soudain très fort, et mon cœur fit un bond dans ma poitrine. Je mis un bref instant à me rendre compte qu'il s'agissait de la sonnerie de mon téléphone. Je baissai les yeux sur l'écran. L'agent du FBI. Je répondis.

— J'ai eu votre message, c'est une bonne nouvelle !

— Laquelle ? La raclée que j'ai reçue ou bien la bobine qui s'est évanouie dans la nature ?

— Bon sang, vous n'avez rien de grave ?

— Non. Ce type est une force de la nature, il aurait pu me tuer. Il a besoin de moi.

— Cela signifie que Barbara a caché l'enregistrement et je parie que c'est à vous qu'elle va le léguer. Vous étiez l'unique personne à qui elle accordait sa confiance. À son domicile, mes hommes n'ont rien trouvé. Elle avait un plan et tout n'est pas perdu.

— Nous verrons bien. Et pour l'adresse, vous avez du nouveau ?

— Je m'en occupe, je vous tiens au courant. Vos adversaires vous ont à l'œil, soyez prudent.

La ligne à peine raccrochée, un deuxième appel entra.

— Salut, c'est moi.

— Je suis arrivé tard hier soir.

— Regarde ta boîte courriel et rappelle-moi du téléphone fixe, c'est plus prudent. Gary raccrocha.

Une fois levé, après une douche qui me redonna un peu de tonus, je m'habillai et consultai ma messagerie sécurisée. J'eus un sourire lorsque je lus le texte de Gary. Dans mon dossier, il avait inséré le rapport suivant :

Après un coma de 30 jours, de nouveaux symptômes sont apparus chez le patient. Troubles anxieux généralisés suite à l'état post-traumatique. Individu alcoolique.

— Troubles obsessionnels compulsifs.

— Perte de mémoire à court et à long terme.

— Troubles anxiété sociale – crises de panique.

— Troubles dépressifs.

L'ordonnance en pièce jointe stipulait la prise d'un antidépresseur à base de chlorhydrate de paroxétine à raison de 50 mg par jour. Il n'y est pas allé avec le dos de la cuillère !

Je rejoignis la cuisine. Ma mère m'avait préparé un bon petit-déjeuner. Je m'approchai d'elle et déposai deux baisers sur ses joues. Elle était débordée, priorisant son temps à la galerie d'art qui, à la saison estivale, requérait davantage sa présence. Ce matin, elle était disponible.

— Nous devons discuter, dit-elle d'une voix assurée. Je n'avais pas vraiment faim.

— Avant, je dois passer un coup de fil.

Je me dirigeai vers l'entrée. Le téléphone était fixé au mur à côté de la cage d'escalier. Une antiquité des années 1970. Je décrochai et composai le numéro.

— Merci, Gary, pour le rapport médical.

— J'ai du nouveau. Dans son courriel à l'attention de la Docteure Berenson, sans le savoir, Barbara a utilisé l'intégralité d'une association de mots-clés qui ont déclenché une alerte à la NSA.

— Lesquels ?

— Assassinat, menace, président Kennedy, Ted Bradford, Nancy

Clark et codex pourpre.

— Codex pourpre ?

— C'est bien ça. Je suppose que c'est le nom du document volé par Nancy Clark. Tout individu relié à ce groupe de mots devient une menace à la sécurité nationale. Ceci a déclenché la mise sur écoute de la docteure Berenson.

Je me remémorai les accusations que je lui avais jetées au visage. Elle était innocente.

— La NSA ? C'est du délire !

Je parlai à voix basse, car ma mère avait l'oreille fine.

— Tu as bien entendu. J'ai trouvé les traceurs et aucun doute n'est possible.

— Tu veux dire qu'en utilisant un algorithme, la NSA peut surveiller les citoyens ?

— Parfaitement.

— La NSA l'espionnait ! Les enfoirés ! Mais... Barbara ne menaçait pas la sécurité nationale. Répète-moi cette série de mots ? dis-je, en attrapant d'une main le crayon pour les noter sur le bloc de papier.

— Une fois que la sonnette retentit, le protocole au sein de l'Agence est toujours identique. Le chef opérateur liste les alarmes et les transmet à son supérieur hiérarchique, y attribue un code de priorité qui se retrouve sur le bureau du sous-directeur de la boîte. Barbara ainsi que la docteure Berenson avaient un code rouge. Lors de vos retrouvailles, elles étaient déjà « fixées », comme on dit dans notre jargon.

— Fixées ? Et moi aussi ? J'avais raison de te supplier de trafiquer mon dossier médical.

— En plus, rajouta-t-il, une note stipule que Barbara consultait des sites conspirationnistes et qu'elle était une adepte d'ufologie. Elle possédait un faux profil Facebook sous le nom d'Andromède.

— Vraiment ? Je l'ignorais.

— Non, c'est faux. Son compte Facebook a été contaminé post mortem. C'est l'œuvre d'un « hacker » de haut vol, moins bon que moi.

— À ce sujet, est-ce que tu suis les Guerriers numériques ? Le pays entier est suspendu à leurs publications. Ils font le buzz.

Ce sont des gars rompus aux stratégies. Des milliers d'internautes s'intéressent à leurs messages. Et j'en fais partie. Tu as vu celui d'hier soir ?

— Non.

— À ta place j'y jetterais un oeil. Pour revenir à Barbara, tu penses que la NSA l'a butée ?

— Je l'ignore. Il faudrait étudier le dossier plus profondément. Cela prend des accréditations et des codes que je ne possède pas.

— Tu peux les obtenir ?

— Et mettre ma carrière en jeu ?

Gary m'indiqua que la NSA recueillait quotidiennement grâce aux caméras de surveillance, 5 500 photos d'individus afin de constituer une gigantesque banque de données. Puis, il me fit un rappel historique. Le premier courriel avait été envoyé en 1971, destiné à Ray Tomlinson qui mit au point le réseau ARPANET (ancêtre d'Internet). Puis il affirma que le Gouvernement et l'armée avaient une longueur d'avance sur ce qui était porté à la connaissance du public.

— Lorsqu'on met à disposition un tel outil de communication, tout est très bien calculé. Internet crée un véritable bouleversement social, une société mondiale de l'information qui remanie complètement la manière dont l'humanité appréhende le monde.

— Dis-moi, Gary, tu n'as pas l'impression d'être du mauvais côté de la barrière ?

Pas de réponse.

— J'ai copié les comptes-rendus des séances de la docteure et de Barbara sur une clef USB. Je te les envoie sur ta messagerie cryptée. Sois prudent.

Il raccrocha. Je laissai ma main quelques secondes sur le combiné téléphonique.

Et moi, étais-je du bon côté de la barrière ? La première remise en question de mon métier eut lieu lorsque l'interventionnisme de mon rédacteur en chef, qui modifiait le sens de mes chroniques, était de plus en plus présent.

À cette époque, je n'osais pas m'interposer. Au fil du temps, je faisais plus attention à cette forme de contrôle et j'en conclus que l'information n'était plus rapportée par les médias, mais gérée dans la façon de choisir les mots et de modeler son contenu. C'était une des raisons qui m'avait poussé à entrer au Consortium international des journalistes d'investigation : la seule agence où il était possible de mener des enquêtes sans influence. Je réalisai l'illusion du choix des médias qui était entretenue : des centaines de chaînes sur le câble, des dizaines de magazines n'étaient en fait que le fruit de cinq ou six compagnies. Le niveau d'opacité n'avait jamais été aussi élevé. Cette nouvelle force pouvait occulter ou bien divulguer une information. Pour nous aider à porter un regard sur le monde, les événements de la société, et son évolution, nous n'avons que l'éducation, nos relations amicales, et les médias – les films, les livres, Internet, la radio et la télévision. Les médias ! l'arme de contrôle des gouvernements pour influencer les citoyens naïfs par la propagande et la peur. La démocratie était illusoire et la liberté de plus en plus brimée. Voilà le monde que nous avons construit.

Et lorsque j'approfondis le sujet, je réalisai que ce que j'avais appris tout au long de ma vie avait été formaté, en premier lieu par l'éducation, ensuite par les médias. J'étais contaminé, comme 99 % de la population. Comment repartir à zéro ? Pour ne plus faire que travailler, payer et obéir à un système corrompu ? La liberté individuelle n'existait pas. Gary était loin de ces préoccupations. L'argent et la position sociale étaient primordiaux à ses yeux. C'était le type le plus endetté de la planète. Pris dans les rouages de la société de consommation, il ne pouvait se permettre de perdre son emploi pour défendre des idées, au risque de s'exclure du cercle des privilégiés. Avec Gary, nous en avions discuté, mais nos divergences d'opinions étaient trop grandes, nous évitions ces sujets.

Je rejoignis ma mère. Les pancakes avaient refroidi. Nous nous assîmes autour de la table. Sans dire un mot, j'étalai la confiture de fraises et bus une gorgée du café fumant qu'elle m'avait servi. La pluie fit son apparition et crépita sur le bois de la terrasse.

— Comment a-t-elle appris que tu étais son demi-frère ?

J'hésitai, en mâchant ostensiblement ma bouchée, avant de répondre. J'avais souvent sollicité l'opinion de ma mère sur des sujets d'actualité. Notre relation était franche et je redoutais de tomber sur un terrain glissant entraînant chez elle de l'angoisse et du souci à mon sujet. Je me raclai la gorge.

— Dans le journal intime de sa mère. Ce n'est pas tout. Avec, il y avait un magnétophone contenant une cassette sur laquelle était enregistrée le témoignage de Nancy Clark, qui prétendait avoir dérobé un document dans le Resolute Desk le jour de l'assassinat du président John F. Kennedy. Avec cette déclaration, papa espérait relancer l'enquête.

— Cela indique que Barbara n'a pas été tuée par hasard, tout comme Mary. L'histoire se répète cinquante ans plus tard, ça n'a aucun sens, dit-elle en hochant la tête. Et moi qui refoulais mon intuition.

Je lui expliquai les menaces qui avaient pesé sur Barbara. Sa peur et son désir d'établir la vérité. J'évoquai mon face-à-face avec le tueur à l'hôtel et son chantage : sa vie contre la bande magnétique.

— Et où est cet enregistrement ?

— Barbara a mis l'original à l'abri. À quel endroit ? C'est un mystère. Je n'ai qu'une copie sur mon dictaphone.

— Tu as une copie ?

— Oui.

— Je voudrais l'écouter.

— Tu es certaine ? C'est papa et Dorothy Kilgall en qui ont mené l'interview.

Elle sourit.

— Entendre la voix de ton père après tout ce temps me ferait du bien.

J'allai chercher mon magnétophone de poche dans ma chambre et le posai sur la table. Je l'enclenchai. Ma mère croisait les mains et semblait ne plus respirer alors que la voix de mon père résonnait comme un écho du passé. Une fois l'écoute terminée, il régna un silence qu'elle brisa la première.

— Mon Dieu ! Je n'arrive pas à le croire. Ça me fait mal et un bien fou en même temps, le temps file si vite. Soudain, elle me fixa avec un éclair de lucidité qui me transperça.

— Tu ne vas pas t'embarquer dans cette histoire

— Je ne suis pas seul, l'agent spécial du FBI est au courant.

— Est-ce que tu as confiance en lui ?

— Oui. J'ai une question. Je sais que tu n'as pas eu d'héritage familial et je me demande d'où provenait l'argent qui nous a permis de conserver les maisons ? Car jusqu'à ce que j'atteigne ma majorité tu n'as pas travaillé ?

Elle se leva et fit quelques pas, comme si elle hésitait à répondre.

— Tu vas trouver cela étrange, tout comme moi d'ailleurs à l'époque. Après les funérailles de ton père, un avocat de New York, Miller Harris, est venu me rendre visite avec en main son testament. Ton père détestait évoquer le sujet de la succession. Il me léguait la maison de Georgetown ainsi que notre résidence secondaire à Truro, libres de toute hypothèque. Miller Harris m'a remis un chèque de 350 000 dollars pour assurer notre avenir. J'étais très surprise. J'ai voulu refuser, mais il a insisté.

— Wow ! Un bel héritage. C'est une somme astronomique, qui équivaut à plus de deux millions de dollars de nos jours.

— C'est avec Miller Harris que ton père collaborait pour l'écriture d'un livre. Grâce à lui, tu as fréquenté les meilleures écoles. Il a assuré notre futur. Il souhaitait récupérer le manuscrit qui n'était pas terminé ainsi qu'une sorte de carnet pourpre qu'il lui avait confié comme source de renseignements.

Je dressai l'oreille.

— Un carnet pourpre ?

Je n'en revenais pas. Je restai muet un instant avant de me ressaisir.

— Ton père désirait que je conserve la maison de Georgetown avec laquelle il avait développé un rapport presque charnel. Là où il avait prévu d'élever ses enfants, et là où il avait envisagé de vieillir. Deuxièmement, son bureau resterait décoré à l'identique pour que tu t'imprègnes de son univers lorsque tu serais en âge de comprendre.

— Est-ce... Est-ce que tu as trouvé le carnet pourpre ?

— Non. Le week-end précédent sa mort, nous étions venus ici. Il avait emporté presque l'intégralité de ses dossiers. J'ai fouillé, mais sans succès.

— Et Miller Harris, l'as-tu revu ?

— Jamais. Je suis restée seule, avec le souvenir de la dernière soirée passée avec ton père. Aux alentours de 22 heures, la veille de sa mort, il a reçu un appel et a quitté précipitamment la maison en me promettant qu'il serait de retour rapidement. Le lendemain matin, la police m'a prévenue du drame. Je l'ai revu sur une table d'acier inoxydable dans le sous-sol de la morgue.

— Pourquoi ne m'avoir rien dit de tout ça ?

— Je ne sais pas... Elle changea de sujet.

— Je suis attristée par la disparition de Barbara. Elle ne méritait pas de mourir.

— Papa ignorait qu'il était le père de Barbara. Nancy Clark avait gardé le secret.

Je venais de lui mentir intentionnellement pour ne pas la blesser. À cette idée, elle sembla soulagée.

— Je n'ai jamais cru à son suicide. À l'idée d'être père, il était fou de joie. Sans tenir compte des nuits entières qu'il consacrait à l'écriture de son livre. Un « best-seller », disait-il. Combien de fois ai-je insisté pour qu'il me divulgue ne serait-ce qu'une parcelle du sujet. Je n'ai jamais réussi à le convaincre.

Je m'approchai d'elle et la fixai du regard.

— Tu as été très courageuse, maman, dis-je tendrement.

Elle s'éclipsa, encore sous le choc de notre discussion. Je laissai mes émotions derrière moi avec en tête la possibilité qu'il existe des documents cachés dans la maison. Je me dirigeai vers l'escalier.

En foulant la première marche, je savais que la septième craquerait sous mon poids. Elle avait trahi l'endroit où je me réfugiais quand j'étais enfant. J'ouvris la porte du grenier, j'appuyai sur l'interrupteur. L'éclairage de l'ampoule chassa les ombres.

Des trombes d'eau redoublaient et martelaient la toiture. Je me dirigeai vers la lucarne et déplaçai la commode qui obstruait le peu de lumière que le rectangle offrait.

Mon regard se posa immédiatement sur les rayonnages de la bibliothèque qui ployaient sous l'amoncellement de livres. Une collection d'ouvrages sur l'aéronautique datant des années 1950 ainsi que des atlas. Plus loin, des piles de revues qui rendaient la pièce presque chaleureuse.

En avançant vers la partie la plus basse du toit, sous des cartons empilés, je devinai le bureau de mon père et reconnus le sous-main en cuir brun à l'effigie de la Maison-Blanche. Dessus, était posée une machine à écrire. J'effleurai les touches comme si je pouvais sentir ses empreintes. Je cherchai du regard le divan en cuir que mon père adorait.

Il était là, recouvert d'un drap blanc. Comme un magicien, je l'ôtai d'un geste rapide et fis voler un nuage de poussière. J'entrepris d'amener tous les cartons à portée de main et je m'assis. Je commençai leur inspection. La plupart des feuillets concernaient des ébauches d'article rédigées à la main. Plus j'avançais, plus l'espoir d'un miracle s'amenuisait. Il s'était passé beaucoup trop de choses au cours des dernières quarante-huit heures pour que j'abandonne. Avais-je le choix, d'ailleurs ?

Voilà, j'étais bredouille...

— Où sont ces documents ? dis-je à haute voix, en balayant la pièce du regard.

Je m'avançai vers les étagères du meuble métallique qui supportait des boîtes d'archives classées par années, à la recherche de celle qui contenait les relevés bancaires de l'année 1968. 1972, 1971... Ah, la voilà. J'ouvris la boîte. Je passai les premières pages et je trouvai le document que je parcourus en suivant avec mon index. Là ! Dépôt de 350 000 dollars. Au passage, je ramassai la boîte renfermant les factures de la même année.

J'en profitai pour fouiller les rayonnages du bureau, et je mis la main sur un revolver, celui qui avait appartenu à mon père, dissimulé dans un linge de soie dans un étui de cuir noir. Un colt Python avec un canon de six pouces recouvert d'un fini en nickel. Un peu rouillé ! murmurai-je en inspectant le barillet. Je n'avais jamais possédé d'armes.

Sur la dernière étagère du bas, je remarquai une deuxième boîte datée de 1965. Je l'ouvris. Elle contenait de vieilles coupures de journaux : des articles politiques écrits par mon père. Je les parcourus, et je dénichai une dépêche d'actualité publiée le lendemain de son décès.

UN JOURNALISTE SE SUICIDE DANS UN MOTEL

Le célèbre journaliste Ted Bradford a été retrouvé mort lundi matin dans un motel de la banlieue de Washington. Découvert dans une chambre par une employée aux alentours de 11 heures du matin, il avait reçu une balle dans la tête. L'inspecteur Paul Downey, qui dirige l'enquête, a déclaré que selon les premiers indices, il s'agirait d'un suicide. Toujours selon lui, aucun coup de feu n'a été entendu. Ted Bradford aurait utilisé un revolver équipé d'un canon silencieux. Un mot a été retrouvé sur les lieux du drame, mais il a refusé de le commenter. Il y a de fortes raisons de penser que Ted Bradford était déprimé pour des raisons personnelles, mais l'inspecteur n'a pas voulu en dire davantage.

Ted Bradford, qui vivait dans le quartier de Georgetown depuis les huit dernières années, avait travaillé à la Maison-Blanche comme chroniqueur politique pendant l'ère Kennedy.

D'après l'inspecteur Paul Downey, on ignore pour quelle raison Ted Bradford s'est rendu dans un motel pour se suicider. Il a déclaré que l'enquête se poursuivait.

Il laisse dans le deuil son épouse, Margaret Bradford.

Je lus l'article deux fois. Rien de nouveau. Pourtant, il généra en moi une certaine émotion. Mes yeux s'embuèrent et quittèrent la feuille. Les bras encombrés de paperasse, sur le palier, je croisai ma mère.

— J'ai trouvé des articles de l'époque, je vais les examiner.

— Chéri, tu es pâlot, ça va ?

— Oui... ne t'inquiète pas.

— Je pars à la Galerie, à plus tard...

Je rejoignis ma chambre et déposai les documents sur le lit. Sur mon ordinateur, je consultai les rapports que Gary m'avait transférés. Au fil de la lecture, je découvris que Barbara avait souffert de dépression, qu'elle avait fait plusieurs tentatives de suicide, qu'elle était sujette à des hallucinations, des crises de panique, et de l'agoraphobie. Dans ses notes, la docteure précisait qu'elle subissait les effets du traumatisme dû à la mort de sa mère. Une phrase vint me toucher profondément :

« Les retrouvailles avec son demi-frère améliorent son état psychologique et émotif ».

Une onde de bonheur m'envahit. Nos retrouvailles l'avaient emplie de joie, si éphémère fussent-elles. Une larme roula sur ma joue, accompagnée d'un tremblement intérieur me submergeant dans la tristesse.

Je fermai le dossier, regrettant de m'être emporté à l'encontre de la Docteure Berenson.

Ensuite, je tapai sur Facebook « Guerriers numériques ».

Publication #2
GUERRIERS NUMERIQUES
Dossier 557

Le passé s'invite dans le présent.
Imposteur.
Point médian: 2949,41.

***

CHAPITRE 23
ÉNIGME

Cotter s'était réveillé en pleine noirceur, hanté par l'image d'Atkins. Il se redressa sur le lit et rabattit les couvertures. Il était en sueur. À tâtons, il alluma la lampe de chevet. Ces dernières heures, il avait passé tout son temps derrière un écran. D'abord au bureau, à analyser les images des interrogatoires de Charles Atkins, en se concentrant sur sa voix, pour la comparer à celle qui était enregistrée sur les vidéos que lui avait transférées le journaliste. La concordance entre les deux voix était stupéfiante. Et plus tard, de retour à l'hôtel, il avait écouté en boucle l'enregistrement de la dernière conversation entre James Bradford et Barbara Clark. Il attrapa le verre d'eau sur la table de nuit.

À force de chasser des psychopathes, pendant des années, chaque nuit était devenue un enfer, enchaînant cauchemars et sueurs froides, comme si ces démons avaient atteint sa conscience. Depuis son affectation à Quantico, le calme était revenu. Mais le cycle infernal était reparti dès son arrivée dans la Capitale. Son esprit d'analyse était en feu. Quel est le talon d'Achille du tueur ? Il tendit l'oreille vers le mur mitoyen. Sa coéquipière était peut-être éveillée ? Son regard se posa sur le radio-réveil qu'il avait tourné pour couper la luminosité du cadran. Il indiquait 3 heures 35. Elle dort...

Au petit matin, il décida d'agir. Il s'habilla directement et sortit en catimini, voulant éviter de croiser Deborah. Il s'éclipsa tôt de l'hôtel et acheta un café à emporter au Starbucks, qu'il but pendant le trajet. Quelques minutes plus tard, l'entrée principale des archives de la police se dressait devant lui. Un édifice parallélépipédique, orné de stuc beige et haut de deux étages. En traversant le parking, il hésitait encore, la peur d'être confronté à une vérité qui le dérangeait. Mais sa curiosité était trop forte. Le type à l'entrée avait le teint blafard accentué par des cheveux gris. Cotter était certain qu'il n'était pas plus vieux que lui, mais il paraissait dix ans de plus. Un ancien flic qui avait dû être transféré aux archives, car il en avait eu ras le bol des meurtres et des affaires tordues. De surcroît, une carrière dans la police ne favorisait pas l'harmonie des couples. Il discuta cinq minutes avec lui, histoire de vérifier son intuition. Il avait raison. Vingt-cinq ans dans la police criminelle, deux divorces et trois enfants. Portrait classique. Il finissait dans un trou à rat pour être éligible à sa pleine pension et attendait que le temps passe dans ce bâtiment austère qui gardait l'âme du passé.

L'entrepôt était grand comme quatre garages et les murs étaient couverts d'étagères métalliques sur lesquelles étaient entreposées des centaines de boîtes poussiéreuses. En plus, il faisait une chaleur à crever, au mépris du ronflement incessant des ventilateurs du système de climatisation. Il tomba sa veste et la déposa sur un barreau de l'échelle. Une demi-heure plus tard, noyé dans l'amoncellement de cartons empilés à plus de trois mètres de hauteur, il bougonnait. Dans la section qu'il inspectait, les dossiers n'avaient pas été numérisés dans de nouvelles bases de données et dataient de plus de trente ans. Un travail titanesque qui n'était plus une priorité de l'institution policière. À quoi bon ? Qu'est-ce que je fous ici ? se demanda-t-il. Il me semble que j'ai d'autres priorités ! Poussé par son intuition, il poursuivit sa quête. Soudain, il identifia le carton en haut de la pile : dossier 90-75, rangée 7, rail 3. Avec vivacité, il grimpa à l'échelle et se saisit de la boîte. Une fois en bas, il l'ouvrit.

— Merde ! s'exclama-t-il.

Une chemise beige cartonnée vide. Pas de rapport de police ni d'autopsie et pour finir, aucune photo. Le seul indice était une annotation griffonnée sur la couverture intérieure : inspecteur Paul Downey chargé de l'enquête, dossier 90-75. Cotter poussa un soupir de découragement. Ted Bradford était un fantôme.

Il se mit en quête du dossier de Nancy Clark. 87-17 rangée 9 rail7. Un vrai labyrinthe ! dit-il en promenant son regard tout autour de lui. Tout se ressemblait. Il était loin des pupitres de contrôle informatisés qui ordonnent aux rayonnages de se déplacer pour livrer les boîtes. Bordel ! Il se déplaça dans les rangées et repéra les numéros. Devant le rail 7, il était à moins de cinq minutes du bonheur. Il grimpa à nouveau sur l'échelle, et attrapa le carton à bout de bras. Une fois en bas, son cœur palpitait dans sa poitrine.

— Ce n'est pas vrai !

Ce dossier aussi était également vide. Le mystère s'épaississait. Il a disparu ?

Il pensa à J. Edgar Hoover, qui pour son premier emploi avait été archiviste à la Bibliothèque du Congrès. Que dire des écoutes illégales ? Il en était friand, ce qui l'amena à instaurer un nouveau modèle d'archivage afin de dissimuler les techniques d'enquête illégales. Je suis certain qu'il était dans la partie, songea Cotter. Une question importante surgit : depuis quand ces dossiers disparurent ?

À bord de sa voiture, il alluma une autre cigarette. Qu'est-ce que c'est que ce bordel ?

Il démarra sur les chapeaux de roues et rejoignit le bureau. Dans l'entrebâillement de la porte, il aperçut Deborah qui tentait de nouer avec un élastique la masse de tresses fines qui recouvrait son crâne. Comme si elle avait senti une présence, elle se retourna. Sa robe laissait paraître des jambes athlétiques.

— Avant qu'elle ouvre la bouche, il la questionna :

— Alors ?

— Alors quoi ?

Cotter la fixa d'un air interrogateur. La réponse arriva :

— Charles Atkins était respecté au sein de la hiérarchie du monde carcéral. Les jeux de pouvoir ne l'intéressaient pas. Il était discret et solitaire : il se réfugiait dans la lecture. Chou blanc de ce côté-là.

Elle se massa le visage en s'enfonçant dans son fauteuil.

— Je suis en train de lire les rapports des interrogatoires de son entourage.

— Et ça donne quoi ?

— Rien. La victime était une cachottière. Sa meilleure amie savait qu'elle fréquentait un type, mais elle ne l'a jamais rencontré. Pire, il l'invitait à pique-niquer. Elle le trouvait romantique.

En réalité, il évitait d'être filmé dans les lieux publics. On n'a trouvé aucun paiement par carte bancaire ni dans les restaurants, les boutiques ou les musées. L'homme invisible ! J'ai étudié avec minutie la vidéo de la police filmant la foule aux abords de l'hôtel le soir du meurtre. Sans succès.

— De mon côté, j'ai du nouveau : j'ai comparé les premiers enregistrements des interrogatoires d'Atkins à la voix sur la vidéo du journaliste. Elles sont identiques. Atkins est bien notre suspect, déclara-t-il en persévérant dans le mensonge.

Elle se redressa.

— Pour en avoir la certitude, nous allons utiliser un logiciel de comparaison vocale.

Il fut pris au dépourvu et eut un petit frisson. Il se rapprochait de l'abîme dans lequel il allait tomber s'il persistait dans cette voie. Cette fille était brillante, il ne devait pas la sous-estimer.

Comme si la question était réglée, elle changeait de sujet et fit glisser sur la table un document.

— Regarde, le portrait-robot établi par le réceptionniste de l'hôtel.

Cotter l'examina longuement.

— Tu trouves qu'il ressemble à Charles Atkins ? questionna-t-elle en grimaçant.

— Oui.

— Tu plaisantes ?

— Non.

Elle fixa le dessin et fit la moue. Leurs avis divergeaient.

— On a reçu les résultats du labo. Aucune empreinte relevée à l'hôtel, c'était prévisible.

Elle posa son index sur sa bouche et fronça le front. Quand devient- on un monstre ? songea-t-elle. Cette expression qu'elle avait proscrite lui revenait en mémoire. Parce qu'elle voulait comprendre de quelle manière cela arrive, et à quel moment on franchit la limite. Mais elle se garda bien d'évoquer son interrogation à voix haute à Cotter, qui refusait de débattre de philosophie sur la nature de l'esprit humain.

— Le tueur joue avec nous. Comme s'il avait l'ascendant. Il est protégé ! conclut-elle. Ou bien, il agit pour la CIA, la NSA, ou encore, il a été engagé par quelqu'un de très puissant. Ça sent le piège à plein nez !

Elle est vraiment intelligente ! songea-t-il, admirant son sens analytique. Une réflexion qu'il se garda bien de partager avec elle.

Les mains tremblantes, il gratta une allumette après avoir coincé une cigarette entre ses lèvres. Et maintenant ? se demanda-t-il en crachant le nuage de fumée. En glissant une main dans la poche de son pantalon, il effleura la note que lui avait remise James Bradford. Il examina le bout de papier. Je dois me rendre à New York...

La sonnerie du téléphone retentit. Il leva la main dans sa direction, mettant en attente leur conversation.

— Quoi ? Vous en êtes certain ?

— Absolument, répondit son interlocuteur.

Cotter sentit les traits de son visage se figer en glace, le regard braqué sur le vide.

— Nous avons un autre meurtre dans la ville de Boston, dit-il d'un ton grave. Appelle l'hélico.

Elle déboula comme une flèche. Il écrasa sa cigarette et lui emboîta le pas.

— Je déteste voler ! lança-t-il.

***

CHAPITRE 24

BREDOUILLE

Suite au message reçu de son commanditaire concernant le codex susceptible d'être entre les mains de James Bradford, le Gentleman avait réservé sur Internet la dernière chambre disponible dans une auberge, qui bénéficiait d'un emplacement central, situé dans l'épicentre culturel, à proximité de la promenade de Georgetown. Perchée directement sur le canal C & O., elle avait l'avantage d'être située à proximité de la résidence de James Bradford. C'était l'endroit idéal. L'établissement ne comptait que onze chambres, et n'était équipé d'aucune caméra. La fenêtre s'ouvrait sur un petit balcon. Un point crucial pour lui, qui lui permettait de nouer une corde autour du garde-corps pour prévenir sa fuite en cas de nécessité.

Le décor était simple : des murs blancs, un éclairage tamisé et de banals objets de décoration. Loin des suites de luxe des palaces qu'il fréquentait habituellement. De sa poche intérieure, il tira un chargeur rapide, puis il ouvrit sa veste pour sortir son Glock 19 du holster. Un autre Glock 19 était attaché à son mollet droit, et finalement, il ôta le poignard glissé dans sa ceinture dorsale, et posa l'arsenal sur la table derrière lui. Puis, il repensa à ses meurtres précédents.

Pour sa première énucléation, sa main avait légèrement tremblé. Pour la seconde, son geste était plus sûr, et la dernière fut une révélation. Lorsqu'il enfonçait la lame dans le globe oculaire, un sentiment de puissance l'envahissait. S'improviser chirurgien lui apportait une sensation nouvelle qu'il appréciait et qu'il associait à une forme d'art. Charles Atkins avait reproduit ce tableau macabre à la perfection à chacun de ses crimes. Son double l'égalait et avait le sentiment qu'il aurait pu améliorer sa performance s'il n'avait pas été strictement limité à la reproduction fidèle de l'œuvre du psychopathe. Lorsqu'il serrait le foulard autour de leur gorge, il voyait l'étincelle de la peur scintiller dans leurs pupilles. L'instant où, encore vivantes, elles furent saisies par la réalité de laquelle elles s'étaient éloignées en absorbant la drogue. C'est cet instant qu'il avait préféré. La vibration de la peur avait surgi comme une détonation précédant la résignation à la mort. Il s'assit en tailleur sur le lit. Un codex pourpre, songea-t-il. Une lueur psychotique envahissait son regard. Son alliée et sa pire ennemie. Celle qui agitait ses rêves, et qui s'était substituée à sa conscience. La page aurait dû être tournée, mais Barbara avait fait preuve de malice : la partie continuait. Il comptait honorer son contrat, malgré les insultes reçues de la bouche du commanditaire. Pardonner lui était impossible. Chaque chose en son temps, songea-t-il. James Bradford était maintenant sa priorité : où cacher un document d'une telle importance ? Dans sa résidence bien sûr !

Avec son ordinateur portable, il dénicha le numéro de cellulaire de sa cible. Il consulta son compte Facebook et tomba sur des photos d'un voyage qui avait eu lieu deux ans auparavant. En deux clics, son logiciel malveillant lui permit de contrôler instantanément ses applications à distance : enregistrement des appels, des SMS, lecture des courriels et bien entendu activation de la caméra en temps réel. Avec Google Maps, il vérifia l'emplacement GPS, qui signala sa présence dans la ville de Truro dans le Massachusetts. En fouillant, il découvrit qu'il était chez sa mère.

Identiques à une machine, ses neurones travailleraient si fort qu'ils accoucheraient d'un plan. Il fonctionnait de cette façon. En attendant, il se dirigea vers la salle de bain et glissa sous une douche glacée en frottant sa peau si fort qu'elle rougissait. Une manie acquise depuis sa plus tendre enfance, suite à des brûlures qu'il avait subies, pour avoir inversé l'utilisation des robinets. De retour dans la chambre, il appliqua une crème pour hydrater sa peau.

Ensuite, il fouilla dans un sac, et se saisit de nouveaux papiers d'identité : passeport, permis de conduire et carte d'assurance sociale. Il attrapa la corbeille à papier, ouvrit la fenêtre et brûla les papiers officiels de McCaan. Dorénavant, il s'appellerait Colin Wilson, et exerçait la profession de représentant en produits cosmétiques. Pour coller à son nouveau personnage, il se teignit les cheveux, et appliqua des lentilles de couleur noisette. Pour terminer il chaussa une paire de lunettes de forme rectangulaire. La métamorphose était parfaite. Il se changea à nouveau et enfila une tenue plus sportive.

Dans une ceinture ventrale, il rangea l'équipement nécessaire pour entrer par effraction, sortit de sa chambre et emprunta l'escalier qui menait au rez-de-chaussée. C'est au pas de course qu'il sillonna le quartier jusqu'au domicile de James. À travers les rideaux, il ne distingua aucune lumière. L'excitation l'envahit.

À pas de loup, il atteignit la porte d'entrée, ouvrit son sac et prit une paire de gants et un boîtier qu'il présenta devant le système digital de l'alarme pour décoder les chiffres. Il rangea son matériel et saisit les numéros sur le clavier. La porte s'ouvrit. Le silence.

Il se dirigea vers l'escalier et écouta de nouveau, avant de grimper à l'étage pour s'assurer que la maison était inoccupée. Il fouilla les pièces avec minutie. Ne voulant rien laisser au hasard, il ausculta les murs en collant son oreille contre les parois en donnant des petits coups avec le dos de sa main, misant sur une cachette plus sophistiquée. À quatre pattes, il passa les paumes de ses mains sur le plancher. Il gagna le rez- de-chaussée. Il jeta un œil aux dossiers empilés sur le bureau, à côté de l'ordinateur.

La dernière pièce n'avait pas été rénovée, contrairement aux autres. Il remarqua la maquette représentant la ville de Washington et la bibliothèque. Son inspection ne donna pas plus de résultats. Une porte en bois menait au sous-sol. C'était un espace sombre éclairé seulement par une ampoule qui pendait au plafond. D'un côté, il y avait une longue table de bois sur laquelle étaient déposés une boîte à outils et des équipements divers de bricolage. Sur les murs et étagères se trouvaient des morceaux de briques, diverses ampoules et une scie mécanique.

Il ne restait plus qu'une seule possibilité : la résidence de la mère de James Bradford.

CHAPITRE 25

STUPEUR

Il y avait le cadavre d'une autre jeune femme d'environ trente-cinq ans qui gisait sur le sol du salon dans son appartement au centre-ville de Boston. La mort l'avait dépouillée de toute dignité. Il s'était remis à pleuvoir : Boston pleurait. Jamais Cotter n'avait été aussi désorienté. Il n'y comprenait plus rien. Combien de victimes ce tueur imprévisible avait-il l'intention d'exécuter ? Ses vieux réflexes s'étaient tus, ceux qui consistaient à échafauder des scénarios. Déjà oppressé par le silence qu'il s'était imposé vis-à-vis de Deborah sur la véritable dimension de l'assassinat de Barbara. Pourquoi une autre victime ? Il hésitait à tout lui révéler. Le hululement des sirènes l'arracha à ses interrogations. Soudain, ce concert strident lui donna la chair de poule. La presse se déchaînait, relayant la psychose qui s'était emparée du grand public. À travers les rideaux, il jeta un œil à l'extérieur.

— Tous des rapaces ! s'exclama-t-elle, et en plus, lorsqu'une connerie est publiée, elle est définitive.

Consternés et abasourdis par cette violence gratuite, ils sortirent de la résidence assaillie par une nuée de photographes et de journalistes. C'est dans cette ambiance électrique que Cotter marqua un temps d'arrêt, sur les marches du perron. Pourquoi faut-il que je me charge de la couverture de presse ? Littéralement cerné par des micros et des caméras, il se jeta dans la mêlée tandis qu'elle resta en retrait.

— A-t-elle été assassinée par Charles Atkins ?

— Tout semble l'indiquer.

— Compte tenu de la fréquence rapprochée des meurtres, il pourrait s'agir d'un imitateur ?

— Nous n'excluons aucune hypothèse. Je vous remercie.

Ils remontèrent dans la voiture et Cotter démarra.

— Tu vois, la notion de rapprochement entre les assassinats interpelle les journalistes qui lancent l'idée d'un imitateur. Bon argument, non ?

— Tant qu'ils ont un os à ronger, c'est le principal.

— Qu'est-ce qu'on fait ? questionna-t-elle.

— Nous n'en avons pas fini ici. Je propose que nous réservions deux chambres dans un hôtel. Tu prends la relève, j'ai des trucs à vérifier, je te rejoindrai dans la soirée. Alors quel hôtel ? Elle consulta son écran de téléphone.

— Pourquoi pas le Sheraton ? Belle piscine intérieure. Je n'ai pas apporté mon maillot de bain, mais...

— Allons-y pour le Sheraton.

Cotter ne descendit pas de la voiture et déposa sa coéquipière devant l'entrée.

— Je compte sur toi pour l'autopsie, dit-elle en claquant la portière.

En s'éloignant, il l'observait dans le rétroviseur. Elle resta plantée sur le trottoir, l'air dubitative. Jouer un double jeu était de plus en plus pénible. Dans quatre heures, il aurait rejoint la métropole. Durant le trajet, il s'efforçait de saisir les enjeux. Des relents de l'affaire Kennedy remontaient à la surface. Nauséabonds pour ceux qui tiraient les ficelles. Qui ? Cette question l'obsédait. La sonnerie du téléphone cellulaire interrompit sa pensée. Après un cafouillage du Bluetooth, il prit l'appel.

— À quoi jouez-vous, agent spécial Cotter Finch ?

— Qui est à l'appareil ?

— Aucune importance. Nous savons très bien que Charles Atkins est mort, dit-il accompagné d'un ricanement nasillard. Ne dites plus jamais aux médias qu'il pourrait s'agir d'un imitateur.

Son cœur bondit dans sa poitrine.

— Qui êtes-vous ? Il éclata de rire sans raison et donna la chair de poule à Cotter qui n'avait qu'une seule envie : raccrocher.

— Le reflet noir de votre âme. Nous nous ressemblons, agent Finch. Charles Atkins est notre alibi commun.

— Que voulez-vous ?

— Votre unique suspect se nomme Charles Atkins. Dans le cas contraire, Jerry Camble se fera un plaisir de publier votre histoire.

— Pour quelle raison lui avez-vous envoyé ces vidéos ?

— Elles vous étaient destinées. Pas de chantage sans preuve... Où êtes-vous allé vous reposer après votre court séjour à l'hôpital ? Tic-tac, tic-tac... le temps est compté.

— Je ne suis pas seul à enquêter.

Il éructa un nouveau rire.

— Je suis au courant. Charmante la jeune femme. Comment s'appelle-t-elle déjà... ? Ah oui ! Deborah Barnes. Débrouillez- vous.

— Pourquoi avoir laissé autant d'indices qui laissent supposer qu'il ne s'agit pas de Charles Atkins ?

— Cette stratégie est la clé de réussite d'un plan savamment étudié. Une contrainte de temps a précipité les événements. Vous allez arranger tout ça. Deborah, cette petite pute, va fermer sa gueule, ou bien....

— Je ne peux pas faire ça...

— Tiens, Monsieur a un cas de conscience ? Voulez-vous finir en prison ? Ou peut-être pire, la peine de mort ? Maintenant que nous sommes partenaires, vous allez me rendre un autre service. Je soupçonne que Barbara a légué la bobine magnétique, que je recherche, à son frère. Je veux la récupérer ainsi qu'un codex pourpre qu'il a ou va avoir en sa possession. Songez-y. Je vous recontacterai.

La ligne se coupa.

Cotter était refroidi par ces menaces.

Le sang lui monta au visage : un tremblement agita sa mâchoire. Il donna un coup de volant, arrêta le véhicule sur la bande d'arrêt d'urgence et coupa le moteur. Affalé sur le volant, il attendit que la nausée s'estompe et que ses maudites mains cessent de trembler. Quelle merde ! Ce n'est pas possible ? Pendant des années, il avait combattu ses démons, ses souvenirs qui lui étaient renvoyés comme un boomerang. La tête par la fenêtre, il s'exposait au bruit incessant des véhicules qui passaient à toute allure. Le son des moteurs claquait comme des gifles qu'il recevait. La confusion était totale. Il demeura là immobile, jusqu'à ce que l'angoisse perde de l'intensité. C'est à ce moment-là que les images surgirent : la mort de Greg. Son esprit dévoré par cette traque insensée, la perte de contrôle et le déclencheur mental de son côté sombre qui devint le détonateur d'une pulsion meurtrière. La pression avait été trop forte : la peur qu'Atkins ne lui échappe encore une fois. Le traquenard de son évasion survint après avoir quitté le pénitencier de haute sécurité de Montgomery en Alabama. Le conducteur, les gardes avaient été abattus, et Greg gravement blessé était inconscient. Cotter, dans un face-à-face inattendu, avait exécuté Charles Atkins.

La suite ne fut que l'élaboration d'une mise en scène. Pour éviter d'être accusé de meurtre, il mit sa dépouille dans le coffre de sa voiture. Un agent ramena son véhicule au poste de police, tandis que Cotter fut admis à l'hôpital en ambulance. Son plan lui vint en un rien de temps. Dès sa sortie, il prit la direction de sa résidence secondaire.

Il roula pendant cinq heures et demie jusqu'aux Blue Ridge Mountains en Caroline du Nord pour rejoindre son chalet. Construit à flanc de montagne au creux d'une forêt, sans voisin à proximité, c'était l'endroit idéal. Une fois sur place, tard dans la nuit, il déposa le corps dans un tonneau de métal, avant de l'arroser d'essence et de l'enflammer.

Le lendemain, il creusa un trou sous la fontaine Wallace, un modèle européen, avant d'enterrer les restes carbonisés. Charles Atkins s'était volatilisé.

Qui aurait pu mettre sa parole en doute? Lors de l'enquête interne, il prétendit qu'il s'était évadé, avec l'aide d'un complice. Son coéquipier Greg décéda et ne put rien confirmer de sa déposition. Il quitta ses fonctions d'agent de terrain et accepta le poste de formateur au centre du FBI à Quantico.

Toujours accroché à son volant, un policier cogna à sa vitre.

— Monsieur, vous ne pouvez pas rester ici.

— Merde, manquait plus que ça! s'exclama-t-il. Un agent de police se tenait debout près de la portière. Il baissa la fenêtre.

— Un coup de fatigue, rien de grave.

— Êtes-vous capable de conduire? Vous ne pouvez pas stationner ici.

— Je vais très bien, Monsieur l'agent, je pars immédiatement.

Il tourna la clé de contact et décampa. Il était en retard. Comment le tueur connaissait-il la vérité sur la mort de Charles Atkins ? Les hypothèses les plus folles virevoltaient dans sa tête. Une certitude l'habitait : tant qu'il ne ferait pas de sa coéquipière une alliée, il était pieds et poings liés. Du coin de l'œil, il aperçut un panneau publicitaire en bordure de l'autoroute : Prenez le temps de vivre ! Investissez dans un condo dans le quartier de Battery Park. Avec en arrière-plan la photo du parc.

Un euphémisme, songea-t-il. Cotter réalisa qu'il n'avait jamais pris le temps de vivre. Il était célibataire, sans enfant, proche de la retraite en espérant que le FBI prolongerait ses services. Il n'avait aucune économie et n'était pas encore propriétaire. Il avait passé sa vie à chasser des détraqués. Et maintenant le temps était compté.

Personne ne pourra rien prouver, dit-il soudain à voix haute. Pas de corps, pas de crime. Soulagé à cette idée, il repoussa le sujet au moment où le trafic s'intensifiait aux abords de la métropole. Pénétrant dans le quartier de Brownsville, les premiers signes du ghetto apparurent. Un taux de pauvreté élevé, habité majoritairement par une population afro-américaine et latino. L'arrondissement avait dépéri, un processus d'érosion inéluctable que l'embourgeoisement n'avait pas effleuré. Il détenait l'un des taux de criminalité le plus élevé de New York. La ville semblait tomber en morceaux. Il n'y avait pas d'arbres sur les trottoirs. Les immeubles désaffectés et les logements sociaux rendaient le paysage ingrat et froid. Les maisons en rangées à logements multiples subventionnées, nombreuses, se trouvaient de loin en loin, cependant. Cotter remonta une rue et en descendit une autre, et ne remarqua aucun changement. Il suivait les indications de son GPS, qui le conduisit devant un immeuble de quatre étages avec une façade de brique en sale état. Dans l'entrée, il vérifia les boîtes à lettres. Le numéro vingt- quatre se situait au troisième et portait le nom de « Bobby Blue ». Dans la cage d'escalier, il croisa une vieille femme aux mains déformées par l'arthrite qui l'interpella, médusée de voir un homme blanc dans l'immeuble. Cela faisait plus de trente ans qu'elle vivait là, et aucun visiteur de l'extérieur n'avait jamais pointé son nez ici. Elle connaissait bien Bobby Blue. C'était son véritable prénom. Son père avait été un musicien de blues et lui avait été guitariste dans un groupe avant de sombrer dans la drogue et l'alcool.

— Vous êtes policier? lui demanda-t-elle soudain, avec l'appréhension d'en avoir trop dit sur son voisin de palier.

— Non, simple visite de courtoisie.

Elle haussa les épaules et lui indiqua la porte. La cage d'escalier laissait pendre des bouts de tapisserie des murs et le plâtre manquait à plusieurs endroits. Plusieurs barreaux manquaient à la rampe en bois et deux chats maigres erraient, se frottant le long des murs. La porte était à la mesure de l'immeuble, vieille et élémentaire. Un seul verrou. Il frappa sèchement et n'obtint pas de réponse. Il cogna à nouveau et la porte s'entrouvrit bloquée par une chaîne qui ne laissait paraître que la moitié du visage de Bobby.

— Oui...Vous êtes de la police, je les flaire à plus de deux cents mètres.

— Pas exactement. Je ne suis pas là pour vous créer des problèmes. Je suis là pour le colis.

Il le dévisagea.

— Ah oui? Vous me prenez pour un con?

— Un homme m'a donné votre adresse...

— Qui?

— Un grand type qui portait un chapeau.

L'odeur de la marijuana se diffusait jusqu'à lui.

— Vous avez du pognon? Cotter hésita un instant avant de répondre.

— Cinquante.

— Non, deux cents.

Cotter sortit son portefeuille et lui glissa les billets à travers l'embrasure de la porte.

— Le type est venu la première fois le mois dernier pour louer ma boîte aux lettres. Dès que je recevais un colis, je devais l'appeler.

— À quel numéro?

— Il m'a refilé un téléphone avec un numéro programmé.

— Et ensuite?

— Il est revenu il y a deux jours... Combien?

— 100 dollars.

Cotter souffla, sortit son portefeuille et compta les billets qu'il lui arracha des mains.

— Il a repris le téléphone.

Cotter donna un coup-de-poing sur le cadre de la porte.

— Décrivez-le-moi.

— Il était grand et très cool.

— Et merde, lâcha Cotter. Ce qui m'échappe, Bobby : pourquoi vous ?

— J'ai la réputation de faire des petits boulots. Je ne sais rien d'autre.

Puis, il claqua la porte. Cotter resta dubitatif une poignée de secondes. Il a choisi un type au hasard, suffisamment drogué pour qu'il ne se souvienne pas de grand-chose.

Le chasseur chassé, brillant. Le tueur de Barbara Clark l'avait contacté. Il connaissait son secret. Il risquait la prison à vie si l'équipe scientifique débarquait à son chalet, débutait des fouilles, et trouvait des résidus. Le doute s'empara de lui.

Il se remémora sa conversation avec James. Barbara avait rangé l'enregistrement en lieu sûr, sous-entendant qu'elle l'avait avec elle. Le tueur était passé à l'action pour le subtiliser. Il espionnait sa victime et il a été témoin de sa rencontre avec James. Une alarme sonna dans sa tête : James Bradford est en danger.

À peine remonté dans son véhicule, il tenta de l'appeler. Par miracle, il décrocha.

***

CHAPITRE 26

L'ÉTINCELLE

La sonnerie du téléphone résidentiel retentit. Je descendis l'escalier quatre par quatre et pris la ligne.

— Allô.

— Monsieur Bradford, Cotter Finch. Impossible de vous appeler sur votre cellulaire, il est sur écoute.

Sa respiration était saccadée, il semblait nerveux.

— Avez-vous trouvé l'enregistrement ?

— Non, pas encore.

— Le tueur m'a contacté. Il prétend que vous possédez un codex pourpre.

Je restai sans voix. J'ai cru que j'allais m'étouffer. Je grimaçai comme si je venais d'avaler un verre de vinaigre.

— Monsieur Bradford, vous êtes là ? C'est très important. Vous aviez raison, nous sommes au cœur d'une conspiration et votre vie est en danger.

— Oui, bafouillai-je. Je veux vous aider, mais je n'ai rien trouvé encore.

— Cherchez ! Le temps presse. Dès que vous avez du nouveau, contactez-moi en priorité. L'adresse était un piège. Le tueur n'avait aucune intention de la laisser en vie. Ne lui remettez aucun document, sinon il vous tuera. De mon côté, j'essaie de le localiser. On reste en contact.

— Très bien, vous pouvez compter sur moi.

Son attitude volontaire me rassura. Le jeu s'accélérait et il venait de mettre un poids immense sur mes épaules. Cette bobine représentait une menace pour les comploteurs et le codex le coup de grâce. D'autres assassinats risquaient d'être perpétrés. Un petit coup de pression me fit rougir les joues. Pour me décontracter, je pratiquai des étirements. Mon père avait été impliqué jusqu'au cou. Telle était ma conclusion.

Je retournai au grenier. La pluie avait cessé et par la lucarne, un rayon de soleil pointait sur la maquette volumique de la ville de Boston. Un petit chef-d'œuvre. Recouverte par une bâche en plastique, je l'avais complètement oubliée. Enfant, elle me semblait aussi grosse qu'une montagne. Sa taille n'excédait pas deux mètres carrés et son socle ne dépassait pas un mètre de hauteur. Je l'examinai. La réplique miniature du Custom House Tower, le plus haut bâtiment de la ville jusqu'en 1964, surmonté d'une horloge monumentale qui était magnifique.

Je m'accroupis pour porter un regard horizontal sur l'œuvre. La perfection ! La porte s'ouvrit brutalement.

— Tu es déjà de retour ?

— La route nationale est coupée, un débordement d'égout, un temps de chien, j'ai préféré rentrer. Elle vint vers moi avec un sourire.

— Ton père était vraiment doué. C'est magnifique, je l'avais oublié, il y tenait beaucoup... Elle n'a jamais bougé de cet endroit. Avant, l'ordre régnait ici. Au fil du temps, j'ai empilé de vieux souvenirs. Il est peut-être temps que je fasse un ménage.

Elle avait l'air nostalgique.

— Je te laisse, je vais préparer le déjeuner.

Mon regard s'arrêta de nouveau sur la maquette. Un signal d'alarme se déclencha dans mon cerveau. Je n'aurais pu en expliquer la raison.

J'examinai le socle en bois en tâtonnant. Des tiges de métal croisées supportaient le poids du plateau, auquel il était fixé par des vis. Déplacer l'ensemble s'avérait extrêmement difficile. Je me précipitai au hangar. Où est la boîte à outils... la voilà. Je rapportai un tournevis à tête carrée.

Sous l'effet de l'adrénaline d'un explorateur, espoir sans doute utopique, je retournai au pas de course à l'intérieur de la maison.

Bien que je n'étais pas très habile de mes mains, je commençai à ôter les vis. La poussière me piquait le nez et mon cœur battait fort. C'était une sensation grisante, avec l'espoir de mettre le doigt sur ce que je cherchais. Ma main tremblait, butant sur des vis qui semblaient inviolables. Au bout de vingt minutes, la plateforme bougea. Où vais- je la déposer? Je traînai la table basse à proximité, dont la surface était suffisamment grande pour soutenir le plateau. Doucement, je le fis glisser comme si j'ouvrais un portail sur le temps.

— Non, ce n'est pas possible!

À l'intérieur du socle, une étagère avait été construite et je vis une petite valise en cuir beige. Je pressentis le jackpot, le manuscrit peut- être... Le cœur battant, je soulevai le couvercle.

— Un magnétophone à bandes magnétiques!

Ce n'était pas le livre ni le codex pourpre. Mon excitation était à son comble.

En le retirant de la cavité, je vis l'inscription TK2O gravée sur une petite plaque de métal fixée sur la face avant de la valise, la marque de l'appareil.

À côté, une pile de documents avait été dissimulée.

Pendant ce temps, Margaret installa son repas sur la table de la cuisine, disposa de la vaisselle qu'elle trouva dans le buffet. Ensuite, elle alluma la radio locale, s'assit sur une chaise et attendit en écoutant les nouvelles. En dépit des révélations de son fils, elle était soulagée qu'ils aient évoqué le passé. Comme un abcès qui s'était crevé. L'horloge murale indiquait 11 heures 30, un peu trop tôt pour le déjeuner. Elle se ravisa et enfourna le poisson dans le four à basse température. Puis, elle tourna le bouton de la radio. Elle était mélomane et avait fait de la musique classique son univers. Mais parfois, elle aimait changer de style et se cala sur le poste « Nostalgie des années 1980 ». Quel âge avais-je? se demanda-t-elle. Puis, elle se mit à compter sur ses doigts comme un enfant. 2016, 2006, 1996, 1986... J'avais quarante-huit ans. La chanson « Lady » de Kenny Rogers s'éleva dans la pièce. Un tube planétaire. Dès les premières notes, elle éprouva le regret de n'avoir jamais dansé avec Ted sur ce qu'elle entendait. Parti trop tôt... Elle ferma la radio.

J'entendis craquer la septième marche de l'escalier.

— Bon sang !

Je fermai la valise et la cachai derrière le socle. Très vite, je fis glisser la maquette sur le plateau et j'aperçus la silhouette de ma mère dans le cadre de la porte.

— Le déjeuner est prêt.

Je fis semblant de m'extraire de ma bulle et lui emboîtai le pas.

Je posai mes coudes sur la table, les mains moites, priant pour que son instinct de mère ne détecte pas la frénésie qui s'était emparée de mon cerveau. Mes idées étaient comme un film accéléré d'un flot de véhicules roulant sur une autoroute. J'avalai ma première bouchée.

— Ce poisson est délicieux.

J'avais envie de l'engloutir, mais je restai calme.

— Tu n'as rien trouvé dans le grenier ?

— Des babioles et des articles que j'ai commencé à lire. Pourquoi étais-je en train de lui mentir ? Nous glissâmes sur des sujets plus légers, en faisant abstraction de notre conversation de la veille. J'achevai le repas en m'enquérant de son emploi du temps de l'après-midi, priant secrètement pour qu'elle s'absente puisque la pluie avait cessé.

Mon vœu se réalisa. La route 6 était maintenant praticable. Une fois qu'elle fut partie, je me précipitai au grenier. J'emportai tout dans ma chambre. À la manière d'un puzzle, j'étalai l'ensemble des objets sur mon lit. Le titre inscrit sur une chemise cartonnée jaunie attira mon attention :

Analyse du déroulement de la journée du 22 novembre 1963

Mon cœur battait la chamade. Le document était composé de feuilles dactylographiées. Une flamme dans les yeux, je commençai à les lire.

Feuillet numéro 1

Stratégie de l'attentat :

• Choix du parcours pour atteindre la cible : le cortège ne devait pas descendre au-dessous de quarante-trois kilomètres heure pour préserver la vie du Président. Seul un virage serré a permis le ralentissement du véhicule. Qui a choisi le parcours ? Les services secrets ?

• Désorganisation dans l'ordre des véhicules placés dans le cortège.

• Quatre motards au lieu de douze se tenant à la hauteur du pare-chocs arrière de la voiture présidentielle. Blindage inexistant. Qui a donné cet ordre ?

• Pourquoi le médecin personnel du Président, George Burkley, était-il en fin de cortège alors que le règlement de la Maison-Blanche précise qu'il doit se trouver en permanence à moins de dix mètres du Président ?

• Bus des médias placé après la Lincoln du Président (inhabituel).

• Choix de tir en configuration diamant : la plus performante. Tir des quatre coins autour de la cible (confirmé par informateur militaire).

Assure 100 % de réussite, ce qui implique plusieurs tireurs.

Wow ! m'exclamai-je. Avide de lire la suite, mes yeux se portèrent sur le deuxième document.

Feuillet numéro 2

Enquêtes nommées par commission

1- 22/11/1963 Commission d'enquête : enquête secrète menée par Robert Kennedy, dirigée par Walter Sheridan. En cours.

2. 22/11/1963 Enquête secrète menée par la CIA, dirigée par James Jésus Angleton, officier haut placé dans le contre-espionnage.

Je relevai la tête l'espace de quelques secondes. Jésus Angleton, ce nom me disait quelque chose. Je mordillai ma lèvre. Bon sang ! c'était un voisin qui côtoyait mes parents lors des soupers de voisinage dans le quartier de Georgetown. Cette enquête, depuis lors, n'avait jamais été évoquée dans les médias. Quelle avait été la conclusion, songeai-je. Je baissai à nouveau les yeux sur le document.

3. 29/11/1963 Commission Warren (seule commission dévoilée dans les médias) :

500 personnes qui ont vu l'attentat. La commission en a retenu 90 et sur ce nombre en a entendu une vingtaine.

Autres témoignages envoyés par la poste ou tirés d'interrogatoires par des avocats.

4. 1963 Enquête secrète du bureau de renseignement de la marine américaine.

Dans le cadre d'un échange d'agents avec la CIA, Lee Harvey Oswald avait intégré temporairement l'Agence. Fin 1964, l'Agence conclut qu'Oswald était innocent et a été un bouc émissaire qui servait à masquer une conspiration de très grande envergure.

5. 1966 Enquête du procureur Jim Garrison en cours.

À cette liste, j'aurais pu rajouter la commission d'enquête appelée HSCA, mise sur pied en 1976, qui établissait clairement qu'il ne s'agissait pas de l'acte d'un tireur isolé. Mon père n'était plus là pour en parler.

Je constatai que les points évoqués n'avaient pas filtré dans les médias.

Je tournai les feuilles en retenant mon souffle et je tombai sur les notes manuscrites :

« Analyse du rapport Warren ».

Feuillet numéro 3

Faux témoignages :

a. Volonté d'influencer les témoins les plus proches de la scène de crime sous le motif qu'évoquer un complot serait attribué à Fidel

Castro et engendrerait une guerre nucléaire avec la Russie.

b. Changement de mots dans les témoignages du rapport Warren. Robert Lands, un policier, a affirmé que les tirs venaient d'en face alors que dans le rapport officiel, le mot « arrière » a été déclaré. (CONTRADICTION.)

c. Charles A. Crenshaw : apparait neuf fois dans le rapport, son nom cité par cinq témoins. Témoignage écarté. Photos officielles : reconstitution arrière du crâne. Élargissement de la blessure à la gorge. Partie du cerveau disparue.

d. Correction des conclusions du rapport par Gerald Ford.

e. Arlen Specter : change le point d'impact de la balle.

Mon père avait fait un travail formidable. J'étais habité par une sorte de frénésie qui me poussa à descendre au rez-de-chaussée à toute vitesse.

Je me précipitai vers le bureau de ma mère et j'allumai l'ordinateur. Je tapai sur Google : Charles A. Crenshaw. Je découvris un article au titre accrocheur :

Quelqu'un a modifié les blessures du Président entre Dallas et Washington[3] !

À haute voix, je lus le paragraphe : « Après avoir soigné à Parkland des dizaines de blessés par balles, il ne faisait aucun doute pour moi que les deux blessures à la tête du Président étaient le résultat de deux projectiles tirés d'en face. »

Je tapotais le tapis de la souris avec le bout de mon stylo. Cette affirmation contredisait la thèse officielle du tireur isolé. Elle corroborait plutôt la théorie des tirs en configuration diamant évoquée dans les notes précédentes. Je poursuivis la lecture.

« Vingt-huit ans plus tard, devenu professeur à la faculté de Southwestern, chef de service à l'hôpital John Peter Smith, le mandarin n'a plus peur de parler », commentait le journaliste.

Le docteur Charles A. Crenshaw était un jeune interne en chirur-

3. Note : interview réalisée en 1992 par le quotidien Paris Match et publiée en octobre 2013 pour la deuxième fois.

gie à l'hôpital Parkland. Il faisait partie des dix médecins qui ont tenté de ranimer le président Kennedy.

Je parcourus l'article, médusé. Aucun des membres de la commission ne l'avait convoqué.

Mais ce jour-là, écrivait l'éditorial, six photos noir et blanc qu'il vient de voir pour la première fois ont suffi à ranimer sa colère et ce dilemme qu'il porte en lui depuis vingt-neuf ans. Elles proviennent de l'hôpital naval de Bethesda. Un ami les a obtenues secrètement. Ce sont les photos officielles de l'autopsie du président Kennedy pratiquée à Washington en 1963. « Un mensonge historique flagrant », estime d'emblée le chirurgien. C'est le genre d'étincelle qu'il attendait pour se libérer de son secret. Charles Crenshaw s'est juré de briser cette autre conspiration qui plane sur l'affaire Kennedy : le silence du corps médical. « Quelqu'un a modifié les blessures du Président entre Dallas et Bethesda, dit-il en désignant du doigt la palissade en bois du Dealey Plaza d'où seraient partis les coups de feu des conspirateurs. D'après ce que j'ai observé à l'hôpital de Dallas, Kennedy a été touché deux fois d'en face. Il faut en finir avec cette conspiration du silence.

Quelle a été votre réaction en voyant pour la première fois les photos officielles de l'autopsie ?

Je n'arrivais pas à croire que c'était le même homme que j'avais déposé dans son cercueil à l'hôpital de Dallas. Bien évidemment, c'était le corps de Kennedy, mais quelque chose s'était passé entre Parkland et Bethesda. De gros efforts avaient été faits pour reconstituer la partie arrière du crâne du Président, tandis que sa blessure à la gorge avait été grossièrement élargie.

Vous voulez dire qu'au moment de la photo officielle, quelqu'un a replié le cuir chevelu du Président sur sa blessure ?

C'est le seul scénario possible. À Dallas, j'ai vu à l'arrière de la tête une plaie béante sanguinolente, un trou de neuf à dix centimètres de large sur la droite. Sur la photo de Bethesda, une minuscule plaie a été créée sur le crâne avec un scalpel pour faire croire à l'impact d'une balle imaginaire tirée de l'arrière.

Selon vous, le rapport d'autopsie officielle du Président, à Bethesda, a donc dissimulé la vérité ?

Oui. L'autopsie officielle est une supercherie. Il y a plus troublant : deux témoins ont juré que le corps du Président était arrivé à l'hôpital naval de Bethesda enveloppé dans un sac en plastique de l'armée et placé dans un cercueil de métal gris. Or, il a quitté Dallas dans un cercueil de bronze, enveloppé dans des draps...

L'ouverture intégrale des archives officielles sur l'assassinat de Kennedy, nous permettra-t-elle de connaître un jour la vérité ?

Les conspirateurs ont probablement fait disparaître toutes les informations compromettantes. Rouvrir les archives n'est pas suffisant. Il faut nommer un procureur pour relancer une enquête indépendante. Médicalement, l'exhumation du corps de John Fitzgerald Kennedy est la seule solution, à moins que l'on puisse analyser enfin les restes de son cerveau. Mais le cerveau de Kennedy a disparu pendant l'autopsie officielle.

Son nom m'était inconnu. Ses déclarations étaient fracassantes, et sa réputation était sans tache. J'avais achevé la lecture de l'article, qui m'avait laissé dans l'expectative : une conspiration du corps médical pour modifier les blessures du Président, voler le cerveau, créditer la thèse du tueur unique. La première question qui me vint à l'esprit fut : sur ordre de qui ?

Je saisis mon calepin déposé sur la table de nuit et pris des notes avant de reprendre la lecture.

Feuillet numéro 4

La plupart des phrases étaient partiellement effacées. L'une d'entre elles, plus lisible, car à l'encre noire, stipulait : Le Plan Kennedy.

— Bon sang, c'est quoi ce plan ? marmonnai-je.

Mon regard se posa en bas de page où je lus : cercueil du Président détruit en 1965... ? ? Pourquoi ? ?

Je consultai les moteurs de recherche du web et tombai sur un article du 31 mai 1999 publié dans le journal L'Orient Le Jour, selon les sources de la chaîne ABC.

USA : Le cercueil de bronze de JFK jeté à la mer, selon ABC

Le gouvernement américain s'est débarrassé du cercueil de bronze qui avait servi à rapatrier le corps du président John F. Kennedy à Washington après son assassinat à Dallas le 22 novembre 1963 en le jetant dans l'océan Atlantique, selon de nouveaux documents cités par la chaîne de télévision ABC. Pendant des années, le sort de ce cercueil en bronze, considéré comme un élément de preuve potentielle pour l'enquête, était resté un mystère. Il repose aujourd'hui par trois mille mètres de fond, au large des côtes du Delaware, où il avait été jeté d'un avion militaire au début de l'année 1965, selon ces documents des Services généraux du gouvernement (GSA) et du département de la Justice, qui doivent être rendus publics mardi par les Archives nationales. Cette révélation, qui intervientlejour du 82e anniversaire de la naissance du président américain, va certainement relancer les suspicions d'un complot gouvernemental. Selon David Lifton, auteur d'un livre sur l'assassinat du président Kennedy sorti en 1981 et intitulé Best Evidence (Les Meilleures Preuves), le corps du président Kennedy avait été retiré de ce cercueil de bronze et c'est dans un autre cercueil, de métal gris cette fois, qu'il était arrivé à l'hôpital de la marine de Bethesda pour l'autopsie. Pour M. Lifton, c'est une preuve potentielle de plus que le corps du Président assassiné a été « tripatouillé » avant l'autopsie. Mais, pour un membre de la commission d'enquête sur l'assassinat du président Kennedy, le gouvernement s'est simplement débarrassé du cercueil afin qu'il ne devienne pas une sorte de relique morbide.

Ça sentait la magouille à plein nez. Je me frottai énergétiquement la tête en me rappelant une règle de base : revenir au contexte. Mon père ne disposait pas d'Internet dans les années 1960. La seule manière d'obtenir un tuyau était de posséder des informateurs, et d'après ses notes, il était branché à des sources fiables.

Puis, soudain, le souvenir de Mary Pinchot Meyer me vint. Je lançai une autre recherche sur Google. Une page entière s'afficha.

Je survolai les grandes lignes qui soulevaient la controverse autour de ce meurtre sauvage qui venait s'ajouter à celui de Nancy Clark, peut-être ceux de Dorothy Kilgallen, de mon père et combien d'autres et qui n'étaient pas reliés entre eux. Plusieurs manuscrits avaient été publiés sur Mary Pinchot Meyer. Je m'apprêtai à télécharger l'un d'entre eux, lorsque je fus stoppé net par ma petite voix. Qu'est-ce que j'espère ? Rien dans ces romans ne m'éclairera davantage.

Je fis les cent pas.

Quel était mon objectif? Certainement pas de poursuivre l'enquête de mon père sur l'assassinat du président John F. Kennedy, mais plutôt de trouver le livre qu'il écrivait, le codex pourpre, et l'enregistrement que possédait Barbara.

Une question me turlupinait : comment avait-il connu Miller Harris ?

J'avais l'impression d'être pris dans un ouragan. Ma curiosité était à son apogée. Je m'intéressai au magnétophone. À l'intérieur, il y avait une bobine, un vieux modèle qui n'existait plus de nos jours. Après tout ce temps, je redoutais qu'elle soit abîmée. Je branchai le cordon électrique dans le mur, je m'assis sur mon lit et je fis défiler la bande.

— Le 29 novembre 1960, rencontre entre le président John F. Kennedy et Miller Harris.

Une voix profonde et austère résonna.

— C'est l'un des plus précieux manuscrits existant sur la planète. Seuls quelques individus appartenant à un cercle très fermé en sont informés et sont prêts à tout pour s'en emparer.

— Que contient-il ?

Bon sang ! c'était la voix du président Kennedy.

— Un secret d'État.

— Puis-je... ?

J'imaginai le Président tenir le livre entre ses mains.

— C'est un codex en vélin de couleur pourpre, enrichi de lettres d'or. Les premiers manuscrits de cette qualité remontent à l'époque de Constantin 1er, empereur romain. L'expertise a révélé qu'il aurait été conçu par des moines aux alentours du VIIIe siècle pour contenir des textes bibliques destinés à un roi ou un pape. C'est un document exceptionnel par sa nature et les textes qu'il contient.

— La couleur est splendide, dit-il, et le titre très éloquent : «Le Secret des Présidents.»

— Je l'ai surnommé : le carnet des Présidents.

Je sursautai en retenant mon souffle.

Leur conversation était ponctuée de longues pauses et de légers bruits environnants comme le son d'un tintement lointain.

— Mais... qui l'a rédigé ?

— Quatre présidents américains qui ont lutté pour une cause secrète.

J'appuyai sur stop pour m'accorder quelques secondes de réflexion. Un codex contenant des secrets, rédigé par quatre présidents ! Mais lesquels ? Et pourquoi ? me demandai-je. J'allais de l'avant.

— Une cause secrète ? questionna John F. Kennedy.

— Leur volonté était d'éradiquer un mal qui ronge notre démocratie.

— De quel mal s'agit-il ?

— Attendez. Avant, je dois vous fournir des explications.

Miller gloussa.

— Ce serait beaucoup moins palpitant si je vous dévoilais tout maintenant. Nous nous connaissons depuis de longues années n'est-ce pas ? Cependant, vous ignorez l'essentiel à mon sujet. L'origine de ma quête remonte juste après le décès de mon père. Dans la bibliothèque, je tombai sur le journal de bord d'un de mes ancêtres, qui avait traversé l'océan pour s'installer dans les Colonies d'Amérique en 1773. À sa lecture, je fus bouleversé. Des confidences sombres expliquant des manipulations et des meurtres qui avaient eu cours au sein d'une société secrète. Mon ancêtre y était affilié.

— Qu'avez-vous découvert ?

J'imaginais le regard du Président aussi brillant que le mien en cet instant.

— Moses Harriman, c'était son nom, était l'ami d'enfance de Mayer Amschel Rothschild. Ils grandirent dans le ghetto de la ville de Francfort. L'endroit était surpeuplé et insalubre.

— Mayer Rothschild, le premier de la dynastie des banquiers ?

J'entendis le souffle court de Miller qui prit une grande respiration avant de poursuivre.

— Les deux garçons fréquentaient la fondation talmudique, qui était dirigée par des érudits. Moses n'avait ni les capacités ni l'ambition de Mayer, mais il éprouvait une grande admiration pour ce dernier. Complexé par une malformation du crâne, un œil à demi voilé par l'une de ses paupières ainsi que sa petite taille, il était la risée du quartier. Mayer le prit sous son aile voyant en lui un compagnon dévoué. Quoi qu'il en soit, Mayer devint une personnalité de haute stature au regard pénétrant, porté par l'ambition de faire fortune. Sa haine contre les chrétiens l'habitait chaque jour davantage. Il voulait que le peuple juif hérite d'un pays : une puissante nation qui dominerait le monde. Son regard se tourna vers les Colonies d'Amérique. Un pays en devenir qu'il pourrait conquérir. Il savait que l'argent était le maître qui pavait la voie vers le pouvoir. Son plan nécessitait de la patience et de grands moyens financiers.

— Seul, c'était impossible, rajouta le Président.

— En 1772, Mayer prêta allégeance à une société secrète juive et Moses devint son homme de confiance.

— Quel est le nom de cette société secrète ?

— Le Cinquième Empire, chuchota-t-il, si bas que je dus reculer la bobine pour bien saisir le nom.

— Le quoi ? demanda le Président.

Ce nom ne me disait absolument rien.

— Le Cinquième Empire, répéta-t-il.

Je notai le nom. J'entendis le froissement du cuir.

— Un cigare, Miller ? proposa le Président.

— Volontiers.

Je suppose qu'il ne prit pas le temps de le choisir avec délicatesse, car sans attendre, il reprit la parole.

— Mayer Rothschild avait établi un plan précis qui se résume en cinq points :

1. Convoyer de l'or dissimulé dans des tonneaux jusqu'au Nouveau Monde.

2. Accorder des prêts à taux réduits aux membres du Congrès continental et autres responsables fédéraux et militaires.

3. Recruter des membres actifs au sein des plus hauts postes des

Colonies afin qu'ils deviennent des alliés.

4. Abroger le serment interdisant aux juifs et autres non-chrétiens d'occuper des postes dans la fonction publique en Pennsylvanie.

5. Infiltrer la franc-maçonnerie.

— Quelqu'un d'autre vint se greffer au projet secret. Voulez-vous connaître son identité ?

Miller laissa sa question en suspens.

— Haym Salomon, décrit comme le financier de la révolution des Colonies.

— Ce n'est pas possible ! s'exclama le Président.

Puis plus rien.

Je me redressai et me penchai sur l'appareil. La bobine tournait. Le mutisme qui les avait enveloppés était sidérant. Le temps semblait suspendu. Le Président fut le premier à parler.

— Haym Salomon... répéta-t-il.

Je l'imaginais bouche bée.

— Vous avez bien entendu.

— Est-ce qu'il était un membre de la société secrète ?

— Nous pouvons le supposer.

— Moses et Haym Salomon respectèrent le plan établi. Ils furent actifs dans la cause patriote et rencontrèrent Alexander McDougall, le chef des Fils de la Liberté, pour lui fournir un support financier et matériel. La société secrète devint le bras armé invisible de la Révolution américaine. Mon ancêtre lui rendait compte des actions. Dans le contexte de l'époque, où les Juifs étaient considérés comme de « vilains prêteurs et des marchands d'argent », ce fut un véritable exploit. Le plan de Mayer prenait forme.

— C'est incroyable ! s'exclame le Président, absolument incroyable.

Je l'imaginais un doigt courbé sur sa bouche, aux prises avec ces révélations surprenantes.

— Attendez la suite, ajouta Miller d'un ton mystérieux. L'histoire nous a appris que le principal client de Mayer Rothschild, le prince allemand Guillaume IX, a envoyé ses mercenaires de Hesse-Hanau pour combattre la rébellion américaine. Le banquier juif perçut des commissions sur la tête de chaque mercenaire.

— Il finançait les deux camps ?

— Effectivement. Au fil des guerres, la famille Rothschild appliqua la même formule. Malheureusement, j'ai à vous livrer une autre bien mauvaise nouvelle qui a marqué la période sombre de cette époque.

Miller fit une pause oratoire et se remit à converser avec beaucoup d'intensité dans la voix.

— Alexander Hamilton devint membre du Cinquième Empire.

— Le premier Secrétaire du Trésor des États-Unis ? Vous plaisantez ! s'objecta le Président.

— Non. Le groupuscule avait ouvert l'entrée aux membres non-juifs pour accéder au pouvoir. Ceci n'est qu'un survol du contenu du journal. Il y aurait beaucoup à dire. Je vous laisserai le découvrir. Pour ce soir, je vais aller droit au but.

— Poursuivez.

— Le 17 février 1793, mon ancêtre, à la dernière page rédigée du journal, confia qu'il s'apprêtait à pénétrer dans la résidence du président George Washington pour voler un codex de couleur pourpre dans lequel étaient consignés des secrets d'État.

— Ce manuscrit ?

J'imaginais le Président en train de brandir le document dans les airs et Miller Harris de hocher la tête.

— Il tenta de le voler. Il a échoué. Est-ce qu'il a été tué ou bien capturé ? Le mystère reste entier. Je voulais en découvrir davantage. Je soupçonnais que le milieu de la politique avait été gangrené et l'appel fut si fort que j'abandonnai l'idée de devenir historien, préférant étudier l'économie et la finance et le droit à l'université de New York. Ensuite, j'offris mes services comme bénévole au Parti démocrate. Dans la foulée, je m'impliquai dans le Comité des Juifs américains dès sa création en 1906. Bernard Baruch, un magnat et un politicien, qui était un ami de mon père, me recruta comme assistant. Fils d'immigrant juif allemand, il était surnommé « Le Loup de Wall Street ». Nos racines communes nous rapprochèrent. Ensemble, nous travaillâmes pour la campagne présidentielle de Woodrow Wilson. Après son élection, Bernard Baruch devint le conseiller, et moi, je fus promu secrétaire particulier du Président. J'étais au cœur des manigances et des tractations de couloir. Il me prodigua le seul conseil que j'appliquai pendant ma carrière : pour influencer la politique d'un pays, il faut se tenir dans l'ombre et devenir « l'oreille du Président ». Vous pouvez alors façonner vos propres ambitions. Vous userez de moyens adaptés pour le faire fléchir.

— Miller, cette histoire est si... troublante.

— Bernard Baruch avait un point faible : l'alcool, et je comptais bien en profiter. Dès qu'il était ivre, il parlait beaucoup. Trop. Un soir, anesthésié par le vin, il me confia qu'il était membre d'une société secrète très puissante qui se nommait le Cinquième Empire...

Je stoppai l'enregistrement afin que mon cerveau puisse gérer le flot de révélations qui déferlaient. Depuis 1773, jusqu'au début du 20e siècle, le Cinquième Empire avait survécu. Je me dégourdis les jambes autour du lit et pris une longue respiration pour dégager l'étau qui s'était emparé de mon plexus. Je savais que je n'étais pas au bout de mes découvertes. Plus serein, j'enclenchai la bobine.

Miller déclara que le Cinquième Empire était la société initiatique mère qui avait créé la franc-maçonnerie spéculative moderne à partir de 1717. Dans l'unique but qu'elle serve de société-écran.

Le mutisme qui les enveloppa me submergea également. Une véritable bombe, pas le temps de reprendre son souffle...

— Vous voulez dire que la franc-maçonnerie, telle qu'elle avait été créée, a été influencée par des frères infiltrés, issus du Cinquième Empire. Elle évolua vers la culture et la science au détriment de la franc-maçonnerie opérative, c'est bien ça ?

— Exact. Les intellectuels prennent en main son destin. Les constructeurs, ceux qui détiennent la tradition initiatique, sont peu à peu évincés. J'investiguai et me rendis vite compte que le flou qui existait dans l'histoire de cette corporation appuyait cette théorie.

J'entendis Miller Harris se déplacer et ouvrir un dossier.

— Et si nous évoquions les symboles de la franc-maçonnerie ? D'où proviennent-ils ? La plupart du temps, ils sont issus de sources diverses et se sont multipliés au fil du temps. Si on se réfère aux plus anciens rites maçonniques connus en Écosse à la fin du XVIIIe siècle, ils consistent en quelques pierres et peu d'outils, qui ont disparu par la suite. Ce n'est qu'en 1740 que nous trouvons les objets propres au Temple de Salomon utilisés comme symbole. Par exemple le chandelier à sept branches et l'Arche d'Alliance. Depuis la première moitié du XVIIIe siècle, il aura fallu environ 50 ans pour regrouper l'ensemble des symboles de la franc-maçonnerie. Le Cinquième Empire en créant la franc-maçonnerie, a brouillé les pistes quant à sa véritable origine, truffée qu'elle est d'innombrables symboles surajoutés. Sans ces apparats, la franc-maçonnerie ne serait qu'un simple cercle philosophique. Ceux qui tirent les ficelles sont ceux qui ont fondé le Cinquième Empire.

— Quels sont les symboles du Cinquième Empire ?

— Le Cinquième Empire a sans doute parsemé des indices ou un logo sur leur identité.

J'entendis Miller Harris soupirer et j'imaginais qu'il arborait un petit sourire devant l'intérêt du Président.

— Effectivement. Par exemple, le compas et l'équerre utilisés dans la franc- maçonnerie, positionnés tête-bêche représentent deux « V » dont l'un est inversé. Ce qui décrit également le chiffre romain « 5 », pour Cinquième Empire et reflète une double interprétation. Attendez...

J'entendis des pas, un clic et le bruit de froissement de papier.

— Tenez, regardez.

À mon tour, je dessinai le croquis que j'avais vu de nombreuses fois.

— Il existe bien d'autres exemples... ce qui est encore plus intéressant est la preuve établie sans le moindre doute que la franc-maçonnerie spéculative a été fondée par des juifs. Comme disait Benjamin Disraeli qui fut le premier ministre de la reine Victoria : à la tête de l'ensemble des sociétés secrètes qui forment les gouvernements provisoires se trouvent des juifs. Ce qui, à mon sens, conforte la théorie des fondateurs juifs du Cinquième Empire.

— En résumé, dit le Président, les juifs ont créé une société secrète, plus tard, ils se sont infiltrés dans la franc-maçonnerie afin de l'utiliser pour faire diversion.

— Monsieur le Président, une so-cié-té se-crè-te, dit-il en hachurant sa prononciation, ce n'est pas du tout ce qui qualifie la franc-maçonnerie, bien au contraire. Remettons-nous dans le contexte historique. C'est une vitrine, un leurre. Washington est une ville construite par les francs-maçons pour les francs-maçons et renferme de nombreux symboles maçonniques visibles dans ses constructions et par voie de conséquence des symboles cachés du Cinquième Empire que seuls les initiés connaissent.

J'entendis des pas claquer sur le plancher.

— Neuf signataires de la Déclaration d'Indépendance étaient francs-maçons.

Le pouvoir entretenait des liens étroits avec la franc-maçonnerie.

— Et onze ans plus tard, ils étaient encore plus nombreux pour signer la Constitution, renchérit le Président.

— Mais attendez la suite... Lorsque les pères fondateurs cherchaient un modèle de constitution écrite, pour rédiger la leur, ils n'en trouvèrent qu'un seul : les constitutions d'Anderson qui encadrent la gouvernance des loges maçonniques. Il marqua une courte pause.

J'imaginais le Président secouer la tête, refusant d'accepter ce qu'il venait d'entendre—une réplique de ma propre réaction.

— Non ! cria le Président.

À cet instant précis, je ressentis une vibration spéciale. Je réalisai qu'à défaut de voir, nos autres sens —l'ouïe dans le cas présent— relaient la vue, renforçant notre acuité de perception. Je supposais que Miller nourrissait de sérieux doutes sur le bien-fondé de sa démarche : exposer au Président élu, mais pas investi, une attaque à l'encontre de la nation était très risqué et pourrait trancher leurs liens d'amitié.

— Monsieur le Président, calmez-vous, dit-il, avec une nouvelle résolution dans la voix.

— Je suis calme, mais bouleversé.

— Vous m'aviez promis de m'écouter.

— Vous avez raison, concéda-t-il d'une voix posée.

J'arrêtai le défilement de la bande, soûlé par la multitude d'informations qui valsaient dans ma tête. Je relus mes notes : quatre présidents : Cinquième Empire : étudier les symboles maçonniques. J'avais noirci mon calepin comme un fou. L'ogre de l'obsession commençait à me dévorer.

Je me levai pour aller chercher un verre d'eau dans la salle de bain. Mon cœur palpitait dans ma poitrine. Un bon stress. Je m'étendis à nouveau sur le lit, prêt pour la suite.

***

CHAPITRE 27

ALBANY

Cotter resta sur le trottoir, adossé à la portière de sa voiture, puis il alluma une cigarette. Son téléphone sonna, mais il ne décrocha pas. Il grilla sa cigarette et attendit avant de consulter sa boîte vocale. Un message de Deborah :

— Appelle-moi. L'autopsie aura lieu demain.

D'une pichenette, il fit tomber la cendre de sa cigarette.

Simultanément, la sonnerie du téléphone lui indiqua la réception d'un message.

Brièvement, il consulta sa boîte courriel. Le pedigree de Paul Downey défila sur son écran. La photo remontait à plusieurs décennies. Le cliché était accompagné d'un article de presse concernant le meurtre de Rebecca Carlson. Cotter lut l'article. Une sombre histoire tricotée par un consensus familial bouclée en un temps record. Aujourd'hui, il était âgé de soixante-dix ans et résidait à Albany dans l'État de New Y ork.

Il jeta sa cigarette, monta dans le véhicule et entra l'adresse de Paul Downey dans son GPS.

Pendant le trajet, il avait beau repasser dans sa tête le film de la journée de l'évasion de Charles Atkins, aucun témoin n'avait été présent, il en était certain. Alors, autre que lui, qui connaissait la vérité ? Un étau lui comprimait la cage thoracique.

Cotter n'était jamais allé à Albany, la capitale de l'État de New York, proche de la frontière du Vermont et du Massachusetts. Il se sentait presque à la campagne dans cette ville, dotée d'une population d'environ cent mille habitants, qui conservait les installations européennes depuis l'époque des Colonies. Il passa devant le Capitole, édifice d'un style néo-roman et néo-renaissance dont la construction datait des années 1870. Le GPS lui indiquait qu'il était à vingt kilomètres de sa destination.

Le quartier de Downey lui semblait modeste. Il stationna à l'adresse indiquée : une maison coloniale à la façade blanche. Il coupa le moteur et sortit de l'habitacle.

Il s'avança devant la grille en fer forgé, délimitant une avant-cour encadrée sur trois côtés par des haies surdimensionnées et de magnifiques massifs d'arbustes qui agrémentaient la cour. Il pressa le bouton de l'interphone. Pas de réponse. Un homme au visage buriné et aux cheveux blancs s'approchait dans l'allée. Il portait une chemise bleue qui soulignait la couleur turquoise de son regard, et un pantalon sombre soigneusement repassé.

— Bonjour, vous êtes bien monsieur Downey ?

— C'est exact.

— Cotter Finch, agent spécial du FBI.

Il fronça les sourcils et le dévisagea avec une expression interrogative.

— Je peux vous aider ?

Cotter alla droit au but.

— C'est à propos de Ted Bradford.

— Venez, proposa-t-il. Cotter eut la sensation qu'il était attendu.

Son visage se dérida et n'afficha pas l'ombre d'une quelconque hostilité. Il ouvrit la grille et Cotter lui emboîta le pas jusqu'au vestibule de l'entrée où une petite femme chétive, qu'il supposa être son épouse, le débarrassa de sa veste et la rangea dans la penderie avant de lui donner des chaussons qu'elle avait confectionnés au crochet, pour protéger les pieds du sol froid.

— Allons à mon bureau, ce sera plus confortable.

Il se tourna vers elle, et lui demanda de leur apporter un rafraîchissement.

— Je prendrais un thé glacé, répondit Cotter.

Il poussa les portes françaises coulissantes à deux battants en bois qui menaient au solarium. Une bibliothèque occupait le mur du fond, encadrée par des affiches de films originaux. Parmi celles-ci :

l'inspecteur Harry, Fenêtre sur Cour et les Oiseaux d'Alfred Hitchcock. À côté, il remarqua les maquettes d'avions, des modèles de la Seconde Guerre mondiale exposés dans une vitrine d'angle.

Les portes patio offraient une vue splendide sur le parc arrière. Le poste de télévision était branché sur les nouvelles de Fox News. Il baissa le volume, et se laissa tomber dans le fauteuil pivotant pendant que Cotter vidait la chaise encombrée de revues afin de s'asseoir.

— Ma femme ne vient jamais ici, dit-il en se contentant d'une banalité, elle déteste le désordre.

Avec scepticisme, Paul Downey le contempla en attendant qu'il en vienne au fait. Sur un bloc-notes, Cotter avait griffonné des idées. Il se ravisa, rangea le bloc-notes et le fixa droit du regard.

— Pourriez-vous me parler de l'enquête sur le suicide de Ted Bradford ?

— Je savais que cette histoire ressortirait un jour !

Il bourra soigneusement sa pipe et craqua une allumette avant de répondre.

— J'avais intégré le service de police depuis peu de temps. Il était environ 5 heures du matin quand je finissais mon service. Jeune marié, j'avais hâte de retrouver mon épouse. J'ai été appelé d'urgence et je me suis rendu dans un motel...

Il exposa les faits et réfuta la thèse du suicide en s'appuyant sur deux éléments :

• L'impact de deux balles distinctes.

• Le témoignage d'une femme promenant son chien qui entendit une double détonation et assista à la fuite de deux types à bord d'une Buick.

Cotter eut la chair de poule et son taux d'adrénaline monta en flèche, aiguisant sa curiosité.

— Vraiment ? dit-il calmement.

— Elle avait relevé le numéro de plaque. Cette piste ne mena nulle part.

Leur tête-à-tête fut interrompu par le « coucou » de l'horloge suisse qui marqua 17 heures. Son épouse entra et déposa un plateau sur le bureau. Après les premiers les premières gorgées du liquide froid aux effets rafraîchissants, Paul Downey ouvrit le tiroir central de son bureau et prit deux dossiers, qu'il déposa sur le plateau.

— Celui-ci, dit-il en le désignant de son index, est la déposition du témoin.

Cotter leva les sourcils.

— Lisez-le, dit-il en lui tendant le document.

Cotter frissonna en découvrant la preuve que lui présentait son hôte. Il releva la tête.

— La pauvre femme a été retrouvée morte dans son appartement un mois plus tard. Un décès naturel, selon la version officielle. J'ai interrogé son médecin qui m'a confirmé qu'elle n'avait aucun problème de santé. Plus de témoin. Mais ce n'est que la pointe de l'iceberg.

Cotter se tortilla sur sa chaise et se pencha légèrement en avant. Paul Downey souffla un nuage de fumée âcre. Les effluves flottaient dans l'air.

— La substitution, la reproduction ou la falsification de documents est passible de prison. Croyez-le ou non, le rapport d'autopsie original de Ted Bradford a été trafiqué. Comme j'avais la puce à l'oreille, j'ai photocopié le rapport initial que voici, dit-il en désignant le deuxième document.

— Et aujourd'hui les deux dossiers aux archives sont vides.

— Obtenez le rapport d'autopsie falsifié, et vous détiendrez la preuve du meurtre de Ted Bradford.

Paul Downey informa son chef de ce qu'il avait découvert, persuadé qu'il aurait gain de cause en lui montrant les preuves qu'il détenait. Il s'était trompé. L'affaire fut classée comme un suicide.

— Je n'ai été qu'un sous-fifre, en dehors du secret des hautes institutions qui étouffèrent le scandale. J'étais amer, très amer. Vingt ans plus tard, alors que mon supérieur se retirait de la Police, je le confrontai à nouveau à ce propos. Décontenancé, il m'avoua avoir subi des pressions venant « d'en haut. »

Cotter se frotta le menton pendant que Paul Downey fixait le crayon qu'il tenait entre ses doigts en poursuivant son histoire.

— J'ai eu beau tourné et retourner l'histoire durant les cinquante dernières années, jusqu'à la semaine dernière, le mobile de son meurtre restait vague.

— Vous voulez dire...

Il garda un instant le silence pour laisser planer le mystère.

— J'avais découvert que Ted Bradford avait été l'amant de Nancy Clark et qu'ils avaient eu une fille, Barbara. Lorsque cette magnifique jeune femme a été assassinée, je n'ai pas cru une seule seconde à la théorie du tueur en série. Cela évoquait plutôt l'affaire Kennedy.

— Pourquoi ?

— Ted Bradford et John F. Kennedy étaient amis. Vous ne trouvez pas étrange qu'ils aient été assassinés tous les deux ?

— Je ne peux vous révéler les éléments d'une enquête en cours.

— Je connais la chanson. Pendant trois ans, complètement obsédé par ce dossier, j'ai enquêté en catimini sans relâche. J'ai appris que la mère de Barbara était l'assistante de la secrétaire du président Kennedy. Elle est morte dans l'incendie de son appartement en 1965. Sa fille était en garde chez sa tante et devinez quoi ?

Cotter retint son souffle.

— L'incendie était criminel. Dans le rapport, des traces d'essence bien visibles ont été identifiées. Vous savez pourquoi ? Ces types savaient qu'ils étaient protégés. Ils ont fait le ménage dans les années 70, heureusement, j'avais une longueur d'avance sur eux.

Consterné, Cotter bafouilla :

— Vous... vous avez ce dossier ?

— Seulement une copie. Voler l'original aurait mis la puce à l'oreille.

Il tira une bouffée sur sa pipe.

— Pourquoi avoir gardé le silence ? Vous auriez pu contacter la presse...

— Et mettre en danger la vie d'autres personnes ? Le dossier est trop gros pour que l'histoire soit publiée. Je n'ai aucune confiance dans les médias.

— Et si je n'étais jamais venu ?

— Des milliers de personnes sur la planète meurent en emportant des secrets chaque jour. J'ai choisi de m'en remettre au destin. J'avais raison, n'est-ce pas ?

Il posa une main amicale sur l'épaule de son invité.

— Vous mettez le pied dans un bourbier sans fond.

Les dossiers en main, Cotter quitta les lieux. Dès qu'il s'en était éloigné, il stoppa son véhicule sur le bas-côté de la chaussée, dans un chemin de terre qui semblait ne mener nulle part. Il descendit prendre l'air. Le vent s'était levé, fouettait son visage et mettait ses cheveux en désordre. À l'ouest, le soleil s'évanouissait dans des tons orange au- dessus d'une ligne tracée par la forêt. Il n'admirait rien du paysage, il était déboussolé et ébranlé. Ses lèvres tremblaient, et une boule s'était formée au creux de son estomac. Cette rencontre venait de confirmer la théorie de Barbara. Le spectre de John F. Kennedy n'avait jamais été aussi vivant.

***

CHAPITRE 28

LE MYSTÈRE S'ÉPAISSIT

Plus de nouvelles révélations surgissaient, plus mes interrogations grandissaient. Je m'étais un peu calmé, j'enclenchai la bande magnétique. La voix de Miller s'éleva à nouveau.

— Il me manquait la pièce maîtresse : le codex pourpre. J'espionnai Bernard Baruch, je notai tout, à l'affût du moindre indice qui m'aurait aiguillé sur la piste du codex pourpre. Après cette soirée, il n'y fit plus allusion. D'ailleurs, se souvenait-il de ses confidences ? J'étais découragé. Des années plus tard, je participai à un débat au sein du comité des Juifs américains. En fin de soirée, nous restions un petit groupe et buvions un verre pour clore la réunion. Isaac Allouch, qui approchait de ses 80 printemps, un ancien courtier, évoqua la légende du codex pourpre rattachée à la famille Rothschild. Ce moment fut mémorable.

— Quelle légende ?

— Dans les années 1870, Nathan Mayer Rothschild acheta le document à un Américain et le conservait depuis dans son hôtel particulier de Londres.

— Et après ?

— En décembre 1919, en compagnie de Bernard Baruch et du président Woodrow Wilson, nous nous joignîmes à la délégation sioniste américaine et nous nous rendîmes à Paris pour la conférence de Versailles. Je saisis cette opportunité : un ami marchand d'art me mit en contact avec un cambrioleur de haute volée, spécialiste des alarmes électromagnétiques, pour dérober le manuscrit.

Le Président retint son souffle, je l'imitai.

— Le mystère fait partie du plaisir n'est-ce pas? Est-ce qu'il a réussi son coup? Pschitt! dit-il, comme s'il soufflait une bougie. En échange de 25 000 livres sterling, je récupérai le codex.

— C'est digne d'un vrai roman policier.

— Les polars sont souvent inspirés de la réalité. J'ai lu le codex pourpre maintes et maintes fois et j'en suis venu à cette conclusion : l'histoire nous a montré qu'elle avait été souvent modifiée pour des intérêts supérieurs cachés. Comme les cours d'histoire dans le système éducatif qui fabrique de faux héros et oublie les plus courageux. Les professeurs enseignent sans le savoir une histoire fictive qu'ils ont eux-mêmes reçue de leurs prédécesseurs et qu'ils transmettent à nouveau. La réalité est corrigée.

— C'est la première fois que vous employez un ton aussi grave. Évoquez-vous une sorte d'endoctrinement généralisé?

— Absolument. Inadmissible, n'est-ce pas? dit-il en haussant la voix. On veut garder la population dans l'ignorance totale. Notre ennemi est la désinformation. Le codex pourpre est l'unique témoin de l'histoire politique du pays. Depuis, des situations de guerre ont été fabriquées pour tromper le peuple américain et le convaincre de soutenir l'expansion militaire. La Première Guerre mondiale en est un exemple.

— Expliquez-vous.

— Comme participant à la Conférence de Versailles, j'assistai aux jeux de coulisses, et j'appris que des forces obscures étaient reliées au monde économique et au milieu de la politique, et qu'elles contrôlaient l'État. Des acteurs de l'ombre qui ont des intérêts divergents ou convergents, et qui peuvent se trahir ou se manipuler, tous dirigés par le Cinquième Empire qui articule ce que j'appelle l'État profond.

— L'État profond? C'est la première fois que j'entends ces mots.

— Cette expression remonte au temps de l'Empire ottoman. En Turquie, il est apparu pour désigner les relations qui existaient entre les grands intérêts et les organes de l'État. De nos jours, une poignée de banquiers et d'industriels entendent contrôler l'intégralité de notre société. Autant sur le plan social qu'économique. Et vous savez quelles organisations servent les intérêts de l'État profond ?

— Sans l'ombre d'un doute la CIA. Elle est hors de contrôle et échappe à la supervision gouvernementale. Un État dans l'État. Je la détruirai !

— Leurs créateurs étaient membres des Skull and Bones : il y avait parmi eux de nombreux agents hauts placés. Lorsqu'on creuse l'idéologie de cette société secrète, on remarque qu'elle établit des chaînes d'influences verticales et horizontales, pour assurer une continuité dans son plan de domination de la politique. Là encore, le Cinquième Empire s'est infiltré ! À ce titre, vous devez ajouter à la liste le Conseil des Relations étrangères et plus près de nous, le groupe Bilderberg. Ces cellules veulent exercer une influence sur l'histoire du monde. La plupart des membres ne connaissent pas le but ultime de l'organisation à laquelle ils appartiennent. Les meneurs de cette gigantesque manipulation sont tous habités par un objectif, une idéologie qui les lie, au-delà du profit.

— Quelle idéologie ?

Pendant que j'écoutais attentivement, je prenais un maximum de notes, ma main était engourdie.

— Le pouvoir de mener le monde.

Son ton sonna comme un glas, le temps resta suspendu quelques instants et il poursuivit.

— Par le biais d'un réseau informel qui se dissimule derrière les réseaux apparents, ils instrumentalisent les institutions. Grâce aux nominations, ils noyautent l'ensemble des corps étatiques, jusqu'aux niveaux les plus bas des administrations publiques. Des circonstances qui paraissent ne pas avoir de liens entre elles et des gens qui ne semblent pas se côtoyer. Lorsqu'on creuse davantage, on réalise qu'ils sont tous liés par le même réseau secret, qui s'étend des familles riches aux partis politiques et au monde des affaires. Un renversement crucial est en train de se produire dans les relations entre l'État public et l'État profond. Le peuple fait partie d'une matrice, et ne comprend pas le monde dans lequel il évolue. À tort, les gens croient vivre dans une démocratie. Un bouleversement majeur au sein de la société étatsunienne se profile. Je suis le gardien de la vérité et vous serez le gardien de la liberté. L'ultime rempart contre le Cinquième Empire qui tire les ficelles.

J'imaginai son regard exalté et ses pupilles brillantes. Quant à moi, j'étais stupéfait.

— Par exemple, aucun média à ce jour n'a évoqué la création du groupe Bilderberg qui est actif depuis 1954. Un mutisme sidérant qui nous montre que la corruption a gangrené le quatrième pouvoir.

— Ce que vous décrivez me glace le sang.

— Votre élection est un échec pour eux. La prudence sera de mise. Hoover, dont le pouvoir a été renforcé par son alliance secrète avec l'État profond, ne vous fera pas de cadeaux. Quant à Allen Dulles, le directeur de la CIA, il vous déteste. C'est le plus dangereux d'entre eux. J'ai consacré toute ma vie à établir des listes de noms, stocker des documents, comme une araignée tisse sa toile.

J'entendis marcher.

— Le vent s'est levé, la brume se dissipe, c'est un présage de bon augure, vous ne trouvez pas ? Pour clore le sujet du codex pourpre, sachez qu'il est l'unique témoin de l'histoire politique du pays. Comme dans un écrin, il renferme le nom de l'organisation secrète du Cinquième Empire ainsi que l'identité de certains fondateurs. Jamais aucun document n'a été aussi convoité.

Je fis une pause, le cerveau saturé d'informations pertinentes qui me déstabilisèrent. Mon père m'apparut soudain comme un héros qui avait défié le monstre du système qui l'avait englouti.

Je poursuivis l'écoute.

— Depuis 1919, le Cinquième Empire ignore que je suis le commanditaire du vol.

J'imaginais Miller arborer un air conspirateur, se souciant des oreilles indiscrètes. Et le regard écarquillé du Président.

— L'organisation s'est peut-être affaiblie ?

— Bien au contraire. Dans son discours d'adieu, Eisenhower s'adressa à l'État profond en lançant une mise en garde à l'encontre du complexe militaro-industriel. Seul un homme courageux peut espérer lutter contre eux. Et vous êtes celui-là.

J'entendis le plissement du cuir du fauteuil et la voix du Président s'éloigner du micro. Je supposais qu'il arpentait la pièce.

— Juste par curiosité. Pourquoi avoir attendu si longtemps ?

— De tous les présidents élus depuis Woodrow Wilson, vous êtes le premier auquel je peux accorder ma confiance. Aucun d'entre eux n'était assez honnête et d'autres bien trop peureux. Sans compter les chantages subis par quelques-uns d'entre eux.

— Vous avez passé 41 ans à réfléchir à la destinée du codex ?

— Oui, Monsieur le Président, répondit-il avec humilité. Pour un homme digne tel que vous, c'est un honneur.

J'entendais le Président déglutir.

— De plus, leurs idéaux n'étaient pas à la hauteur des vôtres. Dénucléariser le monde, lutter pour la classe moyenne, combattre le racisme, non vraiment, j'ai dû être patient. C'est ce carnet pourpre qui va sauver l'Amérique.

— Mon Dieu ! s'exclama le Président, d'une voix décontenancée, c'est une machination.

J'entendais le bruit du cuir froissé par chacun de leurs mouvements.

— La force du Cinquième Empire réside dans la longévité. Il suffit de maintenir la controverse le temps qu'une génération disparaisse et qu'il ne reste aucun témoin qui vienne contredire cette vérité fallacieuse. Cinquante ans sont nécessaires pour que des actions profondes cachées au fil du temps se fassent jour, même en infime partie. Le temps que la génération impliquée dans la corruption disparaisse. À qui alors imputer le crime ?

— Vu sous cet angle... le temps qui passe garantit l'impunité.

— Comparativement, quatre ans de mandat présidentiel réduisent la marge de manœuvre pour éradiquer la bête, qui vit depuis plusieurs siècles.

— Vous insinuez qu'ils ont joué un rôle dans les règles électorales politiques ?

— Bien entendu.

— Qui sont-ils ?

— Leur identité est secrète, le nom de leur organisation est secret, et grâce à cela, ils ont orchestré une conspiration mondiale qui regroupe en son sein les principaux leaders des gouvernements mondiaux et les chefs des grandes entreprises. Ils déclenchent des guerres, provoquent le chaos et, lorsque cela les arrange, résolvent les conflits. Ils génèrent d'énormes capitaux et affectent la vie des sociétés en contrôlant leurs richesses.

— Alors, quelles solutions envisager pour combattre ce groupuscule ?

— Couper la tête du monstre. Et pour atteindre ce but, une seule alternative est possible, et...

La voix s'interrompit en plein milieu de la phrase. Je me redressai d'un bond et me penchai sur l'appareil. La bande s'immobilisa. « Une seule alternative est possible, et... » Il manquait la suite. Ce n'est pas possible ! m'exclamai-je à voix haute, frustré. Je fouillai parmi les documents, j'inspectai la valisette du magnétophone, peine perdue. Où est passée cette satanée bobine ? Privé de la suite, je fis quelques pas en m'approchant de la fenêtre. Je m'attardai sur les fleurs d'été en pot sur le bord de l'allée qui s'étaient fanées. Je soufflai en rassemblant mes idées. L'objectif visait à anéantir le Cinquième Empire. Bon sang ! m'exclamai-je, il me manque l'essentiel. Quel était son plan ? Une chose m'apparut clairement, le stratagème de ses ennemis était brillant : le Cinquième Empire = franc-maçonnerie = État profond. Ce qui me fit penser à l'image des poupées russes.

Mon cerveau fourmillait. Je retournai jusqu'à mon lit et consultai les deux pages de notes que j'avais prises. Mais que contient le Codex ? Mon regard croisa le miroir. J'avais une sale gueule. J'étais dans une impasse. Muni de mes notes, au rez-de-chaussée, je m'assis au bureau de ma mère et ouvris l'ordinateur. J'hésitai. Quoi chercher ? Trop d'informations, ça tue l'information. Mes doigts coururent sur le clavier. Je tapai le nom de John F. Kennedy, documents déclassifiés. Non, non... J'enchaînais sur Bernard Baruch. Son pedigree s'afficha sur Wikipédia. Impressionnant. Rien sur Miller Harris, excepté une compagnie londonienne de parfum haut de gamme. Ensuite, je tapai « Cinquième Empire », je lus.

Le Quint-Empire n'est pas un simple empire territorial. Il s'agit d'un corps spirituel et linguistique recouvrant le monde entier. Il représente la forme ultime de la fusion entre le matériel (la science, la raison, la spéculation intellectuelle...) et le spirituel (la religion, l'occultisme, la spéculation mystique, la Kabbale...).

Il représente l'apogée de tous les travaux entrepris par les empires précédents. Ces empires sont :

• *Premier empire, l'Empire assyrien.*

- *Deuxième empire, l'Empire perse.*
- *Troisième empire, l'Empire grec.*
- *Quatrième empire, l'Empire romain.*

Rien de moins ! songeai-je. Les connotations du mot "empire" — puissance, étendue— reflétaient avec exactitude la mission que s'était donnée le groupuscule.

Pour vérification, je consultai la liste des sociétés secrètes répertoriées sur le Web. Sans succès.

Dénicher la piste d'une organisation qui n'est mentionnée nulle part n'était pas une mince tâche. Je remontai dans ma chambre à nouveau et je réécoutai l'enregistrement. Mes annotations s'étaient amplifiées jusqu'à former un document volumineux. Encore et encore, je passais au travers, et soudain, ce fut l'illumination... Je me précipitai à l'ordinateur et sur le web, je cherchai : librairie Harriman. Depuis cinquante ans, le quartier de Brooklyn avait changé. Les petites librairies disparaissaient, la plupart du temps décimées par l'expansion numérique et l'évolution technologique qui détruisait le commerce de détail. Lorsque le nom de la librairie apparut sur l'écran, un regain d'espoir jaillit en moi. Elle existe ! Je notai l'adresse dans mon calepin. Simultanément, le clic de ma boîte de courriel s'afficha. J'ouvris le message.

« Je suis une amie de Barbara. Je vous informe que ses funérailles auront lieu demain à l'Église Trinity de New York. » [Signé] Jenny Cox

En pièce jointe, elle avait attaché un carton d'invitation que j'imprimai sur-le-champ. J'informai Gary par courriel en lui proposant de me rejoindre sur place. Il me semblait que ma tête allait éclater. Dans la penderie, je me saisis d'une veste.

C'était un début d'après-midi de mauvais temps comme je les aimais. Le ciel était noir et menaçant. Des bourrasques s'étaient levées et amenèrent une averse. Une envie soudaine d'être fouetté par les éléments me poussa à prendre l'air. Je dévalai l'escalier de bois qui menait au sentier. Dans l'air, l'iode était très présent et annonçait une marée montante aux vagues monstrueuses. Un zigzag dans le ciel ressemblant à une signature fut suivi d'une détonation. Fantastique !

L'averse avait cessé et la mer avait atteint le point culminant de la marée. Cet endroit était le lien invisible qui m'unissait à mon père. J'étais troublé. Je ne pus m'empêcher d'envisager qu'il avait dissimulé d'autres documents dans la maquette qui était dans la maison de Georgetown. Je n'en étais pas certain. Des formes éphémères dessinées par les nuages eurent pour effet de me distraire de ma réflexion. Lorsque j'étais jeune, j'adorais les interpréter. Deux colonnes grecques s'étiraient en longueur, soutenues par deux coupoles distinctes aux deux sommets.

Les mouettes et les phoques s'étaient cachés. Je choisis un rocher comme point d'ancrage et m'assis face à la mer. L'écume des vagues giclait en gouttelettes sur mon visage. Je fus envahi par un sentiment de sérénité. Ma réflexion devint plus philosophique. Que sommes- nous face à la nature ? Cette sensation d'impuissance nous rapproche de l'humilité. Pourquoi l'être humain croit-il qu'il peut infléchir et bouleverser l'humanité, dans l'illusion que les ressources de la mer, et des sols et des forêts sont inépuisables ? Sa domination conduit à son anéantissement. Et j'étais impuissant. Je me contentais des gestes essentiels du quotidien comme trier les déchets.

La sonnerie de mon téléphone cellulaire dérangea le fil de mes pensées.

Monsieur James Bradford, ici Richard Marlow. Surpris.

— Bonjour, Monsieur Marlow, j'aimerais vous rencontrer, c'est à propos...

— Ne dites rien.

Nous convînmes d'un rendez-vous dans la ville de Hyannis Port, devant le musée de John F. Kennedy, qui se situait à presqu'une heure de Truro. Pourquoi avait-il choisi cet endroit ? Coïncidence ? J'étais très intrigué. Je retournai au pas de course à la maison, et j'endossai une tenue plus appropriée. Je renonçai à raser ma barbe naissante par manque de temps. Les pièces de mon casse-tête étaient étalées sur le lit. Où vais-je les cacher ? Le hangar à bateau ! Je rassemblai le tout dans une vieille valise. Dans le hangar, je scrutai l'espace pour dénicher la planque idéale. J'attrapai l'échelle et la cachai dans l'ombrage entre deux poutres de la charpente. Au pas de course, je sautai dans la voiture et pris la route.

J'attendis devant la statue du président Kennedy construite devant le musée. Le soleil martelait l'asphalte, et l'orage avait épargné la ville pour le moment. Une journée exceptionnellement chaude pour la saison. Au guichet d'admission du musée, c'était le calme plat. Je m'apprêtais à traverser la rue pour me rendre à la supérette acheter une bouteille d'eau, lorsque je fus interpellé.

— Monsieur Bradford, je suppose ? Il me serra la main et esquissa un sourire. Sa main était moite et je dégageai la mienne rapidement de la sienne. Puis il retira sa casquette jaune, s'essuya le front et d'un geste automatique plaqua ses cheveux gris. Sa tenue était des plus ordinaire : un pantalon gris mal repassé, une chemise beige qui lui donnait un teint blafard.

— Entrons dans le Musée, proposa-t-il. Après avoir payé notre billet d'entrée, nous déambulâmes dans la première salle, consacrée à la période de l'engagement militaire du Président.

— J'ai énormément d'admiration pour lui. Il se tourna vers moi alors que je réalisais à quel point il me rappela le personnage de Paulie dans les films de Rocky Balboa. Un alcoolique cynique à l'attitude négative.

— Qu'est-ce que nous faisons ici Monsieur Marlow ?

— Je suis un flic à la retraite...

Richard Marlow avait été policier à la criminelle de New York. Blessé par balle à la jambe, il mit un terme à sa carrière au grade de capitaine. Après 15 ans passés sur l'île de Manhattan, il débuta une nouvelle carrière de Détective privé et s'expatria en Floride pour s'occuper d'enquêtes prénuptiales pour riches retraités. Très vite, il s'ennuya de l'action de la ville et ne supporta pas la chaleur constante, et aussi incroyable que cela puisse paraître, il trouva la mer ennuyante. Pour son nouveau départ, il choisit la ville de Boston qui lui paraissait être un juste milieu entre la platitude de la Floride et l'effervescence de la ville. Il était bavard et alors que nous progressions dans le couloir, il n'avait pas répondu à la question.

— Pour en revenir à mon histoire, elle m'a chargé d'approfondir mon enquête à votre sujet. Elle était curieuse de vous connaître. Bravo ! Intégrer le Consortium des Journalistes d'Investigation c'est formidable.

J'esquissai un demi-sourire, presque gêné.

— Un jour, elle m'a appelé, avec une voix paranoïaque. Elle était certaine d'être épiée. Je vérifiai ses appareils électroniques et constatai qu'elle était sur écoute. Pourquoi et par qui ? C'est ce que je voulais découvrir. Nous simulâmes une dispute qui mit un terme officiel à notre collaboration. Officieusement, je débutai une enquête et je commençai à suivre ceux qui l'épiaient. Une équipe professionnelle bien rodée qui se relayaient vingt-quatre heures sur vingt-quatre. Ils avaient établi leur quartier général dans un appartement en face de sa résidence. L'immeuble appartient à une société de gardiennage appelé AX SECURITY dont le siège social est à New York. Plusieurs succursales sont dispersées au travers du pays.

Alors que je sortais mon calepin, il mit sa main sur mon bras.

— Ce n'est pas nécessaire, je vous donnerai le dossier. L'appartement sert à loger leurs employés lorsqu'ils sont en déplacement à New York. J'ai tenté d'obtenir plus de détails, sans succès. En creusant, j'ai découvert que cette entreprise possède une filiale qui se nomme AX.CYB, spécialisée dans la protection de données informatiques. Et devinez... Ils travaillent essentiellement pour le Gouvernement et le FBI.

— Quoi ? Vous en êtes certain ?

— Absolument. Sentant que l'affaire était grave, Barbara m'expliqua le rôle que sa mère avait joué à la Maison-Blanche. Mon flair est infaillible, et là, j'étais certain qu'il s'agissait d'un dossier plus gros que le scandale du Watergate. La mort de Barbara n'est pas l'œuvre d'un tueur en série. Les enjeux nous dépassent et je vous donne le même conseil que j'avais prodigué à Barbara : laissez tomber.

Je restai bouche bée...

— Avez-vous informé la police ?

Il secoua la tête.

— Non. Je suis un fervent catholique, je ne peux pas me parjurer. Le mobile de l'assassinat du Président ne sera jamais dévoilé, c'est trop tard...

Sa voix baissa d'un ton et son regard fuit.

— Elle ne m'a pas écouté, et maintenant elle est morte...

Nous entamions la visite de la dernière salle si absorbés par notre conversation que je ne prêtai aucune attention au décor.

— Pourquoi avoir choisi cet endroit ?

— John F. Kennedy représentait le symbole de la justice pour le peuple. C'était un ami de votre père.

— Sa démission de la Maison-Blanche pour la rédaction d'un guide voyage ? Ça ne colle pas. Et dans un vieil article, il disait qu'il passait ses loisirs à la construction de modèles réduits. Sérieusement ? Du début de 1966 jusqu'à son décès, il a fait de nombreuses visites à la Bibliothèque du Congrès. J'ai trouvé ça très étrange. Avec le recul et la mort de Barbara, j'en ai conclu qu'il avait fait diversion.

— Vous êtes bien informé.

— En fait, pour être honnête, j'ai passé les deux derniers mois sur ce dossier. Je m'apprêtais à livrer le résultat de mes investigations à Barbara.

— Et puis qu'avez-vous d'autre ?

— Les rapports de police et d'autopsie concernant votre père et Nancy Clark ont disparu des archives. Envolés !

Il glissa sa main à l'intérieur de sa veste et me tendit une liasse de feuilles pliées.

— Tenez, voici mes notes, rien n'a été consigné dans mon ordinateur.

Il m'exhorta à la prudence en me remettant sa carte. Le Musée ferme ses portes dans cinq minutes, annonça une voix dans le haut-parleur.

Je jetai un dernier regard sur la photo familiale des Kennedy. Et Bobby Kennedy en avait-il été la victime ? Je restai dubitatif, puis en franchissant la porte, je retournai dans le présent. La chaleur s'était alourdie et le ciel bleu était teinté de nuages gris annonçant que l'orage était imminent, comme s'il me suivait. Cette rencontre avait soulevé en moi des questions supplémentaires. Je profitai de mon passage à Hyannis Port pour acheter un autre téléphone à carte et je rebroussai chemin en direction de Truro.

En stationnant ma voiture dans la cour, les mots de Barbara, Miller Harris et maintenant Richard Marlow grandissaient en moi et me hantaient. Ma mère, qui était assise sur la galerie occupée à feuilleter une revue, me fit signe de la rejoindre. Un petit vent bruissait dans les bosquets et effleurait mon visage. Je m'assis à ses côtés et lui adressai un sourire.

Elle se tourna vers moi et me fixa du regard.

— Le passé est derrière nous. Regarde vers l'avenir, tu... je lui coupai la parole.

— Mon père a été assassiné et je veux connaître les raisons.

Elle avait l'air contrariée. Elle bondit de sa chaise en jetant la revue sur le sol. Je sursautai.

— Tu ne vas rien faire ! lança-t-elle en me menaçant de son index.

— Mais...

— Je te l'interdis, tu entends ? Écoute-moi bien : tu dois laisser tomber. Je ne veux pas te perdre. Peu importe ce que tu trouves, c'est un combat perdu d'avance. La vérité n'éclatera jamais. Jure-moi que tu vas rester en dehors de cette histoire.

— Je ne peux pas ! lui rétorquai-je.

— Rien ne fera revenir ton père.

— Je suis en âge de prendre mes propres décisions !

— Ça suffit ! dit-elle en tournant les talons.

J'aurais dû la rejoindre, la consoler et probablement m'excuser. Mais de quoi ? Je choisis de rester quelques minutes dehors, avec l'espoir secret qu'elle me rejoindrait, plus calme. Non, cela n'arriva pas.

***

CHAPITRE 29

BOSTON

Pendant le trajet en voiture jusqu'à Boston, Cotter commença par allumer la radio. Puis, il suça une pastille à l'eucalyptus pour adoucir le feu de sa gorge. Le coup de fil menaçant qu'il avait reçu le tourmentait. En conduisant, il se contorsionna sur le siège et sortit de sa veste la vingtième cigarette de la journée, puis jeta le paquet vide sur le siège passager. Il l'alluma, et tira profondément quelques bouffées successives sans recracher la fumée.

Au fur et à mesure qu'il roulait, la noirceur s'atténuait, remplacée par les lumières de la ville. La nuit était tombée lorsqu'il arriva à l'hôtel Sheraton. Soulagé d'arriver à destination, il insista auprès du groom pour porter sa valise.

En rentrant dans le hall, il traversa le long couloir de marbre beige pour se rendre à la réception et récupérer la clé de sa chambre. Il bâilla, harassé par le sommeil. En se dirigeant vers l'ascenseur, il aperçut Deborah accoudée au comptoir du bar qui discutait avec un inconnu. Il remarqua ses cheveux volumineux. Elle rejetait la tête en arrière comme un paon qui fait la roue. Un dernier verre, songea-t-il. Elle portait une tenue décontractée et semblait être engagée dans une conversation qui lui paraissait animée. Il vint vers elle et lui tapa discrètement sur l'épaule.

— Tu es enfin là ! s'exclama-t-elle, mais où étais-tu passé ? L'homme, gêné, s'éclipsa.

— Merci ! un vrai pot de colle. Sérieusement, je m'inquiétais...

— Je t'expliquerai.

— Prenons un break. Demain, il fera jour.

— Tu as raison.

Tout en s'asseyant sur le tabouret, il fit signe au barman et commanda un whisky sans glace.

— Alors, est-ce que tu es mariée, des enfants?

Elle secoua la tête.

— C'est compliqué, parlons plutôt de tes passe-temps.

Cotter haussa les épaules.

Rires, détente, une parenthèse qui leur permit de se découvrir des points communs, comme la passion de la pêche, et mit en exergue leurs divergences d'opinions en matière de religion. Déborah était membre de l'Église Évangéliste : quant à Cotter, il était athée. Un verre, puis deux, elle riait sans raison en appuyant sa tête sur l'épaule de son coéquipier. La conversation n'alla pas plus loin. L'alcool faisait son effet. Elle se sentait saoule et l'esprit de Cotter était moins clair qu'il aurait dû l'être. En titubant, ils marchèrent vers l'ascenseur.

— Nous... nous sommes dans... la même chambre, dit-elle en éclatant de rire, l'hôtel était complet.

À la sortie de la cabine, il la soutint d'un bras ferme par la taille jusqu'au bord du lit sur lequel elle s'écroula. Comme elle semblait assoupie, il se déshabilla et se glissa dans la douche. Il ouvrit le robinet d'eau froide. Saisi par l'eau glacée, il appuya ses bras contre la paroi de verre et resta quelques instants avant d'inverser le robinet sur l'eau chaude. C'est à cet instant qu'elle apparut, nue. Elle l'enlaça par- derrière. Il resta figé.

— Ce n'est pas une bonne idée...

Elle glissa sa main entre ses cuisses. Cotter se retourna, hésita un instant, préférant repousser son étreinte. Ce fut de courte durée. Il sentit le galbe de ses fesses, douces et fermes. Elle frissonna à la chaleur de son contact. Il passa les mains le long de son ventre avant de descendre sur ses jambes, lui arrachant un petit gémissement. Sans lui résister, elle espérait secrètement qu'il la plaque sauvagement. Il n'en fut rien. Ce soir, il était inspiré par la douceur.

Pas assez vite, pas assez fort. Un instinct animal s'était emparé d'elle. Appliquant une paume ferme contre sa nuque en l'attirant à elle. Ses lèvres épaisses l'engloutirent. Sa langue s'enroula autour de la sienne. Il se laissa entraîner vers le lit. Elle était dévorée par le désir. Cotter lui saisit les hanches avant d'entamer des mouvements rapides. Une cascade de plaisir tel un geyser intarissable jaillit en eux. C'est l'épuisement qui eut raison de leurs corps.

Aux premières lueurs du jour, Cotter ouvrit un œil. Depuis combien de temps n'avait-il pas passé une nuit entière avec une femme ? Endormie, elle s'était collée contre son épaule. Cette parenthèse sexuelle, pourrait-elle être fatale à leur relation professionnelle ? C'est la question qu'il se posait. Une parmi tant d'autres... mais une urgence s'imposa à lui : continuer une double enquête à ses côtés en lui cachant la vérité le mettait mal à l'aise.

Elle ouvrit les yeux, le visage radieux. L'air préoccupé de Cotter ne lui échappa pas.

— Salut, dit-elle d'une voix douce.

— Cotter sourit à son tour.

— Ne t'inquiète pas. L'épisode d'un soir, rien de plus. C'était très agréable. Préparons-nous.

Elle l'embrassa sur la joue et sauta dans la douche.

Elle le fit sourire. À la différence de bien des femmes, elle ne voulait pas être rassurée sur le futur. Il bondit du lit et la rejoignit. Elle était accotée contre les parois de verre. La salle de bain s'était transformée en sauna. Il ôta son caleçon et se glissa sous le jet d'eau chaude. Elle ferma les yeux. Il la prit contre lui et l'embrassa tendrement dans le cou.

— Le temps nous manque... c'est dommage, murmura-t-il dans le creux de son oreille. Elle lui fit un clin d'œil qu'il lui renvoya aussitôt.

La salle à manger était bondée. Un buffet somptueux était dressé sur une table : elle ne sut pas y résister. Au contraire de Cotter, qui se contenta d'un café en parcourant les titres des journaux dévastateurs à l'encontre de l'institution du FBI. Elle avala une dernière bouchée, se lécha les doigts. Cotter, qui n'eut le courage de faire aucune remarque devant tant d'appétit, jeta un œil à sa montre.

— Tu es prête ?

Il insista pour porter sa valise, contrairement à sa partenaire qui aimait être dorlotée par les grooms du Sheraton. À peine sortie, elle leva la tête pour profiter de la brise. Le soleil glissait sur les façades de pierre. Cotter n'avait pas la tête à remarquer la température clémente d'une belle journée d'automne. C'est à contrecœur qu'il l'accompagnait et il ne se sentait pas très bien. Le stress du silence qu'il s'imposait vis-à-vis de Deborah l'oppressait. Il était sur le point de tout lui avouer, mais il se ravisa.

— La voiture est là-bas.

Deborah jeta un regard désespéré sur le tapis de sol côté passager.

Il y avait là des bouteilles, deux canettes, deux emballages de sandwichs et des restes de nourriture.

— Tu plaisantes ou quoi ? Donne-moi les clés, c'est moi qui conduis. Arrange-toi avec tes détritus.

Elle fit le tour et s'assit sur le siège du conducteur. Pris de court, presque honteux, Cotter rassembla ce qui traînait dans un sac qu'il jeta dans la poubelle du parking.

— J'attends tes explications sur les motifs de ta disparition d'hier...

— Donne-moi un peu de temps.

Le bâtiment où avait lieu l'autopsie était d'un gris, un rectangle

traditionnel, aussi morne que ce qui se déroulait à l'intérieur. Une odeur de mort flottait autour de l'édifice et formait une cloche invisible. L'air était tiède. Cotter se frotta les narines. Ils pénétrèrent la tête basse à l'intérieur. Rien de réjouissant pour eux.

Après avoir emprunté un dédale de couloirs et d'escaliers qui menaient au sous-sol, ils entrèrent dans une pièce protégée par des panneaux de plexiglas donnant sur la salle d'examen. Le médecin légiste était à son poste de travail, revêtu d'une blouse verte, d'un tablier, d'un écran protecteur en plexiglas, et d'un calot chirurgical. Il avait les deux bras en l'air et se tourna vers la porte à battant de laquelle surgirent deux assistants poussant un chariot. À trois, ils glissèrent la dépouille sur la table en acier inoxydable. Quel métier dégoûtant ! songea Cotter. Toujours enfermé dans une salle carrelée froide, exposé aux lumières violentes qui descendent du plafond. Elle lui glissa un regard inquiet alors que le crissement de la scie chirurgicale s'élevait dans les airs. Le médecin découpa le crâne, qui semblait aussi dur que du béton. L'os épais céda sous la pression. Les cheveux décolorés blonds de la dernière victime se maculèrent de particules d'os et de liquide. Cotter détourna le regard, pris d'un haut-le-cœur, et mit sa main devant sa bouche pour éviter de recracher son café. Quel dommage, une si jolie fille, pensa-t-il ! Elle devait avoir un corps svelte et musclé qui avait été ouvert du sternum au pubis, mettant ses entrailles à nu. Le médecin incisa l'estomac en récoltant le contenu gastrique dans un petit contenant en plastique. À l'aide de la lame de son scalpel, il souleva des bouts d'aliments et annonça :

— Ça ressemble à des morceaux de poisson, du riz et des légumes verts. À peine digérés. Un plat mangé peu de temps avant sa mort. Son alcoolémie était de 0,2 g par litre. Elle a dû boire un verre en mangeant. Ses réflexes n'étaient pas altérés par l'alcool.

Cotter avait les nerfs à fleur de peau, il avait chaud, habité par un sentiment de culpabilité. Si je n'avais pas tué Charles Atkins, cette fille serait en vie...

Le temps avait passé et les souvenirs ne s'étaient pas estompés. Il justifiait son acte en se convaincant qu'Atkins ne ferait plus de victime. L'image du tueur était reléguée si loin dans son esprit qu'il n'avait pas anticipé que son ombre malfaisante viendrait à nouveau le hanter. Jusqu'à ce jour où le représentant du FBI franchit la porte de sa classe et lui avait demandé de reprendre l'enquête.

En voyant le corps évidé de cette pauvre fille, il réalisa qu'il existait de nombreux Charles Atkins. Sa limite était atteinte, il se dirigea vers la sortie et adressa un signe de tête à sa coéquipière qui l'observait avec inquiétude. Chaque personne ne peut voir qu'un certain nombre de cadavres. Certains atteignent rapidement leur quota, tandis que d'autres restent indifférents à plus de trente morts violentes, n'étant même pas perturbés par la vue d'un cadavre supplémentaire. Cotter venait d'atteindre son seuil de tolérance.

Sur le parking, il tapota ses poches et attrapa son paquet de cigarettes. Il en sortit une et inhala à pleins poumons une bouffée de fumée avant de l'expirer lentement pour en extraire tous les bienfaits. Il faisait face à une équation complexe et envisagea d'y intégrer Deborah. Son cellulaire vibra.

— Cotter, c'est Buddy.

— Salut...

— J'ai une liste succincte, pas de dossier, juste des noms d'emprunt.

Cotter souffla, déçu.

— Tu me l'envoies par texto ?

— T'es malade !

— OK, utilise cette adresse courriel sécurisée...

Alors qu'il raccrochait, Deborah se dirigea vers lui comme une fusée.

— Bordel ! Qu'est-ce qui t'a pris !

— Je n'ai plus les nerfs pour ces conneries. Désolé. Et puis ?

— Rien de plus que ce qu'on avait supposé. Maintenant, nous savons ce qu'elle avait bouffé.

— Rentrons à Washington.

Il était si tendu qu'il avait l'impression qu'il allait exploser. Elle prit le volant. Sirènes hurlantes, le véhicule se dirigea vers l'aéroport. Deborah conduisait comme elle s'exprimait. Vite. Et c'était comme ça pour tout.

— Je vais vomir... articula-t-il d'une voix étranglée.

La voiture s'immobilisa brutalement. Cotter ouvrit sa portière, se pencha à l'extérieur et cracha ses tripes dans le caniveau. Deux puissants haut-le-cœur venus des profondeurs de ses entrailles. Arc-bouté, une main accrochée à la portière pendant trente secondes, il attendit la suite qui ne vint pas. Il sortit de la voiture et se dégourdit les jambes. Le bruit incessant des véhicules sur l'avenue et les klaxons d'autres qui s'étaient retrouvés en file indienne en attendant qu'ils puissent doubler la voiture banalisée du FBI, lui occasionna une crise de nerfs.

— Ça va ? lui demanda-t-elle en lui tendant un papier mouchoir.

Elle s'était approchée.

— Tu te fous de moi ! rétorqua-t-il d'un air agacé en lui arrachant le papier mouchoir des mains. Elle se renfrogna, l'air distant et froid.

— Tu comptes passer la nuit ici ?

Au démarrage, la voiture dérapa un court instant sur le bitume, mais Deborah en reprit le contrôle et fonça jusqu'à l'aéroport de Boston, où ils montèrent à bord d'un hélicoptère à destination de Washington. Cotter, à peine remis, sentait les premiers symptômes du mal des transports. Des gouttelettes suintaient sur son front, présageant de nouvelles nausées. Tel un plongeur qui n'avait plus de détendeur, il haleta et finit par perdre connaissance. Le néant. À son réveil, il ne se souvenait de rien, excepté des gifles infligées par Déborah, qui l'avaient ramené des ténèbres.

— Ça va mieux ? lui demanda-t-elle, inquiète. Tu as fait un choc vagal. C'est la première fois que ça t'arrive ?

Cotter hocha la tête. À peine débarqués sur le tarmac, ils s'engouffrèrent dans la voiture. Deborah au volant. Cotter, le teint blême, baissa le siège pour s'allonger. Dans l'habitacle, il resta silencieux, l'air grave. La charge émotive était trop forte. Son corps lui envoyait un SOS. Une conversation s'imposait.

***

CHAPITRE 30

LE GRAND PARDON

Dans le couloir, Deborah appuya sur la touche rappel de son téléphone. À la deuxième sonnerie, son interlocuteur décrocha. Voix stressée.

— Monsieur.

— Concentrez-vous sur l'enquête. Atkins a repris du service et vous devez le coincer.

— Et pour l'agent Finch ?

— Laissez tomber ! lança-t-il d'une voix autoritaire.

Elle inspira profondément avant de poursuivre.

— J'abandonne ?

— Vous avez bien entendu.

— Sauf votre respect, Monsieur, vous m'avez affecté à ses côtés afin de prouver qu'il avait tué Atkins. Et maintenant, vous m'ordonnez de lâcher le morceau, pire encore, d'incriminer Atkins alors que nos hypothèses pointent vers une autre direction.

— Mademoiselle Barnes, si vous ne voulez pas être affectée en Alaska, je vous conseille fortement de suivre les ordres. Où en est l'enquête en cours ?

— Il existe des discordances entre les scénarios des assassinats précédents et ceux perpétrés sur la côte est. Il s'agit d'un imitateur.

— Vous plaisantez ? Atkins a été mis en isolement, il ne côtoyait personne en prison, aucune visite. Alors compte tenu des détails non révélés à la presse, il est impossible de perpétrer ce type d'assassinat avec autant de précision.

Il coupa la ligne.

En Alaska ? Hors de question. Je ne suis pas son jouet ! grommela-t-elle.

Le service interne du FBI chargé d'enquêter sur le déroulement de l'évasion d'Atkins avait mis en lumière les incohérences relevées entre la déposition de Cotter Finch et les relevés scientifiques de la scène de crime. Cependant, c'était insuffisant pour pousser les investigations, compte tenu de la réputation sans tache de l'agent. L'enquête fut classée. Parallèlement, une rumeur s'était répandue au sein de l'agence, prétendant que Finch avait menti sous serment lors de sa déposition.

L'agente Deborah Barnes avait été chargée d'entériner l'enquête interne du FBI sur l'évasion de Charles Atkins. Bien qu'elle n'avait pas participé aux investigations, des incohérences dans la chronologie des événements décrits dans la déposition de l'agent Finch avaient soulevé un doute dans son esprit. Ainsi que d'autres interrogations : pourquoi Atkins l'avait-il laissé en vie ? Ce n'était pas le genre du tueur d'être indulgent.

Officieusement, elle étudia les rapports d'enquête de plus près, et reconstitua l'emploi du temps de Cotter la journée de l'évasion ainsi que les jours qui suivirent. Il avait quitté les urgences contre l'avis des médecins. Elle éplucha ses relevés téléphoniques, ses transactions bancaires, et le localisa à son chalet où il avait passé sa convalescence. Elle se rendit sur place et interrogea le voisinage. Son voisin le plus proche, qui habitait sur le flanc de montagne en face du chalet, croyait avoir aperçu un feu vers 4 heures du matin aux alentours de cette période. Mais il n'en était pas certain. Elle eut la puce à l'oreille, une pure intuition. Et s'il l'avait tué, emporté dans son véhicule, et incinéré le corps ? Ce qui expliquerait qu'il ait allumé un feu en plein milieu de la nuit. Cette question, depuis, la taraudait. Des soupçons voilés commencèrent à trouver un écho dans son esprit.

Sans preuve, son rapport fut archivé, mais elle précisa dans son rapport final qu'il persistait des zones d'ombre dans cette affaire. Lorsque le premier meurtre survint sur la côte est, elle reçut un appel du Directeur. Il tenait à relancer le dossier et ne comptait pas en rester là. Si Cotter Finch était coupable, il devait rendre des comptes.

Une occasion à saisir se présentait. Après une formation en un temps record, dans l'unité spécialisée des crimes violents, et le retour de Cotter Finch pour reprendre l'enquête, Deborah fut envoyée pour faire équipe avec lui. Elle avait carte blanche.

Dans tous les cas, le FBI avait tout intérêt à remettre Cotter sur le terrain. Qu'il soit coupable ou non d'avoir tué Atkins, il était le meilleur pour résoudre cette série de meurtres.

Elle rajusta sa chemise, fit quelques grimaces pour détendre ses traits crispés et poussa la porte de la chambre. Cotter était assis dans le fauteuil, le regard perdu.

— Est-ce que tu vasmieux ?

Il l'observa un instant pendant qu'elle jetait un œil à un tas de documents éparpillés sur le lit.

— J'ai tué Charles Atkins de sang-froid.

Elle le fixait comme si elle avait vu un fantôme. Il venait de passer aux aveux.

Debout devant la fenêtre, elle contempla l'avenue. La sonnerie de son téléphone retentit. Sans quitter du regard la rue, elle coupa le son. Une colère profonde l'avait envahie. Elle fit volte-face.

— Tu m'as menti ! Tu savais qu'Atkins était mort et tu voulais abandonner la piste d'un imitateur. Ses yeux lançaient des éclairs de colère. Premièrement, tu retiens des informations dans une affaire en cours. C'est criminel. Et deuxièmement, si nous n'avions pas couché ensemble, tu n'aurais rien avoué.

Il inclina la tête, comme un coupable accepte sa sentence, puis la releva brusquement.

— Je suis désolé. La pression est devenue trop forte, j'étais rongé par la culpabilité. Je suis pris au piège.

Elle leva l'index. Sur son visage, on ne lisait plus rien. Elle avait passé le cap de la colère : l'heure était à la réflexion. Alors qu'elle aurait dû se réjouir de sa déclaration, elle fut elle-même surprise d'être habitée par la déception.

— Ça ne s'arrête pas là, ajouta-t-il.

— Deuxième grande surprise de la journée ! s'exclama-t-elle d'un ton sarcastique. Que veux-tu dire ?

— Le tueur m'a contacté. Il me tient par les couilles...

— Quoi ? Non, mais je rêve !

Il lui raconta les menaces du tueur pour influencer l'enquête. De Ted Bradford et Nancy Clark, il n'omit aucun détail jusqu'au meurtre de Barbara Clark.

— Si je ne trouve pas l'enregistrement que possédait Barbara Clark et le codex, je suis foutu. À l'heure où on se parle, je parie que Bradford est sur les dents lui aussi. Le tueur met toutes les chances de son côté.

— En résumé, la vague de meurtres n'était qu'un coup monté pour éviter l'émergence de l'affaire Kennedy ?

— Effectivement. James Bradford est en danger.

— Autrechose ?

Il soupira longuement. Une hésitation.

— Nom de Dieu ! s'exclama-t-il en tournant sur lui-même d'un air exaspéré en projetant ses bras au ciel. À l'époque, ils sont tous passés à côté. Et c'est un putain de journaliste qui fouine.

— Je ne comprends pas... répondit-elle, comme pour l'encourager à en dire davantage. La perspective de son regard franc et froid installa une distance.

Cotter savait qu'un mensonge de plus condamnerait leur relation professionnelle et personnelle. Passant sa main dans ses cheveux, il observa autour de lui.

— J'ai grandi dans la ville de Lexington dans l'État du Kentucky, au sein d'une famille modeste. Mon père travaillait à l'usine de tabac et ma mère nous élevait du mieux qu'elle pouvait, moi et ma sœur. Lexington était la capitale mondiale des chevaux et mon père était un passionné de courses. Quant à ma mère, elle passait ses heures de loisir à contempler la circulation, assise sur la galerie. Nous habitions au rez-de-chaussée d'un immeuble locatif de trois étages avec cour à l'arrière. Les autres locataires étaient bizarres. La vie de famille était monotone et je ressentais le manque d'affection de mes parents à notre égard et également l'un envers l'autre. Il ne se passait pas grand-chose. Cependant, nous avions un héros dans la famille, le frère de mon père, de dix ans son cadet. Il avait de l'ambition et avait passé le concours d'entrée au FBI. Il venait nous rendre visite le dimanche et nous racontait des histoires. Il me montrait son arme et son insigne et m'a fait découvrir les bandes dessinées, entre autres la collection des Braves et des Audacieux. Une fourchette de superhéros, desquels je rêvais de devenir à mon tour. C'était un type charmant, qui avait été champion de boxe du comté. Un gars de bonne humeur, le contraire de mon père qui s'arrangeait pour être absent la plupart du temps lorsque son frère se pointait, sans doute n'aimait-il pas ce qu'il était devenu.

L'agitation avait laissé place à la nostalgie.

— En 1962, mon oncle fut transféré au bureau du FBI de la base aérienne d'Andrews qui hébergeait l'avion présidentiel « Air Force One ». Le 21 novembre 1963, comme à chaque voyage, il accueillit sur le tarmac la famille Kennedy avant qu'ils montent à bord de l'appareil à destination de San Antonio. Le lendemain, il était présent lorsque la dépouille du Président fut rapatriée. Il reçut l'ordre de récolter les preuves de l'assassinat du Président et de les amener au laboratoire du FBI de Washington. En tant qu'observateurs, ils assistèrent, lui et son collègue, à l'autopsie et à ses multiples incohérences. Notamment la substitution du cercueil en bronze par un autre, prétextant qu'il avait été endommagé lors du transport du corps entre Dallas et la base d'Andrews.

— Nom de Dieu ! s'exclama-t-elle.

— Plus tard, lorsque la commission Warren fut constituée, le témoignage des deux agents du FBI contredisait la théorie de la balle unique échafaudée par Arlen Specter. Ils furent alors accusés de négligence. Mon oncle, qui était fier de servir cette institution policière, était désappointé lorsqu'il fut lâché par le patron J. Edgar Hoover. Ce dernier voulait préserver la réputation du FBI et préférait se ranger derrière Arlen Specter pour calmer la tempête qui sévissait sur Washington. Après la déception, et devant les puissances politiques, mon oncle a dû garder le silence. Ça l'a rongé tout au long de son existence. Aujourd'hui, il est âgé de quatre-vingt-quatre ans et atteint de démence. Voilà pourquoi, lorsque James Bradford m'a parlé d'un enregistrement datant de l'époque de Kennedy, ma curiosité s'est ravivée.

Elle resta muette, captivée par son regard qui se reflétait au travers de la lumière qui infusait la pièce. Elle entortilla une mèche de cheveux autour de son index.

Un long silence s'en suivit.

— Dis quelque chose ! cria Cotter.

— J'ai besoin de temps... Je vais prendre l'air.

Elle quitta la chambre. Avait-il bien fait de passer aux aveux? À cet instant, il en doutait. D'un autre côté, il se sentait libéré d'un poids qui l'oppressait. Il ôta sa chemise et s'allongea sur le lit.

De son côté Deborah, au fond d'elle, était d'avis qu'il avait éliminé une saloperie de débile mental en exécutant Atkins. Pouvait-elle se fier à lui? Si ça n'avait pas été du coup fil de son directeur pour s'immiscer dans l'enquête, elle aurait douté de son histoire. Elle comprenait maintenant l'enjeu qui consistait à désigner Atkins comme le principal suspect. Dans tous ces mensonges de part et d'autres, elle devait choisir son camp. Après avoir arpenté plusieurs fois le couloir, elle prit sa décision.

Un coup ferme frappé à la porte.

Cotter saisit sa chemise et bondit du lit. Deborah s'avança vers la fenêtre et garda les bras croisés sur sa poitrine. Il boutonna sa chemise.

— Tu veux connaître la meilleure?

Surpris, il s'attendait à des mots durs qui s'échapperaient de sa bouche. Au contraire, elle semblait détendue.

— Tu n'es qu'un sale con! Tu évoques le complot du siècle, le boss m'ordonne de lâcher la piste d'un imitateur, et toi tu... Il l'interrompit en ignorant son insulte. Cette fille ne cessait de l'étonner.

— Quoi? Tu as parlé au patron?

— Oui. Il veut orienter l'enquête vers Atkins. Ça confirme tes propos.

Cotter donna un coup-de-poing sur le bureau.

— Je le savais! Tous des pourris.

— Qu'est-ce qu'on fait?

— Officiellement on poursuit l'enquête sans faire de vague. Parallèlement, on essaie de débusquer le psychopathe, dit-il d'un ton volontaire.

— À ce propos, Le FBI sous-traite avec la compagnie AX.CYB pour l'entretien et le dépannage informatique. Le jour de la panne, ils ont envoyé un de leurs employés. Deux jours après, il a disparu. Ouvre grand tes oreilles : ce gars-là n'existe nulle part, dans aucun fichier. Il s'est infiltré dans le système pour accéder au dossier de Charles Atkins. C'est lui, j'en mettrais ma main à couper.

— Je suppose qu'il s'est évaporé. Il nous fait tourner en rond.

Cotter s'était calmé.

— Pour rouler le FBI, le type est brillant. C'est ça la vraie info. Quelqu'un lui a filé un coup de pouce.

Il se mit à compter sur ses doigts, sans ordre particulier, en répertoriant ses idées tout en répondant à Deborah.

— Lors de son appel, le tueur a évoqué « une contrainte de temps ». Ce qui sous-entend qu'il avait un échéancier. Donc il doit rendre des comptes.

Il se frotta le bout du nez et ajouta en conclusion :

— Quelqu'un de puissant, capable d'influencer le FBI, a passé commande du meurtre de Barbara.

Deborah secoua la tête.

— Dis-moi que ce n'est pas vrai.

Il y avait alors dans son regard tant d'inquiétude.

Cotter poussa un soupir, s'approcha d'elle et la prit dans ses bras. Elle se dégagea rapidement de son étreinte.

— Excuse-moi mais je dois digérer cette histoire... J'oubliais, un ami qui travaille au labo a comparé les auditions des interrogatoires d'Atkins et l'enregistrement envoyé par le journaliste, précisa-t-elle.

— T'as perdu la tête, nous n'avons pas consigné cette info dans le dossier. Si jamais le gars du labo parle, on est cuit ! À nouveau, le feu monta en lui.

— Je lui fais confiance, rétorqua-t-elle d'un ton calme, la concordance des voix est de 95 %. Un logiciel vocal et le tour est joué ! dit-elle en claquant des doigts. Aujourd'hui, la technologie est accessible sur Internet. Ce qui implique qu'il a eu accès aux enregistrements des dépositions et confirme qu'il a reçu de l'aide.

— Un vieil ami m'a refilé la liste des mercenaires opérant au coup par coup pour la CIA ou bien de l'armée. Ce sont des types indépendants ne figurant dans aucune base de données. L'un d'entre eux est peut-être l'auteur de la série de meurtres. C'est une éventualité à prendre en considération. Leur véritable identité reste secrète, ils utilisent des surnoms.

Elle écarquilla le regard.

— J'étais persuadée qu'en raison des scandales qui ont éclaté dans les années 70 et 80 autour de la CIA, que tout avait changé.

Quelle différence existe-t-il entre les psychopathes que nous traquons et ces types tout aussi dangereux que la CIA recrute ? Quelque chose ne tourne pas rond ! déclara-t-elle agacée.

Cotter saisit son téléphone cellulaire, accéda à sa messagerie et lui tendit l'appareil.

— Bullseye, la Mangouste, Golgo 13, Elektra... murmura-t-elle en parcourant son écran.

— Tu te fous de ma gueule, des personnages de BD !

— Attends... dit-elle en levant l'index, le Gentleman ... murmura-t-elle.

Une étincelle brilla dans ses yeux.

Elle s'empara à son tour de son téléphone et se connecta sur les réseaux sociaux. Elle fit défiler la bande et cliqua. Cotter se pencha sur l'écran.

— Qu'est-ce que c'est ?

— Tu vis sur une autre planète ! Ce surnom m'interpellait. Il a été cité dans la publication de ces types qui se font appeler les « Guerriers numériques ».

Cotter eut un mouvement de recul de la tête.

— Tu suis ces conneries ! La photo d'une bonne femme entourée d'un serpent, un numéro, des petites phrases assassines et c'est parti ! Tu me déçois. Une vraie conspirationniste !

— Ils ont publié ce nom antérieurement. Ça veut dire qu'ils sont bien branchés.

— Un heureux hasard, rajouta-t-il sceptique. Elle secoua la tête.

— Arrête de te foutre de ma gueule ! On ne joue plus, OK ? Qu'est-ce qu'on fait ?

— On va à New York. Je suis certain que Bradford va se pointer aux funérailles de Barbara. Si on part maintenant, on arrivera à temps.

— C'est une bonne idée, rétorqua-t-elle.

***

CHAPITRE 31

LES FUNÉRAILLES

J'enfilai un costume noir, une cravate noire et une chemise blanche. Devant le miroir, il était presque trop grand. Bon sang, qu'est-ce que j'ai maigri ! m'exclamai-je à haute voix. J'approchai mon visage et scrutai le creux de mes joues. Je ne me reconnaissais pas. À la météo, ils annonçaient du beau temps sur New York. Ma mère avait décliné l'offre que je lui avais faite de m'accompagner aux funérailles. Un enterrement intime était prévu, mais j'étais certain que les médias seraient présents, ce qui me rendait fébrile. Je pressai le pas, mon avion décollait à 11 heures et il était déjà 7 heures 30. J'oubliais ! sur mon téléphone cellulaire, je ciblai les fleuristes du quartier et fis livrer une gerbe de fleurs à l'église.

Puis, je quittai la maison, direction de l'aéroport de Boston. La circulation était fluide et après avoir livré le véhicule de location, je me rendis dans l'aérogare retirer mon billet et j'embarquai juste à temps. L'appareil s'éleva dans les airs et les cinquante minutes de vol s'écoulèrent en un clin d'œil.

L'aérogare était extrêmement achalandée, à la sortie, je me mis en quête d'un taxi. Dans la minute, une voiture s'arrêta devant moi et je m'y engouffrai. Je demandai au chauffeur de me conduire à l'église Trinity.

Pendant ce temps, à Truro, Margaret s'habillait devant le miroir de sa chambre. Au craquement de la marche dans l'escalier, elle dressa l'oreille.

— James, c'est toi ? cria-t-elle à travers la porte en boutonnant son chemisier. J'ai dû rêver, songea-t-elle. La porte s'ouvrit et elle lâcha un cri.

— Arrête de hurler si tu veux vivre.

Son agresseur était grand et athlétique. D'une main, il plaqua immédiatement la lame d'un couteau de boucher sur sa gorge et obstrua sa bouche de l'autre. Puis, il approcha la lame de son visage et elle sentit le métal froid contre sa peau.

— Je vais enlever ma main et si tu cries, je t'égorge.

Elle haleta.

— Avance.

— Qui... qui êtes-vous ? murmura-t-elle d'une voix tremblante.

— Tais-toi, nous allons à la cuisine.

Quelques instants plus tard, elle était assise sur une chaise. Elle voulut se lever, mais ses genoux heurtèrent le bord de la table et, avant que l'agresseur ait le temps réagir, la carafe d'eau se renversa et l'eau inonda la table. Sans ménagement, il l'immobilisa sur la chaise, attacha ses mains derrière le dos autour des barreaux et fixa ses chevilles aux pieds de la chaise avec des serflex.

— Que voulez-vous ? dit-elle.

Il caressa lentement sa joue de la pointe de sa lame qu'il fit descendre le long de son visage, jusqu'à sa gorge.

— Alors, quel effet cela fait-il d'être submergée par un sentiment d'impuissance ? Il posa son couteau sur la table, leva la manche de son chemisier pour faire un garrot à l'aide d'un élastique. Il l'enroula autour de son avant-bras et le serra graduellement.

— Tu n'as pas atteint le paroxysme de la peur. Dis-moi, à quoi ressemble la peur ?

Un frisson lui zébra le dos avant que l'épouvante ne la cloue sur place.

— Tu as dix secondes pour répondre à ma question, dit-il en sortant une seringue et une fiole de la poche de sa veste. Il remplit la seringue, tira le piston et expulsa l'air. De fines gouttelettes giclèrent de la seringue.

À en juger par son rictus carnassier, il ne plaisantait pas. Son regard devint vide comme si elle avait trouvé une porte dans son esprit pour être ailleurs.

— Du chlorure de potassium, rajouta-t-il. Si tu ne réponds pas à ma question, je t'injecterai ce produit qui provoquera un arrêt cardiaque.

— Quelle... quelle question ? balbutia-t-elle.

— Tu ne m'écoutes pas ! hurla-t-il en balayant l'espace de ses bras.

— À quoi ressemble la peur ? susurra-t-il dans le creux de son oreille.

— Je crois... je crois que la peur entraîne une perte de contrôle émotionnel et génère l'impuissance... chuchota-t-elle.

— Parfait.

— Mon fils sera là d'une minute à l'autre, dit-elle.

Il rit à gorge déployée, de façon incontrôlable, comme s'il avait été invincible.

— Nous avons le temps avant qu'il ne revienne des funérailles de la charmante Barbara. Ah, Barbara. Elle n'a pas crié... tu as vu de quoi je suis capable ?

C'est le psychopathe ! réalisa-t-elle, sans pouvoir retenir ses sanglots. Elle était seule. Une évidence qui installa la frayeur sur son visage.

Elle redoutait que sa pression artérielle ne s'effondre. Elle avait un souffle au cœur.

— Ça suffit les jérémiades ! cria-t-il. Son visage touchait presque le sien.

Ses épaules se recroquevillèrent et elle l'implora du regard.

— Où sont l'enregistrement et le codex pourpre ?

Elle secoua la tête, je... je... je ne sais pas.... Puis elle se mit à hurler au secours ! Son cri s'évanouit dans le chiffon qu'il lui engouffra au fond de la bouche.

Il se mit à tourner autour d'elle, comme s'il était en grande réflexion.

— Je peux concevoir que tu l'ignores, mais ton fils, lui, il le sait. Alors, tu vas lui passer un message. Si dans deux jours, je n'ai pas de nouvelles de sa part, je reviendrai et je vous tuerai tous les deux. Est-ce que c'est bien compris ? chuchota-t-il, pour rajouter une deuxième fois en hurlant, est-ce que tu saisis ?

Maintenant bâillonnée, elle se démena pour se libérer les mains et les pieds des liens qui les ligotaient à la chaise. Peine perdue. Elle passerait les douze prochaines heures immobilisée.

***

Le taxi me déposa à l'intersection de Wall Street et Broadway dans le sud de Manhattan. Comme j'étais un peu en avance, je m'arrêtai devant de la sculpture « Trinity Root », et je l'étudiai attentivement. Inspirée par la souche et les racines restantes du sycomore vieux de soixante-dix ans qui protégea la chapelle Saint-Paul contre les débris lors de l'effondrement des tours jumelles, elle ressemblait à un insecte géant. Elle me rappela la forme des artères et celle d'un cœur éclaté soutenant la structure. Soulignant le sang qui avait coulé le 11 septembre 2001. Le jour des attentats, je n'étais pas à New York. À 8 heures 30, j'avais reçu l'appel de détresse d'un ami, Josh, qui était à bord du Boeing 757 au départ de Boston pour Los Angeles. Comme je n'avais pas répondu, il avait laissé un message me suppliant d'embrasser sa mère et sa sœur, certain que sa dernière heure était arrivée. C'est aux alentours de 11 heures que je consultai ma boîte vocale, Josh avait déjà péri dans l'écrasement de l'avion des tours jumelles. Il fut une époque, par temps clair, où on pouvait voir les tours du World Trade Center.

Bouleversé, je me ressaisis et me dirigeai vers l'église. Un nuage gris surplombait le quartier, comme un vaisseau extra-terrestre, et déversait une petite pluie fine. Je n'avais pas d'imperméable pour garder mon costume au sec. Le corbillard venait de stationner devant le parvis de l'église. La pluie cessa. L'édifice m'apparut comme un poumon au cœur de Manhattan. Un rayon de lumière vint inonder la flèche surmontée par une croix dorée qui dominait le panorama urbain. Avant l'émergence des gratte-ciels, l'église avait été le plus haut édifice de la ville. Un joyau au cœur du béton qui lui faisait ombrage. Une vieille dame qui avait traversé le temps.

J'aperçus Gary qui agita la main. Je le rejoignis.

— Bonjour, James, tu vas bien ?

— Je suis content que tu sois là.

Nous nous glissâmes dans la file d'invités et tendîmes notre invitation à une charmante jeune femme et passâmes les portes. Le plafond voûté inspirait la grandeur, mais n'était pas majestueux, et moins enclin à s'élever vers le ciel que celui de la Cathédrale de Chartres ou encore celui de Notre-Dame à Paris que j'avais eu l'occasion de visiter. J'accordai une attention particulière aux vitraux, parmi les plus anciens de l'histoire des États-Unis d'Amérique. Avec Gary, nous nous assîmes au dernier rang.

Porté par six hommes habillés en smoking, le cercueil blanc remonta l'allée centrale, au même moment une violoncelliste installée sur l'estrade entama une pièce qui me fit tressaillir. Un rayon de soleil passait à travers les vitraux et illuminait l'allée centrale, suivant Barbara dans ses derniers moments. Le cercueil fut déposé sur l'estrade. La musicienne déposa son instrument et rejoignit le premier banc. Un moment fort. Puis, le prêtre s'approcha devant l'autel en déployant ses bras sous sa chasuble comme un oiseau ouvre ses ailes. L'assemblée s'assit. Chose inusitée en ce lieu, je remarquai un écran blanc format cinéma, installé sur le mur du fond annexé à la sacristie.

Le prêtre débuta son sermon. Sa voix était profonde, teintée d'un frémissement de peine. Ses paroles atteignirent mon cœur, et soulageaient ma peine. Gary me donna un coup de coude.

— Est-ce que tu as trouvé l'enregistrement? murmura-t-il au creux de mon oreille.

Je lui adressai un regard sévère laissant sa question dans le vide. Il sourcilla du regard, comme pour s'excuser, et baissa la tête. Je repris le fil de la cérémonie.

Le prêtre lut certains versets de la Bible et improvisa un discours fait de paraboles et de métaphores qui célébraient de belle façon le passage de Barbara dans l'au-delà. Je découvris que l'instinct de la prière existait en moi. Les mots qu'il disait l'habitaient, ils étaient l'oxygène de son sang. Son visage prit une expression de grande tristesse lorsqu'il évoqua la relation qu'il entretenait avec Barbara. L'image de la croix en saphirs bleus qu'elle portait autour du cou témoignait de sa foi. Il approchait de la fin de la cérémonie et employait un ton plus dur, teinté de colère, évoquant l'égarement d'individus habités par une folie meurtrière. D'un regard circulaire, j'observai les invités, à l'extrémité du banc sur lequel j'étais assis, je crus reconnaître la silhouette de la docteure Berenson. Elle était vêtue de noir, portait un chapeau et son visage était couvert d'une voilette. Sentant qu'elle était observée, elle tourna le regard dans ma direction et me salua d'un signe de tête avant de reporter son attention vers l'avant, où un invité livrait un discours émouvant pour rendre hommage à Barbara. Même si l'instant était mal choisi, je me hissai à sa hauteur.

— Bonjour, Docteure, murmurai-je.

— Je crains que ce ne soit pas le moment, chuchota-t-elle.

— Je vous présente mes excuses pour mon comportement de l'autre jour.

Elle acquiesça d'un mouvement de tête.

— Je regrette de vous avoir accusé. J'ai su de source sûre que votre ordinateur a été mis sous surveillance, c'est la raison de la fuite à propos du journal, chuchotais-je.

Elle tourna la tête et me dévisagea, son visage oscillant entre surprise et colère.

— Pardon ?

— Le courriel que vous a adressé Barbara contenait des mots-clés ciblés par la NSA. On vous a placée sur écoute. Il est même envisageable que votre ordinateur ait été piraté.

— Vous êtes sérieux ? chuchota-t-elle.

— Très sérieux.

Son visage m'apparut sombre. Ses traits s'étaient durcis comme si elle attendait de moi des explications supplémentaires. Je me penchai vers elle.

— Son assassinat avait été planifié, rajoutai-je.

— Quelle est votre source ?

— Un ami qui travaille à la NSA.

— Je vais porter plainte à la police, rétorqua-t-elle en gardant sa tête droite, faisant mine d'être attentive aux déclarations.

— Je vous le déconseille. Gardez cette confidence pour vous.

Je retournai à l'autre bout du banc. Gary, resté seul, ne m'avait pas lâché du regard.

Pour clore leurs adieux à Barbara, une dizaine de musiciens s'installèrent devant leurs instruments installés sur l'estrade, et débutèrent une pièce de Bach. Les notes s'affrontaient dans une chevauchée mélancolique puis lugubre. Le temps d'un dernier adieu était venu. La cérémonie touchait à sa fin. Le prêtre reprit la parole.

— Dans ses dernières volontés, Barbara tenait à vous adresser un message.

Il nous tourna le dos.

Sur l'écran Barbara apparu en chair et os devant nous. La stupeur me saisit. Puis sa voix s'éleva.

Si nous sommes réunis aujourd'hui, c'est que je vous ai quitté. Merci à tous de votre présence.

Son air était grave, et son ton solennel. Ma gorge se serra un peu plus.

Vous venez d'assister à mon éloge funèbre.

Atterré, je restai suspendu à ses lèvres.

Mon père était le journaliste Ted Bradford, chroniqueur politique attaché à la Maison-Blanche. Il entretenait une liaison avec Nancy Clark, ma mère, alors assistante de la secrétaire du Président John F. Kennedy. Le jour de son assassinat, elle vola un document dans le Bureau ovale qui contenait des secrets d'État. En 1965, prise de remords, elle déposa un témoignage audio recueilli par mon père qu'il s'apprêtait à publier pour relancer l'enquête sur les raisons du meurtre du président. Son témoignage a été volé au Washington Post et l'affaire a été enterrée. Peu de temps après, elle décéda dans l'incendie de son appartement. Il ne s'agissait pas d'une mort accidentelle. En 1968, mon père se suicida— selon la version officielle. Il n'en fut rien. Lui aussi fut éliminé pour avoir cherché la vérité. Lorsque j'ai hérité par hasard de cet enregistrement, j'ai été mise sous filature...

Elle fit une pause, le regard embué de larmes.

Combien de meurtres ? Combien de mensonges ? La vérité doit triompher. J'ai choisi d'enregistrer ce message et je souhaite qu'il soit diffusé dans le monde entier. Cette vidéo sera envoyée à tous les réseaux d'informations ainsi que sur les réseaux sociaux. De cette manière, aucune censure, aucune manipulation ne pourra être utilisée pour éteindre ma voix.

Merci à vous tous, mes amis.

Un silence de plomb s'était abattu sur l'église. Figé sur mon banc, j'étais transi. Elle avait osé... songeai-je. Un vrai coup de maître. Maintenant, quelle serait la tournure des événements ?

Le prêtre brisa la stupeur de l'assemblée en s'avançant vers le premier banc. Encore abasourdis, les invités mirent du temps à se présenter devant le cercueil pour lui présenter un dernier hommage. Je sentais la confusion s'installer par le brouhaha qui s'intensifiait, précédant le chaos qui sévirait lorsque les portes de l'église s'ouvriraient. Je restais en retrait, encore sous le choc. Gary, dont j'avais presque oublié la présence, était décontenancé. Comme nous étions placés au dernier banc, ce fut notre tour de nous approcher du cercueil. La file s'étirait jusqu'à la sortie. Il se porta à ma hauteur.

— C'est quoi ce bordel? dit-il interloqué. T'as intérêt à te planquer après ce coup de théâtre... tu as l'enregistrement? murmura-t-il.

— Chut... dis-je en posant mon index sur ma bouche.

Lorsque nous gagnâmes l'allée centrale, les portes s'écarquillèrent et laissèrent pénétrer une lumière translucide. À l'extérieur, une horde de journalistes, retenus par un cordon de sécurité, guettaient la sortie des invités. Le cercueil fut acheminé le long de l'allée centrale. La docteure Berenson passa devant moi. J'esquissai un pâle sourire en attendant que la file se dissipe pour m'engager dans l'allée. Gary consulta sa montre.

— Bon sang ! L'heure tourne et l'avion ne m'attendra pas. Tu rentres à Truro ? Tu m'accompagnes à l'aéroport ?

— Non, j'ai un truc à régler en ville. On s'appelle plus tard ?

— Pas de problème, sois prudent.

L'église était pratiquement vide. C'est alors que le prêtre se dirigea vers moi.

— Je sais qui vous êtes... je vous offre mes sincères condoléances, je suis tellement désolé pour votre sœur, chuchota-t-il en roulant son regard de droite à gauche, comme pour s'assurer que les quelques personnes restantes qui sortaient de l'église ne nous portaient pas attention.

Il posa ses mains sur mon bras, son visage glabre touchait presque le mien.

— J'ai un message pour vous. Pas ici.

Voyant que l'église était finalement vide et que les portes étaient fermées, il se retourna et je lui emboîtai le pas. Nous contournâmes l'autel et pénétrâmes dans la sacristie. La pièce était claire, dominée par un meuble fixe occupant la longueur et la hauteur des deux murs, formé de battants et de tiroirs apparents. Le buste du Christ était à l'abri dans une niche, entouré d'ornements d'églises et un vase sacré.

— J'ai dit au sacristain de prendre congé, nous sommes seuls.

Il retira l'étole et la chasuble, qu'il posa négligemment sur le fauteuil. Recoiffa succinctement le peu de cheveux en forme de couronne qu'il lui restait. Nous restâmes debout au centre de la pièce.

— Je n'avais aucune idée du contenu de la vidéo.

J'eus un instant de doute quant à la nature de ses confidences.

— Elle avait très peur, dit-il en baissant les yeux. Sachez qu'elle avait trouvé la délicatesse de la paix intérieure, bien au-delà des démons qui parfois la tourmentaient.

Ces mots provoquèrent en moi une sorte de réconfort.

— Il paraît que Dieu s'adresse à nous par l'intermédiaire de notre âme, rajoutai-je presque malgré moi.

Je me remémorai la quête spirituelle que j'avais entreprise après le décès d'Helen. Une course folle auprès de plusieurs médiums à la quête d'un dernier contact, une dernière parole et lui dire que je l'aimais. L'un d'entre eux évoqua le poids de l'âme qui était estimé à 21 grammes et appuyait la croyance d'une vie après la mort. Cette théorie m'avait comblé de joie et me permit d'envisager qu'Helen s'était transformée en un être désincarné. C'est la raison pour laquelle je m'adressais à elle à voix haute dans mon quotidien. Une bulle mystique flottait dans la pièce et nous étions à l'intérieur.

— Que représente le poids de l'âme d'après vous ?

Il posa sur moi un regard égaré, comme si je l'avais troublé dans une vision extatique, puis son visage s'illumina.

— Vous faites référence à la théorie du médecin Duncan

McDougall. Pour moi, le poids de l'âme correspond au degré de conscience et est relié aux actes que l'on a commis au cours de notre vie. Scientifiquement, aucune preuve n'a été apportée à ce sujet, mais la résurrection du Christ témoigne de la vie après la mort.

La vie après la mort, songeai-je. Lors de mon coma, je n'avais vu ni tunnel ni lumière. Rien qui puisse me guider vers une croyance plus aboutie dans un au-delà mystérieux. Je croyais en une force supérieure que je ne sus lui décrire. Nous clôturâmes cette parenthèse et le prêtre me parut soudain un peu nerveux.

— Barbara m'a chargé de vous transmettre « son héritage », ce sont ses mots. L'église est un lieu de refuge, dit-il d'une voix monocorde.

Dans le bureau, il saisit un sac de sport qu'il me tendit. Je m'apprêtai à satisfaire ma curiosité, lorsqu'il arrêta mon geste.

— Non, pas ici. Vous devez partir.

— Je n'assisterai pas à la mise en terre...

— Dieu vous le pardonnera...

J'acquiesçai d'un signe de la tête.

— Venez, suivez-moi.

Il me conduisit jusqu'à une porte dérobée à l'arrière de l'édifice qui donnait dans la rue.

— Que Dieu vous bénisse, mon fils.

Discrètement, je longeai le mur du côté ombre de la chaussée et fis une centaine de mètres avant de rejoindre l'artère principale. J'obliquai sur le trottoir, observant les passants pour m'assurer que personne n'était à mes trousses. Je hélai un taxi et m'engouffrai dans l'habitacle.

***

— Pourquoi il ne répond pas ?

Deborah essayait d'appeler James depuis plusieurs minutes.

— Son téléphone est peut-être éteint, ou bien sa batterie est à plat.

— Un dingue est dans la nature à ses trousses, et lui, il ne décroche pas ! renchérit-il.

Ils avaient aperçu James lorsque les portes de l'église s'étaient closes. Ils poireautaient sur le parvis de l'église dans l'espoir de l'accoster dès que l'office aurait pris fin. Un brouhaha fumant s'éleva autour d'eux. La nuée de journalistes s'était regroupée et se pressait contre le cordon de sécurité que des officiers tentaient de contenir. Ils furent ballottés dans un mouvement de foule.

— Que se passe-t-il ? demanda Cotter à un reporter.

— C'est un truc qu'on n'a jamais vu dans l'histoire médiatique, répondit-il sans quitter du regard l'écran de son téléphone. Excusez-moi, ils vont bientôt arriver, je dois absolument recueillir des commentaires... puis il s'éloigna. Deborah était connectée sur Facebook.

— Nom de Dieu ! regarde, dit-elle à Cotter en le tirant par le bras.

Une averse éclata au moment où les portes de l'Église s'ouvraient.

— Viens, allons-nous mettre un peu à l'écart.

— Elle avait tourné une vidéo !

— On n'entend rien, donne-moi ton oreillette.

— Bon sang ! Tu parles d'un scandale. On va nous tomber dessus, c'est certain.

— Il faut trouver Bradford.

— Ça sent le roussi et il le sait.

Ils traversèrent le parvis en courant, il se mit à tomber des cordes. Passé la nuée de micros qui s'arc-boutèrent formant un parapluie au- dessus de la tête des invités, ils cherchèrent James Bradford dans la foule, mais il avait disparu. Malgré la pluie qui s'intensifiait, ils retournèrent à leur véhicule stationné à un coin de rue. Cotter ne démarra pas le moteur. Assis côte à côte, elle haussa les épaules.

— Je suis trempée, je ressemble à une serpillière ! Et mes cheveux ! tant pis pour le brushing.

Ses mains étaient accrochées au volant, il regardait droit devant, comme s'il était loin de la réalité de sa partenaire qui se désespérait devant le miroir de courtoisie.

— Un psychopathe se promène dans la nature. Nous devons l'intercepter avant qu'il ne tue Bradford. Il se tourna et lui porta enfin attention.

— Hallucinant tes cheveux bouclés, j'adore ! Sérieusement, mettons-nous à la place du tueur. Je parie qu'il s'est installé dans un hôtel à proximité du domicile de Bradford à Georgetown. Ne soyons pas trop inquiets, c'est un journaliste d'enquête.

— Qu'est-ce qu'on raconte au chef?

— Que nous sommes sur une piste, sans donner de détails.

— Bon. Eh bien, allons-y !

Le coup d'accélérateur fit rugir le moteur de la Chevrolet. Maintenant, ils roulaient en direction de la Capitale.

***

CHAPITRE 32

LA LETTRE

Une fois installé sur la banquette arrière du taxi, je demandai au chauffeur de me conduire à la librairie Harriman. Je me cramponnais à l'anse du sac de sport et, pendant que le véhicule roulait, j'assouvis ma curiosité en ouvrant le sac.

Sur le dessus, il y avait des revues et des disques compacts de Barbara. En dessous, il y avait une enveloppe volumineuse où était inscrit mon nom. Je la décachetai et découvris une lettre ainsi qu'une bobine magnétique identique à celle trouvée dans le grenier.

Mon Cher Frère,

C'est un cadeau empoisonné : l'enregistrement original du témoignage de ma mère. Tu es le seul en qui j'ai confiance. Sois libre de poursuivre ou pas la quête que j'avais entreprise pour rétablir la vérité.

J'aurais aimé que nous puissions mieux nous connaître. De là-haut, je suis avec toi.

Barbara

Les larmes roulèrent sur mes joues. Helen avait coutume de dire que rien n'est plus beau qu'un homme qui pleure... Je me ressaisis. Au milieu du riche fouillis de camionnettes de livraison, de bus et de voitures. Tout allait vite, et moi, j'étais au ralenti...

Quarante-cinq minutes plus tard, le taxi me déposa devant la boutique. L'enseigne de la librairie était en bois peint de couleur crème portant le nom d'HARRIMAN en lettres capitales. La décoration de la vitrine était simple, sans fioritures. Je collai mon nez sur la vitre avant de tourner la poignée. Lorsque je poussai la porte, le son d'une cloche retentit. Des clients flânaient, slalomant entre des piles de livres posées sur le plancher qui obstruaient les rayonnages en hauteur. Rien n'était vraiment ordonné, mais l'atmosphère était vivante.

Dans l'arrière-boutique, Brooke versait un nuage de lait dans sa tasse de café. Elle resta là un moment, en tournant sa cuillère, et ce ne fut qu'à l'arrivée de Joseph qu'elle leva la tête.

— Brooke, un gars me questionne sur le propriétaire de la boutique.

— J'arrive dans deux minutes. Discrètement, elle jeta un œil dans l'embrasure de la porte et aperçut un homme qui avait l'air perdu. Elle le détailla davantage. Qu'est-ce qu'il fait ici ?

Je louvoyai en direction du comptoir, contournant les obstacles, lorsqu'une jeune femme se pointa dans ma direction. Une belle fille aux cheveux longs d'un auburn cuivré profond. Elle portait un chemisier blanc ouvert, une autre employée ?

— Bonjour. Je dérange ? demandai-je poliment.

Plutôt petite, la mi-trentaine, elle était dotée de traits délicats. Une beauté froide, c'était indéniable. Elle leva la tête.

— Pas du tout, répondit-elle en souriant. Que puis-je faire pour vous ? Je remarquai la couleur aigue-marine de son regard.

— C'est un peu difficile à... Elle fronça les sourcils.

— J'espérais rencontrer un membre de la famille de Miller Harris.

— Et puis-je savoir pourquoi ?

— Eh bien... eh bien, c'est un peu délicat... Si je suis ici, c'est parce que mon père et Miller Harris étaient amis.

Son visage changea. Son sourire disparut. Elle resta un moment sans bouger, le temps de se ressaisir, puis recula de deux pas.

— Miller Harris était mon arrière-grand-père.

Je poussai un soupir de soulagement.

— Tant mieux, je voudrais...

— Suivez-moi.

Elle m'entraîna dans l'arrière-boutique, et je la suivis, dans le sillage de son parfum épicé.

— Que voulez-vous ?

— Je m'appelle James... elle me coupa la parole.

— Je sais qui vous êtes, dit-elle d'un ton sec. Je n'ai pas connu Miller, alors je ne peux vous être d'aucune utilité.

Elle ne savait pas pourquoi elle avait dit ça et s'en voulut aussitôt. N'était-ce pas un peu brutal ?

Sa voix était glaciale. Ses traits se durcirent.

— Je n'ai pas connu mon père non plus. Par contre, son passé vient hanter mon présent et votre arrière-grand-père en est à l'origine.

Elle braqua le regard au sol, elle semblait soudain mal lunée, ma déclaration l'avait dérangée.

— J'ai du travail, alors si vous permettez...

— C'est important, je vous en prie...

— Je ne peux rien pour vous.

La porte s'ouvrit, laissant un rayon de soleil se faufiler à l'intérieur et apportant un peu de chaleur dans la pièce. Elle me raccompagna jusqu'à la sortie comme si je n'existais plus. Résigné, je me retrouvai debout sur le trottoir. Elle était mon seul espoir. Sa façon de réagir m'intriguait. Comment la convaincre de m'écouter ?

Brooke, de son côté, le suivait du regard, un foisonnement de questions dans la tête.

Nerveuse, elle se dirigea vers Joseph, son employé, qui était occupé avec un client et l'interrompit dans sa conversation.

— Je ne veux pas être dérangée, lui signifia-t-elle avec autorité, puis elle gagna l'arrière-cuisine et ferma la porte.

Elle marcha vers la fenêtre en jetant un regard sur les buildings par-delà la cour. Comme sorties du brouillard, des images du passé ressurgirent. Ses parents étaient décédés dans un accident de la route alors qu'elle était âgée de quinze ans.

Son père avait laissé des instructions testamentaires quant à son éducation religieuse et scolaire.

Comme elle était mineure, elle fut mise sous la tutelle d'une gouvernante jusqu'à l'âge de ses vingt et un ans. À cet effet, madame Decker, une amie de la famille, vint emménager dans la bâtisse familiale. Une femme ronde aux longs cheveux bruns, qu'elle portait relevés et piqués d'un peigne. Comme l'avait voulu son père, elle s'engagea dans des études de droit à l'université de New York et cultiva les traditions de la communauté juive.

La foi de Brooke n'était pas sans faille. Était-ce dû à son caractère pragmatique? Ou bien suivait-elle les traces de son arrière-grand- père, qui avait rompu avec les traditions juives dans les années 1930?

Le jour de son émancipation arriva. C'est dans le bureau d'un avocat chargé de la lecture testamentaire qu'elle prit conscience qu'elle était riche, très riche. En plus de la bâtisse familiale, elle hérita d'un important parc immobilier et de liquidités, et de surcroît elle devenait vice-présidente de la fondation Harris créée par son arrière- arrière-grand-père, le père de Miller. Elle croulait sous le poids des responsabilités. Dans un réflexe de survie, elle troqua le futur que son père souhaitait pour elle, contre un vent de liberté qui la poussa vers sa passion : l'histoire de l'art. Elle remit en question sa foi religieuse et estima que le deuil de ses parents avait assez duré. Elle s'émancipa du poids de l'héritage moral et choisit d'étudier à Paris. Juste avant son départ pour l'Europe, elle reçut un appel du rabbin de la synagogue centrale. Il voulait la rencontrer. Sa première idée fut qu'il souhaitait la convaincre de retourner vers la foi qu'elle semblait avoir perdue. C'est avec l'estomac noué qu'elle franchit les portes de la synagogue.

— Vous êtes ici, car votre arrière-grand-père avait laissé des instructions très précises, avait-il dit.

— Des instructions? Je ne l'ai pas connu...

Avant que le rabbin lui remettre une boîte en métal fermée à clé, il lui expliqua que Miller et son grand-père étaient des amis de longue date et que ce dernier, avant de mourir, lui avait demandé de transmettre ce legs au dernier héritier de la famille Harris.

— Et s'il n'avait pas eu d'héritier?

— Cette boîte aurait été détruite.

— Et la clé, où est-elle?

— «Voir sans être vu». C'est le message.

La sonnerie du téléphone retentit. Brooke sursauta, à nouveau projetée dans la réalité. Elle se dirigea vers l'appareil accroché au mur, un vieux modèle des années 1970, et s'empara du combiné.

— J'arrive, Joseph, répondit-elle.

***

Le taxi stoppa devant l'aéroport. Un comité d'accueil sur le pied de guerre m'attendait. Durant la fin du trajet, j'avais consulté le fil des nouvelles. À peine sorti de la voiture, des flashs crépitèrent et une voix forte criant mon nom me fit sursauter. Caméras, magnétophones et autres appareils enregistreurs me glissèrent sous le nez. J'essayai d'éviter les micros qui se pressaient devant mon visage. Immobilisé, oppressé... ma bulle venait d'exploser. Un sentiment de panique mêlé de nausée me submergea. J'étais sur le point de vomir.

Étiez-vous au courant de la vidéo de votre sœur ? Est-ce qu'elle vous a confié l'enregistrement ? Croyez-vous que ses déclarations sont fondées ?

La panique monta d'un cran supplémentaire lorsqu'en me frayant un chemin, ils s'acharnèrent comme un essaim d'abeilles jusqu'au guichet d'enregistrement. Ce n'est qu'au poste de contrôle que je les semais. Je jetai un œil à l'écran de télévision qui diffusait les nouvelles en continu. La photo de Barbara en arrière-plan du présentateur, ainsi que la spécification en lettrage rouge « Information de dernière minute », m'incitèrent à m'approcher. Bon sang ! m'exclamai-je à voix haute. Selon un sondage, l'opinion publique se scindait en deux à propos de son assassinat : ceux qui optaient pour un complot ourdi par le Gouvernement et l'autre moitié qui était convaincue qu'il s'agissait de l'acte isolé de Charles Atkins. La confusion était totale et servait les intérêts de ceux qui avaient commandité l'exécution de Barbara. J'étais scotché devant l'écran, jetant un regard tueur aux voyageurs qui parlaient fort, et au bruit agaçant des valises à roulettes qui passaient derrière moi. Le présentateur annonça une émission spéciale sur la chaîne CNN programmée dans la soirée portant le titre : le scandale de Barbara Clark. Un titre à double interprétation. J'eus l'étrange feeling qu'une charge médiatique en bonne et due forme serait menée contre elle en utilisant une trame narrative commune qui viserait à la discréditer. Gary m'avait prévenu.

À dix mille mètres au-dessus du sol, nous traversâmes une zone de turbulence et les passagers s'agitaient. Je fixai le plafonnier et détournai mon attention sur le futur. Les médias feraient le jeu du Gouvernement, de leurs institutions et des politiciens par l'outil de la désinformation. Il existe une profession qui porte le nom de « désinformateur ». Son rôle : utiliser tous les réseaux médiatiques pour mener des campagnes de bourrage de crâne extrêmement bien coordonnées pour le compte des gouvernements, des lobbys d'entreprises et des membres du crime organisé en lien avec ces institutions, auprès du public. Le désinformateur maîtrise toutes les facettes de la guerre de l'information. Il crée de fausses nouvelles, des supercheries virtuelles destinées à manipuler la peur de l'auditoire auquel il s'adresse. Il active plusieurs milliers de faux comptes et profils pour publier des milliers de messages, il détourne des images qu'il récupère sur le Net pour signaler par exemple une épidémie d'Ebola qui toucherait une ville pour booster les actions d'une société pharmaceutique développant un vaccin. Le désinformateur est beaucoup plus qu'un lanceur de rumeurs : les informations qu'il génère semblent vraies et provoquent de véritables réactions. C'est de la fumée fabriquée pour attirer l'œil des caméras loin de l'incendie réel.

L'appareil se plaça dans l'axe de la piste, ralentit, et releva le nez : les roues touchèrent le sol. À travers le hublot, le paysage défila si vite avant qu'il ne décélère que j'eus des étourdissements, vite estompés par le ralentissement de l'avion, qui roula tranquillement au bout de la piste, jusqu'à la porte de débarquement. J'appréhendais la présence des fouineurs de nouvelles qui m'attendaient de pied ferme.

***

CHAPITRE 33

SURPRISE

À l'aéroport de Boston, le Gentleman resta bouche bée devant le visionnement de la vidéo de Barbara. À aucun moment, elle n'avait soupçonné qu'il serait son bourreau. Malgré tout, il l'avait sous-estimée et le tsunami médiatique qui déferlait sur les ondes ne serait pas sans conséquence pour lui. Allait-il devenir le chasseur chassé ? Comme les choses se compliquaient, il aurait pu disparaître, mais au-delà du diabolisme qui l'habitait, il honorait ses contrats et il s'était engagé à récupérer le codex et la bande magnétique, éléments indispensables qu'il envisageait d'utiliser comme outils de chantage pour exiger qu'un contrat ne soit pas mis sur sa tête. Il le savait, le monde criminel était impitoyable. Le panneau d'affichage annonçait le départ de son vol dans une heure. Sur son téléphone, il vérifia la position de James dont l'avion venait d'atterrir.

Il s'était glissé derrière un poteau de soutien au niveau de l'arrivée des vols et se demandait, un petit sourire aux lèvres, de quelle manière James éviterait la horde furieuse des collecteurs de scoop qui poireautaient. Du coin de l'œil, il l'avait repéré, tentant de se faufiler au milieu d'un groupe de voyageurs. Il patienta jusqu'à ce qu'il le perde de vue. Il adorait épier ses victimes. Puis, il se dirigea à l'opposé dans le hall d'embarquement.

***

J'avais constaté sur le fil des nouvelles que les réseaux sociaux étaient enflammés et que la totalité des chaînes télévisuelles surfaient sur la nouvelle de la journée : la diffusion de la vidéo de Barbara Clark. L'ère du président John F. Kennedy ressurgissait de l'ombre dans laquelle elle était plongée. Je me glissai discrètement dans un groupe scolaire pour filer à l'anglaise. Une fois en route, j'allumai la radio. Un poste local, qui diffusait un vieux tube de Diana Ross me changea les idées. Après Hyannis Port, la double voie se rétrécissait en une seule et créait une longue file d'attente pour remonter la presqu'île. Deux heures plus tard, j'arrivai enfin à Truro. Je poussai la porte d'entrée, la maison était plongée dans le noir ce qui me semblait étrange. Ma mère laissait toujours la lumière de l'entrée allumée. Je poussai sur l'interrupteur et je restai sans voix. Tous les vêtements du placard de l'entrée jonchaient le sol, les bibelots du bahut étaient également disséminés de part et d'autre. Je jetai un coup d'œil au salon qui n'avait pas été épargné.

— Maman ! Tu es là ? criai-je.

Je jetai mon sac et courais jusqu'à la cuisine. J'appuyai sur l'interrupteur.

— Maman !

Je me précipitai vers elle, ses cheveux blonds, habituellement impeccables étaient décoiffés et pendaient sur son visage. J'eus l'estomac noué. Je m'accroupis à ses côtés et lui tapotai les joues. Je collai mon oreille contre sa poitrine. Son cœur battait... elle était vivante. J'ôtai le bâillon de sa bouche barbouillée de rouge à lèvres. Une seringue était posée sur la table à côté d'une note manuscrite :

Tic-tac, tic-tac, plus que quarante-huit heures ...

L'enfoiré ! songeai-je.

J'ouvris le tiroir du buffet et à l'aide d'une paire de ciseaux, je me démenai pour libérer les mains et les pieds des serflex qui la ligotaient à la chaise. Elle ouvrit les yeux.

— C'est toi, chuchota-t-elle...

— Je suis désolé, maman, dis-je en lui caressant le front. Que s'est-il passé ?

— J'ai soif... je lui amenai un verre d'eau, qu'elle but d'un trait.

Le temps de reprendre ses esprits.

— Le tueur est venu ici. Il veut l'enregistrement et le codex.

— Est-ce qu'il t'a injecté un produit?

— Non, il voulait me terroriser.

Son visage reprenait peu à peu des couleurs.

Elle me raconta la suite. Ce type ne me laissait aucun répit. En s'attaquant à ma mère, il avait touché une corde sensible. Je me culpabilisai, me sentant responsable de cette situation.

Elle finit par se lever péniblement de la chaise, son corps était engourdi. En la tenant par le bras, je l'accompagnai à l'étage. Lorsque j'ouvris la porte de sa chambre, à leur tour l'armoire et la commode étaient vidées, le linge éparpillé sur le sol, le lit sens dessus dessous.

— Mon Dieu, il a fouillé partout! constata-t-elle.

— Ne t'inquiète pas...

Je remis le matelas sur le sommier et j'arrangeai grossièrement les draps et les couvertures.

Elle s'allongea. Je restai un moment avec elle, luttant contre la nausée et les tremblements qui m'avaient envahi. Elle avait les yeux à peine clos lorsque j'eus tout juste le temps de courir jusqu'à la salle de bain également à l'envers, je tombai à genoux devant la cuvette des toilettes et je vomis ce qu'il restait dans mon estomac. Les remontées acides me donnèrent des haut-le-cœur et mes tripes se contractèrent. J'ai à nouveau vomi. Cette fois un liquide jaunâtre qui me brûla la bouche. Et après une pause, je me redressai, tirai la chasse d'eau et rabattis la lunette des w.-c. Mon estomac fit à nouveau un tour, je dus me pencher de nouveau, attaqué par de violentes torsions. J'avais beau ouvrir la bouche, rien ne sortait à part des sons caverneux qui auraient réveillé un régiment. Ça a continué pendant une bonne demi-heure avant que je m'en sorte. Presque en rampant, je rentrai dans la douche tout habillé et je fis couler un jet d'eau chaude sur ma tête. Trop tôt pour le sommeil. Je laissai mes vêtements dans la cabine et j'enroulai une serviette autour de ma taille. J'abandonnai l'idée de me raser. Je composai le numéro de l'agent du FBI. Vu l'heure, je n'étais pas certain qu'il me répondrait.

— Bonjour, c'est James Bradford.

— Mais où étiez-vous passé après les funérailles, j'étais inquiet? dit-il d'un ton réprobateur.

— Je suis sorti par une porte dérobée à l'arrière de l'église. Jevoulais éviter la presse. Ma mère a été retenue en otage par le tueur, lui annonçais-je d'une voix blanche. Il veut l'enregistrement et le codex. Il m'a donné quarante-huit heures.

— Est-ce qu'elle va bien ?

— Encore sous le choc, mais elle va survivre.

— La vidéo de Barbara a dû vous secouer.

— Pas autant que les commanditaires de son meurtre.

— Vous êtes une cible très exposée.

— J'ai récupéré la bobine magnétique, il reste le codex à trouver.

— Gardez-la en lieu sûr. Moi aussi, j'ai du nouveau. Les rapports de police de votre père ainsi que celui de Nancy Clark ont disparu des archives. J'ai obtenu une copie des originaux. Ils ont été assassinés.

— J'ai rencontré un détective qui m'a confirmé que Barbara était sous surveillance à partir d'un appartement situé en face de chez elle qui appartient à l'entreprise AX.CYB, une filiale de AX SECURITY, sous-traitant l'informatique du FBI.

— Quoi ? Vous en êtes certain ?

— Oui. Je vous envoie les documents par courriel sécurisé.

— Parfait, on va chercher de ce côté. Votre vie est en danger.

Mon intuition ne me dicte rien de bon.

— Je vous rappelle.

— Soyez prudent.

Une fois changé, je passai devant la chambre de ma mère et je poussai la porte, elle dormait. Rapidement, je rangeai tout ce qui traînait. Si je passais au travers de la journée, ce serait un exploit. J'étais submergé par une multitude d'idées. Alors, en descendant l'escalier en me cramponnant à la rampe, je pensai, un jour et une chose à la fois. Puis un éclair me traversa l'esprit. Les jambes à mon cou, je me précipitai dans le hangar. La porte était entrouverte. Je saisis une pelle appuyée contre le mur et entrai. Personne. Je vérifiai, la valise était là. J'espérais trouver un peu de répit dans le salon. Si j'avais été raisonnable, j'aurais mis de la musique classique pour me détendre et je me serais allongé dans le noir pour trouver un peu de repos. Mais je n'étais pas sage. La curiosité était plus forte que la raison : j'appuyai sur le bouton de la télécommande. Des portraits du président John F. Kennedy avaient envahi l'écran.

Le présentateur vedette de la chaîne, Peter Perkins était aux commandes.

— Chers téléspectateurs, dit-il, avant de se tourner vers la gauche. Je remercie Jerry Camble ainsi que la docteure Berenson pour leur présence.

Ah non, pas lui ! m'exclamai-je.

— C'est un vrai coup de tonnerre qui s'est abattu sur la Capitale. Barbara Clark, la troisième victime du meurtrier qui fait trembler la côte est des États-Unis, avait anticipé son assassinat. Au travers d'une vidéo, diffusée lors de ses funérailles, elle affirme qu'une conspiration ourdie dans les années soixante à l'encontre du président John F. Kennedy est à l'origine du meurtre de sa mère, Nancy Clark, qui était l'assistante de la secrétaire de John F. Kennedy. Cette dernière a volé un document, contenant des secrets d'État, le jour de l'assassinat du Président. Le chroniqueur politique Ted Bradford avait obtenu le témoignage audio de Nancy Clark et s'apprêtait à publier un article à ce sujet dans les colonnes du Washington Post lorsque la bande enregistrée a disparu. En 1965, Nancy Clark meurt dans l'incendie de son appartement. En juillet 1968, Ted Bradford fut retrouvé mort dans une chambre d'hôtel. Il aurait mis fin à ses jours.

— Ce qui nous intéresse en premier lieu, c'est la personnalité de Barbara Clark.

La chaîne bascula sur une autre caméra, qui se braquait sur elle.

— Vous êtes une spécialiste en étude comportementale criminelle et vous avez collaboré avec le FBI. Votre dernier bouquin « Les psychopathes en cravate » s'est vendu à des milliers d'exemplaires. Selon nos sources, Barbara Clark prenait des antidépresseurs depuis plus de deux ans...

Il laissa planer le doute en fixant son interlocutrice.

— Je ne peux confirmer cette affirmation.

— Dans cette éventualité, le jugement d'un individu peut-il être altéré ?

— Tout dépend de la dose quotidienne d'antidépresseurs absorbée. Ajoutez à cela le niveau de stress ou d'anxiété ainsi que le contexte familial qui peut aggraver un état.

— Comme l'équilibre émotionnel ? Les traumatismes de

Madame Clark semblaient lourds à porter. Ses derniers concerts remontent à plus d'une année et ils n'avaient pas fait salle comble.

Qu'est-ce qu'il raconte? J'étais interloqué par cette remarque inutile et non justifiée qui confirmait ma théorie sur le discrédit à son égard.

Elle se tortilla sur sa chaise, visiblement agacée par les suppositions de Peter Perkins.

— Où voulez-vous en venir? Je ne peux évoquer que des cas généraux. Vos déclarations quant à sa carrière me semblent totalement déplacées et injustifiées. C'était une artiste plébiscitée dans de nombreux pays. Vous auriez dû faire vos investigations en Chine ou au Japon où des milliers de fans la suivent depuis plusieurs années.

La docteure venait de marquer un point. Une femme moderne, dans l'air du temps, une véritable New-Yorkaise à la pointe de la mode. Elle portait un ensemble tailleur de chez Dior qui lui procurait une autorité naturelle. Ses accessoires —des bijoux, un foulard— étaient discrets. Le son voluptueux de sa voix, ses yeux qui fixaient la caméra avec franchise, elle avait une belle assurance.

— Justement, poursuivit-il, étant donné qu'elle n'avait jamais connu son père, et que très jeune, elle a perdu sa mère, elle a pu être traumatisée depuis sa plus tendre enfance.

— Effectivement, cela peut être un point de départ.

J'analysais sa façon de s'exprimer, sa gestuelle : elle dégageait une crédibilité hypnotique. Plus l'interview progressait, plus le sujet glissait sur un terrain inattendu. La capture d'écran affichée provenait du compte de Facebook de Barbara. Une conspirationniste! En une fraction de seconde, sa crédibilité venait d'être attaquée.

— Est-ce qu'un tel état d'esprit peut affecter l'appréciation d'une situation?

— La conviction d'une fin prochaine peut générer un trouble obsessionnel qui va amplifier la réalité et créer une confusion. La frontière entre le réel et l'imaginaire s'estompe.

— Donc, vous confirmez que Barbara Clark a pu imaginer un complot, adhérer à des sites conspirationnistes et croire aux prophéties de fin du monde?

— C'est possible...

Voilà, nous y sommes! La manipulation des médias était

flagrante. Je m'enfonçai dans le canapé, remarquant l'œil vif du commentateur qui esquissait un léger sourire.

— Par contre, rajouta-t-elle, je viens d'apprendre que ma ligne téléphonique a été mise sous écoute et mes appareils électroniques ont été piratés. Ceci en lien avec mes échanges avec Barbara. C'est étrange, non ? Qui s'intéresse autant à ma patiente et pourquoi ?

La caméra fit un gros plan sur son visage. Son regard devint dur et ses traits figés.

— Qui que vous soyez, je n'en resterai pas là. Merci de me donner cette opportunité.

Il y eut un silence de mort. Je n'osai même plus cligner des yeux et je crois qu'on était tous dans le même cas... D'un bond, je me redressai. Peter Perkins fixait l'écran, et semblait perdu, attendant qu'on lui souffle à l'oreillette ce qu'il devait dire. Elle coupa l'herbe sous le pied à tout le monde en rajoutant :

— D'autant plus que cette intrusion a mis en danger la confidentialité de mes dossiers, rajouta-t-elle d'une voix douce. Je souhaite que la source des informations que vous détenez sur Mme Clark soit fiable, et qu'elles ne soient pas le fruit du vol de mes données. Auquel cas votre chaîne se ferait l'écho d'une manipulation menée contre ma cliente et risquerait une poursuite de plusieurs millions de dollars. Après la diffusion de sa vidéo, il est opportun de signaler ces faits.

Elle venait de clouer le bec à Peter Perkins qui affichait un air idiot. Il mit quelques secondes à reprendre la main.

— Nous vous retrouvons après cette page publicitaire...

Je lâchai un cri en signe de satisfaction. Cette déclaration avait fait l'effet d'une bombe et j'étais impatient de découvrir la suite. J'imaginai la panique s'installer sur le plateau, les avocats gesticuler pour la persuader de s'excuser en raison d'un débordement émotionnel dû au décès de sa patiente. Bref, le gros bordel.

Quand les premières images surgirent à l'écran, Peter Perkins tentait d'atténuer la crispation sur son visage toujours présente par un sourire exagéré.

— Vous êtes toujours en direct sur CNN pour suivre ce débat passionnant. Monsieur Camble, vous avez recueilli le témoignage d'une amie de Nancy Clark, Meredith Darwin. Nous le regardons et nous en discuterons ensuite.

Sur l'écran apparut une vieille dame à l'allure distinguée. Assise bien droite sur une chaise derrière une table. Les plantes luxuriantes autour d'elle la rendaient lumineuse, comme si elle baignait dans une aura particulière. Sa crédibilité était renforcée par son teint rosé et ses cheveux blancs bien coiffés. Jerry Camble la questionna avec respect et retenue sans l'influencer par des questions dirigées, au contraire, il la laissa libre de ses propos. Elle livra une version cohérente de sa relation amicale avec Nancy Clark, et révéla les menaces de mort qui avaient plané sur son amie, et l'amant de celle-ci.

Peter Perkins se tourna vers Jerry Camble.

— Sans mettre en doute la déclaration de Mme Darwin, rien ne peut l'étayer. De là à penser qu'un karma meurtrier s'est abattu sur la famille...

Jerry se pencha légèrement en avant et posa une main sur son genou, un drôle d'air s'afficha sur son visage. Un sourire qu'il tentait de réprimer. Je le connaissais suffisamment pour savoir qu'il allait sortir un lapin de son chapeau.

— Je ne suis pas un adepte de la théorie des karmas. Par contre, ce qui est étrange, c'est la disparition des archives de la police des rapports d'autopsie et d'enquête de Nancy Clark et Ted Bradford.

Deuxième camouflet pour Peter Perkins

— Nous n'avons pas les mêmes informations. Nous nous sommes procuré une copie de ces archives qui prouvent le suicide du journaliste et la mort accidentelle de Nancy Clark dans l'incendie de son appartement. Vous devriez mettre vos sources à jour.

Le coup de grâce pour Jerry? Je serrais mes poings, comme dans un match de basket lorsque l'adrénaline est à son maximum et qu'il reste deux secondes pour réussir le dernier panier. À cet instant, j'étais son plus grand supporter.

— Supposons que Ted Bradford et Nancy Clark possédaient un double de l'enregistrement et présumons qu'ils aient été en possession du document volé dans le Resolute desk. Envisageons que des personnes souhaitaient récupérer ce document. Quoi de plus simple que de les éliminer? Mais un évènement fortuit est survenu : l'enregistrement a ressurgi, et Barbara Clark en a hérité. Elle n'est plus là pour en parler.

— Beaucoup, beaucoup de suppositions de votre part...

— Juste pour vous rafraîchir la mémoire. Vous qui suivez avec attention vos cotes d'écoute, vos pourcentages d'abonnés, et qui surveillez vos concurrents, vous connaissez bien les chiffres n'est-ce pas ? Quelle probabilité y avait-il que Barbara Clark ait été victime d'un tueur en série qui cible ses victimes au hasard, alors qu'elle semblait impliquée malgré elle dans un complot historique ?

— Je ne suis pas mathématicien, Monsieur Camble. La thèse du tueur en série est légitime, le hasard existe. Il a choisi un profil identique pour ses victimes—des femmes célibataires avec des carrières professionnelles exposées au public : une juge, une avocate, et une artiste. La loi du hasard.

Le journaliste prit un calepin dans sa poche et le consulta brièvement.

— Vous faites la sourde oreille et vous êtes en train de vous ridiculiser. Si je ne m'abuse, dit-il en parcourant ses notes, dans son enregistrement, elle a évoqué « des secrets d'État », et je la cite. Jumelez à ça le vol des données de la docteure Berenson et vous avez un cocktail parfait pour une sordide manipulation. Je crois que le meurtre de Barbara Clark est une opération sous faux pavillon organisée pour préserver ces secrets d'État. Beaucoup de questions restent en suspens. Je m'en tiens aux faits. Qui détient le pouvoir de monter un complot de cette envergure ?

Peter Perkins prit la parole.

— Plusieurs hypothèses sont possibles, notamment celle que Ted Bradford ne se soit jamais remis de la mort accidentelle de Nancy Clark et qu'il ait mis fin à ses jours. Mettriez-vous en doute l'institution policière dans ce dossier ?

— Dans ce cas, pour quelle raison les archives sont-elles vides ? Qui est votre informateur ?

Son interlocuteur ne fut aucunement déstabilisé.

— Nous ne révélons pas nos sources.

— La possibilité que nous ne regardions pas dans la bonne direction est bien réelle, renchérit-il.

— S'il vous plaît... Le visage de Peter Perkins se crispa, il leva la main et fit des signes comme pour l'inviter à se taire.

— Vous discréditez Meredith Darwin qui est une femme vive et alerte. Et j'ai l'étrange sentiment que vous cherchez à démontrer que Barbara Clark avait de graves problèmes psychologiques, je me trompe ?

— Monsieur Camble, nous faisons notre travail de manière impartiale.

Il venait de se mettre à dos le monde médiatique.

— Et vous, docteure, je serais enclin à vous conseiller de porter plainte, suggéra Jerry Camble.

À quel jeu joue-t-il ? me demandai-je. Son attitude avait changé. J'eus l'impression qu'il portait un regard neuf sur les événements.

La suite de l'émission se joua dans une assourdissante cacophonie, et Peter Perkins ne réussit jamais à reprendre le contrôle de l'antenne. Le taux d'écoute avait battu tous les records. Quelle serait la suite ? Je me questionnai. Il en ressortait une confusion encore plus grande, malgré les points intéressants soulevés par Camble. D'ordinaire, lors d'un talk-show, les plans de l'émission doivent être approuvés par les responsables et les juristes de la chaîne. Visiblement, tout avait déraillé. La docteure Berenson, à juste titre, était gonflée à bloc et Jerry Camble n'avait pas fait le jeu de Peter Perkins. Avait-il eu un sursaut de conscience ?

Sur mon téléphone, je jetai un œil sur les réseaux sociaux et découvris qu'ils surchauffaient : 1 950 000 abonnés étaient connectés. En plein milieu de la campagne électorale présidentielle. La politique était soudain le sujet numéro 1. L'information traversait le pays en temps réel, relayé par Internet et l'ensemble des chaînes d'information. Les Guerriers numériques venaient de mettre en ligne une nouvelle publication.

Publication #3
GUERRIERS NUMERIQUES
Dossier 557

Charles Atkins? Vraiment...
Le tueur préfère la chair
fraîche...
49,35
Ne vous trompez pas de cible...

Il existait assurément une suite logique dans leurs messages qui nous racontaient une histoire. L'assassinat de Barbara devenait aussi énigmatique que celui du président John F. Kennedy.

L'affaire ne serait pas de sitôt reléguée dans les pages intérieures des journaux pour finir dans les rubriques « En bref » et classée comme un petit meurtre. Je connaissais assez bien le monde du journalisme pour deviner qu'ils rappliqueraient tous à Washington : les commentateurs de la télévision, de la presse écrite, des quotidiens à scandales. D'autres se rendraient à New York, sa ville natale, et fouilleraient son histoire dans les moindres détails. Que trouveraient-ils ?

Je m'étais fait une tisane à la camomille. J'hésitai entre creuser les informations publiées par les Guerriers numériques ou bien éclaircir la manne de données que j'avais engrangées au fil de mes découvertes des documents et de la cassette de Miller Harris.

Je montai au pas de course dans ma chambre et je décrochai le tableau blanc, que je suspendis à la place de la réplique de la toile de Van Gogh, Le Café de nuit, qu'affectionnait particulièrement ma mère. La visualisation globale des événements m'aiderait peut-être à trouver des pistes. Une méthode que j'utilisais lorsque j'enquêtais sur les propriétaires de comptes offshore, dont les structures étaient d'une complexité diabolique. Des sociétés divisées en une multitude de branches qui se fractionnaient à nouveau pour masquer l'identité des véritables propriétaires. De vrais casse-têtes. Plusieurs cerveaux valaient mieux qu'un, même si en l'occurrence, il n'y en aurait qu'un seul : le mien.

Au milieu, en haut du tableau, j'inscrivis le nom du Cinquième Empire. Ensuite, je parcourus mon calepin et je reportai dans une colonne tous les noms des acteurs des années 1960. En dessous, ceux de 2016. Je pris du recul en me concentrant. J'ajoutai des flèches directionnelles pour relier les noms entre eux. À voix haute, je commentai : Kennedy possédait le carnet et l'a transmis à sa secrétaire, qui à son tour l'a donné à Miller Harris, qui l'a transféré à mon père pour écrire un livre. Je passais la main dans mes cheveux, signe d'une réflexion intense.

Un flash surgit dans mon esprit : Le plan Kennedy ! que je notai immédiatement en l'entourant au feutre rouge. L'avait-il mis en œuvre ? Étudier profondément tous les décrets qu'il avait signés ferait partie de ma quête. Quelle marge de manœuvre avait-il eue pour combattre le titan de l'ombre ? Les démocrates, étaient-ils majoritaires à la Chambre des représentants et au Sénat lors de son mandat ?

À droite, j'inscrivis la date du 22 novembre 1963 et je tirai un trait jusqu'en bas où je reportai la date de 2016. L'action se concentrait dans les années 1960. Je reliai le nom du Cinquième Empire à l'année 2016. Mais qui se cache derrière le Cinquième Empire ? me demandai-je.

Je bus une gorgée : la tisane était froide à présent. Je retournai dans la cuisine et plaçai ma tasse dans le micro-ondes.

Le livre que mon père aurait écrit m'obsédait. Trop énervé pour trouver le sommeil, j'inspectai la maison de fond en comble. Malgré l'heure tardive, je ne négligeai rien, allant jusqu'à fouiller dans la cavité construite pour effectuer le changement d'huile des véhicules. L'horloge indiquait 0 heure 45 lorsque je retournai dans ma chambre, déçu et bredouille. Avec une crainte : le tueur avait-il trouvé le codex lors de sa fouille ? J'abandonnai.

***

CHAPITRE 34

« L'AIGLE »

Oh non, on est déjà le matin... J'avais l'impression de m'être à peine endormi quand j'ai entendu un vacarme qui me semblait épouvantable, résonnant dans ma tête comme un gong. Je mis quelques secondes à réaliser qu'il s'agissait de l'alarme. La chambre était dans le noir complet. En tâtonnant pour allumer la lampe, je fis tomber le réveil ainsi que mon verre d'eau.

J'attrapai le revolver de mon père dans le tiroir de la table de nuit et je me précipitai dans l'escalier à moitié nu. En passant devant la chambre de ma mère, la porte était fermée, et le rez-de-chaussée où pointait la lumière du jour était inhabituellement silencieux. La sirène hurlait. Ma main se crispa sur le revolver. Sur le qui-vive, je descendis lentement jusqu'au tableau de commande dans l'entrée et je tapai le code. Le bruit strident cessa. Persuadé que le tueur était dans les parages, il avait dépassé les bornes, je vais le buter! songeai-je. En supposant que je sois capable d'appuyer sur la détente, et en espérant que le flingue ne s'enraye pas. Je vérifiai la porte d'entrée, c'est alors que j'aperçus une silhouette sur la galerie. L'arme au poing, le souffle court, je déverrouillai la serrure et ouvris brutalement la porte.

— Ne tirez pas! cria un livreur aux lunettes rondes qui laissa échapper un boîtier en levant les bras dans les airs.

Torse nu, avec un caleçon bleu, je ne m'étais jamais senti aussi ridicule.

— J'ai cogné à la porte et l'alarme s'est déclenchée, je venais vous apporter une lettre...

Confus, je baissai l'arme.

— Mais quelle heure est-il ? demandai-je bêtement.

— Approximativement 7 heures 40, Monsieur. Bon sang ! L'ultimatum...

Après lui avoir présenté mes excuses, je signai sur le boîtier électronique avant de récupérer l'enveloppe. Je refermai la porte et décachetai l'enveloppe.

Rendez-vous ce soir 22 heures au mémorial Thomas Jefferson à Washington. N'apportez pas votre téléphone. Prenez le métro jusqu'à la station Smithsonian et marchez jusqu'au Mémorial.

Venez seul, un ami.

Qui pouvait bien m'expédier une lettre à cette adresse ? me demandai-je.

Je restai songeur. S'agissait-il de Gary ? Non, il aurait appelé chez ma mère. Brooke ? Elle habitait à New York, pourquoi m'aurait-elle fixé une rencontre à Washington ? J'avais beau me creuser les méninges, c'était le néant.

Une fois mon souffle repris, je remontai les marches.

***

Margaret se réveilla en sursaut. Elle était en plein rêve. Elle entendit à nouveau le bruit : on frappait à la porte de sa chambre. Le battant s'entrouvrit et les coups se firent plus appuyés. Le visage de James apparut.

— Il m'a semblé entendre l'alarme ?

Pendant un instant, elle ne savait plus où elle était. Elle s'assit dans le lit et se massa le poignet. Une douleur, un souvenir, celui d'avoir été ligotée plusieurs heures sur une chaise. James s'avança dans la pièce.

— Une fausse alerte.

— Est-ce que tu as bien dormi ?

— Assommée ! répondit-elle.

Je m'installai à ses côtés sur le lit.

— C'est confus dans ma tête, je suis un peu déboussolée.

— Ce que tu as vécu est terrible. Ce serait plus prudent que je te conduise à l'hôpital.

— Non, ça va.

— Tu as subi un choc, tu devrais consulter un psychologue.

Elle me prit les mains.

— J'appellerai Cheryl, je te le promets.

Une psychologue à la retraite qu'elle connaissait très bien.

Je me levai et ouvris les rideaux pour laisser entrer la lumière.

— Que dirais-tu de t'exiler quelques jours, le temps que les choses se calment ? Tu serais en sécurité chez Maddy.

— Tu as raison, changer d'air me fera du bien. J'appelle à la Galerie de Boston pour prévenir Stella. Et toi, tu retournes à Washington ?

— J'ai un rendez-vous important. Je ne peux pas l'annuler, dis-je avec un soupçon de culpabilité.

Elle poussa un soupir qui en disait long sur son impuissance à me dissuader.

— Je prépare ma valise et je passe les appels.

Je retournai à ma chambre enfiler une tenue décente. Je sortis des vêtements de l'armoire et les rangeai dans une valise à roulettes. Dans mon bagage à main, je glissai tous les documents importants ainsi que le magnétophone et les bobines d'enregistrement.

Ce rendez-vous m'avait redonné espoir. Mon cerveau ne pouvait chasser les inquiétudes. Notamment le silence de Brooke Harris et le compte à rebours du tueur. Avec mes bagages, je gagnai le rez-de- chaussée. Ma mère avait préparé du café. Je versai le liquide brûlant dans la tasse et le bus à petites gorgées face à la baie vitrée inondée de soleil. Je réalisai qu'en tant que journaliste d'enquête, mes objectifs avaient toujours été clairs, mais à cet instant, j'ignorais quel était le but à atteindre. Des questions vinrent me hanter : rétablir la vérité, mais quelle vérité ? Et par quel moyen ? Imaginons que le tueur disparaisse, que je récupère le codex pourpre, et après ?

Je repoussai l'idée de les publier anonymement sur Internet. À l'instar d'Edward Snowden, qui avait dû s'exiler à Hong Kong, après avoir été inculpé d'espionnage par le Gouvernement américain alors qu'il voulait dénoncer le système de surveillance illégal mis en place par la NSA. Ce gars-là avait été seul, et je l'étais également.

J'étais coincé, comme si j'étais allé au bout de mes possibilités.

La menace la plus urgente à traiter était celle du tueur qui était à mes trousses. Je sentais son souffle dans mon cou. Le temps s'égrenait. Puis maintenant cette mystérieuse lettre. J'entendais en fond sonore le poste de télévision et je rejoignis ma mère dans le salon. La docteure Berenson était à l'écran, entourée d'une nuée de journalistes à la sortie du poste de police du district de New York. Les traits de son visage trahissaient la colère. Elle venait de déposer plainte contre X pour surveillance illégale. Une femme courageuse, songeai-je.

— J'ai contacté Maddy, elle m'attend.

Maddy était une de ses amies de longue date qui vivait à San Francisco. Veuve depuis deux ans. Elles n'avaient pas eu l'occasion de se revoir depuis les funérailles de son époux. Pendant que ma mère bouclait sa valise, je consultai l'horaire des vols sur Internet, sans réserver les billets.

— Est-ce que tu as de l'argent liquide pour payer nos billets d'avion ?

— Je m'en occupe.

Nous étions prêts. Ma mère était chamboulée.

Je m'approchai et la serrai dans mes bras.

On va s'en sortir, murmurai-je. Je relâchai mon étreinte. Sans perdre de temps, nous sautâmes dans l'automobile, direction l'aéroport. Pendant le trajet, nous restâmes silencieux. Je laissai le véhicule à l'agence de location et nous nous dirigeâmes vers le comptoir de la compagnie aérienne. J'achetai deux billets que je payai comptant. Nous allâmes grignoter un morceau dans un restaurant de l'aérogare et à 13 heures, ma mère prit un vol à destination de New York. Sa correspondance la conduirait à San Francisco. J'étais rassuré. Pour occuper mon temps libre avant mon vol, j'achetai un bouquin à la libraire, L'Ultime Épreuve de Troy Denning, et je m'écrasai dans un fauteuil. Je raffolais des films et des livres de science-fiction, et bien que celui que je tenais entre les mains me semblait passionnant, ce ne fut pas suffisant pour me changer totalement les idées. Vers 18 heures, j'embarquai, plein de doutes et d'incertitudes quant à la rencontre qui m'attendait. J'arrivai aux alentours de 20 heures dans la capitale américaine. Je demandai au chauffeur de taxi de m'amener à ma maison de Georgetown pour y déposer mes bagages. Nous fûmes immobilisés par un accident de la route. Le taxi ne bougeait pas, attendant une ouverture dans le flot de voitures. Je craignais d'être en retard. Je changeai donc d'idée.

Le taxi me déposa à la bouche du métro : je n'avais plus que dix minutes. Avec mes bagages, je trottai d'un pas accéléré. C'était une nuit lourde et orageuse, j'étouffais. Je pris l'avenue Ohio Dr SW, croisant deux Rangers qui effectuaient la dernière ronde de la soirée. Je franchis le trottoir et arpentai le chemin en béton au bord de l'eau. D'où je me trouvais, je distinguais le Lincoln Mémorial, à gauche : devant lui, de l'autre côté du Tidal Basin, s'élevait le dôme du Jefferson Mémorial. Le parc était peu éclairé, le ciel s'était couvert et les nuages jouaient à cache-cache avec le croissant lunaire. Je consultai ma montre qui indiquait 21 heures 50. Je progressai à grandes enjambées en direction de l'édifice. Plus que deux minutes, songeai-je. Essoufflé, je m'appuyai sur la rambarde de métal pour reprendre mon souffle. C'est le genre de rendez-vous que j'avais déjà eu avec des informateurs. Tard le soir, dans un endroit peu fréquenté. Je me remis à marcher. Quelqu'un venait dans ma direction. Une femme, portant un imperméable, coiffée d'un foulard. Sur ma gauche, une voix m'interpella. Je sursautai.

— Monsieur Bradford. Je tournai la tête et ne vis qu'un arbre.

— Approchez-vous.

La passante poursuivit sa route sans m'adresser le moindre regard.

— Stop. Ne bougez plus. Cette voix ne m'était pas inconnue. Un timbre grave, sans accent particulier.

— Et vous êtes... ?

— L'Aigle...

— L'Aigle, mais...

— Terry Dickens, ajouta-t-il.

Je ravalai ma salive. C'était bien lui. Un informateur qui m'avait contacté lorsque je menais l'enquête sur les comptes illégaux dans les paradis fiscaux. Ses renseignements furent d'une aide capitale et nous permirent de rattacher des noms de politiciens à des noms de société offshore qui possédaient des comptes bancaires dans les îles

Vierges britanniques et qui étaient impliqués dans des systèmes de Ponzi. Je soupçonnais qu'il évoluait près du cercle de la Maison-Blanche ou bien au sein du Capitole. Un sénateur ou encore un membre de la Chambre des représentants qui avait ses entrées. Si notre collaboration s'avérait fructueuse, cette taupe au cœur du pouvoir serait un solide allié. Une voiture sur l'avenue principale ralentit : je retins mon souffle et lui aussi. Dans le véhicule, un jeune couple.

— Arrêtez vos investigations sur le meurtre de Barbara Clark.

Sa menace me saisit.

— Quoi ?

— Ne faites pas l'idiot. Vous n'êtes pas à la hauteur de vos adversaires. Vous en savez trop, mais certainement pas assez. Ne jouez pas avec le feu.

— Sinon quoi ?

— Vous risquez votre vie et celle de vos proches.

— Vous m'avez fait venir pour me dicter ma conduite, je n'ai que faire de vos conseils, dis-je en m'avançant vers lui.

— Restez où vous êtes ! cria-t-il. Écoutez-moi. Ce n'est pas un conseil, c'est un ordre.

— Je n'ai rien demandé : Barbara m'a confié ses inquiétudes et elle a été tuée. Notre père a été assassiné, sa mère, et combien d'autres ? Je veux connaître la vérité. Je crains qu'il ne soit trop tard pour que je me retire du jeu. Je suis impliqué malgré moi.

— Vous ne savez pas tout. Le Consortium des journalistes d'enquête est aussi contaminé.

Je m'insurgeai.

— C'est impossible ! C'est une organisation à but non lucratif.

Les révélations sur les comptes offshores, et plus récemment, la fraude fiscale et le blanchiment d'argent opérés par la Banque HSBC au départ de la Suisse. Toute la sécurité de communication est en béton. Aucune fuite n'est possible.

— Ah oui ? Après l'effet choc de la nouvelle, que s'est-il produit ? Les banques offshores ont migré dans d'autres paradis fiscaux. Aucun politicien ni aucun patron de multinationale n'a été inquiété. Des individus de second plan ont été sacrifiés sur la place publique, mais aucun des gros bonnets. L'effet médiatique a été de courte durée, le temps de berner le peuple. Souvenez- vous des deux membres du Congrès mouillés jusqu'au cou. Blanchis par un juge au jugement plus que douteux. Cessez de vivre dans l'illusion. Le contrôle est global.

Ma bulle de verre venait d'éclater. J'étais déstabilisé.

— Mes paroles sont un choc pour vous. Il n'existe plus de véritable démocratie et la plupart des médias alternatifs sont infiltrés afin de contrôler l'information. Ceux qui se posent des questions fondamentales doivent demeurer dans l'obscurité. Votre désir de justice vous a aveuglé. Laissez-nous agir selon notre méthode.

— Je crains que nous ne soyons dans une impasse. Je n'abandonnerai pas. Un tueur est à mes trousses, dans quatorze heures, il veut l'enregistrement détenu par Barbara, ou bien il me tuera.

— Ne faites pas ça ! cria-t-il. Il se tut, comme s'il réfléchissait. Est- ce qu'il est en votre possession ?

— Pas encore, répondis-je prudemment. Vous ne savez pas tout non plus. J'ai découvert certains faits historiques, très incriminants, des preuves d'un complot reliées à l'assassinat du président Kennedy.

Là, c'est lui que je venais de déstabiliser. Un silence.

— Quelles preuves ?

— Vous ne pensez tout de même pas que je vais vous les révéler ?

— Laissez-nous agir.

— Un plan est en marche. Les enjeux sont immenses et vous ne devez pas le compromettre.

— Pourquoi vous ferais-je confiance ? Vous n'avez pas répondu à ma question...

— Nous sommes l'Alliance, un groupe secret avec des ramifications internationales.

Je ne savais trop quoi penser.

— Alors nous sommes dans une impasse. Bonne soirée.

Je n'en laissais rien paraître, mais plusieurs questions me brûlaient les lèvres. J'espérais avoir créé chez lui un certain intérêt. Je fis quelques pas et...

— Attendez !

Je me retournai.

— Contactez-moi à la même adresse courriel qu'auparavant. Je vous aiderai. Maintenant, fermez les yeux et comptez jusqu'à vingt.

Au bout d'une minute, il avait disparu, comme s'il s'était évaporé.

Je me dirigeai au pas de course vers le premier lampadaire. Sous la lumière bleutée, je hélai un taxi. L'Alliance ? m'interrogeai-je, en montant dans le véhicule.

***

De son côté, l'Aigle approchait de l'entrée du métro. Il avait jeté son chapeau dans une poubelle et portait maintenant une casquette. Il s'arrêta devant la vitrine d'un restaurant faisant mine d'étudier le menu et composa un numéro sur son téléphone cellulaire.

— Allô, je l'ai rencontré. Il ne lâchera pas le morceau. Il a des éléments de preuve reliés à l'affaire Kennedy... très bien... je lui ai parlé de l'Alliance... parfait.

En arrivant dans ma rue, je scrutai les voitures stationnées le long du trottoir. J'étais sur mes gardes. Rien à signaler. Je descendis du taxi, en jetant un dernier coup d'œil. Je désactivai l'alarme et pénétrai dans l'entrée. J'appuyai sur l'interrupteur. Le long du mur, les tiroirs du bahut avaient été vidés et inspectés, leur contenu éparpillé sur le sol. Mon regard se porta vers le salon et je constatai les dégâts. Les pièces avaient été fouillées sans précaution.

Le message était clair. Le tueur ne plaisantait pas. La peur n'eut pas raison de moi. J'étais plutôt contrarié et en colère. Découragé par le rangement qui m'attendait, je déboutonnai ma chemise en me dirigeant vers la cuisine. J'ouvris la porte du frigidaire et constatai qu'il restait un pain carré périmé et une tranche de fromage. Je dressai un sandwich sommaire, que je déposai dans une assiette. Je croquai avec appétit dans le pain rassis. L'espoir renaissait. J'allumai le poste de télévision avant de m'affaler sur le canapé. À l'écran, le portrait de la docteure Berenson apparut. Je montai le son.

C'est la stupeur. Nous venons d'apprendre le décès de la docteure Berenson, qui aurait succombé à une crise cardiaque lors de son transport en ambulance à l'hôpital de New York.

Quoi ? criai-je. Ce n'est pas possible, elle n'avait pas plus de quarante-cinq ans !

Alors qu'elle achevait son repas avec une amie au restaurant STK Midtown, la docteure Berenson a été prise d'un malaise. Lorsque les ambulanciers sont arrivés, elle avait perdu connaissance.

Je me redressai, submergé par un profond sentiment de culpabilité. En lui révélant qu'elle était surveillée, je l'avais mise en danger. On l'a assassinée !

***

CHAPITRE 35

CONSENSUS

Debout sur le perron du manoir, le président, tête baissée, se laissait laver par la pluie fine qui avait fait son apparition. La diffusion de la vidéo de Barbara l'avait terrassé. L'affaire Kennedy était revenue au premier plan. Quelques heures auparavant, le surnom du Gentleman avait été cité sur les publications des guerriers numériques, ainsi que des indices dénonçant une conspiration montée contre la violoncelliste. Depuis, il supposait qu'une taupe était infiltrée au sein du groupuscule. En douze heures, il se retrouvait avec trois problèmes majeurs. Le premier : maîtriser l'opinion publique, enflammée par l'opportunité de voir rebondir l'affaire Kennedy. Le second, démasquer celui qui avait divulgué des informations aux lanceurs d'alerte. Et enfin le troisième : le Gentleman devenait un problème. Une cascade d'événements négatifs et nuisibles au groupuscule.

Son téléphone cellulaire sonna. Au bout de la ligne, le Lieutenant des États-Unis.

— Le cas Berenson est réglé.

— Beau travail. Pas de surprise, j'espère.

— Impossible, elle avait le cœur fragile.

— Le plan se déroule comme prévu. Le Gentleman n'est plus utile maintenant. D'une façon ou d'une autre, nous allons récupérer tous les documents ainsi que l'enregistrement. Qu'est-ce qu'on fait avec le sénateur ?

— Rien. Faites-lui passer le mot : plus de petite sauterie pour le moment, c'est clair ?

— Les médias, le FBI et la NSA sont de notre côté.

— J'espère bien, avec le prix que nous leur payons !

— La chasse à courre est prévue pour la semaine prochaine.

— Annulez, nous avons d'autres chats à fouetter.

— Je vous tiens au courant.

Les jours du Gentleman étaient comptés.

Il raccrocha la ligne. Ses joues étaient blanches comme si son sang s'était retiré. Son téléphone vibra.

— Ils seront prêts dans dix minutes, Monsieur, lui indiqua le rabbin.

— Hum... grogna-t-il.

— Tout va bien ?

— Ce n'est rien, des détails...

À l'intérieur, dans l'aile opposée à la chapelle, il franchit la porte, au-dessus de laquelle se tenait le drapeau de Jérusalem représentant le lion de Juda, dressé sur ses pattes arrières devant le mur des Lamentations. Autour, les branches d'olivier symbolisaient la paix. Il avait repris son souffle et ses joues s'étaient de nouveau colorées. Il jeta un coup d'œil au décor. Depuis l'an 1650, chaque fondateur possédait son écusson familial, fait de couleurs vives, de tissus brodés, d'acier et d'argent rutilant, inspiré des chevaliers du Moyen Âge, manière héraldique d'évoquer le nom de leur premier ancêtre. Neuf emblèmes accrochés au mur, sur lesquels figuraient les symboles de la société initiatique : le Temple de Salomon, une épée, et un pentagramme au milieu duquel était inscrit le chiffre romain cinq, symbole du nom du Cinquième Empire.

Le rabbin le précéda lorsqu'ils pénètrent dans une salle attenante, séparée par des portes françaises. Dans un cadre en verre suspendu sur l'un des murs, une tapisserie de cuir représentait la charte originelle, rédigée par les premiers fondateurs de la société initiatique en l'an 40 apr. J.-C.

1. Empêcher l'apostolat des hommes de Jésus et combattre leur prédication.

2. Préserver l'influence politique.

3. Annihiler le christianisme et détruire ses fondations.

4. Élever le prestige de la religion judéenne.
Longue vie à la nation judéenne

En dessous siégeait un buste sculpté du roi Agrippa 1er, le dernier roi de Judée, à l'origine de la fondation de l'organisation secrète. Dans le contexte de l'époque, il jugea que le judaïsme était en danger, menacé par les enseignements de Jésus de Nazareth, transmis par ses disciples au travers de la communauté. En effet, le roi judéen pharisien non messianiste, redoutait qu'une nouvelle religion supplante le judaïsme. Les chrétiens d'origine juive de plus en plus nombreux de leur côté, croyaient en la messianité de Jésus de Nazareth. Des avis opposés, non réconciliables.

Depuis presque deux mille ans, l'organisation était devenue intemporelle. Elle avait réussi à survivre aux conflits, aux guerres de religion et s'était exilée en Europe au sein de la diaspora juive.

Ils se dirigèrent vers la tour, rebaptisée « La salle des pierres taillées. » située en enfilade, en référence au Sanhédrin, une assemblée législative qui avait les pleins pouvoirs en Israël et faisait office de Tribunal jusqu'en l'an 200 apr. J.-C. À voir l'extérieur du château, il était improbable d'imaginer que dans les années 1990, dans les soubassements, avait été aménagée une salle d'environ trois cents mètres carrés. Le rabbin inséra une carte magnétique dans un petit boîtier de métal et ils pénétrèrent dans un sas fermé par une porte de verre. Il glissa à nouveau sa carte dans un autre détecteur électronique et fit deux pas de côté pour laisser passer le président.

D'un côté de la pièce s'érigeait un poste de pilotage avec un pupitre de contrôle et de commande : le centre de supervision générale, dont les murs étaient construits de feuilles polies d'acier inoxydable aussi luisantes que de l'argent. Derrière, des sièges en gradin permettaient une meilleure vision de l'écran géant, suspendu au mur principal. L'espace était divisé par une cloison de verre, obstrué par des stores métalliques sur lesquels était gravée une salamandre, comme si l'organisation était née d'un ordre naturel. En comparant sa puissance à la faculté de régénération des organes de l'amphibien, qui signifiait pour eux l'immortalité. Derrière le mur de verre, une pièce hermétique était divisée par des caissons individuels. Dans ces cellules équipées high tech se relayaient vingt-quatre heures sur vingt-quatre des équipes de surveillance numérique, chacune d'entre elles détaillant les nouvelles planétaires et rédigeant quotidiennement, à l'attention des membres fondateurs, des rapports de synthèse qu'elle transmettait électroniquement par des lignes hautement protégées. De cette façon, ils avaient un œil rivé en permanence sur le monde. Ce lieu était une immense cage de Faraday, calquée sur les modèles utilisés par les Gouvernements et les services secrets.

Le président s'assit devant le poste de contrôle et scruta le vaste écran vidéo fixé au mur qui exposait les faits et gestes des dirigeants sur la planète ainsi que les points chauds où se développaient des manifestations ou autres guerres. Il effleura son moniteur et l'actualité laissa place à huit cases sur lesquelles apparurent les huit visages des membres fondateurs. La vidéoconférence pouvait commencer. Administrateurs de fonds d'investissement, PDG de banques, milliardaires de la nouvelle économie, tous avaient de hautes fonctions dans la société et jouaient dans les groupes exerçant une influence économique mondiale. Un cénacle clos qui contrôle le monde.

Le rabbin déclara :

— La séance est ouverte. Chers Amis fondateurs, je vous salue.

Ces meneurs de l'ombre manipulent les dirigeants officiels au sein d'une organisation pyramidale qui n'a cessé de s'étendre au fil des décennies. Entre le haut et la base de la pyramide, les membres ne savent pas qu'il existe plusieurs degrés et niveaux et interagissent les uns avec les autres en ignorant la contribution de l'autre. Plus on se dirige vers la base du triangle, moins les gens sont informés. Seul le groupe au sommet de la pyramide manipule les étages inférieurs, jusqu'à la base. Ce système de vases communicants regroupe des milliers d'individus corrompus ou recrutés sous le coup d'un chantage qui travaillaient pour l'organisation. Grâce à la propagande et la désinformation de masse, ils ont construit un monde en apparence démocratique, avec ses lois, ses institutions, ses élections—un écran de fumée qui permet de maintenir la mainmise sur le monde.

Le Cinquième Empire avait conservé l'appellation d'origine et le nom attribué aux postes des fondateurs : un président, un vice-président, un secrétaire de séance, trois conseillers, deux procurateurs, et un portier. Dès le XVIIIe siècle, les différences de rang avaient été gommées lorsque Mayer Rothschild, après le décès d'un fondateur sans héritier, devint membre. Reconnu pour l'apport de ses idées et le génie de son plan visant à dépouiller les Colonies d'Amérique de leur pouvoir.

Depuis la diffusion de la vidéo de Barbara Clark, le tremblement de terre médiatique qui touchait les institutions de la ville de Washington était comme un coup de grisou à leurs oreilles. Le président toussota, s'excusant auprès de l'assistance en suggérant que ce jour, l'atmosphère était particulièrement humide.

Après un moment d'attente, le rabbin passa sa langue sur ses lèvres et invita le président à en venir au fait. Il devait choisir ses mots avec précision.

— Messieurs. Pour comprendre le présent, regardons vers le passé. Pour cela, j'ai consulté les registres des années 1960.

Le président poussa un bouton sur le poste de commande et le portrait en noir et blanc de Ted Bradford apparut sur l'écran.

— J'ai retrouvé la piste du codex pourpre ! déclara-t-il d'une voix assurée.

Tous ses interlocuteurs se redressèrent d'un coup à l'unisson en fixant l'image. Et même si de nombreuses questions leur brûlaient les lèvres, ils n'eurent pas le temps de les formuler. Le président enchaîna :

— Ted Bradford, chroniqueur politique à la Maison-Blanche, jusqu'en 1965, fut le dernier à posséder le codex, j'en détiens la preuve.

Dans la foulée, il exposa les faits qui s'étaient déroulés dans les années 1960.

— Kennedy tout juste assassiné, un de nos agents était chargé de récupérer le codex caché dans le Bureau ovale, malheureusement, il avait été devancé. Jusqu'en 1965, nous ignorions où était caché le codex ni qui le détenait. En août de la même année, notre informateur au journal le Washington Post nous indiqua que Nancy Clark était l'auteure de ce vol. Comme preuve, elle avait déposé un témoignage audio qui précédait la publication d'un article. L'urgence de la situation poussa notre organisation à subtiliser le témoignage et à éliminer Nancy Clark. Nous avions omis l'existence de sa relation adultère avec Ted Bradford. Nous pensions que le carnet avait brûlé dans l'incendie de l'appartement de Nancy Clark. Mais nous faisions fausse route. Au fil de ma lecture des registres, un nouveau personnage apparut. Son nom Miller Harris. Bien qu'il fût répertorié dans les registres, le lien qui l'unissait à Ted Bradford n'a pas été établi par nos prédécesseurs. Ils collaborèrent secrètement ensemble pour révéler l'existence du Codex pourpre et mettre en lumière les raisons de l'assassinat du Président John F. Kennedy.

— Très instructif, commenta le secrétaire, nous aurions dû nous pencher sur la question dès que nous avons été avertis que cette saga ressurgissait. Poursuivez, je vous en prie...

— Mais le plus incroyable, dit le président avec une étincelle dans son regard, c'est ce Miller Harris, un juif, qui a œuvré contre nous, sous nos yeux et à notre insu, a orchestré le vol du codex en 1919 ! Il a patienté pendant quarante et un ans, jusqu'à l'élection de John F. Kennedy pour lui remettre le manuscrit.

Le silence s'installa sur les ondes.

— En ce qui me concerne, dit un conseiller, je vous félicite d'avoir levé le voile sur ce mystère. J'ai une question qui me vient à l'esprit. Ce Miller Harris, qui était-il? Était-il membre de notre organisation ?

Le président poussa un soupir.

— Non, il n'était pas membre, mais il en côtoyait quelques-uns au sein du cercle du Comité juif Américain auquel il a appartenu. Il s'était impliqué chez les démocrates et avait participé à la campagne présidentielle de Woodrow Wilson. C'est lors de son voyage avec le cercle politique de Washington pour la Conférence de Versailles qu'il a mis au point l'idée de dérober le codex.

— Et ensuite, Miller l'a conservé des années pendant que notre organisation remuait ciel et terre. C'était bien joué de sa part, conclut le conseiller.

— Tout à fait. Après son coup de maître, il disparut des écrans radars du monde politique jusque dans les années 1930, où il ressurgit comme conseiller du président Franklin Delano Roosevelt.

— Nous parlons du passé, mais qu'en est-il du présent ? Est-ce qu'il a des héritiers auxquels il aurait légué des documents, ou des secrets d'État ?

— Son arrière-petite-fille vit toujours dans la maison familiale de Brooklyn, elle est libraire et rien ne laisse présager qu'elle ait eu un héritage de cette nature. Par acquit de conscience, je vais vérifier.

Il afficha une photo sur l'écran.

— James Bradford est le pion central de l'échiquier. Le seul à être en mesure de retrouver le carnet que détenait son père.

— Avez-vous plus de détails à son sujet ?

— Âgé de quarante-huit ans, il a épousé une carrière journalistique. Depuis quelques années, il était employé au Consortium international des journalistes d'investigation duquel il a démissionné...

— Et pourquoi ça ?

— Des problèmes d'alcoolisme sont à l'origine d'un accident qui l'a conduit à un coma. Il n'a jamais récupéré. Je sais de source sûre qu'il prend de fortes doses quotidiennes d'antidépresseurs.

— S'il nage en plein brouillard, le carnet doit être le dernier de ses soucis ! S'objecta le secrétaire.

— Disons qu'il n'a pas le choix, il doit le trouver.

— Ce carnet a toujours été un poison ! Je n'arrive pas à croire qu'il nous échappe depuis presque un siècle ! rajouta le portier en cognant du poing sur la table. Un petit homme rond, comme la paire de lunettes posée au bout de son nez dont le visage s'était enflammé d'un rouge vif visible au travers de l'écran.

— Quel est votre plan ?

— Pour m'assurer qu'il ne nous doublera pas, j'ai recruté un espion dans son entourage. Une fois le codex en main, tous les témoins seront éliminés, James Bradford le premier. Nous reprendrons l'initiative.

— Force est de constater que pour le moment, la situation vous échappe, rétorqua le portier avec dédain.

Le président réprima tout désir de se défendre et contenta d'acquiescer en faisant mine d'accepter le camouflet.

— Patientons quelques heures.

Le vice-président, un grand gars efflanqué, cheveux gris, coupe en brosse qui arborait la petite soixantaine, fut saisi d'impatience. Il avait écouté et ne s'était pas encore exprimé.

— Et l'enregistrement ? Que s'est-il passé ?

Le président baissa les épaules, son regard fuit l'écran et il remua sur son siège, manifestement mal à l'aise.

— Le tueur a commis une erreur et j'en porte l'entière responsabilité.

— Qui est ce type ? Où l'avez-vous recruté ?

Le président tapa sur le clavier. De fines rides rayonnaient autour de son regard perçant lorsqu'un fichier partagé apparut.

— Vous avez devant vous les détails de l'opération.

Le président s'affaissa légèrement sur son siège, regrettant presque de ne pouvoir disparaître comme par enchantement. Il croisa les bras et scruta le visage de ses huit confrères déjà plongés dans la lecture. Le vice-président fut le premier à avoir terminé. Sa vitesse de compréhension était proportionnelle à la stupeur qui se lisait sur son visage. Mais il restait silencieux, se contentant d'envoyer un regard de désapprobation au président. Peu à peu les uns et les autres relevèrent la tête, affichant des expressions allant de la sévérité à la perplexité. Le président attendit que le portier ait terminé de lire. Le vice-président s'exprima :

— Vous avez embauché un psychopathe pour éliminer Barbara Clark ? Quel scénario tordu ! Pourquoi n'avez-vous pas fait appel à l'Élite noire ?

— Aucun de nos mercenaires n'avait la taille requise pour jouer le rôle de Charles Atkins.

— Vous avez fait un pacte avec le diable, ce qui présage un cataclysme à l'horizon.

Le président était le stratège en chef du groupe. Un visionnaire avec une grande aptitude à anticiper les mouvements de ses adversaires. Une onde de déception s'abattit sur les visages de ses collaborateurs. L'Élite noire était un groupe d'intervention qui opérait uniquement pour le Cinquième Empire. Le genre de gars à exécuter le sale boulot sans aucun état d'âme en compensation de montants très élevés et d'avantages non négligeables. Ils avaient prêté serment. Ils étaient prêts à tout.

Le visage du président trahit l'exaspération que confirma son regard. Il scruta ses interlocuteurs au travers de l'écran sans chercher à dissimuler sa colère. Ses traits s'assombrirent et il reprit :

— Tous nos agents sont en alerte à travers nos cellules, au sein du FBI, de la CIA, de la sphère politique. Quant aux médias, ils seront leur chambre d'échos. Les désinformateurs ont commencé à diffuser des informations contradictoires visant à décrédibiliser Barbara Clark.

— Et l'enquêteur du FBI ? questionna un conseiller.

— L'agent qui mène le dossier est tenu en laisse, il obéira.

— Votre certitude est belle à voir, mais mon avis diffère du vôtre, répliqua le vice-président, l'affaire a pris des proportions que nous n'avions pas anticipées.

Son interlocuteur lança un petit ricanement sardonique destiné à le rabaisser. Devant les doutes émis par son interlocuteur, il inspira et éleva le ton.

— Bien malins ceux qui seraient en mesure de deviner le but ultime de notre cause. Nous n'avons pas attendu que les prophéties catastrophiques se réalisent par l'opération des lois de la nature, ainsi qu'il était prédit, nous les provoquons. Notre pouvoir est si grand que rien ne peut stopper notre élan.

Le secrétaire, le plus discret, s'épongea le front d'une main et leva l'autre.

— Peut-être, mais en plus de tout ce dossier épineux à gérer, les élections américaines approchent à grands pas. Et d'après certaines de mes sources, malgré le contrôle des médias et la manipulation des sondages qui prédisent une large victoire pour Hillary Clinton, un mouvement de fond dans l'opinion publique semble se profiler et risque de ruiner tous nos efforts à l'avantage de son adversaire.

— À ce sujet, mon lieutenant m'a confié une nouvelle alarmante... Il laissa planer un silence, tous les regards étaient rivés sur lui. Un groupe secret qui se nomme l'Alliance est à l'origine de la trahison de certains Grands Électeurs qui ont permis la désignation de Donald Trump comme candidat à l'élection présidentielle. Quelque chose se trame en coulisse.

— Enfin un adversaire ! S'exclama avec sarcasme le vice-président.

Le président se redressa et disparut du champ de la caméra. Seule sa voix traversa le micro.

— Je déteste votre humour déplacé. Nous n'avons eu aucun

problème que ce soit avec Clinton, Bush ou Obama. Tous étaient acquis à notre cause. Sincèrement, le candidat républicain, ce clown, ne représente aucune menace. Notre lieutenant s'emploie à débusquer des squelettes dans son placard et miner son image. Rien ne lui sera épargné.

Le vice-président frappa du poing sur l'accoudoir.

— S'il était élu, le codex ne devrait jamais se rendre jusqu'à lui ! La colère le saisit, il sentit le rouge lui monter au visage. Le récupérer est une priorité. Vous avez quarante-huit heures.

Le vice-président l'avait systématiquement abordé de haut. Il n'avait pas d'atomes crochus avec lui. Cependant, pour la stabilité de l'organisation, ils tentaient de brider leur animosité naturelle et de mettre de côté leur ego.

— Calmons-nous, messieurs, regardons la situation telle qu'elle est aujourd'hui..

Le président crut nécessaire de rappeler leur position favorable sur l'échiquier de la planète. Comme un général qui motive ses troupes. Il leur rappela qu'au travers de leur structure, ils contrôlaient 158 banques centrales dans le monde, dans 167 pays. Qu'au cours de l'histoire, ils avaient mis sous leur emprise le Vatican, la City de Londres et la capitale américaine. Il insista sur leur plan ingénieux de se servir de la technologie, comme les téléphones cellulaires piratés comme outils de traçage, et même l'espionnage. Les réformes de l'éducation avaient été mises en place pour diminuer le développement des esprits critiques et réduire les capacités de raisonnement des futures générations. Il se félicita de leurs actions pour noyauter les compagnies pharmaceutiques et les organisations internationales. Mais surtout leur coup de maître : diriger en sous-main les Gouvernements par le fait de l'asservissement financier qu'ils avaient installé depuis des décennies. Avec eux, l'esclavage renaissait sous une forme nouvelle, si monstrueuse qu'aucun citoyen ne pourrait l'imaginer.

***

CHAPITRE 36

FACE À FACE

Cotter filait sur l'autoroute à la vitesse de l'éclair. Ses bras étaient raides sur le volant, les muscles de son cou tendus lui faisaient mal, ankylosés des dernières heures passées en voiture. Il dévia un instant le regard sur l'écran du téléphone de Deborah qui était assise à ses côtés et visionnait la vidéo de Barbara sur son téléphone.

— Plus je l'écoute, et plus je suis convaincue.

Elle ferma l'écran. Elle appuya son bras contre la portière, songeuse.

— Barbara Clark vient de changer la tournure de cette affaire, conclut-elle.

— Elle savait qu'elle risquait d'être tuée, c'est fou ! rajouta-t-il.

— Grâce à elle, le monde entier a été informé qu'un document a été volé dans le bureau de John F. Kennedy le jour de son assassinat. On se croirait dans un film.

— Cette affaire est une bombe à retardement qui implique le FBI, la CIA et qui d'autre encore... Ils ne laisseront pas la vidéo de Barbara influencer l'opinion publique.

— Les médias s'en mêlent déjà, rajouta-t-elle. J'ai regardé l'émission à ce sujet sur CNN. Ils ont tenté de ternir son image. C'est atroce.

— Je ne suis pas étonné. Imagine-toi que le fondateur d'Amazon vient d'acquérir des parts du Washington Post et met un pied dans le quatrième pouvoir : n'importe qui peut devenir politicien : bref, c'est le monde à l'envers.

— Sur un autre sujet, l'appartement situé en face de chez Barbara Clark appartient à l'entreprise AX SÉCURITY qui l'utilise pour loger des employés de passage en ville. Ces deux derniers mois, il était libre.

— Le Gentleman est un type malin. Non seulement il s'infiltre au cœur du système informatique du FBI, mais en plus, il réussit à loger en face de chez Barbara. Je persiste à penser que sans l'aide d'une tierce personne haut placée, cette mission aurait été impossible à orchestrer.

Puis, plus rien. Les deux agents du FBI avaient roulé plusieurs heures, chacun dans sa bulle. Lorsqu'ils arrivèrent dans la banlieue de la Capitale, Cotter fut le premier à parler.

— Nous devons coincer ce salaud.

Puis, il attrapa son paquet de cigarettes pendant que le téléphone cellulaire de Deborah sonnait. Elle jeta un œil sur l'écran : l'appel qu'elle redoutait. Elle coupa le son. La cigarette aux lèvres, il tourna la tête, agacé.

— Tu ne réponds pas ?

— Non, pas maintenant, c'est une amie. Je n'ai pas la tête à papoter.

La nuit tombait lorsqu'ils arrivèrent à l'hôtel. Ils regagnèrent leurs chambres respectives. À peine avait-elle franchi le seuil de la porte que le téléphone sonna de nouveau. Elle décrocha.

— Agente Barnes,

— Charles Atkins est toujours notre suspect ?

— Oui, Monsieur.

— Mettez Bradford sous filature et écoute électronique.

— Pardon ?

— Vous avez bien entendu.

— Sous quel motif ?

— Nous avons reçu des informations « sensibles » de la CIA à son sujet. Pour l'instant, je ne peux rien vous dire de plus.

— Mais... Il lui coupa la parole.

— Ce sont les ordres, et si vous tenez à votre carrière, je vous conseille d'obéir.

Elle était dévastée. Cotter avait raison, songea-t-elle. Depuis les années 1960, les choses n'avaient pas changé au sein du FBI. Elle descendit au bar et commanda une vodka. Son téléphone vibra. Un texto de Cotter.

Tu es où ?
Au bar.
Berenson est décédée, avait-il écrit.

Le serveur déposa son verre. Frénétiquement, elle tapota sur son clavier et tomba sur le fil des nouvelles. À cet instant, Cotter la rejoignit.

— Je n'en reviens pas ! s'exclama-t-elle, d'un trait elle but son verre, il ne peut s'agir d'une coïncidence !

Elle prit le temps de parcourir l'article.

— Elle est morte d'une crise cardiaque ! Ça devrait t'inciter à arrêter de fumer.

Il la fixa droit dans les yeux.

— Tu n'as pas lu l'article en entier. Regarde plus bas. Elle a porté plainte pour espionnage. Voilà le mobile de sa mort. Je parierais que son bourreau s'est servi de l'hybride de glycoside saxitoxine. Un produit puissant qui rentre instantanément dans le système sanguin et provoque une crise cardiaque.

— Je te remercie, je connais ce produit.

— Aucune trace, ni vu ni connu ! Barbara Clark à peine enterrée et sa psychiatre meurt. Aucun journaliste ne fera le lien avec l'affaire Atkins, ou plutôt Kennedy devrais-je dire.

Même s'il n'en avait pas eu l'intention, il se commanda un martini. Il remarqua qu'elle semblait contrariée. Elle posa son verre vide sur le comptoir et fit signe au barman.

— Je viens de m'entretenir avec le patron. Charles Atkins demeure le suspect. Comme nous savons tous les deux qu'il est mort... Il nous envoie un mandat pour que nous demandions au juge de mettre Bradford sous surveillance électronique. Et bien entendu, Charles Atkins reste le coupable désigné.

— Nous ne sommes que des pantins pour la vitrine médiatique. L'institution du FBI a perdu ses lettres de noblesse. Si je m'écoutais, je balancerais ma démission !

Il se leva.

— Je vais rencontrer Bradford. Nous nous occuperons du mandat plus tard.

Elle retint son bras.

— Je dois te parler ...

— Ça attendra mon retour.

Une fois à l'extérieur, il alluma une cigarette et monta dans son véhicule. L'habitacle devint vite saturé de fumée comme l'étaient les night-clubs dans les années 1980. Il ouvrit la fenêtre pour s'oxygéner. Quinze minutes plus tard, il sonna à la porte.

***

Pour la deuxième fois, je venais de fouiller chaque recoin de la maison. Où mon père avait-il planqué les documents ? Je retournai dans son bureau et je m'écrasai dans le fauteuil de cuir brun. J'imaginais me glisser au travers de son spectre, comme on enfile un gant de velours. Dans mon imagination, il me chuchotait dans le creux de l'oreille ce que je voulais entendre. Je me levai du canapé, les jambes en coton. J'étais sur des montagnes russes, pris entre angoisse et excitation. Mais là, j'étais au fond du trou.

Puis, je m'approchai de la fenêtre. Des éclairs électriques précédèrent de fortes précipitations qui cassèrent la lourdeur de l'air. Depuis quelques jours, c'était le même scénario. La météo nous jouait des tours. Je voyais la lumière des lampadaires se réfléchir le long de la rue mouillée. Peut-être que le tueur était à l'affût. Un brillant stratège, songeai-je, persuadé que la torture psychologique infligée à ma mère était suffisante pour que je plie. Plus l'ultimatum se rapprochait, plus je me sentais dos au mur. Ma réflexion fut troublée par l'écho du ding-dong de la porte. Je m'approchai de la fenêtre du salon et tirai discrètement le rideau. Je reconnus la maigre silhouette de l'agent du FBI, légèrement arc-bouté pour se protéger de la pluie. Je jetai un regard circulaire dans la rue. Il était venu seul. Il s'apprêtait à sonner lorsque je tournai la poignée.

— Bonsoir, Monsieur Bradford.

— Bonsoir, rétorquai-je. Entrez, nous serons mieux à l'intérieur.

Je m'effaçai pour le laisser passer. Il fit quelques pas en direction du salon, poussa un soupir et se retourna.

— La mort de la docteure Berenson me laisse présager que vous êtes maintenant la prochaine cible.

— Elle a été assassinée par ma faute, rétorquai-je.

— Non. Ils l'auraient éliminée de toute façon. La méthode n'a pas changé depuis les années 1960. Aucun témoin. Il me tendit un dossier.

— Tenez. C'est une copie du rapport original de l'autopsie de votre père que j'ai obtenu grâce à l'aide de l'inspecteur qui était responsable de l'enquête. Les archives de la police étaient vides. Jetez un œil là-dessus.

Je parcourus le document. La preuve de son assassinat était sous mes yeux. L'agent Finch me considérait, l'air de s'excuser d'être le porteur de cette nouvelle. Il me l'avait pourtant révélée par téléphone, mais tenir ce document entre les mains me confrontait à la réalité.

Son regard s'égara dans la pièce pendant que je feuilletais sommairement les premières pages.

— Le témoin est mort happé par un véhicule qui s'est enfui.

— C'est ce que je constate. Tué pour avoir dit la vérité.

— Ce rapport ne peut être déposé en justice en raison de la prescription. Cependant, il est important que vous l'ayez en main. On ne sait pas ce que l'avenir vous réserve. Je fermai la chemise cartonnée et le fixai intensément.

— Parlons du présent. Est-ce que les éléments de l'enquête abondent dans le sens du complot ?

— Si ce n'était pas le cas, je ne serais pas ici. Moi et ma coéquipière nous subissons des pressions pour abonder dans la logique du tueur en série qui ressurgit du passé. Nous savons maintenant qu'il s'agit de tout autre chose.

— Je suis surpris de votre ouverture d'esprit.

Cotter soutint son regard, puis baissa les yeux. Il glissa ses mains dans ses poches et se balança sur ses talons.

— Votre histoire me touche personnellement.

— Ah bon ? répondis-je en fronçant les sourcils.

Il m'exposa l'histoire de son oncle. Je n'en croyais pas mes oreilles. Combien de probabilité avais-je de rencontrer un agent du

FBI dont l'histoire familiale avait un lien avec l'affaire Kennedy? Je l'écoutais attentivement et l'interrompis brusquement.

— Une substitution du cercueil présidentiel? Je lui fis signe de s'asseoir sur le canapé et je repris ma place dans le fauteuil.

— En 1999, la chaîne ABC affirmait qu'au début de l'année 1965 le gouvernement américain s'était débarrassé du cercueil de bronze qui avait servi à rapatrier à Washington le corps du président John F. Kennedy après son assassinat à Dallas le 22 novembre 1963 en le jetant d'un avion militaire dans l'océan Atlantique par trois mille mètres de fond, au large des côtes du Delaware. Selon des documents des Services généraux du gouvernement (GSA) et du département de la Justice, qui ont été rendus publics par les Archives nationales. C'était une preuve potentielle de plus démontrant que la dépouille du Président assassiné avait été « tripatouillée » avant l'autopsie puis avait été retirée du cercueil de bronze et transférée dans un autre cercueil de métal gris avant d'être acheminée à l'hôpital de la marine de Bethesda pour l'autopsie.

Voilà qui rejoignait les déclarations du docteur Charles A. Crenshaw désignant un complot.

Au cours des dernières décennies, Cotter suivait attentivement les suites de l'affaire Kennedy. Il m'avoua espérer beaucoup de la prochaine déclassification des documents prévus dans les mois à venir.

— Des centaines de livres ont été édités sur l'affaire Kennedy, poursuivit-il. Tous avec des angles différents, se concentrant sur des périodes diverses. Au bout du compte, cette prolifération d'écrits a nourri les thèses les plus folles sans jamais être en mesure de relancer l'enquête.

— Les coupables ne pourront jamais être jugés. Au nom du secret d'État et de la sécurité nationale, le peuple est maintenu dans l'ignorance, constatai-je à voix haute.

— Aux yeux du grand public, J. Edgar Hoover ne pouvait pas mentir. Et pourtant... Cotter ne put réprimer un sentiment d'accablement en songeant à ce qu'il venait de dire.

— Notre supérieur nous a ordonné de vous mettre sous surveillance. Apparemment, vous représentez un risque pour la sécurité nationale.

— Alors, je suis coincé ? Mais si...

J'étais incapable de terminer ma phrase.

— Si ça tourne mal ? Cotter s'éclaircit la gorge.

— Je ne pensais jamais vous dire cela : vous devez fuir.

— Fuir ?

— J'ai ma petite idée...

Cotter remonta dans sa voiture, et alluma une cigarette. La douzième de la journée, constata-t-il, en faisant le décompte de son paquet. Trop, c'est trop ! songea-t-il. Quelle saloperie, je suis complètement accro à la nicotine !

Vidé, il arriva à l'hôtel et aperçut Deborah installée au bar. Il se rapprocha. Son verre était vide. D'un coup d'œil, il remarqua la rougeur de son visage, qui masquait la pâleur qui l'avait précédé.

— Tu m'accompagnes ?

— C'est trop tard pour moi...

De loin, elle fit signe au barman de renouveler sa consommation en formant un V avec ses doigts.

— Assieds-toi et écoute-moi...

Les sentiments qu'elle éprouvait pour lui se confrontaient à son sens du devoir.

D'une voix craintive, elle lui révéla la raison de son affectation à ses côtés comme coéquipière.

Lorsque le barman déposa le verre sur le comptoir, Cotter ne souriait plus. Ses traits s'étaient glacés. Un cocktail d'émotions rayonna dans son plexus solaire, passant au rouge.

— Tu m'as trahi... murmura-t-il d'une voix étranglée.

Il serra ses mâchoires et ses poings, ses yeux roulèrent de gauche à droite, son souffle se fit plus court. C'est alors qu'elle glissa sa main sur sa cuisse.

— Non.

Elle prit son visage entre ses deux mains. Ses lèvres protubérantes se posèrent sur les siennes. Un baiser doux, profond et sincère qui relâcha la tension. Ses épaules tombèrent.

— Mettrez l'addition sur la note de la chambre, lança-t-elle au barman.

Puis, elle le prit par la main et l'entraîna vers l'ascenseur. Juste avant que les portes ne se referment, un client sauta dans la cabine.

Sa présence lui fit grincer des dents. Il était trop loin d'elle. Elle lui souriait. Leur baiser l'avait rendu accro, il aurait aimé enchaîner par un autre. Le fantasme du sexe dans la cabine s'envola lorsqu'ils atteignirent l'étage. Elle l'agrippa et l'entraîna jusqu'à la chambre. Il adorait le sexe, et avec elle, il était meilleur, dès la première fois où il avait posé les mains sur son corps.

3 heures du matin. Pour la seconde fois, ils avaient flanché. Quelque chose d'indéniable était en train de se passer. Elle avait peur de tomber amoureuse. Son estomac se noua. Elle serra sa main plus fort. Doucement, il ouvrit les yeux, et ils restèrent enlacés un long moment.

— Existe-t-il une issue ?

— Demain sera un autre jour, dit-il et l'embrassa fougueusement.

Elle voulut le repousser, mais elle était incapable de lui résister. Son corps se tendit comme un arc lorsqu'il murmura des sons de plaisir au creux de son oreille. Alors qu'elle remontait sur lui en pressant son corps contre le sien, il trouva sa bouche et l'embrasa.

***

CHAPITRE 37

CASSE-TÊTE

S'évanouir dans la nature, au moment où nos villes sont équipées de caméras et nos appareils électroniques surveillés, relève de l'exploit. Le moindre de nos déplacements, de nos achats, peut être épié. Je devais être malin et très vigilant. Effacer mes traces et changer ma façon de vivre me paraissaient être les deux conditions à respecter. Sans oublier de briser les connexions logiques. Ne plus contacter mes amis, et éviter de fréquenter les endroits habituels. Adopter une histoire cohérente ainsi qu'une attitude conforme au scénario que j'envisageais. Je n'avais pas le temps de mettre fausses informations sur Facebook pour brouiller les pistes.

J'étais libre de disparaître. Qui s'inquiéterait de mon absence? Après plusieurs heures de réflexion arrachées à mon sommeil, j'arrivai à la conclusion que le plan était fou. L'ultimatum lancé par le tueur arrivait à échéance. J'avais allumé mon téléphone cellulaire et comme je l'avais espéré, la sonnerie retentit. Un numéro masqué s'afficha. C'était lui.

Je vidai l'air de mes poumons pour adopter un ton serein.

— Je pars à Truro pour récupérer les documents. Je serai de retour demain matin.

— Vous êtes raisonnable. Rendez-vous à 8 heures à votre domicile. Je me sentais comme un bandit en cavale, une drôle de sensation. Après une douche rapide, je ramassai quelques vêtements que je glissai dans une valise, et du téléphone résidentiel, je commandai un taxi. Je laissai la lumière de l'escalier allumée et j'enclenchai le système d'alarme. Une fois la porte verrouillée, je ne patientai pas plus de deux minutes sur le trottoir, avant que le véhicule se stationne sur le bas-côté de la rue.

— 1715 Wisconsin Avenue NW, indiquai-je au chauffeur.

Après dix minutes de trajet, le taxi atteignit l'avenue Wisconsin, dix minutes au cours desquelles mon cerveau fonctionnait à cent milles à l'heure, où seul le déroulement du plan comptait. Le taxi s'immobilisa devant la Banque HSBC. Je demandai au chauffeur de patienter. Dans le reflet de la vitre, j'aperçus ma silhouette. Je portais un jean, un tee-shirt et une casquette pour dissimuler mon visage aux nombreuses caméras. Je fis la file : devant moi, trois clients et seuls deux guichets ouverts. Lorsque ce fut mon tour, une jeune femme aux cheveux blonds jusqu'aux épaules, me fit signe de la rejoindre.

— Bonjour, monsieur. Que puis-je pour vous ?

— Je voudrais retirer 10000 dollars.

— Glissez votre carte dans le lecteur.

Elle consulta son écran et ajouta :

— Je reviens. Elle disparut à l'autre bout de la succursale.

Environ cinq minutes plus tard, elle revint accompagnée d'un responsable qui avait l'air coincé dans un costume étriqué.

— Bonjour, nous devons être prévenus quarante-huit heures à l'avance pour tout retrait de liquidités excédant 1 500 dollars, dit-il d'un ton monocorde.

J'eus un mouvement de recul de la tête et je fronçai les sourcils.

— Vous êtes bien une banque ?

— Nous ne conservons que très peu d'argent au sein des agences, c'est une question de sécurité.

— Quelle somme auriez-vous de disponible ?

Il jeta un œil dans le tiroir de droite.

— 3 000 dollars, me répondit-il.

— Parfait.

— Je vous laisse avec Cécilia.

Le bras posé sur la fenêtre, le chauffeur écoutait du reggae : son compteur tournait. J'embarquai à nouveau.

— 4101 Reservoir RdNW, lui indiquai-je.

Incroyable, songeai-je, je ne peux pas disposer de mon argent.

Je savais que les transactions consistaient en des jeux d'écritures et que plus aucune monnaie physique ne circulait. Mais jusqu'à aujourd'hui, je n'avais jamais été confronté à cette réalité. Habitué aux cartes de crédit, j'utilisais rarement de l'argent comptant. Je secouai la tête, comme pour interrompre ma réflexion. Le taxi approchait du 4101. Une fois arrivé devant la bâtisse, le chauffeur m'adressa la parole avec un accent rasta :

— Vous êtes un braqueur de banques ! s'exclama-t-il, avec un clin d'œil.

— Pas exactement, lui répondis-je en riant. Il m'avait conduit à la deuxième succursale. Je réitérai la même opération en me heurtant à la même opposition. Mais cette fois-ci, ils furent un peu plus généreux et je récoltai 5 000 dollars.

— Et maintenant, patron ? me demanda le chauffeur, amusé par la situation.

Je lui indiquai la nouvelle destination.

***

Pendant ce temps, Cotter avait quitté discrètement la chambre d'hôtel où Deborah était endormie : il était 5 heures du matin. Il avait erré un long moment à bord de son véhicule, cumulant les cafés à emporter. Lorsqu'il stationna sur le parking de l'hôtel, il jeta un regard sur le tapis passager et compta quatre gobelets. Son haleine était lourde et sa langue chargée par le mélange de nicotine et de caféine. Il resserra son nœud de cravate et appela un taxi sans retourner à sa chambre. Le chauffeur le déposa devant un garage de véhicules d'occasion à Arlington.

Un type court sur pattes s'approcha de lui. Un gros ventre. Ses boutons de chemise trop étirés laissaient paraître des parcelles de peau.

— C'est vous qui m'avez appelé ? Je n'ai jamais vendu un véhicule en si peu de temps. Il est prêt à partir, vous signez le bon de livraison et le tour est joué !

Il monta à bord du Chevrolet Blazer 4 × 4 noir de 1990.

— C'est parti, dit-il à voix haute en allumant la radio.

À quelques coins de rues, il se gara sur le bas-côté de la chaussée et rentra dans un café, un des derniers à posséder un téléphone public à l'intérieur. Il glissa sa carte dans la fente et composa un numéro. Après trois sonneries, son interlocuteur décrocha.

— Salut, mon pote, j'ai besoin de tes services.

— Je suis sur la touche !

— Fais pas le con avec moi. Un type va se pointer de ma part : tu dois l'aider.

— Et si je refuse ?

— Je serais très déçu...

***

Le taxi me déposa devant un magasin spécialisé dans la conception d'ordinateurs et le recyclage de matériel informatique. Je réglai la course et congédiai le chauffeur, auquel je laissai un généreux pourboire. L'espace d'un instant, j'eus un doute, pensant m'être trompé d'adresse. Je m'approchai de la porte vitrée, si sale qu'on ne voyait presque rien au travers. Le magasin ne payait pas de mine, loin des vitrines high tech des boutiques d'Apple. Enclavé en plein centre d'une ruelle parallèle à l'avenue principale : les clients étaient probablement des habitués. Un endroit réputé, selon l'agent Finch. Je poussai la porte et un grelot se mit à tinter. Un gars, un gringalet aux cheveux blonds et sales, me dévisageait derrière des lunettes bleutées. Il était accroupi, le nez dans un caisson bondé de fils électriques. Sa mine ne disait pas : entre donc jeter un coup d'œil. Son regard était vide et il était nettement plus mal fringué que moi. La lumière de néons lui donnait le teint jaune. Il se releva en me demandant en quoi, il pouvait m'être utile.

— Il me faudrait un ordinateur construit sur mesure sans numéro de série, équipé d'un programme pour cacher l'IP et d'un logiciel de montage vidéo. Ses yeux globuleux, grossis par des verres épais, ne laissaient rien deviner. Il hésita avant de prononcer un seul mot.

— Quel est votre budget ?

— Ne vous inquiétez pas pour ça.

— Je vois... je dois installer le programme pour l'IP. Et une carte son sera nécessaire. De quels autres outils avez-vous besoin ? Nous tombâmes d'accord et il disparut dans l'arrière-boutique. Des câbles, des carcasses, des claviers, et des écrans étaient entassés sur le plancher. L'endroit était un vrai fouillis : lui seul pouvait s'y retrouver.

J'avais le nez collé sur la vitrine, surveillant les allées et venues.

Dans l'entrée de la ruelle, je vis un Chevrolet noir 4 × 4 qui s'arrêta à proximité de la boutique. Cotter descendit du véhicule et me fit signe de le rejoindre.

— Je reviens ! criai-je au gringalet.

Le visage de Cotter était tendu, ses mâchoires crispées.

— Si vous suivez le plan à la lettre, vous serez en sécurité, dit-il en me remettant les clés.

— Charlie Jo vous attend, c'est un type fiable. Grouillez-vous : après 16 heures, il n'est plus bon à rien. Il vous fournira un téléphone satellite. Tous les papiers dans la boîte à gants sont en règle en attendant votre nouvelle identité.

— Ma nouvelle identité ?

— Vous voulez disparaître ou pas? Je prends de gros risques pour vous. Vous devez me faire confiance. Personne ne doit savoir où vous êtes, même pas votre mère.

Il déchira une page de son calepin, et s'appuya sur le capot du véhicule pour griffonner l'adresse.

— Tenez, maintenant filez, je prendrai un taxi.

— Merci.

— Vous devez quitter la ville au plus vite.

Il disparut dans la ruelle. Sans lui, j'étais foutu.

Je restai un moment sur le trottoir à observer le véhicule qui n'était pas récent. J'inspectai l'intérieur. Aucune installation électronique, et donc pas de système GPS : c'était parfait. Je retournai dans la boutique. Je trépignais d'impatience. Le vendeur réapparut avec un ordinateur portable grand format, gris et moche. Il ne ressemblait en rien aux modèles légers et maniables disponibles sur le marché. Devant ma perplexité, il rajouta :

— Ne vous fiez pas aux apparences, le processeur est aussi performant qu'une Ferrari.

Je réglai l'addition plutôt salée à « Monsieur Débrouillard », et je m'assis au volant. Direction New York. La circulation fluide facilita mon éloignement de la ville. Pendant deux heures, je roulai non-stop. En me rapprochant de la mégalopole, je repérai un parking d'aire d'autoroute bondé de camions et une station-service pour acheter un café et un paquet de cigarettes.

Je carburais à l'adrénaline. Marchant de long en large sur le parking, je vis un chauffeur sauter de sa cabine. Je m'approchai de lui avec une cigarette à la main.

— Excusez-moi, dis-je, est-ce que vous auriez du feu? Vous n'êtes pas d'ici! lui lançai-je. Pendant qu'il me présentait la flamme et que je tirais sur la cigarette, il me répondit.

— Non, j'ai encore un long trajet jusqu'en Californie. Je le saluai en lui souhaitant bonne route.

À l'approche de New York, je suivis la direction vers le canton de Weehawken. Vingt minutes plus tard, j'empruntai le boulevard Port Impérial avec une vue panoramique sur le fleuve Hudson et les toits de Manhattan situés sur l'autre rive. Je me garai devant un édifice bien entretenu. Comme convenu, je sonnai à l'interphone.

— Oui, répondit une voix de baryton.

— James Bradford.

— Je descends.

Deux minutes plus tard, un homme tenant un teckel en laisse se dirigeait vers l'entrée. Avec une casquette grise assortie à la couleur de son pantalon, il ressemblait à un golfeur. Je fis deux pas de côté pour le laisser passer. Il s'arrêta à ma hauteur et je levai la tête.

— C'est moi Charlie Jo.

Dans sa main, la laisse du chien ressemblait à un fil. Rarement je m'étais senti aussi petit. Son teint basané et ses yeux foncés me permirent de deviner ses origines syriennes.

— Où est votre voiture? me demanda-t-il. Je levai la main en tendant mon index. L'espace d'une seconde, j'ai cru que Cotter m'avait fait une mauvaise blague.

— Mon chien nous accompagne, c'est l'heure de sa promenade. Une fois à bord, nous fîmes quelques kilomètres en direction nord. Après avoir tourné à gauche et à droite à plusieurs reprises, nous arrivâmes dans la cour d'un immense entrepôt. Nous descendîmes de la voiture. Il jeta un coup d'œil circulaire avant de glisser la clé dans la serrure d'une porte de garage. Il leva le rideau métallique, poussa l'interrupteur, et referma le rideau dès que nous fûmes entrés.

— Mais...où sommes-nous ? demandai-je stupéfait.

— Dans mon laboratoire.

Un mini-studio de photographie était aménagé au fond de la pièce.

Des armoires métalliques couvraient les murs.

— Je suis le meilleur faussaire de New York, dit-il, pendant qu'il retirait une housse protectrice d'un ordinateur grand format.

Il disparut et revint avec des vêtements.

— Changez-vous.

Je revêtis une chemise bleue et un pull noir.

Il me demanda de m'asseoir sur la chaise et commença par tirer mon portrait.

— Passeport, permis de conduire, carte d'assurance sociale, carte de crédit, et papiers du 4 x 4, la totale, c'est bien ça ?

Je hochai la tête.

— Asseyez-vous dans un coin, dit-il en désignant un tabouret de bois inconfortable.

— Ne bougez plus, taisez-vous, j'en ai pour une heure. Tenez, dit-il en me tendant la laisse, occupez-vous de mon chien. Quel drôle de type, songeai-je.

— Vous avez une tête de Steven Marshall. Est-ce que ce nom vous convient ?

Je haussai les épaules, pourquoi pas ? Le chien s'était couché à mes pieds. Je profitai de ce répit comme d'une parenthèse réparatrice. Tandis qu'il travaillait, je tentai de faire le vide dans ma tête.

Lorsqu'il s'avança vers moi, le temps avait passé en un claquement de doigts. J'inspectai le résultat de son travail et j'étais impressionné.

— Cinq mille, dit-il, cela comprend le téléphone satellite. Dessus, vous n'aurez pas de GPS, ni d'appareil photo et pas de connexion Internet. Pas de répertoire téléphonique non plus et aucune mémoire des numéros que vous contacterez.

— C'est parfait.

— Dans six heures, les coordonnées de votre nouvelle identité seront rentrées dans le système gouvernemental. Vous êtes professeur de mathématiques, vous vivez à Los Angeles en Californie. Tous les détails sont dans cette enveloppe. Les services gouvernementaux ont plusieurs fois fait appel à moi pour le programme de la protection des témoins.

Comme j'ouvrais la bouche pour poser une question, il leva la main comme un geste barrière.

— Vous en savez déjà trop. Un dernier conseil. Laissez-vous pousser la moustache ou la barbe, et foncez vos cheveux. Vous pouvez remettre vos vêtements.

Je m'habillai et je sortis un paquet de billets de l'enveloppe. Je le payai.

— On ne s'est jamais vus.

— Je vous ramène ?

— Non, je prendrai un taxi.

— Adieu et merci.

En quittant l'entrepôt, je me dirigeai vers Brooklyn.

***

À l'hôtel, le Gentleman se préparait : une grande soirée l'attendait. Dans la salle de bain, il se planta devant le miroir et posa sur ses prunelles des lentilles de couleur noisette. Il appliqua ensuite une crème pour assombrir son teint. Enfin, il déposa une perruque blonde sur sa tête. Plus il changeait d'apparence, moins il se rappelait sa véritable identité. Il ôta la serviette autour de sa taille et enfila un costume gris. D'un geste rapide, il donna un coup de chiffon sur ses souliers. Il se saisit de son attaché-case et posa son pouce sur le clavier biométrique pour l'ouvrir. Il inspecta rapidement le contenu : ses papiers d'identité, et une arme, un Colt Python, et la somme de 200 000 dollars en liquide. Avec regret, il laissait derrière lui son fusil automatique, un Ripper. Capable de tirer à mille deux cent mètres de distance, qui se monte et se démonte en moins de quatre minutes. De nombreux modèles plus récents auraient pu le remplacer, mais cette arme ne lui avait jamais fait défaut. Un juge du Sénégal, dont l'œil avait été désintégré, un président d'une mine de diamants en Afrique du Sud, mort, auraient pu—en théorie—en témoigner.

Il appela un taxi et sortit de l'hôtel. Par précaution, il vérifia qu'aucune voiture de police ne se trouvait dans les alentours. Il s'installa à l'arrière agressé par une puissante odeur de tabac. S'il s'écoutait, là, sur-le-champ, il lui tirait une balle dans la tête, à ce type. C'est en lui lançant un regard noir qu'il échafauda mentalement ce scénario, comme pour se calmer. Le chauffeur jeta un coup d'œil dans son rétroviseur.

— C'est plutôt calme la circulation ce soir, dit-il.

Le Gentleman ne répondit pas, l'air irrité.

Le taxi l'amena dans un hôtel du centre-ville où était organisée une partie de poker avec 50 000 dollars de mise de départ. Un jeu universel qui trouvait preneur aux quatre coins de la planète dans les cercles privilégiés. Ces parties étaient affichées sur un site spécialisé. Huit participants anonymes qui se rencontraient pour le jeu. Une petite sauterie de gens riches.

Alors que la partie battait son plein et qu'il avait perdu, puis gagné, puis encore perdu de l'argent, le Gentleman jeta un œil discret sur l'écran de son téléphone. Il se redressa, la géolocalisation lui indiqua que James Bradford était en Pennsylvanie et se dirigeait vers l'Ohio. Il se fait la malle ! songea-t-il. Immédiatement, il pianota sur le clavier de son cellulaire et envoya un texto.

— Si vous vous échappez, je tuerai votre mère.

Il attendit une réponse en tambourinant des doigts sur sa cuisse et finalement, se retira de la partie. De retour à son hôtel, il enfila un jean et une chemise. Il sauta dans sa voiture et partit sur les chapeaux de roues. J'ai plusieurs heures de retard sur lui, constata-t-il. Accélérer était sa seule alternative pour le rattraper. Un œil sur son GPS, un autre sur son téléphone, la fatigue se dissipa. Boosté par un surplus d'adrénaline. Les yeux exorbités, il ne clignait pas des paupières. Ses deux mains étaient cramponnées sur son volant comme un coureur automobile : il se lança à sa poursuite.

L'astre solaire s'était levé et il roulait depuis quatre heures, ne perdant que peu de temps pour remplir le réservoir. Soudain, le point sur l'écran ne bougeait plus. Je te tiens ! ragea-t-il en donnant un coup-de-poing sur le tableau de bord. Sa cible était inerte depuis plus d'une heure. Il doit dormir, songea-t-il. Il accéléra en doublant à droite puis à gauche, zigzaguant dangereusement entre les véhicules. Il se rapprochait du point statique. Je vais l'étriper ! hurla-t-il. Il s'approchait de la position de James signalé sur une aire de service.

Il ralentit et s'engagea sur la voie de sortie. Il arrêta sa voiture sur le parking. Il est ici, chuchota-t-il. Le téléphone à la main, il pénétra dans la boutique, vérifia entre les rayonnages, se rendit aux toilettes. Vides. À l'extérieur, il scruta chaque véhicule : aucune trace. Puis, il remarqua l'aire réservée aux camions. Il s'approcha et inspecta discrètement chacun d'entre eux. Le signal s'intensifiait. Il est là quelque part... L'idée qu'il s'était fait rouler lui traversa l'esprit. Maintenant, il furetait sous les roues et les essieux des poids lourds.

— L'enfoiré ! s'exclama-t-il.

James avait fixé son téléphone cellulaire sous la remorque à l'aide d'un ruban collant. Il l'arracha. Le Gentleman s'était fait piéger. À la colère, se substitua l'euphorie. Un rire étrange qui jaillit de très loin. Mon adversaire est de taille ! songea-t-il, en se réjouissant du défi qui l'attendait.

***

CHAPITRE 38

PRENDRE LE LARGE

Les premiers buildings de New York pointaient à l'horizon sous un ciel couvert. Les limites des quartiers étaient assez floues à Brooklyn, et j'errai un moment avant de trouver la marina de la baie de Sheepshead. Avant que les Hamptons ne fassent partie de la vie des New-Yorkais, ils passaient leurs étés sur la Gold Coast de Brooklyn, une longue bande de sable s'étirant de Coney Island à l'extrémité Est de Sheepshead Bay. De cette époque révolue, depuis longtemps, il ne restait que quelques vestiges, comme des bungalows de plage vieillissants et les maisons unifamiliales des années 1950 qui bordaient les rues. De grandes maisons jouxtent de petites maisons traditionnelles en brique qui se trouvent à proximité de gratte-ciels. J'aimais la diversité architecturale.

Je me garai sur le parking face au quai et je coupai le moteur. Dans le rétroviseur, je m'adressai un grand sourire et observai mes gencives. Ma bouche était pâteuse et j'aurais aimé me brosser les dents. Sans compter ma barbe naissante qui me donnait l'air épuisé. Je me dégourdis les jambes, et détectai dans l'air un soupçon de brise marine. Les quelques quatre cents quais d'accostage capables d'accueillir les bateaux étaient tous occupés. C'était un lieu prisé par les navigateurs qui souhaitaient visiter New York. Je parcourus les quais en quête du numéro 354. Le bateau était un Prestige Yacht 60, d'environ vingt mètres de long avec une passerelle télescopique et un poste de pilotage ouvert au pont supérieur. Une belle machine que j'avais déjà eu l'occasion de piloter. À compter de ce jour, j'élisais domicile dans cette microsociété de navigateurs.

***

Pendant ce temps, les agents du FBI avaient réintégré leur bureau et avaient commencé à dresser la liste de tous les hôtels de Georgetown. La chaîne d'info nationale roulait en fond sonore. Les élections américaines s'approchaient à grands pas et étaient le sujet le plus traité par les médias dans le pays. Cotter saisit la télécommande et mit l'écran en veille.

— Non ! lança Deborah.

— Arrête cette merde !

— J'adore écouter les infos... rétorqua-t-elle avec un sourire. Je suis hyperactive : mon cerveau n'est jamais à off. Au fait, tu votes quoi ?

— J'hésite.

— Dans ce pays on est soit démocrate, ou bien républicain. Et rares sont les gens qui changent de camp.

— La politique a perdu toute crédibilité selon moi. Blanc bonnet et bonnet blanc.

— J'ai choisi Clinton.

Cotter leva le nez de son ordinateur.

— Tu plaisantes ?

— Alors tu es républicain ?

— Non. Ni l'un ni l'autre. Je suis pour la justice. Ça suffit ! dit-il d'un ton agacé.

Elle se mit à rire.

Leur théorie ne tenait qu'à un fil. Trouver le tueur équivalait à chercher une aiguille dans une botte de foin. Elle se dirigea vers la machine à café, s'étira le cou, déposa un gobelet et pressa le bouton. Quant à Cotter, il était pensif, repoussant ce qu'il détestait le plus : passer son temps au téléphone. Il venait de recevoir le bordereau de mise sous surveillance de son supérieur. Il poussa un soupir et se fit violence, pour contacter le bureau du juge. Maintenant, il était pendu au bout du fil avec la secrétaire du juge. Son attente fut de courte durée et le document lui fut délivré sur-le-champ. Rarement un mandat avec si peu d'éléments avait été signé aussi hâtivement. Mais plus rien ne l'étonnait. Il s'ébouriffa les cheveux pour se réveiller. Deborah ignorait qu'il avait acheté un véhicule pour aider James dans sa fuite et loué un bateau amarré dans la marina de Brooklyn. Le propriétaire, un ami, l'avait mis à vendre, mais comme aucun acquéreur ne s'était présenté, et qu'il avait planifié un voyage en Europe, la location lui apparut la meilleure solution. Pour l'instant, il ne lui avait rien dit. Il craignait qu'elle juge qu'il dépasse les bornes.

De son côté, après de multiples appels, Deborah avait répertorié trois hôtels.

— C'est bon, on peut y aller, lança-t-elle en se dirigeant vers la porte.

Il se leva, enfila sa veste en effleurant son holster pour s'assurer que son arme était bien en place et lui emboîta le pas.

Leurs deux premières visites furent infructueuses. C'est la mine basse et sans grand espoir que Cotter arrêta la voiture dans le petit parking réservé aux clients de l'auberge, situé en face. Tous les deux têtes baissées, et les mains dans les poches, ils traversèrent la rue. Ils avaient conscience que c'était leur dernière piste.

Cotter fut le premier à franchir l'entrée de l'hôtel, en croisant les doigts.

L'auberge n'était pas luxueuse, mais propre. Ils remarquèrent l'absence de caméras. À la réception, ils présentèrent leur badge au gars qui était scotché devant les nouvelles matinales, et leva à peine les yeux. Avec sa coupe de cheveux en brosse, il ressemblait à un ancien militaire.

— La liste des clients, s'il vous plaît...

Il pianota sur son clavier et tourna l'écran vers eux.

— Donnez-nous les fiches signées. Sur une étagère, il saisit un classeur.

— Merci.

Pendant qu'ils consultaient les documents, le réceptionniste haussa le volume du téléviseur.

— Excusez-moi, lança Cotter... Il ne répondit pas. S'il vous plaît !

— Quoi ? Vous ne voyez pas que j'suis occupé, rétorqua-t-il en bougonnant.

L'éclair. En moins de temps qu'il ne faut pour le dire, Cotter saisit son col de chemise et lui plaqua le visage contre le comptoir en mélamine. Le souffle coupé, la bouche écrasée, il ne tenta pas de se dégager.

— On fait moins le malin, Ducon ! Tu as dix secondes. Le type mesure environ un mètre quatre-vingt-quinze alors ?

— Colin ou Wallace.

— C'est notre jour de chance ! S'exclama Cotter. J'ai une autre question. Pourquoi les fiches de deux clients sont incomplètes ?

Où sont les numéros des pièces d'identité ? Deborah fit glisser son index sur l'écran...

— Laisse tomber Cotter, chambres 9 et 11. Il lâcha prise.

— Donne-moi les doubles de clés. Un autre conseil : touche pas au téléphone. Bouge même pas le petit doigt, dit-il en serrant les dents.

Ils gravirent les escaliers à la volée, et se présentèrent devant la première chambre.

— Oui ? répondit une voix masculine.

— FBI, agent spécial Finch.

La porte s'entrebâilla devant une armoire à glace, un genre de Hulk. Ses cheveux étaient ébouriffés.

Un comptable en déplacement dans la capitale. Il jeta un coup d'œil à l'intérieur. Une jeune femme se releva du lit. Elle était grande et élancée, aux cheveux noirs coupés courts. Une escorte, conclut-il. Il en a profité pour se changer les idées, songea-t-il, remarquant l'alliance que le type portait à l'annulaire. Ils s'excusèrent pour le dérangement et passèrent à l'étage supérieur.

— Porte numéro 11, chuchota-t-elle.

Sur la poignée était accroché le panneau « Ne pas déranger ».

— Monsieur Colin Wilson ? FBI, cria-t-elle.

— Il semble qu'il se soit absenté, rajouta-t-il.

— Suis-moi.

Ils retournèrent au rez-de-chaussée.

— Va vérifier le permis et numéro de plaque. Pendant ce temps, je vais jeter un coup d'œil au parking de l'hôtel.

Le véhicule était absent et Deborah confirma qu'il s'agissait d'un faux permis. La voiture avait été louée.

— Le GPS de sa voiture va nous indiquer sa position. Qu'est-ce qu'on fait pour la chambre ?

Il se frotta le menton en arpentant le hall.

— Si c'est bien notre gars, nous devons l'attendre en espérant qu'il va se pointer, proposa-t-elle.

— J'ai une meilleure idée, remontons.

En position de tir devant la porte, il lui fit signe.

— On n'a pas de mandat ! chuchota-t-elle.

— Tant pis.

Elle glissa lentement la clé dans la serrure, la tourna, et d'un coup sec poussa la porte. La pièce était vide, le lit parfaitement fait.

— Personne.

Il rengaina son arme dans son holster et commença à inspecter les lieux.

— Va voir la salle de bain.

Elle enfila des gants pour examiner les flacons exposés sur l'étagère de la pharmacie. Des produits haut de gamme, constata-t-elle. Puis, elle fut interpellée par un boîtier rectangulaire en plastique. Elle l'ouvrit.

— Viens voir ! cria-t-elle.

Une fois qu'il eut franchi le cadre de la porte, elle le fixa les yeux écarquillés en désignant ce qu'elle avait trouvé.

— Des lentilles colorées. Combien ? Il compta avec ses doigts.

— Neuf paires...

— Bien des gens portent des lentilles.

— Le type a installé une corde à la fenêtre... Prévoyant, le mec !

— Bon sang ! s'exclama-t-elle. Qu'est-ce qu'on fait ? Il leva les yeux au ciel en signe de réflexion.

— Appelle l'équipe scientifique et précise-leur d'utiliser un véhicule banalisé. De mon côté, je demande du renfort. Dans le placard, j'ai compté une dizaine de costumes taillés sur mesure, et cinq paires de chaussures de marque italienne. Ce type a les moyens.

— Termine l'inspection pendant que je contacte l'agence de location. Je vais tenter de localiser le véhicule.

Il enfila une paire de gants à son tour, et se mit à palper tous les recoins du placard. Sur la tablette en hauteur, il mit la main sur un ordinateur portable et un cahier. Le jackpot ! songea-t-il. Quant à

Deborah, elle avait déniché le fusil Ripper.

***

De son côté, le Gentleman était pied au plancher. Il avait repris la route en direction de Washington. L'autoroute défilait, la circulation était fluide. Il avait échoué au poker, il avait perdu la trace de James Bradford et pour finir, il n'avait pas dormi de la nuit. Pour la première fois, il doutait. Il se frotta les yeux, qui à eux seuls renfermaient toute la rage qui s'était emparée de lui.

À l'approche d'une station-service, il fit à nouveau le plein d'essence et commanda deux grands cafés. Noirs avec trois sucres. En arrivant à la caisse, il avait déjà vidé son premier gobelet, qu'il jeta dans la poubelle avant de l'avoir payé. L'employé lui jeta un regard suspicieux. Le Gentleman lui lança un regard sombre.

— Parce que tu penses que je n'allais pas le payer ? lui lança-t-il.

Il balança l'argent sur le comptoir et s'esquiva avant de lui sauter à la gorge, devant le regard outré de deux clients qui patientaient derrière lui. De là, il reprit la route pour Washington. Quelques minutes plus tard, il jeta un œil sur l'écran de son téléphone. Il donna un coup de volant sec et immobilisa sa voiture sur la bande d'arrêt d'urgence. Il mit ses feux de détresse et saisit son appareil.

— Merde ! s'exclama-t-il. La mini caméra qu'il avait dissimulée dans la lampe de chevet montrait une femme qui inspectait sa chambre. Putain, ils m'ont trouvé ! Au même moment, il reçut un appel, il répondit.

— Quand je vous demande de m'appeler, vous obéissez. C'est moi le patron. Au bout de la ligne, le président était furieux.

Le combat d'ego n'aurait pas lieu. Le Gentleman fit mine de ne pas avoir entendu.

— J'ai récupéré l'enregistrement et le codex. Il sentit le soulagement de son interlocuteur.

— Parfait.

— Dites à votre contact de se présenter ce soir à 22heures, même endroit. Je lui remettrai le colis.

Il coupa la communication avec un petit sourire aux lèvres. Pour gagner du temps, il venait d'activer son plan de secours. Son ordinateur portable ainsi que son fusil Ripper étaient restés à la chambre d'hôtel et il en éprouvait quelques regrets. Rien de compromettant pour le futur. Cependant, il avait sous-estimé le FBI.

Il emprunta la bretelle de sortie suivante et immobilisa sa voiture sur le stationnement. Il ramassa son attaché-case et le sac de sport avant de poursuivre la route à pied en faisant du stop.

Il surveillait le ciel, craignant de voir surgir un hélicoptère. Après plus d'une demi-heure de marche, il monta à bord d'un camion de marchandises. Pour l'instant, il était à l'abri.

***

Je découvris l'intérieur du bateau de style contemporain avec un mélange de meubles en bois foncé, un canapé, et des banquettes en cuir blanc. La cuisine luxueuse comportait un comptoir de cuisine en verre, un téléviseur suspendu, et des luminaires modernes. La chambre était plus spacieuse que je ne l'avais imaginé. Au pas de course, je récupérai mes bagages ainsi que le matériel. Pour plus d'intimité, je baissai les stores. Où planquer tous les documents ? Je jetai un œil sur le ponton supérieur... Ce n'était pas une bonne idée. Je retournai au premier niveau et les déposai dans le placard de la chambre.

Je déballai l'ordinateur, l'antenne et mon amplificateur directionnel. Dans un rayon d'un kilomètre, j'espérais capter un routeur configuré par défaut en réseau ouvert qui me permettrait de me connecter sans être repéré. Et si cela ne fonctionnait pas, j'avais un logiciel capable d'attaquer un autre ordinateur qui posséderait un mot de passe faible, facile à décoder. Ça pourrait prendre une heure, vingt-quatre heures ou davantage, mais ça fonctionnerait. J'allumai l'écran. Je n'avais plus qu'à patienter. J'ouvris mon sac, et sortis le téléphone satellite. Je voulais appeler ma mère, mais je réalisai qu'avec le décalage horaire, elle dormait à poings fermés. J'y renonçai.

Je m'étais assis au soleil sur le quai et j'avais enlevé mes chaussures pour laisser pendre mes jambes jusqu'à toucher l'eau du bout de mes pieds. « L'Alliance », j'étais très intrigué par ce nom. Après réflexion, j'en venais à la conclusion que Brooke Harris était la clé du mystère.

Je farfouillai dans mon calepin pour dénicher le numéro de la libraire et j'appelai.

— Librairie Harriman, j'écoute.

— Bonjour. Je voudrais parler à Brooke, c'est urgent.

— Ne quittez pas... Une minute plus tard, j'entendis une voix féminine.

— Allô...

— Bonjour, Brooke, c'est James Bradford.

***

CHAPITRE 39

DESTRUCTION

Bayonne, New Jersey.

Le Gentleman, à bord du camion, arrivait dans la ville de Bayonne dans l'État du New Jersey. Il apercevait au loin les reflets du soleil sur la baie de Newark. Passé le pont arqué en acier, il était soulagé. Jusque-là, aucune trace de lui sur les radars des autorités.

Il se fit déposer par le chauffeur à l'entrée de la ville. Le trajet lui avait permis de peaufiner son plan. Comme il avait déclaré au président du Cinquième Empire qu'il possédait l'enregistrement et le codex, chaque minute était comptée.

Il embarqua dans un taxi pour les derniers kilomètres, et termina à pied le parcours. D'un pas décidé et rapide, il entra dans le quartier industriel de la ville, désormais désaffecté. Les bâtiments abandonnés offraient un décor sinistre. Une petite enclave sans vie, une impression de bout du monde. La plupart des édifices étaient murés ou à moitié abandonnés. Par le passé, cette zone avait été très active, puis désertée lors de la crise financière de 2008, ce qui plongea bon nombre d'entreprises en faillite. Depuis, rien n'avait changé.

Il n'y avait aucune caméra susceptible de capter sa présence. Un endroit minable, mais où il restait un espace de liberté. Depuis deux ans, il n'avait pas remis les pieds dans le coin. Au bout de l'enfilade de hangars et d'entrepôts, il avança vers l'imposant édifice en briques de trois étages, couvert de graffitis, et qui occupait l'équivalent d'un pâté de maisons. L'ancien propriétaire avait eu l'idée, jadis, de clôturer le périmètre pour éloigner les squatters et les curieux. Le parking était envahi de mauvaises herbes qui avaient littéralement englouti le béton. Il contourna la façade pour atteindre l'entrée secondaire, une issue de secours. Avant de se glisser sous la chaîne portant la pancarte ACCÈS INTERDIT, il jeta un coup d'œil circulaire pour s'assurer que personne ne rôdait. Il dressa l'oreille, en entendant un son de sirène de police perdu dans le lointain, qu'il estimait à plus d'un kilomètre en raison du vent de l'ouest qui venait de se lever. Au moment de taper le code sur le boîtier électronique, il ne regrettait pas d'avoir installé des panneaux solaires pour alimenter le système d'alarme, quelques lumières et une prise de courant. Il ouvrit la porte et s'assura que le fil presque invisible qu'il avait installé était bien tendu, ce qui était le cas.

Des machines industrielles aux mâchoires métalliques représentant les vestiges de l'usine de textile qui avait fourmillé d'ouvriers pendant plusieurs décennies occupaient toujours l'édifice. Ses pas claquèrent sur le sol en béton et broyèrent le silence. Il se dirigea vers l'escalier qui conduisait au sous-sol et descendit une volée de marches, et tapa à nouveau un code sur le boîtier d'une porte blindée. Un modèle qu'il affectionnait particulièrement et dont l'épaisseur était égale à celle des coffres-forts les plus sophistiqués.

Il poussa l'interrupteur. La pièce n'excédait pas vingt mètres carrés. Dans un coin, un ordinateur à écran plat de vingt-cinq centimètres était posé sur le bureau. Il brancha la prise au mur et le mit sous tension. Un brin d'ADN se mit à tournoyer sur l'écran. Il déplaça la souris et le motif disparut, affichant à la place une page connexion. Il saisit son mot de passe et son identifiant, puis glissa une clé USB dans l'ordinateur afin de récupérer l'intégralité des fichiers. Dans un coffre mural, il récupéra des jeux d'identité, plusieurs liasses de billets, deux revolvers et des munitions. Il jeta un coup d'œil à sa montre. Dans trois heures, il devrait quitter la ville. Dans un tiroir du bureau, il se saisit d'un téléphone satellite et contacta une compagnie aérienne privée, commandant un jet privé au coût de 40 000 dollars, pour la liaison vers Washington.

Alors qu'il aurait dû se prélasser sur une plage du Mexique et laisser cette histoire derrière lui, il n'avait pu étouffer le feu ardent qui brûlait en lui et qui l'embrasait à chaque fois qu'il se remémorait les mots du président : espèce d'imbécile ! L'insulte suprême à son intelligence, qu'il avait reçue comme un camouflet et qui le conduisait de plus en plus loin dans sa quête insensée. Il en avait fait une affaire personnelle.

Bien qu'il ne développait que très rarement un sentiment d'admiration pour autrui, il reconnaissait que James Bradford n'était plus une cible, mais un adversaire. Dans son esprit aux lignes de raisonnement différentes de celles du commun des mortels, le respect prévalait. On traite équitablement son ennemi, songea-t-il. Ce qu'il détestait, c'était la pitié et ce qu'il admirait, c'était le courage. Sur le téléphone sécurisé, il composa un numéro : la conversation avec son interlocuteur n'excéda pas cinq minutes. Satisfait, il raccrocha. James Bradford l'ignore, mais il vient d'être gracié. Il passa un deuxième appel.

À plus de dix mille kilomètres de là, à New Delhi, un jeune homme ouvrit précipitamment le tiroir de son bureau. Le téléphone resté silencieux depuis des semaines sonnait. Il se leva, ferma la porte et se précipita sur l'appareil.

— Bonjour, Monsieur.

Samir avait fait ses études en informatique à Londres et était revenu au pays. Il avait lancé une petite société de développement web et avait abandonné la création de sites Internet pour s'orienter vers les applications mobiles. Il avait participé à plusieurs concours d'hacking sur le dark web et en avait remporté trois. C'est à cette occasion que le Gentleman, à l'affût des petits génies de la Toile, l'avait contacté. Samir était un bouclier protecteur au cas où les choses tourneraient mal. Essentiellement, il relayait des informations et multipliait les adresses IP pour brouiller les pistes. Il pouvait s'introduire dans n'importe quel ordinateur ou système et en capter et détourner les images. En retour, il était grassement payé. Il aimait les défis et se servait de sa couverture pour explorer les espaces privés pas assez protégés. Ce qu'il préférait : usurper le contrôle des caméras des ordinateurs et visiter l'intérieur d'une maison. Il avait troqué la longue-vue contre la technologie et il adorait ça. Il était vraiment doué et avait une longueur d'avance sur les cyberflics de ce monde.

— Écoute-moi bien. Tu as une feuille et un stylo ?

Une fois que tout était rangé dans son sac, dans le placard, il prit un jerricane. Il faut toujours avoir un bidon d'essence ! se félicita-t-il, alors qu'il déversait le liquide dans la pièce... Près de la porte, il jeta un dernier regard, puis craqua une allumette, qui enflamma le combustible. L'accélérateur de feu était inutile. Calmement et sans courir, il emprunta le chemin inverse, traversa l'immense bâtiment et rejoignit l'extérieur. La fumée commençait à se répandre dans l'édifice, mais il avait le temps de s'éloigner avant que quelqu'un ne prévienne les secours. Auquel moment, les colonnes de fumée noire seraient hautes dans le ciel et les flammes auraient englouti le bâtiment, qui s'écroulerait comme un château de cartes.

Exactement dix-sept minutes plus tard, il s'adossa à la banquette du taxi qu'il avait commandé et croisa les premiers véhicules de pompiers. Il eut un petit sourire aux lèvres. Direction l'aéroport.

***

CHAPITRE 40

LA FIN

Londres

Le président du Cinquième Empire avait rejoint son domicile londonien. Au cours de son voyage de retour, il avait imaginé un plan. Dans l'alcôve de son bureau, il décrocha le téléphone.

La pendule indiquait 21 h. Il calcula six heures de moins. Sur son téléphone sécurisé, il composa un numéro. En attendant que son interlocuteur réponde, avec ses doigts, il tambourina sur le bureau. Décroche !

Au bout de la cinquième sonnerie, la voix se fit entendre.

— Enfin !

— Monsieur, répondit-il à voix basse, je suis dans l'enceinte du Capitole.

— Taisez-vous et écoutez-moi bien.

***

Le sénateur cogna à la vitre du bureau, mais l'agent ne répondit pas, concentré sur sa tâche. Ce ne fut qu'à la deuxième tentative qu'il leva la tête.

— Entrez ! cria-t-il.

— Bonjour, je suis le sénateur...

Il lui coupa la parole.

— Je sais qui vous êtes, Monsieur le Sénateur du Wyoming. Je déteste recevoir un politicien à mon bureau, surtout quand l'ordre vient d'en haut.

Pendant que l'agent l'invectivait, le sénateur mit son index sur sa bouche et déposa une feuille manuscrite sur son bureau.

— C'est une urgence, monsieur.

L'agent Chandler lut son message. Il leva un regard interrogateur et enchaîna comme si de rien n'était avec le même ton réprobateur.

— Comme on me l'a demandé, j'ai sorti tous les profils des types qui ont travaillé pour la cellule spéciale de la CIA. Les meilleurs. Des gars à vous glacer le sang. Deux sont morts —nous avons les certificats de décès. Depuis quinze ans, quarante-trois ont été reclassés dans des postes moins prestigieux, trop vieux pour le terrain, et deux d'entre eux ont disparu. Suivez-moi.

Ils sortirent de la pièce, traversèrent un couloir et débouchèrent devant une porte de métal. L'agent tapa son code sur le boîtier numérique. Ils entrèrent. L'agent jeta négligemment les dossiers sur l'unique table qui meublait la pièce.

— C'est quoi ce cirque, sénateur?

— Vous êtes certain que nous pouvons parler librement?

— C'est une cage de Faraday, rien ne passe. Alors? Je vous écoute.

— Je me suis renseigné à votre sujet et je sais que vous n'êtes pas un homme corrompu. Ce que je vais vous confier est de la plus haute importance. L'agent fronça les sourcils.

— Depuis mon élection je suis victime d'un chantage. Le moindre de mes déplacements est surveillé, et mes lignes sont sur écoute. Vous êtes ma seule alternative.

— Mais qu'est-ce que c'est que cette histoire? Le sénateur lui tourna le dos et fixa le mur.

— Lorsque je siégeais au Capitole pour la première fois, il y a douze ans déjà, je n'imaginais pas servir mon pays autrement que dans le respect de la constitution.

— Oh! Je vous arrête, je ne peux rien faire pour vous...

— Vous êtes la seule chance qui s'offre à moi et à notre pays. L'agent posa les mains sur ses hanches, l'air interrogateur.

— J'appartiens à une organisation secrète qui a recruté le tueur de Barbara Clark et qui n'est autre qu'un de vos soldats fantômes. On m'a demandé de l'identifier.

— Avez-vous perdu la raison ?

— Absolument pas.

— Après ma prestation de serment, j'ai été enlevé par des types. On les surnomme « L'élite noire », le bras armé de l'organisation. À mon insu, après avoir été drogué j'ai commis un acte de violence qu'ils ont filmé, dans l'unique but de me faire chanter. J'étais pieds et poings liés. C'est de cette manière que j'ai été enrôlé dans l'organisation. L'agent Chandler fit la moue. Il avait des doutes. Le regard du sénateur s'embua.

— Quel genre de crime avez-vous commis ?

— Je ne peux rien dire... J'ai une femme et deux grandes filles. Vous comprenez ?

— Non, vous déraillez !

— Il faut stopper ces monstres.

L'agent s'assit sur le coin de la table.

— Et quel est votre rôle ?

— D'ordinaire, influencer mes collègues pour valider ou invalider des propositions de loi. Ou bien transférer des informations ou rumeurs pertinentes. Parfois les provoquer. Je ne suis qu'un exécutant. Je relève d'un lieutenant, qui supervise les opérations. Mes maîtres chanteurs font partie d'une organisation très puissante. Récemment, un paquet m'a été remis par le tueur de Barbara Clark, que j'ai transféré au lieutenant. Un truc a dû mal tourner entre eux. Ils vont se servir de la CIA pour le mettre sur la touche ou bien le buter pas plus tard que ce soir, car j'ai rendez-vous avec lui. Leur objectif est d'enterrer le meurtre de Barbara Clark reliée à l'assassinat du président Kennedy. J'ai décidé de tout balancer.

L'agent se gratta la tête, l'air renfrogné.

— Vous devriez porter plainte au FBI ou bien à la police.

Le sénateur tapa du poing sur la table.

— Vous croyez que je ne l'ai pas envisagé ? C'est une organisation parfaitement cloisonnée. Combien d'autres représentants, sénateurs, juges, journalistes et politiciens sont corrompus ? Je ne supporte plus le mensonge et j'ai à cœur de protéger ma famille.

— Mon supérieur sera mieux placé que moi pour juger...

— Vous ne m'écoutez pas ! On ne peut faire confiance à personne.

— Mais alors... Qu'attendez-vous de moi ?

— Tenez, dit-il en glissant sa main dans sa poche et en lui tendant une clé USB. Ce sont les codes pour accéder aux dossiers numériques. Des vidéos et des documents et ma confession. S'il m'arrive malheur... Évitez les grands médias, ils manipulent l'information.

L'agent resta figé, comme s'il n'avait pas encore pris de décision.

— Vous auriez pu la transmettre à Jerry Camble, comme fouille-merde, on ne fait pas mieux.

— Vous être sourd ou quoi ? Je suis constamment surveillé.

Croyez-vous que je prendrai le risque de poster ces codes ou de les confier à un coursier ? Il le fixa droit dans les yeux.

— Un traître, voilà ce que je suis devenu. Ma réputation ne vaut plus rien. J'ai perdu mon estime. Est-ce que je peux compter sur vous ?

L'agent se saisit de la clé et la glissa dans la poche de son pantalon.

— Retournons dans votre bureau et jouez la comédie pour ceux qui nous écoutent. Tous les faits et gestes des agents de la CIA sont enregistrés. Ne me contactez sous aucun prétexte.

Allons-y.

L'agent visiblement déstabilisé dénoua légèrement sa cravate et ôta le premier bouton de sa chemise. Des gouttelettes de sueur suintèrent sur son front.

De retour dans le bureau, ils reprirent le cours de leur conversation.

— Tous les dossiers sont là, examinons-les.

— Voici les deux soldats fantômes qui se sont évaporés dans la nature, dit-il en étalant les clichés devant lui. Parfois, la pression est forte : vivre dans le mensonge, hériter de missions ultra-dangereuses... Malheureusement, c'est nous qui formons ces gars : ce sont les meilleurs. Alors, quand certains choisissent de se faire la malle, on ne les retrouve jamais. Ils ont été bien formés. Vous pourrez consulter les fiches sur place uniquement.

Le sénateur hocha la tête et examina les photos. Il écarta celle qui lui semblait hors de propos.

— Quelle taille ? dit-il en désignant la deuxième photo.

Le chef du département consulta la fiche de renseignement.

— Un mètre quatre-vingt-quinze.

— C'est lui... en réalité j'en suis presque certain.

— Vous n'avez pas de chance. Il s'est volatilisé après cinq ans de service. Un des meilleurs. Son nom est dans nos fichiers. Nous le soupçonnons d'avoir fait la peau à son supérieur.

— Dans exactement cinq heures, il va se pointer à notre rendez-vous à Washington, dit-il en jetant un œil à sa montre. Je vous l'offre sur un plateau. Le chef fronça les sourcils.

— C'est quoi cette embrouille ? Vous me prenez pour un idiot ?

— Permettez-moi de replacer les choses en contexte. Pour des raisons que vous devez continuer d'ignorer, j'ai identifié un ancien membre de la CIA qui a commis un crime, et je vous propose de l'appréhender. Si vous refusez, je serai dans l'obligation d'appeler vos supérieurs. Alors à votre place... Il frappa brutalement du poing sur la table.

— Je n'aime pas votre façon de procéder, sénateur ! déclara-t-il vertement. J'ai accepté de vous recevoir par égard pour ma hiérarchie, mais n'attendez pas de moi que je lâche mes gars à la poursuite d'un fantôme. Et de vous à moi, si vous connaissez ce type, je vous conseille de ne pas éveiller ses soupçons, sinon, vous êtes un homme mort.

— Dois-je en déduire que vous refusez mon aide ? Car si c'est le cas, je peux assurer que dans moins de cinq minutes votre putain de téléphone va sonner !

Du plat de la main, il désigna la porte et le sénateur quitta la pièce sans le saluer.

Après l'avoir raccompagné, l'agent Chandler passa un appel. Ce soir, une équipe de la CIA interviendrait sur le lieu du rendez-vous.

***

CHAPITRE 41

LA FUITE

Des rideaux de pluie tombaient sur l'avenue, fouettant les véhicules et les passants sur le trottoir. Je prolongeais la course du chauffeur, hésitant à braver l'eau déferlante pour me rendre jusqu'à la boutique que j'apercevais à une centaine de mètres devant moi.

Soudain, le quartier fut plongé dans le noir, précédé par un éclair d'une luminosité fracassante qui zébra le ciel entier. Le chauffeur me pressa de payer la course. Mon sac en bandoulière sur la tête en guise de chapeau, je courus en longeant les immeubles pour me protéger du déluge. Sur la pointe des pieds, j'essayais d'éviter les flaques d'eau et le ruisseau qui s'était formé suite au débordement des bouches d'égout. Puis, je fis le tour par la ruelle et poussai une grille de métal qui était restée ouverte et donnait accès à une cour, que je traversai avant de cogner à la porte arrière de l'édifice. Le bruit de la clé se fit entendre, Brooke ouvrit la porte et éclaira mon visage d'une lampe de poche. Je m'essuyai les pieds sur le tapis de l'entrée en secouant mes cheveux pour évacuer l'eau qui ruisselait sur mon visage.

— Bonsoir, me dit-elle.

— Merci de me recevoir.

Lors de mon appel téléphonique, j'avais été persuasif. Elle était craintive, comme si elle mesurait la gravité de l'affaire et que jusqu'à présent elle avait évité d'être mêlée. Ma visite imprévue l'avait fait réfléchir et je réussis à la convaincre.

— Vous n'avez pas été suivi ? Demanda-t-elle inquiète.

— Absolument pas.

Le courant se rétablit. Elle éteignit sa lampe.

Elle se dirigea au fond de la pièce et ouvrit une porte qui donnait sur un petit vestibule, que nous traversâmes pour nous rendre à un ascenseur privé. Dans la cabine, elle pressa le bouton et nous montâmes à l'étage. Passé le salon aménagé dans un style plutôt moderne, nous entrâmes dans une autre pièce.

— Le bureau de mon arrière-grand-père, dit-elle en s'effaçant pour me laisser passer.

Je remarquai le lustre de cristal et le mobilier rustique. Un canapé de cuir chesterfield vert émeraude, surmonté d'une tapisserie d'Aubusson reproduisant une chasse à courre. Juste à côté, une étagère d'angle avec des objets anciens, ni écaillés ni corrodés par le temps ainsi qu'un plateau sur lequel était posée une bouteille de whisky. Et en haut, un cadre avec la photo d'un homme qui portait une cravate lavallière noire, une redingote, ainsi qu'une moustache gracieuse.

— Je vous présente Miller.

Je mis enfin un visage sur celui dont je ne connaissais que la voix.

Son univers, marqué par la simplicité, me fascina.

— Venez-vous souvent dans cette pièce ?

— Oui, surtout le matin, lorsqu'une lumière ambre se diffuse, et crée une atmosphère mystique qui suscite en moi l'impression que Miller est présent. Il me fascine.

— J'ai fait des recherches à son sujet mais je n'ai rien trouvé : ni photo ni aucun article.

— Mon arrière-grand-père détestait s'exposer.

Puis, elle s'avança vers un tourne-disque et déposa le bras sur un disque et monta le volume. Les premières notes de clarinette s'envolèrent.

— Benny Goodman, un des musiciens favoris de Miller ! s'exclama-t-elle avec un sourire fantastique. Mille précautions valent mieux qu'une, et de nos jours la technologie fait des miracles.

— Effectivement, avec un micro directionnel multifréquences relié à un enregistreur numérique, on pourrait nous espionner. Elle eut un petit sourire narquois.

Je fus frappé par sa beauté classiquement européenne. Bien qu'elle n'était pas grande ni élancée, avec ses grands yeux aigue-marine, elle possédait un charme auquel je n'étais pas insensible.

— Vous seriez surprise d'apprendre ce que j'ai découvert. Elle cligna des yeux. Vous et moi avons manifestement beaucoup à nous dire.

— Votre nom est loin de m'être inconnu, Monsieur Bradford.

Je détournai le regard vers la bibliothèque en bois rouge luisant avec des étagères intégrées au mur. Un sentiment d'unité et de perfection émanait des manuscrits parfaitement alignés et rangés par taille croissante.

— Ce sont des collections hétéroclites —ouvrages historiques, atlas, récits mythologiques, et encyclopédies— que Miller n'a cessé d'enrichir jusqu'à sa mort.

Mon regard se porta sur le mur du fond plongé dans une semi-pénombre. Je m'avançai pour mieux distinguer la série de portraits qui étaient accrochés.

— Miller a côtoyé plusieurs présidents, comme en témoignent ces photos affichées sur le mur.

Je reconnus les présidents Woodrow Wilson et Franklin Roosevelt. Assis à côté de Miller, ils consultaient des dossiers dans le Bureau ovale de la Maison-Blanche. Je trouvais ça étrange : la réplique, la similitude de la scène reproduite sur chaque cliché.

Elle sourit.

— Mon arrière-grand-père a passé des années à étudier certaines questions. Il y a des choses que je dois vous montrer, d'autres que je dois vous expliquer. Une fois que vous les aurez vues, une fois que vous m'aurez entendue, je suis convaincue que vous comprendrez ma première réticence à votre égard à vous exposer cette histoire.

Je me raclai la gorge avant de reprendre la discussion.

— Dans des documents ayant appartenu à mon père, j'ai trouvé un magnétophone, dis-je en marquant un temps de pause.

— Continuez, fit-elle en hochant la tête.

— Il s'agit de l'enregistrement de la rencontre qui a eu lieu entre votre arrière-grand-père et le président John F. Kennedy quelques semaines après son élection.

Elle eut un mouvement de recul et ses yeux s'écarquillèrent.

— Quel genre de rencontre ? demanda-t-elle.

— Miller Harris lui a amené un document.

Ses épaules se redressèrent.

— Je ne sais par où commencer, dis-je en me grattant la tête.

— Par le début, trancha-t-elle.

— Sur la base du journal de bord rédigé par son ancêtre, Miller s'est lancé dans une aventure incroyable...

Elle s'empara d'un chandail élimé, posé sur le dossier d'une chaise, qu'elle mit sur ses épaules pour contenir les frissons qui lui parcouraient l'épine dorsale.

— Je connais l'histoire du journal, lâcha-t-elle avec assurance.

— Pardon ?

Elle bondit vers la bibliothèque et se planta devant un miroir étroit et effilé que je n'avais pas remarqué.

— J'ai mis un certain temps à deviner cette énigme.

De sa main droite, elle exerça une pression sur la vitre qui s'ouvrit sur une pièce minuscule. Un miroir sans tain !

Au centre trônait un fauteuil à bascule. Autour, sur les murs, des étagères sur lesquelles étaient entreposés une multitude d'objets divers : une collection de pipes, une statue, et des babioles dont un cube Soma, un casse-tête mécanique.

Elle se retourna.

— Cet endroit était le sanctuaire de Miller.

Puis, elle se baissa et j'aperçus un coffre-fort. Elle entra des chiffres. Clic-clic. La porte s'ouvrit. Elle plongea la main à l'intérieur et ressortit délicatement une valise en métal à double serrure.

— Voilà une partie de son héritage. Une boîte Solander, spécialement conçue pour conserver les manuscrits. Je craignais qu'avec le temps celui-ci ne s'altère. Par ces écrits, mon ancêtre souhaitait perpétuer sa mémoire.

Elle se saisit de deux paires de gants en coton posées sur l'étagère. Je fis un pas de côté pour la laisser passer, et je la suivis. Elle referma le panneau. Nous nous assîmes sur le canapé.

— Les ennemis du manuscrit sont l'humidité et la poussière. Avec précaution, elle déposa la valise sur ses genoux et l'ouvrit.

— Le journal de bord de Moses Harriman ! m'exclamai-je, vous êtes au courant du Cinquième Empire et du codex pourpre ?

— Depuis de nombreuses années, répondit-elle à mon grand étonnement. Et vous, vous l'avez appris grâce à l'enregistrement ?

— Tout à fait. Le seul bémol, c'est qu'il manque une cassette. Je suis resté sur ma faim.

Elle secoua la tête.

— Malheureusement, je n'ai trouvé aucune cassette dans les affaires personnelles de Miller.

Je portai mon regard sur le manuscrit. Brooke passa des gants de coton, et me tendit l'autre paire. Elle le prit entre ses mains et dénoua la cordelette de la pochette en cuir souple dans lequel il était enveloppé.

— Observez sa reliure originale en cuir, ses pages inégales, dit-elle en effleurant la tranche de son index. Pour la première fois, j'ai eu l'opportunité de lire un manuscrit qui a plus de deux siècles... dans ma jeune carrière de libraire, j'ai acheté des spécimens peu communs, mais aucun n'est aussi précieux que ce journal. Pourtant, c'est un cadeau empoisonné, à l'origine du destin de Miller et, par ricochet, aujourd'hui, la cause de vos ennuis et des miens. Une fois que je l'ai lu, je me suis jetée corps et âme dans la traque d'indices à propos du Cinquième Empire. J'étais en Europe, le berceau de l'histoire. Je n'ai trouvé que des théories sur des sociétés secrètes connues : les rose- croix, les francs-maçons, les Illuminatis, mais rien concernant le Cinquième Empire. L'histoire était muette, ce qui souleva un doute dans mon esprit à propos de la véracité des écrits de mon ancêtre.

— Miller éprouva le même scepticisme.

— Je soupçonne que leur enseignement était oral et a échappé aux historiens. L'arbre généalogique constitué par Miller a confirmé que Moses Harriman était bien notre ancêtre, qu'il vivait dans le ghetto de Francfort et qu'il avait immigré en 1773 dans les Colonies d'Amérique. Quant à son amitié avec Mayer Rothschild, aucune preuve n'étaye ces déclarations. Au fil du temps, mon engouement pour l'énigme du journal s'est amenuisé, j'avais le sentiment de tourner en rond.

— Je suis intrigué, comment avez-vous obtenu le journal ?

— Le jour de mes vingt et un ans, le rabbin de la synagogue

me contacta pour me transmettre une boîte en métal fermée à clé. Son grand-père avait été un grand ami de Miller. Je vous offre un whisky ? dit-elle comme pour étirer le mystère alors que j'étais suspendu à ses lèvres.

Je n'avais pas envie de boire, mais un verre pourrait calmer mon anxiété, un seul.

— Volontiers, mais très peu.

Elle me confia le journal que j'osais à peine toucher et ôta ses gants. Pendant qu'elle se dirigeait vers l'étagère, je l'ouvris au hasard. Des films transparents protégeaient le texte et des feuillets de traduction étaient insérés. Je le refermai et posai mon regard sur elle.

Elle était charmante. Je croyais discerner une part de mystère chez elle. J'avais remarqué ses yeux brillants et agités. Ce soir, son regard était calme et voilé. Elle me confia qu'elle préférait la compagnie des mots et qu'elle aimait se réfugier dans la lecture. Elle ne connaissait pas tous les livres qu'elle possédait, mais elle en avait lu plus d'un millier, de tous les genres. Elle se sentait décalée : pour elle, la société allait trop vite et les gens ne prenaient plus le temps de rien. Dans ce monde confiné de l'esprit, elle voyageait au travers des histoires et des mots.

— Sans les livres, nous n'aurions plus de mémoire. Prendre le temps de vivre et de lire, c'est un beau programme n'est-ce pas ?

Je me sentis concerné par cette réflexion que j'avais déjà eue, nous ne profitons pas du temps qui passe, puisque nous sommes trop occupés à tenter de combler les vides.

Elle se dirigea vers moi, la lumière du lustre captant le reflet roux de ses cheveux. Je saisis le verre massif en cristal qu'elle me tendait. J'avalai une gorgée de whisky, fermai les yeux et les rouvris en sentant la chaleur se répandre en moi. Assise à mes côtés, elle but une petite gorgée, et enfila à nouveau ses gants avant de tourner la première page. Elle se plongea aussitôt dans le texte. Elle suivit les lignes des yeux jusqu'à ce qu'elle mît le doigt sur ce qu'elle cherchait. Elle me tendit le livre. Je contemplai avec admiration les caractères noirs de l'écriture parfois hésitante de son aïeul et ressentis une curieuse émotion. Puis, je me concentrai sur la partie du texte qu'elle avait désignée.

— Lisez ce passage à voix haute, me demanda-t-elle.

— « J'ai recopié des symboles, un langage codé du Cinquième Empire, que j'ai vus sur un document que possède Mayer mais, j'ignore ce qu'ils signifient... » 1772.

— Stop ! s'exclama-t-elle, c'est là où tout a commencé... À quoi faisait-elle allusion ? me demandai-je.

Je scrutai le paragraphe à la fin de la page, hypnotisé par des sigles que je n'avais jamais vus. Je plissai le front.

— Qu'est-ce que c'est ?

Le doigt de Brooke s'attardait au-dessus du dessin.

— Des symboles. J'examinai les détails.

— Cela ressemble à des lettres.

— Ce sont d'anciennes runes suédoises sujettes à différentes interprétations.

L'orage avait cessé. Je m'approchai de la fenêtre qui donnait sur la rue déserte, le regard vide, avec le sentiment d'avoir reçu un coup dans le ventre. L'averse qui s'était estompée avait glacé et noirci le bitume sous l'effet des lumières de la rue qui s'allumaient et s'éteignaient.

— J'envisageais ces symboles comme des codes, poursuivit-elle. À cette époque, j'étais installée à Paris. J'ai passé des nuits entières à étudier des manuscrits paléographiques. Les symboles m'obsédaient. J'ai rencontré plusieurs spécialistes, mais aucun d'entre eux n'a pu m'aider. Jusqu'au jour où j'ai assisté à une conférence donnée par un des meilleurs paléographes au monde. Je lui ai montré les sigles, qui lui étaient inconnus. Il m'a aiguillée vers une amie géologue originaire de Suède, spécialisée dans la pétrographie. Un mois plus tard, nous nous sommes rencontrées à Paris.

— Pétro quoi ? repris-je, mais quel est le rapport avec les symboles ?

— Pétrographie, c'est une science qui étudie au microscope la composition chimique et minéralogique des roches et des minéraux. Elle avait étudié les dégâts structurels du béton brûlé du Pentagone, causés par les attentats du 11 septembre 2001.

— Regardez, dit-elle en exposant devant moi deux images.

— Voilà la pierre runique de Kensington, et sur cette feuille les sigles qui sont gravés sur la pierre.

— On dirait des écritures extra-terrestres !

Elle s'est mise à rire et j'en ai fait autant. J'appréciais sa générosité et je savais que nous avions mutuellement des choses à nous apporter. Je repris mon sérieux et me mis à scruter attentivement les inscriptions sur la pierre afin de les comparer aux symboles du document. D'un trait de crayon, elle entoura ceux qui étaient identiques.

— C'est incroyable ! m'exclamai-je.

Je m'ébouriffai les cheveux comme pour m'éclaircir les idées.

— Et où se trouve cette pierre ?

— Au Musée d'Alexandria dans le Minnesota. La datation des écritures ainsi que l'origine de la pierre font polémique depuis plusieurs décennies dans les milieux scientifiques, opposant archéologues et géologues. Ces derniers ont présenté un rapport affirmant que l'érosion de la biotite sur la pierre permettait d'établir avec certitude qu'elle datait de 1362.

Je me levai d'un bond et pointai mon index en l'air en poursuivant mon raisonnement.

— Donc, les symboles dans le journal datent de cette période...

— C'est exact. Ce qui signifie que le Cinquième Empire existe depuis le 14e siècle. Et peut-être même avant. Cette affirmation me troubla profondément.

— L'histoire de cette pierre se transporte en Europe, au temps de l'Ordre du Temple, rajouta-t-elle.

Mon expression en disait long sur mon ignorance à ce sujet.

— Je vous parle chinois, c'est ça ?

— L'Histoire européenne n'est pas tout à fait mon domaine.

— Très bien. Dans ce cas, je dois vous exposer ma théorie plus en détail. Les premiers Chevaliers champenois de l'est de la France arrivent en Terre sainte entre 1105 et 1107. En 1128, Les Pauvres Chevaliers du Christ et du Temple de Salomon étaient une milice qui était chargée de protéger les pèlerins, et de sécuriser les routes pour les voyageurs se rendant en Terre sainte. Le roi Baudoin II de Jérusalem leur donna asile dans son palais à proximité du Temple et va le leur léguer par la suite. Ils prendront le nom de l'Ordre des Chevaliers du Temple. C'est à la fois un ordre religieux et militaire. Si les origines des membres juifs du Cinquième Empire remontent à cette période, ils sont originaires de Jérusalem et ils ont infiltré l'ordre du Temple.

— Pourquoi ?

— J'ai longtemps cherché des réponses et j'en suis venue à une conclusion. Les Chevaliers avaient obtenu le pouvoir grâce à la protection du Pape. L'Ordre militaire de la Terre sainte était devenu très puissant. Il jouait le rôle de banque en pratiquant l'usure, émettait des lettres de change avec les pèlerins, et assuraient la garde du Trésor royal. Dans les années 1300, ils étaient plus riches et plus puissants que tous les Rois d'Europe réunis. Pour le Cinquième Empire, c'était une grande opportunité pour s'immiscer au plus haut rang du pouvoir.

Je l'écoutai attentivement tout en réfléchissant.

— Admettons que des membres du Cinquième Empire se soient infiltrés. Que s'est-il passé ensuite ?

— En 1187, c'est la chute de Jérusalem, les Chevaliers se dispersent à travers l'Europe et le Cinquième Empire fuit avec eux. On retrouve, plus tard, leur trace en Écosse.

— Où cela nous mène-t-il ?

— L'île de Gotland, en mer Baltique, est parsemée d'églises cisterciennes. L'une d'elles, dans le hameau de Lye, possède une dalle funéraire qui comporte un R avec un point, présent sur la pierre de Kensington. Cette église était fréquentée par l'Ordre du Temple.

— Pour résumer : la lettre R avec un point est gravée sur la pierre, sur la dalle funéraire inscrite par l'Ordre du Temple et on la retrouve dans le journal de Moses Harriman. Donc, la pierre de Kensington aurait été gravée par des Chevaliers de l'Ordre du Temple en Amérique ?

— Exactement, car ils ont fui. La pierre était peut-être une sorte de langage secret pour ceux qui viendraient après eux, une sorte de symbole intemporel.

— Additionner des théories n'établit pas une vérité.

— Ne pas envisager ces possibilités voile l'angle historique. Je fronçai le regard.

— Je n'ai pas terminé. La cerise sur le gâteau ! Ces mêmes symboles figurent dans un alphabet secret appelé « Documents Larsson », a priori rédigés entre 1883 et 1885, qui ont été découverts en 2004. Le X avec un crochet n'avait jamais été trouvé ailleurs que sur la pierre de Kensington.

— Un alphabet secret ?

— C'est une méthode qui permet de décoder le chiffrage qui consiste à remplacer des lettres par des symboles. Vous imaginez ma joie !

Ses yeux brillaient d'un vif éclat. Son expression était emplie de joie, comme si elle avait découvert un trésor. Sa voix s'anima.

— Et vous ne devinerez jamais quelle confrérie utilisait ces symboles, rajouta-t-elle.

Elle laissa planer le mystère.

— Les francs-maçons ! Il ne peut s'agir d'une coïncidence. Un lien existe entre le Cinquième Empire et la franc-maçonnerie.

— Je vous le confirme, rajoutai-je d'un ton affirmatif. Miller prétendait que la franc-maçonnerie moderne avait été créée par le Cinquième Empire. Elle frémit de stupeur, abasourdie.

— Vous êtes sérieux ? Tout se tient maintenant ! dit-elle avec de grands yeux comme si elle avait eu une révélation.

— Ses conclusions sont identiques aux vôtres et il les avait exposées au président Kennedy.

— Pourrais-je écouter cet enregistrement ?

— Certainement. D'un bond, elle se leva.

— C'est formidable ! Laissez-moi poursuivre. La plus ancienne loge de la franc-maçonnerie répertoriée en date de 1599 : elle portait le nom de Mary's Chapel.

— En Écosse ? repris-je. Elle hocha la tête.

— Ce qui conforte mon hypothèse. Le Cinquième Empire s'était installé là-bas, dit-elle en sautillant sur place. Elle stoppa net et son visage se figea. Ils y sont peut-être encore...

Je n'avais pas bougé du canapé et elle s'assit à côté de moi. Son récit était passionnant et j'étais excité.

— Beaucoup de personnes sont convaincues que les francs-maçons sont des descendants des Templiers. Pour certains, les documents Larsson sont la preuve que les deux groupes partageaient des documents secrets. Les X avec un crochet ainsi que les sept autres runes rares de la pierre de Kensington, apparaissent également dans les documents Larsson. Les Templiers, sont-ils devenus maçons ?

Ont-ils bâti leur nouvelle Jérusalem : les États-Unis d'Amérique?

Elle se leva à nouveau en arpentant la pièce, si exaltée, que j'en avais des spasmes.

— Je supposais que le chiffre cinq était un symbole du Cinquième Empire. Je l'ai écrit en chiffres romains, ce qui nous donne un V. Regardez, dit-elle en me montrant un cliché du compas et de l'équerre comme symbole de la franc-maçonnerie.

— C'est incroyable! Je fouillai dans la poche intérieure de ma veste et saisis mon calepin. Je tournai les pages pour lui montrer le croquis que j'avais réalisé sur la base d'explications similaires que Miller avait fournies au président John F. Kennedy.

— L'équerre et le compas repris comme symbole maçon, qui dissimule en filigrane le symbole du Cinquième Empire, voilà le meilleur exemple, dit-elle.

Plus loin, j'avais noté un paragraphe cité par Miller qui m'avait paru très intéressant, et que je lus à haute voix :

— En 1599, le matériel symbolique était pauvre, et se résumait à quelques pierres et certains outils qui ont disparu du décor maçonnique. Les « Grands symboles », comme l'équerre, le compas et le triangle, sont clairement absents. Ce n'est qu'en 1740 que nous trouvons les objets propres au Temple de Salomon utilisés comme symbole. Par exemple le chandelier à sept branches et l'Arche d'Alliance. Dès la première moitié du XVIIIe siècle, il aura fallu environ 50 ans pour regrouper l'ensemble des symboles.

— Il avait entièrement raison. À cet instant, j'éprouve une sensation étrange, une sorte d'osmose avec son esprit, et c'est grâce à vous. Mais à l'époque, au terme de mes recherches, j'étais si seule que j'ai abandonné.

— D'autres symboles à double interprétation doivent exister, rajoutai-je, très excité.

— Probablement. Encore faudrait-il savoir où chercher... Elle m'adressa un regard mélancolique.

— Nous devons allier nos forces! conclus-je comme si j'avais des ailes.

Elle poussa un soupir et me laissa dans l'expectative.

***

CHAPITRE 42

JUSTICE

Washington

Dans une maison cossue située sur G Street dans le quartier de Capitol Hill, le sénateur terminait son repas en compagnie de deux collègues. Parfois, ils étaient plus nombreux, mais ce soir le cercle de convives était restreint. Une fois par semaine, ils se rencontraient pour tenir des conversations formelles ou informelles sur la foi. C'était un groupe bipartite. Le sujet de la politique n'était pas abordé : ils s'unissaient dans la prière ou parlaient de leur parcours spirituel. La bâtisse avait été louée par ces politiciens, qui avaient choisi de vivre en cohabitation, lorsqu'ils séjournaient dans la capitale américaine pour siéger au Capitole.

Quelques heures auparavant, le sénateur avait signifié au président que tout était en place : le piège se refermerait sur le Gentleman.

— J'ai un rendez-vous, dit-il d'un air désinvolte, à demain.

Il se leva de table et emprunta l'escalier pour rejoindre sa chambre. Il enfila sa veste, vérifia le contenu de sa mallette sécurisée, et sortit de la maison. Il appuya sur la télécommande et entendit le « bip » de son véhicule. Un 4 × 4 noir.

La rue était déserte. Il attarda son regard sur un couple, qui marchait en s'enlaçant sur le trottoir opposé. Depuis combien de temps n'avait-il pas parcouru les rues du quartier main dans la main avec son épouse ? C'est la question qu'il se posait lorsqu'il enclencha la clé dans le démarreur. Il sentit alors une présence derrière lui, une fraction de seconde avant que le froid d'un câble d'acier ne lui encercle la gorge. Trop tard, il lui était impossible de se défendre.

— Bonsoir, monsieur le sénateur. Si vous bougez, je vous sectionne la carotide.

— Que... que voulez-vous? dit-il d'une voix étranglée.

— Je veux une adresse et les coordonnées de votre contact, le lieutenant.

— Je ne... l'ai jamais rencontré...

Dans le rétroviseur, il vit le visage de son agresseur et fut terrorisé. Le Gentleman serra davantage la clé qui servait d'étrangleur.

— Je...vous...jure

— Comment vous contacte-t-il?

— Par un message... codé. Sur un... site de jeux vidéo.

Le jour du recrutement, le Gentleman avait été semé par le Lieutenant dans le flot de la circulation. Il avait dû entreprendre des recherches sur le propriétaire de la maison de campagne dans laquelle il avait été convoqué pour son recrutement, et qui appartenait au Sénateur. Ensuite, il l'avait surveillé.

— Je ne suis qu'un... intermédiaire sans importance.

— Ôter un premier maillon permet de briser la chaîne. C'est vous qui avez récupéré le paquet que j'avais déposé à la consigne de la gare?

— Oui... tout se... passe par boîte aux lettres. Je suis sénateur : si vous ... m'éliminez, vous n'échapperez pas à la CIA.

— Vous faites allusion aux deux types planqués dans la voiture noire au bout de la rue?

La panique se lut dans son regard.

— Vous me prenez pour un demeuré? Dans sept minutes, exactement, la cavalerie va débarquer.

D'une seule main, le Gentleman serra encore davantage la clé. Dans l'autre main, il tenait un couteau de chasse très aiguisé. D'un geste rapide, il trancha l'oreille droite du sénateur. Le sang gicla sur les fauteuils en cuir.

— Si vous criez, je vous tue sur-le-champ. Je ne plaisante pas. Le nom du site, vos identifiants et les mots de passe, vite!

Après avoir obtenu les informations, le Gentleman relâcha la pression du câble.

— Vous allez passer un message à votre patron.

Le sénateur hocha vigoureusement la tête en signe d'obéissance. À cet instant, une lueur d'espoir traversa son regard. Espoir éphémère. Rapide comme l'éclair, son agresseur resserra brutalement le fil d'acier qui sectionna la carotide. Une rivière de sang dévala sur sa chemise blanche, et il rendit l'âme.

— C'est toi le message, rajouta-t-il. Espèce de crétin. Rapidement, il ôta le portefeuille de la poche intérieure du veston et récupéra l'attaché-case du Sénateur. Puis, il l'étendit sur les deux sièges avant de sortir du véhicule, qu'il ferma à clé. Une fois à l'extérieur du quartier, il ralentit le pas et s'assit sur la pelouse du parc Capitol Hill. De loin, il entendit les sirènes des voitures de police. Il regarda sa montre. Six minutes, dix secondes, ils sont plus rapides que prévu, songea-t-il.

***

L'agent Chandler venait de passer un moment sur son tapis de course. Depuis ses années de baseball à la fac, il n'avait jamais arrêté le sport. Il aimait toujours autant transpirer pour l'aider à évacuer le stress de la journée. Son chien, un beagle, restait assis à le regarder, lui rappelant qu'il ne devait pas oublier sa promenade nocturne. Il sauta dans la douche et s'habilla en tenue décontractée pour s'affairer à la tâche qu'il préférait, parcourir en noctambule le quartier animé d'Eastern Market, situé dans le cœur de Capitol Hill. Un endroit branché d'où il apercevait le Capitole de la fenêtre de sa chambre. Il empruntait toujours le même itinéraire et serait de retour devant le pas de sa porte dans vingt-cinq minutes exactement. Une routine, à laquelle il ne dérogeait presque jamais. Il attacha la laisse au collier du chien et rejoignit la rue. Habituellement animée le jour par le marché aux puces regroupant antiquaires et vendeurs de babioles, le soir, c'était tranquille. Devant lui, une jeune femme de type hispanique à la démarche chaloupée capta son regard. Son téléphone cellulaire sonna. Il s'arrêta et décrocha.

— Monsieur, les deux hommes qui montaient la garde devant la résidence du Sénateur du Wyoming ont été exécutés, ainsi que le sénateur.

— Quoi ? Quand ?

— Il y a une demi-heure.

— Merci, j'arrive.

Son expression trahit sa stupeur. Il se frotta les yeux, tout pâle, soudain exténué par le stress qui l'avait envahi. D'un pas rapide, il fit demi-tour. Tout déboulait dans sa tête, l'appel de son supérieur pour acquiescer à la demande du Sénateur. Les révélations de ce dernier qu'il avait mis de côté dans sa tête. La clé ! Songea-t-il. Il n'avait même pas eu la curiosité de jeter un œil sur le contenu de la clé USB qu'il lui avait remis. Pour une fois, alors que d'habitude le chien renifleur le traînait par la laisse, les rôles s'étaient inversés. Maintenant, au pas de course, il arriva essoufflé devant la maison. Il habitait le premier étage. Quatre à quatre, il grimpa les marches, détacha son chien et courut jusqu'à sa garde-robe fouiller dans la poche de son pantalon. Elle était bien là. Il la rangea dans le tiroir de sa table de nuit, et revêtit son costume avant de rejoindre son véhicule stationné dans la rue. Il éteignit précipitamment la radio, se concentra sur sa conduite et fonça au domicile du Sénateur. Il arrêta son véhicule sur la chaussée, au milieu des voitures de police, essoufflé comme s'il avait couru un marathon. Il tourna la clé de contact et réalisa vraiment qu'il se retrouvait dans une position extrêmement délicate : il détenait des renseignements sur une organisation secrète qui avait orchestré le meurtre de Barbara Clark et maintenant, le sénateur avait été tué. Il se taponna les joues, souffla un grand coup et rejoignit l'équipe qui était déjà sur les lieux.

***

CHAPITRE 43

INCOGNITO

La nuit glissait doucement, et nous étions happés par le tourbillon de l'histoire. Elle jeta un coup d'œil sur le verre de whisky que j'avais à peine touché. Elle me proposa un verre d'eau et s'éclipsa dans la cuisine. Nous avions progressé sur le passé, mais pour le présent et le futur... Elle me tendit le verre, et je bus quelques gorgées, pendant qu'elle rangeait le journal dans la valise.

— Et quant au codex pourpre, avez-vous des informations ?

— Aucune. Le journal de bord ne fournit pas assez d'indices à propos du Codex. C'est encore une énigme.

Elle me confia qu'elle avait vécu une sorte de traversée du désert, dans laquelle elle avait été condamnée à errer seule, car il était impossible d'accorder sa confiance à quiconque en raison de la gravité des éléments qu'elle avait découverts. Ils étaient emprisonnés dans son esprit jusqu'à aujourd'hui.

— Miller a réussi là où vous avez échoué... Il a trouvé le codex et l'a confié au président John F. Kennedy.

— Vous ne pouviez pas me le dire avant ? répliqua-t-elle frustrée.

— J'attendais mon tour.

— Je vous écoute.

De mémoire, je lui racontai les grandes lignes sur la manière dont il se l'était approprié.

— Wow ! Et après l'assassinat de Kennedy, qui possédait le codex ?

— Mon père.

— Je commence à comprendre. Le document évoqué par Barbara dans sa vidéo concernait le codex, c'est bien ça ?

Je hochai la tête.

— Miller et mon père collaboraient à l'écriture d'un livre. Après la mort du Président, votre arrière-grand-père, lui avait confié des documents et le codex pourpre. Son décès prématuré a chamboulé leur plan et Miller n'a jamais pu récupérer ni le codex et aucun dossier.

— Donc le codex est dans la nature ?

— Effectivement. Elle arpenta la pièce.

— C'est la raison pour laquelle vous êtes en danger, rajouta-t-elle. Avez-vous fouillé la maison, le garage, tous les endroits possibles et inimaginables ?

— Je n'ai rien trouvé dis-je, en baissant le regard.

— Si nous parlions d'une époque moins lointaine ? proposa-t-elle, suivez-moi.

Je saisis mon sac à bandoulière et lui emboîtai le pas. Une fois descendue au rez-de-chaussée, elle actionna les lumières de l'arrière- boutique. Elle remplit d'eau une carafe et la versa dans le réservoir de la machine à café. Elle ajouta le filtre et y versa du café moulu. Pendant qu'elle s'affairait, je remarquai, accroché au mur, un téléphone noir datant des années 1970, ressemblant en tous points à celui qu'utilisait ma mère.

— Prendrez-vous un café ?

— Avec plaisir.

Puis, elle me fit signe de la suivre dans la boutique. Elle n'alluma pas, et se laissa guider jusqu'au comptoir par la faible luminosité des lampadaires de la rue.

— Je peux vous éclairer avec mon téléphone cellulaire... proposai- je.

— Non merci, répondit-elle sèchement.

— Vous n'avez pas de téléphone cellulaire ?

— Non, dit-elle en glissant une mèche de cheveux derrière son oreille en fouillant sous le comptoir.

— C'est inimaginable !

Elle stoppa son geste l'air contrarié.

— De quelle façon les gens communiquaient-ils avant ? Vous

croyez que c'est un outil indispensable ? Combien de temps passez-vous à consulter les réseaux sociaux ?

Une femme qui ne possédait pas de téléphone cellulaire, je n'en revenais pas.

— Et vos amis...

— Quoi mes amis ? dit-elle, l'air agacé. Elle se baissa et sortit une chemise cartonnée.

— Ils vont bien. Mes relations amicales sont sincères et nous nous rencontrons régulièrement, mais pas à travers un écran. Maintenant, j'essaie de vous aider, alors cessez de m'interrompre.

— De nos jours, on est tous connectés. La technologie est devenue indispensable.

— Je n'ai pas informatisé mon fichier client non plus. Cette boîte, dit-elle en désignant un coffret de métal rectangulaire posé sur le comptoir, appartenait à mon arrière-arrière-grand-père. Lorsqu'un client achète un livre, nous étampons sa fiche et après dix achats, il a droit à une réduction. Vous êtes satisfait ?

— Désolé...

Elle glissa la clé dans la serrure du tiroir et se saisit d'une chemise.

Puis, nous retournâmes dans l'arrière-boutique. — Petitetasseougrandetasse ?

J'optai pour un mug.

— Vous savez, je ne suis pas contre l'évolution technologique, mais je suis opposée à la restriction des libertés individuelles, reprit-elle d'une voix adoucie. Elle but une gorgée. Et le téléphone cellulaire en est le parfait exemple. Les gens publient n'importe quoi sur leur vie en exposant leurs familles... tout est mis en boîte et conservé dans des fichiers fantômes par les lobbys, comme Google par exemple, qui les revendent à des entreprises. Je n'ai pas envie d'être épiée et de recevoir des publicités sur les casques de vélo parce que j'ai navigué sur Internet pour trouver le trajet d'une piste cyclable.

Je l'écoutai attentivement, en sirotant mon café, persuadé qu'elle avait raison.

— Qu'est-ce que c'est ? lui demandai-je en désignant la chemise cartonnée qu'elle tenait dans sa main.

— Ces documents accompagnaient le journal de bord.

J'étais survolté.

— Avant que je vous les dévoile, je veux en savoir davantage à propos de la relation entre Miller et votre père.

Je me frottai la tête pour rassembler mes idées. Je sortis de mon sac une photo du relevé de compte bancaire de ma mère.

— Vous voyez ce montant de 350 000 dollars? dis-je en le pointant du doigt. Cette somme a été versée par votre arrière-grand-père sur le compte de ma mère deux semaines après la mort de mon père. Il lui a aussi remis l'acte de propriété, à son nom, de la maison de Georgetown. Il l'avait achetée pour elle. Le versement vient de la fondation Harris.

Brooke resta bouche bée.

Son regard se fixa à nouveau sur le document. Elle réexamina tous les détails des écritures.

— C'est une somme astronomique pour l'époque! Pour quelle raison aurait-il versé un montant aussi substantiel à votre mère? dit-elle d'un air suspicieux qui lui fit froncer les sourcils et laissa se creuser deux rides au-dessus du nez. C'est étrange... et cette bâtisse, qu'est-elle devenue?

— Je l'habite aujourd'hui. Je l'ai fouillée de fond en comble.

— Et si vous me parliez de Barbara Clark? me demanda-t-elle.

De ma rencontre avec Barbara aux événements de la veille, je n'avais oublié aucun détail.

— Quelqu'un a ressuscité le psychopathe Charles Atkins pour lui faire endosser les meurtres et camoufler les véritables raisons de son assassinat?

— C'est bien ça. Et le tueur n'a rien à voir avec lui, je peux vous le garantir.

J'exposai ensuite la ruse que j'avais utilisée pour me débarrasser de sa surveillance.

— Vous avez semé le tueur! s'exclama-t-elle.

— Du moins pour un certain temps. Mais maintenant je dois me cacher.

— Et votre mère a été torturée? reprit-elle avec une expression d'indignation. Ce qu'elle venait d'entendre l'avait abasourdie. L'ambiance était électrique, nourrie par le recoupement de ce que nous savions l'un et l'autre. C'était exaltant.

— Venez, retournons au bureau.

Nous reprîmes l'ascenseur, nos tasses à la main. Arrivée dans la pièce, elle déposa une série de photos sur la table jusqu'à la recouvrir intégralement, attisant ma curiosité.

— Qu'est-ce que c'est ?

— Ce sont les clichés conservés par mon arrière-grand-père.

Je balayai l'ensemble du regard. On aurait dit que des dizaines de paires d'yeux me scrutaient. Peu de visages m'étaient familiers. J'eus l'étrange sensation que Miller avait voulu raconter une histoire.

— Elles sont numérotées, ajouta-t-elle.

— Numérotées ?

— Il a établi une chronologie. Alors... qui sont ces personnages ? dit-elle en piochant une photo au hasard, qu'elle dressa devant mon visage.

— Ce type à la face patibulaire... je ne sais pas.

Mon regard fut attiré par un autre cliché que je désignai de mon index.

— C'est mon père !

Entouré de Miller et d'un inconnu, il posait dans la salle de lecture de la bibliothèque du Congrès. Elle retourna la photo.

— Lawrence Quincy Mumford, bibliothécaire du Congrès, et Ted Bradford. 1967.

C'est alors qu'une nouvelle coupure d'électricité survint. Le noir était complet.

Les pas de Brooke se dirigeant à l'aveugle vers la fenêtre résonnèrent sur le plancher de bois. Elle tira le rideau et nous constatâmes que la rue était éclairée. Simultanément, un bruit sourd et lointain retentit.

— Quelqu'un est ici... chuchota-t-elle.

Soudain, nous entendîmes le branlement des câbles de l'ascenseur.

— Venez, passons par l'escalier extérieur.

J'ouvris la fenêtre et un bruit métallique s'éleva dans l'air.

— Ils sont deux ! dis-je, en apercevant une silhouette qui grimpait les marches d'acier.

Je refermai la fenêtre. D'un simple regard, nous nous précipitâmes simultanément vers la table et ramassâmes les photos et les deux tasses avant de nous réfugier dans la pièce sanctuaire, où le miroir sans tain nous protégeait. Collés l'un à l'autre contre l'étagère, nous retînmes notre souffle à l'approche du faisceau d'une lampe de poche qui balaya l'espace. J'étais traversé par l'inquiétude. Un autre type se glissa par la fenêtre. L'obscurité m'empêchait de distinguer ses traits, et maintenant ils étaient deux.

— Bordel, où sont-ils ? questionna l'un d'entre eux. T'es sûr qu'ils étaient là ?

— On n'a qu'à foutre le feu, ils sortiront comme des lapins ! Brooke saisit ma main, la serra très fort en expirant lentement l'air de ses poumons. Je sentis ses seins collés contre mon dos et je humai son parfum épicé.

— On suit les ordres un point c'est tout.

L'intrus pressa son oreillette.

— Est-ce que tu les as vus ? ... Parfait.

— Ils sont dans la bâtisse. Commence par l'autre pièce, et moi, je fouille ici.

Le corps de Brooke se mit à trembler contre le mien. Je mis mon index en croix sur mes lèvres pour la calmer en serrant sa main pendant que l'inconnu scrutait le miroir à moins d'un mètre.

Le halo de sa lampe de poche balayait la surface de la vitre, sur laquelle il porta son attention.

J'attrapai sur l'étagère une statuette, prêt à défendre nos vies. Le jet de lumière se détourna vers le bureau. Il explorait tous les recoins. Les manuscrits de la bibliothèque volèrent dans les airs. Il fut rejoint par son complice.

— Ils se sont volatilisés. Je n'ai rien trouvé.

— Bordel ! Qu'est-ce qu'on va dire au patron ?

— Allons inspecter le rez-de-chaussée.

Nous attendîmes plus de deux minutes après que le bruit de l'ascenseur se soit tu. Elle prit le Solander ainsi que la chemise qui contenaient les photos.

— Prenez quelques affaires, vite. Votre vie est en danger. Vos chances de leur échapper sont pratiquement nulles, zéro, dis- je en formant un cercle avec mes doigts.

— Qui sont ces types ?

— Je ne sais pas. Où est votre chambre ?

— Au deuxième.

Nous nous rendîmes à l'étage supérieur. Je jetai un œil au travers du rideau de la fenêtre qui donnait côté rue. Une voiture avait discrètement pris position de l'autre côté du trottoir. J'aperçus le bout incandescent d'une cigarette au travers du pare-brise d'une BMW noire pendant que Brooke rassemblait ses affaires dans un sac à dos.

— Avez-vous votre passeport ?

— Mon passeport ?

— On ne sait jamais... J'ai une idée.

Je saisis son téléphone et composai le 911.

— Les urgences, j'écoute...

— Une bagarre a éclaté dans la rue, les types ont des flingues à la main et ils ont tiré deux coups de feu sur un passant. Je crois qu'il est mort...

— Quelle est l'adresse ?

Je raccrochai la ligne avec un petit sourire.

— Mais vous êtes cinglé ! dit Brooke avec un air réprobateur.

— Nous n'avons plus qu'à patienter.

Une minute plus tard, des sirènes retentirent sur l'avenue. Pris au piège, les voleurs montèrent dans le véhicule pour s'enfuir. Trop tard. La voiture de police se gara à côté d'eux. Ni une ni deux, le moteur de la BMW rugit et la voiture démarra à vive allure, pourchassée par la police.

— La voie est libre !

Nous éclairâmes notre chemin avec une lampe de poche, et nous descendîmes à la volée l'escalier jusqu'au rez-de-chaussée. Pour plus de discrétion, nous passâmes par la cour arrière et rejoignîmes l'avenue principale. Je hélai un taxi. Nous étions comme deux espions protégés par l'obscurité.

Pendant le trajet, Brooke était silencieuse.

— J'ai envie de marcher, chuchota-t-elle dans le creux de mon oreille.

— Stop, demandai-je au chauffeur.

De mon sac, je sortis deux casquettes.

— Les caméras sont partout, il vaut mieux éviter d'être repérés.

Elle la déposa sur sa tête et je n'aperçus plus que le bout de son nez.

Nous étions à quelques coins de rue de notre destination. Je réglai la course. Nous parcourûmes l'avenue. L'effervescence de la ville commençait à s'apaiser. Certains restaurants fermaient leur rideau et la circulation était moins dense. Une fenêtre d'accalmie s'ouvrait sur la ville. À proximité de la baie, nous sentîmes les premiers embruns de l'eau salée.

— Où allons-nous ?

— Là où nous serons en sécurité.

Nous arrivâmes enfin sur le bateau. Brooke s'affala dans le canapé.

— Si vous n'étiez pas venu, je n'en serais pas là, lâcha-t-elle d'un ton accusateur.

— Vous vous trompez. Tôt ou tard vous auriez été repérée.

— Nous nous battons contre des moulins à vent ! dit-elle d'un air perdu. Je ne peux pas abandonner la boutique. Nous étions enveloppés dans un brouillard d'irréalité.

— Pour le moment, vous n'avez pas le choix.

— C'est drôle, j'avais le pressentiment que ma vie allait changer. Quel est le plan de match ? me demanda-t-elle d'un regard candide.

— C'est une bonne question, lui rétorquai-je en souriant.

Épuisés, nous allâmes nous coucher.

***

CHAPITRE 44

CARTES SUR TABLE

Depuis qu'ils étaient revenus de l'hôtel où résidait le tueur, les deux agents avaient la mine basse. Ils étaient côte à côte couchés sur le lit.

— Nous devrions être au bureau, dit-elle les bras croisés derrière la tête.

— Une pause va nous permettre d'évaluer la situation. J'ai besoin de tes talents.

Il bondit du lit et se dirigea vers l'entrée. Dans la penderie, il saisit l'ordinateur et le cahier.

— Qu'est-ce que c'est?

— Il s'agit de l'ordinateur du Gentleman ainsi qu'un cahier. Je les ai subtilisés dans le placard de sa chambre d'hôtel. Je ne voulais pas qu'ils soient consignés dans le rapport. C'est trop risqué.

— C'est illégal!

— Au point où nous en sommes, le plus important est de gagner du temps. Tu veux bien m'aider? J'ai besoin de toi pour accéder au contenu de l'ordinateur.

Elle poussa un soupir, s'empara de l'appareil, et s'installa sur le lit.

Pendant qu'elle était scotchée devant l'écran, le casque greffé sur les oreilles, lui, s'était glissé dans un fauteuil et ouvrit le cahier. Le papier était jauni, et l'encre parfois à peine visible. Il eut un mouvement de recul de la tête lorsqu'il réalisa qu'il s'agissait du journal intime de Nancy Clark. Il jeta un coup d'œil à Deborah, qui était maintenant pendue au téléphone avec un technicien informatique pour casser le code identifiant de l'ordinateur. Nancy Clark, une femme courageuse, honnête, et qui avait agi pour la cause à laquelle elle croyait : faire éclater la vérité sur la mort du président Kennedy. Il l'imaginait aux traits plutôt sévères, vêtue d'un tailleur élégant comme en portaient les femmes dans les années 1960.

— Oui ! s'écria Deborah.

— Tu l'as ? Elle hocha la tête, le visage fendu d'un large sourire.

— Et toi, qu'est-ce que tu as d'intéressant ?

— Tu ne devineras jamais ! C'est le journal intime de Nancy Clark.

— Enfin un peu de chance !

— Je vais le parcourir.

Il retourna dans le fauteuil pendant que Deborah s'était à nouveau concentrée sur l'écran. Elle cliqua sur une vidéo affichée sur le bureau et monta le son.

— Une copie de la déposition de Nancy Clark au journaliste Ted Bradford, enregistrée à l'hôtel lorsque James et Barbara se sont vus.

Deborah scrutait l'écran.

— Une coïncidence ? Qu'est-ce que ça peut bien vouloir dire ?

— Quoi ? ?

— Regarde le nom de ce dossier : le Gentleman.

Cotter se précipita vers elle et se pencha au-dessus de son épaule.

— Je le savais ! cria-t-elle en se redressant de sa chaise. Les Guerriers numériques sont bien informés. Peut-être même impliqués ?

— Ouvre-le.

Son téléphone sonna.

— Agent Finch, votre coéquipière est à vos côtés ?

— Effectivement. Il s'agissait de son boss.

— Mettez le haut-parleur.

Il s'exécuta et Deborah cessa de pianoter sur le clavier.

— Bordel ! où êtes-vous ? Vous devriez travailler au bureau ! Avez-vous lu l'article de Jerry Camble ?

— Non...

— Ramenez vos fesses ici dans les plus brefs délais !

Il raccrocha la ligne.

Ils consultèrent les titres des nouvelles. Le sénateur du Wyoming avait été retrouvé égorgé, première info. La deuxième les laissa sans voix. Jerry Camble avait publié une lettre ouverte du Gentleman : L'auteur des meurtres en série se confie.

— Je ne comprends pas, lança Deborah.

Le tueur s'appropriait le crédit des assassinats, et dénonçait un conciliabule secret, au cours duquel il avait été recruté. Le sénateur du Wyoming avait été impliqué.

— C'est étrange, constata Cotter. Le Gentleman s'est évertué à mettre les assassinats sur le compte d'Atkins. Et aujourd'hui, il change brutalement son fusil d'épaule.

Il arpentait la pièce les bras croisés, et énonça à haute voix la suite de son raisonnement.

— Un genre de règlement de compte en interne... son orgueil en a pris un coup. C'est une réaction typique chez les psychopathes. Aussi paradoxal que cela puisse paraître, ils ne supportent pas le manque de respect à leur égard. Il a échoué dans sa mission initiale qui était de récupérer l'enregistrement que détenait Barbara. Il a tenté de sauver la situation, mais la vidéo de Barbara leur a mis un coup de pression. Il a décidé de se dissocier de ses commanditaires. Cette déclaration fout tout leur plan en l'air et pointe en direction de l'affaire Kennedy.

Elle rangea l'ordinateur dans un tiroir du bureau et appliqua une dernière touche de rouge à lèvres.

— Très brillante comme analyse, mais je te rappelle que le boss nous attend, et il n'est pas de bonne humeur. Allons-y, le contenu de l'ordinateur du Gentleman attendra...

Il ramassa des documents, enfila sa veste, et se passa la main dans les cheveux. Dans le couloir, le téléphone de Cotter sonna. Il colla l'appareil contre son oreille. L'équipe scientifique avait déniché une minicaméra dans la chambre d'hôtel. Informé de leur présence, le tueur avait abandonné son véhicule sur le bord de l'autoroute.

Comme ils n'étaient pas seuls à attendre l'ascenseur, il murmura l'information à l'oreille de Deborah.

Une fois sortis de la cabine, il se tourna vers elle.

— Il est en fuite, c'est clair. Premièrement, la police le recherche : et deuxièmement, suite à ses déclarations, il va avoir les commanditaires des meurtres sur le dos.

Fox News, NBC, CNN, étaient agglutinés devant l'édifice du FBI.

À leur arrivée, ils furent escortés de deux agents jusqu'au bureau de leur supérieur. Lorsqu'ils entrèrent, il ne leva pas les yeux du dossier qu'il consultait.

Son visage lisse et carré était tendu.

— Vous êtes au parfum maintenant ?

— Oui, Monsieur, répondit Deborah.

— Qu'est-ce que c'est que ce bordel ? Un éclair de colère passa dans ses yeux.

Dans le cerveau de Cotter, tous les signaux d'alarme passèrent au rouge.

Les deux agents se tenaient debout en face de lui. Deborah, la tête inclinée, Cotter lui, était resté droit comme un piquet, s'exhortant à garder son sang-froid.

— Nous sommes passés à un cheveu d'appréhender le suspect. Il avait installé une caméra dans sa chambre d'hôtel. Le tueur n'est pas Charles Atkins.

— C'est ce que prétend la lettre signée du Gentleman. Pour qui se prend-il ?

— Nous sommes certains qu'il est encore dans les parages.

— Bon sang ! dit-il en secouant la tête. Vous vous rendez compte ? Nous sommes dans une crise. Tout part en vrille. Sur les médias et les réseaux sociaux, le FBI est sévèrement critiqué : plus inquiétant, depuis hier, les consultations aux Archives nationales sur l'affaire Kennedy ont fait un bond. Une mine d'or pour les fouineurs.

Il fit quelques pas et se dirigea vers la fenêtre.

— Une chose est sûre, avec l'assassinat du sénateur, la classe politique est éclaboussée.

Un scandale politique pointait son nez à l'horizon. Les médias étaient imbriqués dans un méli-mélo d'informations qu'ils avaient du mal à ordonner.

— Les républicains en prennent plein la gueule ! Compte tenu des élections, ce n'est pas de bon augure pour eux, constata Deborah.

— Un cadeau du ciel pour le camp adverse. Plusieurs sénateurs prétendent que leurs adversaires sont corrompus. Le filon va être exploité jusqu'au bout, ajouta Cotter.

— Nous sommes en plein délire. Un complot ! Je n'ai jamais rien entendu d'aussi stupide.

— Au FBI, tout est question d'image, renchérit Cotter.

L'institution a été propulsée au cœur des mythes américains depuis le film G-Man qui date des années 1930. Sans compter les bandes dessinées, les séries et les films qui ont construit sa gloire. La réalité est différente. Plus âpre, plus violente, à l'origine de manipulations, d'intrigues et d'assassinats. Dans l'ombre, le FBI prospéra sous l'aile de certains présidents et atteignit le summum de sa puissance. Son âge d'or est révolu. L'opinion publique a droit à la vérité, vous ne croyez pas ? dit- il d'une voix basse, mais empreinte d'une autorité qui surprit Deborah.

Son interlocuteur se planta devant lui, du haut de son mètre quatre-vingt-dix. Son visage carré devint dur comme du roc et ses pupilles s'agrandirent.

— Où voulez-vous en venir, agent Finch ? dit-il en serrant la mâchoire.

Dans l'expression de Cotter, il ne lut ni peur ni remords. Ses cheveux étaient ébouriffés et ses épaules, souvent affaissées, s'étaient redressées. Deborah se tourna vers lui, l'encourageant d'un regard et d'un léger mouvement de la tête. La fenêtre qui venait de s'ouvrir était l'opportunité de cesser de vivre avec des secrets.

— Pourquoi ne pas envisager officiellement que le meurtre de Barbara Clark est relié à l'assassinat du président John F. Kennedy ? Annoncer publiquement que nous étudions diverses options ? Cela calmerait l'opinion publique et redorerait l'image du FBI. Vous nous avez influencés pour maintenir Atkins dans le décor, pourquoi ? Est-ce que le FBI est impliqué dans le complot exposé par le Gentleman ? Je me pose la question...

Asséné de manière aussi provocante, ce commentaire mit mal à l'aise son supérieur qu'il avait réussi à désarçonner.

— Vous avez perdu la tête !

— Et si je vous présentais des preuves du mobile livré par Barbara Clark dans sa vidéo ?

— Cette fille était cinglée.

— Vraiment ? Vous persistez dans cette voie ? Nous détenons la bande audio de la rencontre entre James Bradford et Barbara Clark. Elle avait vu juste. Nous avons également le journal intime de sa mère.

— Qu'est-ce que c'est que cette histoire ?

— Alors : lorsque la presse vous critique, vous les détestez. Et lorsque CNN monte une émission pour flinguer l'intégrité de Barbara Clark, vous adhérez. Deux poids deux mesures, chef. Vous avez un choix à faire. En attendant, je vous propose d'écouter cet enregistrement. La presse patientera.

Il se rencogna dans le fauteuil de cuir face au bureau. Deborah appuya sur Play. Cotter ôta sa veste d'un coup d'épaule et la posa sur le dossier de l'autre fauteuil dans lequel il s'assit.

Ils écoutèrent attentivement. À la fin de la diffusion, le directeur du FBI était livide. Il se leva, ajusta sa cravate et poussa un long soupir.

— Qui d'autre est au courant de cet enregistrement ?

— Les commanditaires du meurtre de Barbara, le tueur, James Bradford et la docteure Berenson, ce qui explique son décès. Les personnes reliées à cette affaire, de près ou de loin, ont été ou seront éliminées.

— Où est la version originale ?

— Entre les mains de James Bradford, il est le prochain sur la liste.

L'homme se mit à arpenter la pièce. Cotter n'allait pas tarder à savoir de quel côté le directeur du FBI pencherait.

— Vous me cachez autre chose, c'est ça ? supposa-t-il. Ce que je viens d'entendre n'est pas suffisant, car tout repose sur les déclarations de la victime. Crachez le morceau. Cotter grimaça et passa sa langue sur ses dents.

— Quoi qu'en disent les médias, le rapport de police et le rapport d'autopsie de Ted Bradford et Nancy Clark ont disparu des archives de la police. J'ai vérifié.

— C'est très répandu en ce qui concerne les vieux dossiers. Cotter se dirigea vers son sac et prit des documents.

— Par contre, j'ai rencontré l'inspecteur chargé de l'enquête du suicide de Ted Bradford. Il m'a remis l'unique copie du rapport d'autopsie original, et la déposition d'un témoin, avant que les documents ne soient subtilisés et que l'affaire ne soit classée. Il est prêt à faire une déclaration sous serment.

Tenez, dit-il en lui tendant des feuillets.

— Vous fourrez votre nez partout !

Il hésita un instant et finit par chausser ses lunettes. En marchant, il s'abîma dans le document.

— Rien ne doit filtrer de cette pièce.

— La nouvelle pourrait se répandre comme une traînée de poudre, rétorqua Cotter.

— Des menaces ?

— Absolument pas, Monsieur. Jerry Camble est en contact avec le tueur, avec lui, on ne sait jamais...

— Je m'en occupe.

— Comment allez-vous intervenir ? En passant un coup de fil à son boss, c'est bien ça ? Les amis des amis peuvent appartenir à un camp qui souhaite mettre un terme à ce bordel pour sauver leurs arrières, dit-il en tapant du poing sur le bureau.

Le directeur sursauta. Cotter s'approcha de son visage et il respira son haleine mentholée.

— Le tueur est aux trousses de James Bradford, dit-il d'un ton parfaitement courtois, mais ferme. S'il est éliminé, ce que vous voyez aujourd'hui, dit-il en désignant la fenêtre sous laquelle la presse patientait, n'est rien comparé à ce qui vous attend. Je ne donnerais pas cher de votre tête et je ne vous sauverais pas le cul. Alors, soit nous continuons à voiler les faits, soit nous les assumons pour garder le contrôle.

Deborah était restée silencieuse, réprimant un sourire devant la colère de son coéquipier. Son supérieur se tourna vers elle.

— Quelle est votre opinion ? Elle se pinça les lèvres. Elle pesait le pour et le contre.

— La liste des victimes est longue. Toutes assassinées par un tueur mandaté par un inconnu qui souhaite éliminer les traces du passé, quelqu'un de haut placé, vous ne me contredirez pas là-dessus. Votre priorité est de le mettre hors d'état de nuire, pour endiguer la psychose qui s'est emparée de la population. Nous devrions protéger James Bradford. Il n'est pas une menace pour la sécurité nationale. À ce sujet, j'aimerais connaître les raisons qui vous ont poussé à le mettre sous surveillance ?

Le directeur dénoua légèrement sa cravate, acculé, il n'avait plus d'argument.

— Un coup de fil de la CIA qui le soupçonne de trafic de drogue.

— Une histoire fabriquée de toute pièce, je suppose, ajouta Cotter.

Tous les coups sont permis pour étouffer la vérité. Maintenant que les liens sont plus clairs, les commanditaires de cette série de meurtres ont les mains pleines de sang. Est-ce que vous voulez participer à cette mascarade ?

Son interlocuteur hocha la tête. Le poids des responsabilités semblait peser lourd à cet instant sur ses épaules, car il se frottait le menton.

Après une discussion sereine, une décision commune fut prise, ils allèrent vers la sortie. Cotter se retourna.

— Encore une chose, Monsieur, si je peux me permettre, rajouta-t-il. Je n'ai rien fait dans ma carrière, qui pût porter atteinte à l'intégrité de notre institution. Parfois, dans certaines circonstances, on prend des décisions, et parfois on les regrette. La mort d'un coéquipier peut altérer temporairement notre jugement. Au bout du compte, nous savons tous les deux que Charles Atkins n'est pour rien dans cette série de meurtres. Charles Atkins ne reviendra jamais.

Son interlocuteur soutint son regard, cherchant un fond de vérité.

— Passons l'éponge.

— Je sais que vous fulminez intérieurement. À votre place, j'en ferais tout autant. Vous n'entrerez pas dans la liste des directeurs les plus appréciés. Pire, vous serez détesté.

— J'assumerai la conséquence de mes décisions. Allez-y, la fosse aux lions vous attend.

À peine sorti dans le couloir, Cotter chuchota dans le creux de l'oreille de sa coéquipière :

— Je te parie que quelqu'un le tient par les couilles. Il vient de sacrifier sa carrière.

— Tu veux dire...

— Exactement. Méthode classique utilisée par Hoover : on compromet un individu pour faciliter son contrôle en exerçant un chantage.

— Ce n'est pas notre problème. Tiens, n'oublie pas le dossier, dit-elle en lui tendant la chemise cartonnée.

Dans l'ascenseur, il resserra son nœud de cravate et se racla la gorge pour s'éclaircir la voix. Un des agents en poste devant l'entrée lui ouvrit la porte. Depuis qu'ils étaient arrivés dans la bâtisse, le nombre de reporters avait doublé. Cotter s'avança vers le pupitre et leva la main pour faire taire l'assemblée. Il feuilleta brièvement un dossier qu'il déposa devant lui et empoigna le pupitre.

— Bonjour à tous. Hors de tout doute, je vous annonce que les meurtres n'ont pas été commis par Charles Atkins, déclara-t-il le regard droit.

Une pause.

L'assemblée resta silencieuse quelques secondes, pendant qu'il exposait la photo du Gentleman face à la caméra.

— Voici le portrait-robot du suspect que nous traquons. Il mesure un mètre quatre-vingt-quinze. À l'intérieur du poignet gauche est tatoué le signe de l'infini. Nous lançons un appel à la population pour nous aider à l'identifier... L'article publié par votre confrère confirme ce que nous soupçonnions. Cet imitateur lançait un défi à notre capacité d'élucider l'enquête. Nous n'avons pas été dupes.

Une volée de questions de la droite, de la gauche et du centre surgit comme la lave d'un volcan, aussi brûlantes et dangereuses.

— S'il vous plaît, chacun son tour... dit-il en levant la main.

Le brouhaha cessa.

— Avant la publication de la lettre du psychopathe qui se fait appeler « Le Gentleman », l'aviez-vous identifié dans le cadre de l'enquête?

— Effectivement. Nous nous apprêtions à publier son portrait-robot, qui a été établi par un témoin, avant que le tueur rédige la lettre d'aveux.

— Sans la déclaration du tueur, auriez-vous dévoilé la vérité?

— Si nous révélons nos pistes à notre ennemi, il devient méfiant et cela réduit les chances de l'appréhender. Sachez qu'il occupait une chambre d'hôtel dans le quartier de Georgetown et qu'il est maintenant en fuite.

— Depuis le début de la série de meurtres, vous nous avez affirmé qu'il s'agissait d'Atkins, qu'est-ce qui vous a fait changer d'avis ?

— Atkins était un leurre. Dans ce monde incessant de l'information, les psychopathes restent branchés autant que nous le sommes sur les médias. Il était de notre devoir d'opter pour cette stratégie.

— Depuis la diffusion de la vidéo de Barbara Clark est-ce que le FBI envisage un lien entre l'affaire Kennedy et le meurtre de cette dernière ? Cotter se racla la gorge.

— Le FBI étudie toutes les pistes.

Une voix portait plus que les autres, c'était celle de Jerry Camble. Cotter remarqua dans ses yeux une étincelle qui lui laissa présager une question piège.

— Le décès de la docteure Berenson était-il accidentel ? Est-ce qu'une autopsie a été pratiquée ?

— Le dossier est entre les mains de la police locale. Pour finir, je voudrais préciser que toutes les forces de police sont en alerte. Nous allons dans l'heure qui suit mettre un numéro de téléphone pour un appel à témoin. Nous comptons sur votre collaboration. Je vous remercie.

Au même moment, dans la ville de Londres.

Le président ouvrit ses yeux brusquement. À tâtons, il chercha l'interrupteur et alluma la lampe de chevet. Habité par un mauvais pressentiment, il se leva et endossa sa robe de chambre. D'un pas pressé, il alla à son bureau et ouvrit son ordinateur. Sur le web, il consulta les nouvelles d'outre-Atlantique.

Il ajusta ses lunettes et lut avec stupeur.

Le tueur en série s'appelle le Gentleman. Il dénonce un complot au travers d'une lettre publiée dans les médias. En plus des meurtres commis sur les femmes, il revendique l'assassinat du sénateur du Wyoming...

— Le salaud ! Il nous a lâché...

Non seulement le Gentleman était en fuite, mais il possédait le codex et l'enregistrement. Du moins, c'est ce qu'il croyait.

***

CHAPITRE 45

QUE LA LUMIÈRE SOIT FAITE

La sonnerie du réveil retentit au moment où je trouvais un réconfort dans le lit douillet. Je lui donnai une tape qui l'envoya valser sur le sol. J'avais le mal de mer, le bateau avait tangué une bonne partie de la nuit. Le temps de me ressaisir, je sautai dans la douche et je tournai le robinet d'eau froide. Le choc thermique me réveilla complètement. J'avais envie de transpirer sur un tapis de course pour me préparer au stress de la journée. Idée à laquelle je renonçai. J'enfilai un jean et une chemise et je passai au salon.

La couverture sur le canapé était pliée, Brooke était absente. Je redoutais qu'elle soit retournée à Brooklyn. D'un pas pressé, je rejoignis le pont, et je fus soulagé, lorsque je l'aperçus qui se laissait aller au plaisir d'un rayon de soleil qui lui réchauffait le visage.

Elle portait une courte robe florale en mousseline qui laissait paraître de belles jambes et des chaussures noires ouvertes.

Je m'approchai d'elle.

— Bien dormi ?

— Vous ronflez, dit-elle. Heureusement que j'avais apporté un bouquin. À partir de quatre heures, je n'ai plus fermé l'œil.

— On me l'a déjà dit. Ça m'arrive quand je suis vraiment fatigué.

— Et qui a bien pu vous le dire ?

— Je ne suis pas un enfant de chœur !

Brooke ne savait que bien peu de choses sur sa vie privée. Il était célibataire et jugeait qu'il était trop vieux pour elle.

Elle se tourna vers lui avec un regard doux et angoissé à la fois. Ses cheveux volaient au vent, la lumière encadrait son visage comme un halo surnaturel.

— Si nous allions grignoter ?

Le petit déjeuner fut composé de bananes, de yaourts et d'une tasse de café pour moi. Le thé vert étant sa boisson de prédilection le matin, et je n'en avais pas. J'étais encore secoué de notre discussion de la veille. Une multitude d'interrogations virevoltaient dans ma tête. Je désirais en apprendre davantage sur l'ordre du Temple et leurs liens possibles avec le Cinquième Empire. Je lui posai quelques questions auxquelles elle répondit brièvement, encore angoissée et traumatisée par l'irruption des deux tueurs à la librairie.

— Est-ce que nous sommes en sécurité dans cet endroit ? Qui étaient les malfaiteurs à la boutique ? Qu'est-ce qu'ils cherchaient ? questionna-t-elle avec un regard perdu.

— Tout va trop vite, je n'ai pas de réponses à ces questions.

— Que contient le codex de si important ?

— L'identité de la plus puissante société secrète ainsi que la raison du combat des présidents, et éventuellement le mobile de l'assassinat du président Kennedy, qui a voulu dénoncer un complot.

— Vous vous rendez compte de la portée de ce document ? Il revêt une valeur morale très particulière puisqu'il date de l'époque des Pères fondateurs. Une grande partie des Américains seraient sous le choc d'apprendre ce qu'il renferme. Nous devons absolument le trouver.

Je me saisis du magnétophone et de la cassette.

— Pour le moment, vous devriez écouter l'enregistrement entre Miller et le président John F. Kennedy pendant que j'établis la connexion avec Internet.

Brooke s'installa à la table et se concentra sur l'écoute de la bobine. De mon côté, je scrutai l'écran de mon ordinateur dans l'attente de la page d'accueil du Net. Je poussai un ouf de soulagement, la connexion à un routeur extérieur avait fonctionné. Je mis mes écouteurs et fis le tour des nouvelles.

Le portrait-robot du tueur était diffusé, accompagné de sa lettre de confession des crimes. Il était devenu une bête traquée. « Sauver sa peau » était sa priorité. À cette idée, une légèreté m'envahit. Fox News titrait « Coup de tonnerre à la Maison-Blanche ». Le tueur a assassiné un sénateur du Wyoming, on en ignore les raisons pour l'instant.

Je pris connaissance de sa déclaration et restai perplexe. Ce sacré Jerry venait de foutre la merde dans les médias grand public qui n'avaient cessé d'attaquer la fragilité psychologique de Barbara. Un imbroglio d'informations qui donnaient le tournis !

Le nom de « l'Alliance », évoqué par l'Aigle, me trottait dans la tête. J'entamai des recherches sur le Net. L'Arche d'Alliance (coffre qui, selon la Bible, contient les Tables de la Loi données à Moïse sur le mont Sinaï) fut la seule référence que je trouvai. Un lien direct avec l'histoire hébraïque. Étant donné que le Cinquième Empire était constitué de membres juifs, j'avais quelques interrogations. Je décidai d'écrire un courriel à l'Aigle.

Le nom de l'Alliance fait-il référence à l'Arche d'Alliance ?

J'avançai vers le comptoir et rajoutai du café dans ma tasse. Trente secondes plus tard.

Un clic se fit entendre. L'icône d'un nouveau message apparut sur l'écran.

Vous êtes perspicace ! Un pied de nez à nos adversaires. Êtes-vous en sécurité ?

J'hésitai quelques secondes et je laissai à nouveau mes doigts courir sur le clavier.

Oui pour l'instant. Pourrions-nous nous entretenir de vive voix ?

Il répondit du tac au tac.

Trop risqué.

Je m'étirai le cou et les épaules en faisant quelques pas dans la pièce. Une enveloppe s'afficha de nouveau.

« En 2004, le département de la Défense américain étudiait

un programme appelé Lifelog visant à créer une base électronique massive de toutes les activités et relations d'un individu. Cela devait inclure : les achats, les sites web visités, le contenu des appels téléphoniques, les courriers électroniques envoyés et reçus, les scans de fax, le courrier envoyé et reçu, les messages instantanés envoyés et reçus, les livres et les magazines, une sélection d'émissions de télévision et de radio, la localisation physique par des capteurs GPS portables, les données médicales qui seraient collectées par des capteurs portables. »

Jusque-là, il s'agit d'un copié-collé du texte affiché sur le Net. Mais regardons un peu plus loin..., écrivit-il.

Le 2 février 2004, le département de la Défense américain met un terme à son programme. La même journée, Mark Zuckerberg enregistre la création de Facebook. Un transfert du militaire vers le civil, car lorsque le Département de la Défense espionne, c'est illégal. Alors que Facebook recueille des tonnes de données offertes par le citoyen de son plein gré.

Un hasard? Les réseaux sociaux sont très dangereux, c'est pourquoi nous devons les éviter. Ceci n'est qu'un exemple parmi tant d'autres...

Je lus attentivement et restai dans l'expectative. Une coïncidence ? Sûrement pas. Quelques secondes après, un nouveau clic.

L'Alliance existe depuis plusieurs décennies, nous perçons le voile de notre ennemi. Relier tous les points de la carte entre eux prend du temps.

Je répondis.

Quelle carte ? ?

Les yeux rivés sur l'écran, j'eus le temps de boire une gorgée de café et la suite arriva.

La carte au trésor, l'atout du pouvoir. La décrypter c'est la clé et elle mène à la vérité...

Ses déclarations énigmatiques semaient la confusion dans mon esprit. J'insistai.

Quelle vérité ?

Il écrivit :

Vous pouvez nous aider en nous confiant les preuves que vous détenez, réfléchissez.

Je fis craquer les articulations de mes doigts.

Ce fut son dernier message.

J'ôtai mes écouteurs. Les voix de Miller et John F. Kennedy s'étaient tues. Le visage de Brooke était pâle. Elle était songeuse.

— Où est la suite ? me demanda-t-elle.

— Espérons que nous mettrons la main sur la deuxième bobine.

— J'espère que nous allons découvrir en quoi consistait le plan Kennedy.

Elle se leva et fit quelques étirements.

— J'adore la course à pieds, pratiquez-vous un sport ?

— Depuis mon réveil du coma, je n'ai pas fait grand-chose. J'adore la voile. Je possède un monocoque de douze mètres, je pensai m'en débarrasser.

— Et si nous jetions un coup d'œil aux photos ?

Brooke les exposa sur la table et entreprit de les classer selon les numéros indiqués par Miller.

— Ces clichés racontent une histoire, laquelle ?

— Ce sont des personnages clés, affirmai-je comme une évidence.

— Personnages clés... chuchota-t-elle comme si elle avait une illumination. Elle rangea hâtivement les photos dans le dossier.

— Je dois m'absenter.

J'écarquillai le regard.

— C'est trop dangereux !

Elle prit son sac à main et sa casquette et franchit la porte. Je regrettais presque les journées à végéter sur mon sofa. Sans délai, j'ajustai ma casquette et lui emboîtai le pas.

— Je vous accompagne.

Sur l'avenue nous trouvâmes un taxi qui nous déposa à la synagogue centrale de Manhattan. C'était la plus ancienne, construite à New York dans les années 1870. Les murs de la tour sud étaient dentelés et me rappelaient le manoir Morozov, aux accents orientaux, que j'avais visité à Moscou. Sa façade centrale était composée de deux tours sentinelles surmontées de sphères cuivrées à décor doré. Elle était majestueuse. Le soleil était au Zénith, je sortis mes lunettes fumées, elle m'imita. Nous marchâmes côte à côte.

L'édifice se dressa devant nous.

— Que faisons-nous ici ? lui demandai-je, déboussolé

— Soyez patient, répondit-elle avec un sourire en coin, nous allons voir le rabbin.

— Vous pensez qu'il peut nous aider ? C'est bien avec le rabbin de cette synagogue que Miller était ami ?

— Vous être très perspicace ! répondit-elle, son grand-père était très lié avec Miller. Elle appuya sur la sonnette.

Un homme de taille moyenne, les cheveux poivre et sel ouvrit la porte. Il était vêtu d'un costume noir et portait la kippa.

— Brooke ! Tu n'as pas changé, je suis heureux de te revoir.

— Je vous présente un ami, James.

— Je suis très heureux de vous rencontrer, dit-il en me tendant la main.

— Moi également.

— Qu'est-ce qui t'amène ici ?

— Le passé.

Il hocha la tête avec un sourire sur le visage.

— Il a fini par te rattraper... suivez-moi.

Nous prîmes un couloir, et descendîmes un escalier qui nous mena devant une petite porte, qui me semblait un cul-de-sac. Il glissa une clé dans la serrure, et nous dûmes nous baisser, pour déboucher sur un palier qui donnait sur une cage d'ascenseur fermée par une grille métallique.

— C'est un des premiers modèles, il est bruyant mais il fonctionne.

Nous pénétrâmes dans l'étroite cabine à ciel ouvert, et descendîmes dans les entrailles de l'édifice. Le caisson de métal se mit à vibrer. Brooke saisit mon bras, et retira sa main aussitôt. L'ascenseur stoppa. Une seule ampoule de faible ampérage éclairait un couloir. Une odeur de renfermé stagnait dans l'air. Nous nous dirigeâmes vers une porte, qui s'ouvrait sur une petite pièce. Une faible luminosité laissait deviner quelques meubles recouverts de draps. Il tira sur une ficelle qui tombait du plafonnier, et éclaira la pièce.

— Je viens rarement ici, murmura-t-il, comme s'il détectait une présence fantomatique. C'était le bureau de mon grand-père. Il alluma un bougeoir à trois chandelles usées posé sur le bureau de bois, avant de découvrir trois chaises sur lesquelles nous nous assîmes.

— Brooke, mon père m'a confié une étrange histoire. Après l'avoir écouté, j'ai su que nous nous reverrions. Ce jour est arrivé.

— Vous m'attendiez ?

— En quelque sorte... Connaissez-vous les pharisiens ? demanda le rabbin.

De mémoire je n'avais jamais entendu ce mot, et Brooke n'en avait qu'un souvenir flou.

— Les pharisiens constituaient un groupe religieux et politique de juifs fervents, apparu en Palestine, lors de la période hasmonéenne vers le milieu du IIe siècle avant J.-C. Le pharisianisme transmettait sa tradition oralement.

— Je ne vois pas où vous voulez en venir...

— Certaines histoires ne sont pas consignées dans des livres, leur transmission est orale. Mon père disait qu'une légende est parfois le reflet d'une certaine vérité. Il avait confié une histoire à Miller. Avant de mourir, pour ne pas qu'elle soit oubliée, il me la raconta, en me demandant de la transmettre à l'héritier de Miller Harris.

J'étais très intrigué.

— Voilà comment tout a commencé. Une confrérie secrète avait été fondée dans la ville de Jérusalem par un groupe de neuf Judéens.

— Vous voulez dire juifs ? reprit Brooke.

Le rabbin leva son index dans les airs comme un professeur.

— Saviez-vous que le mot « juif » fut introduit dans la langue anglaise au XVIIIe siècle ? Nous nous regardâmes interloqués.

— Jésus est né en Judée. Il est désigné pour la première fois par le mot « Jew » dans l'édition révisée de la première traduction anglaise du Nouveau Testament, qui remonte au XVIIIe siècle. Fermons cette parenthèse. Aux environs de l'an 40 après J.-C., neuf conseillers du roi Hérode à Jérusalem, créèrent une confrérie avec pour objectif, d'attaquer les enseignements de Jésus. Ils voulaient préserver le judaïsme. Les neuf fondateurs étaient assujettis par une loi interne connue d'eux seuls, qui devint le patrimoine de leurs héritiers, grâce à des registres dans lesquels ils consignaient toutes leurs actions. Selon le serment qui les unissait, quiconque qui entrait comme membre dans l'association, ne connaîtrait jamais leurs secrets. Les fondateurs constituèrent la première loge de Jérusalem, et prirent le nom des « Frères du Monde ».

— Les Frères du Monde ? Vous êtes certain ? Demanda Brooke, tout comme moi surprise qu'il n'ait pas cité le nom du Cinquième Empire.

— Les fondateurs étaient des visionnaires, ils avaient conscience que leur combat contre le christianisme se déroulerait dans plusieurs pays et qu'il perdurerait. Et ils avaient raison. Au fil des guerres en Terre sainte, ils quittèrent Jérusalem à la même période que les Chevaliers du Temple. Ensuite, grâce à la diaspora, ils réussirent à s'enraciner en Europe.

J'étais médusé. L'hypothèse que Brooke m'avait exposée la veille à ce sujet s'avérait crédible.

— Ce groupe changea de nom sous l'influence de Manassé Ben Israël, le plus célèbre rabbin du XVIIe. Un rabbin kabbaliste, écrivain, érudit, diplomate, et imprimeur, né en 1607. Il était très versé dans les sciences séculaires, comme dans la tradition juive. Fondateur de la première maison de presse hébraïque d'Amsterdam en 1626, il fut l'ami du peintre Rembrandt. Il se rendit en Angleterre pour convaincre Cromwell que les juifs avaient été utiles aux princes, et qu'ils contribuaient à enrichir leur terre d'accueil. À cette occasion, il rédigea une Apologie des juifs. Il correspondait en tous points aux critères exigés par le groupuscule : il était juif, possédait une position sociale de haut rang et travaillait pour l'intégration du peuple juif dans la société. Dans son manuscrit La Pierre glorieuse, publié en 1655, il évoque la Prophétie de Daniel, écrite environ cinq cents ans av. J.-C., qui est basée sur des visions allégoriques d'événements historiques, qui se vérifient dans l'histoire.

— Un visionnaire comme Nostradamus ? demandai-je.

— Effectivement. Ces visions traitent des quatre empires : babylonien, perse, grec et romain. La question est de savoir quel est le Cinquième Empire qui va succéder aux quatre précédents. Dans son livre, l'auteur réfute l'idée que ce Cinquième Empire soit celui des chrétiens, et plaide pour l'idée qu'il s'agit des judéens. Le nouveau nom de la confrérie devint le Cinquième Empire.

J'étais sous l'emprise de ses mots. À savoir, que le Cinquième Empire existait depuis fort longtemps. À la lumière de ces informations, je sentais que nous étions sur la bonne voie.

— Qui avait raconté cette histoire à votre père ? questionna Brooke.

— Un ami, un immigrant juif allemand qui avait vécu dans le ghetto juif à Francfort.

Tiens, tiens, songeai-je, Francfort... l'endroit duquel était originaire Moses Harriman, l'ancêtre de Brooke, mais également Mayer Rothschild. Brooke et moi échangeâmes un regard complice. Dans nos têtes, le puzzle commençait à s'imbriquer.

— Je comprends mieux maintenant, dit Brooke.

— En tant que juif, ton arrière-grand-père voulait à tout prix préserver l'honneur du peuple juif qui risque d'être entaché par les actions du Cinquième Empire. Je ne suis que le messager et tu le deviendras à ton tour. Cette histoire ne doit pas être oubliée.

— Pourquoi moi ? demanda Brooke. Le rabbin secoua la tête.

— Pourquoi pas...

***

CHAPITRE 46

LE DÉPART

Nous sortîmes de la synagogue, K.O. La quantité d'informations reçues dans les quarante-huit dernières heures avait gelé mon cerveau. Le soleil avait baissé. Nous marchions côte à côte. Je voyais les femmes que nous croisions défilées d'un pas léger, et rouler des hanches... l'automne allait laisser place à l'hiver et les gens semblaient l'ignorer. Soudain, Brooke stoppa net.

— Sans les documents et le codex que détenait votre père, rien n'est possible. Nous devons nous rendre à Washington.

— Nous sommes en sécurité ici, et... Elle me coupa la parole.

— En sécurité ? Pour combien de temps ? Je n'ai pas délaissé la librairie pour demeurer sur un bateau ! Et attendre quoi ? lâcha-t-elle sur un ton cinglant en levant les yeux au ciel.

Je ne rêvais pas. Elle venait de piquer une crise en pleine rue. Cet accès de révolte me fit sourire. Nous avions l'air d'un couple en pleine crise conjugale, et quelques passants eurent un sourire compatissant à mon égard. Dans sa rage, je voyais autre chose. De la peur qui allait au-delà de la simple colère. J'étais sur le point de l'interrompre lorsqu'elle leva la main.

— Oui, je vous ai menti lors de notre première rencontre et j'en suis désolée ! Nous nous connaissons depuis peu. Je ne sais pas si c'est une bonne idée de vous faire confiance : regardez où nous en sommes, traqués par des types qui foutent ma vie en l'air.

Je me tus, intimidé, puis rompis le silence.

— Alors, vous préférez quitter le bateau ? Il est encore temps...

C'était une erreur de vous impliquer.

Elle laissa tomber ses épaules. Nous étions pris comme dans une souricière et au fond d'elle, elle le savait. Elle se redressa.

— Maintenant j'en sais trop pour renoncer. Je dois bien ça à Miller...

— Il faudra que vous me fassiez confiance. Vous pourrez y arriver ? Pas de réponse.

Elle tourna les talons et je lui emboîtai le pas. Le sujet était clos.

Nous avions parcouru à peine cent mètres lorsqu'elle s'engouffra dans une épicerie. Je restai planté sur le trottoir, à l'observer à travers la vitrine. Elle filait entre les rayons en ramassant quelques articles ici et là. Elle finit par me rejoindre.

— Sandwich au poulet ça ira ?

J'acquiesçai. Tout à côté, je remarquai une pharmacie.

— Attendez-moi quelques minutes.

À mon tour, je me précipitai à l'intérieur et achetai une teinture à cheveux foncée. À mon retour, elle trépignait sur le trottoir.

Elle s'était transformée en une boule d'énergie comme si elle avait été boostée par sa crise. Elle me donna le sac brun et héla un taxi. Dès que nous fûmes à l'intérieur, elle me fit part de ce qui la tracassait.

— Mon instinct me dit que le codex est dans votre résidence, dit-elle en chuchotant.

— J'ai fouillé partout !

— Eh bien, vous êtes passé à côté. Croyez-moi, rien n'est plus fort qu'une intuition féminine. Rendons-nous à Washington.

— C'est impossible, j'ai donné rendez-vous au Gentleman demain matin à 8 heures. Hors de question que je me pointe, après lui avoir échappé.

— Vous lui filez entre les pattes et vous lui fixez un rendez-vous ?

Je secouai la tête.

— Il fallait bien que je trouve un prétexte pour me donner le temps de fuir. Jamais je ne pensais revenir à Washington.

— Nous n'avons pas le choix, dit-elle avec détermination.

— Parfait. Partons dès maintenant, dis-je en regardant ma montre, nous avons tout juste le temps de nous y rendre. Nous devrons quitter la maison avant 8 heures demain matin.

— Marché conclu, répondit-elle.

Une fois arrivés au bateau, nous fîmes nos bagages.

— Je dois contacter Joseph à la librairie... dit-elle.

— Tenez, utilisez ce téléphone satellite.

— Où avez-vous dégoté ce truc ?

— C'est une longue histoire...

Elle passa son appel pendant que je chargeais la voiture.

Pour sortir de la ville, il y eut de gros problèmes de circulation. La route avait été éventrée pour la réparation d'une fuite de canalisations. De surcroît, un accident était signalé à deux kilomètres en amont, sans compter les feux de circulation, qui semblaient s'être ligués contre moi. Tout était bloqué à l'exception d'une file, créant un embouteillage monstre. Une heure trente plus tard, nous embarquions sur l'autoroute 95. Au long du trajet, j'étais comme un automate, loin d'être habité par la volonté de Brooke, qui s'était assoupie. Elle émergea deux ou trois fois de son sommeil et commenta le paysage. Elle était venue à quelques reprises dans la capitale, mais elle préférait la ville de New York. Nous bavardâmes de choses et d'autres comme si nous étions en dehors du temps et d'une réalité qui nous dépassait. Je m'arrêtai pour faire le plein du véhicule. Casquette vissée sur le front, je baissai la tête pour échapper aux caméras de surveillance. En attendant à la caisse pour régler, mon regard se posa sur la une du New York Times. Le FBI venait de prendre connaissance des nouveaux courriers électroniques d'Hillary Clinton, sur un ordinateur qu'elle partageait avec une proche collaboratrice. Son mari Antony Weiner, accusé d'avoir envoyé des SMS à caractère sexuel à une mineure de quinze ans. Qu'est-ce que c'est que cette histoire ? Hillary Clinton se retrouvait encore dans de beaux draps. J'achetai le journal et repris la route. Brooke s'était de nouveau assoupie. J'admirai le paysage. Nous entrions dans le tunnel de l'automne : jours pluvieux, lumière moins présente, n'allaient pas tarder à apparaître. La campagne présidentielle battait son plein. Je réalisai qu'on était à onze jours du scrutin présidentiel et que je n'irais probablement pas voter.

Je n'étais plus certain de mon choix. Jusqu'à présent, j'accordais mon vote aux démocrates. Mais l'histoire des courriels d'Hillary

Clinton, envoyés d'un serveur privé alors qu'elle était secrétaire d'État, me déplaisait. Ça s'apparentait pour moi à de la négligence, compte tenu des failles de sécurité. Impardonnable ! Et maintenant ces nouvelles révélations. Quelque chose clochait. Bien que Donald Trump n'était pas ma tasse de thé, quel autre choix avais-je ? Celui de voter blanc. Ce type sorti du monde des affaires, donné perdant depuis des mois, un être qui me semblait rustre, mal élevé et non conventionnel.

Lorsque nous arrivâmes dans la banlieue de Washington, la nuit était tombée. Par précaution, je garai la voiture à quelques dizaines de mètres de la maison. La rue était calme. Je me sentais lessivé.

Brooke ouvrit sa portière et prit son sac de voyage. Elle leva la tête quelques instants. Les lumières de la ville avalaient la voûte étoilée, celle qu'elle aimait admirer lorsqu'elle campait l'été dans les montagnes du Montana et qu'elle imaginait comme « une cloche galactique ».

— Les réponses à nos questions sont ici, déclara-t-elle avec certitude.

Nous entrâmes dans ma maison et déposâmes nos bagages.

— Conduisez-moi au bureau de votre père, dit-elle sans prendre le temps d'ôter sa veste.

— Première porte à gauche au fond du couloir.

Je retournai à la voiture pour décharger le reste des affaires, je les déposai dans l'entrée. Je rangeai les documents sous le placard sous l'escalier, et je la rejoignis.

Minutieusement, elle examina chaque recoin. Je m'étais assis sur le canapé, les yeux rivés sur la maquette de la ville de Washington. Il n'aurait pas fait le coup deux fois ? me demandai-je. Je me concentrai sur le socle et m'avançai. Il était construit à l'identique de celui de la ville de Boston. Mais cette fois-ci, mon intuition resta muette.

— Je suis certaine que la solution se trouve ici, répéta-t-elle en ébouriffant ses cheveux.

Je lui jetai un regard en coin. Elle m'observa en clignant des yeux.

— Savez-vous à quel endroit, j'ai déniché des documents planqués par mon père ?

— Non.

De mon index je désignai la maquette.

— À l'intérieur d'une maquette similaire à celle-ci.

— C'est ingénieux ! Je hochai la tête.

— On jette un œil ?

Je voulais en avoir le cœur net. Après avoir récupéré quelques outils dans le sous-sol, je commençai à éventrer la bête. Je n'étais pas aussi excité que je l'aurais voulu. Je coupai un petit rectangle dans le socle et glissai un œil comme à travers un judas.

— Non, rien ici, dis-je avec un ton de déception dans la voix.

— Ce n'est que partie remise, dit-elle comme pour me remonter le moral.

— On devrait souper, qu'est-ce que vous en dites ? Demain, on y verra plus clair.

Nous retournâmes à la cuisine et nous préparâmes des sandwichs pendant que nous poursuivions notre conversation.

— Si vous aviez été à la place de votre père qu'auriez-vous fait des documents ?

— Je les aurais gardés à portée de main.

— Ce que nous cherchons est dans son bureau, dit-elle d'un ton affirmatif.

Elle était habitée par une sorte de frénésie. Nous nous assîmes. En avalant ma dernière bouchée, je posai ma fourchette sur le bord de mon assiette. Perclus de fatigue, je proposai de remettre cette discussion au lendemain matin. Nous laissâmes la vaisselle traîner et je l'accompagnai à l'étage en portant sa valise jusqu'à la chambre.

— Je serai dans la pièce au bout du couloir. Nous nous lèverons très tôt.

— 5 heures. Promettez-moi que si nos recherches sont infructueuses, nous décamperons au plus tard à 7 heures 30.

— Vous avez ma parole.

— Bonne nuit, Brooke.

Allongé sur le lit, bien calé entre les oreillers, je m'endormis, éreinté.

***

Plongé dans un profond sommeil, j'entendis cogner à ma porte.

— James, êtes-vous réveillé ?

Je mis quelques secondes à reprendre mes esprits. Je me redressai dans le lit.

— Oui.

Elle poussa la porte. J'allumai. Elle avait passé une robe de chambre sur son pyjama. Elle semblait préoccupée. Le réveil indiquait 5 heures 30. Déjà !

— J'ai réfléchi une bonne partie de la nuit.

Je m'ébouriffai les cheveux et m'assis, les jambes croisées au niveau des chevilles.

Avez-vous le plan de la maison ?

Là, je me réveillai pour de bon. Je fouillai dans ma mémoire matinale.

— Peut-être dans l'acte notarié... répondis-je en sautant du lit.

— J'ai besoin d'un café, pas vous ?

Debout devant elle, à moitié dénudé, je vis clairement qu'elle réprimait quelques frissons et j'en éprouvais une certaine gêne, que je surmontai tant bien que mal.

— En attendant, je vais me changer, rétorqua-t-elle en tournant les talons. Ouvrez les rideaux ! On se croirait dans une chambre funéraire.

Une douche rapide et un rasage approximatif me redonnèrent figure humaine. Je descendis à la cuisine, versai de l'eau dans la cafetière, glissai le filtre à l'intérieur et dosai le café. J'enclenchai le bouton et je restai là, les bras appuyés sur le comptoir, en attendant que s'écoule la première tasse. Puis, j'appelai l'agent Cotter Finch et je tombai sur sa boîte vocale. Je lui laissai un message pour lui indiquer que j'étais de passage en ville, et que je souhaitais le rencontrer le plus tôt possible avant 7 heures 30. Je raccrochais au moment où Brooke fit irruption dans la cuisine. Je versai le café dans nos tasses et avalai une gorgée.

— Le lait dans le réfrigérateur est périmé et je n'ai plus de sucre, désolé.

— Ne vous en faites pas.

Je la laissai et je me dirigeai vers la pièce à l'étage qui me servait de bureau. Je remarquai la pile de documents que je n'avais pas classés. Sur l'étagère métallique, je farfouillai au travers des boîtes d'archives, cherchant celle qui concernait l'achat de la propriété.

— La voilà !

Je l'ouvris. À la fin de l'épais document, je découvris le plan original qui datait de 1931, date de construction de la bâtisse.

À la volée, je descendis les marches et la rejoignis. Je poussai le beurre et les toasts qu'elle avait préparés, et j'étalai le plan sur la table. Nous avons mis un certain temps à repérer les pièces, qui avaient été modifiées au fil des années. Brooke glissait son doigt sur le papier en réfléchissant. Le plan en main, elle se repéra en marchant dans la maison pendant que je restais assis. Quand elle revint, son visage était lumineux. Elle déposa le plan et désigna du doigt le bureau de mon père.

— Ici. J'observai attentivement.

— Derrière la cheminée ? Le mur n'est pas un mur mitoyen, il correspond à la limite extérieure de la maison, dis-je.

— Regardez bien, le mur extérieur est plus reculé. Alors, que représente ce rectangle ? dit-elle en se mordillant la joue. Nous nous regardâmes et nous nous exclamâmes à l'unisson.

— Une pièce secrète !

Je regardai l'heure : 7 heures.

— Nous devons faire vite, dis-je la voix stressée.

Je pris une lampe de poche dans le tiroir du buffet et nous nous précipitâmes dans le bureau.

— Il serait logique de trouver une porte cachée quelque part par ici... dit-elle.

Elle fit courir ses doigts le long du mur pendant que j'observais le manteau de la cheminée. Je m'intéressai aux deux lampes murales qui le surplombaient. Intrigué, je tendis la main et actionnai l'interrupteur. Les appliques s'allumèrent, mais rien de plus. Puis, je tentai de les pousser de gauche à droite, sans succès. Pendant que j'auscultais à tâtons chaque pierre du manteau du côté droit, Brooke procédait du bout des doigts à l'inspection du côté gauche.

— Ici, il y a une cavité en arrière de l'applique, dit-elle excitée, mon bras n'est pas assez long.

Elle était penchée, presque cassée en deux, en étirant le bras au maximum. Je pris le relais et je sentis un bouton, que je pressai. À ma grande surprise, un pan de mur s'ouvrit.

— Génial ! Cria Brooke. Mon sang bouillonna.

Elle alluma la lampe de poche et éclaira le pourtour de l'entrée qui était plongé dans le noir. L'entrée était restreinte, pas plus haute qu'un mètre quatre-vingts. Je me courbai et pénétrai à l'intérieur.

Brooke se tenait à mes côtés, plissant les yeux pour tenter de voir au-delà du faisceau de lumière qu'elle pointait devant elle. Nous débouchâmes sur un espace plus grand.

— Incroyable ! m'exclamai-je.

Nous aperçûmes le plafonnier emprisonné dans une toile d'araignée. Je repérai l'interrupteur. Je tendis la main et poussai le bouton. J'appuyai de nouveau, rien. Je me contentai de la faible lumière de la lampe de poche pour inspecter les lieux. La pièce carrée n'excédait pas quinze mètres carrés. Sur la gauche, il y avait des boîtes entreposées sur une table de bois, précédant une tonne de papiers.

— Vous ne remarquez rien ? Je ne sens aucune humidité.

Je dirigeai le faisceau de la lampe en direction des murs. La pierre avait été recouverte de panneaux blancs. Plus loin, je vis un siège en cuir, une table basse, et au fond de la pièce un lit avait été disposé contre le mur. Mon père avait dû passer beaucoup du temps ici.

Le rayon lumineux glissa sur une machine à écrire, quelques livres et un coffret en bois qui ressemblait à une caisse de vin. Nous nous approchâmes et retînmes notre souffle. Brooke retira le couvercle qui dévoila le manuscrit : Le Secret des Présidents.

— Nous avons trouvé ! cria-t-elle en sautant dans mes bras.

Je la décollai du sol l'espace d'une seconde en la serrant contre moi. Elle m'apparut frêle et sa peau était douce. Gêné, je relâchai mon étreinte. Le filet de lumière de la lampe balaya le mur et renvoya un reflet.

Je m'approchai. Un judas. Je glissai un œil.

— On peut voir à l'intérieur du bureau.

— Je ne suis pas rassurée. Sortons tous les documents et refermons le panneau.

J'éprouvais une sensation d'étouffement. Avec le coffret, nous retournâmes dans le bureau. Mais alors que nous sortions de la pièce, un géant nous fit face. Je le reconnus immédiatement. Il braquait une arme dans notre direction. J'étais tétanisé et nous restâmes sans voix. Le feu luisait dans son regard noir, il sourit et effleura la détente.

— Vous pensiez m'avoir semé, Monsieur Bradford. Bien essayé. Et vous, mademoiselle, quel est votre nom ?

— Brooke Harris, murmura-t-elle.

— C'est le codex que vous tenez entre vos mains, n'est-ce pas ?

Elle hocha la tête.

— Déposez-le sur le sol, elle obéit.

— Vous m'avez devancé Monsieur Bradford, et vous avez perdu la partie. Videz vos poches et rentrez là-dedans, hurla-t- il. Grâce à votre mère, vous avez la vie sauve, et vous aussi mademoiselle.

— Ma mère ?

— Ah... les secrets de famille... J'ai négocié votre vie contre le codex.

Ce fut la dernière phrase qu'il prononça avant que le piège se referme sur nous, plongeant la pièce dans l'obscurité. Brooke s'était accrochée à mon bras comme un coquillage à un rocher.

— Je suis claustrophobe, chuchota-t-elle, la voix tremblante. On va crever ici, dit-elle, pendant que j'étais sous le choc. Ma mère était au courant de l'existence de cette cachette, songeai-je.

— Gardez votre calme, nous allons trouver une solution.

— Calme ? Personne ne connaît cet endroit et l'épaisseur des murs étouffera nos cris...

— Regardez à travers le judas pour voir la lumière.

Elle s'étira sur la pointe des pieds et colla son œil à la lentille.

— James, quelqu'un d'autre est là.

Elle s'écarta en restant proche de moi et à mon tour, je jetai un œil à travers le minuscule orifice.

— Laissez-moi voir. L'agent du FBI est là, lui dis-je, je lui avais laissé un message.

La scène qui se jouait à quelques mètres était irréelle. Le psychopathe était tenu en joue par l'agent du FBI. Il déposa lentement le coffret sur le sol. Les deux hommes échangèrent quelques mots avant que l'agent Finch ne lui tire en pleine poitrine. Brooke sursauta.

— Un échange de tirs ! m'écriai-je.

Le colosse eut un mouvement de recul, sans s'écrouler : il avait l'air surhumain. Comme s'il n'avait pas mal. Il répliqua, touchant

Cotter à la jambe. Deux autres coups en rafale atteignirent le tueur à la gorge et en pleine tête.

— Le tueur est touché.

Je ne quittai pas des yeux l'agent du FBI, en me demandant pour quelle raison il avait tiré le premier. Il aurait pu lui passer les menottes ? Sa cuisse saignait abondamment, mais il n'y prêta pas attention. Il s'approcha de la montagne de chair inerte, avec prudence, en le tenant toujours en joue. Puis, il se baissa lentement et d'une main palpa son pouls. Comme il était face à moi, je vis ses lèvres bougées, comme s'il lui parlait. L'angle de vision ne me permettait pas de voir le visage de sa victime. Il déposa son arme sur le sol et posa sa main sur sa bouche en exerçant une forte pression le temps que le tueur rende l'âme. Puis, il relâcha la pression et attrapa un mouchoir dans la poche de son veston pour essuyer sa main ensanglantée.

— Que se passe-t-il ? demanda Brooke.

— L'agent du FBI l'a buté.

Puis, il palpa les poches de sa victime et subtilisa une enveloppe et son téléphone qu'il posa sur la table. Il jeta un regard circulaire dans la pièce, se saisit de l'arme de sa victime en l'enveloppant dans un mouchoir et tira deux balles dans le mur avant de la lui glisser dans la main. Puis, il ôta sa cravate, qu'il noua autour de sa cuisse pour faire un garrot. Non, je ne rêvais pas, c'était une mise en scène. Je m'assis raide comme un piquet dans l'obscurité, sans souffler mot à Brooke de la scène à laquelle j'avais assisté.

Présageant qu'il allait quitter les lieux, je bondis et je me mis à tambouriner sur le mur avec vigueur.

— C'est le moment, criez, tapez, faites du bruit, lui ordonnai-je. Je cognais si fort que mes poignets étaient douloureux pendant que je l'observais. Il s'apprêtait à ouvrir le coffret. Je lâchai un cri de la mort. Il s'approcha de notre position.

Je vis ses lèvres bouger. Nous redoublâmes d'efforts, alliant tapage et cris à l'unisson. Cette fois, il semblait avoir entendu. Il était maintenant près du manteau de la cheminée, je ne le voyais plus. À bout de souffle, nous continuâmes à espérer. J'eus un moment de doute, si fort, que j'étais convaincu de mourir emmuré. Vite, très vite, je chassai cette idée macabre. Où était-il ? Il avait disparu de mon champ de vision. Brooke agrippa mon pull et se laissa glisser sur le sol, épuisée. Je repris mon souffle à mon tour.

Soudain, j'entendis cogner, un bruit sourd et lointain. L'espoir renaissait. De mes mains, de mes pieds, je tapai à nouveau au bord de l'épuisement. Plongée dans l'abîme, Brooke ne retenait plus ses sanglots. Éreinté, je m'assis à ses côtés et pris ses mains entre les miennes.

— Brooke, nous allons nous en sortir...

Au fond de moi, j'espérais un miracle. Et soudain, il eut lieu. La lumière du jour pénétra dans la pièce et sa silhouette se profila dans le cadrage de la porte.

— Agent Finch, nous sommes là !

Brooke éclata en pleurs, des larmes de joie. Quant à moi, je fus pris d'un fou rire nerveux, incontrôlable.

— Qu'est-ce que c'est que cet endroit lugubre ? Venez, vous m'expliquerez plus tard, nous n'avons pas une minute à perdre. Qu'est-ce que vous foutez à Washington ?

— Ce que nous cherchions se trouve ici, dans cette pièce.

Il poussa un soupir.

Nous nous avançâmes dans le bureau, en faisant abstraction de la flaque de sang émanant du crâne de la victime, qui continuait de se répandre sur le sol comme le filet d'une rivière. Brooke fit un pas en arrière et lança un regard de dégoût au cadavre.

— Qu'est-ce qu'on fait ? demanda Brooke d'une voix chancelante, elle tremblait. Alors que moi, je débordais d'énergie, la peur s'étant transformée en carburant.

— J'ai besoin de quelques minutes, le temps de mettre mes idées au clair, dit-il, je n'ai pas droit à l'erreur.

L'agent soutint son regard. Il réfléchissait comment nous sortir de ce pétrin.

— Qui êtes-vous ? dit-il en relevant le menton tout en s'adressant à Brooke.

Je m'interposai.

— Sans elle, je n'aurais jamais mis la main sur le codex.

Il retourna vers la pièce secrète. Avec sa petite lampe-stylo accrochée à son porte-clés, il projeta la faible lumière ambrée, révélant l'amoncellement de papiers et les boîtes.

— Où est la voiture ? me demanda-t-il.

— Stationnée au bout de la rue.

— Allez la chercher.

Brooke était silencieuse, la vue du cadavre l'avait traumatisée. Elle ramassa le coffret de bois. Cotter l'observa avec attention, cherchant des signes d'effondrement. Le stress pouvait faire des ravages.

— Ce n'est pas le moment de flancher ! lui dit-il d'un ton ferme, secouez-vous !

Je revins au pas de course. Le 4 × 4 était stationné devant la maison. Nous fîmes plusieurs allers-retours pour charger le véhicule de tous les documents qui se trouvaient dans la cachette. Je montai récupérer nos affaires et nous retournâmes dans le bureau.

Cotter découpa la feuille d'un bloc-notes et griffonna quelques mots.

— Filez à cette adresse, vous serez en sécurité. Une fois que vous aurez quitté la route principale passé la ville de Boone, il vous restera quarante minutes de trajet à faire sur un chemin de terre. C'est l'ancien chalet de mes parents. Vous devez disparaître pendant quelque temps : vos vies sont en danger. Je vous contacterai dans quelques jours. Dans le salon, sous le tapis, vous trouverez une trappe qui mène au centre technique. De là vous pourrez vous connecter à Internet. Il regarda autour de lui, remarqua le dispositif d'alarme sur le mur à gauche.

— Le système d'alarme ?

— Je l'ai désactivé. Aucune image n'a été enregistrée.

— Parfait. La police va tenter de vous contacter. Attendez demain et rappelez-les. Nos dépositions doivent être identiques. Vous déclarerez que vous m'avez appelé. Entre-temps, le tueur s'est pointé à votre domicile, vous l'avez reconnu et vous avez pris la fuite. C'est compris ? Dites-leur que vous ne supportez plus la pression médiatique et que vous serez de retour dans quelques jours. Dès que j'aurai les coordonnées du flic chargé de l'enquête, je vous les communiquerai par courriel.

— OK. Et votre jambe ? demandai-je, inquiet de voir un filet de sang qui continuait de couler sur son pantalon.

— Les secours seront là d'une minute à l'autre. Partez ! Achetez-vous d'autres fringues, là où vous allez, il n'y a pas de citadins. Pas la peine de vous faire remarquer. Et en altitude, il fait froid.

Nous décampâmes et embarquâmes dans l'auto. Je fis rugir le moteur avant de démarrer sur les chapeaux de roues. Les mains cramponnées sur le volant, je ne me retournai pas. Quelques rues plus loin, je donnai un coup de volant sec et immobilisai la voiture sur la chaussée dans une ruelle.

En boitant, Cotter effaça ses empreintes dans la pièce. Pour la seconde fois de sa carrière, il maquillait une scène de crime. Non, il ne déplacerait pas le cadavre. Et oui, il mentirait pour protéger James. Il épongea les gouttes de sueur qui perlaient sur son front.

Deborah était au bureau et se lamentait de l'absence de son coéquipier. Où est-il passé encore !

Elle sentit vibrer son téléphone, non loin d'elle. Elle se pencha pour saisir le cellulaire.

— Je suis chez Bradford. Rapplique au plus vite, on a un problème.

Elle ne posa aucune question, vérifia son arme dans son holster et traversa la bâtisse comme un éclair.

Une douleur lancinante irradiait de la jambe de Cotter. Assis sur la première marche de l'escalier, il peaufinait mentalement le scénario qu'il présenterait aux enquêteurs. Il était certain qu'aucun indice ne pourrait suggérer que James et son amie étaient présents sur la scène de crime. C'est à ce moment-là que sa coéquipière arriva en trombe dans l'entrée. Elle se précipita vers lui.

— J'ai appelé une ambulance.

Elle examina brièvement sa blessure.

— Ce n'est pas si grave, tu vas survivre. Que s'est-il passé ?

— Lorsque je suis arrivé, le tueur était là. Nous avons eu un échange de tirs et il est mort. J'ai demandé à James Bradford de partir. Je t'expliquerai plus tard...

— Envolé ? Tu sais qu'ils vont t'interroger.

— Qui a dit qu'il était sur les lieux ? rajouta-t-il en la fixant du regard. Maintenant, monte à l'étage, il faut que la police scientifique trouve tes empreintes sur toutes les poignées de porte, comme si tu avais cherché Bradford.

Ils mirent au point les derniers détails du scénario que Cotter avait imaginé.

Elle était tout juste de retour, lorsque des policiers surgirent, accompagnés d'un lieutenant de la police criminelle, qui passa tout droit devant les deux agents. C'était un grand type de couleur, la quarantaine, qui portait un costume ajusté, le genre pas commode. Il passa dans le bureau, s'agenouilla à côté du cadavre et l'analysa de plus près. Une grande quantité de sang s'était répandue sur le sol. Il resta silencieux quelques secondes avant d'ordonner à deux agents de se poster devant la porte jusqu'à l'arrivée du médecin légiste et de l'équipe scientifique. Puis, il se dirigea vers Cotter.

— C'est vous l'auteur du carnage ?

Cotter lui montra son insigne officiel du FBI.

— Agent Finch, FBI.

— Alors que s'est-il passé ici ? La plus belle prise de l'année : il s'agit du psychopathe, le Gentleman. La balle lui a explosé la tête, j'avoue qu'il est difficile à reconnaître. Et votre blessure ? dit-il en jetant un coup d'œil.

— Je m'en suis bien sorti.

— Et vous, agente Barnes, étiez-vous présente ?

— Effectivement. Je suis arrivée au moment où mon coéquipier répliquait à une salve de tirs.

— Donc, vous êtes entrée dans la pièce ?

— Oui.

À cette question qui semblait anodine, Cotter fronça les sourcils. Que voulait-il sous-entendre ?

— Nous allons recueillir vos dépositions officielles.

Les ambulanciers arrivèrent à leur tour ainsi que de l'équipe scientifique et le médecin légiste.

— Faites soigner votre blessure, je vous retrouve à l'hôpital.

Quant à vous, agente Barnes, dit-il en sortant son bloc-notes, je vous écoute.

Cotter fut évacué sur une civière.

***

Je pris connaissance de l'adresse que Cotter m'avait donnée : 872 chemin de la côte, Boone, Caroline du Nord. (La clé est sous la pierre.)

Sur la carte routière, je visualisais le trajet. Notre destination se situait dans le massif Blue Ridge Mountains, qui s'étend sur environ huit cents kilomètres de la Pennsylvanie, au nord de la Géorgie, en passant par le Maryland, la Virginie Occidentale, la Caroline du Nord, la Caroline du Sud et le Tennessee.

J'évaluais le trajet entre huit et dix heures. Je me retournai pour saisir mon sac et m'emparer de la bouteille d'eau, lorsque mon intention de fuir fut détournée par la vue des boîtes. Je résistai à la curiosité de fouiller immédiatement à l'intérieur et surtout de tourner les pages du codex pourpre. La voix de Brooke me ramena dans le présent.

— Vous rêvez ou quoi ? Je démarrai.

— Je connais une friperie avenue Wisconsin, lui dis-je.

Le magasin s'apparentait davantage à un hangar aménagé qu'à une boutique de mode. Quelques ensembles de créateurs dégriffés coexistaient, avec des vêtements d'occasion et des tenues militaires.

— Dépêchons-nous, ordonna-t-elle en entrant.

Nous farfouillâmes parmi les vêtements et les chaussures. Brooke trouva un jean, deux pulls en laine, tandis que je mis la main sur deux pantalons, des bas chauds, une paire de chaussures de randonnée et une veste militaire. Ce n'était pas vraiment mon style, mais, dans les circonstances...

Brooke compléta sa tenue avec une paire de bottes, une écharpe, un bonnet et une paire de gants. Nous passâmes à la caisse. À la sortie, Brooke avisa une supérette au coin de la rue. Elle traversa la chaussée.

— Où allez-vous ?

Elle entra dans le libre-service, tandis que posais les sacs sur le siège arrière et m'installai au volant. Je patientai en grommelant. Peu de temps après, elle fut de retour.

— Vous aviez oublié votre maquillage ? dis-je énervé.

— Eau minérale, lingettes de toilette, somnifères, un téléphone sans abonnement et surtout des gants de coton.

— Des gants de coton ?

— Des précautions sont nécessaires pour ne pas altérer le manuscrit. Le téléphone, c'est au cas où nous serions séparés, on ne sait jamais. De toute façon, je dois appeler à la boutique tous les deux jours.

Elle n'avait pas tort.

— J'oubliais, rajouta-t-elle, je sais conduire.

— Vous voulez prendre le volant ?

— Non, merci.

J'étais impatient de m'extraire du carcan de la ville et d'atteindre l'autoroute. Pendant une demi-heure, nous retînmes notre souffle, ralentis dans notre cavale par le trafic. Je quittai la chaussée des yeux régulièrement et rivai mon regard sur le rétroviseur, anxieux d'être repéré. Brooke avait l'air complètement ailleurs. Alors que moi, j'aurais dû être aux anges. Mais ce n'était pas le cas. Nous possédions probablement la totalité des documents. Habité par la colère des derniers mots du tueur à propos de ma mère. Depuis le début, elle savait. Elle savait, et ne m'avait rien dit. Pourquoi ?

***

Deborah rejoignit Cotter admis à l'unité des urgences. Le débarcadère des véhicules de secours grouillait d'infirmières et d'aides-soignantes. Elle mit un certain temps à le localiser, agitée par un étrange cocktail d'émotions. C'est au bout du couloir qu'elle l'aperçut sur une civière, entre un accidenté de la route relié à des tubes et une alimentation en oxygène, qui perdait connaissance, et une femme au visage tuméfié, avec sa jambe complètement retournée. Elle avait dû recevoir une sacrée raclée.

— Tu es là ! Tu tiens le coup ?

— Je me sens faible, j'attends le médecin urgentiste.

— À mon avis, ils sont débordés.

Elle le fixa du regard.

— C'est fini. C'est bien ça ? Tu as exécuté le tueur, l'affaire va être classée. Je vois les gros titres : Le tueur psychopathe a été abattu par le FBI. Le boss va être content, les médias contentés, ce qui va mettre un point final à l'enquête et aux spéculations sur l'affaire Kennedy. Bref, tout le monde tire son épingle du jeu. Sauf moi, rajouta-t-elle avec tristesse.

— Merci de m'avoir fait confiance.

— Je vais retourner au bureau, le cœur brisé. Car ce n'était qu'une aventure, n'est-ce pas ?

Cotter marqua une pause, ses yeux se firent absents une poignée de secondes. Le médecin arriva à son tour et examina rapidement la plaie.

— Il faut retirer la balle et vérifier l'importance des lésions internes. On vous prépare pour le bloc opératoire.

— Je vais revenir... proposa-t-elle.

— Rends-moi un service. Pourrais-tu me rapporter l'ordinateur ? Avec la mort du Gentleman, la théorie de complot va disparaître, et moi, je veux trouver comment il a su que j'avais tué Atkins. La réponse s'y trouve peut-être.

Elle secoua la tête.

— À plus tard...

Tout d'abord, il vit une ombre dressée à côté de son lit. Elle s'approcha. Un homme qui tirait une seringue de sa poche, un médecin ? Il n'en était pas certain. Il expulsa quelques gouttes de liquides pour chasser l'air et enfila l'aiguille dans le goutte-à-goutte de la pochette de perfusion. Sa vue d'abord troublée était de plus en plus claire. Les formes se précisèrent. Non ! ! ! Puis plus rien.

Un brouillard s'était répandu autour de lui. Il battit des paupières, ajusta sa vision. Il vit en premier les murs blancs, froids et sans âme. Il ne rêvait pas. Il tenta de relever la tête, mais la pièce se mit à tourner. Une pièce vide où seul le son d'un bip résonnait. Il était recouvert d'un drap vert et remarqua l'aiguille plantée dans son bras et reliée à un moniteur. Dans l'autre bras, un liquide se diffusait par perfusion. Il réalisa qu'il était dans la salle de réveil de l'hôpital. Il resta là un bon moment et finit par reprendre complètement ses esprits. Une infirmière le ramena à sa chambre. De sa fenêtre, il assista au coucher du soleil rosé qu'il trouva magnifique. Impossible de se lever. La douleur de sa jambe irradiait jusque dans son tibia. Il écopait d'une semaine d'hospitalisation, un moindre mal. Le lieutenant de police surgit dans sa chambre, son calepin en main, froid et coincé. Cotter resta calme et s'en tint à la version qu'il avait imaginée. Ce gars semblait douter de ses explications. Il n'aimait pas ses mots, ni la façon dont il les employait et encore moins son ton.

— Le tueur n'avait pas de téléphone cellulaire, ses poches étaient vides, vous ne trouvez pas cela étrange ?

Cotter haussa les épaules et secoua la tête.

— Avait-il un véhicule ? L'avez-vous fouillé ?

— Oui. Nous avons trouvé une mallette avec une panoplie de faux papiers et deux revolvers et quelques documents qui appartenaient au sénateur.

— Ce type de personnage est très organisé. Avez-vous vérifié la liste des effets personnels que nous avons répertoriés lors de la perquisition dans sa chambre d'hôtel ?

— Oui. Que faisait-il chez Bradford ? D'ailleurs, où il est ce gars-là ? On dirait qu'il s'est volatilisé. Cotter secoua la tête.

— Bradford m'a laissé un message et lorsque je me suis pointé, je suis tombé sur le colosse et lui était absent.

— C'est possible alors qu'il l'ait buté ? Cotter laissa la question en suspens.

— Je ne peux pas m'enlever de la tête cette histoire de complot. Tout est bizarre. Enfin, ça n'a plus d'importance maintenant. Il alla vers la fenêtre et glissa les mains dans ses poches de pantalon ce qui lui procura une attitude plus décontractée.

— Pourquoi Bradford voulait-il vous rencontrer ?

— Il n'a rien dit sur le message.

— Mystère... j'adore les casse-têtes. Saviez-vous que j'ai été champion de mon état dans les années 1995 ? Il leva la main dans les airs comme pour chasser cette idée et se retourna. Et pourrais-je l'écouter ?

Cotter leva les yeux au ciel.

— Désolé, je l'ai effacé. Je ne conserve aucun message pour éviter de saturer ma boîte vocale.

— Décrivez-moi avec précision les événements qui se sont déroulés une fois que vous êtes arrivé à sa porte.

Un long silence plana entre eux, le temps que Cotter recherche dans ses souvenirs.

— La porte d'entrée était entrouverte. J'ai appelé Monsieur Bradford, mais je n'ai eu aucune réponse. Mon instinct me dicta d'entrer. Tout était silencieux. J'ai dégainé mon arme et j'ai jeté un œil dans la cuisine et le salon : personne.

Le policier prenait des notes. L'estomac de Cotter n'en finissait plus de se contracter.

— Lorsque j'ai ouvert la porte du bureau, le type était là devant moi. Un échange de coups de feu a eu lieu.

— Qui a tiré en premier?

— Lui. J'ai répliqué, il m'a touché et j'ai tiré à nouveau. Il s'est écroulé.

Combien de tirs de part et d'autre?

— Eh bien... il a tiré trois fois et j'ai également répliqué trois fois.

Il continuait à se demander où il voulait en venir. Cotter inspira profondément.

— Pourquoi votre coéquipière ne vous a-t-elle pas accompagné?

— Nous avions du boulot par-dessus la tête, lorsqu'il m'a contacté.

Elle a décidé de rester au bureau pendant que je me rendais chez Bradford.

— Oui, c'est ce qu'elle a déclaré... Bon, il se fait tard, dit-il en regardant sa montre. Ma femme va encore piquer une crise. Il rangea son calepin. On va se revoir, agent Finch.

— Bonne soirée, lieutenant.

Cotter n'en avait rien à foutre. Sa carrière au FBI était terminée, sur un coup d'éclat en plus. Deborah arriva plus tard et lui rapporta l'ordinateur du tueur qu'elle rangea dans le placard.

— J'ignore ce qu'il contient, c'est peut-être mieux ainsi... raconte- moi ce qui s'est réellement passé.

Cotter lui livra les détails de ce qui était arrivé et la décision qu'il avait prise d'abattre le tueur. Elle resta muette quelques instants avant de répondre :

— Tu as fait ce qui était juste. La porte du passé est enfin close pour toi. Je te remercie de me dire la vérité.

Les traits tirés, le regard sombre, Deborah semblait triste. Elle quitterait la capitale dans deux jours avec en poche une promotion. Cotter n'avait jamais su parler aux femmes lorsqu'il s'agissait de choses sérieuses. S'esquiver était la seule défense qu'il connaissait. Dans cette folie, il n'avait pas eu le temps de sonder ses sentiments.

D'ailleurs le voulait-il vraiment ? Il lui épargna les détails de la fuite de James et omit volontairement d'évoquer Brooke. Pour elle, l'affaire était close. Et officiellement pour lui également.

Il lui fit part de ses rêves de retraite en Floride et surtout la lassitude de son travail. Tout ceci pour éviter qu'elle n'ait l'idée de déclarer quelques sentiments que ce soit à son égard.

— Est-ce que ça t'arrive de te sentir seul ? lui demanda-t-elle.

— Souvent, répondit-il d'une voix douce.

— Pourquoi tu ne rencontres pas des gens, et puis... comment se fait-il que tu n'aies pas de petite amie ?

— La peur sans doute. Celle de s'engager dans une relation et de redouter la déception. C'est ce qui arrive dans les relations amoureuses au bout d'un certain temps. Parfois même en amitié.

— L'autre n'est plus l'être parfait que tu avais imaginé...

— Peut-être.

— Quelle que soit la personne avec laquelle tu te retrouves, elle a forcément les mêmes doutes, et si la communication est basée sur la sincérité alors ça pourrait marcher. Réfléchis à ça, Cotter. Tu dois retrouver la foi en l'amour. Le cœur est un instrument curieux qui ne tient pas compte des situations et des différences...

Elle l'embrassa une dernière fois passionnément. Alors qu'elle s'éloignait, il posa un dernier regard sur elle. De la peine ? Des regrets de ne pas la retenir ? Il l'ignorait.

Après cette parenthèse douloureuse, il souffla, s'ébouriffa les cheveux pour changer ses idées. Dans la foulée, il saisit son téléphone sur la table de nuit et consulta le fil des nouvelles. Sa photo était dans tous les médias. L'Amérique respirait à nouveau. Dans l'article, le Gentleman était dépeint comme un déséquilibré mental. L'affaire Kennedy était complètement escamotée.

— Scandaleux ! s'exclama Cotter.

Dans les couloirs occultes du pouvoir, il savait qu'autre chose se tramait. Il actionna le bouton de la sonnette d'urgence. L'infirmière de garde rappliqua. Une femme forte au visage angélique. Il lui demanda de lui remettre son ordinateur ainsi que l'enveloppe et le téléphone cellulaire rangés dans la poche de son pantalon.

— Ne partez pas en courant ! dit-elle avec humour avant de s'éclipser.

Il se saisit du téléphone satellite du tueur. Aucune chance de trouver l'historique de cet appareil. Il s'en détourna et s'intéressa à l'enveloppe, dans laquelle se trouvait une clé USB. Il déplia son laptop, et glissa la clé dans le lecteur. Plusieurs dossiers s'affichèrent : vidéo recrutement, sénateur, Londres, contrats, Guerriers numériques..

***

CHAPITRE 47

IMBROGLIO

Nous roulâmes quatre heures avant d'effectuer notre première halte dans une station-service sur l'autoroute. Je fis le plein du véhicule plus un bidon d'essence, au cas où, tandis que Brooke s'approvisionnait en nourriture.

Encore sous le choc, nous avions l'impression que le temps s'était accéléré. Nous nous connaissions si peu. La question du futur était floue. Combien de temps allions-nous nous terrer ? Les documents, contenaient-ils des révélations qui pourraient ébranler l'opinion publique ? Et si oui, comment les diffuser ?

— J'ai eu une réflexion, rajouta-t-elle. Si le Cinquième Empire a infiltré le milieu politique, nous devons nous intéresser aux enjeux présents ?

— Vous voulez dire la campagne présidentielle ?

— Qui, du candidat démocrate ou républicain, est du bon côté ?

— Peut-être aucun.

— Si les présidents et les gouvernements sont manipulés, qui est au-dessus ?

— Souvenez-vous des propos de Miller à ce sujet sur l'enregistrement.

Je glissai la main dans la poche intérieure de ma veste et saisis mon calepin, que je lui tendis sans quitter les yeux de la route.

— Jetez un coup d'œil à mes notes.

Elle tourna les pages jusqu'à tomber sur « Notes Miller et JFK ».

Elle resta silencieuse.

— Bilderberg ? dit-elle en se tournant vers moi.

— C'est la création d'un réseau mondial de cartels, plus puissants que n'importe quel pays, qui se réunissent une fois par an dans le plus grand secret pour définir les enjeux de l'humanité. C'est une réunion privée d'individus qui représentent une certaine idéologie de l'argent. La planète est pour eux comme un jeu de Monopoly. À ce groupe, on peut rajouter le Conseil des Relations étrangères, l'ONU, l'OMS, le G7, le G8, ou le G20. Ils forment l'État profond.

— Un réseau informel secret dirigé par le Cinquième Empire, c'est bien ça ?

— Oui.

— En résumé, c'est une conspiration mondiale qui inclut la majorité des chefs de gouvernement, les familles riches et des chefs d'entreprises.

— « Ils déclenchent des guerres, résolvent des conflits et contrôlent les richesses ». Ce sont vos notes.

— Est-ce que cela vous rafraîchit la mémoire ?

— Ce ne seraient pas les pays qui dirigent les institutions internationales, mais l'inverse ?

— Effectivement, bien que les Gouvernements essaient de convaincre les citoyens du contraire.

— Mais la vraie question est : qui commande ces instances internationales ?

— Au sommet, nous avons le Cinquième Empire, parfaitement inconnu, et qui souhaite le demeurer. Dessous, nous avons le système de l'État profond, qui s'est infiltré dans chaque palier : politique, médiatique, juridique, et bien sûr institutions internationales.

— « Le plan Kennedy », dit-elle à voix haute sans quitter le calepin du regard. Et dire que nous avons la réponse dans le coffre de la voiture...

— Et si le nom du Cinquième Empire sortait sur la place publique ?

— Aucun média de masse ne publierait cette information.

— Quel est votre avis à propos des courriels subtilisés d'Hillary Clinton ? Quelqu'un veut l'évincer ? Elle est populaire et les derniers sondages la mettent en tête.

— Sur le siège arrière, vous trouverez un article à ce sujet dans le journal.

— L'étau se resserre, 5 % d'écart en sa faveur. Mais que valent les sondages ?

— Son opposant est qualifié d'arrogant, sans expérience, qu'il divise le pays, etc.

Je bus quelques gorgées d'eau.

— Nous allons devoir nous pencher sérieusement sur la géopolitique. Sur le codex est inscrit « Le Secret des Présidents ». Avez-vous envisagé une seule minute que nous le remettions au prochain président élu ?

Elle tourna la tête et je vis ses yeux ronds.

— Pas vraiment...

J'évoquais les publications des « Guerriers numériques », qui parlaient d'une conspiration mondiale. De fil en aiguille, nous en venions à discuter de la perception du public sur les nouvelles dans les médias. Le sensationnalisme des titres prévalait sur le côté factuel de l'information. Des images détournées, sujettes à une interprétation déformée des faits sous influence politique. La neutralité s'était envolée. La majorité des téléspectateurs n'en avait pas conscience. Cependant, un nombre croissant d'entre eux naviguait de plus en plus sur le Net et sous peu, les médias de masse, déjà à l'agonie, seraient voués à disparaître au profit des réseaux sociaux qui deviendraient la première source d'informations. Une guerre médiatique était lancée.

Soudain, je me remémorai ce que l'Aigle avait écrit à propos du programme Lifelog du Département de la Défense, repris secrètement par Facebook, une société civile, pour éviter des poursuites pour espionnage. Tout était contaminé. Je pris conscience de la gravité de la situation. Les réseaux sociaux, étaient-ils les garants de notre liberté d'expression ? J'en doutais.

Il était tard lorsque nous traversâmes la ville de Boone. Nom donné en mémoire du célèbre explorateur Daniel Boone. Je perçus son atmosphère des pionniers d'autrefois. J'abandonnai le centre-ville et nous suivîmes une route de montagne. Nous n'étions plus qu'à une trentaine de kilomètres. Plus nous progressions, moins la route était éclairée, jusqu'à ne plus l'être. La pleine obscurité s'accompagnait, pour moi, d'une angoisse affreuse. En périphérie de ma vision, dans la lumière des phares, j'entrevoyais des murailles d'épicéas des deux côtés de la chaussée.

La route principale décrivait une grande courbe et rejoignait une route tortueuse qui traversait la forêt. Je restai attentif, car nous approchions de l'intersection. C'est à cet instant que la pluie fit son apparition.

— Ici ! cria Brooke.

J'aperçus sur un écriteau de bois « Chemin Glass ». Je m'engageai sur un chemin de terre sinueux et graveleux qui traversait la forêt. Le sentier escarpé conduisait encore plus haut dans la montagne inhospitalière. Je pilotais avec prudence, attentif aux ornières qui creusaient la chaussée. La pluie redoublait d'intensité. Puis ce fut le déluge. Le va-et-vient continu des essuie-glaces peinait à chasser l'eau. La cadence des coups de balai des lames en caoutchouc était au maximum. Je n'y voyais plus rien. Je me demandai si je ne devais pas trouver un abri et attendre une accalmie. Je ralentis, mais la boue ruisselait, donnant l'impression que le chemin se liquéfiait. Les roues patinaient.

— Si nous ralentissons, nous ne pourrons jamais repartir, dit-elle inquiète, en se cramponnant à la poignée de la portière.

La pente devint encore plus abrupte. Soudain, la pluie cessa, ce qui diminua mon stress.

— Qui voudrait vivre au bout du monde ! m'exclamais-je.

— Dans les circonstances, nous, rajouta-t-elle avec un sourire.
Depuis un bon moment, je n'avais repéré aucune lumière signalant des habitations.

— On dirait que la zone a été désertée par l'humanité.

À la dernière indication, je tournai à droite et j'aperçus au fond de l'allée un chalet. Enfin, nous étions arrivés. Je me garai dans la cour. Les ombres avaient envahi la forêt et le bruissement des arbres rendait l'ambiance austère. Mes phares éclairaient la façade de la modeste habitation faite en briques et en pierres, soutenue par de robustes colombages. Du bois de chauffage était empilé devant l'entrée. Debout à côté de la voiture, je balayais les environs du regard. Brooke resta à mes côtés, éclairant la zone avec sa lampe de poche. Nous avançâmes vers la porte. Aucune pierre en vue.

— Regardez, indiqua Brooke.

Plus loin, un énorme rocher ressemblant à un menhir se dressait vers le ciel. Je fouillai à sa base et trouvai la clé dissimulée au pied du mégalithe.

Nous entrâmes. Nous allumâmes. La pièce principale se distinguait par une peau d'ours brun jetée sur un plancher de bois non verni. Des poutres apparentes soutenant un plafond bas, et un manteau de cheminée en pierres dans lequel était installé un poêle à bois. Un décor rustique et authentique. La cuisine était rudimentaire, une petite enclave à la pièce n'excédant pas plus de dix mètres carrés. Une vieille gazinière, un réfrigérateur des années 1950 à la forme arrondie, des casseroles et un grille-pain. Ici, ni micro-ondes ni lave-vaisselle. Nous étions hors du temps.

— Je vais chercher nos bagages ainsi que toutes les boîtes, et ensuite j'allumerai un feu.

Brooke, quant à elle, monta lentement l'escalier en laissant des traces sur les marches recouvertes d'une épaisse couche de poussière. Elle eut soudain peur de réveiller des fantômes. Elle actionna l'interrupteur. Le palier donnait sur un corridor sombre. Elle poussa la première porte, qui donnait sur une chambre avec un lit à une place, un bureau et une armoire. Le décor était semblable à celui du rez-de-chaussée. Au bout du couloir, elle inspecta une deuxième chambre, plus grande. Les murs étaient recouverts d'une tapisserie fleurie défraîchie. Un grand lit encadré d'une tête de lit en métal et deux tables de nuit en mélamine rendaient cet endroit encore moins attrayant. La troisième porte était celle de la salle de bain. Peinte de couleur verte qui s'était délavée au fil du temps. Ainsi qu'une mini-vasque jaunie par le calcaire et une baignoire sabot qui ne possédait pas de rideau. Le vide qui régnait était angoissant. Elle remarqua les nombreuses toiles d'araignées qui en avaient fait leur quartier général. Elle était déçue, et angoissée à l'idée de passer la nuit dans ce lieu. Soudain, la faim lui tordait l'estomac et elle entendait des gargouillis courir dans son ventre.

Je venais de déposer la dernière boîte dans l'entrée tandis que Brooke me rejoignit. Estomaqués par la quantité de stock, nous nous regardâmes en souriant, fébriles à l'idée d'examiner chaque document.

Nous nous occupâmes de préparer le dîner avec le matériel de cuisine de fortune dont nous disposions. Je tranchai le pain tandis que Brooke ajoutait les derniers ingrédients aux sandwichs. Ma priorité, ensuite, fut d'avertir Cotter de notre arrivée. J'éprouvais cependant une certaine réticence. Comme un éclair, le doute à son égard s'immisça en moi. Quel était le secret qui le liait au tueur qu'il avait abattu de sang- froid? Je me massai le cou en grinçant pour chasser les contractures.

— Vous pourriez m'aider, je dois consulter mes messages.

Nous poussâmes le canapé et le tapis pour découvrir une trappe aménagée dans le plancher. Après l'avoir soulevée, j'appuyai sur l'interrupteur et nous empruntâmes l'escalier. Une pièce assez grande se révéla devant nos yeux. Autant le chalet était désuet, autant le sous- sol était moderne et fonctionnel. Les murs étaient blancs, il y avait un plan de travail sur lequel un ordinateur grand format était installé. Et sur le côté du mur, dans une étagère métallique, je vis une imprimante, et le modem Internet. Je le démarrai.

— Pas mal ! s'exclama Brooke.

— Au moins, nous ne serons pas totalement coupés du monde extérieur.

— Je remonte, faites vite. J'ai faim.

J'allumai l'écran. Tout était parfaitement en ordre. Pas de mot de passe, parfait. Je me connectai à ma messagerie. Cotter m'avait envoyé un message. J'ouvrai le courriel, je notai le numéro de l'inspecteur et je lui répondis : Merci. Nous sommes en sécurité.

***

Cotter venait de prendre connaissance d'une partie des éléments consignés sur la clé USB qui appartenait au Gentleman : son recrutement dans une maison de campagne de la banlieue de Washington par un homme surnommé « le Lieutenant ». Il avait ajouté l'enregistrement de plusieurs conversations avec un autre homme surnommé « le président » qui résidait dans la ville de Londres. Tout était sous ses yeux. Des types anonymes et qui avaient orchestré un formidable complot qui dépassait les frontières du pays. Je ne peux pas y croire ! songea-t-il.

Les liens se tissaient graduellement dans son esprit. Comme

l'assassinat du sénateur, présenté comme un acte isolé, mais qui, en réalité, était relié au meurtre de Barbara Clark. Le dossier était si déroutant qu'il dépassait la crédibilité que les médias pourraient lui accorder. Il n'avait aucune confiance dans la presse écrite et télévisuelle. Le pire était pour la fin. Les vidéos de ses meurtres, laissant Cotter sous le choc. Il les a tous filmés ! Il arrêta le visionnement. L'écran se mit en veille. Il poussa un soupir. L'affaire Kennedy, bouclée depuis de nombreuses décennies, à l'abri de la lumière, trouvait un écho cinquante ans plus tard. La seule certitude qui l'habitait concernait les individus qui cachaient les sombres rouages d'une conspiration et qui avaient entraîné la CIA et le FBI dans le sillage d'une série de meurtres perpétrés dans les années 1960. Et Londres, pourquoi Londres ? Quel était le rapport entre la capitale britannique et la capitale américaine ? Des intérêts communs ? Des accords géopolitiques secrets ?

Une autre icône sur la clé portait le titre de curriculum vitae. Une liste de nom d'entreprises défila.

— Mais qu'est-ce que c'est que ça ? se demanda-t-il.

Des compagnies minières, de diamants ou encore de travaux publics. Chacune identifiant leur filiale aux États-Unis, et reliée à leur tour à des comptes bancaires offshore. Des grilles, des tableaux, des adresses Internet. Il était inondé d'informations, un flux qui se déroulait sur une dizaine de pages.

La douleur dans sa cuisse le faisait souffrir malgré la perfusion. Il essaya de dormir, mais en proie à l'insomnie, il reprit l'exploration des documents numériques et envisagea de se connecter sur le réseau Internet de l'hôpital pour entamer des recherches mais par prudence, il renonça.

Il creusa encore dans un sous-dossier qui contenait des photos : celles de James Bradford, Margaret Bradford, et la docteure Berenson. La preuve du lien entre l'assassinat de la docteure Berenson et Barbara était sous ses yeux. Il referma le dossier.

Tout en bas à droite de l'écran, sur un dossier, il lut son nom. Ses yeux s'agrandirent. Le mystère qui entourait la source du tueur à son sujet était devant lui.

***

CHAPITRE 48

MYSTÈRE

Margaret franchit les portes de la ville de Kensington, marquées par une sculpture carrée en métal noire sur laquelle était inscrit : Bienvenue à Kensington. Le soleil était au zénith.

Une petite ville semblable à des milliers d'autres. Avec son parc, ses écoles et son centre communautaire florissant. Cette petite ville était célèbre pour la découverte de la pierre runique en 1898, par le fermier Olof Ohman, un immigrant suédois. Elle était exposée au musée de la ville et attirait bon nombre de touristes. Cependant, ce n'était pas l'objet de sa venue dans le Minnesota.

Elle gara son Suburban devant le bureau de poste et vérifia l'adresse qu'elle avait notée sur un bout de papier. Elle redémarra et deux coins de rue plus loin, elle immobilisa son véhicule sur le bas-côté de la chaussée, à proximité de l'unique boutique d'antiquités de la ville. Elle inspecta la devanture peinte en jaune. Sur l'enseigne défraîchie en bois était gravé : antiquités et magasin d'art.

Elle arrangea sa veste sur ses épaules, et poussa la porte. La boutique était déserte. Sous ses pas, le parquet de bois craqua. Elle louvoya entre les meubles antiques entreposés de façon désordonnée jusqu'aux étagères, sur lesquelles étaient exposés une multitude de produits artisanaux : bougies, savons, encens. Son regard sur porta sur le mur du fond sur lequel étaient accrochées des toiles. Elle s'approcha, et commença à les détailler du regard. Elle était si concentrée, qu'elle ne porta pas attention à l'homme qui s'était porté à sa hauteur.

— Bonjour, ma p'tite dame, j'peux vous aider ?

Elle leva la tête. Il portait de petites lunettes rectangulaires et une moustache blanche broussailleuse.

Un sourire se dessina sur son visage. Il avait l'air sympathique.

— Bonjour. Je cherche Connor.

— C'est bien moi. À votre accent, vous n'êtes pas d'ici.

— Non, en effet.

— Je peux vous aider ?

— Je suis à la recherche d'un tableau, plus précisément, un portrait de Benjamin Franklin. Surpris, il fronça les sourcils.

— Qui vous a envoyée ici ?

— Taylor.

— Vous le connaissez ?

— J'ai dîné en sa compagnie la semaine dernière. Il m'a dit que vous possédiez une toile de Benjamin Franklin.

— Il est trop bavard ! C'est vrai, je possède ce portrait, mais je ne peux pas l'exposer, il ferait fuir les clients. Attendez-moi, je reviens.

Il retourna fouiner dans l'arrière-boutique. Elle inspirait pour contrôler son rythme cardiaque.

Boom-BOOM. Boom-BOOM.

Il revint plus vite qu'elle ne l'aurait imaginé. Le paquet était immense. Elle n'aperçut que ses deux mains et le bas de ses jambes. Il déposa le colis sur le plancher, l'appuyant contre une pile de revues qui montaient à hauteur d'homme.

— Ce n'est pas lourd, mais très encombrant.

Il se dirigea vers le comptoir et se saisit d'une paire de ciseaux.

— Jamais je n'aurais imaginé qu'un portrait aussi hideux puisse intéresser quiconque.

— Où l'avez-vous déniché ?

— Dans la région. Parfois, lorsque les gens décèdent, la famille m'appelle pour récupérer les vieilleries. Ce tableau était l'une d'entre elles.

— Vous souvenez-vous à qui il appartenait ?

Il posa ses mains sur ses hanches.

— Non, et mes registres ne sont pas à jour.

Il se gratta la tête.

— Ça date de plus de dix ans maintenant... Et comme il n'y a aucune signature, ça ne vaut pas un clou ! Il découpa le papier kraft et sortit la toile.

— Vous devriez reculer afin de mieux l'apprécier, dit-il sur le ton de la plaisanterie.

Margaret s'éloigna. Il retourna le tableau.

De stupéfaction, elle posa une main sur sa bouche.

— Ah, mon Dieu !

— Je vous avais prévenue, un vrai toqué cet artiste. Le pauvre Franklin doit se retourner dans sa tombe.

— Combien ? demanda-t-elle.

— Vous voulez acheter cette horreur ?

Pris au dépourvu, il se frotta le menton.

— Euh... 200 dollars.

— Je vous en donne 225 dollars et vous le chargez dans mon automobile.

— Marché conclu ! Alors qu'il s'apprêtait à emballer la toile, il leva l'index dans les airs. Je possède un autre tableau de ce genre, rajouta-t-il, sûrement peint par le même artiste.

— Que voulez-vous dire ?

— En réalité, j'ai récupéré deux toiles ce jour-là. Je reviens.

Il disparut à nouveau. De retour, il installa le paquet d'un format identique à côté du portrait de Franklin et le déballa.

— John F. Kennedy ! s'exclama-t-elle.

— Jamais je n'exposerai une toile aussi abominable. Vous la voulez également ? Muette, elle secoua la tête.

— 400 dollars pour les deux, ça vous va ?

— C'est parfait.

— Laissez-moi les regarder quelques minutes, lui demanda-t-elle.

Le propriétaire s'éclipsa, bien content de se débarrasser de ces deux portraits. Margaret, quant à elle, n'en croyait pas ses yeux. Elle prit du recul et les scruta attentivement.

— Où sont les symboles ? s'interrogea-t-elle.

Le propriétaire finit par revenir. Il remballa les œuvres et les chargea dans son véhicule.

— Merci. Tenez, dit-elle en lui tendant sa carte, si le nom du propriétaire vous revient en mémoire, contactez-moi.

***

ÉPILOGUE

La chaleur du foyer avait réchauffé la pièce et chassé l'humidité. L'atmosphère était moins lugubre. Un parfum de fumée de bois s'infiltra dans le salon. Nous buvions un thé réconfortant après avoir mangé nos sandwichs. Dehors, la nuit était froide et les nuages amoncelés laissaient augurer que la pluie céderait la place à la neige. Assis sur le canapé en velours, chacun a une extrémité, nous contemplions les flammes vives de l'âtre diffusant une lumière tamisée. Comme si nous repoussions le moment où nous ouvririons le coffret de bois. Je laissai courir mon imagination galopante, allant jusqu'à rêver que je tenais Brooke dans mes bras, et extrapolant une escapade en amoureux au creux des montagnes. Dans d'autres circonstances, peut-être...

Je sentis ses yeux posés sur moi. J'avais l'impression de la connaître depuis toujours. Il me semblait qu'un lien intime se tissait entre nous. Autre chose me tourmentait : ma mère.

— Je dois passer un appel, dis-je en me levant brusquement. Après, nous ouvrirons le coffret.

Elle répondit d'un simple sourire.

Je montai à l'étage pour m'isoler. Je composai le numéro. Même compte tenu du décalage horaire, il était tard à San Francisco. Au bout de cinq sonneries, Maddy décrocha.

— Bonsoir, Maddy, c'est James, désolé de te déranger. Est-ce que ma mère est couchée ?

— Je m'étais assoupie devant la télévision. Margaret est partie.

Elle a laissé un numéro... attends une seconde.

Tandis qu'elle fouillait sur son bloc-notes, je l'interrogeais.

— Où est-elle allée ?

— À Los Angeles.

Je notai le numéro et sans attendre, je l'appelai. À la troisième sonnerie, elle répondit.

— James, j'attendais ton appel. J'ai vu les nouvelles, j'étais inquiète, tu ne prends pas tes messages ? Est-ce que tu vas bien ?

— Où es-tu ?

— J'ai poussé mon voyage jusqu'à L.A, j'en profite pour visiter quelques galeries d'art. Je suis en voiture. Je rentre bientôt à Washington.

— Pourquoi ? dis-je simplement.

À la teneur de mon ton, elle comprit immédiatement mon allusion. Elle s'éclaircit la voix, comme prise en flagrant délit. Je l'entendis reprendre lentement son souffle.

— Tu as passé un marché avec l'assassin de Barbara. Où est passée ta conscience ?

— Ce n'est pas ce que tu crois. Je voulais te protéger. Ta vie était en danger, c'était ma seule option.

— Tous ces mensonges à propos de papa. Tu as très bien joué la comédie. Pendant toutes ces années, tu savais qu'il possédait les documents et le codex, tu avais découvert la pièce secrète. C'est impardonnable de ta part...

— Je n'ai pas menti, ni pour Mary, ni pour Miller Harris. Tu ne connais pas toute l'Histoire.

— Explique-moi, je t'écoute.

— Ce n'est pas aussi simple... Deux événements sont survenus, qui ont contrarié mes intentions. Une semaine avant la mort d'Helen, nous avions prévu de nous rencontrer au restaurant en tête à tête pour un dîner. Mais sa disparition a tout chamboulé. Le lendemain de ton accident, nous avions rendez-vous, et ce n'est pas arrivé. Le destin. Est-ce que tu t'en souviens ?

Mon front se plissa. De mémoire, au premier abord, cela ne m'évoquait rien. Puis, en réfléchissant davantage, je me remémorai ces deux rendez-vous manqués.

— Je voulais vraiment te parler à propos de ton père et l'assassinat de John. Tu étais perdu, tu as sombré dans l'alcool, et j'étais impuissante. À ces deux reprises, le destin a contrarié mes plans. Ensuite, lorsque Barbara a été assassinée, il était trop tard. Tu étais en danger. Tout en te révélant des éléments véridiques sur le passé pour étancher ta curiosité, je n'ai pas pu tout te dire. Mon seul but était de te protéger. Comme tu tiens de ton père, j'aurais dû soupçonner que tu te piquerais au jeu. Maintenant nous en sommes là. L'essentiel était de te garder en vie.

— Comment es-tu rentré en contact avec le psychopathe ?

— Ce n'est pas important. Est-ce que tu as le codex ?

— Je ne te fais plus confiance. Ma propre mère...

— Écoute-moi. Si tu es en possession du codex, tu dois te cacher. Ce n'est pas un jeu. Ils enverront d'autres tueurs à tes trousses.

— Qui, ils ? Le Cinquième Empire ?

Un silence.

— Où es-tu ?

— Je ne dirai rien.

— Un conseil : ne lis pas le codex pourpre, il va te hanter jusqu'à la fin de tes jours. Conserve-le en lieu sûr, je viendrai le chercher.

— Non ! Je te l'interdis. Qui es-tu pour me donner des ordres ?

— Bientôt tu sauras...

— J'ai tout emporté, les bobines et les documents et le fameux livre qu'il avait rédigé. Je vais tout décortiquer...

J'avais la sensation qu'elle était en train d'évaluer la situation. Un esprit d'analyse que je ne lui connaissais pas.

— James, fais-moi confiance. Je connais des gens qui peuvent t'aider.

— Pour l'instant, je préfère prendre du recul. J'ai besoin de temps.

— Je te le répète une dernière fois. Si tu lis ces documents, ton existence deviendra un enfer.

— Tant pis, j'en assumerai les conséquences.

— Très bien. Je dois raccrocher. Je te rappellerai.

— Tu n'as pas mon numéro.

Elle coupa la ligne. Ma mère venait de me raccrocher au nez.

Cette conversation avait soulevé une multitude de questionnements. À quel jeu jouait-elle ?

C'était pathétique d'essayer de trouver du réconfort dans les paroles de celle qui m'avait menti. Ma colère m'interdisait de lui accorder le bénéfice du doute. Le moment viendrait d'éclaircir le sujet de vive voix.

Redescendu au rez-de-chaussée, la mine basse, je m'avançai dans l'entrée. Brooke n'avait pas bougé du canapé. Le menton appuyé sur sa main, enroulé dans une couverture de fortune, elle semblait hypnotisée par la flamme.

— Votre mère va bien? me demanda-t-elle. Je choisis d'esquiver le sujet en me contentant d'opiner la tête.

Elle fronça les sourcils.

— Et qu'a-t-elle dit à propos du tueur?

Je secouai la tête.

— Ma mère est à San Francisco depuis plusieurs jours, elle se remet péniblement de son agression. Le tueur a évoqué ma mère avec l'intention de me provoquer.

— C'est possible, rétorqua-t-elle. Il avait l'air si convaincant, on s'est fait avoir.

Un à un, j'ouvris les cartons. Des dossiers, une multitude de documents, une série de bobines magnétiques rangées individuellement dans des cylindres métalliques. Dessus, un ruban adhésif sur lequel était noté : enregistrement plan K. K comme Kennedy. Une frénésie s'empara de moi. Comme un ogre affamé, j'aurais tout dévoré pour éteindre le feu de mon esprit. En fouillant davantage, je mis la main sur un paquet de feuilles dactylographiées. Mes yeux eurent de la peine à croire le titre qui était apposé en haut de la page : Le Secret des Présidents. Des fourmillements parcoururent mon épine dorsale.

— Brooke... dis-je d'une voix fluette. Le livre écrit par mon père... Devinez quel est son titre.

Elle haussa les épaules en faisant la moue avec la bouche.

— Identique à celui du codex.

En ouvrant un autre carton, je vis le coffret de bois, que je pris délicatement dans mes mains. Je la rejoignis et m'assis à ses côtés. Elle se redressa, le regard allumé, et je posai la boîte sur la caisse qui servait de table de salon, ainsi que le document dactylographié. Elle s'en saisit, feuilleta et débuta la lecture.

— Nous n'avons que les cinq premières pages du texte. Je suppose qu'il avait pris des notes : elles devraient être dans ce fouillis.

Nous verrons ça plus tard...

Elle reposa le document pendant que j'attrapais le coffret.

— À vous l'honneur, dis-je en lui tendant la relique.

— Attendez ! Elle se leva, fouilla dans son sac et revint avec deux paires de gants que nous enfilâmes.

De ses doigts fins, elle le prit délicatement et fit glisser le couvercle.

— Une pure merveille ! s'exclama-t-elle.

— Vous vous rendez compte, ajoutai-je, il renferme peut-être les mobiles des crimes de plusieurs présidents depuis la création de la nation américaine. Clac !

D'un coup sec, elle avait refermé le couvercle, et, dans un élan inattendu, elle me redonna le coffret, ôta ses gants et se dressa devant moi comme un guerrier.

— Et après ? Tous ces morts à cause de ce document, et combien d'autres encore si nous le divulguions ? Nos vies sont en danger. Le néant m'angoisse : serais-je capable de porter un aussi lourd secret ? Vous comprenez ?

— Le poids de la vérité, constatai-je avec résignation, en me rappelant l'allusion de ma mère à ce sujet.

— Exactement.

— Il est trop tard. Votre désir de savoir n'est-il pas plus fort que votre appréhension ? Votre ancêtre était du mauvais côté de la barrière, mais Miller ? Votre arrière-grand-père a consacré sa vie à cet ouvrage. Vous ne pouvez pas renoncer.

Elle nouait nerveusement ses mains. Le doute s'était installé dans son esprit. Je lui fis part de ma réflexion.

— Hors de question de fuir. Je veux connaître la vérité au sujet de mon père. Nous ne sommes pas seuls, l'agent du FBI est à nos côtés, il nous rejoindra, nous pourrons élaborer une stratégie.

— Regardez ce qui est arrivé au lanceur d'alerte Julian Assange, il est un paria de la nation pour avoir voulu jouer les héros.

— Réalisez-vous la mine d'or que Miller nous a laissée ?

Ma main tremblait, avide de dévorer les mots qui nous

attendaient. — Très bien, prenez les clés de la voiture et partez. Retournez à la librairie comme si de rien n'était. Effacez les derniers jours de votre mémoire. Je mettrais ma main à couper que vous êtes attendue. Ces gens ne plaisantent pas.

Je me levai à mon tour, fouillai dans la poche de ma veste et lui tendis le trousseau de clés sans hésiter.

— Monsieur Bradford, la vie n'est pas une aventure comme dans les films de fiction. Nous avons une réalité différente.

Son ton de voix baissait. Elle essayait de se convaincre avec ses propres arguments.

— Je ne vous retiens pas.

Elle saisit sèchement les clés, enfila sa veste et passa dans l'entrée.

— Peut-être serait-il plus sage d'attendre demain matin. Les routes ne sont pas sûres la nuit... Elle se retourna.

Je me rapprochai du foyer et abandonnai mon ton défiant à son égard. Je m'assis à nouveau sur le canapé et adoptai une attitude plus détendue. Elle me rejoignit.

— Si personne n'avait pris de risques au cours des derniers siècles, il n'y aurait pas eu de révolution, et nous serions dans un monde d'esclavagisme. Mener un combat afin que la vérité triomphe et poursuivre ses idéaux, c'est primordial. Quels sont les vôtres? Lutter pour une cause juste est enivrant. Sauver la nation « d'un mal qui ronge notre démocratie », selon les termes de Miller, c'est exaltant. Ce codex va répondre aux questions que je me pose depuis la mort de Barbara, dis-je en le brandissant dans les airs.

— Faites attention, ce manuscrit est fragile, dit-elle en s'avançant vers moi.

Je le posai et d'un ton solennel défendis mon point de vue.

— Si vous aviez perdu un membre de votre famille, votre réaction serait différente. Inversez les rôles, ne serait-ce qu'une minute... et vous ressentirez de la rage.

— La vengeance n'est pas une solution.

— Il ne s'agit pas de vengeance, mais de justice.

J'avais touché une corde sensible. Elle ôta sa veste, poussa un long soupir en s'asseyant à mes côtés comme si elle rendait les armes et enfila à nouveau ses gants.

— Quelle boîte de Pandore allons-nous ouvrir ? m'interrogeai-je à voix haute.

— Il est impératif de consulter ce manuscrit en jaugeant sa fiabilité. Les recherches historiques sont fondées sur des preuves solides. Nous devrons fouiner dans des archives. Une chasse au trésor pour étayer les preuves de ce que les présidents ont consigné. Les documents officiels sont parfois rédigés de façon à dissimuler la vérité et ne peuvent donc pas être considérés comme fiables, ce qui compliquera notre tâche.

— Vous êtes prête à m'aider ?

— Effectivement, si vous ne vous laissez pas emporter par vos émotions. Vous êtes en conflit d'intérêts, moi beaucoup moins, je n'ai pas connu Miller.

C'est alors qu'elle sortit délicatement le codex du coffret. Nous étions hypnotisés par la couleur et les lettres d'or qui scintillaient sous la lumière.

— Bon sang ! De toute beauté... Brooke l'effleura de la main.

— Il est vraiment remarquable. Je me penchai un peu plus, un moment de grâce.

— Sa valeur serait inestimable.

Elle examina la couverture. J'avais la folle envie de tourner les pages, pendant qu'elle l'auscultait lentement sous tous les angles. Comme si elle gardait en bouche un mets rare, en prenant le temps de le déguster.

Elle l'ouvrit à la première page.

— Ce ne sont pas des feuilles de parchemin, c'est du vélin... chuchota-t-elle.

— Du vélin ?

— En Europe on utilisait la peau de veaux mort-nés ou celle de veaux de lait pour fabriquer les feuillets, car elle était réputée pour sa blancheur et sa douceur. Touchez comme c'est lisse, aucune aspérité. Seuls les livres de luxe en bénéficiaient.

D'un geste ralenti je caressai le vélin qui m'électrisa d'une émotion fantastique. De grands héros l'avaient tenu également entre leurs mains. Un moment chargé d'attente et d'excitation.

— Ces mots étaient condamnés à être enfermés à perpétuité... murmura-t-elle.

À l'intérieur de la couverture, une note à l'encre noire était inscrite. Je la lus à voix haute.

— Moi, Benjamin Franklin, j'offre ce codex à mon ami George Washington, premier Président des États-Unis d'Amérique, afin qu'il y consigne la vérité...

Nous plongeâmes dans le cercle des mots de ce héros...